Collection Incontournables

W0374830

LES LOWLANDS ÉCOSSAIS

Une épine dans le cœur

LIZ CURTIS HIGGS

TRADUIT DE L'ANGLAIS PAR
PATRICE NADEAU

ADA ÉDITIONS

Copyright © 2003 Liz Curtis Higgs
Titre original anglais : Thorn in my Heart
Copyright © 2011 Éditions AdA Inc. pour la traduction française
Cette publication est publiée en accord avec Random House Inc., New York, NY
Tous droits réservés. Aucune partie de ce livre ne peut être reproduite sous quelque forme que ce soit sans la permission écrite de l'éditeur, sauf dans le cas d'une critique littéraire.

Éditeur : François Doucet
Traduction : Patrice Nadeau
Révision linguistique : Féminin Pluriel
Correction d'épreuves : Nancy Coulombe, Suzanne Turcotte
Conception et ontage de la couverture : Matthieu Fortin
Image de la couverture : Pam Francis
Mise en pages : Sébastien Michaud
ISBN papier 978-2-89786-979-3
ISBN PDF numérique 978-2-89786-980-9
ISBN ePub 978-2-89786-981-6
Première impression : 2011
Dépôt légal : 2011
Bibliothèque et Archives nationales du Québec
Bibliothèque Nationale du Canada

Éditions AdA Inc.
1385, boul. Lionel-Boulet
Varennes, Québec, Canada, J3X 1P7
Téléphone : 450-929-0296
Télécopieur : 450-929-0220
www.ada-inc.com
info@ada-inc.com

Diffusion

Canada :	Éditions AdA Inc.
France :	D.G. Diffusion Z.I. des Bogues 31750 Escalquens — France Téléphone : 05.61.00.09.99
Suisse :	Transat — 23.42.77.40
Belgique :	D.G. Diffusion — 05.61.00.09.99

Imprimé au Canada

Québec
Crédit d'impôt livres
Gestion SODEC
Financé par le gouvernement du Canada | Canada

Participation de la SODEC.
Nous reconnaissons l'aide financière du gouvernement du Canada par l'entremise du Fonds du livre du Canada (FLC) pour nos activités d'édition.
Gouvernement du Québec — Programme de crédit d'impôt pour l'édition de livres — Gestion SODEC.

Des éloges pour
Une épine dans le cœur

« Liz Curtis emporte le lecteur dans un remarquable voyage au cœur des Lowlands de l'Écosse. Un lumineux sentiment d'espoir brille à travers l'histoire émouvante de personnages tous plus grands que nature et, en même temps, si humains. Cette saga inoubliable est aussi complexe, mystérieuse et joyeuse que l'amour et la foi peuvent l'être. »

— Susan Wiggs, auteure d'ouvrages à succès du *New York Times*

« Avec *Une épine dans le cœur*, Liz Curtis Higgs s'établit comme l'une des meilleures romancières contemporaines. L'histoire m'a envoûtée du début à la fin, capturant mon cœur et refusant de le libérer. »

— Robin Lee Hatcher, auteure de *Firstborn*

« Absolument admirable ! Ces personnages sont de vraies personnes. La trame historique se tisse à travers une intrigue captivante. Intelligent, émouvant et finalement triomphant. Je ne pouvais m'en détacher. »

— Francine Rivers, auteure de *Redeeming Love*

« Écrivant avec esprit, talent et un souci constant du détail historique, Liz Curtis Higgs brille avec éclat dans *Une épine dans le cœur*. Liz a su prendre le joyau d'un beau conte et le sertir dans un cadre émouvant et pittoresque. »

— Angela Elwell Hunt, auteure de *The Shadow Women*

« Une histoire de passions et de trahisons, de désirs et d'amour. Liz Curtis Higgs a écrit un récit qui éblouit les sens, aussi enchevêtré que les mauvaises herbes arrachées du potager de son héroïne. Un roman si riche en détails, des personnages si vrais. Vous serez enchanté d'avoir laissé une auteure de talent vous transporter dans cette histoire émouvante et authentique. »

— Jane Kirkpatrick, auteure de *A Name of Her Own*

« Liz Curtis Higgs insuffle une vitalité nouvelle à un conte ancien de cupidité, de trahison, d'amour et de triomphe ultime. Des éclairs de compréhension et de lucidité surgissent tout au long de ce récit, qui se déroule dans l'Écosse du dix-huitième siècle, grâce à l'écriture passionnée et sensible de Liz, et à ses méticuleuses recherches. »

— Donna Fletcher Crow, auteure de *The Fields of Bannockburn*

« Mêlant l'histoire à un merveilleux talent de conteuse, Liz Curtis Higgs nous offre un émouvant récit de passions, de duplicité, de rédemption et d'espoir. J'ai été captivée dès la première page, et je me suis trouvée totalement prise par les déchirements et les triomphes de ses personnages. »

— Tracie Peterson, auteure de *Treasures of the North*

« Une histoire forte écrite avec un talent exceptionnel, *Une épine dans le cœur* vous emportera au cœur d'un paysage imaginaire que vous ne voudrez plus quitter. Ne vous étonnez pas si vous versez quelques larmes en traversant les pâturages et les collines magnifiques de Galloway, sur les pas de Leana, Rose et Jamie. »

— Diane Noble, auteure de *Heart of Glass*

« J'ai aimé l'histoire et j'avais l'impression d'être réellement en Écosse. Mon cœur se brisait, en même temps que celui de ces personnages, prisonniers de leurs mensonges et ne voyant aucune issue, car le salaire de la tromperie est toujours la tromperie. Que le bien puisse en émerger est vraiment un miracle, et ce roman de Liz l'illustre brillamment. »

— Lauraine Snelling, auteure de *The Healing Quilt*

« Liz possède un merveilleux talent pour peindre des histoires. Son canevas est mon pays natal et elle le connaît bien. Cette histoire continuera de vous habiter et changera votre paysage intérieur pour toujours. »

— Sheila Walsh, auteure de *All That Really Matters*

« Liz Curtis Higgs touche nos cœurs avec une histoire émouvante si authentiquement écossaise que j'avais l'impression d'entendre des cornemuses à l'arrière-plan. Vous n'oublierez jamais Leana et Rose. »

— Lawana Blackwell, auteure de *The Maiden of Mayfair*

« Richement documenté, écrit avec cœur, ce grand bouillon romanesque est rempli d'assez de viandes, d'épices et de potages à la mode des Lowlands pour satisfaire le palais du plus difficile des amateurs de romans historiques écossais. Saisissante, brisant les barrières du temps avec une imagerie souvent étonnante et toujours bien racontée, *Une épine dans le cœur* se mesure aux meilleures fictions historiques contemporaines. »

— Lisa Samson, auteure de *Women's Intuition*

À Sara Fortenberry,
qui comprend ma passion
pour l'écriture romanesque
mieux que quiconque.
Tu étais là dès le commencement,
ces jours d'hiver d'il y a bien des années,
lorsque ce petit conte est né.
Merci de m'avoir encouragée,
de m'avoir fait confiance, d'avoir cru en moi.
Je t'aime, petite sœur.

Glentrool
Glencaird
Glenhead
Loch
Dee
Raploch
Moss
Kenmure
N
House o'
the Hill
Rivière Dee
B
Monnigaff
N
Rivière Cree
Creetown
0 1 2 3
MILLES
Gatehou
Twyneh
Baie Wigtown

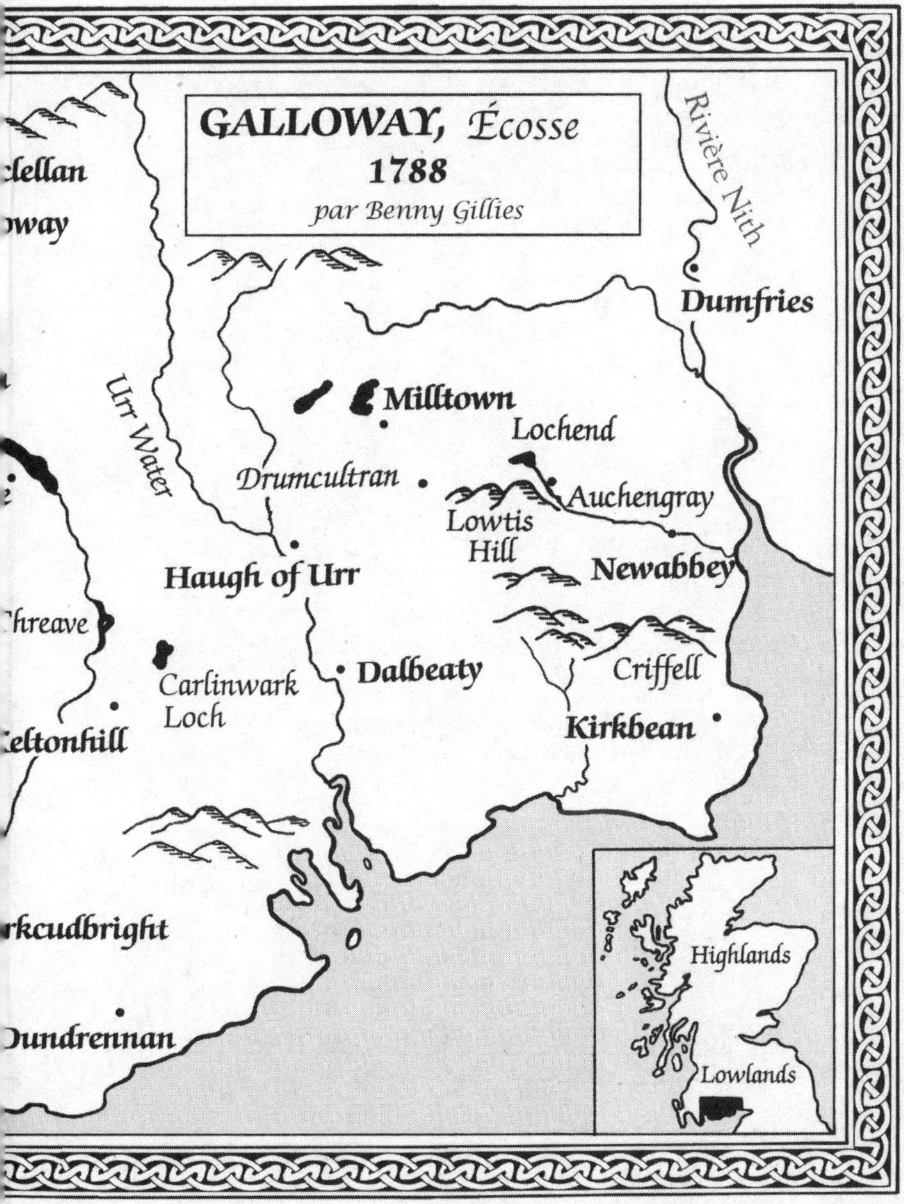
GALLOWAY, Écosse
1788
par Benny Gillies
Rivière Nith
Dumfries
Urr Water
Milltown
Lochend
Drumcultran
Auchengray
Lowtis
Hill
Haugh of Urr
Newabbey
hreave
Criffell
Dalbeaty
Carlinwark
Loch
Kirkbean
eltonhill
clellan
oway
rkcudbright
undrennan
Highlands
Lowlands

D'un cœur léger, je plaçai une rose
Si douce sur sa tige épineuse !
Et mon faux amant vola ma rose –
Mais, ah ! il m'en laissa les épines.

– Robert Burns

Prologue

Ma mère gémissait ! Mon père pleurait.
Dans le monde dangereux, je sautai.
— William Blake

Vallée de Loch Trool
Été 1764

— Ne souffle pas un mot de ma visite, Jean. À personne.

La sage-femme hocha simplement la tête, tout en ouvrant la porte de son cottage pour accueillir sa visiteuse inattendue. Rowena McKie entra précipitamment en la frôlant, puis laissa choir son corps embarrassé sur un banc grossier. Sa jupe s'accrocha dans le bois rugueux et elle la libéra d'un geste impatient. Un autre accroc à repriser pour l'aiguille besogneuse d'Ivy.

— Dis-moi que le bébé se présentera bientôt, Jean. Monsieur McKie n'en dort plus la nuit, tant l'inquiétude le ronge.

Porter l'héritier de son mari pendant les longs jours d'un été des Lowlands avait écrasé Rowena comme le maïs sous la pierre du moulin de McCracken. Ses pieds étaient enflés, ses genoux la faisaient souffrir, et même la fraîche reine-des-prés ne pouvait apaiser ses brûlures d'estomac. Rowena appuya ses paumes moites sur le chêne mal raboté et respira aussi profondément qu'elle le put. Elle était venue voir la sage-femme pour obtenir des réponses, et il n'était pas question qu'elle s'en retourne bredouille.

— Allez, allez.

La vieille femme se pencha et pressa l'épaule de Rowena d'une main aussi douce que sa voix.

— C'sont les nerfs. C'est vot' premier, ça s'voit.

Les yeux de Jean étaient cerclés de rides et bleus comme des myosotis. Sa robe était faite de droguet rayé, et son corsage un peu trop serré aurait mieux convenu à une femme plus jeune. Sous l'ourlet effiloché surgissaient ses pieds nus brunis par le soleil et aux ongles piqués de taches d'herbes, mais soignés.

— V'z'avez bien fait d'cogner à ma porte. Qu'est-ce que les gens du comté diraient, si j'm'occupais pas du premier-né de m'sieur McKie ? Vot' temps arrive dans un mois, mais quand y viendra…

— Un mois ? Les yeux de Rowena s'écarquillèrent. As-tu perdu la tête, femme ? Je ne pourrai supporter cela une semaine de plus ! Ne vois-tu pas comment l'enfant s'agite en moi ?

Et pour prouver son assertion, elle se cambra pour inviter la sage-femme à s'en assurer elle-même.

— Vois par toi-même. C'est comme un bouc sauvage qui rue d'un côté, puis de l'autre.

— Et plus qu'un p'tit bouc.

Jean déplaça ses mains sur le tissu de la robe, prenant la mesure du corps distendu avec des gestes experts.

— Deux, j'dirais.

La bouche de Rowena demeura grande ouverte.

— Des jumeaux ?

La sage-femme hocha la tête d'un air pensif.

— Des garçons, j'gagerais.

Sans voix, Rowena fixa son ventre. Son mari, Alec, avait prié le Tout-Puissant pour qu'il bénisse ses entrailles stériles d'un fils. Mais deux à la fois ? C'était une autre histoire. Elle massa ses flancs douloureux, sentant l'enfant — les enfants, si la sage-femme avait raison — se mouvoir sous la délicate pression de ses mains. Les murs de Glentrool avaient été érigés en vue de loger de grandes familles. Mais, est-ce que son corps mûrissant se montrerait aussi hospitalier ?

Un coup vif dans son abdomen lui parut une réponse plutôt inquiétante.

— Dis-moi la vérité, Jean. L'agitation incessante, les douleurs vives dans les côtes, cela ne peut être le cours normal des choses, même pour des jumeaux ?

La sage-femme se mordilla les lèvres, tout en continuant de presser et d'explorer le ventre de Rowena.

— Des bessons, c'toujours difficile à porter pour la mère. Mais y a une chose qui va pas, dit-elle d'une voix compatissante. V'z'avez quel âge, maîtresse McKie ?

— Je suis trop vieille pour porter un premier enfant, si c'est ce que tu veux dire.

C'était là la pire de ses craintes, qui la frappait en plein cœur.

— J'aurai trente-huit ans en novembre.

Jean émit un tss-tss entre ses dents.

— Si j'tais pas si sûre qu'c'est l'œuvre du Seigneur, j'glanerais des pierres pour vot' tumulus funéraire. Mais à voir comment l'Tout-Puissant a mis les mains su' vot' ventre, j'vais prendre ceci, plutôt.

Elle porta une main à la bourse attachée à sa ceinture et ouvrit ensuite les doigts pour révéler deux pièces d'argent dans sa paume.

— Prête à les serrer dans vos poings ? V'connaissez la coutume ?

Rowena hocha la tête, soulagée par le ton confiant de la sage-femme. Jean était une femme qui craignait le Tout-Puissant, mais elle n'avait rien d'une vulgaire sorcière. Les pièces d'argent ne jetaient aucun sort ; elles ne servaient qu'à apporter bonheur et prospérité. Il semblait que Jean avait bon espoir que les enfants vivraient. Et la mère aussi, à Dieu plaise.

Rowena se mit maladroitement sur pied, espérant qu'un changement de position lui apporterait quelque soulagement. Cela lui valut plutôt un autre vigoureux coup de pied de sa descendance invisible et un élancement de douleur au coccyx. Le commentaire précédent de Jean grimpait dans ses os comme un brouillard humide, lui donnant la chair de poule.

— Tu disais que quelque chose n'allait pas.

La sage-femme hocha la tête lentement.

— C'sont des jumeaux... mais pas identiques. Des garçons très différents. L'un est plus fort que l'aut'. L'moment venu, le plus vieux servira l'plus jeune.

La bouche de Rowena s'assécha de nouveau. *Des jumeaux qui n'en sont pas vraiment.* Un mauvais présage, en fin de compte. Elle les ferait baptiser par le ministre de la paroisse le plus rapidement possible. Et c'est le plus vieux qui devrait servir le plus jeune ? Ce n'était pas dans les coutumes écossaises. Regardant droit dans les yeux bleus de la femme, qui ne cillaient pas, Rowena essaya de trouver un peu de réconfort dans ce visage ridé.

— Est-ce la parole du Tout-Puissant ?

— Tout comme, dit Jean en hocha lentement sa tête grise. L'temps m'donnera raison.

— Je n'en doute aucunement.

Pour l'instant, elle allait s'en tenir là. Jean Wilson était la meilleure sage-femme de tout Galloway. Rowena savait qu'elle serait entre bonnes mains quand le temps viendrait.

— Je ferais mieux de rentrer, avant que monsieur McKie découvre que je suis partie et qu'il se fasse du mauvais sang. Je me suis faufilée hors de la maison sans lui dire où j'allais.

Elle haussa les épaules, sachant que Jean comprendrait.

— Il est très irritable, ces jours-ci, à la vue de mon ventre qui grossit, termina-t-elle.

Rowena se déplaça vers la porte, replaçant son plaid autour de ses épaules. Été ou pas, les vents de soirée soufflaient une brise piquante sur le Loch Trool.

— Ne t'éloigne pas, Jean. Je t'enverrai ma domestique Ivy Findlay bien assez tôt. Tu seras là quand elle viendra ?

— J'n'ai jamais raté un accouchement dans l'comté durant toutes ces années, maîtresse McKie.

— Au revoir. Dieu veuille que le mien ne soit pas le premier.

En faisant ses adieux à Jean, Rowena laissa le cottage au toit de chaume derrière elle et choisit d'emprunter le sentier sinueux pour rentrer. Lourdaude comme elle l'était depuis quelque temps, elle savait que monter à cheval lui était impossible, et utiliser une voiture était hors de question, sans route convenable et avec des marécages à chaque tournant.

Rowena ralentit, se sentant plus fatiguée que jamais elle ne l'avait été. Et ce n'était pas étonnant. *Des jumeaux !* C'était très bien pour Alec, qui approchait de la soixantaine, de prier pour un héritier. Mais ce n'était pas lui qui avait le fardeau de porter les bébés.

— Ni les dangers que cela comporte, confia-t-elle à un traquet qui vola au-dessus de son épaule, sa queue noir et blanche s'agitant comme l'éventail d'une demoiselle.

Elle releva la tête, regardant le paysage accidenté tout autour, si différent des collines ondulantes de l'est de Galloway, où elle avait passé son enfance. À sa droite s'élevait Mulldonach, où Robert de Bruce avait remporté sa première victoire sur les troupes anglaises, en faisant dévaler de grosses pierres sur ses pentes abruptes pour écraser l'armée ennemie. Devant elle s'élevait Buchan Hill, autrefois le terrain de chasse de Comyn, comte de Buchan, où broutaient aujourd'hui les troupeaux de McKie. Tourmentées et escarpées à leur sommet, les montagnes s'étalaient en étroites bandes d'herbes et de conifères clairsemés le long du loch sinueux.

Au cœur de la vallée s'élevaient les murs de granit de Glentrool, la seule demeure seigneuriale à des milles à la ronde et son foyer des vingt dernières années. Les visiteurs s'émerveillaient devant l'imposant manoir avec ses tourelles circulaires et ses hautes cheminées, qui s'élevaient à l'ombre de l'abrupte Fell of Eschoncan. Quand on lui demandait comment le manoir avait pu être construit dans un endroit aussi isolé, Alec empruntait une histoire au Bruce lui-même et répondait « Les rochers ont dévalé la montagne et la maison s'est construite toute seule ! »

Lorsqu'Archibald McKie, le père d'Alec, était allé marchander une épouse pour son fils dans la paroisse voisine de Newabbey, Glentrool l'avait accueillie à bras ouverts dans son enceinte à l'odeur de pin. « Marchander » n'était pas vraiment l'expression juste, se remémora Rowena en souriant, mais ce n'était pas si loin de la vérité. Son frère, Lachlan, l'avait exhortée à épouser Alec, et elle avait accepté sans même l'avoir vu. Ce n'étaient pas seulement les vastes terres de McKie qui avaient excité la nature cupide de Lachlan. Les bracelets d'or fin que l'envoyé de McKie avait glissés autour de ses poignets avaient été des appâts non moins séduisants. « Une jolie fiancée est vite parée », avait murmuré le jeune Lachlan à son oreille, en empochant l'argent que l'homme de McKie avait déposé dans sa main. « Dépêche-toi de l'épouser, jeune fille, et fais-lui voir ce que son or a acheté ».

Deux semaines plus tard, Rowena et Alec devenaient mari et femme avec la bénédiction enthousiaste de leur famille respective.

Comme elle était jeune, alors ! Dix-huit ans, innocente comme l'agneau qui vient de naître dans les pâturages de Galloway. Que connaissait-elle du mariage, de la vie dans une vallée isolée, loin de son village et de ses amis ? Elle avait appris à s'occuper de son mari plus âgé, au tempérament égal, et même à l'aimer, au fil des ans. Le respect ne lui était pas venu aussi facilement. Alec cédait trop facilement à ses désirs. Il tenait davantage du saule qui plie que du chêne inflexible, un homme très bon au demeurant. Rowena secouait la tête, en repensant à toutes les fois où sa nature déterminée l'avait emporté sur son caractère passif. « Quelle jeune rebelle ai-je accueillie sous mon toit ! » disait-il, en lui pinçant la joue un peu plus fort que nécessaire. Entêtée, elle l'était peut-être, mais avant la fin de l'été, elle lui ferait présent non pas d'un héritier, mais bien de deux. C'était un secret trop doux à garder, mais encore trop dangereux à révéler, du moins jusqu'à ce que les bébés soient enfouis dans ses bras, hors d'atteinte des mauvaises fées.

— Aïe ! s'écria Rowena en dégageant d'un petit coup sec sa robe d'un buisson épineux alors qu'elle pensait aux saisons à venir avec deux petits garçons turbulents.

Qui l'aiderait à les élever, quand leur père serait devenu trop vieux ou trop faible pour lui être d'aucune aide ? Ses parents n'étaient plus de ce monde. Et son frère vivait dans la distante Newabbey, séparé d'elle par les montagnes et les landes.

— J'aurai besoin de votre aide, mon Dieu ! murmura-t-elle en avançant péniblement à travers les monticules moussus. Si je dois élever deux fils dignes de la bénédiction de leur père, je ne pourrai le faire toute seule.

Rowena était tout sauf seule, quand le moment arriva.

Une demi-douzaine de femmes étaient rassemblées dans sa chambre pour assister à la naissance de l'héritier de McKie. Rowena reconnaissait vaguement leur visage à travers la douleur qui flottait au-dessus d'elle comme un nuage, pourtant elle n'arrivait à se rappeler aucun de leurs noms. Était-ce la veuve McTaggart, sous ce rigide bonnet gris ? Ou l'une des McMillan de Glenhead ? Chacune de ses voisines clamerait bientôt qu'elle était présente à l'accouchement. Rowena les entendait murmurer et sentait leur regard braqué sur elle. Pour l'instant, elles prodiguaient davantage de commérages que de réconfort.

Elle était adossée à un oreiller, au milieu de l'énorme lit qu'elle partageait avec Alec, les lourds rideaux solidement retenus à l'arrière. Le soleil d'automne ruisselait par la fenêtre à battants et sur son oreiller, réchauffant la pièce. Dans le foyer flambait un feu qui servirait à faire bouillir de l'eau le moment venu et à combattre la fraîcheur que l'air du soir apporterait.

Pour l'instant, la chaleur s'ajoutait seulement aux autres tourments de Rowena.

— Jean, murmura-t-elle, la bouche sèche, soif.

La sage-femme trempa son doigt dans une coupe d'eau froide et le passa sur les lèvres de Rowena pour les humecter.

— J'peux rien vous donner tout d'suite, maîtresse McKie. Après, j'vous promets qu'vous pourrez boire tout vot' content.

Jean mit la tasse de côté, puis se pencha vers elle et lui parla d'une voix presque chantante, lente et rythmique.

— Respirez, là. V'là. Et encore. Très bien.

Elle dégagea les cheveux de Rowena de ses sourcils et ajusta l'oreiller, puis tendit la main vers un bout de laine bleue déposé sur la table de chevet.

— Donnez-moi vot' doigt, maîtresse McKie.

Rowena obéit, levant la main des draps amoncelés autour d'elle dans une vaine tentative de protéger sa pudeur. Comme on le lui avait dit, elle respira profondément tandis que Jean nouait adroitement le fil bleu autour de son doigt, juste au-dessus de la grosse alliance en argent.

— Protégez-la d'la fièvre, Dieu tout-puissant, entonna Jean tout en faisant un joli nœud, puis elle serra les doigts de Rowena sur celui-ci. C'tait l'fil de vot' mère et de vot' grand-mère avant vous, c'est ça ? demanda-t-elle.

Rowena hocha la tête. Ses deux devancières avaient bravement survécu à leur accouchement sans succomber aux fièvres puerpérales — protégées, selon la croyance populaire, par la banale ficelle bleue. Frottant son pouce sur la laine usée, Rowena pria pour qu'elle lui porte bonheur à son tour. Si peu de choses dans le processus de la naissance étaient dans le pouvoir de la femme. Jean avait placé la Bible familiale sous ses oreillers, comme le voulait la coutume, et une vieille aiguille sous le lit, pour éviter qu'une fée ne remplace son enfant sain par un autre. Dieu seul savait comment cette journée se terminerait.

La sage-femme jeta un regard aux femmes qui caquetaient dans la pièce, puis se pencha et murmura à l'oreille de Rowena.

— Minuit approche. Nous verrons les garçons naître.

Les deux femmes n'avaient pas révélé à quiconque leur secrète attente, pas même à Alec McKie. Pourquoi courir le risquer d'appeler le malheur, pour qu'il vienne frapper à la porte ? Ce n'était pas nécessaire.

Rowena étudia le visage de Jean, anxieuse d'en apprendre davantage.

— Avant minuit ? Mercredi, alors ?

Le mois, le jour, l'heure — tous les détails de la naissance avaient leur importance.

— Ou bien jeudi ? interrogea à nouveau Rowena.

— Chut ! maintenant, répondit Jean en portant deux doigts crochus à ses lèvres. Le Seigneur le sait, maîtresse McKie. Faites-lui confiance.

Avant que l'heure soit passée, la foi en Dieu était tout ce qui restait à Rowena. Des douleurs atroces la déchiraient littéralement tandis que les jumeaux se battaient pour déterminer qui apparaîtrait en premier. Le jour s'étira et le soir tomba. Les yeux hagards, les bras ballant sur les côtés comme deux ailes brisées, Rowena tituba à l'intérieur de la pièce jusqu'à ce qu'elle ne puisse plus marcher. Vidée de ses forces, elle se recroquevilla sur le lit, agrippant ses genoux de ses mains tout en implorant le Ciel d'avoir pitié d'elle. À la fin, tout ce qu'elle parvenait à faire, c'était pousser quand Jean le lui demandait avant de s'effondrer sur le dos, anéantie, pour recommencer un moment après.

En désespoir de cause, les femmes présentes firent un cercle autour du lit, tenant bien haut leur précieuse Bible, plaidant pour que les ennemis du Tout-Puissant soient rejetés dans la mer Rouge.

— Aidez-moi ! implorait Rowena, encore et encore.

Cela prenait trop de temps ; cela prenait bien trop de temps.

Le ciel sans étoiles était noir comme un gouffre et toutes les bougies étaient allumées, quand enfin la sage-femme poussa un cri joyeux :

— J'vois une touffe de ch'veux rouges !

Des hourras retentirent dans toute la pièce, puis des mains actives s'animèrent. Tout s'accéléra. Inondée de larmes et de sueur, Rowena fit un dernier effort pour mettre fin à son supplice. Un étage plus bas, les engrenages d'une vieille horloge commencèrent à grincer bruyamment, se préparant à sonner l'heure.

Un cri déchira l'air en premier.

— Le v'là ! Vot' fils est né ! célébra Jean.

Un. Deux. Trois.

Rowena s'enfonça dans son lit, à peine consciente du carillon qui résonnait au loin.

Quatre. Cinq. Six.

Elle pouvait entendre les plaintes du bébé quand Jean cria :

— Oh ! Y a un deuxième enfant, là ! Su' les talons d'son frère. C'sera pas long de l'mettre au monde, c'lui-là.

Rowena eut le réflexe de pousser de nouveau.

Sept. Huit. Neuf.

La voix de Jean retentit, plus forte que le carillon.

— Une aut' poussée, maîtresse McKie, et y aura deux garçons dans vos bras, bientôt.

Dix. Onze. Douze.

Toute l'assemblée retint son souffle, jusqu'à ce qu'une autre rafale de cris retentisse dans la pièce bondée. L'horloge était maintenant silencieuse, mais tout ce qui était vivant laissait éclater sa joie.

— Y a deux fils ! Des jumeaux !

Rowena retomba sur ses oreillers sur le point de défaillir, tandis qu'autour d'elle régnait une joyeuse confusion. Au milieu des clameurs, Jean coupa les cordons avec un couteau bien aiguisé, puis donna aux enfants une petite cuillerée de sel pour chasser les mauvais esprits, avant de les plonger rapidement dans de l'eau froide provenant du loch, pour qu'ils deviennent forts et en bonne santé. Hébétée, Rowena se contentait d'observer alors que toutes les précautions étaient prises. Une chandelle confectionnée avec la racine d'un sapin et suintante de térébenthine fut transportée autour du lit trois fois. Des baguettes de sorbier furent jetées dans le feu. Des prières furent prononcées par chaque femme à tour de rôle, puis un plat circula et toutes avalèrent trois cuillerées de farine d'avoine mélangée à de l'eau. Alors que le sort de deux vies fragiles se jouait, ce n'était pas le moment de renoncer aux traditions séculaires.

Jean laissa les autres à leurs cérémonials et s'occupa des besoins de Rowena. Elle l'aida d'abord péniblement à s'asseoir. Puis, elle glissa un traversin derrière elle, avant de déposer fermement un enfant tremblant et braillard dans le creux de chacun de ses bras. Leur corps humide avait été étroitement emmailloté dans des langes tissés pour l'occasion.

— Y z'ont rien d'pareil, vos fils, murmura Jean, en se penchant plus près, pendant qu'elle débarrassait le lit des draps souillés. Voyez le rougeaud, avec sa tignasse de ch'veux roux, et l'aut' qui est presque chauve.

Rowena ne pouvait détacher son regard de leur minuscule visage fripé et maussade, et leurs cris affamés lui perçaient l'âme.

— Mes fils, murmura-t-elle en les effleurant d'un baiser, retenant ses larmes. Craignant de prononcer les noms qu'elle avait choisis pour eux avant qu'ils soient baptisés, elle pressa ses lèvres contre chaque petit crâne mouillé et, dans son cœur, les offrit au Ciel dans une prière : *Evan Alexander McKie*, celui à la riche chevelure rouge et au cri vigoureux. *James Lachlan McKie*, son jeune frère à la tête duveteuse.

— Faites que je les aime tous les deux également, dit-elle doucement.

— C'sera pas facile, y sont si différents, approuva Jean, en lui tapotant un bras. Y sont même pas nés l'même jour. Mais c'sont deux McKie, pas d'doute là-dessus.

Rowena éloigna son attention de ses deux fils assez longtemps pour croiser le regard compréhensif de la sage-femme.

— Qu'entends-tu par « ils ne sont pas nés le même jour » ?

Jean regarda par-dessus son épaule, puis se pencha tout près de Rowena.

— N'avez-vous point entendu l'carillon ?

— Oui, mais… répondit Rowena, et tous les membres de son corps se mirent à trembler d'une manière incontrôlable. Mais que se passe… ?

— Inquiétez-vous pas. Ces frissons, c'est normal. Ça passera vite.

Toujours aussi efficace, Jean enveloppa les jambes et les épaules de Rowena d'une couverture, puis porta une tasse de thé tiède à ses lèvres.

— Parlons à c't'heure du moment des naissances, reprit Jean. Le rougeaud braillard est né quand mercredi rendait l'âme. Mais l'plus délicat est arrivé jeudi, après les douze coups d'minuit. V'comprenez c'que ça veut dire ?

Rowena regarda leur petite tête.

— *Enfant du mercredi, enfant de malheur,* murmura-t-elle, répétant un vieux dicton écossais remontant à la nuit des temps.

Jean hocha la tête et l'expression de son visage était maintenant plus grave.

— C't'ainsi. Et l'enfant du jeudi doit partir au loin.

— Oh, mais pas tout de suite, mon petit.

Rowena déglutit avec difficulté, horrifiée à la seule pensée que le plus jeune, le plus petit des jumeaux, pourrait lui être arraché. *Jamie.* La vue de sa mignonne petite tête recouverte d'un brun duvet avait déjà volé son cœur. De grâce, pas tout de suite.

— Ayez pas peur. Les deux vont vivre, dit Jean d'une voix douce, mais ferme. Le deuxième, né passé minuit, y aura le pouvoir de voir l'Esprit d'Dieu dans tout l'pays. Il est doué, c'lui-là. Vous vous souvenez de c'que j'vous ai dit, l'mois dernier? « Le plus vieux servira l'plus jeune ». Assurez-vous d'point l'oublier, l'moment venu.

— Et quand cela arrivera-t-il? demanda Rowena, tremblante, en serrant ses bébés encore plus fort contre elle. Comment le saurai-je?

Jean haussa les épaules et ajouta gentiment :

— On sait jamais ni où ni comment, maîtresse McKie. Une mère doit toujours être prête. L'Dieu tout-puissant vous montrera c'qu'y faut faire.

Jean lui serra l'épaule avec affection, puis effleura gentiment du doigt la joue de chaque bébé.

— Y a-t-il aut' chose que j'puisse faire pour vous, c'soir?

Un nouveau torrent de larmes roula sur le visage de Rowena et sur ses lèvres tremblantes.

— Vous direz à monsieur McKie — sa voix était entrecoupée par les sanglots et elle serrait ses bébés fortement contre sa poitrine gonflée —, vous lui direz que ses prières ont été exaucées. Dieu a voulu qu'il soit père.

Chapitre 1

Et pour abandonner le fruit du labeur de toute sa vie,
À ce bipède déplumé, un fils.
— John Dryden

Glentrool
Automne 1788

— Le Ciel nous vienne en aide, Jamie. Ton père a… Oh ! je ne puis supporter cela.

Jamie regardait sa mère tempêter dans les jardins de Glentrool, qui se paraient déjà des couleurs de l'automne. Elle marchait de long en large, agitant les mains dans les airs, tout en s'emportant contre la dernière maladresse d'Alec McKie. Après deux douzaines d'années sous son toit, Jamie était maintenant familier avec les démonstrations théâtrales de sa mère. Il croisa simplement les bras sur son gilet de serge bleu et attendit.

Le soleil du matin illuminait les sentiers verdoyants, sans les réchauffer. Un vent vif et piquant agitait les pins et envoyait virevolter des amas de feuilles de sorbier dorées sur les culottes de daim du fils, et les jupes ondoyantes grises de la mère. Rowena, dont le nom s'inspirait de l'arbre sacré prodiguant des baies d'un rouge éclatant, saisit un pan de sa robe à deux mains et le secoua vigoureusement, faisant voler les brindilles et les feuilles.

— Ce que l'homme a fait est injuste. Totalement injuste !

— Je suis sûr que vous avez raison, mère.

Un petit sourire lui joua aux commissures des lèvres. En dépit de son âge et de son agitation, Rowena était toujours agréable à regarder. Autrefois, la réputation de ses cheveux noirs comme le charbon et de ses yeux sombres et étincelants s'était répandue d'un bout à l'autre de Galloway, depuis les docks de Portpatrick jusqu'aux ruelles de Dumfries. Bien des hommes avaient jeté sur elle des regards de convoitise, soit à la chapelle, soit au marché, et son père avait eu toutes les difficultés à défendre son honneur et à tenir les mauvais sujets à bonne distance. Une belle épouse se paie très cher, avait compris Jamie, et lui-même n'avait pas l'intention de payer, à moins que la promise soit vraiment très jolie.

Rowena se mordillait la lèvre inférieure et une ligne soucieuse barrait son front. Les nouvelles étaient mauvaises, de toute évidence. Peu importe ce qui s'était produit depuis qu'ils avaient partagé leur petit-déjeuner, il était clair que son père s'était surpassé.

— Allez-vous me dire ce qui s'est passé, mère, ou vais-je devoir le deviner moi-même ?

— Écoute-moi bien, Jamie.

Une longue mèche de cheveux, qui étaient striés de gris depuis peu, lui tomba sur la nuque. Elle la remit en place avec ses doigts gracieux, tout en regardant fixement son fils.

— C'est au sujet de ton frère.

Jamie grimaça. C'était toujours au sujet d'Evan.

— Ton père l'a convoqué. Il a envoyé Thomas Findlay dès l'aube, comme si l'homme n'avait rien de mieux à faire que de sillonner le Rig of Stroan, à la recherche de ton frère, qui n'en fait toujours qu'à sa tête. Il a fallu à Thomas toute la matinée pour le débusquer.

Elle se pencha vers lui et baissa la voix, qui devint un murmure pressant.

— Tu aurais dû voir Evan franchir la porte sous son plaid crasseux de chasseur. Sa tignasse rousse était hirsute, et puis il avait cette *barbe* ! J'avais honte de reconnaître en lui mon premier-né.

Jamie hocha simplement la tête tandis que son estomac faisait les frais de la nouvelle, se tordant en un nœud serré et douloureux. Rowena McKie pouvait bien avoir honte de son fils aîné, mais Alec McKie le vénérait, vantant sans cesse sa vue perçante de chasseur et son puissant bras d'archer.

— Aucun doute, Evan a dû revenir à toute vitesse dès qu'il a entendu la nouvelle, grommela Jamie. Il sait de quel côté est beurré son *bannock*[1].

Sa mère le regarda fixement en arrondissant l'un de ses sourcils.

— Tu serais bien avisé de l'imiter.

Jamie étudia l'extrémité de sa botte, ne voulant pas attiser sa colère. Depuis leur plus jeune âge, lui et son frère avaient été constamment opposés l'un à l'autre par leurs parents partiaux, comparés et confrontés, pesés et mesurés comme du bétail. « Jamie est plus grand, c'est vrai, mais Evan est plus fort. » « Jamie est plus intelligent, certes, mais Evan est brave. » Si de tels commentaires se voulaient utiles, le plan avait échoué lamentablement. Une âpre rivalité, afin de gagner la faveur de leurs parents, s'était ensuivie. La compétition s'était transformée en animosité ouverte, Alec et Rowena affichant leurs préférences de manière trop évidente.

Jamie, plus jeune que son frère de moins d'une minute, n'avait aucune place dans le cœur de son père. En ce qui concernait celui de sa mère, c'était tout le contraire. Jamie le possédait entièrement et Evan, pas la moindre parcelle. Il en avait toujours été ainsi et cela s'était accentué, récemment. Son frère insouciant se laissait entraîner loin des limites de Glentrool ; Jamie quittait peu la maison, tenant compagnie à sa mère et s'occupant des comptes de la famille. Evan avait peu d'intérêt pour les discours galants et la courtoisie. Jamie possédait des manières impeccables. Evan s'était marié avec une femme que ses parents abhorraient ; Jamie avait prudemment demandé conseil à sa mère au sujet du mariage. À trois

1. N.d.T. : Pain plat et rond sans levain.

reprises, il avait amené une jeune fille à Glentrool pour recevoir l'assentiment maternel et, chaque fois, Rowena avait murmuré « Pas celle-là. »

Et cela avait réglé la question. L'amour et l'attention de son père étant fermement acquis à Evan, Jamie n'aurait jamais risqué de tomber en disgrâce aux yeux de sa mère, en choisissant une fiancée qu'elle n'aurait pas approuvée. Il avait bien du temps pour trouver une épouse. Pour l'instant, les collines verdoyantes et les riches troupeaux de Glentrool étaient plus que suffisants pour l'occuper.

— Quel genre d'accueil père a-t-il fait à Evan ? demanda Jamie, qui connaissait déjà la réponse.

— Il a ignoré l'allure négligée de ton frère pour l'accueillir à bras ouverts. Et ce n'est pas que ton père ne voit plus assez bien pour remarquer la tenue de son fils. Il s'est plutôt mis à radoter sur ses deux sujets favoris.

— Son âge avancé étant l'un d'eux, avança Jamie, certain qu'elle approuverait d'un hochement de tête. Est-ce que père a aussi mentionné comment il faiblit et que sa dernière heure approche ? Et que sa vue baisse d'heure en heure ?

Jamie regretta le ton ironique de ses paroles dès qu'il les eut prononcées. Après tout, l'homme était presque aveugle.

— Et ensuite, quel fut l'autre sujet abordé ?

— Le dîner.

— Évidemment, quoi d'autre ?

En dépit de sa vue déclinante, l'appétit d'Alec McKie pour les viandes savoureuses demeurait aussi vivace que jamais, surtout quand elles étaient servies avec de la gelée de groseille rouge et des pommes de terre grillées. Evan, étant un habile chasseur, courtisait les faveurs du maître en lui apportant du chevreuil, faisandé à point, et du saumon frais pêché dans la Minnoch. Jamie était trop impatient pour pêcher, incapable de se servir d'une arme à feu et pire encore au tir à l'arc. Il pouvait manier un sabre, quand il le fallait, ou planter son poing dans l'estomac d'un homme, si on le provoquait. Mais en règle générale, ses armes étaient les mots, son armure, la logique. Dans la guerre pour plaire à son père, il avait été battu à plates coutures par Evan.

— Ton père l'a envoyé avec son carquois et son arc vers le bois de Cree pour chasser le grand gibier. Il a dit qu'il avait un goût de venaison.

Jamie, peu intéressé, haussa les épaules. Les intrigues familiales ne l'intéressaient que médiocrement. Comme elles étaient la raison de vivre de sa mère, il se prêta au jeu.

— En quoi les chasses d'Evan présentent-elles un intérêt pour vous ?

Ses yeux lancèrent des étincelles.

— C'est ton avenir qui m'intéresse, James Lachlan McKie !

Elle fit un pas vers lui, les mains solidement plantées sur les hanches. Son menton pointu, aussi fin que le sien, projeté vers l'avant.

— Les derniers mots de ton père avant le départ d'Evan furent « Je veux te donner ma bénédiction avant de mourir. »

— Sa… bénédiction ?

Les mâchoires de Jamie se contractèrent. Maintenant, il était tout yeux tout oreilles. La bénédiction du père représentait bien plus que quelques belles paroles. Son père voulait en faire son *héritier* — léguer Glentrool et toutes les richesses de cette terre à Evan. *Evan,* ce frère dissipé ! Jamie eut peine à prononcer les mots suivants.

— Glentrool appartiendra à… Evan ?

— Oh ! Ne pense jamais rien de semblable ! Toi seul es destiné à en hériter, Jamie.

Elle avait déjà dit cela des douzaines de fois. Que ce serait *lui,* l'héritier de son père. Qu'il était le plus intelligent des deux, l'administrateur prudent et avisé du cheptel et des terres. Que c'était la volonté du Tout-Puissant qu'il soit le maître de Glentrool, un jour. Jamie l'avait crue parce qu'il le voulait bien, parce qu'il aimait Glentrool et méprisait ce frère qui voulait hériter d'une propriété qu'il n'avait jamais fait prospérer, et qu'il ne méritait pas.

Si sa mère avait raison, Evan serait l'unique propriétaire de Glentrool. La terre, tous les moutons et les chèvres, chaque pièce de la maison, tout cela lui appartiendrait.

— Savez-vous ce que cela signifie ? dit Jamie, appuyant sur chaque mot, tout en commençant à marcher nerveusement dans le jardin. Dès l'instant où père meurt, Evan peut m'expulser sur-le-champ dans les marais, sans une seule guinée ni le moindre remords.

— Non ! Jamais je ne le permettrai, dit sa mère en s'approchant de lui et en le saisissant par la manche. M'entends-tu, Jamie ? Ton père a décidé cela tout seul, sans m'en dire un seul mot.

Jamie se tourna pour voir ses yeux gonflés de larmes retenues.

— C'est cela qui vous irrite le plus, mère ? Qu'il ait négligé de demander votre avis ?

— Non !

Elle s'éloigna de lui, les joues écarlates. Il avait atteint son amour-propre à un point trop sensible. Au bout d'un moment, elle se retourna, les traits rassérénés, mais la mâchoire contractée.

— Ce qui m'irrite le plus, c'est un père qui refuse de traiter ses deux fils équitablement, dit-elle.

Puis, elle ajouta en le vrillant du regard :

— Et un fils qui a oublié tout ce que sa mère a fait pour lui.

Jamie n'eut d'autre choix que de marquer son assentiment par un léger hochement de tête. N'était-ce pas elle qui lui avait obtenu le privilège de dormir dans la plus grande chambre et de monter Walloch, le plus beau cheval de l'écurie des McKie ? Ne lui avait-elle pas procuré tous les livres qu'il voulait, peu importe leur prix, et n'était-ce pas elle qui intervenait, dès qu'Evan semblait avoir l'avantage sur lui ? De la gratitude, c'était bien la moindre des choses qu'il pût lui offrir, bien qu'à l'occasion, le poids de ses faveurs lui pesât sur la poitrine comme une pierre tombale.

— Vous avez tant fait pour moi, et je vous en suis reconnaissant, dit-il en inclinant légèrement la tête. Qu'attendez-vous de moi en retour ?

Elle glissa sa main dans le creux de son coude et l'entraîna plus loin de la maison bourdonnante d'activité, loin des oreilles indiscrètes et des regards curieux tournés vers les vitres, qui miroitaient au-dessus d'eux comme les yeux du Tout-Puissant. Elle inclina la tête vers lui et pressa son bras affectueusement.

— J'ai un petit plan, Jamie.

En entendant la chaude note persuasive dans sa voix, il savait qu'il était condamné à se plier à sa volonté.

— Ton père s'attendra à ce qu'Evan le serve seul dans la salle à manger, de ses propres mains, dans une semaine environ, n'est-ce pas ? Un délicieux cuissot de venaison accompagné des plus beaux légumes du potager, qui honoreront la table de Glentrool comme autant de présents faits à un roi. Un brillant souper pour clore la journée et sceller le destin d'Evan, n'est-ce pas ?

Sa description vivante aiguisa la langue de Jamie.

— Et en quoi tout cela me concerne-t-il ?

— Patience, mon garçon, dit-elle tout en le guidant le long du sentier ombragé, écrasant au passage des baies de sorbet sous ses plus belles chaussures. Pendant que ton frère chasse au sud de Trool, reprit-elle, toi et moi allons préparer notre propre festin pour obtenir une audience auprès de ton père.

Il s'arrêta brusquement.

— Je n'ai rien d'un chasseur et vous le savez bien.

Elle leva la tête et vissa son regard dans celui de son fils.

— On ne chasse pas, pour de la viande de chèvre, Jamie.

Son sourire creusa les coins de ses yeux, qui brillaient comme de l'onyx poli.

– Pas quand les jeunes chèvres sont si abondantes sur Buchan Hill.

– Des chèvres, répondit-il, incertain de ce qu'elle voulait dire. Voulez-vous dire que nous allons lui servir de la chèvre à la place de la venaison ?

Elle leva négligemment les mains au ciel, comme si comploter et conspirer étaient des choses toutes simples.

– Rien de plus facile que d'assaisonner une viande pour lui donner le goût d'une autre. N'ai-je pas passé les étés de ma jeunesse à apprendre la cuisine à Dumfries ? Nous servirons à ton père un repas du midi dans quelques jours, bien avant qu'Evan et son chevreuil aient pu souiller les dalles de la cuisine de Glentrool.

– Je veux bien qu'on puisse masquer le goût de la viande. Mais comment dissimuler mon identité, mère ?

Il la regarda, espérant qu'il pourrait la persuader de renoncer au plan téméraire qu'elle était à échafauder.

– Je peux altérer ma voix, poursuivit-il, mais pensez-vous m'enrober aussi dans les épices ?

– Pas dans les épices, non. Mais dans quelque chose de tout aussi odorant : le plaid de ton frère.

Son sourire s'épanouit, révélant une rangée de dents usées par l'âge.

– Ton père ne comprendra pas ce qu'il a fait, pas avant qu'il soit trop tard. Jusque-là, ce sera notre petit secret, Jamie, dit-elle en tirant un petit coup sec sur sa manche. Le tien et le mien.

Chapitre 2

Un secret domestique est comme une roche sous la marée.
— Dinah Maria Mulock Craik

Paroisse de Newabbey, Galloway de l'est

— Le déjeuner était-il à votre goût, père ?

Leana McBride était assise à la table, bien droite, en face de son père. Elle le regardait s'essuyer la bouche du revers de la main, ignorant la serviette de lin posée à côté de son assiette. Ses cheveux noirs striés de reflets argentés étaient tirés vers l'arrière et noués en une queue sévère, dégageant son large front. Les boutons d'étain de sa veste brillaient à la lueur du foyer.

— C'était de la nourriture, et elle a été mangée.

Avec un grognement bourru, il repoussa sa chaise de la table et replaça sa veste grise d'un geste brusque, sans regarder une seule fois en direction de sa fille. Il porta plutôt son regard vers la fenêtre et le ciel qui s'obscurcissait au-delà.

— La tempête arrive de l'ouest. Veille à ce que les pommes les plus mûres soient cueillies, Leana, ou nous perdrons les meilleures.

Il la congédia d'un geste de la main.

— Tu peux t'en aller. J'attends un visiteur bientôt. Ne nous dérange surtout pas.

Elle se leva et fit une petite révérence, puis se dirigea vers le verger, ramassant au passage deux paniers près de la porte de la cuisine, avant de la refermer doucement derrière elle. Lorsque Lachlan McBride était d'humeur désagréable, il valait mieux s'éclipser rapidement. Vingt années à essayer d'amadouer son père n'avaient pas nivelé ses aspérités et elle y était toujours aussi sensible. Si elle répondait, il la traitait d'impertinente. Si elle restait silencieuse, il la qualifiait d'ennuyeuse. Elle n'avait d'autre choix, en pareilles occasions, que de rechercher le sanctuaire de ses jardins, sachant qu'il ne se donnerait pas la peine de venir la chercher là. Pas étonnant qu'aucune femme de Galloway n'avait voulu de son père veuf comme époux. La terre et l'argent seuls ne sont pas suffisants pour réchauffer le cœur d'une femme.

Les vents violents tiraient sur ses nattes joliment tressées, tandis que Leana se frayait un chemin vers le modeste verger familial situé à l'est de la maison, où il était à l'abri des vents dominants du sud-ouest. Les prédictions de son père n'étaient pas une exagération ; pas de trace de soleil ce jour-là. De lourds nuages étaient empilés, les uns derrière les autres, comme d'immenses rochers prêts à dévaler du ciel. Sur ce canevas d'ardoise sombre, les fruits ronds et jaunes brillaient encore plus que d'habitude, mûrs et dorés, implorant d'être cueillis. Leana ne perdit pas une seconde et serra ses jupes autour de ses jambes pour escalader l'échelle de bois appuyée contre le tronc noueux. Tournant le dos au vent, elle se mit à cueillir tout ce qu'elle pouvait atteindre, prenant garde de ne pas perdre l'équilibre. Les reinettes étaient chaudes et douces dans sa main ; les fruits étaient encore fermes, mais pas si durs que la lame du couteau ou la dent ne puissent y mordre. Elle remplit un panier de canevas souple, puis un autre, s'étirant et se penchant en de rapides mouvements, très consciente de l'air qui fraîchissait et du ciel qui se faisait toujours plus menaçant.

L'atmosphère s'accordait à son humeur tourmentée. Dès l'aube, un nœud d'appréhension s'était logé dans son estomac, se resserrant au fur et à mesure que la matinée avançait. L'intuition de quelque chose sur le point de survenir, de quelque chose d'imminent, ne lui laissait aucun répit. Ce que cela pouvait être, elle ne pouvait l'imaginer. Peut-être n'était-ce rien de plus que le changement de température.

Remarquant quelques pommes hors de sa portée, elle gravit un échelon supplémentaire sur son échelle, s'abreuvant de la vue qui s'offrait à elle. Sa chère Auchengray s'étendait autour d'elle, avec ses champs patinés de vieil or. À cinq kilomètres à l'est se trouvait le village de Newabbey, avec ses confortables cottages et la chapelle paroissiale, qui accueillait les McBride, chaque sabbat. L'horizon ouest s'assombrissait sous une lourde pluie qui viendrait bientôt abreuver les élégants jardins murés de Maxwell Park. Au nord s'étendaient les collines boisées de chênes et de frênes, d'ormes et de hêtres, et, plus loin encore, les rues bourdonnantes de Dumfries. Leana savait, sans se retourner, ce qui se trouvait derrière elle : Tannock Hill et, au-delà, le Criffell, s'élevant à plus de trois cents mètres depuis la baie jusqu'à son sommet, dominant la côte de Solway. Plusieurs marins prétendaient avoir aperçu des diamants brillants au milieu des flancs rocailleux du Criffell, mais aucune pierre précieuse n'avait jamais été trouvée, malgré les fréquentes recherches des plus ambitieux d'entre eux.

Les bêlements lointains des moutons se réverbéraient dans les montagnes, amplifiés par la légèreté de l'air précédant la tempête. Les lourds nuages étaient si bas qu'on semblait pouvoir les toucher. Leana s'étira le cou, essayant d'entrevoir les troupeaux et sa sœur, Rose. Surveiller le domaine d'Auchengray et son cheptel était la responsabilité de Duncan Hastings. Mais Rose, qui ne pouvait supporter de rester à l'intérieur une seconde de plus que nécessaire, trouvait invariablement quelque excuse pour rejoindre le berger expérimenté dans les pâturages.

Leana, en raison de sa peau pâle et de ses yeux sensibles, demeurait prudemment à l'intérieur, loin des ardeurs du soleil. Elle entretenait son jardin au crépuscule, lorsque le brouillard et la rosée lui offraient une bulle protectrice, puis passait le reste de la journée à filer de la laine et à broder, en plissant les yeux derrière ses épaisses lunettes. Elle savait bien que sa jeune sœur la croyait exagérément craintive.

— Honte sur toi, de rester cachée dans la maison, Leana ! l'avait taquinée Rose, récemment. Tu es bien trop timorée, pour une McBride.

Peut-être était-elle timide, après tout, mais seulement en comparaison avec l'audacieuse et intrépide Rose.

Il y avait d'autres différences entre les sœurs, certaines moins évidentes que la couleur de leurs yeux, ou les cinq années qui les séparaient. Rose détestait la routine ; Leana s'épanouissait dans ses habitudes. Rose trouvait un nouvel intérêt chaque semaine ; Leana était heureuse de cultiver son potager, saison après saison. Rose fréquentait une collection d'amis sans cesse changeante ; Leana trouvait une joie tranquille dans la compagnie de ses livres empruntés et dans les visites occasionnelles de Jessie Newall, une jeune fille récemment mariée habitant une ferme voisine. En dépit de leurs différences, les sœurs étaient aussi proches que deux boutons de rose sur la même tige épineuse, liées par une loyauté née dans l'amour et une confiance totale.

Leana descendit de son échelle branlante. Heureuse d'avoir de nouveau les pieds solidement plantés au sol, elle souleva ses deux lourds paniers de pommes, satisfaite de la charge qu'ils contenaient. S'il y avait assez de raisins secs et de cannelle dans le garde-manger, leur gouvernante, Neda Hastings, verrait à ce que des tartes fraîches apparaissent sur la table le lendemain et le jour suivant. Leana se dépêcha d'entrer par la porte de la cuisine, car les premières gouttes de pluie lui piquaient déjà le cou. Peut-être que Rose éplucherait les pommes et roulerait la pâte. Ou peut-être que non.

Tout juste au-delà des cerisiers, un éclat de rire cristallin retentit. Quelques secondes après, Rose apparut, son épaisse natte noire bondissant derrière elle.

— Leeeannaaa ! chanta-t-elle, virevoltant dans la brise fraîche, les bras levés au ciel pour embrasser la pluie qui approchait.

Tout en l'observant faire des gambades comme un agneau du printemps à ses premiers pas, Leana sentit sa gorge se nouer. *Rose, chère Rose.* Même à quinze ans, elle était toujours une enfant. Son enfant, de bien des façons. Un fort besoin de protéger sa cadette monta en Leana comme la marée du Solway se précipitant sur le rivage. Rose était si impétueuse, même insouciante, à l'occasion, aveugle aux dangers du monde au-delà des murs blanchis à la chaux d'Auchengray. C'était cette innocence même qui la rendait si charmante. Et totalement vulnérable.

— J'ai raté le déjeuner, n'est-ce pas ?

Rose éclata de rire à nouveau, ouvrant la porte arrière en grand, les yeux pétillants.

— Rose l'étourdie, comme toujours. Père va me tuer. À moins que ce soit toi.

Leana fit un grand sourire et secoua la tête, tout en franchissant le seuil avec son chargement de fruits.

— Personne ne songerait à faire une chose pareille, Rose.

En déposant son panier sur le plancher de pierre, elle lui murmura :

— Mais parle à voix basse, toutefois. Père attend de la visite et il n'appréciera guère tes manières bruyantes.

Rose fit semblant d'être blessée par la remarque.

— Pas plus bruyantes que d'habitude.

— Si tu le dis, fit Leana en tirant affectueusement la tresse de sa sœur. File en haut, maintenant. Va te laver les mains et le visage.

— Tu me maternes encore ?

— C'est ma tâche favorite, l'assura Leana, en la pressant gentiment d'avancer. Toutes les jeunes filles ont besoin d'une mère, Rose. Neda est venue jouer ce rôle auprès de moi, il y a quelques années, et elle m'a ensuite légué l'agréable tâche de faire de même pour toi.

— Mais je n'ai pas besoin…

— Chut! l'interrompit Leana en portant un doigt à ses lèvres en guise d'avertissement. J'ai entendu des voix dans le petit salon. Allez, ouste! Et pas un mot de plus.

Elle observa Rose empoigner ses jupes et disparaître dans les marches, la lèvre inférieure plissée en une moue non simulée. Cher ange, elle aura retrouvé sa bonne humeur avant d'avoir franchi le tournant de l'escalier.

Leana se tourna instinctivement vers les voix masculines, la curiosité l'attirant vers la porte close. Qui pouvait bien venir, un jour aussi orageux? La prudence de son père et ses manières rusées — à la limite de la malhonnêteté, murmuraient certains — en avaient fait l'un des petits propriétaires les plus prospères du comté, lui valant le respect réticent de la noblesse locale. Fermier et propriétaire aisé, Lachlan avait autrefois travaillé lui-même la terre, comme Duncan le faisait maintenant, coiffé du bonnet écossais typique des paysans. Lorsque Lachlan avait acheté Auchengray de l'héritier, il y avait une dizaine d'années de cela, le bonnet avait fait place au tricorne noir du gentilhomme. Un homme dans sa position pouvait recevoir qui il voulait dans sa maison, du plus modeste paysan à Lord Maxwell en personne. L'une de ces personnes parlait à son père, maintenant…, mais qui?

Elle se tenait de l'autre côté de la porte, les oreilles grandes ouvertes pour tout entendre. Des bourrasques de vent, qui soufflaient entre les carreaux et faisaient claquer les volets, étouffaient presque complètement leur conversation discrète. La famille passait presque tout son temps dans la plus grande salle de séjour, tandis que le petit salon était réservé aux visiteurs de marque. Il contenait les plus beaux meubles, incluant le lit du père, comme c'était la coutume, son seul inconvénient étant le foyer peu profond. Lorsque les invités arrivaient, un petit réchaud contenant un peu de tourbe légère servait d'appui-pieds, gardant leurs pieds au chaud, à défaut du reste.

Mais *quel* invité, c'est ce que voulait savoir Leana. Cédant à la tentation, elle colla son oreille contre le bois juste au moment où le vent tombait, et la voix sonore de Lachlan McBride traversa la porte.

— Ma fille Leana est le pilier de cette maison.

Une douce chaleur lui monta aux joues. Son père avait rarement des paroles aussi flatteuses à son égard.

— Oui, j'sais que c't'une rude travailleuse, m'sieur McBride.

Une voix familière. Plus âgée. Quelqu'un de la paroisse voisine, mais son nom lui échappait. Et pourquoi parlaient-ils ainsi aussi librement d'elle ? Elle appuya son oreille plus fortement, s'efforçant d'entendre ce qu'ajouterait le mystérieux visiteur.

— J'ai souvent pensé comme c'te jeune fille s'rait utile à Nethercarse.

Utile ? Elle se retira de la porte, estomaquée. N'était-elle rien de plus qu'une servante additionnelle à embaucher pour la Saint-Martin ? Sûrement pas. Quoi qu'il en soit, elle ne se réjouissait sûrement pas d'une visite à Nethercarse, une ferme vaste, mais lugubre avec son cheptel de bêtes émaciées, située dans la paroisse de Kirkbean. En chemin vers la côte de Solway, ils étaient souvent passés devant la propriété mal annoncée par un panneau délabré, fixé à une barrière de pierre en train de s'effondrer.

— Mais Leana est aussi utile à Auchengray.

C'était la voix de son père, sévère, presque vindicative.

— Telle quelle, votre proposition est inacceptable, continua-t-il.

Son cœur s'arrêta. *Une proposition ?*

De l'autre côté de la porte, Lachlan s'éclaircit la gorge pour en imposer à son interlocuteur.

— À moins que, comment dire, vous preniez vraiment en compte… ses multiples talents. Est-ce que je me fais bien comprendre ? Revenez avec une offre plus généreuse, monsieur McDougal, ou je ne pourrai même pas la considérer.

McDougal. Leana tomba à genoux, son épaule droite affaissée contre la porte.

— V'z'êtes un homme rusé, m'sieur McBride, entendit-elle l'homme grommeler. V'pensez toujours à remplir vot' cassette, pas vrai ?

— Ma cassette me regarde, monsieur McDougal. Et ma fille aussi.

Fergus McDougal. Elle l'avait vu au marché. Il avait dépassé la quarantaine et semblait encore plus âgé — un fermier desséché, mal dégrossi, qui avait épuisé sa première femme à la tâche jusqu'à la tombe, le laissant seul avec un foyer à tenir et trois grands enfants à nourrir. Un veuf, comme son père. Il semblait que les deux hommes se comprenaient. Fergus McDougal avait besoin d'une femme de ménage et d'une gouvernante, mais une épouse était meilleur marché. Et Lachlan McBride avait plus besoin d'argent que d'une fille. De l'argent pour acheter des moutons, pour agrandir sa propriété, pour impressionner ses voisins.

— Revenez faire une nouvelle offre lundi, dit son père. Je vous attendrai.

Leana porta sa main à sa gorge, comme pour y retenir ce qu'elle voulait dire, et sentit son pouls sous ses doigts tremblants. Elle était prête à se marier, mais pas comme ça. Une femme devrait se marier par amour. Pas pour de l'argent ni par orgueil. Et sûrement pas avec Fergus McDougal. *De grâce, mon Dieu, non.*

Le grincement soudain des chaises sur le plancher de pierre fit bondir Leana sur ses pieds. Elle se précipita vers le salon, entendant la porte s'ouvrir au moment précis où elle traversait le hall vers la cuisine. Le souffle coupé par la peur et l'émotion, elle arriva en trombe dans la cuisine, où elle trouva Neda, la gouvernante, qui plumait tranquillement un poulet.

— Neda, parvint à dire Leana entre deux goulées d'air. Père est… Alors, il…

— Y parle avec Fergus McDougal, j'sais, dit Neda, tout en arrachant une autre poignée de plumes. Y veut p't-être voir si l'avare lui vendrait pas que'ques vaches laitières. M'sieur McDougal est un homme riche, même si on dirait pas, à l'voir.

Elle laissa tomber les plumes dans un panier à ses pieds, tout en secouant la tête.

– Vot' père s'fatigue jamais d'brasser des affaires, pas vrai ?

– Non, grogna Leana, se laissant choir sur un tabouret à trois pattes, jamais.

Chapitre 3

Les pères, par leurs enfants, sont défaits.
— Walter von der Vogelweide

— Père va me tuer. Ou, au moins, me déshériter.

— Jamie, *réfléchis !*

Sa mère leva les mains au ciel, sa patience clairement à bout après des jours à plaider sa cause.

Jamie avait beaucoup réfléchi. En particulier, il avait pensé à la colère de son père quand celui-ci comprendrait qu'il avait donné sa bénédiction au mauvais fils — si ce plan fonctionnait, ce dont il doutait fortement — et à la fureur de son frère, lorsqu'il découvrirait que son héritage lui avait été volé.

Les pensées de sa mère, d'un autre côté, étaient toutes concentrées sur l'appétit de son mari. Debout dans la grande cuisine de pierre de Glentrool, un tablier noué autour de sa belle robe de lin, Rowena McKie avait passé presque toute la matinée à faire ce qu'elle réussissait le mieux : préparer un dîner. Des pots de beurre fraîchement baratté et de fromage bien fait étaient au garde-à-vous. Des paniers contenant des betteraves potagères et des pois tout frais cueillis attendaient de nouvelles directives. À l'intérieur du four de brique, niché dans le grand foyer, des miches de pain levées étaient maintenant croustillantes et d'un beau brun doré.

Bien que Glentrool se targuât d'avoir un chef de Marseille et une petite armée de domestiques, sa mère n'était jamais plus heureuse que lorsqu'elle réglait elle-même tous les détails d'un important repas. Alors qu'elle n'était qu'une jeune fille de dix-sept ans, elle avait étudié les arts ménagers à Dumfries, se préparant pour les jours où un manoir serait sous son autorité. Sa compétence en la matière était évidente ; en ce samedi, elle s'était donné un grand mal pour un repas ordinaire du midi. Mais Jamie se rappela que celui-là n'avait rien d'ordinaire. Avant qu'il soit terminé, il serait laird. Ou il pourrait être mort. Lorsqu'il mentionna cette possibilité à sa mère, elle perdit ce qui lui restait de son beau sang-froid.

— Allons ! Quand Alec McKie a-t-il jamais levé un doigt sur son propre sang ? Jamais, voilà la réponse.

Elle claqua des doigts en direction de son aide-cuisinière, qui, à son tour, piqua la viande rôtissant sur la broche.

— Est-elle à point, Betty ? Est-elle assaisonnée au goût de monsieur McKie ?

Aubert Billaud, l'ombrageux chef français de la maison, avait depuis longtemps déserté son poste en maugréant, laissant Betty se défendre toute seule. Les cheveux roux attachés en un nœud serré, le visage et les mains couverts de taches de rousseur, la plantureuse jeune fille gardait ses opinions pour elle-même et se contentait de hocher la tête.

Rowena ne voulait rien laisser au hasard.

— Avec une pincée de muscade, une pincée de macis ?

— Plus qu'une pincée, maîtresse McKie.

— Très bien. Je n'ai plus besoin de vous. Laissez-moi servir mon mari.

Les yeux de Betty s'écarquillèrent.

— Mais, maîtresse…

— Allez, ouste ! Une femme peut bien servir son mari, s'il lui en prend la fantaisie, n'est-ce pas ?

Jamie se mordit la langue. Quand sa mère bouillonnait comme un chaudron de soupe écossaise, discuter avec elle était sans espoir. La fille quitta la pièce sans ajouter un mot, ses pieds nus glissant silencieusement sur le plancher dallé. Il l'observa fermer la porte derrière elle et envia sa fuite.

— Tu as fait un bon choix, commenta sa mère, indiquant les viandes d'un mouvement de la tête. Deux chèvres manquantes passeront inaperçues dans un troupeau de cinq mille moutons.

Elle se déplaçait autour du foyer, agitant le contenu des diverses marmites qui étaient suspendues au-dessus du feu, un demi-sourire de satisfaction dessiné sur les lèvres.

— Nous servirons des pommes de terre et des navets pour accompagner la viande, et du vin de Bordeaux pour faire descendre le tout. L'appétit de ton père devrait être plus que rassasié.

Tout en regardant les généreuses portions, il imaginait toutes les calamités que l'heure à venir pouvait lui réserver.

— Les pommes de terre et les navets ne masqueront pas le fait que ce n'est pas du grand gibier.

Puis il la regarda avant d'ajouter :

— Et que je suis Jamie, et non pas Evan.

Elle croisa son regard et le soutint. Cela dura si longtemps qu'il se demanda si elle finirait par répondre à son objection.

— S'il le demande, dis-lui que c'était une biche, dit-elle d'un ton égal. Une jeune biche. Son goût est moins prononcé.

Son estomac se serra.

— Vais-je devoir mentir à propos de la viande aussi ?

— Bien sûr, tu dois le faire !

La cuillère dans sa main s'abattit bruyamment sur la marmite de fer.

— Es-tu si niais que tu ne puisses voir le danger qui te gruge les talons ? Le chevreuil de ton frère est déjà suspendu dans la cave à viandes, dépecé et éviscéré, à quelques heures de se retrouver sur la table de ton père.

— Mère, je...

— *Quelques heures*, Jamie !

Elle pointa sa cuillère en direction d'une pile d'oignons verts enveloppés dans un linge, et sa main tremblait légèrement.

— Tu vois cela ? L'ignoble femme de ton frère les a cueillis ce matin, puis elle est venue se balader dans ma cuisine pour m'informer que « monsieur McKie aime les oignons verts avec sa venaison». Comme si j'ignorais comment mon mari aime son gibier!

Sa voix, tendue comme la corde d'un arc, était prête à se briser. Rowena méprisait sa bru.

— Cette femme écervelée compte les minutes avant que son mari devienne le laird de Glentrool et, elle, la maîtresse des lieux.

«Une pauvresse anglaise», avait-elle murmuré le jour du mariage d'Evan. Judith était une jeune fille du Cumberland, dans le nord de l'Angleterre. C'était un outrage suffisant pour sa mère. Il n'y avait aucune raison de l'apprécier ou de lui faire confiance. Jamie ne tenait pas non plus sa belle-sœur en haute estime, aux manières affectées et hautaines, mais il se surprit à prendre sa défense.

— Judith n'est pas ce genre de personne.

— Et qui raconte des histoires, à présent?

Sa mère soupira lentement et ses épaules s'affaissèrent, comme si elle portait un lourd fardeau.

— Fils, reprit-elle, n'as-tu donc aucune considération pour moi ou pour Glentrool…

C'était le refrain habituel. Il n'avait d'autre choix que de répondre, comme il le faisait toujours :

— Vous savez bien que si, mère.

Elle contourna la table pour combler l'écart qui les séparait.

— Alors, tu dois le faire, Jamie.

Elle lui toucha le bras, et ses traits s'adoucirent.

— J'aurais dû dire à ton père que *tu* étais l'aîné dès le début, afin de lui épargner la tromperie d'aujourd'hui.

— Vous auriez dû le faire, acquiesça-t-il, et il était sincère. Dommage que la sage-femme n'ait pas attaché le ruban rouge à mon poignet, comme ce bébé de la Bible.

— Un petit fil écarlate nous aurait été d'un maigre secours.

Elle releva une mèche de cheveux noirs rebelles sur le front de son fils, puis lui tapota les joues.

— Il aurait disparu dans les boucles rouges de ton frère.

Evan et James. L'un, roux et bouclé, l'autre, noir et lisse. Deux frères taillés dans deux pièces d'étoffe complètement différentes. Mais un seul pouvait porter le nom de McKie de Glentrool.

Il se tourna pour l'observer détacher la viande de la broche pour la déposer dans l'assiette à servir. Il savait que le moment était venu d'usurper l'identité de son frère aîné et de subtiliser la bénédiction paternelle. C'était impensable. Impardonnable. Pourtant, il le ferait. Pour sa mère, bien sûr, mais pour lui aussi. Glentrool, c'était plus qu'une terre et son cheptel, aux yeux de Jamie ; c'était le sang qui coulait dans ses veines.

Jamie posa à sa mère une question qui le rongeait depuis des jours.

— Comment pourrai-je jamais regarder père dans les yeux, après cela ?

Elle leva le menton et lui offrit un sourire désabusé.

— Ton père ne peut nous regarder dans les yeux, aveugle comme il est maintenant. C'est pourquoi mon stratagème fonctionnera.

Jetant un bref coup d'œil à la salle à manger, elle ajouta :

— Le jour est gris et sombre, le feu se meurt, la pièce enfumée par la tourbe. Ne t'approche pas trop et parle-lui d'une voix basse, comme le fait ton frère.

Elle finit de disposer les légumes autour de la viande de chèvre. Puis, elle se rinça les mains dans un bol d'eau et les assécha sur son tablier, avant de l'enlever et de le jeter dans un panier de linge sale.

— Ton père sentira sur toi le plaid de chasseur d'Evan, qui pue la mousse et les marais, et il sera persuadé.

Elle fit une pause pour ajuster le vêtement de laine autour des épaules de Jamie, tout en plissant le nez.

— Lorsqu'il goûtera à ta viande assaisonnée, poursuivit-elle, préparée exactement comme il l'aime, ton père saura sans l'ombre d'un doute que tu es son héritier bien-aimé.

Jamie inspira profondément, souhaitant ressentir la même confiance que sa mère, puis baissa le regard sur ses mains. C'étaient les mains d'un gentilhomme, pas celles d'un chasseur. Une crainte terrible s'empara de lui.

— Et si père me touche ? Mes mains sont celles d'un clerc, celles d'Evan…

— J'y ai aussi pensé dans les ténèbres de la nuit et j'étais au bord du désespoir, puis une idée m'est venue. Voici, dit-elle en lui lançant un petit paquet couvert de poils. Ça devrait faire l'affaire.

Il déplia une paire de gants grossiers faits de peau de chèvre et les palpa, incrédule.

— Mais qu'est-ce que c'est que cette nouvelle fourberie ?

La fourrure était d'un blanc terne, non rousse comme le poil qui couvrait les bras et les mains d'Evan, mais la couleur n'avait pas d'importance. *Femme astucieuse.* Il n'avait pas besoin de *ressembler* à son frère. C'étaient les autres sens de son père qu'il devait tromper. Bien que manifestement faits à la hâte, les gants confortables lui seyaient comme une seconde peau. Il fourra les bords inégaux sous ses manches, puis étira les mains.

— Maîtresse McKie, vous m'éblouissez.

Elle sembla satisfaite du résultat et toucha ses mains gantées pour en être certaine.

— Ils feront l'affaire. Tu verras ; lorsqu'il aura mangé ton offrande et béni ta tête…

Un léger frémissement de ses épaules acheva sa pensée.

— … il ne le regrettera pas, Jamie, dit-elle doucement.

— Quand il découvrira que je ne suis pas Evan, père fera plus que le regretter. Il sera furieux. Et avec raison.

Dégoûté de lui-même, il arracha les gants et les jeta au sol. C'était mal, c'était une traîtrise sans nom. Peu importe combien il brûlait de recevoir la bénédiction de son père, il ne pouvait se résoudre à la voler et à prendre plaisir à le faire.

— Il me bannira de Glentrool et maudira le jour de ma naissance.

Les yeux noirs de Rowena devinrent aussi sombres que la nuit.

— Laisse-le maudire la femme qui t'a porté.

— Mère, vous ne savez pas ce que vous dites !

— Oh oui, je le sais certainement !

Ses joues se colorèrent.

— Je reconnais aussi la volonté de Dieu, quand je l'entends.

Elle ramassa les gants au sol d'un geste rapide et les pressa dans ses mains.

— Tu te souviens de ce que je t'ai répété, toutes ces années ? lui demanda-t-elle.

Il marmonna une phrase qu'elle lui avait dite si souvent qu'il n'en tenait plus le compte. Des mots qui, insistait sa mère, provenaient du Tout-Puissant lui-même, et non pas d'une simple sage-femme. *L'aîné servira le plus jeune*. Combien de fois l'avait-elle consolé par ces paroles, quand Evan l'envoyait au lit couvert de plaies et de bosses ? Ou lancé au visage d'Evan, quand l'aîné avait battu Jamie à la chasse au faucon ? Le moment était venu de mettre à l'épreuve la prophétie prononcée il y avait si longtemps, dans le vallon qui l'avait vu naître. Une terre qui deviendrait son héritage, dans moins d'une heure, si son courage tenait bon.

— La sage-femme m'a dit d'être prête, dit Rowena en enveloppant le pain chaud dans un linge avant de le glisser sous son bras. Et aujourd'hui, je le suis. La table est mise avec la vaisselle d'étain, les coupes et le vin de Bordeaux. Ton père attend son dîner.

Elle baissa la voix, qui n'était plus qu'un murmure :

— C'est ce que tu veux, Jamie. Je sais que c'est cela que tu veux. Maintenant, va.

Chapitre 4

L'arc est ployé, la flèche vole,
La tige ailée du destin.
— Ira Aldridge

Jamie agrippa le plateau de viande et se dirigea vers la porte de la salle à manger, le plaid de son frère fermement épinglé autour de ses épaules, la peau d'une chèvre innocente déguisant ses mains. Sa mère le connaissait trop bien. Loyalement ou non, il *aurait* Glentrool. Il mentirait, il volerait, il mendierait, s'il le fallait.

Sa mère entrouvrit la porte juste assez pour le laisser passer, puis la referma silencieusement derrière lui. Il n'y avait plus de retour en arrière. Il ne pouvait qu'avancer, vers son père, assis à la place d'honneur, à l'extrémité de la longue table. Jamie s'arrêta un moment, laissant ses yeux s'adapter à la pénombre ambiante, après avoir quitté la cuisine vivement éclairée. C'était une salle carrée, soutenue par des poutres noircies par la fumée de tourbe et dont les murs étaient tapissés avec les portraits défraîchis de générations successives de McKie. Une fenêtre à volets offrait une maigre lumière, guidant ses pas vers l'homme dont il portait le nom.

La tête grise du patriarche était basse, son menton reposant sur sa poitrine autrefois puissante, maintenant affaissée avec l'âge. Des doigts minces s'agrippaient aux accoudoirs du fauteuil. Ses coudes étaient projetés vers l'extérieur, comme s'il s'apprêtait à se lever. Ses vêtements étaient propres, bien que démodés depuis déjà longtemps, et le plaid enveloppant ses épaules osseuses était fade et usé. Le vieil homme attendait, immobile, qu'on lui serve son dîner.

Jamie ravala ce qui lui restait d'amour-propre.

— Père ?

La tête d'Alec McKie se leva brusquement, ses yeux de non-voyant faisant quand même le tour de la pièce.

– Qui est-ce ?

– C'est… Evan. Votre fils aîné.

Jamie s'étouffa presque en prononçant ce mensonge amer, puis se força à parler de nouveau, imitant la voix grave et rauque de son frère.

– Je vous ai apporté la venaison que vous m'avez demandée… pour que vous me bénissiez, comme vous l'avez promis.

Aïe ! Quel imbécile il était, de le demander aussi crûment. Que la viande fût de chèvre ou de gibier, cela n'importait guère, à présent. Il venait de se démasquer lui-même avec ses paroles trop insistantes. Debout à l'extrémité éloignée de la table, il tenait fermement le lourd plateau, attendant l'inévitable. L'horloge sur le manteau de la cheminée égrenait bruyamment les secondes dans la pièce silencieuse, marquant chaque battement sourd dans sa poitrine.

Son père se racla bruyamment la gorge.

– Tu veux dire que tu as chassé ce cerf, que tu l'as dépouillé, dépecé, éviscéré et faisandé à point, tout cela en si peu de jours ? Comment est-ce possible, mon fils ?

Jamie ferma les yeux. Il était inutile de prier. Il s'occuperait de sauver son âme plus tard.

– Le Tout-Puissant a guidé ma flèche.

– Ah oui ?

Son père leva la tête, plissant les paupières, ses yeux chassieux incapables de voir distinctement.

Au milieu de cette poussière grise tourbillonnant près des contours des fenêtres et de la fumée de tourbe s'épaississant à vue d'œil, Jamie lui-même ne voyait pas clairement. Il étudia les traits de son père du mieux qu'il put. Le vieil homme était-il soupçonneux ou simplement curieux ? Avant que Jamie puisse en décider, son père l'exhorta à s'approcher d'un faible signe de la main.

— Approche, fils. Laisse-moi toucher les mains d'un chasseur.

Une bouffée de chaleur monta à la face de Jamie. *Il veut dire, les mains d'Evan.* Il déposa le plateau sur le buffet et marcha vers son père, serrant à les briser ses poings gantés. Pourquoi diable avait-il écouté sa mère ? Il aurait dû *la* laisser s'humilier, *la* laisser prendre tous les risques. De tels regrets étaient inutiles, à présent. Il était debout devant son père, personnifiant toujours Evan, du moins pour quelques instants encore. Il se pencha et déposa ses doigts sur sa manche, retenant son souffle tandis que l'homme tapotait doucement le dessus de son gant de poil.

— Je dois confesser, fils, que ta voix ressemblait davantage à celle du jeune Jamie. Mais ce sont les mains d'Evan, aucun doute là-dessus.

Le soupir de soulagement de Jamie fut presque audible. *Aucun doute.* Il se leva et se déroba rapidement.

— Quelle pitié d'être à ce point aveugle que je ne puisse voir mon fils bien-aimé.

Et il ajouta d'un ton à la fois bourru et taquin :

— Tu es bien Evan, n'est-ce pas ?

Jamie répondit les yeux fermés, toute honte bue :

— Je suis Evan.

L'homme hocha la tête, comme s'il était satisfait de la réponse.

— Assez discuté de cela. Apporte-moi ta venaison. Le délicieux fumet me tourmente depuis trop longtemps déjà.

Jamie retourna prendre le plateau sur le buffet, puis plaça la viande fumante sur la table. Il regarda, les dents serrées, son père se pencher vers l'avant et tendre son nez proéminent au-dessus de l'offrande. Sûrement, l'odeur serait sa perte. Son père constaterait que c'était de la viande de chèvre et comprendrait tout le reste. Mais le vieil homme ne dit rien alors qu'il plantait son couteau dans la chair et l'enfournait dans sa bouche avide et gourmande.

Le père mastiqua plusieurs bouchées d'affilée, puis secoua la tête.

— Il manque quelque chose, murmura-t-il, tout en transperçant un autre gros morceau dans son assiette.

— M... manque?

L'homme fit tinter son verre vide avec la lame de son couteau à manche de corne.

— Quelque chose à boire pour le vieil homme. Ou espérais-tu que je m'étouffe en avalant ton chevreuil?

— Désolé, père.

D'une main peu assurée, Jamie versa un verre de la bouteille de bordeaux que sa mère avait débouchée plus tôt. Sa gorge complètement desséchée convoitait le sombre nectar. Il décida sagement d'aller s'asseoir sur une chaise à dossier droit près de la porte et de laisser son père manger en paix, comme c'était la coutume. Le silence n'était rompu de temps à autre que par un grognement bourru, signalant que l'homme désirait ceci ou cela.

Quand Alec McKie leva le linge de table pour découvrir le pain frais qu'il cachait, il sourit comme un enfant à qui on offre du sabayon.

— Du pain pour célébrer, c'est cela? s'exclama-t-il, le visage épanoui, en déchirant la miche.

Le pain n'était pas habituel à la table des McKie, le blé étant rare en Écosse. Des galettes d'avoine et des pains d'orge étaient le régime habituel. Les mains décharnées du vieillard épongèrent le jus de viande avec le pain moelleux, avant de porter la masse détrempée jusqu'à sa bouche ravie.

Jamie palpait le plaid d'Evan avec ses doigts, reconnaissant de pouvoir respirer librement pour la première fois depuis près d'une semaine. Il était bien forcé d'admettre que le plan de sa mère fonctionnait. Elle avait répété avec insistance que l'appétit de son père l'emporterait sur son bon sens, et sur ses autres sens, aussi. Et elle avait eu raison.

Jamie se rappela que ce n'était pas la première fois qu'il offrait un repas avec des intentions plus ou moins louables. Alors qu'il avait quatorze ans, il était sur le point de manger un grand bol de soupe d'orge lorsque son frère entra en titubant dans la maison, affamé après un long après-midi à tendre son arc et à décocher flèche sur flèche. Evan réclama à manger, et Jamie conclut un odieux marché avec son frère vulnérable.

— Jure que je suis le plus vieux, et tu pourras l'avoir.

— Qui s'en soucie ? pesta Evan. Donne-moi seulement ton bouillon, sinon je vais mourir de faim.

Jamie fit un cercle avec ses bras autour du bol, comme s'il voulait le protéger.

— Jure d'abord.

Evan cracha un serment, puis se lança sur une chaise et s'approcha de la table, tendant les mains devant lui, un sourire méchant accroché aux lèvres.

— Donne-le-moi tout de suite.

Jamie se souvint de lui avoir donné le bouillon avec du *bannock* frais, en affichant un sourire victorieux. Rien ne lui faisait plus plaisir que de battre son frère, quel que soit l'enjeu. En ce temps-là, Evan ne se souciait pas de l'héritage de Glentrool. Peut-être que ce marché, accepté sans réfléchir par son frère, voilà maintenant près de dix ans, se révélerait utile en ce jour morne. Jamie était disposé à profiter du moindre avantage que la providence voudrait bien lui accorder. La joute n'était pas terminée. Il devait encore obtenir ce pour quoi il était venu.

Son père s'adossa à son fauteuil en éructant avec satisfaction.

— C'était un repas digne de la table d'un roi.

Il ouvrit ses bras pour inviter Jamie à venir l'embrasser.

— Viens, fils. Tu as apporté ta contribution. Il est temps que j'apporte la mienne.

Jamie se leva en hésitant, incertain de ce qu'on attendait de lui.

— Père ?

— Embrasse-moi sur la joue et laisse-moi te donner ma bénédiction.

Ignorant son estomac noué par la peur, Jamie s'agenouilla à côté du fauteuil paternel et se pencha pour s'exécuter, pressant ses lèvres contre les joues sèches et parcheminées du vieil homme. Soudain, l'horloge se mit à sonner. *Un. Deux. Trois.* Surpris, Jamie recula la tête brusquement et sentit un frisson glacial lui traverser l'échine. Usurper la voix et les mains de son frère, c'était assez de tricherie pour lui. Un faux baiser dépassait la mesure.

Son père, inconscient de tout, sauf de ce qu'il choisissait de croire, pressa le plaid malodorant en serrant les épaules de Jamie.

— Oui, c'est mon cher fils. Qui sent les marais et les montagnes de Glentrool, que le Tout-Puissant avait faits bien avant que le premier McKie vienne en prendre possession. Dieu lui-même savait qu'un jour, tout cela serait à toi, mon fils.

Les yeux du père s'emplirent de larmes alors qu'il déposait sa main ridée sur la tête de Jamie.

Son poids l'écrasa presque. Il aurait voulu crier la vérité, pour s'épargner le remords qui grandissait en lui. *Non, père ! C'est Jamie. Regardez et voyez avant qu'il soit trop tard !*

Il était déjà trop tard. Alec McKie s'était levé, utilisant son autre main pour s'aider à s'appuyer sur ses jambes vacillantes. Sa voix était étonnamment forte, ses paroles, prononcées avec assurance :

— Que le Dieu tout-puissant te bénisse, mon fils. Qu'il bénisse tes terres en leur prodiguant soleil et pluie, et tes troupeaux et ton cheptel avec des herbes grasses. Que ton frère devienne ton sujet et que tout Glentrool te considère comme son laird. Maudit soit celui qui te maudit. Et bénis soient tous ceux qui te bénissent.

Jamie tremblait sous la main de l'homme, laissant les mots qu'il avait attendus toute sa vie se glisser profondément dans son âme. Peu importait qu'il les reçoive à la place d'un autre. Ils étaient les siens, à jamais. Son père l'avait béni, l'avait jugé digne de porter le nom honoré de *McKie*.

— Merci, père, murmura-t-il en guise de réponse, se redressant pour regarder le visage de son père, priant pour que son géniteur découvre la vérité, après tout.

Les yeux étaient ouverts, mais ne voyaient pas, et le visage souriait, mais à quelque point distant de l'autre côté de la pièce.

C'est alors que Jamie entendit la voix de son frère à l'extérieur de la maison. Evan. Judith. Sa mère, au bord de l'hystérie. Étaient-ils là depuis longtemps ? Une chose était claire : ils venaient dans sa direction.

— Je dois partir.

Jamie essaya de parler avec calme, tout en se levant brusquement pour desservir la table avec des gestes maladroits.

— Je ferai de mon mieux pour être à la hauteur de votre bénédiction.

Saisissant plats et coutelleries, il se précipita vers la porte qui donnait sur la cuisine. Vers la liberté, espérait-il. Vers la fuite. En arrivant à la porte, il se tourna pour voir son père, qui s'affaissait dans son fauteuil, la confusion imprimée sur ses traits de patriarche. Jamie parla de l'endroit où il était, négligeant de contrefaire sa voix.

— Pardonnez-moi, père. Excusez-moi de… prendre congé si rapidement.

Jamie ouvrit la porte brusquement, pressant l'amas de vaisselle contre le plaid emprunté à son frère, le salissant encore davantage. Par miracle, la cuisine était vide. Il se défit des restes du repas et jeta le vêtement souillé au loin, pendant que son esprit travaillait à toute vitesse.

À deux pièces de là, on entendait des voix familières qui approchaient, et la porte d'entrée se referma en claquant bruyamment.

Chapitre 5

Le ciel est changé ! – et quel changement ! Ô nuit,
Et tempêtes, et ténèbres, vous êtes merveilleusement fortes.
– George Gordon, Lord Byron

Un puissant coup de tonnerre gronda à travers la fenêtre ouverte de la chambre de Rose McBride, secouant les carreaux et ses nerfs aussi. Elle lança de côté son couvre-lit de laine, balança ses jambes par-dessus le bord du lit et s'y rendit pieds nus le plus vite possible. Contrariée, elle vit que la pluie avait déjà mouillé les rideaux.

– Ah ! comme c'est ennuyeux !

Elle avança un bras à travers le mur de pluie et ferma le châssis d'un coup sec.

Rose s'épongea rapidement avec le bord de sa robe de nuit et observa en frissonnant, debout dans les ténèbres, la pluie mitrailler la vitre de plein fouet. Les moutons bêlaient au loin, un son plaintif ressemblant à celui d'enfants perdus appelant leur mère.

– Du calme, maintenant, les petits.

Rose scrutait la nuit d'un noir d'encre, sachant qu'ils étaient en sécurité, mais s'inquiétait pour eux, néanmoins. Les troupeaux d'Auchengray avaient l'habitude de recevoir de copieuses quantités de pluie écossaise, mais le tonnerre et les éclairs étaient une autre histoire. Il n'y avait rien d'autre à faire qu'attendre que la tempête suive son cours bruyant, tout en espérant que le matin amènerait un chaud soleil d'octobre et des cieux plus secs.

Rose enroula sa robe de nuit humide autour d'elle et remonta dans son lit encastré, heureuse d'y retrouver sa chaleur douillette. Construit dans le mur, le lit fermé comprenait trois panneaux rigides, le quatrième côté s'ouvrant dans la chambre. Elle ferma les rideaux et se blottit confortablement sous les couvertures de laine. Elle était sur le point de s'endormir à nouveau quand un second coup de tonnerre fit s'arrêter son cœur pendant une seconde complète.

— Ah non ! fulmina-t-elle en abattant ses mains sur la couverture.

Une bonne nuit de sommeil, était-ce trop demander ?

Ses oreilles se dressèrent et elle entendit des pas étouffés de l'autre côté de la porte. Quelqu'un était réveillé. *Leana*. On cogna tout doucement.

— Entre, murmura Rose, assez fort pour que sa sœur puisse l'entendre, mais pas assez pour réveiller son père. Lachlan McBride n'appréciait pas beaucoup les dérangements nocturnes.

La porte grinça et elle ouvrit le rideau du lit. Leana se glissa à l'intérieur, tenant une chandelle qui éclairait sa figure féminine, maintenant agrémentée d'un sourire.

— Je savais que tu ne pourrais dormir avec un tel vacarme.

— Tu as toujours raison, répondit Rose, en donnant quelques petites tapes sur le bord de son lit, faisant de la place pour la nouvelle venue. Assois-toi, dit-elle, ce que Leana fit, se glissant sur le matelas de bruyère.

De cinq ans son aînée et d'un teint bien plus clair que celui de Rose, Leana était sous certains aspects son image fidèle, et sous d'autres, son opposée. Elles avaient toutes deux une taille et une silhouette normales. Ni trop grande, ni trop petite, ni trop ronde, ni trop mince. Les mêmes cheveux ondulés, qui leur tombaient jusqu'aux coudes, moins fournis qu'elles ne l'auraient aimé, mais faciles à coiffer. Les mêmes mains et pieds minces complétaient gracieusement leurs membres.

À la lumière du jour, toutes les similarités s'évanouissaient. Seules leurs différences évidentes frappaient les regards de leurs voisins. Ses cheveux noirs brillants et ceux, pâles, de Leana. Ses yeux noirs, que tous les hommes remarquaient, et les yeux pers de Leana, qui semblaient disparaître sous certains éclairages. Ses lèvres rouges et celles pleines, mais pâles, de Leana. Les deux sœurs étaient comme le rayon de soleil et l'ombre, l'été et l'hiver. Alors que l'une s'épanouissait, l'autre semblait se faner. Rose ne pouvait pas plus l'expliquer que revendiquer un mérite quelconque pour cela.

Leana regarda la fenêtre ruisselante de pluie.

— Les moutons iront bien, n'est-ce pas ?

— Tu sais bien que oui.

— Et qu'en est-il de toi, petite sœur ? dit Leana en se penchant, l'examinant de plus près. Rose, tu n'as pas l'air bien.

Elle leva le menton, irritée d'un tel examen. Elle s'était sentie un peu fiévreuse toute la journée, mais qu'est-ce que ça pouvait faire ?

— Une bonne nuit de sommeil guérira tout ce que je pourrais avoir. Tu n'as pas besoin de t'inquiéter.

Leana la regarda un moment.

— Est-ce que tu essaies de me dire quelque chose ?

— Je dis que tu ne dois pas t'en faire à mon sujet, Leana.

Sa sœur se leva brusquement.

— Alors, je m'en garderai bien.

— Allons, Leana. Tu n'as pas besoin d'être aussi chatouilleuse.

La jeune femme était bien trop sensible, et Rose connaissait tous ses points vulnérables. Elle tira sur la manche de la robe de nuit de Leana.

— Reste avec moi, le temps que l'orage passe.

Leana s'installa sur le lit, le visage tourné vers la fenêtre. Aucune ne prononça une parole pendant une minute entière, écoutant la tempête qui faisait rage à l'extérieur des murs blanchis à la chaux d'Auchengray.

À la lueur vacillante de la chandelle, Rose étudia le profil de sa sœur et fut frappée de voir à quel point Leana semblait plus mûre maintenant qu'au début de l'été. Une femme faite, prête pour le mariage et la maternité. Plus que prête. Leur père devait encore trouver un prétendant digne de Leana, du moins c'est ce qu'il disait. Rose voyait à travers son jeu. Sans autre femme sous son toit, et ne voulant pas dépenser une guinée pour une autre domestique, leur père voulait garder l'efficace Leana pour lui-même. Pour s'occuper du potager, filer la laine brute de leurs moutons à face noire et brasser les pruneaux dans sa soupe *cock-a-leekie*[2].

Rose craignait qu'il en fût de même pour elle. Auchengray avait besoin de ses mains adroites avec les moutons, de sa touche délicate avec les chevaux. Dans la petite noblesse locale, on s'assurait que les jeunes filles développent des intérêts plus raffinés — peindre le verre, toucher à la floriculture, écrire des lettres et jouer au whist —, mais pas son père. Si l'une ou l'autre de ses filles devait se marier un jour, le mari devrait payer une jolie somme, Rose était certaine de cela.

Laisser un fils de fermier de Galloway voler l'une de ses filles pour une chanson ? Pas chez Lachlan McBride. Pas cette année. Pas toute autre année.

— Ce n'est pas le tonnerre qui m'a réveillée, confessa finalement Leana, en tirant machinalement quelque fil défait sur sa manche. Je n'ai pas dormi du tout.

— *Toi ?*

Rose n'en revenait pas. Leana dormait toujours comme un bébé.

— Je n'y pouvais rien, ma chouette.

Leana évitait son regard, fixant plutôt la fenêtre alors qu'un éclair déchirait le ciel nocturne.

— Tu te souviens qu'un visiteur est venu voir père, hier.

Ce n'était pas qu'un simple visiteur, semblait-il.

— Tu veux dire… un soupirant ?

Quand Leana haussa les épaules pour toute réponse, Rose posa la main sur la sienne pour lui offrir un soutien silencieux. Les romances n'étaient plus un sujet de discussion entre elles. Pas depuis que tant de jeunes hommes avaient récemment

---

2. N.d.T. : Spécialité écossaise dont le nom signifie littéralement « coq et poireau ».

franchi le seuil d'Auchengray dans l'espoir de l'entrevoir, *elle*, plutôt que Leana.

— Pas vraiment un soupirant, admit-elle finalement, en poussant un long soupir. Simplement un parti qui montre de l'intérêt.

— Ah bon.

Rose sourit dans l'attente d'en apprendre plus. Nicholas Copland, probablement. N'avait-il pas fait les yeux doux à Leana pendant le sabbat, la semaine dernière ? Du genre studieux, doué avec les mots. Elle observa la réaction de Leana, espérant avoir raison.

— Et est-ce que ce parti qui montre de l'intérêt a un nom ?

Un autre grondement de tonnerre roula dans l'air au moment où le regard de Leana rencontra le sien.

— Fergus McDougal.

— Quoi ? Cet horrible vieux fermier de Kirkbean ?

— Celui-là.

Rose bondit sur ses pieds.

— En aucune circonstance tu n'épouseras cet homme !

— S'ils en arrivent à une entente, je n'aurai pas le choix.

Leana se leva et vint se placer à côté d'elle, serrant très fort les bras autour de sa robe de nuit comme si elle avait froid, subitement.

— Jamais je n'oserai m'opposer aux volontés de mon père sur un sujet aussi grave.

— Ah ! ne me parle pas de père. Que souhaites-*tu*, Leana ?

— Aussi banal que cela puisse paraître, j'aimerais épouser un homme qui m'aime.

Elle marcha lentement vers la fenêtre obscure, regardant au-dehors le ciel tourmenté de la nuit.

— Un homme qui m'aurait choisie entre toutes les autres, continua-t-elle, et qui m'aimerait pour ce que je suis.

Leana poussa un long soupir, puis se tourna vers Rose.

— Mais le genre de cour dont il est question ici n'a rien à voir avec l'amour.

— Et tout à voir avec l'argent, répondit Rose en serrant les poings tandis que d'amères larmes de colère lui serraient la gorge. Fergus McDougal, de tous les hommes ! Comment père peut-il même envisager pareille union ?

— Parce qu'il s'attend à recevoir quelque chose de la part de l'homme. Du pâturage, des pièces d'argent, des vaches laitières — Dieu seul le sait.

Leana soupira bruyamment, clairement résignée à son sort.

— Tu sais ce que père dit : l'aînée des filles doit se marier la première.

— Où cela est-il écrit, j'aimerais le savoir.

Leana pressa un doigt sur ses lèvres et poussa doucement Rose loin de la porte.

— Silence, chérie, ou tu vas le réveiller.

Elle se pencha vers elle et ajouta :

— Je préfère ne pas dire comment j'ai appris l'offre de McDougal.

— Confie-toi à *moi*, au moins.

Elle ne pouvait s'empêcher de la gronder.

— Et honte sur toi d'avoir gardé un secret aussi affreux toute la journée.

Tandis que sa sœur décrivait la conversation qu'elle avait surprise, Rose luttait pour contenir sa colère. Fergus McDougal ! À quoi leur père *pensait-il* donc ? Quand le jour de son propre mariage viendrait — et ce ne serait pas avant plusieurs années, car elle n'avait pas l'intention de sacrifier sa jeunesse au mariage et à la maternité —, Rose avait l'intention d'épouser le garçon le plus joli et le plus riche de tout Galloway, que son père approuve ou non son choix.

— Rien n'est encore décidé, conclut Leana, les traits creusés par l'inquiétude. Mentionne-moi dans tes prières, Rose.

— Tu sais que je le ferai.

Émue, Rose lança ses bras autour de Leana et la serra très fort. Sa seule sœur, sa plus chère amie. Elle pressa sa joue chaude contre celle plus froide de Leana.

– Rien au monde ne compte plus que toi, à mes yeux, chère sœur.

Chapitre 6

Tout homme naît avec l'envie dans son cœur.
— Hérodote

— Ton frère veut te tuer, Jamie !

Sa mère lui agrippa l'avant-bras, l'attirant plus près d'elle.

— Ivy l'a entendu menacer de le faire ce soir même. Tu dois m'écouter…

— Ne l'ai-je pas déjà fait une fois de trop ?

Jamie tira sur sa manche pour la libérer et tourna le visage vers le foyer. Le fumet de viande grillée regorgeant d'herbes épicées flottait toujours dans la cuisine, et cette odeur lui répugnait, maintenant, car c'était celle de sa fourberie.

— Allons, mon fils.

La voix de sa mère se fit enjôleuse.

— Il y a un remède pour toutes choses, même celles qui ne tournent pas comme prévu.

— C'était *votre* plan, mère, pas le mien.

Heureusement, il avait filé tout juste avant qu'Evan entre dans la cuisine avec son propre plan en tête. Celui de servir un festin de venaison à leur père, de recevoir la bénédiction paternelle et de soumettre son frère cadet une fois pour toutes. Un plan qui, Jamie le savait, s'était effondré.

— Voulez-vous me dire ce qui s'est passé après mon départ ?

Sa mère parlait en gesticulant, visiblement très agitée.

— J'ai dit à Evan et à Judith que la vaisselle utilisée était la tienne, que tu avais mangé seul et que tu étais parti. Ils ont fait rôtir le chevreuil ensemble et je… Eh bien, je les ai aidés. Pour m'assurer que la viande soit assaisonnée à point. Et pour te donner le temps de… de…

Il grimaça.

— … de fuir.

— Oui. Après que Judith fut montée se coucher, Evan servit ton père lui-même. J'écoutais à la porte, évidemment…

— Bien sûr.

— Et dès qu'Evan parla, ton père voulut savoir qui il était. Quand Evan se nomma…

Elle déglutit, et ses yeux étaient gonflés de larmes.

— Oh ! Jamie. Ton père était si furieux que sa voix tremblait.

L'estomac de Jamie se pétrifia.

— Et que fit Evan ?

— Il…

Rowena se mordit les lèvres, évitant le regard de Jamie.

— … il criait, aussi fort que la cloche des morts aux funérailles. Il implora ton père de le bénir aussi. Pas seulement une, mais trois fois.

Les épaules de Rowena tombèrent et sa tête s'effondra sur sa poitrine.

— C'était horrible d'entendre tout cela, Jamie.

— Père m'a blâmé, et non vous, c'est cela ? demanda Jamie, et il vit la tête de sa mère hocher légèrement de haut en bas.

— Et Evan aussi me tient responsable ?

Un autre hochement de tête.

— Est-ce que père lui a accordé une bénédiction quelconque ?

Au moment où elle levait la tête pour répondre, la porte de la cuisine donnant sur l'extérieur s'ouvrit brusquement, et une bourrasque chargée de pluie s'engouffra dans la pièce. Jamie se retourna lentement, sachant ce qu'il verrait : une figure solitaire enveloppée dans un plaid détrempé, qui le dévisageait avec des yeux chargés de haine.

— J'ai trouvé ça dans les écuries.

Evan lança une paire de gants trop familière, faits de cuir de chèvre, qui vinrent rebondir sur les jambes de Jamie avant de choir par terre.

— Est-ce que tu veux t'expliquer, à présent, frère ?

Rowena répondit la première, la voix tremblante.

— Attends un peu, mon garçon. Donne-moi ta…

— Ne m'avez-vous pas assez dépossédé, mère, en ce jour ?

Les mots d'Evan, coupants comme la forte épée de leur père, fendirent l'atmosphère et le cœur de Rowena.

Jamie frémit. Rowena avait joué un rôle dans la duperie, mais Jamie n'entendait pas qu'elle soit punie pour cela. Pas après qu'il s'était agenouillé auprès de son père pour recevoir la bénédiction familiale, aussi sacrée que n'importe quel parchemin signé. Pas après avoir baisé la joue du laird. *Comme le baiser de Judas.*

Sûr de son devoir, Jamie avança d'un pas vers son frère.

— Si tu as quelque chose à dire, Evan McKie, c'est à moi qu'il faut t'adresser.

— Oui, et je le ferai. Plus de mots que tu ne voudras en entendre.

La dureté du regard de son frère égalait celle du granit de Cairnsmore : froid, dur, sombre.

— Tu planifiais tout ça depuis dix ans, n'est-ce pas, frère ?

— Dix… ? Mais où veux-tu en venir ?

Jamie n'osait pas détacher ses yeux d'Evan, et pourtant, il aurait tant voulu voir quelle version de l'histoire le visage de sa mère révélerait. La femme avait-elle monté ce coup depuis tout ce temps ? Avait-il accepté sans le savoir ?

Evan cracha au sol comme un bandit de grand chemin.

— Il y a dix ans, tu m'as fait payer un bol de soupe d'orge avec mon droit de naissance, tu t'en souviens ?

Ses yeux n'étaient plus que d'étroites fentes.

— Tu répétais dès ce moment-là, pour le jour où tu passerais à l'acte.

— Allons, Evan, dit Jamie en haussant les épaules, dans l'espoir de l'apaiser. Nous n'étions que des gamins...

— Oui, gronda Evan. Et aujourd'hui, nous sommes des hommes, mais guère des frères.

— Evan, je...

— Père m'a aussi accordé sa bénédiction, tu sais.

Il passa une main dans son épaisse crinière rousse détrempée par la pluie, qu'il repoussa vers l'arrière, révélant un visage mauvais.

— Il m'a dit que j'allais vivre par la lame de mon épée. Et que je devrai t'obéir, ajouta-t-il d'un ton profondément dédaigneux, courbant ses lèvres avec dégoût. En ce qui concerne la deuxième partie de la prédiction, je ne m'inclinerai jamais devant mon voleur de cadet. Et pour la première, un poignard est bien assez pour toi.

Evan arracha son tartan et le lança à travers la pièce. Sa courte dague était hors de son fourreau et brillait d'un éclat meurtrier.

— Jamie !

Le hurlement de leur mère fut enterré par les cris furieux des deux frères ennemis. Jamie s'accrocha à Evan, et les deux luttèrent férocement sur le plancher glacial. Ils roulaient l'un sur l'autre, s'échangeant des insultes aussi brutales que leurs coups. Evan prit le dessus, pressant le plat de la lame contre la gorge de Jamie, prouvant qu'il était prêt à aller jusqu'au bout. Jamie se raidit et lui donna une poussée, essayant de se dégager du poids d'Evan, qui était plus costaud et bien plus vigoureux que lui. Les dalles de pierre lui gelaient la nuque et il avait le goût du sang dans la bouche.

Evan le regardait fixement, les yeux brillant d'une lueur sauvage, sa respiration haletante empestant le whisky.

— Je veux te tuer, Jamie !

Jamie essuya le sang qui dégoulinait sur son menton.

— Je n'en doute aucunement, frère.

S'arc-boutant sur le sol, il projeta Evan sur le côté. Il s'appuya sur les genoux, puis s'attaqua à son adversaire à mains nues tandis que sa mère, qui était maintenant hystérique, les implorait d'arrêter.

— Ça suffit ! Evan, tu lui fais mal !

Ignorant leur mère, ils se relevèrent en chancelant, puis plongèrent sur la table, envoyant la plus belle poterie du chef cuisinier se briser avec fracas sur les dalles. Les poings volèrent, entrant violemment en contact avec la chair et les os. L'écho des jurons rebondit dans toute la maison jusqu'alors paisible. Lorsque la lame du poignard d'Evan brilla à la lueur du foyer, Jamie plongea pour la lui soustraire. Elle entailla sa main au passage, mais il venait de contrer le coup qui aurait pu lui être fatal. La dague rebondit sur le plancher et vint s'arrêter au pied du nouvel acteur dans cette horrible scène.

Père.

Jamie le vit le premier et essaya de balbutier son nom entre deux coups de poing. Evan, inconscient de ce qui l'entourait, s'acharnait à frapper lourdement Jamie, quand il leva les yeux à son tour et s'immobilisa.

Alec McKie était debout auprès des deux hommes, noués par la lutte sanglante qu'ils se livraient. Ses yeux gris étaient encore plus humides que d'habitude. Enfin, il remua la mâchoire, s'éclaircit la voix.

— Rowena.

Sa femme marcha vers lui, secouée, essayant d'éviter les éclats de vaisselle et les restes de nourriture qui maculaient le plancher de la cuisine.

— Alec… Oh, Alec. Je peux expliquer.

Jamie vit son père lever lentement la main pour réclamer son silence. Lorsque l'homme parla, Jamie souhaita qu'il ne l'eût jamais fait.

— Tu as jeté la honte sur Glentrool en ce jour, James McKie.

Les membres de Jamie lui semblèrent tout à coup très lourds. Il se dégagea de son frère et prit appui sur la table renversée pour se relever. Il venait de subir une sévère raclée et son amour-propre aussi avait subi plus d'une meurtrissure. Il ravala sa salive mêlée de sang et dit péniblement :

— Je suis désolé, père.

— Désolé ? Tu devrais être plus que désolé pour t'être joué d'un vieil homme fragile.

Il s'inclina sur sa canne, comme s'il voulait prouver sa condition de vieillard chétif.

— Tu sais très bien que je ne peux pas voir. Et j'entends maintenant si mal que je me surprends à hurler aux oreilles de ta pauvre et innocente mère.

Innocente ? Jamie ferma les yeux et laissa la vérité le pénétrer. Son père ignorait donc tout du rôle de sa mère dans la machination ? Ce qui signifiait que le vieil homme ne lui pardonnerait jamais. Ce qui voulait dire aussi qu'Evan n'aurait de cesse que le jour où il aurait sa peau.

— C'est ton frère qui doit entendre tes excuses, Jamie.

Alec hocha la tête en direction d'Evan. Puis, il se tourna pour sortir de la cuisine, tout en murmurant à leur intention :

— Et vous deux, tâchez de parvenir à un accord sans verser le sang.

Jamie pencha la tête. Son père comprenait-il ce qui se passait ? Il n'y aurait jamais de paix entre les deux frères, surtout pas maintenant.

Evan se trouvait juste derrière lui et son haleine fétide lui caressait le cou.

— Je dois partir, maintenant. Jamais je ne me soumettrai à toi, Jamie.

Sa voix n'était qu'un bas sifflement dans son oreille, ses paroles n'étant destinées qu'à lui seul.

— Sois toujours sur tes gardes, frère, continua Evan. Je te planterai mon poignard dans le dos à la seconde même où père trépassera.

Evan lança son plaid autour de ses larges épaules et, sans saluer, franchit la porte pour disparaître dans la nuit orageuse.

Chapitre 7

La culpabilité est une chose terrible.
— Ben Jonson

— Jamie, tu ne gagneras rien à te laisser ronger par les remords.

Il lança à sa mère un regard glacial.

— Qui devrais-je blâmer, alors ? Vous ? Le Dieu tout-puissant ?

Jamie enveloppa sa main ensanglantée dans un chiffon propre, tout en secouant la tête de dépit.

— Je suis aussi coupable que le péché. Et qui plus est, un homme mort.

— Baisse la voix, fils.

Sa mère l'attira loin de la porte du petit salon, où son père était assis en train de se remettre de sa déception avec un doigt de whisky.

— Je parlerai à ton père. Il changera d'avis, peu à peu. Entre-temps, j'ai l'intention de t'envoyer à une distance sécuritaire de la lame d'Evan. J'ai un petit plan.

— Pas un autre…

— Oui, siffla-t-elle. Qui nous permettra d'arriver à nos fins.

— Oh ! dit-il en jetant le chiffon imbibé de sang sur le plancher. À *vos* fins, c'est cela que vous voulez dire.

— Non, Jamie, je parle de toi.

— Ah oui ?

Il avança son visage tout près du sien.

— Comment pouvez-vous savoir ce que je veux ? demanda-t-il en marquant chaque mot.

— Assez !

Elle leva la main, mais il fut trop rapide pour elle. Saisissant son poignet en plein vol, il le retint un moment, laissant son cœur se calmer, sa colère s'apaiser. Il croisa son regard, notant la ligne sévère formée par ses lèvres, puis attira lentement sa main vers son visage. Délicatement, il pressa sa joue contre la paume, comme une sorte d'appel silencieux.

Cela eut exactement l'effet qu'il souhaitait. Les yeux de sa mère s'adoucirent et son menton projeté vers l'avant se détendit.

— Je suis désolée, Jamie.

— Pas autant que moi, confessa-t-il. Je sais que vous voulez toujours ce qu'il y a de meilleur pour mon avenir.

— Et pour celui de Glentrool, ajouta-t-elle, retirant sa main et reculant d'un pas. Et c'est pourquoi tu dois faire ce que je te dis.

— Et qui est…

— Pars à l'instant même te réfugier chez mon frère Lachlan, à Auchengray.

— Oncle Lachlan ? Je connais à peine cet homme !

— Peu importe, c'est un membre de la famille. Lachlan t'accordera le gîte et le couvert aussi longtemps qu'il faudra pour qu'Evan oublie ce que tu lui as fait…

— Ce que *je* lui ai fait ? Ce que *nous* lui avons fait, vous voulez dire.

Elle balaya sa protestation de la main, comme un grain de poussière.

— Nous savons tous les deux que la colère de ton frère ne dure jamais plus de deux semaines. Je t'enverrai un message pour que tu reviennes, dès que je serai sûre que tu es de nouveau bienvenu à Glentrool.

Laissant échapper un grand soupir, elle ramassa le chiffon jeté au sol et en étudia les taches, le regard triste.

— Aujourd'hui, continua-t-elle, en vous regardant vous entredéchirer, j'ai cru que j'allais vous perdre tous les deux.

Jamie tira doucement sur le linge ensanglanté pour le reprendre de ses mains.

— Vous vous inquiétez trop. Ce n'est pas Evan qui me préoccupe. C'est père.

Il croisa son regard, jaugeant son humeur.

— Arrangerez-vous les choses entre nous ?

Elle redressa légèrement les épaules.

— Il a toujours su que c'était toi qui étais destiné à hériter du domaine, Jamie. Ne le lui ai-je pas dit des milliers de fois ? Maintenant, il est temps de lui rafraîchir la mémoire.

Elle se tourna et frappa doucement à la porte tout en la poussant pour l'ouvrir, assurée que son mari ne refuserait pas sa compagnie.

— Alec ?

Rowena laissa la porte ouverte et se glissa dans la pièce où le laird de Glentrool était assis, la tête penchée au-dessus de son verre vide, attendant que quelqu'un vienne lui dire que tout cela n'avait été qu'un affreux cauchemar.

— Alec, nous devons parler.

Elle s'assit gracieusement sur une chaise et la glissa près de la sienne, tendant la main pour passer ses doigts effilés entre ceux arthritiques de son mari. Il était tard maintenant, et le feu dans l'âtre n'était plus qu'une faible lueur émanant des braises mourantes.

— Cette… cette créature qu'Evan a prise pour épouse me rend folle avec ses exigences et ses récriminations.

Jamie observait la scène de la porte, incrédule. Pourquoi diable parlait-elle de Judith ? N'y avait-il pas eu assez d'événements désastreux dans la soirée, sans ressasser en plus les vieilles histoires ?

Au fond de la pièce, son père acquiesça simplement de la tête.

— Qu'est-ce que tu veux que j'y fasse, Rowena ? Elle vient du sud, oui, c'est une jeune femme querelleuse à la langue acérée. Mais elle est aussi notre belle-fille.

— Tu as raison, évidemment, dit-elle, et ses douces paroles ne trahissaient encore rien de ses intentions. Il n'y a pas grand-chose à faire de ce côté-là. Et c'est pourquoi nous devons nous assurer que Jamie ne répète pas la même erreur.

— Jamie, maugréa son père, en secouant la tête. Toujours le jeune Jamie. Tu ne penses jamais à personne d'autre dans cette maison, femme ?

À la mention de son nom, le pouls de Jamie accéléra. Son père ne pouvait remarquer sa présence indiscrète à la porte, tant sa vue était faible. Sa mère lui ferait-elle signe d'entrer ? L'inclurait-elle dans la conversation ? Jamie fit un pas discret pour s'approcher, tendant l'oreille pour ne pas rater un seul mot de l'échange.

— Je ne pense qu'à toi, Alec, dit-elle d'une voix charmeuse, en lui tapotant la main. À tes futurs petits-fils et à l'avenir de Glentrool. Tu sais aussi bien que moi que le Dieu tout-puissant lui-même a promis cette terre aux enfants de tes enfants. Aux enfants de *Jamie*, Alec. Pas à ceux d'Evan. Ne le vois-tu pas ?

— Non, je ne vois pas ! répondit-il brusquement, la bouche déformée par une moue amère. Mes yeux m'ont trahi misérablement, aujourd'hui, et c'est comme ça que Jamie est arrivé à voler la fierté d'un vieil homme et la bénédiction de son frère aîné, à l'aide d'un seul plat de nourriture.

— Plusieurs plats, le taquina-t-elle, à en juger par le peu qui est revenu à la cuisine.

Elle jouait avec un bord usé de son plaid, cherchant manifestement ses mots afin de produire le meilleur effet. En dépit de la tension qui régnait dans la pièce, Jamie ne pouvait s'empêcher de s'émerveiller devant l'adresse de sa mère à tourner la situation à son avantage. Une avocate de grand talent, cette Rowena McKie. Et une adversaire formidable aussi, ce que son père savait sûrement déjà.

— Alec, ta bénédiction n'a pas été volée, dit-elle d'un ton qui était chaleureux, mais ferme. Elle a été sollicitée légitimement, peu importe ce qu'en dit Evan. Laissons ces décisions au Tout-Puissant, cher mari, et faisons de notre mieux pour aider Jamie à préparer son avenir. Je pense qu'il est préférable qu'il quitte Glentrool à l'instant. Qu'il voie un peu Galloway avant de s'établir. Qu'il trouve une fiancée digne de porter ton petit-fils.

Jamie avala quasiment sa langue. *Une fiancée ?* Elle n'avait jamais parlé de mariage, auparavant. Depuis quand cela faisait-il partie de leur plan ?

Les sourcils de son père se froncèrent, trahissant ses doutes.

— Je n'ai pas le goût de jouer au marieur, si c'est ce que tu penses.

— Oh ! je sais à quel point fleureter te fait peur !

Un sourire narquois apparut sur ses traits.

— Ton père n'a-t-il pas envoyé l'un de ses serviteurs afin d'explorer l'est de Galloway pour trouver une femme en ton nom ?

— Oui, et il en a trouvé une très belle, admit-il. Bien que j'eusse aimé être le premier à poser les yeux sur toi, ce jour-là, sur les rives du lac, près d'Auchengray.

— Tu n'as pas tardé à me voir, quand j'ai fait mon entrée à Glentrool en chevauchant, pour venir rejoindre mon futur époux.

Il hocha la tête lentement.

— Une belle reine d'Écosse sur sa jument alezane. J'étais sorti, ce soir-là, pour aller « songer », comme aurait dit ma mère.

— Mon cher Alec, dit-elle en passant la main sur sa joue parcheminée. Méditant sur la montagne, comme un saint homme.

Alec produisit une sorte de gargouillis en guise de rire.

— Pas un saint du tout, j'essayais simplement de remettre mes idées en place. Car, qui devait apparaître au crépuscule, sinon ma promise et ses servantes, descendant du paradis tels des anges au cœur des landes ?

Les joues de Jamie rougirent, en entendant ces murmures sentimentaux. On lui avait souvent raconté l'histoire d'amour inhabituelle de ses parents. Mais pas de cette façon. Pas dans le langage poétique employé maintenant par le vieil homme. Il voulut se diriger vers la cuisine, espérant s'échapper, quand sa mère leva les yeux, croisa son regard, et lui fit discrètement signe de rester.

Elle reposa les yeux sur son mari et se pencha plus près.

— Alec, dit-elle, et son ton était celui de l'innocence même, une autre belle jeune fille vit à Auchengray, aujourd'hui. Une femme qui conviendrait très bien à ton héritier.

Le ton de Rowena se fit soudain plus persuasif.

— Mon frère Lachlan, le jeune homme qui reçut la dot généreuse de ton père, et qui m'envoya vers toi, il y a si longtemps, a eu deux filles qui ont grandi, maintenant : Leana et Rose. Tu te souviens d'elles, n'est-ce pas ?

— C'est vrai, dit Alec en hochant lentement la tête, une grimace s'imprimant sur son visage. Le pauvre homme a élevé deux jeunes filles sans mère. Elles doivent avoir atteint l'âge du mariage, maintenant, je suppose.

— Oui, murmura-t-elle, assurément.

Jamie les observait tous deux en train de comploter au sujet de son avenir et sa colère se ranima. En ce jour misérable, tout allait de mal en pis. Maintenant, on lui demandait non seulement de fuir sous le couvert de la nuit, mais en plus de prendre femme et d'engendrer un héritier. Ses sombres réflexions se bousculaient dans sa tête, mêlées aux vagues souvenirs de deux petites cousines qu'il avait rencontrées une fois, lors d'un voyage en compagnie de ses parents, une douzaine d'années auparavant. L'une avait le teint pâle, l'autre, foncé. Mais si jeunes ! Des gamines, pas des fiancées.

— Leana n'a pas vu plus de vingt étés et Rose encore moins, et elles ont plusieurs années de maternité devant elles. Les deux sont jolies, me dit Lachlan dans ses lettres.

Le sourire de Rowena brilla à la lueur de la chandelle.

— Et elles ne sont pas anglaises.

— Très bien, alors ! dit Alec McKie, convaincu.

Frappant sa chaise d'un poing tremblant, il déclara :

— Appelle Jamie. Faisons la paix tous les deux avant de l'envoyer à la chasse d'une fiancée.

— Appeler Jamie, dis-tu ?

Sa mère fit un clin d'œil dans sa direction.

— Mais, je sais où le trouver.

Chapitre 8

Puis vient la brume et une triste pluie,
Et la vie n'est plus jamais la même.
— George MacDonald

— Ne laisse pas le cheval quitter le sentier, l'avait avisé Rowena. Et fais attention aux marécages.

Des mots bien inutiles, quand la bruine blanchâtre était si dense qu'il pouvait à peine voir plus loin que les naseaux de son cheval hongre. L'air de la nuit semblait ramper vers lui comme une chose vivante, et il se sentait sur le point d'étouffer. Sa chemise trempée lui collait à la peau, ses cheveux s'échappaient sous le rebord de son chapeau tricorne en vagues rebelles. Pas étonnant qu'Evan avait l'air aussi effrayant en rentrant de la chasse. Une éducation de gentilhomme n'était pas de taille pour affronter le climat automnal féroce de Galloway.

Jamie plissait les yeux dans le brouillard, luttant pour voir ce qu'il y avait devant. La piste étroite le long des eaux du Trool, vers l'ouest, le mènerait à l'auberge House o' the Hill, sa première étape et son gîte pour la nuit. Une heure auparavant, il avait copié une carte de l'atlas de son père, et sa version grossière était maintenant pliée en sécurité dans sa petite sacoche de voyage. Deux chemises de batiste neuves et une poignée de pièces d'or se pressaient contre la carte, de même qu'une lettre brève, mais vitale, de Rowena à son frère, Lachlan McBride, accordant la bénédiction des McKie à un mariage. Il avait aussi emporté quelques *bannocks* et du fromage dur, pour tenir au moins une journée ou deux. Non pas qu'il croyait en avoir besoin. Après une courte nuit de sommeil, il prendrait son petit-déjeuner et se dirigerait au sud, vers Monnigaff et Creetown, bifurquerait vers l'est en direction de Gatehouse et Carlinwark, puis pousserait jusqu'à Newabbey et la ferme de son oncle, à quelques jours de là. C'était la route la plus longue, mais de loin la plus fréquentée. Des auberges pour voyageurs et des tavernes l'attendaient à chaque jonction. Que son frère dorme dans les marais et chasse pour son dîner. Jamie, lui, avait l'intention de dormir la tête sur un oreiller et de manger dans un plat d'étain.

Avançant péniblement dans la brume, il consulta sa montre cachée dans la poche de son gilet et maugréa. Minuit, et déjà ses jambes le faisaient souffrir. Plaise à Dieu, d'ici la fin de la semaine, il serait établi à Auchengray. Cela lui faisait tout drôle de penser qu'il vivrait ailleurs qu'à Glentrool, ne serait-ce que quelques semaines. Il avait déjà hâte de retourner à ses grands livres, avec leurs longues colonnes de chiffres bien alignés. Bien que son père l'eût envoyé à l'université pour en faire un pasteur, c'était l'administration de la terre et l'élevage des moutons qui l'intéressaient plus que tout. Il était revenu d'Édimbourg pour devenir le superviseur du cheptel des McKie. Henry Stewart, le chef des bergers de Glentrool, avait enseigné à Jamie tout ce que ses livres ne lui avaient pas appris.

Est-ce que son oncle d'Auchengray avait des moutons ou seulement des champs de céréales et deux filles ? Jamie essaya à nouveau de s'imaginer à quoi ses cousines ressemblaient, maintenant qu'elles avaient grandi, mais seules de vagues images lui vinrent à l'esprit. Serait-ce Leana ou Rose qui porterait le nom de McKie ? Au moins, il y en avait deux entre lesquelles choisir ; on devrait tenir compte de son opinion, ici.

Jamie ouvrait et fermait les doigts, essayant de chasser la douleur de la blessure du coup de poignard qui lui avait labouré la paume, quand une branche craqua avec un bruit sec derrière lui. Il s'immobilisa, tous les sens en alerte. Est-ce qu'Evan l'avait suivi, dans l'intention de lui planter une épée dans le dos ? Très lentement, Jamie abaissa sa main droite vers le poignard niché dans sa botte. En la refermant sur la garde, il se sentit beaucoup plus confiant. Il se redressa et tira brusquement sur la bride de Walloch, faisant faire un rapide demi-tour à sa monture, puis lança un appel dans la bruine tourbillonnante.

— Montre-toi, homme.

Aucune voix ne se fit entendre, aucune silhouette ne parut. Mais la sensation d'une présence invisible, quelque part dans le brouillard, persistait. Jamie ravala sa peur et parla encore, plus fort cette fois-ci, et avec plus de conviction.

— Si tu es venu pour finir ce que tu as commencé, Evan, je suis prêt à faire de même.

Il pressa ses jambes sur les flancs de Walloch pour le faire avancer.

— Sors, et montre-toi à ma vue.

Silence.

L'appréhension, comme un doigt glacé, se mit à courir sur l'échine de Jamie. Si ce n'était pas son frère, qui était-ce ? Jamie n'avait aucun ennemi, ni dettes impayées, ni querelles à vider avec un voisin ou un cousin. Des gitans vagabonds, que l'on voyait souvent à Galloway, s'aventuraient rarement loin des grandes routes. Qui d'autre pouvait le suivre la nuit dans les terrains marécageux, et pourquoi ? Il attendit, à l'affût d'un bruit de pas, d'un cliquetis de harnais, d'un claquement de cravache. Aucun son ne vint frapper son oreille, si ce n'est ceux des vaguelettes qui clapotaient doucement sur les rives du Trool et des moutons bêlant sur les pentes. Se sentant ridicule, il remit le cap à l'ouest, bien décidé à ne plus penser à son frère à la tignasse rouge. Il ferait ce que son père lui avait conseillé :

— Prie Dieu et marche droit devant.

Bientôt, les rapides devant lui devinrent plus bruyants, plongeant et tourbillonnant dans les chutes escarpées autour de rochers de granit. La Minnoch, d'un froid glacial après son périple dans les hauteurs du Merrick, se jetterait bientôt dans le Trool, un passage périlleux à traverser, même par temps clément ; au cœur de la nuit, dans un épais brouillard, il pouvait être fatal. Walloch connaissait bien le gué et plongea courageusement dans l'eau, les faisant passer de l'autre côté sans autre désagrément que de mouiller la culotte de Jamie. C'était sans importance. Les clients de la House o' the Hill le remarqueraient à peine. C'était un endroit rude, fréquenté par les contrebandiers se dirigeant vers l'est en provenance de Portpatrick. Un bol de ragoût bien chaud et un matelas de bruyère étaient tout ce qu'il demandait.

— Voilà une vue agréable, murmura Jamie, donnant avec soulagement de petites tapes amicales sur l'encolure du cheval, quand l'auberge, avec ses quatre petites fenêtres illuminées par le feu d'un foyer, apparut au sommet d'une colline. Il dirigea Walloch vers un groupe d'écuries à l'abri du vent. Les enclos étaient remplis de chevaux de somme appartenant aux contrebandiers, les *lingtowmen*, ainsi nommés en raison de la corde, ou *lingtow*, qu'ils s'enroulaient autour des épaules pour attacher la marchandise dont ils faisaient le trafic à l'intérieur du pays. Jamie était heureux de n'avoir qu'une sacoche de cuir à transporter. Ses épaules et ses jambes lui faisaient mal, son siège était engourdi, et toutes ses pensées s'étaient réduites à une seule : dormir.

Un jeune garçon échevelé vêtu d'une chemise en loques se précipita dehors pour l'accueillir. Il regarda le cheval, puis fit un grand sourire révélant une dentition mal alignée.

— V'z'allez passer la nuit, m'sieur ?

— Oui, c'est mon intention.

Jamie descendit de cheval en étouffant un grognement. La seule mention d'une nuit de repos, peu importe la minceur du matelas, lui avait fait plonger la main dans sa bourse à la recherche d'un penny de cuivre pour payer le garçon, afin qu'il s'occupe du cheval.

— Je partirai demain à la première heure. Tu le bouchonneras, le nourriras et lui remettra sa selle, d'accord ?

Le garçon sourit en glissant la pièce dans sa poche.

— Ça s'ra fait, m'sieur.

— Et ton nom, garçon ?

Le garçon baissa subitement la tête. Par timidité, ou simplement parce qu'il était à moitié endormi, Jamie n'aurait su le dire.

— George, confessa-t-il enfin.

— Comme le roi lui-même, c'est ça ? Très bien, George. Je te donnerai une autre pièce demain matin, si je vois sa robe reluire. Sommes-nous d'accord ?

Le sourire aux dents saillantes réapparut.

— Oui, m'sieur. Comment j'l'appelle ?

— Walloch.

Le garçon regarda ses sabots.

— Y danse, pas vrai ?

— Oui, il danse. Allez, ouste, maintenant. Avec un peu de chance, il y a un lit vide qui m'attend à l'intérieur.

Convaincu que Walloch était entre bonnes mains, Jamie lança sa sacoche par-dessus son épaule et marcha péniblement vers l'auberge, dont les murs de roche basaltique lui promettaient au moins un abri sec. Il était déjà venu à cet endroit des douzaines de fois, pour partager une grosse bouteille ou deux avec ses amis, mais n'avait jamais dormi sous son toit incliné. Étrange, de devoir chercher refuge si près de chez soi. Jamie poussa la vieille porte de chêne, faisant une pause pour laisser ses yeux s'ajuster à la trouble clarté ambiante. À peine quelques têtes à l'intérieur de la pièce aux poutres basses se levèrent, tant les conversations allaient bon train. Des bancs étroits s'étiraient le long de tables grossièrement rabotées et encombrées de bouteilles, pleines et vides. Des chaises dépareillées, mais d'allure massive étaient groupées autour du feu ardent dans le coin éloigné, où un ragoût mijotait sans surveillance. Le long des murs, un buffet de bois, qui avait vu de meilleurs jours, étalait une rangée de plats et de bols d'étain, dont l'un, espérait Jamie, contiendrait bientôt son souper.

Il fit quelques pas à l'intérieur, examinant les deux pièces contiguës à la recherche d'un endroit convenable pour s'asseoir, quand son regard s'arrêta brusquement. Une chevelure familière, aussi rouge que des charbons ardents, se détachait dans la masse. *Evan.* Son frère était assis là, bien en évidence, sur sa chaise rapprochée du feu, son large dos, enveloppé d'un tartan, face à la porte. Jamie se glissa dans un coin sombre, son cœur battant à tout rompre dans sa poitrine. Qu'est-ce qu'Evan fabriquait, dans cette auberge ? Jamie n'avait soufflé mot de son itinéraire à quiconque. Evan l'avait-il suivi, en fin de compte ? Où n'était-ce que de la malchance, rien de plus ?

Une voix masculine retentit dans la pièce.

– McKie ! Où étais-tu passé ?

Instinctivement, Jamie se tourna dans la direction de la voix. Imité par Evan. Dans une demi-seconde, son frère allait se retourner et le découvrir – seul et piètrement armé. Jamie se dirigea vers la porte, l'ouvrit, puis la referma derrière lui aussi silencieusement qu'il le put, la respiration saccadée, le visage en feu. Est-ce qu'Evan l'avait vu ? Surgirait-il dehors, suivi de ses douteux amis ? Jamie sortit rapidement le poignard de sa botte, le regard rivé sur la porte de l'auberge, tout en s'éloignant à reculons vers les écuries. Glentrool lui appartenait et Evan ne pouvait rien y changer.

Sauf le tuer.

Chapitre 9

À cette auberge noire, la Tombe !
— Sir Walter Scott

— M'sieur, vous n'avez pas aimé l'ragoût d'Meg ?

Jamie se retourna vivement pour voir le garçon d'écurie s'approcher de lui, l'étonnement se lisant sur son visage crasseux.

— J'en ai mangé, de c'te ragoût, et j'l'ai trouvé bon, affirma-t-il.

— Fiche-moi la paix, avec ton ragoût, siffla Jamie. Où est mon cheval ?

Le garçon fixa la lame dénudée du poignard de Jamie et commença à se balancer d'un pied à l'autre.

— M'sieur, j'viens juste d-d'commencer à l'frotter. S'cusez de vous l'dire, mais avant de l'sortir à nouveau, y faut l'nourrir.

— Très bien.

— Y est tout mouillé, m'sieur, et…

— Très bien, j'ai dit !

Jamie enfouit son poignard dans sa botte en grognant de frustration. Ou bien Evan ne l'avait pas vu, ou bien il attendait patiemment à l'intérieur de l'auberge en le laissant souffrir dehors.

— Ne fais pas attention, George, murmura Jamie, en commençant à marcher de long en large. Avant tout, occupe-toi du cheval. C'est pour cela que je t'ai donné une belle pièce d'un penny.

Il renvoya d'un geste le garçon à son travail, car il voulait prendre quelques minutes pour penser à ce qu'il ferait des prochaines heures. Il avait faim, mais les provisions dans sa sacoche suffiraient. Et, bien qu'il tombât de sommeil, il était hors de question de dormir sous les chevrons de la House o' the Hill, sachant qu'Evan rôdait juste au-dessous. Pire encore, il aurait fallu qu'il passe devant Evan et ses comparses sans être vu, ce qui était presque impossible.

Jamie se dirigea vers le garçon d'écurie, qui était en plein travail, brossant la robe noire de Walloch avec de longs mouvements sûrs.

— Dis-moi, garçon, as-tu une couverture que tu pourrais me louer pour la nuit ?

— Une couverture ?

Ses sourcils se contractèrent.

— Pourquoi voudriez-vous ça ?

— Pour me réchauffer, répondit Jamie en produisant une autre pièce. Et voilà pour te dédommager.

— Pas d'problème, m'sieur.

Le garçon disparut dans l'une des stalles et revint avec un grand morceau de laine en lambeaux.

— Ça f'ra l'affaire ?

— Il faudra bien, et Jamie plaça le vieux plaid qu'il lui présentait. Sous aucun prétexte, nul ne doit partir d'ici avec mon cheval, peu importe ce qu'il te raconte ou les shillings qu'il t'offre. Me fais-je bien comprendre ?

George fit oui de la tête.

— Vot' monture s'ra ici quand v'viendrez la prendre en personne, m'sieur.

— Brave garçon, dit Jamie en passant la main dans les cheveux de George. On se revoit à l'aube.

Avec le plaid sous le bras et sa sacoche remise en place, Jamie arriva face au chemin, regardant dans une direction, puis dans l'autre, soupesant ses options. Evan escomptait sûrement qu'il chevauche vers le sud, en direction de Monnigaff, l'itinéraire qu'il avait d'ailleurs planifié. Jamie se dirigerait donc au nord, ne serait-ce que pour la nuit, vers la propriété de leur oncle Patrick, à Glencaird. C'était le dernier endroit où Evan le chercherait, et pour cause : deux cairns — des chambres mortuaires remontant à la nuit des temps —

s'élevaient des pâturages de Glencaird, et Evan était extrêmement superstitieux. Qui sait quel esprit maléfique logeait entre les pierres tombales? «On ne doit pas badiner avec les morts, Jamie, l'avait un jour averti son frère, les yeux dessillés par la peur. Retiens bien mes paroles.»

— Je les ai retenues, frère, annonça Jamie à l'air brumeux du soir, allongeant le pas alors qu'il atteignait le pied de la colline. Il irait au cairn le plus proche. Une pierre plate ferait un lit acceptable, lui épargnant l'humidité malsaine du sol. Il escalada la muraille de pierres sèches qui entourait la propriété de l'oncle Patrick et se dirigea vers une plantation de sorbiers montant la garde près du site cérémonial, très conscient de la crainte diffuse qui montait en lui.

Il ralentit le pas en parcourant le sol inégal jusqu'à ce que sa botte heurte l'une des pierres rondes entourant le cairn. Plus vieille que le roi David d'Écosse, plus vieille que le roi David de la Bible, l'ancienne ruine avait perdu plusieurs de ses éléments au cours des siècles, exposant une grande chambre mortuaire où gisaient des rochers éventrés. Placée transversalement à son sommet, se trouvait une plaque massive de granit, trop lourde pour être déplacée par les paysans locaux en quête de matériaux. En dessous étaient enterrés les restes d'hommes méconnus de l'histoire, dont les os étaient depuis longtemps retournés à la poussière. Jamie déglutit avec difficulté, embrassant du regard la scène de désolation. Le jour, le cairn n'était rien de plus qu'un amas de rocs. La nuit, les pierres murmuraient les mystères non dits et les rêves oubliés de ceux qui y avaient trouvé leur dernier repos.

Rassemblant son courage, il se dirigea vers la tombe. Même si Evan le découvrait endormi, son frère n'aurait jamais le cran de pénétrer à l'intérieur du cercle sacré. Jamie secoua le plaid qui sentait le moisi, se préparant à l'étendre sur la plaque de roc, quand sa botte frôla une grappe de baies accrochées à une tige robuste et violacée. Les fleurs étaient fanées, mais ses grappes de fruits noirs et luisants étaient toujours là. Quelque chose à ajouter à sa maigre collation avant d'aller au lit, peut-être ? Il se pencha, arracha les baies de bonne taille et les porta à ses lèvres, puis grimaça à leur goût désagréable et les recracha. « Contente-toi du *bannock* », murmura-t-il, jetant les baies au loin et se frottant les mains. Il s'installa sur sa couverture improvisée et se contenta des provisions de son sac, essayant de ne pas penser à la chope de bière qu'il aurait bue à l'auberge ni au doux matelas de bruyère sur lequel il aurait pu dormir. Ni à la tombe rocheuse sous sa tête.

Il pensa plutôt aux terribles événements de la journée, au visage de son père alors qu'il servait au vieil homme de la viande de chèvre au lieu du gibier. Avant de partir, Jamie avait scellé avec son père une trêve fragile, et ce dernier l'avait béni une deuxième fois — volontairement, cette fois-là. Mais les plus belles paroles du monde ne pouvaient effacer celles qui avaient été dites précédemment : « Tu as jeté la honte sur Glentrool, James McKie. » Encore maintenant, la honte pressait sur les épaules de Jamie, comme un bouclier ennemi qui l'aurait écrasé au sol.

Il n'osait pas prier. Comment aurait-il pu demander au Dieu tout-puissant d'écouter la prière d'un pécheur comme lui ? Un autre charbon ardent à ajouter à ses souvenirs douloureux : l'heure de prière familiale n'avait pas eu lieu, ce soir-là, pas après que lui et son frère eurent transformé la cuisine en champ de bataille. Tous les soirs, sauf celui-là, la table familiale était débarrassée et la Bible familiale était sortie de sa boîte, usée par les années, à côté du foyer. « Rendons grâce à Dieu », disait le plus âgé des McKie, et son ton était solennel, ses intentions claires. Les serviteurs de la maison se joignaient à eux, venant silencieusement prendre place sur les bancs de bois le long du mur opposé. Lorsque son père lisait les psaumes l'un après l'autre, de sa voix monotone, ils répondaient à l'unisson les mots familiers du psautier : « Heureux celui qui a le Dieu de Jacob à ses côtés afin de l'aider, celui dont l'espoir est dans le Seigneur, son Dieu. »

L'espoir. Il ne restait que peu d'espoir à Jamie. La menace d'Evan n'était pas vaine. Son frère brûlait de le tuer et très bientôt – avant que Jamie puisse se marier et produire un fils qui pourrait hériter de Glentrool à sa place. Partir était une nécessité, de même que son mariage précipité.

Le Seigneur des hôtes est parmi nous. La prière favorite de son père tirée du psautier trouvait écho dans le cœur de Jamie. *Le Dieu de Jacob est notre refuge.*

Refuge. Un lieu pour se cacher entre les rochers, en fuyant pour sauver sa vie ; un endroit incongru pour le fils nouvellement béni du laird. Il n'y avait rien d'autre à faire que dormir et espérer que le matin du lendemain apporterait un certain soulagement à sa culpabilité. Jamie déboutonna sa veste et enfouit sa sacoche dans sa large chemise pour la mettre en sûreté, puis s'enveloppa dans le plaid, son chapeau à cornes placé à côté de lui pour la nuit. Il dormirait peu, son intention étant de partir avant l'aube.

À moins qu'Evan le trouve d'abord.

Avec une pierre en guise d'oreiller, sous les regards d'une chouette, qui hululait d'un arbre voisin, Jamie chercha pendant quelques secondes une position raisonnablement confortable sur le matelas de granit. « Que je dorme du sommeil du mort », murmura-t-il alors que ses yeux se fermaient et que son corps s'assoupissait. Au-delà du sombre cercle de pierres, une branche de sorbier se cassa en deux avec un petit bruit sec.

Chapitre 10

Tout comme les anges, dans certains rêves lumineux,
Rendent visite à l'âme de l'homme endormi,
D'étranges pensées transcendent nos songes habituels,
Qui entraperçoivent la gloire.
— Henry Vaughan

— Que Dieu me vienne en aide !

Jamie bondit sur ses pieds, éveillé en un instant, son cœur battant à tout rompre. Il pressa une main sur sa poitrine pour le calmer et reprendre haleine. Qu'est-ce qui l'avait ainsi réveillé en sursaut ? Un rêve, décida-t-il, s'efforçant d'en reconstituer le fil.

À l'est, le soleil du matin n'avait toujours pas montré son visage au-dessus des collines, mais l'horizon était déjà pâle. Jamie se frotta les yeux et secoua la tête, essayant de se défaire de l'emprise d'une étrange vision sur son imagination. Mais le rêve — si *c'était* un rêve — refusait d'être chassé. Un escalier y apparaissait, plus haut que toutes les montagnes de Galloway. Non pas un escalier d'acajou, comme celui de Glentrool, car celui-là était lumineux et brillait comme la pleine lune dans un ciel de minuit. Des créatures ailées montaient et descendaient le long des marches. Et la voix qu'il avait entendue ! Elle avait roulé comme le tonnerre et rugi comme la mer.

Encore maintenant, il frémissait en se rappelant les images si réelles et les mots prononcés : « La terre sur laquelle tu dors, à toi, elle sera donnée, et à ta descendance. » C'était vrai ; toutes les terres des McKie seraient siennes, un jour, même celle de l'oncle Patrick, qui n'avait pas d'héritier. Mais qu'en serait-il de sa propre descendance, l'enfant que l'une de ses cousines — il ne savait pas encore laquelle — porterait ? Était-ce la bénédiction de son père, réentendue dans la nuit, ou quelque chose d'autre ?

Une brise légère lui retroussa les poils de la nuque, faisant courir un frisson dans son dos, le réveillant un peu plus. Dans un moment, le songe se serait dissipé pour de bon. Il ferma rapidement les yeux et tâcha de s'éclaircir les idées. Tel un refrain, une promesse entendue dans son rêve lui revenait à l'esprit, aussi vraie et réelle que si elle avait été rédigée sur un document : « Vois, je suis avec toi où que tu ailles, et je te ramènerai au foyer. Je ne t'abandonnerai jamais. »

Qui serait avec lui ? Était-ce la voix d'Alec McKie, dont il aurait entendu l'écho dans son sommeil ? Non. Les mots n'étaient pas les siens et avaient été prononcés par une voix qui lui était inconnue. Ouvrant lentement les yeux à nouveau, Jamie leva le regard vers les sommets du Merrick et le ciel baigné d'étoiles, au-dessus. « Qui est-ce ? » murmura-t-il au ciel. « Qui est celui qui ne m'abandonnera jamais ? »

Ce n'était pas son père, condamné à quitter ce monde très bientôt.

Ce n'était pas sa mère, qui avait presque quarante ans de plus que lui, et qui vieillissait d'heure en heure.

Ce n'était pas son frère, qui le tuerait s'il en avait l'occasion.

Qui ? Qui ne l'abandonnerait jamais ?

Et c'est alors que Jamie comprit. Cet éclair le jeta à genoux sur la pierre dure. Ce n'était pas un rêve ordinaire. Le Tout-Puissant, le Divin, était venu à lui au cœur de la nuit. Dans une prière, dans un rêve, dans une vapeur, l'Auteur du Ciel et de la Terre était descendu à son chevet, sur le rocher. Il était venu pour veiller sur lui — *lui*, James Lachlan McKie —, pour protéger et bénir un fils ingrat, qui avait trompé son père et volé l'héritage de son frère.

L'esprit de Jamie travaillait à toute allure, ses yeux versaient des larmes. Comment était-ce possible ? Personne ne méritait moins la faveur divine que lui. *Personne.* Éperdu, il tâtonna le rocher, essayant de s'imprégner de la stupéfiante vérité : le Dieu tout-puissant se préoccupait encore de son âme misérable. Le Père de la miséricorde et Dieu du pardon ne l'avait pas puni pour ses péchés. Il était plutôt venu veiller sur lui pendant la nuit, afin de lui offrir de l'espoir pour l'avenir.

– Merci ! murmura-t-il aux anciennes pierres. Que Dieu soit remercié.

Et il *était* reconnaissant. Reconnaissant d'avoir échappé à la vengeance de son frère, d'avoir traversé cette nuit pour voir un autre jour se lever. Pouvait-il exprimer sa gratitude en paroles ? La dire à l'Être qui lui avait parlé dans la nuit ? Jamie s'assit sur ses talons et commença à parler, comme si Thomas Findlay ou toute autre âme amicale était assise en face de lui, à la table de la salle à manger de Glentrool. « Si tel est votre souhait, soyez avec moi, Père miséricordieux. Montrez-moi le chemin jusqu'à Auchengray et celui pour rentrer à la maison. Donnez-moi du pain chaque jour et des vêtements pour me couvrir. »

Jamie ressentit un certain embarras, quand il se rendit compte qu'il n'avait jamais prié ainsi auparavant, avec autant de ferveur qu'en ce matin du sabbat. Oserait-il demander ainsi son pain quotidien, sans faire quelque promesse en retour ? Il saisit la pierre qui lui avait servi d'oreiller et l'éleva dans les airs. « Que cette pierre soit mon témoin. Si vous faites ce que je vous demande, une part de tout ce que je possède maintenant, et posséderai dans les années à venir, vous appartiendra. » Habité par un nouveau et peu familier sentiment de dignité, il plaça la pierre au sommet du cairn et se leva, tout en se frottant les mains pour enlever la poussière.

Autour de lui, l'air devenait plus clair et le ciel tenait plus du gris gorge-de-pigeon que du bleu marine. Comme s'il venait tout juste de se réveiller et voyait les choses pour la première fois, il remarqua son plaid emprunté en tas à ses pieds, apparemment jeté là pendant son sommeil agité. Son cheval hongre, Walloch, l'attendait ailleurs, en pension à l'étable de l'auberge. Au moins, il n'avait pas rêvé qu'il perdait sa monture pendant qu'il dormait au milieu des plantes et des rochers. Il passa sa main tachée de jus de baie sur son visage barbu.

— Tu étais un homme fatigué, Jamie McKie, pour prendre une pierre comme oreiller, dit-il à voix haute.

— Oui, répondit une seconde voix masculine bourrue, derrière lui. Et ben fou, aussi.

Jamie virevolta sur ses talons et se pencha pour saisir son poignard, mais il demeura paralysé, tous ses rêves oubliés, quand ses doigts se refermèrent sur le vide.

— Y t'manque que'que chose, garçon ?

Un vieux Tsigane était debout, à un jet de pierre, les bras croisés sur la poitrine, un sourire narquois déformant ses traits rudes.

— Y avait-y aut' chose, dans ta botte, qu'ta culotte et tes chaussettes ? demanda-t-il.

Jamie se leva, sa nouvelle sérénité envolée, en colère contre lui-même. C'était déjà déplorable de sa part de ne pas avoir entendu l'homme approcher. Il n'avait rien senti non plus quand ses doigts agiles avaient retiré le poignard de sa botte pendant son sommeil. À défaut d'avoir une arme, Jamie s'assura que ses mots seraient bien coupants.

— Je présume que vous savez où se trouve ma lame.

Le visage de l'homme âgé s'assombrit sous la bordure de son bonnet.

— Non, j'sais pas où qu'elle est. Tout c'que j'sais, c'est qu'en chemin vers Monnigaff, j'suis tombé su' un jeune homme fou qui s'parlait tout seul, d'bout su' une vieille tombe. Et pas juste fou, mais impoli aussi, parce qu'y m'accuse d'avoir volé son poignard.

Le Tsigane baissa les bras comme s'il n'avait peur de rien, redressa lentement les épaules et réduisit la distance qui les séparait en avançant de deux pas confiants. Il avait un torse solide, bien planté sur de courtes jambes, et de larges bras témoignaient de sa grande force physique. Quoique ses vêtements fussent ordinaires, l'argent sur ses bottes brillait dans la nuit. Tout comme l'éclat peu rassurant de son regard.

— Seul un fou oserait causer sur c'ton-là, quand y a pas d'lame, pas d'cheval, et pas d'ami autour.

Jamie comprit enfin son erreur, et ce n'était pas trop tôt.

— Je crains de vous avoir mal jugé.

Il ne put se résoudre à ajouter « monsieur ». Pas pour un bohémien au visage buriné par le soleil, un itinérant dormant dans une tente crasseuse au bord des routes, faisant de la contrebande ou Dieu sait quel autre trafic. Jamie pouvait néanmoins chercher à le flatter.

— Vous savez comment marteler l'étain et aiguiser les lames, n'est-ce pas ? On ne se donne pas la peine de voler quelque chose qu'on peut mieux faire soi-même.

— Ouais, j'peux forger un bon couteau, si j'm'y mets.

Comme par magie, un mince poignard apparut dans la main du Tsigane. Ses yeux noirs s'attardèrent sur la lame mortelle et cessèrent momentanément de regarder Jamie. Quelques secondes s'écoulèrent avant que l'étranger parle à nouveau, d'une voix basse, mais pas vraiment sinistre.

— J'vais pas t'ouvrir, garçon. J'suis bohémien, pas assassin.

Il fit mine de trancher quelque chose dans l'air avec son couteau, en souriant énigmatiquement. Il ajouta ensuite :

— Comme l'destin t'a volé ton poignard, y t'en faudra un neuf.

Soudain, le Tsigane pinça la lame entre son pouce et son index et tendit le manche d'os sculpté à Jamie, un geste de confiance inattendu.

— T'as sûrement un shilling d'trop, garçon ?

Jamie hocha la tête immédiatement, et poussa un faible soupir de soulagement.

— Bien sûr.

S'il le fallait, il rachèterait son propre couteau pour se débarrasser de cet homme étrange.

— Ici, dans ma sacoche de cuir, précisa Jamie.

Il palpa sa chemise, surpris quand sa main ne sentit que la batiste et son épiderme.

— Un instant, elle doit être dans mon plaid.

Il se pencha pour secouer le morceau d'étoffe, déçu de constater qu'il ne s'en échappait que des brindilles et de petites poussières. Sa sacoche était-elle tombée entre les rochers, pendant qu'il s'agitait et se retournait dans ses rêves ? Une sourde crainte commença à prendre naissance en lui alors qu'il entamait ses recherches. Elle devait être là. Il le *fallait*. Il enfouit sa main dans chaque fissure, évitant la vérité aussi longtemps qu'il put.

— T'as pas perdu ta bourse, non ?

Jamie se leva finalement, réprimant un juron.

— Il semble bien.

Furieux, il donna un coup de pied à son matelas de pierre, puis essaya d'ignorer la douleur vive qu'il s'était infligée. La sacoche de cuir était introuvable. Il pouvait se passer des chemises et du *bannock*, mais sans pièces d'argent ni billets de banque, son voyage était terminé avant d'avoir commencé. Et dire qu'il avait déjà dédié une partie de sa richesse à Dieu ! Que le Tout-Puissant trouve son propre argent. En ce qui concerne la bénédiction reçue au cœur de la nuit, Dieu pouvait en faire ce qui lui plaisait. Manifestement, ces grandes paroles n'avaient pas amélioré d'un iota le sort de Jamie. De laird d'un domaine, il était passé à la condition de vagabond sans le sou en quelques heures à peine.

La bourse égarée ne présentant plus d'intérêt, le bohémien fixa le lit de pierre de Jamie.

— Ne m'dis pas que t'as dormi au milieu d'ces baies ?

Jamie n'était pas d'humeur à entendre des légendes tsiganes.

— Et puis après ? demanda-t-il de mauvaise humeur.

— Tu connais pas c'te plante, garçon ? C'est la belladone.

— La belle… quoi ?

— Les nobles sont tous aussi crétins !

Le gitan leva les mains au ciel et piétina le sol pierreux comme un possédé, avant de s'expliquer.

— Tu t'es installé dans un buisson d'plantes qui peuvent te tuer !

— Me tuer ? dit Jamie.

Il fit un pas en arrière pour jeter un coup d'œil aux baies écrasées sur son plaid.

— T'es chanceux d'avoir perdu qu'ta bourse.

Le Tsigane, qui n'en revenait toujours pas, s'approcha encore de Jamie.

— Fais voir tes yeux, dit-il. Approche donc ; j'te ferai pas d'mal. Est-ce que j't'ai pas offert une lame, quand moi, j'en avais pu dans l'aut' main pour m'défendre ?

Avec réticence, Jamie laissa l'étranger lui abaisser le menton et examiner ses yeux, ignorant l'haleine fétide du Tsigane et ses mains crasseuses.

— Mais que cherchez-vous ?

— C'que je viens juste d'trouver. Le milieu d'tes yeux est noir comme l'charbon. Dans une minute, quand l'soleil s'lèvera, tu vas les fermer dur, à cause d'la douleur. J'suis même étonné qu'tu sois capable de parler. L'plus souvent, c'est la voix qui part en premier.

— La voix ? demanda Jamie, en retirant son menton de la main du gitan. Que voulez-vous dire ?

— T'as jamais entendu parler des douces-amères ?

Jamie en avait sûrement entendu parler. Bien qu'il ne fût pas un expert en plantes médicinales, il connaissait bien l'histoire de l'Écosse.

— Les soldats de Macbeth ont empoisonné l'armée danoise avec la belladone. Chaucer en parle aussi, dans ses contes.

— Oui, les Écossais y donnent un aut' nom : l'échelle d'Jacob.

Se penchant au-dessus de la plante funeste, le bohémien la piqua de son poignard.

— On dit, reprit-il, les bonnes femmes racontent que c'lui qui goûte les baies d'la belladone — ou d'la douce-amère ou le nom que l'sieur Chaucer lui donne — dormira du sommeil d'la mort. Pas étonnant qu't'aies pas senti qu'on t'volait ton poignard pi ta bourse.

Le Tsigane leva les yeux, car une question lui brûlait maintenant les lèvres.

— On dit aussi qu'les baies donnent des rêves de gloire. C'est-y vrai ?

Jamie hocha la tête lentement, remarquant pour la première fois ce matin-là à quel point il se sentait étourdi et vacillant sur ses jambes. Les rêves de la nuit qui s'achevait — la lumière, la voix, les paroles, les anges, la *chose* brillante qu'il avait vue — n'avaient-ils été que l'effet de la belladone, se jouant de son cerveau endormi ? Comme tout cela avait semblé réel ! Et comme il était déçu, maintenant, à l'idée que ce n'était qu'une illusion.

— J'ai rêvé… commença-t-il, et sa voix était mal assurée, chevrotante. J'ai rêvé que je parlais à Dieu.

— L'Dieu tout-puissant, parler à q'qu'un comme toi ? Ha ! ha !

Le gitan se mit à tourner en rond, caquetant comme une vieille bique tout en faisant de grands gestes avec ses bras. L'étain poli des boutons de sa veste réfléchissait les premiers rayons du soleil.

— Personne t'a jamais dit, garçon, qu'on doit jamais mentir, l'jour du sabbat ?

Chapitre 11

La richesse peut-elle apporter le bonheur ?
Regardez autour de vous et voyez
Quelle joyeuse détresse ! Quelle splendide misère !
— Edward Young

Leana fit la moue devant son reflet renvoyé par le seul miroir décent de la maison, un miroir dont la moitié de l'argenture avait disparu, monté sur sa table de toilette. « Mettable » était le seul mot que l'on pouvait employer pour décrire son chapeau. C'était le même qu'elle avait porté tous les dimanches pendant quatre ans, et il ne s'était pas amélioré avec l'âge.

Trop de possessions matérielles tournent l'esprit vers les désirs temporels et les détournent des vérités éternelles, disait le révérend John Gordon. Cela expliquait pourquoi le panier de la quête se trouvait sur une table à l'intérieur de la chapelle, plutôt que d'être passé sous le nez des paroissiens pendant le service religieux par une personne âgée munie d'une longue perche, comme dans le passé. Mieux valait ne pas parler de Dieu et d'argent d'un même souffle, mettait en garde le ministre.

— Puisque je me rends à un office, murmura Leana en redressant le bord, « mettable » devra suffire.

— Quelle triste idée ! s'exclama Rose.

Elle venait d'apparaître sur le seuil, les doigts refermés sur son minuscule sac à main fleuri, sa jolie bouche rose faisant la moue.

— Cette vieille robe de grand-mère, encore ?

Leana jeta un regard au tissu bleu délavé et haussa les épaules.

— C'était celle-là ou la serge grise.

— Oh ! Cette horrible chose ? Je croyais que Neda l'avait découpée pour en faire des chiffons.

Rose entra vivement dans la chambre, en secouant toujours la tête. Le parfum de bruyère, que Leana piquait dans les ourlets et les parements des robes de sa sœur, se répandait autour d'elle.

— Nous n'avons qu'à demander à père un peu d'argent du budget de la maison. Tu aides Duncan à tenir les livres d'Auchengray, Leana. N'y a-t-il pas quelques petites pièces qu'on pourrait employer pour de nouvelles robes du dimanche et des chapeaux neufs pour nous deux ?

— Cela supposerait que père consente à ouvrir sa cassette, un événement des plus improbable.

La clé du coffret si révéré était toujours suspendue autour de son cou. Selon Duncan, Lachlan voulait la garder près de son cœur. « V'savez c'que dit la Bible, Leana : car là où vot' trésor se trouve, se trouve aussi vot' cœur. Le cœur de vot' père, c'est pas aut' chose que d'l'argent froid, ma fille. »

Duncan connaissait le caractère avaricieux de son père, et elle aussi. Lachlan n'était pas disposé à dépenser, ne serait-ce qu'une seule guinée, pour habiller ses deux filles.

Leana haussa les épaules.

— Pas ce mois-ci, j'en ai peur, ma belle.

— Bah ! mais rien n'empêche de demander, lança Rose en riant joyeusement, sa bonne humeur déjà revenue. Devine ce que Suzanne Elliot m'a dit, dimanche dernier ?

Rose tâchait toujours d'arriver tôt à la messe et de s'y attarder le plus longtemps possible, après. L'échange hebdomadaire des nouvelles du voisinage dans la cour de l'église était le grand moment de sa semaine.

— Suzanne dit qu'une femme de Dumfries, sur la grand-rue, fabrique les chapeaux les plus jolis. L'un d'eux a un énorme bord…

Rose déposa sa petite bourse pour décrire un immense chapeau avec ses mains.

— Il fait tout le tour de la tête, et il est encore plus large à l'avant et à l'arrière. Le dessus est plat — le dernier cri à Londres, d'après Suzanne — et il est agrémenté de rubans de soie qui tombent à l'arrière. On l'attache sous le menton avec un ruban aussi, un joli ruban très large, avec lequel on fait un très beau nœud. Cela ne te semble-t-il pas divin ?

— Divin, approuva Leana. Et divinement cher. Père ne le permettrait jamais.

— Zut !

Rose ferma son réticule d'un geste sec, en poussant un soupir bruyant.

— L'homme ne voit rien d'autre que le prix des choses.

— Une cruelle nécessité de la vie, Rose. Nous sommes riches en terres, mais pauvres en argent. Souviens-toi, quand tu avais neuf ans, et que la récolte avait été terrible.

— Terrible, soupira Rose, dramatiquement. Pas de farine brute, pas de farine du tout.

— Non, et pas de *bannock*, ni de pain, ni d'avoine, ni même d'orge pour le potage.

Rose s'inclina vers l'avant et murmura d'une voix conspiratrice :

— Lady Maxwell m'a confié qu'il y avait des tourtes sur la table, cet hiver-là, qui n'étaient pas destinées à être mangées. On les plaçait là seulement pour sauver les apparences.

— Parce qu'elles étaient faites avec de la glaise, approuva Leana sobrement.

Même la noblesse de Galloway avait eu peine à se nourrir, cette année-là, et leurs riches voisins, les Maxwell, n'avaient pas été épargnés.

— Ce fut une année atroce, poursuivit Leana. Les gens mouraient de faim. Notre père n'oublie pas facilement de telles choses. C'est pourquoi il est prudent. Une autre famine peut survenir sans avertissement.

Quand les yeux de sa sœur s'agrandirent, Leana s'empressa d'ajouter :

— Allons, Rose, ne t'en fais pas. Nous sommes préparés, et fort bien. Neda a suffisamment de viande de mouton marinée et de harengs fumés pour nous nourrir pendant une année entière.

Elle se leva et serra légèrement sa sœur dans ses bras, penchant la tête pour éviter de projeter leurs tristes chapeaux au sol en entrant en collision.

— Ce que nous n'avons pas, c'est de l'argent pour des objets de luxe, comme de jolis vêtements et des chapeaux à la mode.

Rose se dégagea de ses bras en riant.

— Et je ne te laisserai pas gagner cet argent en épousant ce vieux fermier décrépit. Promets-moi que tu diras non. Promis ?

— Je promets d'essayer.

Que son père écoute ou non son avis, c'était une tout autre affaire.

Rassurée, sa sœur ramassa ses gants et son réticule.

— Je descends pour aller voler l'une de tes pommes et essayer de penser à un meilleur prétendant pour toi que Fergus la Panse.

— *Rose !*

— Mais, il a une panse dont tout mouton serait fier.

Rose disparut comme un papillon, agitant les mains pardessus ses épaules, une expression amusée illuminant son visage.

Leana observa sa sœur descendre l'escalier de pierre, bifurquant vers le centre de la maison de son pas léger, son esprit toujours aussi folâtre. Rose méritait d'être grondée pour ses paroles impertinentes, mais Leana savait que jamais ce ne serait elle qui le ferait. Depuis sa plus tendre enfance, Rose avait toujours charmé toutes les personnes qu'elle avait rencontrées. Neda avait succombé la première, puis Duncan Hastings, et les deux auraient pourtant dû être plus avisés. Lady Maxwell était sa plus récente victime. Et il y avait elle, bien sûr, sa grande sœur qui l'adorait. Seul leur père savait instiller la crainte de Dieu dans le cœur de Rose, et seulement pendant l'heure de la prière familiale, le soir. À tout autre moment, Rose s'épanouissait avec un charme naturel auquel bien peu pouvaient résister.

— Leeeannaaa !

— J'arrive.

Elle pressa un mouchoir sur son front humide et ses joues, puis l'enfouit dans sa manche et descendit rapidement. Une journée à l'église serait la meilleure chose pour lui permettre d'oublier Fergus McDougal. Il serait à des milles de distance, à l'église dans sa propre paroisse de Kirkbean. Demain apporterait bien assez vite son lot de problèmes ; aujourd'hui appartenait à Dieu. Leana atteignit la dernière marche et découvrit que l'animation matinale habituelle l'attendait alors que les domestiques se préparaient aux longues heures à venir. La table avait déjà été mise pour le dîner de ce soir, la nourriture ayant été préparée la veille et la maison frottée de fond en comble. Le sabbat était réservé au culte, pas au travail. Une demi-douzaine de domestiques se tenaient rigidement au garde-à-vous en attendant l'inspection de leur maître, leurs plus beaux vêtements bien pressés, leurs visages lavés.

Laissant son père à ses devoirs, Leana s'aventura sous le ciel bleu du matin, pour trouver Rose l'attendant au bord de la route, tapant du pied, les poings sur les hanches. Leana leva le bord de son chapeau et croisa le regard de sa sœur.

— Les autres tarderont encore un peu et père suivra dans la calèche. Si nous prenions les devants ?

Rose se mit en marche d'un pas rapide, sa robe ample oscillant à chaque pas et ses jupons froufroutant dessous. Les cerceaux n'étaient pas de mise dans la demeure des McBride — des « machins futiles », déclarait leur père —, alors les sœurs et Neda faisaient de leur mieux pour les remplacer avec plusieurs épaisseurs de tissu amidonné. Leana ne s'en préoccupait pas, mais Rose, si.

– Je serai dégonflée avant midi, geignit Rose alors qu'elles avançaient sur le chemin, vers l'est. Regarde comment mes jupes s'affaissent, déjà.

– Mais, chérie, tu occuperas moins de place sur le banc d'église, murmura Leana, prenant garde de diriger ses yeux sensibles vers le sol, loin du soleil.

Il fallait moins d'une heure pour atteindre l'église de la paroisse. Plus longtemps, si Rose s'arrêtait en cours de route pour bavarder avec les voisines. À ce moment-là, elles étaient seules sur le chemin de campagne, encore un peu boueux à la suite de l'orage du samedi soir. Les deux sœurs levaient leurs jupes au-dessus des plus grosses mares. Elles s'éloignèrent d'Auchengray et de ses vergers, descendant la colline et s'engageant dans les prairies semées de rochers et de pâturages verdoyants tachetés de moutons blancs. Leana ne se fatiguait jamais du trajet vers Newabbey, car le paysage changeait avec les saisons : fleurs sauvages au printemps, ajoncs marins jaunes en été, sorbiers écarlates en automne, baies rouges en hiver. Les pins écossais, verts toute l'année, apparaissaient des deux côtés du chemin, maintenant – quelques arbres, d'abord, puis une forêt entière, noire et fraîche, avec un luxuriant lit d'épines brunes couvrant le sol sous leurs branches.

Leana pointa en direction du tapis d'aiguilles.

– Tu te rappelles, quand nous jouions à saute-mouton, ici ?

– Oui.

Rose ralentit pour jeter un regard distrait sur l'endroit familier, avant de reprendre son rythme essoufflant.

– Et je me souviens que je retirais des aiguilles de mes cheveux pendant deux jours.

Leana tira sur la natte de sa sœur quand cette dernière bondit à sa portée.

– Ta mémoire te trahit, petite sœur. C'était moi qui les enlevais tandis que Neda nous faisait la leçon sur les jeux convenables pour des jeunes filles.

— Elle *te* faisait la leçon, lança Rose par-dessus son épaule. C'était toi qui m'entraînais.

Leana entendit le sourire dans la voix de sa sœur. Rose *était* innocente de tant de manières. La chère enfant s'émerveillait de la mode londonienne, qu'elle n'avait jamais vue, ne prêtait aucune attention aux garçons du village qui la regardaient avec des yeux amoureux, et pensait que Lady Maxwell la considérait son égale. En réalité, la naïve Rose amusait la noble dame. Leana avait des sueurs froides chaque fois que sa sœur pénétrait dans l'élégante propriété de grès rouge de Maxwell Park, sachant qu'elle reviendrait à la maison en rêvant des richesses qui n'existaient que bien au-delà des murs de pierres sèches d'Auchengray.

— Nous y sommes presque, chanta Rose.

Leana mit de côté ses inquiétudes pour savourer le spectacle de la prairie verdoyante qui les entourait. Newabbey Pow, avec ses eaux scintillantes et cristallines, traçait son cours sinueux sous le soleil généreux, à l'ombre des collines qui se rassemblaient autour du pied du mont Criffell. Les murs noircis d'un moulin délabré apparurent — la honte du voisinage, selon le jugement de leur père —, puis une autre forêt clairsemée de conifères enveloppa à nouveau les deux sœurs dans son berceau de verdure épineuse. Quand elles atteignirent le village, les deux jeunes filles étaient rouges et assoiffées. Tenant leurs jupes, elles s'accroupirent près du ruisseau pour étancher leur soif.

Leana venait juste de porter à ses lèvres ses mains ouvertes remplies d'eau, quand une voix masculine, derrière elle, la fit sursauter. L'eau se répandit sur le devant de sa robe.

— Mam'zelle McBride ?

Elle se releva en vitesse, perdant presque l'équilibre, puis se tourna vivement pour apercevoir Fergus McDougal, assis dans une charrette tirée par des chevaux. Elle était soulagée que leur église fût maintenant si proche, sinon le laird à bonnet aurait insisté pour qu'elles le rejoignent sur le siège étroit. Ni le cheval ni la charrette n'étaient très invitants. Pour ce qui est du fermier endimanché, elle ne remarqua que ses gros yeux bruns, qui la regardaient avec insistance.

— Monsieur… McDougal, je présume ?

— Oui, répondit-il avec un sourire qui valait son regard. C'lui-là en personne.

— Quelle surprise de vous voir à Newabbey le matin du sabbat.

Elle passa sa main sur sa robe, comme si l'eau répandue pouvait être balayée comme des feuilles de bouleau. Ou de la farine de maïs. Ou des aiguilles de pin. Mais où diable était Rose ?

— Monsieur McDougal, carillonna la voix de sa sœur en s'approchant, n'aurait-il pas été mieux pour vous d'aller à Kirkbean ? Dans votre paroisse ?

Il fit un grand sourire.

— Ce s'ra p't-être la paroisse d'ta sœur, bientôt.

Il toucha du doigt son chapeau, ignorant Rose totalement.

— J'ai toujours eu un faible pour les femmes blondes avec l'dos solide.

Leana regarda sa jument pâle et répondit en hochant la tête :

— Je vois.

Il se pencha sur ses genoux avec effort et fit un clin d'œil, comme si ce geste pouvait lui inspirer confiance.

— J'ai un rendez-vous avec vot' père demain matin, mam'zelle McBride. J'apprécierais que c'te discussion soit le sujet de vos prières à l'église, ce matin.

— Oh ! oui, l'assura Leana, la bouche terriblement sèche. Je prierai avec ferveur.

— Et moi d'même, jeune fille.

Il se redressa, hocha la tête avec confiance, puis secoua les rênes. La voiture avança par saccades.

— Et moi d'même, répéta le fermier.

Chapitre 12

Est-ce que le chemin monte tout le temps ?
Oui, jusqu'à la toute fin.
— Christina Rossetti

Jamie était debout sur la berge du Black Burn, secouant l'eau froide de son visage mal rasé. Il regrettait l'absence de son valet ce matin et, en particulier, l'adresse de ce dernier avec un rasoir. Après s'être essuyé les mains sur son plaid, il remit son chapeau et commença à gravir la pente abrupte vers les étables de l'auberge, où il savait que son cheval l'attendait. Est-ce que son frère était là aussi, le poignard à la main ? Rien ne pouvait plus le surprendre, pas après son rêve étrange et son réveil brutal. Le bohémien à la langue bien déliée avait continué vers le sud, laissant le futur héritier de Glentrool affronter la journée sans argent ni carte. Jamie avait toutefois retrouvé ses esprits et entendait bien en faire usage.

L'odeur piquante de la fumée de tourbe imprégnait l'air froid alors que l'auberge était en vue, ses clôtures pour animaux à l'abri d'un bosquet de vieux platanes qui protégeaient les bêtes des éléments. Il sentit un pincement de culpabilité en pensant au jeune George. La veille, il avait promis au garçon d'écurie une autre pièce pour frotter la robe crasseuse de Walloch. Il lui avait déjà versé un bon salaire, mais il avait promis davantage, une promesse qu'il ne pouvait plus tenir. Jamie fit une pause assez longue pour bien secouer le plaid emprunté, puis il le plia soigneusement pour dissimuler les taches de jus de baies.

À en juger par le soleil, toujours bas dans le ciel de l'est, et par son estomac qui grondait, il devait être près de huit heures. Un coup d'œil rapide à sa montre de poche le lui confirma. Les trafiquants, ou *lingtowmen*, et leurs chevaux de somme, chargés de marchandises de contrebande, avaient sans doute quitté l'auberge plus tôt sous le couvert de la noirceur, pressés de faire passer leur cargaison au-delà des landes avant que l'aube du jour du sabbat — ou un douanier zélé — les force à mettre un terme à leurs activités. Même le vertueux Alec McKie s'offrait leurs articles quand les prix étaient avantageux, et ils l'étaient toujours. Le sel et le thé pour le garde-manger, des chandelles et des toiles à emmagasiner dans la dépense, des soies imprimées pour plaire à Rowena — tout cela franchissait les portes de Glentrool, grâce au grand talent de marchandeur de Thomas Findlay.

La maison. Jamie gravit péniblement la colline, chagriné de penser à quel point il regrettait déjà Glentrool et sa collection de personnages pittoresques. Ivy Findlay, avec son air pincé et ses cheveux sévèrement tirés, qui régnait sur le personnel domestique et dont rien n'échappait au regard perçant. Le mari d'Ivy, Thomas, intendant des McKie, avait appris à Jamie tout ce qu'il fallait savoir sur la tenue des livres de comptes. Aubert Billaud, au front haut et au long nez, appelait Marseille son foyer et les cuisines de Glentrool son domaine. Jamie les imaginait, maintenant repassés et habillés, prêts pour la longue randonnée vers le sud qui les conduirait à l'église de Monnigaff. Six chevaux portant six cavaliers : Alec et Rowena, Evan et Judith, Thomas et Ivy.

Quand il faisait beau, le reste de la domesticité se rendait à pied à la chapelle, Henry Stewart, le maître berger de Glentrool, ouvrant la marche. Lorsque le pire de l'hiver confinait tout le monde à la maison, Alec dirigeait la prière autour du foyer. Jamie, assis aux pieds du doyen des McKie, entrapercevait parfois la ferveur de son père pour Dieu. Cette lueur le quittait l'instant d'après, mais il ne pouvait nier ce qu'il avait vu et perçu pendant ces heures du sabbat à la maison.

— Bon jour du Seigneur à vous, m'sieur !

Jamie leva les yeux en sursautant alors que George s'approchait pour le saluer. Les haillons du gamin lui paraissaient encore plus misérables, à la lumière du jour. Jamie lui remit son plaid en s'excusant brièvement.

— Je te demande pardon, car si j'ai ta cape, hélas, je n'ai pas ta pièce de monnaie.

La joie du garçon tomba net.

— J'pensais la mettre dans l'tronc à l'église, c'matin. Pour les pauv', v'savez.

Jamie se sentit mal à l'aise.

— Je suis désolé, George. Je le suis vraiment. Tu vois, j'ai… j'ai perdu ma sacoche de voyage.

Que devait-il faire ? Confier au garçon qu'il avait été volé dans son sommeil ?

— Lorsque je l'aurai retrouvée, l'assura-t-il, je te paierai comme je te l'ai promis.

— J'suis sûr qu'vous l'ferez, m'sieur.

George l'étudia plus attentivement, tout en tâtonnant la pièce de tissu.

— Êtes-vous pas l'fils du laird ?

Jamie sentit son visage s'empourprer.

— C'est exact.

— Un McKie sans pièces dans ses poches.

Le garçon hocha la tête, étonné.

— Jamais entendu parler d'ça, m'sieur.

— Maintenant, c'est fait.

Jamie passa à côté de lui pour se rendre à l'écurie, aussi honteux qu'en colère contre lui-même.

— Selle mon cheval, ordonna-t-il, je m'en vais.

George s'élança pour le rattraper.

— V'rentrez à Glentrool, n'est-ce pas, m'sieur ?

Jamie ignora la question, ralentissant en approchant de sa monture attachée. *Rentrer chez lui ?* Walloch était tout ce qui restait de chez lui. Il se pencha sous la grossière toiture inclinée faite de branches et de fougères, et dit d'une voix plus basse :

— Salut, garçon.

Le hongre leva sa tête mince et noire et hennit pour l'accueillir. Subitement, Jamie se calma. *Parle doucement. Bouge lentement.* Le maître d'écurie de Glentrool l'avait bien formé. Jamie flatta l'encolure du cheval, les mettant à l'aise tous les deux.

– C't'un bel animal, dit le garçon d'écurie doucement. J'l'ai déjà fait boire et manger. Y reste juste à l'seller. Une seconde, m'sieur McKie.

Le garçon tint parole. Un moment plus tard, Jamie chevauchait sur les crêtes des collines, avec Cree Valley dans son dos et le Trool scintillant droit devant. *V'rentrez à Glentrool, n'est-ce pas ?* Et après, quoi ? Demander plus d'argent, dessiner une nouvelle carte ? Ou admettre sa défaite et implorer la clémence de son frère ? Sans argent dans les poches, cela voulait dire qu'il ne pourrait loger dans les auberges en cours de route ni dîner, le soir, à une table hospitalière. Coucher dans un plaid sur une roche plate et manger le *bannock* rassis de sa sacoche, ça pouvait aller une nuit, mais c'était une perspective peu réjouissante pour un voyage de plusieurs jours. À supposer, bien sûr, qu'il eût encore ces choses avec lui, ce qui n'était pas le cas.

Vois, je suis avec toi.

Les poils de sa nuque se dressèrent. Un vestige de son sommeil troublé, peut-être ? Ou l'arrière-goût de l'échelle de Jacob ? Ce n'était décidément pas le dieu d'Abraham ou d'Isaac, ni celui de son grand-père Archibald ou de son père, Alec. Seulement un rêve à la fin d'un jour misérable. Il était seul et devait se défendre seul, sans pièces d'argent ou de cuivre, sans carte ni boussole. Saisissant les rênes du cheval, Jamie descendit dans la vallée en s'éloignant du loch de Glentrool. Il se dirigerait vers l'est en franchissant les montagnes. Non par la route plus longue, plus civilisée, qui va au sud et ensuite à l'est, en passant par les villages et les bourgs, comme il l'avait prévu. Mais plutôt par le sentier rude et sauvage vers le Rhinns of

Kells et à travers Raploch Moss, seul avec son cheval et le soleil levant pour se guider.

Le parcours était mauvais, et il devait éviter les grands rochers en se faufilant à travers les vieilles forêts de chênes et de noisetiers. Une éclaircie inattendue dans les arbres lui offrit son dernier regard sur Glentrool. Il ralentit, trouvant difficile de dire adieu à cet endroit qu'il appelait son foyer. Là-bas, il y avait l'île où lui et Evan avaient pagayé quand ils étaient jeunes. Les chutes abruptes de Buchan Burn, dont les eaux tumultueuses l'endormaient par les chaudes nuits d'été. Le jour, les jumeaux s'étaient souvent lancés l'un l'autre dans son bassin turbulent, rentrant ensuite à la maison couverts de coupures et d'ecchymoses, et riant aux éclats. Quelle que fût leur relation fraternelle d'alors, elle s'était évanouie en grandissant, ruinée par la cupidité, l'orgueil, l'envie et la colère — il ne savait plus lequel blâmer.

Jamie chevaucha à travers les prés au-delà du loch, faisant une pause à Glenhead, afin de jeter un ultime regard en arrière, avant de se tourner résolument vers l'est, en rassemblant tout son courage. Le soleil traçait son arc automnal dans le ciel et sa chaleur offrait un rempart bienvenu contre les vents vifs dévalant des hauteurs du Merrick. De temps à autre, il surprenait un renard qui s'élançait à travers les sous-bois, mais rien de comestible ne croisait son chemin. Walloch était satisfait des eaux bouillonnantes du Glenhead Burn et des herbes abondantes, le long de ses berges. L'estomac de Jamie n'était pas aussi aisément apaisé. Alors que la journée avançait, il cessa de gronder et lui fit simplement mal. Jamie scrutait le sol pour dénicher des baies et fouillait les maigres boisés à la recherche d'un pommier sauvage. Les pensées de nourriture l'obsédaient.

Les bois cédèrent la place aux prés nus et aux monts rocheux. Au-dessus de lui, des chèvres brunes et blanches perchées sur des promontoires rocailleux, pas plus larges que trois sabots, baissaient le regard sur l'intrus à cheval. Leurs bêlements saccadés ressemblaient à des rires, comme si elles se moquaient de ses malheurs. *Ha-ha-ha-ha-ha-ha.* Au-delà des vastes bandes de bruyère, l'appel distant du lagopède d'Écosse semblait le railler. *Va-t'en. Va-t'en.* Les heures s'étiraient, grises et uniformes comme le paysage. Son siège était douloureux d'avoir tant chevauché, et ses mains, couvertes d'ampoules à force de tenir les rênes. Tard dans l'après-midi, quand la cabane d'un berger apparut dans son champ de vision, Jamie fit une prière de gratitude et poussa Walloch vers la basse masure. Les murs étaient faits de pierres grossières sans mortier et son toit, couvert de bruyère. Un berger aux yeux brillants sortit pour le saluer. Il portait sur la tête un bonnet écossais sans bords et un large sourire illuminait son visage buriné par les années.

— On peut savoir où v'z'allez, jeune homme ?

Jamie fit un geste évasif en direction de la lande.

— À l'est, vers New Galloway, puis vers le sud, le long des rives du Ken.

Le vieil homme jaugea le cheval et son cavalier et répondit :

— C'est pas l'chemin coutumier d'la noblesse.

Jamie haussa les épaules pour approuver, espérant décourager toute autre question.

— J'me nomme Gordie Briggs, dit le berger, en faisant un mouvement de la tête en direction de la cabane. Voulez v'nir dîner chez moi ? Rien que d'la soupe et d'l'orge, pas c'que vous avez l'habitude d'manger, mais…

— Volontiers.

Jamie était déjà descendu de monture, se souciant peu d'avoir l'air trop empressé.

— Merci beaucoup, Gordie.

Il le suivit à l'intérieur, remarquant le plancher de terre fraîchement balayé et les dalles de pierre autour de l'âtre, la petite étagère à provisions et le feu de tourbe, aussi chaud et hospitalier que Gordie lui-même.

Quelques minutes plus tard, Jamie était occupé à engloutir une généreuse portion de bouillon épais, accompagné de *bannock* aussi dur que les fers de Walloch, et il savourait les deux. En échange, il procura au berger un menu varié de tous les racontars du comté, sachant que ceux-ci voyageraient bien au-delà des murs noircis par la fumée de tourbe de la masure. Dans les vallées isolées, le berger répand les nouvelles plus efficacement que le *London Chronicle*. Jamie ne mentionna rien de trop compromettant, regardant de temps à autre la porte ouverte et le coucher de soleil au loin. Encore une heure, tout au plus, et la noirceur descendrait sur la montagne comme un linceul.

— Sûr qu'vous v'lez pas passer la nuit ici ? dit Gordie, qui le regardait à la lumière vacillante d'une chandelle à l'odeur de sapin. C'est ben mieux d'dormir à côté d'un feu d'foyer, que dehors su' la lande par une nuit sans lune.

Un léger sourire, plus généreux en gencives qu'en émail, décorait sa face ratatinée.

— Jamais vu une âme aussi fatiguée d'toute ma vie, dit-il.

— Oui, dit Jamie, qui laissa tomber les épaules pour montrer qu'il acceptait. Je suis exténué, ça ne sert à rien de le nier.

Le regard du berger n'exprimait aucun jugement, seulement de la compassion.

— Y semble qu'vous êtes pressé d'mettre une bonne montagne ou deux ent' vous pi c'qui vous court après.

La bouche de Jamie devint sèche.

— Je vous demande pardon ?

— J'pense que c'te voyage est pas vot' choix.

Le berger rencontra son regard et le soutint, puis il se leva lentement et s'activa dans sa cabane, rangeant tout après leur repas.

— Vous s'rez en sécurité ici, jeune homme. Personne vient déranger Gordie Briggs. Trouvez un coin proche du feu, j'jetterai un plaid sur vot' dos.

Jamie était trop fatigué pour discuter. Il fit ce qu'on lui disait, arrachant ses bottes, étendant son long corps en travers d'une peau de mouton étendue sur les pierres, et utilisant ses avant-bras comme oreiller.

– Je vous remercie infiniment, Gordie, balbutia-t-il au moment où un plaid tombait sur lui.

L'odeur familière de la tourbe brûlant dans le foyer le réchauffa des pieds à la tête, et il sombra bientôt dans un sommeil paisible.

Lorsque Gordie lui secoua l'épaule pour le réveiller, Jamie fut désemparé de constater que le soleil resplendissait dans le ciel du matin. Il avait donné à son frère plus de temps qu'il n'en fallait pour le rattraper. Jamie eut vite fait de mettre de l'ordre dans ses vêtements et de se laver le visage avec le linge humide que Gordie lui remit, frictionnant ses joues rugueuses avec le chiffon froid.

– V'partez pas sans un bol d'bouillie d'avoine, insista le berger d'un ton ferme, en lui remettant un bol et une cuillère de corne.

Trop affamé pour refuser, Jamie avala rapidement sa bouillie mélangée avec du sel et du beurre, tandis que le berger parlait de la température agréable, louant le Seigneur et citant Thomson comme un académicien :

– « Ta bonté brille dans un automne abondant et présente un festin commun à tout c'qui respire. » C'est-y pas ainsi, c'matin, garçon ?

Incrédule, Jamie immobilisa sa cuillère à mi-chemin dans sa course vers sa bouche.

– Vous avez lu *Les saisons* ?

Le berger sourit comme un lutin et ses yeux joyeux pétillaient.

– V'r'gardez mon modeste logis et v'croyez que j'suis pas instruit.

Jamie préféra planter sa cuillère dans sa bouche plutôt que d'admettre que c'était exactement ce qu'il pensait.

— Ma mère m'a montré à lire dans les pages d'la Bible, y a soixante étés d'cela, dit Gordie en pointant en direction de l'épais volume rangé près de la seule fenêtre de la cabane. Quand j'suis dans les montagnes, et que j'surveille les troupeaux, j'lis ceci.

Il sortit un vieux volume de poésie de sa chemise, le tenant assez longtemps pour que Jamie puisse voir le titre, avant de le remettre où il était.

— C'tait à mon père, expliqua-t-il. Les moutons semblent aimer l'son d'ma voix.

Son regard devint songeur alors qu'il le dirigeait vers la porte.

— Et j'aime dire les mots. Y roulent dans vot' bouche comme des myrtilles dures et sucrées.

— C'est vrai, Gordie Briggs, et Jamie regardait l'homme avec un respect nouveau. Je gage que vos troupeaux ont hâte que vous alliez leur lire un vers ou deux ce matin.

Il se leva et déposa le bol pour enlever de sa main la poussière de son pantalon.

— Vous avez été des plus hospitalier. Il est temps que je remonte en selle et que je continue ma route vers New Galloway.

Le berger le suivit dehors et vit la monture sans couverture ni sacoche.

— V'n'avez pas d'plaid ? demanda Gordie. Ou ben coucherez-vous dans les auberges ?

— Je… je n'en suis pas sûr encore.

Jamie ne pouvait se résoudre à confesser la vérité. Le berger retourna dans sa sombre masure une fois de plus et en ressortit avec un cadeau d'adieu.

— V'feriez mieux d'prendre ça, jeune homme. La nuit, les vents souff' fort su' le Black Craig of Dee.

Le robuste plaid, qui lui avait servi de couverture pour la nuit, fut placé entre ses mains, de force. Jamie l'accepta d'un hochement de tête, rendu humble par la générosité de l'homme.

Gordie Briggs, un berger à peu près dépourvu de tout, donnait sans compter. Jamie, héritier d'un vaste domaine, n'avait rien d'autre à offrir que des remerciements, qui lui venaient difficilement. Le berger indiqua la meilleure route pour se rendre au village voisin, puis lui souhaita bonne route, non sans lui avoir d'abord remis un morceau de fromage à pâte dure enveloppé dans un morceau de toile. Puis, il lui serra vigoureusement la main.

La progression fut lente le long des berges du Loch Dee, à l'ombre des sommets escarpés du Cairngarroch et de sa pierre branlante, un énorme rocher en équilibre si précaire que la plus petite brise le faisait osciller d'avant en arrière. Son petit-déjeuner tardif le soutint toute la journée, et le fromage du berger lui fit un dîner plus que convenable. Le jour du sabbat, il avait prié pour son pain quotidien et un toit pour dormir ; il ne pouvait nier que ses besoins avaient été satisfaits.

Il émergea plus tard qu'il ne l'espérait des montagnes, pour affronter la partie la plus morne de son trajet. Le soleil couchant était de plus en plus froid dans son dos, tandis que la lune s'élevait au-dessus des lointains sommets, à l'est. Devant lui ne s'étendaient que des landes à perte de vue, désolées et inhabitées, couvertes de plaques de mousse sans fond, capables d'avaler en entier un homme ou une bête. Il laissa glisser son regard sur un cours d'eau paresseux, appelé Clatterinshaws Lane, et relâcha les rênes, faisant confiance à l'instinct de Walloch pour choisir le plus sûr passage à travers les marécages noirs et humides.

Vois, je suis avec toi.

Les mots, peu importe leur source, ne cessaient d'être martelés en lui. *Je ne te quitterai jamais.* Un réconfort certain, pour lui qui se sentait si seul. À chaque inspiration, l'air fraîchissait, humidifiant le sol tourbeux de Raploch Moss. Il lança son plaid sur ses épaules et enfouit ses bords effrangés dans son manteau, ragaillardi par les souvenirs du berger généreux. Demain, il aurait besoin d'un autre repas. Pour l'instant, un sol ferme et un endroit sûr où attacher Walloch suffiraient.

— Bientôt, murmura-t-il à l'oreille de sa monture, en plissant les yeux pour voir devant.

La lueur crépusculaire avait presque fait place à la nuit, lorsqu'il sentit le sabot de Walloch entrer en contact avec la surface de poussière compactée de la route d'Édimbourg.

C'était un tel soulagement qu'il éprouva une véritable ivresse.

— Allez, garçon! cria-t-il, sans se soucier d'être entendu.

Le cheval n'avait pas besoin de plus d'encouragements, et il allongea le pas jusqu'à ce qu'il soit en plein galop. Jamie sourit alors que le vent de la nuit sifflait dans ses oreilles. Le rythme des fers de Walloch battait le sol à la même joyeuse cadence que son cœur.

Lorsqu'il fit trop sombre pour galoper aussi imprudemment, Jamie ralentit au trot et chercha une cachette appropriée pour la nuit. En peu de temps, il localisa une invitante futaie de pins sur le bord de la route et guida le cheval vers les grands conifères, puis descendit de selle. Walloch marcha prudemment sur le doux tapis d'aiguilles de pin, et Jamie l'imita, convaincu qu'il était sec et convenable pour dormir. Il défit la boucle de la sangle et souleva la selle avec un grognement, puis utilisa le plaid du berger pour brosser le gros de la poussière de la robe de Walloch.

— George te manquera, ce soir, murmura-t-il en faisant de son mieux pour réconforter sa monture. Tout ira mieux quand nous serons à Auchengray, je te le promets.

Jamie déposa son chapeau sur un tronc abattu, puis s'enveloppa dans sa couverture. Il s'agenouilla près d'un épais amoncellement d'épines, et s'y laissa choir avec un profond soupir. Trois longues journées pleines d'angoisse avaient laissé leurs traces. Il dormirait sereinement, sachant que Walloch hennirait au moindre danger ou au moindre bruit suspect.

Fermant les yeux, Jamie s'endormit presque tout de suite. S'il rêva, il ne s'en souvint pas. Il faisait un noir d'encre quand une voix rude l'éveilla en sursaut et le fit se lever. Puis, l'impact d'une lourde branche sur sa nuque le projeta au sol.

Chapitre 13

Le Ciel, à toutes les créatures,
cache le livre de la foi.
— Alexander Pope

Leana plongea les mains dans le sol gras de son jardin et respira l'air frais du matin. Fergus McDougal était attendu à tout moment et, quand midi sonnerait, son sort serait scellé. Jusque-là, elle apprécierait la compagnie de ses fleurs et prétendrait que monsieur McDougal était un joli garçon de vingt-quatre ans avec des dents saines, une chevelure abondante et un penchant pour les livres.

— Et les fleurs, murmura-t-elle, en s'abreuvant de la beauté du décor.

Des pointes pourpres de bétoines faisaient le délice de ses yeux, même en octobre, et des soucis des jardins français brillaient comme de petits soleils sur un fond de feuilles vert foncé. Un banc d'épilobes à épi se préparait à libérer son averse de graines blanches. Dans la rangée suivante, l'attrait du potager était différent : il lui mettait l'eau à la bouche. Des rutabagas, avec leurs calottes pourpres, imploraient d'être mis en purée avec du beurre et du sel. Des panais et des choux déjà arrachés du sol mijoteraient bientôt dans un ragoût de mouton, tandis que le chou frisé feuillu attendait les premières gelées pour révéler son goût épicé dans un potage bien relevé.

Ne lui cédant en rien, son jardin de plantes médicinales pouvait rivaliser avec celui de toute sage-femme ou de tout guérisseur de Galloway, procurant des baumes lénitifs à ses voisins, quand la maladie frappait. Chaque plante était soigneusement étiquetée, et plantée au même endroit, chaque année. « Que le Ciel me vienne en aide, si je donne un jour à quelqu'un de l'herbe aux poules à la place de la pensée sauvage ! » expliqua-t-elle un jour à un visiteur. Préparée avec soin dans son officine, l'herbe aux poules, ou jusquiame, soulageait les pires maux de tête. À dose plus forte, elle était, comme sa cousine l'échelle de Jacob, un poison mortel.

Leana se leva et frotta la terre de ses mains, puis sortit un couteau à légumes et coupa quelques pétales de lavande qui séchaient sur leur tige. Une tension agaçante s'était insinuée dans ses épaules, qui se raidissaient à mesure que l'air brumeux et humide rampait dans ses vertèbres. Peut-être qu'une infusion de lavande allégerait la douleur ? Elle glissa les pétales dans sa poche et marcha sur toute la longueur de son jardin de plantes médicinales, passant devant la reine-des-prés et la camomille, la scolopendre et la sagine, l'orpin et la valériane.

Finalement, Leana atteignit l'endroit du terrain qui lui plaisait le plus : le jardin de roses de sa mère. Agness McBride l'avait commencé l'année de son arrivée à Auchengray, alors toute jeune mariée et remplie de bonne volonté. Elle avait choisi des couleurs délicates, qui convenaient à son tempérament doux — la petite cuisse de nymphe, la rose gallique ou l'odorante musk blanche grimpant sur le mur de pierres sèches. Les quelques rares souvenirs que Leana avait de sa mère étaient enracinés dans ce jardin, quand elle était assise à ses pieds, arrachant des touffes d'herbe, pendant que celle qui lui avait donné le jour chantait pour ses roses. « Émonder et fredonner, disait-elle souvent, une berceuse pour les fleurs que j'aime et la petite fille que j'adore. »

Mais le bel esprit de sa mère logeait dans un corps fragile. Après avoir perdu Randall, le seul fils de Lachlan, en lui donnant naissance, sa mère avait eu de la difficulté à porter Leana, et puis avait rendu son dernier soupir en mettant Rose au monde. Le dernier souhait d'Agness McBride avait été que l'on donne à son enfant le nom de sa fleur favorite. C'est ce que son père fit, bien que ce fût Leana qui prit scrupuleusement soin des jeunes pousses de sa mère. Dès que Rose fit ses tout premiers petits pas dans le jardin, la fillette ne manifesta aucun attrait pour les aiguilles pointues et la nature capricieuse des fleurs dont elle portait le nom. « Trop difficiles à faire pousser, trop douloureuses au toucher, lui confia-t-elle plus tard. Mais elles s'épanouissent dès que tu poses le regard sur elles, Leana. C'est *toi* que notre mère aurait dû appeler Rose, pas moi. »

Mère. Leana pensait à elle chaque jour, elle lui manquait toujours, mais plus spécialement quand elle travaillait au milieu des plantes de la douce femme. Le climat agréable de l'est de Galloway, tempéré par les chauds courants océaniques, qui sillonnent l'Atlantique, et par la mer d'Irlande, signifiait que, même maintenant, au cœur de l'automne, quelques fleurs têtues résistaient. Leana porta délicatement une rose de Damas en train de faner à son visage, et se plongea dans son centre soyeux, inhalant le délicat parfum.

— Attention aux épines !

Éveillée en sursaut de sa rêverie, Leana se tourna, serra la fleur un peu trop fermement et se piqua l'index.

— Aïe !

Elle laissa tomber la fleur et porta le doigt qui saignait à ses lèvres, au moment où sa cadette se précipitait vers elle.

— Ma pauvre chérie, es-tu blessée ? Laisse-moi regarder.

Rose examina la minuscule coupure, en faisant un petit commentaire compatissant de circonstance.

— Ah, ces vilaines fleurs ! Tu devrais vraiment porter des gants.

Leana pressa le pouce contre son doigt pour arrêter le sang avant qu'il tache sa robe.

— Mais je ne pourrais plus sentir la terre entre mes doigts.

Rose plissa le nez.

— Justement.

Amusée, Leana savait bien que rien n'intéressait moins Rose que le jardinage.

— Alors, que voulais-tu me dire en accourant jusqu'ici ?

— Seigneur, j'avais presque oublié. C'est monsieur McDougal. Il est *ici*, il discute avec papa dans le petit salon.

— Que Dieu nous aide !

Leana laissa retomber les bras et prit une grande inspiration pour retrouver sa contenance, oubliant son index douloureux.

— Cela veut dire que papa peut me convoquer à tout moment et s'attendre à ce que je sois présentable.

Un rapide coup d'œil à ses ongles maculés de terre l'envoya en courant dans sa chambre, avec Rose sur les talons, multipliant les conseils.

— Laisse-moi arranger tes cheveux, insista Rose, essoufflée, sur les pas de sa sœur. Neda les tresse bien trop sévèrement. Et, pour l'amour du Ciel, ôte ce tablier.

Elles firent une pause sur le palier, et les yeux de Rose s'arrêtèrent sur ses ongles avec horreur.

— Et ces *mains !* Viens, nous nous cacherons dans ma chambre jusqu'à ce que père beugle pour toi.

Leana se prêta aux soins de sa sœur, heureuse qu'elle soit aussi talentueuse avec une brosse, un peigne et de la poudre. Ni son métier à tisser ni son jardin ne se préoccupaient de son apparence, mais Lachlan y accordait une grande importance et il la punirait sévèrement si elle ne se montrait pas sous son meilleur jour. En quelques minutes, Rose avait déjà accompli des miracles, frottant les mains de Leana jusqu'à ce qu'elles soient roses et propres, défaisant ses nattes trop serrées pour en refaire d'autres, plus attrayantes et moins guindées, joliment attachées sur le dessus de la tête comme un bonnet de printemps jaune.

— Si seulement tu avais apporté l'une de tes roses, murmura Rose, tout en continuant d'arranger quelques mèches rebelles. J'aurais pu la poser sur tes cheveux, pareille à un joli oiseau assis dans son nid, je t'assure.

— Pour pondre un œuf, sans doute.

Leana pressa sa main sur sa bouche, au moment où un rire nerveux cherchait à s'échapper.

— Imagine le visage de papa, si…

— Leana !

Un coup sec frappé à la porte fit lever les deux sœurs en sursautant.

— Vous d'vez r'joindre m'sieur McBride au petit salon. Tout d'suite.

— Oui, Neda, j'arrive.

Les mains de Leana tremblaient tandis qu'elle les passait sur sa robe. C'était ridicule d'être aussi craintive. Elle embrassa sa sœur, prenant bien soin de ne pas gâcher son travail.

— Murmure une prière pour moi, Rose. Monsieur McDougal pourrait avoir changé d'avis.

Rose hocha la tête en se mordant la lèvre. Leana trouva Neda, qui l'attendait dans le couloir, le visage sombre.

— Viens vite, jeune fille.

Leana fit ce qu'on lui dit, suivant la robe de droguet simple qui bruissa en tournant le coin et traversa la maison jusqu'à la porte de la pièce où son père l'attendait.

Neda frappa, plus délicatement cette fois.

— Elle est ici, m'sieur.

Lachlan McBride ouvrit la porte brusquement, saisit Leana par le coude et la guida dans la pièce.

— Par ici, fille. Ce sera tout, Neda.

La femme fit une petite révérence et disparut. Derrière Leana, le loquet tomba en place avec un clic sonore.

La voix de son père était douce, persuasive, et pourtant, ses yeux gris étaient froids.

— Leana, je crois que tu as déjà rencontré notre voisin de la paroisse d'à côté, monsieur McDougal. Hier, sur le chemin de l'église, m'a-t-on dit.

Parle du démon, et voilà qu'il montre le bout de son nez. Elle jeta un coup d'œil sur l'homme qui se trouvait dans le deuxième fauteuil — son père, comme toujours, se réservant le meilleur.

Les formes amples de monsieur McDougal témoignaient en faveur de son garde-manger, mais pas de son ardeur au travail. Comme son père, il était probablement habitué à donner des ordres et à laisser les autres accomplir la dure besogne de cultiver la terre. Elle fit une révérence, mais très discrète.

— Monsieur McDougal.

Elle ne ferait pas semblant de le flatter en commentant leur rencontre du sabbat. Son regard direct percevrait tout de suite le mensonge.

— Mam'zelle McBride, c't'un plaisir d'partager vot' compagnie d'nouveau.

Son sourire l'enlaidissait encore davantage. Elle évita ses yeux, regardant plutôt l'horloge, qui égrenait les secondes sur le manteau de la cheminée.

— Oui, dit-elle, en espérant que cela suffise.

Elle pensa au surnom que Rose lui avait donné et le chassa de sa mémoire immédiatement. La panse de mouton bouillie, si bonne soit-elle à manger, n'est pas agréable à regarder.

— J'discutais d'un certain marché avec m'sieur McBride, dit Fergus.

Son estomac pressait contre les boutons de son manteau, risquant de les faire sauter à tout moment.

— Nous étions à un point dans nos… discussions, où y nous a semblé prudent d'vous inclure.

La boîte où son père gardait son argent attira son regard. Elle était même plutôt en évidence et son couvercle était légèrement entrouvert. Elle parla d'un ton neutre, gardant un visage impassible.

— Je vous écoute.

— Assois-toi, lui commanda son père. À côté de monsieur McDougal. Essaie de sourire, Leana.

Elle ne put retenir un commentaire.

— Afin qu'il puisse voir si j'ai toutes mes dents.

— *Leana !*

Elle baissa la tête, surprise de sa propre insolence, puis leva les yeux au moment où monsieur McDougal, contre toute attente, se porta à sa défense.

— Holà, holà, m'sieur McBride. Vot' fille a vraiment plus d'caractère que j'pensais.

Il se pencha et tapota le bras de Leana.

— V'connaissez l'vieux proverbe : Mordre et griffer, c't'ainsi qu'les Écossais font la cour. Si elle promet d'pas griffer, j'promets d'pas mordre.

— De mes deux filles, Leana est de loin la plus douce, dit son père en vissant son regard dans le sien. Elle ne lèvera pas un doigt ni ne prononcera une parole contre vous, McDougal. J'y veillerai.

— Vous f'rez ça ?

Monsieur McDougal pivota sur sa chaise et l'étudia d'un peu trop près, l'examinant des pieds à la tête, son regard sans expression s'arrêtant finalement sur son visage.

— Les yeux me semblent un peu faibles, murmura-t-il.

Puis, élevant la voix comme si elle avait aussi des difficultés à entendre, il demanda :

— Voyez-vous clair, mam'zelle McBride ? J'veux pas d'une aveugle pour s'occuper d'ma ferme.

— Je vois parfaitement bien, dit-elle d'un ton égal.

Suffisamment bien pour constater que Fergus McDougal était un bouffon sans manières.

— Bien que la lumière du soleil me fasse mal aux yeux, je suis parfaitement capable de m'occuper d'enfants et de gérer une maison. Et je porte des lunettes quand je fais de la couture.

D'un geste de la main, son père montra quelques échantillons de travaux d'aiguille exposés sur les murs, ainsi que le tapis de laine sous ses pieds.

— Comme vous pouvez le constater par son travail, elle maîtrise autant l'aiguille que le rouet.

— Oui, j'vois ça, acquiesça monsieur McDougal, donnant de petites tapes affectueuses sur le bras de la jeune fille, avant de refermer sa grosse main sur son bras pour l'étreindre vigoureusement.

Elle faillit perdre connaissance.

Lachlan ne les quittait pas des yeux.

— Nous n'en avons pas discuté, mais si vous avez le moindre doute, peut-être qu'une période d'essai serait plus sage ?

— *Une période d'essai ?* Père !

Leana porta une main à son visage et craignit que la chaleur roussisse ses doigts. Avant la Réforme, il était commun pour les gens d'Écosse de vivre sous le même toit pendant un an et un jour, comme s'ils étaient mari et femme. À la fin de cette « période d'essai », ils pouvaient se séparer, l'honneur étant sauf pour les deux partis. L'Église avait mis fin à cette pratique immorale, il y avait bien longtemps de cela.

— Non, protesta McDougal, au grand soulagement de Leana. J'ai plus d'temps pour ça. Pas plus qu'mam'zelle McBride, j'pense.

— Et pourquoi pas Gretna Green, alors ? dit Lachlan en se flattant le menton. Plusieurs garçons ont escorté leurs fiancées là-bas pour contracter un mariage hâtif. Pas devant un ministre, mais c'est bien assez légal pour nous, Écossais. Il n'y a qu'une quarantaine de milles[3] jusqu'à la frontière du comté de Dumfries. Vous seriez mariés sur-le-champ et au lit la même nuit.

— *Père !*

Leana vira à l'écarlate, une couleur qui ne lui allait pas du tout.

— Y semble que vot' fille soit trop bien élevée pour ça, c'qui est tout à son honneur. La dam'zelle veut qu'on la courtise.

Monsieur McDougal se tourna vers elle, l'œil brillant.

3. N.d.T. : Un mille équivaut à un peu plus de mille six cents mètres.

— On c'mence les fréquentations quand, mam'zelle McBride ? Mercredi, ça vous va ?

— *Mercredi ?*

Le cœur de Leana s'arrêta.

— *Ce* mercredi-ci ?

Le fermier propriétaire haussa les épaules, en levant ses gros doigts.

— Pas d'problème, mam'zelle McBride. Les bans sont pas encore publiés. J'vous f'rai la cour selon les règles… Disons, un mois ? À la Saint-Martin, j'gage que j'aurai conquis vot' cœur.

— Il est déjà gagné, interrompit son père d'un ton qui n'admettait aucune discussion. Faites-lui la cour tant que vous voudrez, McDougal, mais sachez que votre offre a été acceptée.

— J'suis heureux d'l'entendre.

Le fermier se leva pesamment et boutonna sa veste avec peine. En l'observant, Leana se demanda si ses boutons poussaient un soupir de reconnaissance quand il les détachait, le soir.

Il y avait déjà longtemps, Leana avait accepté le fait qu'elle ne se marierait pas avec un homme riche ni même un bel homme. De telles choses n'avaient pas du tout d'importance à ses yeux. Elle priait plutôt pour que son futur mari fût un homme dont la foi en Dieu le rendrait digne de sa confiance. Un homme qui serait toujours aimant et qui s'efforcerait d'être gentil. Un homme qui n'aurait rien de commun avec son père.

Plus d'une fois, en jardinant, elle avait fermé les yeux, imaginant un bon mari et un bon père pour six petits enfants, joyeusement agrippés à ses jupes. *Non, sept.* Fergus McDougal, qui avait déjà trois enfants à lui, s'attendrait sûrement à ce qu'elle en porte plusieurs autres. Les enfants, elle les aimerait rapidement ; le mari, jamais. Leana fixait le dos voûté de l'homme alors que son père l'accompagnait jusqu'à la porte d'entrée, une de ses mains serrant l'épaule charnue du fermier. Elle savait qu'il n'y avait plus d'espoir.

Chapitre 14

Derrière l'obscur inconnu,
se trouve Dieu dans l'ombre,
qui veille sur les siens.
— James Russell Lowell

Il avait perdu sa montre. Son tricorne était ruiné. Sa chère monture avait disparu à jamais.

— Un cheval, un cheval, répétait Jamie, découragé, en avançant péniblement sur la route d'Édimbourg. Mon royaume pour un cheval.

Pas seulement un cheval. *Walloch.* Une meilleure bête ne pouvait être ni achetée ni empruntée — ni même volée — où que ce soit en Écosse. La sacoche, la carte et l'argent maraudés pouvaient être facilement remplacés. Pas immédiatement, mais un jour. Walloch était irremplaçable et, ce matin-là en particulier, son absence se faisait cruellement sentir. Jamie n'avait pas vu le visage des brigands qui l'avaient assommé et qui s'étaient ensuite enfuis avec son cheval. Des bandits de grand chemin, supposait-il en se massant maladroitement la nuque et en grimaçant de douleur.

Rien d'autre à faire que de presser le pas en direction de New Galloway, tel que prévu, bien que misérablement et à pied. Les milles jusqu'à la maison de l'oncle Lachlan s'étiraient interminablement devant lui. C'était mardi. Arriverait-il d'ici mercredi ? Jeudi, au plus tard. Jamais, s'il continuait à se traîner les pieds. Voyant le bon côté des choses — il avait un temps sec et des bottes confortables —, Jamie respira profondément et allongea le pas. C'était un McKie. Le monde n'avait encore rien inventé qui soit capable de vaincre de tels hommes.

La tête bien haute, couronnée d'un chapeau malmené, Jamie promena son regard sur les environs montagneux tout en marchant. C'était un matin doux. Le ciel, d'un bleu aqueux, était parsemé de nuages aux angles pointus, comme si on les avait découpés dans un tissu et collés en place. La bruyère abondante recouvrait les landes automnales d'un tapis pourpre cendré. Des bosquets de genêts épineux surgissaient ici et là sur les collines irrégulières et herbeuses. Au milieu des genêts sautillaient un groupe de pinsons, qui picoraient leur petit-déjeuner avant de remonter vers le ciel en chantant gaiement.

Pendant que Jamie continuait de gravir les collines, son estomac grondant lui rappelait les longues heures qui s'étaient écoulées depuis qu'il avait partagé la soupe du berger. Seul le Ciel savait quand et où il retrouverait pareille hospitalité. Le sort avait été clément avec lui, d'une certaine façon : Jamie était étroitement enveloppé dans sa cape, quand les brigands avaient surgi, ce qui fait qu'ils ne l'avaient pas volée. Il l'ajusta sur ses épaules, momentanément distrait par la pensée d'Evan et de son plaid moisi de chasseur. Le sien dégageait une odeur semblable. Mais, grâce à lui, il serait au sec et au chaud, quand la nuit viendrait.

Des troupeaux de moutons à face noire broutaient des deux côtés du chemin, la tête penchée vers le sol, les cornes recourbées autour des oreilles. Ils étaient espacés régulièrement, comme si un berger avait voulu faire le meilleur usage possible du pâturage de son maître. Par habitude, Jamie les pesait et les mesurait à l'œil, évaluant combien ils valaient au marché, remarquant quels moutons étaient prêts pour le ragoût, quelles brebis semblaient les meilleures pour l'agnelage. Le propriétaire amènerait bientôt les béliers pour féconder les brebis, qui mettraient bas à Pâques. Les pauvres bêtes innocentes ignoraient tout de ce qui les attendait.

Jamie ralentit le pas. *Tout comme ses cousines, Leana et Rose.*

Elles aussi attendaient — inconscientes de ce qui se dirigeait vers elles. Ne se doutant aucunement qu'il avait l'intention de choisir l'une d'elles pour être sa femme, pour qu'elle partage sa couche et lui donne un fils. Comment s'assurerait-il, autrement, que Glentrool lui appartiendrait pour toujours, et à sa descendance après lui ? La lettre écrite à la hâte par Rowena à son frère, Lachlan, était destinée à lui ouvrir les portes d'Auchengray et à convaincre son oncle que son mariage avec l'une de ses filles serait accompagné de la bénédiction des McKie... et de leurs terres.

Mais la lettre n'était plus là. Envolée avec la sacoche de voyage et tout son contenu. Pourquoi n'y avait-il pas pensé, jusqu'à maintenant ?

Furieux contre lui-même, Jamie donna un coup de pied sur une touffe de bruyère, envoyant voler les petites fleurs. De quel bouffon il aurait l'air, en se présentant sur le seuil de la porte de son oncle, après toutes ses années, le chapeau à la main.

— Et quel chapeau, murmura Jamie, en l'arrachant de sa tête.

L'objet avait été piétiné au point d'être méconnaissable, par les voleurs qui s'étaient emparés de son cheval. Il pressa son poing dans chacun des trois coins, faisant de son mieux pour lui redonner sa forme d'antan, puis le replanta avec humeur sur sa tête. Un gentilhomme se devait de porter un chapeau, aussi cabossé fût-il.

Jamie continua d'avancer, précédé de son menton crispé. Il était inutile de se lamenter pour la perte de la lettre de sa mère. Il avait plus de temps qu'il n'en fallait pour inventer une histoire plausible afin d'expliquer son arrivée à l'improviste à Auchengray. Quoi qu'il en soit, ces gens-là faisaient partie de sa famille. Le neveu de Lachlan — le fils préféré de Rowena — serait sûrement le bienvenu à n'importe quel moment, quel que fût le motif de sa visite.

Jamie tapota sa poche jusqu'à ce qu'il se rappelle que sa montre avait disparu. Sans elle, il ne pouvait que deviner l'heure. Il leva la tête pour regarder le soleil, estimant sa position. Midi, peut-être. L'heure du déjeuner, pour la plupart des gens. Pas très loin devant se trouvait le bourg royal de New Galloway, connu pour ses marchés hebdomadaires et ses foires trimestrielles. La ville était fière de ses nombreuses auberges et de ses brasseries qui pouvaient accueillir tous les voyageurs, sauf ceux, bien sûr, qui n'avaient ni bourse ni argent.

Il escalada la colline et approcha des limites du village prospère, une étape obligée pour les conducteurs de bestiaux menant leurs troupeaux à Dumfries et les voyageurs qui passaient au nord-est d'Édimbourg. Même si ce n'était pas jour de marché, la grand-rue, flanquée de nombreuses maisons, était loin d'être déserte. De jeunes domestiques irlandaises, leurs cheveux blonds attachés en nœuds serrés, balayaient les marches et secouaient les tapis. Elles s'interpellaient les unes les autres en travaillant, leur voix musicale rappelant le pépiement des oiseaux. Un groupe de Tsiganes portaient, attachées sur leur dos, toutes leurs possessions en ce monde. Jamie étudia leurs visages basanés attentivement, cherchant l'homme qui l'avait surpris au cairn. Le bohémien avait juré qu'il ne lui avait rien volé. Jamie n'en était pas du tout convaincu. Après quelques minutes d'observation, il comprit qu'aucune de ces paires d'yeux noirs et brillants n'appartenait au Tsigane qu'il avait vu à Glencaird.

— Pensiez-vous attraper l'bac d'midi ?

Jamie se retourna pour voir un type dégingandé, pas beaucoup plus âgé que lui, au visage honnête et tavelé de taches de rousseur. C'était un quelconque marchand, un tisserand, à en juger par les écheveaux de laine bourrant la sacoche qu'il voyait pendue à son épaule osseuse.

— S'cusez-moi d'vous aborder, m'sieur.

Ses joues se colorèrent et il baissa légèrement le menton.

— Mais si vous m'en voulez pas d'vous l'dire, continua-t-il, vous m'semblez un peu perdu.

— Perdu, moi ?

Jamie émit un petit rire, car l'inconnu l'avait bien jaugé.

— Oui, je pourrais faire bon usage d'un bon renseignement ou deux, admit-il.

Le marchand hocha vigoureusement la tête.

— Alors, j'suis vot' homme, m'sieur. J'me nomme Ben McGill. J'suis né à New Galloway.

Une mèche de cheveux auburn lui tombait sur le front et il la rejeta sur le côté.

— V'z'êtes un visiteur, reprit-il, alors j'ai pensé qu'vous cherchiez le bac pour passer l'Ken. Y est trop profond pour être traversé à gué, même si v'z'aviez eu un cheval, c'qui semble pas être vot' cas.

— Non, admit Jamie, assombri par le rappel. Je n'en ai pas.

Et il n'avait pas d'argent non plus pour payer son passage.

— Monsieur McGill, je vais à Newabbey. Est-ce que ce chemin…

— Oh ! s'exclama l'homme en hochant vigoureusement la tête. Newabbey, c't'un très beau village.

— Alors, devrais-je…

— Pas si grand qu'le mien, ni aussi joli, continua-t-il, comme si Jamie n'avait pas émis un son. Mais accueillant pour les gentilshommes comme vous. Y a deux brasseries, v'savez.

— Je vois...

— Aujourd'hui, l'abbaye est en ruine, mais c't'une belle pile de débris quand même. Les habitants l'appellent « chérie ». Une grosse histoire dans la paroisse.

Ben McGill s'arrêta pour le dévisager.

— Avez-vous d'la famille là-bas ?

— Oui, dit Jamie en s'éloignant d'un pas. Il vaut mieux que j'aille vers le sud, maintenant.

— Mais non, m'sieur ! répondit le tisserand, avançant aussi d'un pas. V'feriez mieux d'aller au nord et d'prendre le bateau, comme j'dis. V'pourrez suivre la route des landes, vers l'est, qui passe par Balmaclellan jusqu'à Dumfries, ou aller au sud en restant de c'côté-ci du Ken.

Il faisait de grands gestes, oubliant complètement son chargement de laine.

— C't'un chouette plan d'eau, le Loch Ken, grandiose, insista-t-il.

— Oui, je l'ai déjà vu.

— Payez-vous donc un jour d'pêche su' l'loch. Des brochets et des perches tant qu'vous en voulez. Les brochets sont énormes, j'vous dis. Une tête est exposée au château d'Kenmure. Le poisson pesait cinquante-sept livres[4], j'vous jure.

Jamie ouvrit la bouche en grand.

— Vraiment ?

— Si vous aimez pas l'brochet, le Ken est fameux pour ses truites et ses saumons. Ah oui, et l'anguille fraîche, aussi. Ma femme veut pas en faire cuire, bien qu'ce soit très facile. On la fait frire avec un gros morceau d'beurre et une pincée d'sel du Solway…

— Ça semble délicieux, Ben, dit Jamie en tendant la main, luttant pour s'empêcher de sourire trop ouvertement. Je vais certainement m'essayer à la pêche à l'anguille.

Les yeux de l'homme s'écarquillèrent.

— Mais v'n'avez pas d'panier pour ça, m'sieur ! Ni d'bateau !

Ben McGill parlait toujours quand Jamie s'engagea dans la côte qui descendait jusqu'au centre du village. Il lança en s'éloignant :

— Cette route mène à Carlinwark, n'est-ce pas ?

— C't'un long détour, avertit le tisserand, en haussant la voix. Êtes-vous sûr, au sujet du bac ?

Jamie leva une main en signe d'adieu, n'osant pas se retourner.

— J'en suis sûr, parvint-il à dire avant d'éclater d'un fou rire.

Pour un jeune homme qui avait tout perdu, Jamie était d'excellente humeur, ce jour-là.

Vois, je suis avec toi.

---

4. N.d.T. : Une livre équivaut à un peu moins de la moitié d'un kilogramme.

— Mieux vaut le Tout-Puissant que Ben McGill, murmura-t-il, laissant libre cours à son hilarité.

Il saluait gaiement toutes les personnes qu'il croisait, peu importe leur condition, étonnant plus d'un domestique et faisant rougir plusieurs jeunes filles. Il avait traversé la moitié du village quand une enseigne dans la fenêtre de l'une des auberges attira son attention : *Bureau de poste.*

Une idée prit forme dans son esprit, pendant qu'il se frayait un chemin à l'intérieur parmi la foule de clients tapageurs. Il s'approcha de l'aubergiste. C'était un type ventru portant un tablier taché et qui distribuait des pintes de bière dans sa salle à manger animée aux poutres basses.

— Si tu cherches une chambre, jeune homme, c'est complet.

Jamie leva les mains, présentant ses paumes.

— Ce n'est ni pour une chambre ni pour un repas. Je suis ici pour la poste.

— Alors, t'es juste à temps, si ta lettre est écrite. L'cheval de la poste arrive bientôt. Quand y fait beau, y passe à midi, quatre jours par semaine.

Jamie ne pouvait croire à sa bonne fortune.

— Avez-vous une plume ? Et du papier que je pourrais vous… Enfin, vous emprunter ?

— *Emprunter ?* fit l'aubergiste d'un air supérieur. Seulement si t'as une pièce à me… *prêter* avant.

Jamie soupira.

— En fait, je n'en ai pas, mon ami. Je peux vous signer un papier pour cela, si vous le voulez. Je vous enverrai l'argent, dès que j'arriverai à destination…

— Assez d'tes grands mots ! dit l'aubergiste en se rendant derrière un bureau qui était déjà une antiquité quand George 1er fut couronné. Les nobles, v'z'êtes tous pareils. Toujours en train d'quêter des faveurs !

Il abattit une feuille de papier de mauvaise qualité, tachant les bords avec ses doigts, puis fit glisser un encrier en direction de Jamie, en répandant une partie du contenu. L'encre noire s'accumula en petites flaques dans les nœuds du bois. Jamie prit soin de ne pas tacher ses manches et écrivit aussi vite que la plume maltraitée qu'on lui avait remise le permettait.

À Lachlan McBride, Maître
Mardi 7 octobre 1788

Mon cher oncle,

Je vous transmets les salutations de votre sœur, Rowena McKie, et de son mari, Alec McKie. Vous vous souviendrez de moi comme de leur fils, qui a l'honneur de porter aussi votre nom, James Lachlan McKie.
Voici l'objet de cette lettre. Je dois hériter de Glentrool à la mort de mon père – pas avant très longtemps, à Dieu plaise – et je cherche une épouse digne de mon rang. C'est le désir de mes parents que je choisisse l'une de vos deux charmantes filles. Je vous prie d'accepter mes excuses, mais la lettre de ma mère à cet effet a été…

Jamie fit une pause. Qu'écrire ? *Volée ?* Lachlan le considérerait comme un faible. *Perdue ?* Inepte, ou encore pire. *Mal adressée ?* Guère mieux et, de plus, totalement faux. Le claquement de fers à cheval s'approchant de la porte le força à conclure sans plus de réflexion, et son écriture, habituellement bien formée, était maintenant presque illisible.

… retardée. De mon côté, je suis déjà en route et j'arriverai à Auchengray dès cette semaine. Je vous saurai gré de m'accorder votre généreuse hospitalité pendant quelques semaines tout au plus, jusqu'à ce que tous les arrangements nécessaires puissent être faits.

Un garçon de poste aux yeux fatigués apparut à ses côtés.

— Le temps fuit, m'sieur. La poste n'attend personne, pas même les nobles.

Jamie maugréa, ayant perdu le fil de son idée.

— Un dernier mot, et elle est à vous.

J'espère que cette prochaine union de nos familles recevra votre bénédiction.

Votre neveu reconnaissant,
James Lachlan McKie de Glentrool.

Il signa son nom avec paraphe, jetant un peu de sable sur la page pour sécher l'encre, puis agita la feuille dans les airs pour être certain qu'elle ne se tache pas. La coutume voulait que le destinataire paie pour la poste, mais Jamie regretta de ne pas avoir la plus petite pièce de monnaie à remettre au garçon de poste, en guise de pourboire. Il plia rapidement la feuille, puis pencha une chandelle près du rabat et la scella d'une grosse goutte de cire, qu'il écrasa de son pouce crasseux.

— S'cusez, m'sieur, insista le garçon en tendant la main. Vot' lettre.

Chapitre 15

Allez, petite lettre, vite, vite,
Vole.
— Alfred, Lord Tennyson

Rose décacheta la lettre, surexcitée, déchirant presque le papier à bordure dorée dans sa hâte. Son regard courait sur les lignes, son pouls accélérant à chacune d'elles.

— Oh, Neda !

Elle valsa dans la cuisine, agitant la feuille comme un éventail élégant.

— Je ne peux y croire ! La plus merveilleuse nouvelle que j'aurais pu imaginer. C'est vraiment cela.

La femme plus âgée se plaça les mains sur les hanches, ses doigts faisant de belles taches de jus de baie écarlates sur son tablier usé.

— V'z'allez m'confier c'te bonne nouvelle ou m'laisser deviner ?

— Vous la confier, bien sûr. Je ne pourrais jamais la garder pour moi.

Rose lut la brève missive à voix haute, ajoutant un accent dramatique ici, une inflexion musicale là.

— Qu'en penses-tu, Neda ? demanda-t-elle quand elle eut fini, repliant méticuleusement la précieuse feuille de papier. Devrais-je accepter ?

— Mam'zelle Rose, qu'est-ce qui vous en empêche ?

— Leana, bien sûr.

Rose soupira, son enthousiasme déclinant comme la lumière du soleil voilée subitement par un nuage.

— Ça ne me semble pas juste d'avoir le plaisir de faire cette visite, et de la laisser à Auchengray.

Neda lui arracha la lettre des mains.

— J'peux la relire ? Y aurait p't-être un moyen d'inclure vot' sœur.

Déchirée entre son bonheur et la déception que pourrait ressentir Leana, Rose s'assit lourdement sur le tabouret, à côté du panier de baies.

— Lis-la à voix haute, si tu veux, mais j'ai bien peur que ce soit sans espoir.

Neda, fière d'être l'une des rares servantes d'Auchengray qui sache lire et écrire, sautait sur toutes les occasions de démontrer ses talents. Elle toussa et tint la feuille à bout de bras, essayant de ne pas plisser les yeux.

À mademoiselle Rose McBride,
Mardi 7 octobre 1788

Chère voisine,

J'espère que cette lettre vous trouvera en bonne santé et d'aussi joyeuse humeur que toujours.

Il m'est venu à l'esprit que, bien que vous ayez été invitée à Maxwell Park à maintes occasions, nous n'avons jamais eu le plaisir, mes amies et moi, de vous recevoir pour prendre le thé. Il est grandement temps de remédier à cette situation.

— Le thé avec Lady Maxwell, c'est ça ? demanda Neda, en soulevant admirativement les sourcils. Not' jeune Rose fait son entrée dans l'monde.

À moins que vos devoirs à Auchengray vous en empêchent, je vous attendrai à quatre heures précises cet après-midi.

Amitiés distinguées,
Lady Maxwell
Maxwell Park

— C'est très inhabituel, cela. Et v'z'avez tout à fait raison, approuva Neda en lui remettant la lettre. V'pouvez pas amener vot' sœur sans offense à Lady Maxwell, qui a seulement écrit vot' nom.

Rose se mordit fortement la lèvre inférieure, essayant de mettre de l'ordre dans ses émotions.

— J'ai peur de ne pas pouvoir prendre ce risque.

— Sûrement pas.

— Quel risque ? demanda une troisième voix.

Les deux femmes se tournèrent pour découvrir Leana dans l'encadrement de la porte arrière, qui était maintenant ouverte. Ses bras étaient chargés de roses sur le point de faner ; son visage trahissait une inquiétude de grande sœur.

— Qui pourrait risquer quoi ? demanda Leana à nouveau, déposant les fleurs automnales dans un seau d'eau oublié là par la distraite Annabelle.

Son regard tomba sur la lettre.

— Est-ce que ce sont de mauvaises nouvelles, Rose ?

— Non… pas de mauvaises nouvelles, pas exactement.

Rose tenait la lettre contre sa jupe, débattant intérieurement de la meilleure manière de composer avec la situation. Elle ne pouvait supporter de voir sa sœur souffrir. Mais comment pourrait-elle célébrer sa propre bonne fortune, sans être tiraillée en même temps par la culpabilité ? Bien sûr, ce n'était pas *elle* qui avait pris la décision d'exclure Leana. Puisque ce n'était pas son choix, comment cela pourrait-il être sa faute ?

— L'une des servantes de Lady Maxwell s'est présentée à notre porte avec cette lettre, expliqua-t-elle pour la préparer.

Leana tendit lentement la main.

— Pourrais-je la lire ?

Rose observa le visage de sa sœur pendant qu'elle lisait silencieusement, et elle fut stupéfaite quand la bouche de Leana s'ouvrit pour exprimer, d'abord de l'étonnement, avant de s'épanouir en un large sourire.

— Rose, c'est vraiment formidable ! dit-elle en faisant un pas vers sa sœur pour l'embrasser sur les joues. Que la fille d'un laird à bonnet soit invitée à prendre le thé avec la comtesse, voilà qui est remarquable, dirais-je.

Leana se redressa et pressa la lettre dans les mains de Rose, les yeux brillants.

— Tu dois promettre de tout me raconter en détail à la minute où tu rentreras à la maison.

Leana se tourna pour faire un clin d'œil à leur gouvernante.

— N'es-tu pas d'accord, Neda ?

— Bien sûr, dit Neda en regardant la robe de Rose et ses pieds nus et sales. Y me semble qui reste que'ques détails à régler avant. Mets un chaudron d'eau à bouillir, Leana, pendant que j'm'occupe d'la robe de mademoiselle Rose McBride.

Rose se sentit profondément soulagée. Il semblait bien que Leana comprît. Non, plus que cela, elle semblait heureuse pour elle, sincèrement. Les heures passèrent rapidement alors que Leana et Neda repassèrent sa plus belle robe bleue, brossèrent et coiffèrent ses boucles noires, qui lui allaient à la taille, et poudrèrent délicatement ses joues fraîchement frottées.

Rose attendit le tout dernier moment avant de se présenter devant leur père. Il serait alors trop tard pour qu'il s'oppose à la visite ou pose trop de questions.

— La vanité est le chemin qui mène à la perdition, la mit-il en garde en pointant le coffret de bois où la Bible familiale était remisée, pour ajouter plus de poids à ses paroles. N'essaie pas de t'élever au-dessus de ta condition, Rose. Les Maxwell sont trop puissants pour qu'on puisse leur faire confiance. Et papistes, en plus.

Lachlan McBride voyait la noblesse d'un mauvais œil. Pour lui, les lairds à bonnet et les commerçants étaient une chose, les ducs et duchesses en étaient une autre très différente, et les catholiques étaient dangereux.

Elle fit une petite révérence, puis se précipita vers les écuries où Willie, l'homme à tout faire d'Auchengray, l'attendait avec la calèche à deux roues. Au début de la soixantaine, homme au tempérament doux et calme, Willie s'acquittait de toutes les tâches qui ne tombaient sous la juridiction d'aucun autre employé — des tâches comme l'escorter à Maxwell Park. Elle ouvrit la bouche en regardant la voiture, rarement utilisée, sauf le dimanche, avec ses sièges de cuir poli, qui miroitaient sous le soleil de l'après-midi.

— Pas la vieille Bess avec une selle de dame ?

— Pas aujourd'hui, répondit-il, et son visage ridé s'illumina du sourire d'un homme bien plus jeune. Pas pour une visite chez Lady Maxwell. J'vous y conduirai moi-même, mademoiselle Rose. Pas question d'avoir les mains sales ni d'traîner l'odeur du cuir dans l'salon de la comtesse.

Willie indiqua de la tête les gants de soie blancs qu'elle portait.

Rose regarda ses mains, écartant bien les doigts pour admirer les gants précieux qu'elle avait empruntés à Leana, des gants qui avaient déjà appartenu à leur mère. Leana ne les portait que dans les occasions très spéciales. Le reste du temps, elle les enveloppait dans de la toile, ne les sortant qu'occasionnellement, pour glisser ses doigts sur le tissu délicat et en sentir la douceur.

— Vous êtes très attentionné, Willie, murmura Rose en serrant les mains pour essayer de maîtriser ses émotions. Nous ferions mieux d'y aller. Je ne veux pas être en retard.

— Non, pour sûr. V'nez, j'vais vous aider à garder vos jupes hors d'la boue.

Rose monta agilement dans la calèche, son esprit déjà rendu deux milles plus loin, son cœur battant d'impatience.

Chapitre 16

Une solide paire de bottes à double semelle qu'il a faite lui-même,
Pour courir les bois et patauger dans les rivières.
— Giuseppe Giusti

Jamie n'avait pas besoin de demander son chemin à un étranger ; il savait exactement où il allait et comment s'y rendre. N'avait-il pas copié une carte de la *Geographiae Scotiae* sur le bureau de son père ? Il n'avait plus la carte, c'est vrai, mais il avait *dessiné* la chose. Il se souvenait que la route partant de New Galloway descendait au sud-est, en longeant le Loch Ken et la rivière Dee, vers Carlinwark. À moins d'être avalé tout rond par l'un des brochets monstrueux de Ben McGill sautant du Ken, il arriverait à destination à l'heure du dîner.

Il chemina, avec la surface d'un bleu vitreux du loch à sa gauche et un interminable après-midi de marche devant lui. La seule pensée de la nourriture suffisait à faire rouspéter son estomac. « Chut ! » sifflait-il, quand il devenait trop bruyant, heureux d'être seul sur la route à ce moment-là. Il avait emprunté quelques pommes aux vergers prolifiques de Kenmure, certain que leur propriétaire ne s'en apercevrait pas. Mais leur jus acidulé bouillonnait en lui, sans doute pour protester contre le vol.

Jamie émergea des ombres projetées par un bouquet de grands conifères et remarqua une famille de paysans aux pieds nus, qui marchaient dans sa direction. Le père tirait une misérable charrette à deux roues, transportant des paniers de pommes de terre poussiéreuses et deux petits garçons au visage aussi brun. À côté d'eux marchait une femme qui leur fredonnait un air et qui ne pouvait être que leur mère, tant l'expression de son visage était affectueuse.

Kenmure s'en va-t-en guerre, Willie !
Kenmure s'en va-t-en guerre ;
Et le seigneur Kenmure est le plus brave seigneur
Qu'on vit jamais à Galloway.

Pas de doute, c'étaient des paysans du domaine de Kenmure, chantant les louanges de l'infortuné vicomte qui perdit la vie lors de l'insurrection de 1715. Tout Galloway connaissait l'histoire de sa marche courageuse sur Preston, de sa capture, de son procès pour trahison, et de sa décapitation à la Tour de Londres. Une sanglante affaire, un thème peu approprié pour être mis en musique et chanté à des enfants.

— B'jour à vous, m'sieur, dit le paysan en touchant son bonnet du doigt.

Jamie, barbu et échevelé, fut soulagé de constater que son rang était toujours apparent. Ce sont ses bottes qui indiquaient qu'il était un gentilhomme — en cuir italien, joliment travaillées et faites sur mesure, bien qu'un peu maculées de boue. Jamie salua l'étranger en souriant poliment.

— Carlinwark est-elle loin d'ici ?

L'homme regarda derrière lui, comme si la distance était écrite sur un panneau.

— Hé... une douzaine de milles, j'dirais. P't-être quatorze.

Il se tourna pour étudier Jamie.

— V'z'arriverez au crépuscule, si v'mettez un peu d'cran dans vot' allure.

Jamie réagit à l'ironie du paysan. L'homme savait sûrement qu'il était habitué de voyager à dos de cheval, et non à pied, comme un roturier. Si ça devait lui prendre plus de temps, il n'y pouvait rien.

— Suivez les berges du Dee, passé Balmaghie, continua l'homme, inclinant la tête pour indiquer le chemin. V'z'arriverez au château qui porte l'nom d'Threave. Y est vieux d'centaines d'années et y a vu ben des malheurs.

Le paysan abaissa les poignées de son chariot à bascule, sans se soucier des garçons qui culbutaient au milieu des pommes de terre, et utilisa ses deux mains pour expliquer le chemin.

— Passez su' l'pont, puis tournez au nord et suivez la route jusqu'au village d'Carlinwark, passé Three Thorns. Et 'tention aux Tsiganes, garçon, j'vois qu'vous voyagez seul.

— Je n'y manquerai pas.

Non pas qu'il restait quoi que ce soit de valeur à lui prendre. Jamie remercia l'homme, puis passa à côté de lui. Il fit la grimace en entendant la paysanne picorer son mari à coups de bec, comme une poule qui dévore son grain. Ses remontrances acerbes lui rappelaient Rowena McKie, qui utilisait peut-être un langage plus distingué, mais dont le ton de voix était très semblable. Jamie secoua la tête, se demandant comment son père Alec McKie avait pu supporter les dénigrements continuels de sa femme. Avant de choisir sa fiancée, Jamie avait l'intention de bien s'assurer qu'elle était d'un naturel affable, et que ses mots étaient assaisonnés de sucre, et non de sel.

Les milles et les heures passèrent sans incident alors qu'il mettait une botte devant l'autre, sans jamais perdre de vue le cours sinueux du Dee. Il croisait occasionnellement des troupeaux de moutons noirs qui approchaient en faisant gronder le sol sous leurs sabots, le forçant à chercher refuge sur les hauteurs avoisinantes. Les bêtes avaient été achetées à Keltonhill, lors du premier jour de marché d'octobre, avait-il appris d'un fermier local, qui lui avait lancé le regard incrédule réservé aux voyageurs assez stupides pour ignorer un fait aussi simple. Jamie haussa simplement les épaules, trop conscient du fait qu'il était ce que la Bible appelait « un étranger sur une terre étrangère ». Cette Galloway n'était pas *sa* Galloway. Les montagnes escarpées et les vallées de son foyer avaient disparu, remplacées par de riches terres agricoles verdoyantes et de vastes prairies unies. Aussi agréable que fût le paysage, il ne rentrerait jamais assez vite à Glentrool.

Au-dessus de lui, le ciel gris pâle s'assombrissait, les nuages s'amoncelaient. Un ciel aussi variable pouvait redevenir ensoleillé sans préavis, ou lui servir un féroce orage d'automne et le mouiller jusqu'aux os. La pluie ne le préoccupait pas, mais le ciel menaçant, si. Il pesait sur lui tel un avertissement silencieux, comme s'il savait quelque chose que lui ignorait. Jamie refusait de reconnaître son malaise, promenant plutôt son regard sur les arbres en bordure de la route. Il ignorait les cieux menaçants, même si les souvenirs qui dataient maintenant de trois nuits le hantaient toujours : avait-il vraiment conversé avec le Tout-Puissant dans ses rêves ?

Un sourd grondement de tonnerre au-dessus de sa tête changea brusquement le cours de ses pensées.

Il accéléra le pas, le synchronisant avec le rythme précipité de son pouls, tout en balayant du regard la campagne à la recherche d'un refuge contre l'orage imminent. Une heure passa, puis une autre. La pluie menaçait, rien de plus, mais le soleil ne reparaissait pas non plus. Lorsqu'une imposante tour carrée s'éleva au loin, grise et de mauvais augure comme les nuages eux-mêmes, Jamie s'arrêta pour l'observer plus attentivement. Sur une île au milieu du Dee s'élevaient les restes du château de Threave, dont les embrasures des archers perçaient les murailles de la tour comme autant de petits yeux menaçants.

Une volée de garrots à œil d'or survolaient les collines lugubres, et le bruissement de leurs ailes se perdait dans le paysage morne, qui était autrefois le domaine des Black Douglas. Les comtes étaient partis, mais leur esprit semblait toujours flotter sur le pays, régnant encore, même d'outre-tombe. Intimidé par la forteresse inoccupée, Jamie recommença à marcher en pressant le pas. Quand un nouveau grondement de tonnerre roula dans le ciel, il se mit à courir le long des berges marécageuses, dépassant la silhouette peu rassurante du château. Il leva la tête, cherchant un endroit où traverser le Dee, ce qu'il allait devoir faire, tôt ou tard. Au moment d'atteindre le vieux pont — le souffle court et les talons couverts d'ampoules —, Jamie savait qu'il devait panser ses blessures sans délai. Il atteindrait Auchengray le lendemain, mais seulement s'il pouvait procurer quelque soulagement à ses pieds enflés et sanguinolents.

Jamie se laissa choir sur le pont en poussant un grognement, indifférent aux pierres mouillées sous sa culotte. Il empoigna l'une de ses bottes crasseuses et tira dessus de toutes ses forces. Elle s'arracha brusquement et il bascula sur le dos. La seconde vint plus facilement. Il plaça ses bottes à côté de lui et balança ses jambes dans le vide, par-dessus le bord du pont, laissant échapper un bruyant soupir de soulagement en dépit de son estomac creux. Comme il faisait bon sentir une agréable brise sur ses pieds enflés ! Les eaux rapides du Dee culbutaient sur les rocs en dessous — invitantes, mais trop éloignées pour qu'il puisse les atteindre.

La menace d'un orage était maintenant passée, le crépuscule tombait et le monde des insectes entonnait son chœur familier. Jamie s'appuya sur les coudes, heureux de simplement respirer et écouter. C'est alors qu'il entendit le bruit sourd produit par des roues de chariot qui approchait sur la route. Des voix graves d'hommes, des enfants qui chantaient, la musique des rires gutturaux de femmes, des casseroles de fer-blanc percutant leur arrimage de bois — tous ces sons flottaient autour de lui, s'ajoutant au bruissement du feuillage d'un frêne voisin. Il se redressa et grimaça quand il s'érafla un coude sur la pierre rugueuse. Des marchands ambulants, des Tsiganes, se dit-il.

Au tournant de la route apparut un chariot attelé à deux poneys Shetland, luttant pour tirer leur chargement de chaudrons et de marmites, de poterie et de cornes. Devant et derrière le véhicule marchaient des Tsiganes de tous âges, vêtus de hardes aussi mal assorties qu'elles étaient colorées, causant et riant entre eux, jusqu'à ce qu'ils voient Jamie. Le silence se fit instantanément et tous détournèrent le regard du voyageur solitaire.

Il se leva avec effort, honteux de s'être laissé surprendre sans bottes dans ses pieds endoloris et sanglants. La douzaine de Tsiganes se regroupèrent autour de leur chariot de marchandises, discutant dans leur argot musical. Étaient-ils des Marshall ou des MacMillan ? Des Watson ou des Wilson ? Les routes de Galloway fourmillaient de ces familles – des étrangers et des nomades, attirés par un pays où la contrebande et le chapardage du bétail constituaient un mode de vie, et où la majorité des gens détournaient le regard quand les lois de Sa Majesté étaient ouvertement bafouées.

Aucun de ces voyageurs circonspects ne voulait croiser son regard, à l'exception d'un seul. C'est celui qui paraissait le plus âgé, le patriarche, sans doute. Il fit un pas en avant, puis se campa avantageusement sur ses jambes et croisa les bras dans une posture familière.

– Alors, nos chemins s'croisent à nouveau, garçon.

Jamie cligna des yeux, ne voulant croire ni ses sens ni sa mémoire.

– Avons-nous déjà eu le plaisir de faire connaissance ?

– Oui, et tu l'sais.

Derrière le Tsigane s'éleva un chœur de petits ricanements.

– Près d'un certain cairn, dans une certaine paroisse, nommée Monnigaff, crut-il bon de préciser.

Jamie observa l'homme un peu plus attentivement. Pas de doute possible, c'était *lui*. Il portait un manteau différent, mais c'était néanmoins ce même voyageur qui l'avait surpris le matin du sabbat précédent alors qu'il s'éveillait d'un bien curieux rêve.

– Alors, c'est vous, murmura Jamie, ne sachant pas quoi ajouter.

Il compta quatre hommes plus jeunes derrière lui, et une nuée de femmes et d'enfants déchargeant leur chariot sur le bord de la route. Il était à leur merci.

— Et… alors, comment dois-je vous appeler ?

Les yeux noirs du Tsigane s'illuminèrent.

— Tu m'appell'ras pour dîner ! dit-il d'un ton moqueur, et les autres rirent plus audacieusement, se permettant de petits regards peu flatteurs vers ce gentilhomme aux vêtements en loques, qui posait des questions idiotes.

Le Tsigane redevint plus sobre et hocha légèrement la tête, quoiqu'il ne tendît pas la main en signe de politesse.

— J'me nomme Marshall, dit-il, et c'est tout c'que t'as besoin d'savoir.

— James Lachlan McKie de Glentrool, répondit Jamie, avec autant de superbe qu'il en était capable, les mains croisées derrière le dos.

Converser avec des bohémiens à la tombée du jour était une affaire peu rassurante. Les détrousseurs qui se servaient à même les poches ou la bourse d'autrui couraient le pays. Peut-être ne représentaient-ils pas une menace pour lui, car il ne possédait plus rien valant la peine d'être volé. Il en allait tout autrement avec les égorgeurs, capables de tailler un homme en pièces pour un seul mauvais regard.

Comme s'il lisait dans ses pensées, le Tsigane produisit un poignard effilé — Jamie l'avait déjà vu auparavant, celui-là aussi — et fit mine de sculpter l'air du soir.

— As-tu trouvé d'l'argent qu'tu pourrais partager avec une pauv' famille de voyageurs ?

Jamie leva le menton, déterminé à ne pas se laisser intimider.

— Je n'en ai pas trouvé.

Le Tsigane promena son regard sur le pont, en ouvrant de grands yeux ironiques.

— Et où est ton ch'val, l'homme ? T'as pas d'monture pour t'porter.

— Pas de cheval, dit Jamie, serrant la mâchoire. Pas depuis hier matin.

— Alors, t'es l'un des nôt' ! s'écria le Tsigane, en ouvrant les bras.

Le poignard disparut mystérieusement et avec lui, toute menace.

— Nous dormons su' le bord des routes, mangeons c'que l'Tout-Puissant nous donne, et accueillons tout homme comme un égal.

Son sourire révéla deux rangées de dents mal plantées.

— Y a qu'à tes *strods* qu'on voit qu't'es un gentilhomme.

— Mes quoi ?

— Tes *strods*, et l'homme pointa vers les bottes de Jamie. Tes bottes, l'homme.

Les deux hommes regardèrent un moment les bottes vides précairement placées sur le bord du pont. Soudain, Jamie souhaita les avoir aux pieds. Le Tsigane parla aux autres dans leur langage particulier, accompagnant ses paroles de grands gestes.

Un jeune garçon avança vers le pont avec un bâton de marche, et ses yeux brillaient d'un éclat mutin.

— Tout d'suite, m'sieur ? interrogea le gamin.

— Oui, maintenant, dit le vieux Tsigane.

Le garçon marcha vers les bottes et, poussant vivement sur l'une d'elles avec son bâton, la projeta dans l'eau.

— Toi !

Jamie s'élança vers lui pour l'attraper, mais le garçon, trop rapide, se précipita vers sa mère, qui l'enveloppa dans l'armure de ses bras et de ses jupes.

— Comment as-tu osé ?

Jamie se jeta sur le bord du pont, laissant le haut de son corps pendre dans le vide jusqu'à la taille, essayant en vain de saisir la botte, tout en bas. Elle se coinça dans les rochers pendant quelques secondes, avant de se libérer pour continuer sa course, entraînée par le courant, et de disparaître de sa vue sous le tablier. Tout en murmurant un juron, il se releva et courut de l'autre côté du pont, seulement pour voir sa botte émerger et continuer en dansant en aval sur la rivière, maintenant hors de portée. Elle se remplit d'eau rapidement et sombra vers le fond boueux, devenue inutile pour lui ou tout autre marcheur.

— *Pourquoi ?* demanda-t-il en se tournant vers le Tsigane, le visage en feu. Pourquoi avoir jeté une seule botte dans la rivière, quand vous auriez pu voler les deux et les revendre ?

Le sourire du Tsigane était maintenant chaleureux, et non plus moqueur comme avant.

— Parce que ç'aurait été agir en voleur, comme tu t'y attendais. Nous sommes des bohémiens, des commerçants, des artisans. Pas des voleurs.

— Mais…

— T'sais pourquoi les gens pensent en mal d'la race tsigane ?

Les traits animés de l'homme s'immobilisèrent et il poursuivit.

— Y disent qu'les Tsiganes sont les forgerons qui ont fait les clous d'la croix. Vrai ou pas, nous avons été condamnés à errer su' la terre à jamais, un peuple sans foyer.

Ses épaules s'affaissèrent quand il prononça ces derniers mots.

— Qu'on dise jamais qu'un Marshall n'a pas honoré l'élu d'Dieu.

Le cœur de Jamie sauta un battement. *Vois, je suis avec toi.* Dieu avait-il vraiment choisi de le bénir, puis de le dépouiller de tout ce qui faisait de lui un McKie ? Jamie fixa l'homme, incapable de trouver des réponses. Rien de tout cela n'avait de sens, encore moins le charabia de ce voleur de grand chemin. Avec une fascination lugubre, Jamie observait la mâchoire mobile de l'homme, qui semblait réfléchir à ce qu'il allait faire de lui.

Finalement, le Tsigane parla.

— L'une de tes bottes a disparu, l'aut' te sert donc plus à rien.

Il fit un signe de tête au garçon, qui s'échappa des bras de sa mère juste assez longtemps pour récupérer la botte solitaire et la placer dans les mains noueuses du Tsigane.

— Le cuir f'rait une bourse utile. Ou des chaussures pour une demi-douzaine d'enfants nu-pieds, murmura-t-il, caressant le cuir, ses yeux noirs concentrés, ses lèvres sèches pincées. Alors, James McKie, m'vendrais-tu ta belle botte ?

Jamie ouvrit la bouche toute grande.

— Vous la vendre ?

— Pas pour d'l'argent, ajouta rapidement le vieil homme. Nous n'avons pas d'ça, dans nos tentes. Mais nous avons assez d'nourriture pour n'importe quel Écossais. T'as faim, jeune homme ? Vendrais-tu ta botte pour un bol d'ragoût et un bâton d'marche pour ton voyage ? Ça m'paraît un marché équitable.

Jamie secoua la tête, abasourdi par la tournure des événements, puis convint qu'un repas serait une bonne affaire. Après tout, une botte inutile était un infime sacrifice, et le bâton de marche joliment travaillé n'était pas sans valeur. Quelques instants après, l'une des femmes lui présenta un bol en poterie, rempli d'un ragoût au fumet appétissant et une cuillère sculptée dans une corne. Jamie plongea la cuillère dans le plat, la porta à sa bouche, puis s'arrêta brusquement. Était-il empoisonné ? Une simple ruse pour se débarrasser d'un voyageur affamé et lui soutirer ses maigres possessions matérielles ?

L'homme répondant au nom de Marshall le regardait posément.

— Une cuillère d'corne contient pas d'poison, m'sieur McKie. Si j'avais eu l'intention d'tuer, j'l'aurais fait su' la pierre, à Monnigaff.

Honteux de lui-même, Jamie enfouit la cuillère pleine dans sa bouche, avalant son contenu tiède en exprimant sa gratitude par un hochement de tête. Une demi-heure plus tard, il avait vidé un deuxième bol et se levait pour prendre congé, ravi d'éprouver la sensation d'avoir l'estomac plein, lorsqu'il vit le même jeune garçon, tout trempé, qui rentrait en courant au campement.

Il affichait un air de triomphe. Dans ses mains, il tenait l'autre botte de Jamie. Boueuse et détrempée, mais sa botte, néanmoins.

– C'est quoi, ça ? s'exclama le vieux Tsigane, en clignant des yeux théâtralement. Une botte qui va avec celle que j'viens juste d'acheter ? Un jour d'chance pour moi, j'dirais.

Leste pour son âge, l'homme arracha ses souliers et chaussa les bottes, luttant un peu avec celle qui était mouillée. Il se remit bientôt sur pied, se pavanant devant une foule admiratrice.

– J'ai l'air d'un vrai gentilhomme ! s'exclama-t-il.

– Et moi, j'ai l'air d'un imbécile, fulmina Jamie.

Il planta le bâton de marche dans le sol et, se redressant avec toute la dignité dont il était capable, avança sur ses pieds nus couverts d'ampoules.

– Oui, mais un imbécile à la panse bien remplie d'ragoût, lui lança le Tsigane. Pas une si vilaine affaire, hein ? Dieu t'accompagne, garçon. Tes pieds t'ramèneront à la maison.

Chapitre 17

Mais, oh ! quel puissant magicien peut apaiser
La jalousie d'une femme ?
— George Granville, Lord Lansdowne

Leana pressa une brassée de linge fraîchement lavé contre son visage, aspirant l'air piquant d'octobre retenu prisonnier dans les plis. Le tintement des marmites entrechoquées s'échappait de la cuisine, à côté. Neda prenait tout son temps pour préparer le dîner, marquant le pas dans l'attente du retour de Rose et de Willie. S'ils tardaient trop, on pouvait compter sur Lachlan McBride pour lever la voix afin de protester. À Auchengray, le repas du soir était servi à sept heures.

— Aucune rencontre avec la royauté n'interférera avec mon dîner, avait annoncé leur père, quand Rose avait quitté la maison pour Maxwell Park, plus tôt cet après-midi-là.

La royauté et la noblesse étaient deux choses différentes, mais Leana ne voyait pas la nécessité de le relever, et de risquer d'essuyer sa colère.

La porte du lavoir était ouverte pour permettre à la lumière tombante du jour d'entrer encore un peu. Leana se tenait dans un endroit encore réchauffé par ses rayons, où elle pliait méthodiquement les draps, en pressant fermement la toile entre ses doigts. Mary avait travaillé si fort pour blanchir le linge de maison. Le moins qu'elle pût faire pour l'aider était de le plier. Après avoir été étendu sur un grand carré d'herbe où les animaux ne pouvaient venir le piétiner, il devait encore être repassé, un travail ingrat que seule une blanchisseuse d'expérience comme Mary pouvait faire correctement. Par une froide journée de décembre, probablement, quand la tâche compliquée de faire la lessive ne serait plus possible.

Heureuse que l'hiver fût encore éloigné de deux mois, Leana respirait le riche parfum des herbes qui embaumait le hall. Le basilic, piquant et poivré, chatouillait ses narines. Le thym aromatique, utile pour chasser un cauchemar occasionnel, imprégnait l'air du soir. L'odorante menthe pouliot lui donna l'envie subite de boire une tasse de thé fumant.

Et qu'en était-il du thé qu'on buvait à Maxwell Park ?

Leana laissa échapper un long soupir, sa soif maintenant passée. Elle était heureuse pour Rose, et pour la relation cordiale de sa sœur avec Lady Maxwell. Pourtant, quelque chose la tracassait, la tiraillait constamment : de la fierté devant cette attention de la dame de la noblesse, mais aussi des inquiétudes quant à ses motifs possibles ; de la joie devant la confiance naissante de Rose et, en même temps, la peur de voir où cela la mènerait. « Tu t'inquiètes trop », se dit Leana en jetant un coup d'œil à son reflet dans le miroir. L'inquiétude fronçait ses sourcils et pinçait ses lèvres en une ligne mince et peu gracieuse. Elle s'efforça de sourire, puis rit de sa propre bêtise. *Assez.*

Leana quitta la blanchisserie étouffante et s'échappa dans le potager, afin de déterrer quelques légumes pour le dîner et enterrer ses appréhensions. Le soleil était bas dans le ciel quand ses jupes furent lourdes de navets jaunes et frais. Elle se leva, tenant les coins de son tablier pour empêcher les racines comestibles de s'échapper de son panier improvisé, puis faillit renverser toute sa cueillette quand Willie et Rose arrivèrent en voiture dans l'entrée, en sifflant et en criant son nom.

— Nous sommes à la maison, Leana. Nous sommes à la maison ! chantait Rose, agitant gaiement le bras.

Willie venait à peine de stopper la calèche quand Rose en sauta, ses manières oubliées, trop empressée d'accourir vers Leana. Parvenue tout près d'elle, elle regarda les navets terreux, plissa dédaigneusement le nez et fit un pas en arrière pour éviter de salir sa belle robe bleue.

— Au moins, je ne suis pas en retard pour le dîner.

— Et c'est une bonne chose, la gronda gentiment Leana. J'étais inquiète à ton sujet.

— Aucun motif de l'être, insista Rose en désignant du regard l'employé le plus fiable d'Auchengray. Willie est allé faire une course pendant que nous bavardions, puis il m'a ramenée en toute sécurité à la maison.

Leana leur sourit à tous les deux.

— C'est ce que je vois, dit-elle.

Il lui était difficile d'en vouloir à sa sœur ; elle avait clairement passé un bel après-midi.

— Alors, est-ce que tout s'est déroulé comme tu le souhaitais, avec Lady Maxwell ?

— *Oh oui !* et le reste se perdit dans un ricanement de fillette avant qu'elle retrouve son aplomb, le visage rayonnant, ses yeux noirs pétillants. Neda nous sert une tasse de thé avec un seul malheureux biscuit, expliqua-t-elle, alors qu'à Maxwell Park, la table d'acajou de la comtesse croule sous les tartes aux fruits, les biscuits sablés et...

Rose continua en parlant du thé noir aromatique, de la porcelaine anglaise délicatement peinte à la main et des fines bougies chatoyantes dans les chandeliers d'argent. Leana écoutait en hochant la tête, faisant de son mieux pour ne pas être envieuse. Elle avait vu l'intérieur fabuleux des Maxwell alors qu'elle n'était qu'une fillette de quatre ans accompagnant sa mère. Mais elle ne s'était jamais assise à la table de Lady Maxwell.

Est-ce qu'une invitation au bal de fin d'année du Lord était ce qui attendait maintenant Rose ? Le dernier jour de l'année — auquel les Écossais donnent le nom de Hogmanay — était célébré dans toutes les maisons écossaises, et à Maxwell Park en particulier. Des gentilshommes d'une demi-douzaine de paroisses, tous de bons partis, se présenteraient chez Lord Maxwell à la fin décembre avec tout leur équipage, pour célébrer la nouvelle année, danser et se chercher une fiancée.

Est-ce que Rose allait être inscrite sur la liste des invités, cette année ?

Une petite vigne grimpante d'envie commença à s'enrouler autour du cœur de Leana comme un liseron des haies.

Un riche soupirant pour Rose. Fergus McDougal pour moi.

Atterrée par ses pensées égoïstes, elle chercha en vain un commentaire approprié.

— Je suis si heureuse pour toi, Rose.

Et elle l'était, vraiment, elle l'était.

Elle ne laisserait rien — et surtout pas leurs perspectives de mariage — creuser un fossé entre elles. *Jamais.*

— Sais-tu ce que Lady Maxwell dit de nous ? demanda-t-elle en levant le menton, imitant les grands airs de la comtesse. « Toi et ta sœur n'êtes pas du tout des campagnardes, ma chère. Ton père est le maître de son propre domaine, et Auchengray est une propriété respectable. » C'est ce qu'elle a dit, Leana ! N'est-ce pas merveilleux ?

— Oh oui, murmura-t-elle, merveilleux.

Leana dut faire un effort pour ne pas lui demander si Lady Maxwell remarquait comment les plus pauvres parmi ses voisins vivaient en réalité. Entassés dans leur cottage en pierres grossières, dont les murs sans fenêtres étaient noircis par la fumée de tourbe, leurs armoires vides, les paysans, qui s'épuisaient à la peine, ne pouvaient que rêver de boire du thé, surtout à Maxwell Park.

Rose, toujours le menton levé, une soucoupe imaginaire à la main, continua son numéro :

— Puis, la comtesse a dit : « Tu ferais bien d'apprécier à sa juste valeur ce que ta famille a accompli. C'est cet esprit d'entreprise qui m'impressionne le plus à votre sujet, mademoiselle McBride. » Oh ! là ! là ! N'est-ce pas formidable, Leana ?

— Formidable.

Son tablier lui semblait plus lourd à porter et son cœur, plus pesant encore.

— Viens, ma belle. Neda attend ces légumes. Les navets ne font sûrement pas partie de l'ordinaire à Maxwell Park, mais ils conviendront très bien à notre table.

Sa sœur gémit et leva les yeux au ciel en suivant Leana dans la cuisine.

— Pas pour moi, merci.

Neda était près du foyer, donnant des ordres pendant que deux aides-cuisinières lui obéissaient sagement.

— Tranchez ces carottes aussi minces qu'des roseaux, sinon m'sieur McBride les lancera aux chiens, et vous avec.

Neda adoucit ses propos avec un clin d'œil complice.

— Et n'en mangez pas en vous imaginant que j'regarde pas. On veut pas d'lapins à nourrir, dans c'te maison. Seulement ceux qui sont tranquilles dans la marmite.

Leana versa les navets de son tablier sur la table à découper et hocha la tête vers Rose.

— Regarde ce que j'ai trouvé dans le jardin, Neda.

Neda se tourna vers les sœurs, tout en remettant une mèche de cheveux cuivrés sous son bonnet.

— Si c'est pas mam'zelle Rose McBride, d'retour à la maison après un après-midi chez la noblesse, dit-elle avec un sourire ironique.

La peau de son visage, couverte de taches de son, était sans ride bien qu'elle fût dans la cinquantaine.

— Dînerez-vous avec vot' famille, ou Auchengray est-il trop bas pour vous, maintenant ?

Rose balaya le commentaire d'une main légère.

— Je suis pleine, maintenant, mais je serai sûrement affamée au moment où le dîner sera servi.

Elle traversa rapidement la pièce encombrée, soulevant ses jupes au-dessus du plancher, comme si sa surface était crasseuse et gluante, alors qu'elle marchait sur de la bonne brique bien propre.

— Je reviens donner un coup de main dès que je finis de brosser mes chaussures.

Leana regarda sa sœur gravir l'escalier de pierre, tout en tenant toujours ses jupes à pleines mains, certaine que Rose ne réapparaîtrait pas avant la cloche du dîner. Elle ne revint pas.

Pas un mot au sujet de Maxwell Park ne fut prononcé, ce soir-là. Après un dîner dont le ragoût de lapin, assaisonné d'oignons et servi avec les légumes cueillis par Leana, avait fait les frais, la table fut débarrassée et la Bible familiale placée devant Lachlan.

— Rendons grâce au Tout-Puissant, entonna-t-il en ouvrant le gros livre.

Sa voix ressemblait à celle du révérend Gordon, qui semblait vous gronder quand il parlait, et qui grondait comme le tonnerre quand il prêchait. Neda et les autres domestiques étaient assis dans la pièce, sur des bancs grossiers, les chandelles à mèche de jonc au-dessus d'eux dissipant à peine l'obscurité du soir.

— Soixante-dix-huitième psaume, annonça le laird de la maison, dont le regard perçant observait de près ses ouailles. Répétez après moi : « Écoute, ô mon peuple, ma loi ; tends l'oreille aux paroles de ma bouche. »

Leana récita le verset familier, luttant pour écouter et maîtriser ses émotions. Qu'est-ce qui l'irritait à ce point ? Était-ce le futur radieux de Rose, ou le sombre avenir auquel elle semblait promise ? Le regard neutre de son père se posa sur elle. Le pli de sa bouche était amer. Avait-il deviné ses sentiments ?

Il lut encore, puis fit une pause, gardant un œil sur elle.

— « J'ouvrirai la bouche en parabole, j'évoquerai du passé les mystères. Nous l'avons entendu et connu, et nos pères nous l'ont raconté. »

Notre père. Ses yeux dérivèrent vers le foyer pendant que ses pensées vagabondaient. Est-ce que Dieu le Père ressemblait à Lachlan, son père ? Souvent fâché, parfois cruel, toujours dans l'attente de la voir commettre une erreur ?

— Sois attentive, Leana !

Sa tête se tourna vivement dans sa direction.

— O-oui, monsieur.

— Maintenant, le quatrième verset, dit Lachlan en rapprochant ses paupières. Ne manque pas la signification de celui-ci, ma fille. « Nous ne le tairons pas à leurs enfants, nous le raconterons à la génération qui vient : les titres de Yahvé, et sa puissance, ses merveilles telles qu'il les fit. »

Lorsqu'ils eurent tous répondu à l'unisson, il leur rappela :

— C'est mon devoir. D'enseigner à tous, son mon toit, tant à mes serviteurs qu'à mes filles, que nous devons craindre Dieu.

Leana pensa aux paroles et ne se souvint pas d'avoir entendu « crainte » parmi elles. Pas dans ce verset. Des mots tels que « louange », « force » et « merveilleux » étaient ceux qui attiraient son attention, même si son père passait rapidement sur ceux-là, pour s'attarder aux mots plus sévères.

Il continua de lire au sujet des pères qui enseignaient à leurs enfants les commandements de Dieu, comme le patriarche Jacob l'avait fait pour ses propres fils. C'était au tour de Leana de l'observer attentivement, pour voir si les souvenirs de son *seul* fils, mort à la naissance, ne voileraient pas le regard de Lachlan ou ne feraient pas vibrer sa voix. Il n'y eut rien. Sa voix était aussi sévère, en dépit de la promesse qu'il avait lue dans les Écritures : « Ils doivent placer leur espoir en Dieu. »

L'espoir. Le regard de Leana dériva vers la fenêtre de devant, noire comme la nuit. Elle n'avait pas perdu espoir en Dieu, pas encore. Mais l'espoir se dissipait, néanmoins. Dans un an ou deux, Rose serait mariée et partie, partageant une nouvelle existence avec quelque gentilhomme de Galloway, laissant Leana avec un choix bien triste : se présenter à l'autel avec Fergus McDougal à ses côtés ou rester à Auchengray, une *vieille fille*, sans mari, sans amour, auprès de son père vieillissant et grisonnant, dont la langue amère devenait plus acérée avec l'âge.

Même la citronnelle de son jardin ne pourrait soulager le nœud douloureux en elle.

— Prions, déclara son père, en refermant la Bible dans un bruit sourd.

Leana ferma les yeux très fort, priant avec plus de ferveur que jamais elle ne se rappelait l'avoir fait. Elle aimait tendrement Rose et ne souhaitait aucun mal à sa sœur, pas même une seconde. Elle aspirait seulement à une petite mesure de bonheur pour elle-même. Un espoir et un avenir. Avec un mari jeune, qui l'aimerait pour toutes les bonnes raisons.

S'il vous plaît, Dieu, s'il vous plaît. Sa prière silencieuse acquit substance et forme, sculptée par son imagination. Qu'il soit un brave garçon dans la vingtaine, pas un gros homme de quarante ans. Que son regard soit tendre et que son sourire avenant illumine l'air autour de lui. Que sa tête s'élève bien haut au-dessus de la sienne et que ses doux sourcils cachent un bel esprit. *S'il vous plaît, Dieu.* Si un tel homme existe, qu'il vienne à Auchengray avant qu'il soit trop tard.

Chapitre 18

L'homme arrive, et l'heure,
La flèche est en vol.
— Henry Inglis

— Excusez-moi, jeune fille, mais à quelle distance se trouve Auchengray ?

La laitière, qui n'était qu'à une dizaine de pas de Jamie, immobilisa ses seaux de bois en pleine oscillation. Elle tourna la tête et un sourire timide s'épanouit sur son visage.

— M'sieur, si v'décochez une flèche au-dessus du mont Lowtis, vous perc'rez Auchengray en plein cœur.

Celui de Jamie se mit à battre un peu plus vite à cette nouvelle.

— Pourriez-vous me dire où le trouver ?

— Sûr !

Elle se retourna pour lui faire face.

— Vous pass'rez Drumcultran — c'est la vieille tour plus loin sur c'te route, v'savez ? — et v'continuerez jusqu'en bas d'la colline. Vous travers'rez à gué un ruisseau, aussi large qu'vous êtes grand, en perdant jamais d'vue le mont Lowtis. L'voyez-vous, là-bas ?

Elle pointa un doigt boudiné vers une élévation abrupte couverte par la rosée bleutée et vaporeuse du matin. Ses flancs, couverts de bruyère, semblaient habillés d'un manteau de velours bigarré, violet mat ou d'un brun roussâtre par endroits.

— Quand v'serez au Lowtis, continua-t-elle, suivez la route qui fait l'tour par le nord, en passant devant l'domaine des Maxwell. Arrivé à Lochend, v'n'êtes qu'à deux milles d'Auchengray, sur la même route, à vot' gauche.

Il y serait en moins d'une heure. Par habitude, Jamie chercha sa montre, mais il eut un petit mouvement d'irritation quand ses doigts ne palpèrent que le coton de sa poche.

— Savez-vous quelle heure il est, jeune fille ?

Elle haussa les épaules.

— J'sors à l'instant d'la maison de madame Chalmer. Veut-elle pas qu'on y apporte, chaque mercredi, plus de lait qu'une fille peut en porter ? Y était dix heures à la pendule, su' son mur, et j'en ai jamais vu d'plus régulier.

Le regard franc de la jeune fille passa de son visage barbu à ses pieds nus.

— Les gens d'Auchengray vous attendent, m'sieur ?

— Peut-être, dit-il, incertain lui-même de la réponse.

Sa lettre avait-elle trouvé sa route jusque dans les mains de l'oncle Lachlan ? Si oui, il serait reçu à bras ouverts, en dépit de son état pitoyable. Si non, il serait forcé d'expliquer ses mésaventures — en omettant certains détails — et il se placerait à la merci de son oncle. Avec un peu de chance, Lachlan McBride serait un homme d'un naturel compatissant.

— Je vous suis très reconnaissant, jeune fille.

Jamie leva la main pour retirer son chapeau. Il se souvint alors qu'il avait échangé son pauvre couvre-chef au nord de Carlinwark, contre une nuit de sommeil dans une grange ouverte aux quatre vents et deux *bannocks* durs au réveil. Laissant retomber sa main, il dépassa la jeune fille sans rien ajouter, notant qu'elle portait des chaussures paysannes et des bas de laine grossière. Il était un homme éduqué, et elle, une pauvre laitière devant qui aucun gentilhomme n'avait sans doute jamais retiré son chapeau. Quelle importance cela pouvait-il avoir d'oublier ses manières ?

Jamie ralentit le pas, tiraillé par sa conscience. Cela *avait* de l'importance. La Bible disait clairement « En toute humilité, que chacun estime son prochain mieux que lui-même. » Sa mère ne le lui avait-elle pas répété, cela ne faisait-il pas partie de son éducation ? C'était la leçon apprise aux pieds de son père, un matin de sabbat hivernal à Glentrool. Il pouvait encore entendre la voix puissante d'Alec McKie : « Avant l'honneur, il y a l'humilité, mon garçon. Dompte ton orgueil. »

Sa belle présomption rabattue par ses souvenirs, Jamie se tourna et lui dit, alors qu'elle s'éloignait de lui :

— Et bonjour à vous, mademoiselle !

Et il salua convenablement. Bien que sa tête et ses pieds fussent nus, au moins, il avait fait la chose honorable.

Le ciel au-dessus était d'un gris nuageux de Galloway — ni sombre, ni clair ; ni orageux, ni brillant —, pourtant, à sa bordure, une frange de bleu pâle effleurait la cime des montagnes. Comme un bonnet de toile usée bordé d'un ruban bleu. Est-ce que ses nobles cousines, Leana et Rose, porteraient de tels chapeaux quand elles l'accueilleraient sur le seuil de leur porte ?

— Leana, dit-il à voix haute, faisant glisser le nom sur sa langue.

Il adoucit toutes les voyelles, avec l'accent des Lowlands, et fut heureux par le son produit. *Leh-ah-nah.*

— Et Rose, dit-il, faisant ressortir le « o » avec plaisir.

Une jolie fleur dans un jardin.

— Mais non sans épines, crut-il bon de se rappeler.

Les couleurs brillantes d'un faisan mâle attirèrent son regard tandis qu'il se pavanait près d'un muret de pierres sèches, avec sa longue queue joliment dressée, exhibant son plumage brun et rouge.

— J'aimerais bien avoir d'aussi beaux habits, murmura-t-il, honteux de ce que les jeunes filles penseraient de leur cousin de l'ouest.

Il se baignerait à Lochend et enlèverait la crasse qu'il pourrait. Tôt ou tard, un serviteur d'Auchengray ferait glisser un rasoir sur son visage, mais d'ici là, il devrait vivre avec sa barbe hirsute.

Jamie détacha son regard de la route assez longtemps pour remarquer le mur de granit de Drumcultran, s'élevant au-dessus de son épaule gauche. La maison fortifiée, avec son chemin de ronde protégé par un parapet, s'élevait au milieu d'une basse-cour bruyante où poules et poulets, canards et oies, gloussaient et caquetaient à cœur joie, ignorant sa présence. Il leur rendit leur belle indifférence, accélérant le pas pour échapper au vacarme, en essayant d'ignorer les cailloux pointus qui lui perçaient la plante des pieds à chaque pas. Suivant les instructions de la jeune laitière, il franchit bientôt le petit ruisseau, s'arrêtant pour soulager ses pieds dans le courant froid, puis les secoua avant de continuer sa route.

Ce ne serait plus long, maintenant.

Plus il approchait du Lowtis, plus l'éminence lui paraissait imposante, jusqu'à ce que la haute colline densément boisée remplisse entièrement son champ de vision. Il la contourna par le nord, dépassant le domaine que la jeune fille lui avait décrit comme appartenant à un Maxwell. Rien de particulier ici ; Galloway foisonnait de Maxwell, plusieurs d'ascendance noble. La maison était impressionnante, avec son élégant domaine champêtre entouré de petites dépendances et d'un jardin muré, qui méritait une visite de plus près. Peut-être viendrait-il un jour y saluer les châtelains, bien qu'il ne crût pas devoir s'attarder dans la région longtemps.

De vagues souvenirs de sa première et seule visite à Auchengray lui revinrent. Il était alors un jeune garçon de douze ans, pas particulièrement attentif à ce qui l'entourait. Pourtant, la courbe du chemin lui était familière, et les douces ondulations du paysage semblaient lui souhaiter la bienvenue. Comme un retour à la maison après une très longue absence. C'était ici que son père avait immobilisé l'attelage et indiqué du doigt l'endroit où le serviteur de son grand-père avait remarqué Rowena, qui puisait de l'eau pour les bêtes d'Auchengray, il y avait si longtemps de cela. Elle devait vraiment être très jolie, car l'envoyé lui avait immédiatement passé un bracelet d'or au poignet, avant de la demander en mariage au nom d'Alec.

Jamie pouvait encore entendre son père dire à son jeune fils, un jour au bord du loch, qu'« un mariage arrangé est plein de surprises ».

— Peut-être bien, père, répondit Jamie dans un murmure, qui fut enterré par le bruissement des feuilles sous ses pas. Mais j'ai l'intention de voir ma femme avant d'accepter de l'épouser.

Il sourit, sachant qu'il verrait très bientôt les deux jeunes filles, dont l'une deviendrait sa fiancée.

La surface unie du loch miroitait sous les arbres. N'ayant pas plus d'un demi-mille de long, il lui serait bien utile — pas comme le cadre idéal pour conter fleurette à sa future femme, mais bien pour prendre un bain, dont il avait grand besoin. Il le longea d'un bout à l'autre, jusqu'à ce qu'il arrive à l'une des extrémités, où un taillis semblait lui offrir un abri suffisant. Après avoir accroché son manteau, sa veste et sa culotte sales aux branches d'un pin serviable, il entra prudemment dans l'eau. Dans l'éventualité où la berge aurait été à pic, il sonda le fond du lac à l'aide de son bâton de marche. L'eau du loch était froide, bien plus froide que celle du petit ruisseau. Il trouva un endroit qui lui parut convenable, y planta son bâton, puis s'immergea jusqu'au cou en frissonnant. Puis, il se renversa la tête dans l'eau pour enlever la crasse de ses cheveux. Et dire qu'il avait envisagé de porter une perruque pour impressionner ses cousines ! Elle n'aurait jamais survécu à la traversée de Raploch Moss.

Il passa les doigts dans sa chevelure, dégoûté de trouver des ramilles et des tiges dans ses cheveux inextricablement emmêlés. Il émergea pour examiner l'état de sa chemise. Tout en frottant les taches avec ses mains, il explora du regard son environnement paisible. Le rivage opposé de Lochend offrait à la vue d'agréables collines tachetées de touffes de bruyère et d'ajonc. Des poules d'eau communes au bec rouge vif pataugeaient à la surface, tâchant de se maintenir à bonne distance de l'intrus à longues jambes. Lorsque les écailles visqueuses d'un poisson lui effleurèrent le tibia, Jamie sursauta et poussa un cri de surprise, puis regarda à travers l'eau transparente. Un brochet à longue gueule glissa près de lui une autre fois, avant de disparaître.

— Voilà pour toi, Ben McGill ! annonça Jamie aux poules d'eau, imaginant l'étonnement sur le visage du tailleur volubile de New Galloway. Je n'ai pas attrapé d'anguille, mais quel brochet !

— Qui est Ben McGill ? demanda une voix juvénile.

James se retourna trop vite et dut faire de grands moulinets dans l'eau avec ses bras pour ne pas s'enfoncer. Un trio de jeunes hommes drapés dans des plaids de berger le regardaient, visiblement amusés.

— J'peux vous aider, m'sieur ? cria l'un d'eux, en lui offrant obligeamment sa houlette de bois.

Les autres regardaient avec curiosité les vêtements suspendus aux branches de pin.

— C't'un gentilhomme, y a qu'à voir sa veste.

— Oui, mais pauv', j'vois pas d'bottes.

Jamie parvint à grimper hors de l'eau après plusieurs tentatives maladroites. Il se tint devant eux, dans sa chemise et sa culotte trempées, et les ampoules de ses pieds étaient aussi visibles que l'expression furieuse de son visage.

— Est-ce que je vous ai bien divertis, messieurs, ou dois-je aussi danser et jouer de la cornemuse pour vous ?

— Oh ! pas b'soin, m'sieur, l'assura le plus vieux des trois. Y est clair qu'vous v'nez d'loin. App'lez-moi Rab Murray, si v'voulez.

Il offrit la main et présenta ses compagnons tandis que Jamie tordait l'eau des manches de sa chemise de lin.

— De quelle paroisse êtes-vous, garçons ?

S'ils s'identifiaient comme étant d'une ferme voisine, leur amitié pourrait lui être utile.

— Newabbey, répondirent-ils à l'unisson.

— Vraiment ? répondit Jamie en leur souriant à tous trois. Connaissez-vous Lachlan McBride, par hasard ? Le petit-fils de Neil McBride ?

— Ouais.

Les trois échangèrent un regard que Jamie ne put déchiffrer.

Jamie s'essuya le menton de l'avant-bras, tout en observant les jeunes hommes avec un peu d'inquiétude. Peut-être son oncle était-il souffrant ou — *Dieu nous en préserve !* — avait-il déjà trépassé.

— Alors, est-il… bien… portant, ce Lachlan McBride ?

— Y va très bien, répondit le plus jeune des trois. De fait, si v'restez juste là où vous êtes, v's'rez sûr d'voir l'une des filles McBride passer par ici d'une seconde à l'aut'.

Le garçon s'étira le cou pour voir au loin sur le sentier ombragé.

— On l'a croisée, y pas longtemps, en chemin pour aller s'occuper des brebis d'son père. Oui… oui…, j'suis sûr qu'c'est elle. Oui, la v'là.

— Maintenant ?

Jamie empoigna sa culotte, paniqué, le cœur battant la chamade.

— Es-tu sûr, garçon ?

Il la secoua vigoureusement, puis fourra une jambe dans l'étroit pantalon de daim, avant de se souvenir qu'il était encore tout mouillé.

— Sûr et certain, répondit le jeune berger en souriant. Une beauté, celle-là.

Chapitre 19

Je me suis endormie et j'ai rêvé que la vie était Beauté ;
Je me suis réveillée, et j'ai vu que la vie était Devoir.
— Ellen Sturgis Hooper

Leana l'aperçut au loin, remontant le chemin d'Auchengray. Ses mains agrippaient la grille, glacées à l'idée de le revoir. C'était déjà assez d'avoir rêvé de lui, rêvé de Fergus McDougal, de ses doigts épais et avides tirant sur sa robe. Aujourd'hui, elle serait seule avec lui.

— Ce n'est qu'une petite promenade sur les collines d'Auchengray, dit Rose perchée sur le muret de pierres sèches. Pas plus d'une heure ou deux, a bien dit père, et Willie marchera à peu de distance derrière vous. Il s'assurera que l'homme se comporte comme il faut. Et je serai tout près aussi, gardant les moutons à la place de Duncan. Tu n'as rien à craindre.

— J'espère que tu as raison, dit Leana en s'approchant de sa sœur, une main tirant nerveusement sur son corsage, le remontant jusqu'au menton. Monsieur McDougal se joindra aussi à nous pour le déjeuner. Mais de quoi veux-tu que nous parlions ? murmura-t-elle, regardant l'homme qui approchait. Il est presque aussi vieux que père.

— Pas *aussi* vieux, bien qu'il ait dépassé la quarantaine, je dirais, dit Rose en battant des pieds et en souriant avec espièglerie. Peut-être que si tu mentionnais son âge, disons, oh…, toutes les deux minutes, par exemple, comprendrait-il la terrible erreur qu'il est en train de commettre.

— Mais les deux ont conclu un marché, dit Leana sombrement, gardant la voix basse au moment où Mary, la lavandière du village de Newabbey, dépassait McDougal et franchissait la barrière pour se diriger vers la maison.

— Bonjour, Mary, lui lança Leana.

Inutile de consulter sa montre ; Mary arrivait tous les mercredis matin à dix heures précises, peu importe le temps qu'il faisait.

— Père a parlé à monsieur McDougal, dit Leana à voix basse alors qu'il approchait. C'est décidé.

Rose tourna le dos au fermier, puis se couvrit la bouche avec la main, pour être certaine que ses paroles ne seraient pas entendues.

— N'aie pas peur, Leana. Tout n'est pas perdu, dit-elle en sautant du mur, atterrissant juste devant Leana. Pas avant d'avoir dit oui.

— Si tu le dis.

Leana embrassa sa sœur et la poussa pour qu'elle s'en aille aux pâturages. *Chère, inconstante, adorable, Rose.* Gonflant son cœur d'envie un moment, lui prodiguant des encouragements celui d'après. Leana s'efforça de sourire et ouvrit la grille en grand.

— Monsieur McDougal, dit-elle, en esquissant une petite révérence. Vous êtes venu à pied pour notre promenade, je vois.

— Y fallait ben, jeune fille. J'ai laissé ma charrette et mon ch'val à la minoterie d'Newabbey.

Il regarda dans la direction d'où il provenait, en tirant brusquement sur son gilet trop serré.

— Elle était si lourde de grains qu'j'aurais roulé d'un côté pi d'l'autre, sur vot' chemin plein d'ornières.

La route de Kirkbean n'est pas meilleure, voulut-elle dire, mais elle tint sa langue.

— Vous avez bien fait de marcher ces milles. Voulez-vous vous arrêter un moment pour vous rafraîchir, avant que…

— Volontiers. J'pense qu'c'est c'que j'vais faire.

Il continua en direction de la maison et elle le suivit en essayant de ne pas se laisser distancer. En dépit de sa stature, il marchait d'un bon pas, bien qu'il semblât à bout de souffle au moment où ils atteignirent la porte. Neda les accueillit et elle les accompagna jusqu'au petit salon. On pouvait lire quelque chose comme de la pitié dans ses yeux, quand elle regardait Leana.

Son père attendait dans son fauteuil habituel. Il se leva juste assez longtemps pour accueillir son invité et ordonner à Neda d'apporter des rafraîchissements, avant de reprendre sa place.

— Alors, monsieur McDougal, quelles nouvelles de monsieur Craik ? Lui avez-vous rendu visite à Arbigland, depuis notre dernière rencontre ?

— Non, mais on m'a dit qu'la société s'réunirait dans deux semaines. V'z'allez venir, m'sieur McBride ?

Leana écoutait d'une oreille distraite alors qu'ils sirotaient un verre de whisky et abordaient le sujet préféré de son père : accroître la valeur des champs et du cheptel d'Auchengray. L'illustre monsieur Craik était président de la Société pour le progrès de l'agriculture, une association de propriétaires désireux de mettre en valeur leurs terres. Arbigland, le domaine dudit Craik sur la côte de Solway, représentait le Graal à ses yeux : deux cents hectares d'argile humide y avaient été transformés en terres agricoles fertiles. Le lieu de culte de Fergus McDougal à Kirkbean avait aussi été dessiné par le vieux monsieur Craik, un homme admiré et respecté de tous à Galloway.

Sa fille, Helen, était aussi connue, mais pour une tout autre raison.

Leana n'avait pas connu Helen Craik, mais elle connaissait son histoire tragique. Fille adorée d'un homme riche, Helen avait fait fi de toutes les conventions et s'était éprise d'un jeune palefrenier d'Arbigland dénommé Dunn. Ceux qui le connaissaient disaient de lui qu'il était un garçon brave et loyal. Le corps sans vie de Dunn, assassiné d'un seul coup de fusil, fut retrouvé près des grilles de la propriété. Un suicide, insista monsieur Craik, et le shérif l'accepta. Des mains du frère au tempérament bouillant d'Helen, affirmèrent les domestiques, et c'est cette version que les voisins crurent.

Helen Craik avait quitté l'Angleterre sur-le-champ et n'était jamais revenue. L'esprit de son bien-aimé hantait toujours les petits chemins, racontait-on. Leana frissonna à la pensée de l'âme du jeune homme qui errait sur les routes de la paroisse, non loin de la ferme de Fergus McDougal.

— C'est-y ma compagnie qui vous gèle, jeune fille ?

Surprise dans sa rêverie, Leana plaça ses paumes sur ses genoux pour se ressaisir, tant sa vision de l'amant assassiné semblait réelle.

— Non, pas du tout.

Elle se leva brusquement, inspirant profondément pour calmer ses nerfs.

— Peut-être devrions-nous faire notre promenade, maintenant, le soleil me réchauffera.

McDougal se leva avec un grognement et son père fit rapidement de même, quittant la pièce pour appeler Willie, afin qu'il joue le rôle de chaperon. Le laird de Nethercarse attendit que la voix du père faiblisse dans le hall avant d'incliner la tête vers Leana. Il saisit son coude et l'attira plus près, approchant ses lèvres sèches de son oreille :

— Par Hogmanay, j'serai c'lui qui t'réchauff'ras, murmura-t-il.

Son haleine était chaude, sa voix épaissie par le meilleur whisky de son père.

— Plus tôt, si v'voulez.

— Je dois prendre mon châle, dit Leana sèchement, sortant comme une flèche de la pièce, les larmes aux yeux.

Tel un oiseau prisonnier dans une cage, elle voleta d'une pièce à l'autre, cherchant frénétiquement Neda ou Rose, une personne qui puisse la libérer d'un tel devoir impitoyable.

Neda apparut quelques instants après, portant le châle de laine, et son expression était sévère.

— M'sieur McDougal vous attend dans le jardin et y tape du pied. J'ai pensé qu'vous auriez besoin d'ça.

Elle ajusta le châle de laine autour des épaules de Leana, tout en lissant ses cheveux.

— Pourquoi n'pas lui montrer les roses de vot' mère ? suggéra Neda doucement. Ça lui f'ra oublier qu'vous avez fui ses avances.

Leana murmura :

— Comment...

— V'nez, jeune fille, répondit Neda en souriant, glissant un bras autour de sa taille pour l'accompagner dans le hall. Y a juste une seule raison qui fait qu'une fille honnête s'sauve en courant d'son prétendant.

Sa voix s'adoucit.

— C'pas l'homme qu'j'aurais choisi pour vous, Leana, mais c'est l'choix de vot' père. V'devez les honorer d'tout vot' cœur, et Dieu par-d'ssus l'marché. Vous v'souvenez de c'qu'on nous enseigne ? Soumets-toi à ton mari et au Seigneur. C'est vot' devoir d'chrétienne, en tant qu'femme et en tant qu'fille. C'est ça, Leana ?

— Oui.

Elle demeura sur le seuil de la porte arrière, observant Fergus McDougal se pencher pour enfouir son gros nez dans l'une de ses roses de Damas. *Ça.*

Chapitre 20

À quel heureux hasard
devons-nous une visite aussi inattendue ?
— Oliver Goldsmith

Rose vola littéralement à travers les pâturages d'Auchengray, vers les collines, vers les moutons, vers Lochend — n'importe où, pourvu que ce ne soit pas à la maison. Elle n'avait jamais ressenti une telle envie de fuir, de mettre la plus grande distance possible entre la détresse de sa sœur et sa propre joie.

Pauvre Leana ! Condamnée à épouser un homme aussi *haïssable*. Rose se sentait si malheureuse. Il était suprêmement injuste que sa sœur plus âgée doive se marier, tandis qu'elle, de cinq ans sa cadette, avait tout son temps pour trouver un mari riche et convenable. Elle n'était pourtant pas si pressée d'en arriver là. Que non.

Rose empoigna ses jupes et enjamba le muret de pierres sèches, construit juste assez haut pour empêcher les brebis de s'aventurer dans un autre pâturage. Sans Duncan pour les guider, elles resteraient probablement sur place, jusqu'à ce que toutes les plantes fourragères soient dévorées et toute l'herbe transformée en boue. Tandis que les bergers étaient occupés ailleurs ce matin-là, elle inspecterait quelques-uns des troupeaux et s'occuperait des colleys, aussi.

Elle atteignit le sommet d'Auchengray Hill et s'enivra du vent frais du sud-ouest, qui soulevait les petites mèches de cheveux encadrant son visage et lui chatouillait la peau. Les arbres au loin, vêtus d'une délicate brume automnale, ressemblaient à une aquarelle sur laquelle on aurait renversé du lait pour délayer les couleurs. De belles fermes s'étendaient à perte de vue, dans toutes les directions — Troston au nord,

Glensone à l'ouest – le mont Lowtis semblait assez près pour qu'on puisse le toucher, bien qu'il fût éloigné de deux milles. Leana et Fergus graviraient bientôt la colline dans sa direction. Comme sa sœur était susceptible, ce matin ! Le mariage pourrait bien être la meilleure chose pour Leana. Lui donnant de l'assurance, tout en émoussant sa trop grande sensibilité. Ce McDougal, toutefois, n'était *pas* l'homme qu'il lui fallait.

Rose vaqua à ses occupations, comptant les moutons dans chaque pâturage – limités à un certain nombre de têtes par acre vallonnée de pacage écossais –, tout en examinant leurs pattes et leur flanc. Duncan se chargeait des tâches moins plaisantes dévolues aux bergers, quand des maladies se déclaraient dans les troupeaux, par exemple. Le mois d'octobre étant maintenant arrivé, Duncan avait acheté les béliers d'Auchengray pour la saison et il les ramènerait de la ferme de Jock Bell plus tard dans la journée. Dans une semaine ou deux, au maximum, les béliers seraient à l'œuvre, présentés aux brebis consentantes, une à la fois. Rose adorait les agneaux qui naissaient à Pâques, mais trouvait le processus d'accouplement désagréable. Elle gardait ses distances pendant ces semaines-là, car elle avait pitié des brebis, qui n'avaient pas voix au chapitre.

Soudain, elle pensa à Leana et son cœur s'arrêta. Leana n'avait pas le choix. Est-ce qu'*elle-même* l'aurait, quand son tour viendrait ?

Rose chassa ces pensées sombres et accomplit sa tâche dans tous les pâturages, à l'exception du dernier. Elle dit au revoir aux chiens qui gardaient les moutons et salua les bergers qu'elle croisait. Son travail terminé pour l'instant, elle s'éloigna en gambadant sur Glensone Hill comme un agneau de quatre jours.

– Ro-sieee !

C'était une voix masculine, portée par le vent au-dessus des collines.

– Rosie McBride !

Elle secoua la tête, exaspérée, et se dirigea vers le chemin en contrebas. Il n'était pas nécessaire de deviner qui criait son nom ainsi. Rab Murray était le seul garçon de la paroisse qui l'appelait *Rosie*, car il savait à quel point elle détestait ce surnom enfantin.

— Robert Murray, le gronda-t-elle, lorsqu'elle aperçut sa chevelure rousse et sa cape de berger quadrillée. Laisse-moi t'appeler *Rabbie* et on verra comment tu l'apprécies.

Le berger, âgé d'un an de plus qu'elle, sourit simplement en s'approchant, tout en donnant de petits coups de coude à ses deux compagnons.

— V'pouvez m'appelez comme vous v'lez, mam'zelle McBride, pourvu qu'vous m'appeliez *cher* Rabbie.

— N'y compte pas! dit-elle en levant les yeux au ciel.

Elle ne faisait pas la coquette du tout, elle le taquinait, simplement.

— Pourquoi n'êtes-vous pas avec vos troupeaux? ajouta-t-elle d'un ton amusé. Êtes-vous en train de mijoter quelque chose, vous trois?

— Pas du tout, répondit Rab en lui faisant un clin d'œil. Voulez-vous v'nir avec nous, mam'zelle? Nous allons au loch, taquiner l'poisson. Du brochet frais, ça fait un bon dîner, farci et grillé, sous une bonne sauce.

— C'est vrai, acquiesça-t-elle, jetant un coup d'œil au soleil pour estimer l'heure. Je pourrais y aller pour vous tenir compagnie.

Pêcher n'était pas une occupation convenable, pour une demoiselle. Elle regarda la route en direction de la ferme Lochbank et de Maxwell Park, au-delà. Elle n'aurait pas voulu que la comtesse la surprenne dans un tel état — de vieilles chaussures boueuses aux pieds, une robe de droguet et les cheveux à peine retenus par des nattes indisciplinées. Mais Lady Maxwell s'aventurait rarement sur son domaine, préférant demeurer entre les murs de son jardin. Rose avait très peu de chances de croiser une personne de qualité au bord du loch.

— C'est d'accord.

Elle les quitta en leur faisant un clin d'œil.

— Je vous rejoins tout de suite, cria-t-elle.

Pendant qu'ils disparaissaient derrière le sommet de la colline, elle se dirigea vers le dernier troupeau d'Auchengray, s'approchant des animaux comme Duncan le lui avait montré. Il fallait éviter d'aller trop vite vers eux ou d'élever la voix. Un mot gentil, une odeur familière, et les moutons restaient calmes, ce qui lui permettait de passer la main dans leur toison de laine, qui avait déjà beaucoup épaissi depuis la tonte de juin.

Elle fut atterrée de trouver leur lourd abreuvoir renversé sur le côté. Il faudrait plusieurs épaules vigoureuses pour le redresser, afin qu'elle puisse le remplir de l'eau fraîche du loch. Les bergers viendraient peut-être l'aider.

— Vous aurez de l'eau avant la fin de la journée, j'y veillerai, promit-elle aux moutons, marchant parmi eux avec aisance, notant au passage l'éclat de leurs yeux et la couleur de leurs gencives en leur soulevant les lèvres.

Rose leur chantait une chanson en travaillant, tout en inspectant leurs oreilles, qui semblaient frémir de plaisir.

— Je ne suis pas un rossignol comme ma sœur, confia-t-elle à une brebis à laquelle il manquait quelques dents, mais je sais que je chante mieux que vous autres.

Quand Rose eut enfin terminé, elle courut vers la route, secouant les touffes de laine de sa jupe. Elle irait au loch, comme promis, et verrait quelle sorte de poissons les garçons avaient attrapés. Quelques minutes plus tard, elle aperçut Rab et les deux autres bergers, immobiles sur le bord du chemin, les mains sur les hanches, la regardant approcher. Même à cette distance, leur bonne humeur était évidente. Puis, ils semblèrent davantage intéressés par le loch — non par l'étendue d'eau, comprit-elle, mais par une présence. Une personne qu'ils semblaient trouver bien amusante. Leurs rires flottaient jusqu'à elle, excitant sa curiosité, et elle accéléra le pas, qui devint bientôt un pas de course.

— Avez-vous perdu la tête, vous trois ? cria-t-elle, pratiquement hors d'haleine au moment où elle arrivait à leur hauteur. Vous ne faites quand même pas la conversation à un brochet ?

— C't'un gros poisson, j'vous assure, dit un Rab tout sourire, et il fit un pas en avant pour lui bloquer la vue.

Les deux autres vinrent rapidement se placer à ses côtés pour former un mur.

— Plus gros qu'tous les brochets jamais vus à Gall'way, ajouta-t-il.

Il jeta un coup d'œil par-dessus son épaule, puis la regarda de nouveau. Elle entendit le bruissement de branches de pin qu'on secoue et une voix masculine, plus grave que celle des garçons, grommelant assez bruyamment. Rab s'empressa d'expliquer :

— Not' capture est pas... convenablement habillée pour... des yeux d'demoiselle. P't-être que...

— Convenablement habillé ? Un *poisson* ? Rab Murray !

Elle fit un pas en avant et ils serrèrent les rangs.

— Les poissons ne parlent pas et ne rougissent pas quand on les surprend tout nus, lança-t-elle.

— C'lui-ci l'pourrait, répondit-il en s'esclaffant.

— Ça suffit ! dit Rose en essayant en vain de les écarter de son passage et sautillant sur place. Assez avec vos bêtises...

— Je vous demande pardon, mademoiselle McBride.

Les bergers s'écartèrent, en s'inclinant devant le visiteur qui venait de parler. L'étranger aux cheveux noirs s'avança.

— Vous voyez que je ne suis ni poisson ni volaille, dit-il en esquissant un demi-sourire. Bien que je sois trempé des pieds à la tête et que mes vêtements soient dans un pitoyable état.

Rose essaya de ne pas le dévisager trop fixement.

— Bien sûr, monsieur.

Son discours indiquait clairement son rang; son apparence, non. Bien qu'élégants, les vêtements de l'homme étaient en loques — tachés de boue et trempés par endroits. Il n'avait pas de chaussures aux pieds — un gentilhomme pieds nus! Acceptable pour des jeunes filles de la campagne ou des domestiques, mais pas pour un homme bien né. Et cette chevelure hirsute qui dégoulinait et lui tombait sur les épaules. Quand elle se rendit compte qu'elle le regardait bouche bée, elle se ressaisit et serra les lèvres.

Il tourna la tête vers les bergers.

— Je crois que vous avez des moutons à garder, mes amis.

Ils disparurent comme des pipits au vent. Rose ne remarqua même pas dans quelle direction ils s'en allaient, tant elle était médusée par ce gentilhomme invraisemblable au sourire trop familier. Presque identique à celui de son père, mais c'était impossible.

— Alors, jeune fille, dit-il en faisant un pas en avant.

Elle percevait la chaleur qui émanait de sa personne, même si elle était à quelques pas de lui.

— Dites-moi, demanda-t-il, êtes-vous Leana? Ou bien Rose?

Chapitre 21

Les voyages s'achèvent dans la rencontre des amants,
Tout fils d'homme sage le sait.
— William Shakespeare

— Je m'appelle Rose.

Elle plissa les yeux.

— Nous sommes-nous déjà rencontrés ? demanda-t-elle.

Jamie réprima un sourire.

— Oui, nous nous connaissons.

Douze ans auparavant, une bambine aux joues roses avait grimpé sur ses genoux, pour tirer sur ses boucles. « Cousin Jamie, avait dit l'enfant aux cheveux noirs, les yeux brillants. Je m'appelle Rose ! »

Le même être était devant lui à présent, maintenant une femme, une créature aussi ravissante que son nom. *Rose.*

— Mais qui êtes-vous ? demanda-t-elle d'un ton irrité.

— Vous ne m'attendiez pas ?

— Non !

Son teint se colora et ce n'était pas de la timidité. De l'irritation, sans doute.

— Auriez-vous l'amabilité de vous présenter, s'impatienta-t-elle.

Sa lettre n'était donc pas arrivée. Elle ne savait pas qui il était ni pourquoi il était venu. Il ferma les yeux un moment, rassemblant son courage, puis inspira profondément.

— Je suis votre cousin.

— Mon *cousin ?*

Ses sourcils se soulevèrent en deux arcs élégants au-dessus de ses yeux.

— Mais, mes cousins sont deux gentilshommes très bien de Glentrool. Et vous…

La vérité commençait lentement à lui sauter aux yeux.

— … vous ne l'êtes sûrement pas.

La bouche grande ouverte, Rose étudia ses cheveux, puis son visage, puis toute sa personne avant de laisser échapper un petit hoquet.

— Êtes-vous… mon cousin ? James Lachlan McKie ?

— Oui, chère Rose.

Il ouvrit les bras.

— C'est moi.

— Jamie !

Elle lança un cri perçant et sauta dans ses bras, redevenant la fillette de trois ans d'autrefois.

— C'est vous, c'est vous !

Pressant sa joue chaude contre son visage barbu et mouillé, elle soupira à son oreille.

— Mon cousin Jamie qui a parcouru tout ce chemin depuis Glentrool.

Jamie déglutit avec difficulté et ferma les yeux un moment. Il avait réussi. Sans boussole, ni carte, ni argent, il avait traversé tout Galloway et retrouvé sa famille. À pied. Seul. *Avez-vous vu ça, père ?*

Rose se dégagea soudain des bras de Jamie, les joues plus rouges que jamais.

— Excusez-moi, cousin. Je n'aurais pas dû… Eh bien, nous n'aurions pas…

Elle replaça modestement les mains derrière son dos et se retourna pour regarder une poule d'eau glisser sur la surface du loch. Sa longue tresse noire effleurait le bout de ses doigts.

— Vous n'avez aucune raison de vous excuser, mademoiselle McBride.

Il lui parlait d'une manière très distinguée, comme s'ils avaient été dans une réunion mondaine, convenablement habillés, et non deux gamins debout au milieu d'une route de campagne, l'un couvert de laine de mouton, l'autre dégoulinant des eaux du loch.

— Si j'avais un chapeau, je vous saluerais volontiers jusqu'au sol. Malheureusement, je n'en ai plus.

— Je vois.

Rose se mit à l'observer de nouveau, et son visage trahissait maintenant de l'amusement.

— Vous n'avez pas de cheval non plus.

Elle baissa les yeux et ses fossettes se creusèrent.

— Ni de bottes, remarqua-t-elle.

— Cousine, la liste des objets qui ne sont plus en ma possession s'allonge d'heure en heure.

Elle rit de bon cœur et sa tête se renversa vers l'arrière.

— Pauvre Jamie.

Son rire suave flotta dans l'air comme les notes musicales d'une flûte de bois.

— Père sera heureux de vous voir, peu importe votre piteux état.

— J'espère que vous dites vrai.

Il devrait fournir une explication plausible, assez convaincante pour qu'on lui ouvre les portes d'Auchengray. Pourquoi n'avait-il pas pensé à ce qu'il dirait à Lachlan bien avant ? Jamie passa les mains sur son manteau sale, dégoûté de son apparence.

— Comme vous pouvez le constater, je suis à peine digne de franchir le seuil de votre maison, sûrement pas de déjeuner à la table de mon oncle.

— Bah ! dit Rose en se retournant et en passant la main dans le creux de son bras. Assez de bêtises, cousin. Vous avez fait un voyage exténuant, c'est tout, et elle le tira vers l'avant. Dépêchons-nous, un bon déjeuner de tourte aux huîtres nous attend. Notre gouvernante, Neda, est un chef de premier ordre.

Rose se mit à papoter de tout et de rien, ses propos portant sur des personnes qu'il n'avait jamais rencontrées et des endroits où il n'était jamais allé.

— Votre cousine Leana et monsieur Fergus McDougal de Nethercarse seront là, l'informa-t-elle. Comme Leana sera surprise de vous voir !

Il se contentait de la laisser parler, marquant le pas alors qu'il réfléchissait à ce qu'il pourrait bien dire à Lachlan. Vrai, son père l'avait envoyé à la recherche d'une épouse, mais comment expliquer son départ précipité ? Son frère, qui menaçait de le tuer, était une raison suffisante, mais Lachlan voudrait savoir ce qui avait déclenché la fureur d'Evan. La décision d'Alec de nommer son fils cadet héritier de Glentrool pouvait en être le motif, mais comment un tel renversement des rôles habituels avait-il pu survenir ? Chaque détail soulevait de nouvelles questions, exigeant des réponses convaincantes.

Jamie rejeta un scénario fictif après l'autre, pour en arriver à une conclusion déplaisante : il lui faudrait avouer la vérité à son oncle sur ce qui lui était arrivé à Glentrool. Le Tout-Puissant lui avait promis de le bénir ; alors qu'il bénisse une confession honnête.

— Jamie McKie, vous n'avez pas écouté un mot de ce que j'ai dit.

Il s'arrêta pour sourire à sa jolie cousine. Un pinceau lumineux qui filtrait à travers le feuillage du chêne éclairait son visage.

— Toute jeune, vous étiez déjà la plus perspicace, Rose. Vous m'avez surpris en train de réfléchir à ce que j'allais dire à votre père.

Les traits jusqu'alors animés de la jeune fille s'immobilisèrent. Lorsqu'elle parla, sa voix avait perdu sa musicalité juvénile.

— Ne lui dites que ce qu'il veut entendre. C'est plus sûr.

— Je vois.

Il crut voir une ombre de peur assombrir le visage de la jeune femme.

— Merci, dit-il prudemment, enfin, de me mettre en garde.

Elle haussa les épaules et regarda droit devant.

— Auchengray n'est pas un toit sous lequel il est toujours agréable de vivre.

Désireux de l'entendre rire encore, Jamie arqua les sourcils, affectant un air de reproche.

— C'est très vilain, pour une jeune fille, de dire de telles choses sur son père.

— Oh!

Elle leva le menton vers lui, un embryon de sourire renaissant aux commissures de sa bouche.

— Gardez mes paroles rebelles pour vous. Et vos sermons, aussi.

Elle accéléra le pas et tira sur sa manche.

— Venez, mon cousin, dit-elle, j'ai quelque chose à vous montrer.

Il escalada un muret de pierres sèches, puis la suivit sur une colline abrupte alors qu'elle s'approchait d'un groupe de moutons à face noire.

— Ce troupeau est à mon père.

Son bras décrivit fièrement un grand cercle.

— Ne sont-ils pas magnifiques?

Jamie hocha la tête, évaluant déjà la conformation des animaux. Un dos droit et large. Des jambes solides, bien plantées au sol.

— Oui, très beaux, en effet. Et leur toison est saine, aussi.

Il s'approcha des brebis plus âgées et passa légèrement la main sur la laine abondante et rugueuse.

— Belle texture. Avez-vous inspecté leurs sabots, aussi?

— Mais pour quelle sorte de bergère me prenez-vous donc?

Sa question avait blessé son amour-propre.

— Sachez que je garde un œil sur leurs sabots et sur tout le reste, aussi.

— Il est évident que vous le faites.

Jamie ne pouvait masquer l'admiration dans sa voix et le plaisir sur son visage.

— En avez-vous beaucoup d'autres comme eux ?

— Des centaines.

Elle se planta les mains sur les hanches, le jaugeant un peu de la même manière qu'il venait de le faire avec son troupeau.

— Êtes-vous un partisan du progrès et de l'amélioration, comme mon père ? lui demanda-t-elle. Toujours à l'affût des meilleures méthodes de reproduction ?

— Assurément. La reproduction est de la plus haute importance.

Il soutint son regard audacieux et la considéra avec un tel intérêt que ses joues prirent la couleur de son nom.

— Dites-moi, avez-vous trouvé un bon bélier ?

— C'est… c'est la tache de Duncan, bégaya-t-elle. Duncan Hastings, notre superviseur. Il amènera les béliers à Auchengray cet après-midi.

Son regard se mit à flotter, comme si elle cherchait une échappatoire. Soudain, un sourire mutin éclaira son visage alors qu'elle fixait un point précis du pâturage.

— Entre-temps, peut-être pourriez-vous m'aider à redresser mon abreuvoir.

Le vieil abreuvoir était énorme et creusé dans un tronc de chêne. Il était évident qu'elle ne le croyait pas suffisamment fort pour cette tâche. En fait, quatre hommes n'y suffiraient sans doute pas. Il se dirigea vers celui-ci, déterminé à prouver sa valeur. Saisissant les rebords rugueux, il ignora les échardes qui lui perçaient la peau et essaya de le soulever. Il le remua à peine, malgré tous ses efforts. Son visage était en feu et ses genoux menaçaient de ployer. Finalement, comme s'il avait été aidé par une main invisible, Jamie parvint à le renverser, le replaçant bruyamment sur sa base, envoyant fuir les moutons en bêlant.

— Ils auront besoin d'eau, dit-il, retirant les plus grosses échardes de ses mains. Donnez-moi ces seaux.

Ce qu'elle fit, les yeux tout grands d'admiration.

— Je n'ai jamais vu un gentilhomme faire une telle chose, auparavant.

— Maintenant, c'est fait.

Il la laissa où elle était et retourna vers le loch pour remplir deux seaux d'eau, avant de remonter la colline avec sa charge. Il lui fallut plusieurs allers et retours — lui transportant, elle observant — avant que l'abreuvoir fût plein. Il refusa de maugréer sous le poids des seaux ou d'en vouloir à la colline, qui semblait devenir plus abrupte, chaque ascension. Il était aussi fort que n'importe quel berger et gagnerait l'admiration de sa cousine à la sueur de son front, si nécessaire. N'avait-il pas soulevé une auge que seul le Tout-Puissant aurait pu mouvoir ?

Lorsqu'il eut fini, Rose arqua le dos et s'étira les bras, comme si elle avait transporté elle-même tous les lourds seaux d'eau. Un sourire timide illumina son visage.

— Les moutons sont trop bêtes pour être reconnaissants. Mais moi, je vous suis reconnaissante.

Seulement alors, Jamie remarqua ce qu'il aurait dû voir tout de suite : Rose McBride était l'image même de sa tante Rowena. La même silhouette féminine s'épanouissant à partir d'une taille délicate, les mêmes cheveux noirs, les mêmes yeux pétillants, le même charme persuasif. Pas étonnant qu'il se sente si bien auprès d'elle et qu'il la trouvât si jolie. Son père l'avait envoyé au loin pour trouver une épouse. Qui aurait pu deviner qu'il trouverait une jeune Rowena, une charmante Rose — qui l'attendait au bout de sa route ?

Jamie resta un moment devant elle, encore essoufflé après son dur labeur.

— Êtes-vous vraiment reconnaissante, jeune fille ?

— Oui, infiniment.

Elle fit un pas vers lui, son menton lui touchait presque la poitrine. Le regard levé vers lui, elle était l'image même de l'innocence. Sa natte noire était défaite et emmêlée, mais ses yeux noirs brillaient comme des joyaux. Et même si ses joues étaient maculées de terre, sa bouche rose formait un ovale parfait.

— Oh, Jamie, dit-elle d'une voix aussi douce que le soupir d'un bébé endormi. Je suis si heureuse que vous soyez venu.

— Et moi aussi, je suis heureux d'être ici, cousine.

Il se pencha et l'embrassa légèrement, les surprenant tous les deux. Des sanglots lui picotaient la gorge.

— Moi aussi, répéta-t-il.

Chapitre 22

Dans la vie, il y a des rencontres qui semblent prédestinées.
— Edward Robert Bulwer, Lord Lytton

Si Fergus l'embrassait cet après-midi — si seulement il osait —, Leana le planterait là et reviendrait en courant à la maison.

— Monsieur McDougal, vous devez être affamé, maintenant.

Leana dégagea la main de sous son bras et allongea le pas autant que ses encombrantes jupes le lui permettaient.

— Neda doit nous attendre pour le dîner. Ma sœur, Rose, sera de retour bientôt.

Elle jeta un coup d'œil furtif derrière elle, heureuse de voir que Willie ne les quittait pas des yeux. *Cher Willie.* Lui aussi désapprouvait cette union. Seul leur père en voyait les avantages, et seulement parce qu'elle l'avantageait, lui.

— Pourquoi cette hâte, mam'zelle McBride ?

Fergus la rattrapa sans effort.

— Le repas attendra. Même si j'dois dire qu'ma faim n'est jamais rassasiée.

Il reprit sa main et la replaça fermement sous son bras.

— Nous avons à peine franchi deux p'tites collines, et v'z'avez déjà hâte d'revenir à Auchengray.

Il se pencha vers elle, ignorant les toussotements de Willie derrière eux.

— Est-ce que j'dois comprendre qu'vous n'aimez pas la cour que j'vous fais ? demanda-t-il d'un ton gras.

Leana n'osait pas le regarder en face, certaine que la vérité paraîtrait dans ses yeux.

— Pas du tout, répondit-elle, sachant que ses mots pouvaient être interprétés de diverses façons.

En évitant de mentir, tout en ménageant l'amour-propre de Fergus, elle espérait éviter la fureur de son père et le mécontentement du Tout-Puissant. C'était un jeu épuisant, qui aurait mieux convenu au jongleur de la cour du roi.

— C'est l'éclat du soleil, expliqua-t-elle, en tapotant le large bord de son chapeau.

Ses longues manches et les gants de toile protégeaient sa peau pâle, mais ses yeux fragiles avaient besoin d'être soulagés.

— Je préfère l'ombre à la lumière du soleil, monsieur McDougal, dit-elle, et une pièce fraîche et sombre à une colline dardée par le soleil.

— Très bien, dit-il. J'verrai à c'que nous passions beaucoup d'heures agréables dans des pièces fraîches et sombres.

Elle fit semblant de ne pas l'avoir entendu et posa la main sur son estomac pour calmer la nausée qu'il lui inspirait. Le dernier demi-mille fut, par bonheur, parcouru avec rapidité, l'attention de l'homme étant distraite par une paire de chiens de berger qui grognaient et montraient les crocs, un peu devant eux.

— Une vraie bagarre d'colleys, dit-il en pressant le pas pour les suivre.

Au moins, ce n'étaient pas des chiens d'Auchengray, nota-t-elle, s'accrochant aux moindres aspects heureux de la situation.

En arrivant à la maison, Leana était en sueur et assoiffée, mais n'avait aucun appétit pour une tourte aux huîtres. Elle s'excusa en entrant dans le hall, puis se précipita dans sa chambre pour rafraîchir sa toilette et jouir d'un moment de solitude avant d'affronter le supplice du repas en commun. En retirant son chapeau, elle découvrit que ses cheveux étaient en désordre. Elle les peigna et refit les nattes, les épinglant en vitesse avec un succès quelconque. Puis, elle s'humecta les mains et le visage à sa table de toilette avant de redescendre rapidement l'escalier, en espérant que son absence n'avait pas été remarquée.

L'accueil glacial de son père lui prouva qu'il en était tout autrement.

— Pourquoi as-tu fait attendre monsieur McDougal ?

— Je suis désolée, père.

Elle baissa la tête et se rendit à sa place en toute hâte. Lachlan s'assit au bout de la table, avec monsieur McDougal à sa droite, puis Leana. En face d'elle, la place de sa sœur était vide. Leana parla d'une voix la plus neutre possible, pour ne pas risquer de provoquer une flambée de colère paternelle.

— Rose devrait arriver d'un instant à l'autre. Devrions-nous attendre un peu ?

— Et laisser le savoureux repas que nous a préparé Neda refroidir ? Je ne le pense pas. Prions, plutôt.

La tête penchée, les mains jointes, ils rendirent grâce à Dieu pour le repas qu'ils s'apprêtaient à prendre et aussi pour un grand nombre d'autres choses, avant de plonger leur fourchette dans la pâte feuilletée. Des huîtres bien épicées, du bœuf, du bacon et des échalotes, tout pour lui plaire, mais Leana put à peine en avaler une bouchée. Lorsqu'elle vit Neda froncer les sourcils, l'air inquiet, elle se hâta d'expliquer :

— C'est délicieux, Neda, vraiment délicieux. Merci, pas de vin de Bordeaux pour moi.

Le repas traîna en longueur, les conversations étaient contraintes et répétitives, Lachlan revenant toujours sur des sujets qui ne pouvaient avoir d'intérêt que pour un autre laird à bonnet. Fergus McDougal hochait la tête, écoutant poliment, mais ses gros yeux bruns étaient constamment fixés sur Leana. Elle sentait son regard courir sur ses formes, comme s'il s'en délectait, comme si elle avait été elle-même le plat principal. Peut-être l'était-elle, après tout. Il mangea tout ce qu'il y avait dans son assiette et en redemanda, faisant claquer ses lèvres pour marquer son appréciation, complimentant Neda à chaque nouveau plat qu'elle apportait. Voilà un homme qu'il serait facile de satisfaire à table. Elle ne pouvait supporter la pensée de lui être agréable d'aucune autre façon.

Les servantes étaient en train d'enlever les dernières assiettes, lorsque la porte avant faillit être arrachée de ses gonds. Rose, rouge et hors d'haleine, apparut sur le seuil de la salle à manger.

— Père ! Nous avons un visiteur.

Le regard de Rose passa rapidement des convives assemblés autour de la table à leur mystérieux invité attendant à l'entrée.

— Et qui est-ce, Rose ? demanda Leana, heureuse de la moindre diversion.

La voix de Rose passa au suraigu.

— Notre cousin James de Glentrool !

Jamie McKie. Leana fouilla sa mémoire à la recherche de quelque souvenir de son cousin. Un garçonnet tapageur de douze ans, qui tirait sur ses tresses, qui pleurnichait en attendant son dîner et pour qui Glentrool était le seul domaine digne de ce nom.

Lachlan se leva immédiatement et lança sa serviette sur la table.

— Le fils de Rowena ? Est-ce que ma sœur l'accompagne ?

— Non, père, mais *lui* est là.

Rose sautillait d'un pied à l'autre, les invitant à venir la rejoindre.

— Mais venez donc le saluer, insista-t-elle.

Elle baissa un peu le ton, mais l'excitation était toujours palpable dans sa voix.

— Excusez sa tenue, père. Il a connu plusieurs mésaventures pendant son voyage.

D'un léger signe de tête, Lachlan donna congé à Rose, qui repassa la porte comme une flèche. Puis, il se tourna rapidement vers leur invité.

— Veuillez m'excuser un moment, monsieur McDougal, pendant que j'accueille mon neveu.

Son regard, redevenu plus sévère, se porta sur Leana.

— Ne bouge pas de ta place, Leana, ordonna-t-il. Tâche de te montrer agréable et spirituelle avec notre visiteur.

Son père disparut, la laissant sans voix.

— Monsieur McDougal, je ne…

— Pas besoin d'vous montrer spirituelle en ma compagnie, mam'zelle McBride, l'assura le laird de Nethercarse, en sirotant son verre de bordeaux rouge. Je n'veux pas d'une femme intelligente, je n'désire qu'une femme docile.

Docile. Elle avait passé toute sa vie à apprendre à être soumise. Rose ne l'avait pas été une seule journée de toute son existence. C'est pourquoi elle était à l'extérieur, toute gaie, souhaitant la bienvenue à leur cousin, tandis qu'elle était confinée dans la salle à manger en compagnie de Fergus McDougal, plus odieux que jamais.

Assez, Leana. S'apitoyer sur son sort rend seulement plus amer.

Elle joignit ses mains sur ses genoux et s'efforça de sourire.

— Monsieur McDougal, parlez-moi de vos enfants.

— Oh!

Il fit un geste évasif avec sa fourchette, tachant la belle nappe blanche de sauce.

— Impossible d'trouver trois galopins plus mal élevés dans tout Galloway.

— Je suis sûre qu'ils ne sont pas aussi méchants que…

— Non, pires encore!

Il se tourna abruptement vers Annabelle, qui s'affairait plus loin, pointant du doigt son verre vide.

— Mon fils aîné, Dougie, a sept ans, et il est l'instigateur d'la plupart des méfaits aux alentours d'Nethercarse. Son frère, Harry, en a cinq, et il lui obéit au doigt et à l'œil. C'est à la fois désespérant et malsain. Et Martha, qui a trois ans, passe toute la journée à pleurer en demandant sa mère.

— Pauvre enfant, murmura-t-elle, et sa compassion pour la fillette l'emporta soudain sur ses appréhensions concernant son propre sort. Je sais ce que c'est, que de grandir sans sa mère.

Fergus avala une gorgée de vin et mouilla ses lèvres avec sa langue, les tachant légèrement.

— En effet, vous l'savez. C'est pourquoi j'ai pensé qu'vous m'seriez utile…, j'veux dire, pour mes enfants.

— *Utile*, répéta-t-elle lentement.

— Oui, utile. Pour moi et ma maisonnée.

Ses sourcils se froncèrent et une ride creusa son front épais.

— Ce n'est pas d'l'amour qu'vous voulez, n'est-ce pas, mam'zelle McBride ?

Il baissa la voix et s'inclina.

— Y a certains besoins qu'un homme… doit satisfaire dans l'mariage, et j'compte ben qu'ils le s'ront. Quant à l'amour… Bah ! j'pense sûrement qu'une femme d'votre âge… avec votre… hum, en particulier…

Leana se leva. Elle ne pouvait tolérer d'entendre un mot de plus.

— Je comprends, monsieur McDougal, parfaitement. Monsieur, pourrais-je vous demander respectueusement la permission d'aller souhaiter la bienvenue à mon cousin ?

Il parut déconcerté.

— Allez, si vous l'devez, et dites à vot' père que j'vous en ai donné la permission.

Il baissa le regard vers le dessert qu'Annabelle avait placé devant lui quelques instants auparavant, et sa ride soucieuse s'aplanit.

— J'peux m'occuper quelque temps en compagnie de c'te crème brûlée bien tentante, dit-il.

Leana fit une petite révérence, puis se glissa par la porte en se mordant les lèvres pour s'aider à contenir ses larmes.

Comment sa sœur l'avait-elle appelé ? Un « horrible vieux fermier ». *Oui, Rose, c'est ce qu'il est.* Elle pressa le pas en direction de la conversation qu'elle entendait, dans le jardin, devant la maison. Deux voix familières et une troisième, pas aussi grave que celle de leur père, mais plus chaude et imprégnée de bonne humeur, flottaient dans sa direction. Elle évita un grand noisetier, puis s'arrêta pour regarder, stupéfaite de ce qu'elle vit.

Lachlan McBride, qui n'exprimait habituellement son affection qu'avec parcimonie, donnait une chaleureuse accolade à un gentilhomme de grande taille en haillons.

— Ma propre chair, mon propre sang ! dit son père avec une affection évidente, ébouriffant les cheveux du jeune homme déjà assez emmêlés. Le fils de ma sœur, mon propre neveu, ajouta-t-il en le pressant contre sa poitrine.

— Père, laisse-le respirer ! cria Rose.

Leana reprit son souffle aussi, le supplice de la table à dîner étant déjà chose du passé. *James Lachlan McBride.* Son cousin ; qui n'était plus un gamin turbulent, mais un homme, plus grand que leur père.

— Cousin James.

Il se tourna au son de la voix de Leana. Il reconnut ses yeux vert mousse.

— Leana !

Il lui tendit la main.

— Laissez-moi vous regarder.

Un sourire chaleureux se répandit sur ses joues barbues.

— Comme vous avez grandi. Vous êtes une femme, maintenant, plus une toute jeune fille.

— En effet, dit Lachlan d'un ton tranchant, dont la cordialité avait disparu. Une femme à qui on avait pourtant demandé de s'occuper de notre hôte.

La chaleur lui envahit le cou, s'élevant rapidement jusqu'à la racine de ses cheveux.

— Il… il m'a donné la permission de venir saluer mon cousin.

Elle tendit la main, qu'elle aurait voulue plus assurée.

— Bienvenue, James, dit-elle.

— Jamie, la corrigea-t-il, en lui faisant un clin d'œil enjoué, qui lui était spécialement destiné. Cela n'a pas changé.

Il avait remarqué son embarras — comment aurait-il pu ne pas le constater ? — et était intervenu avec une touche de bonhomie. La gentillesse dans son regard était sincère. Prenant la main qu'elle lui offrait, il s'inclina vers elle. En partie caché par la masse de cheveux noirs ondulés et mouillés qui tombaient sur son visage, il lui déposa un baiser léger sur les doigts, ses lèvres lui effleurant à peine la peau. Lorsque Jamie se redressa, il rejeta ses cheveux vers l'arrière et ils se fixèrent dans les yeux.

Pendant un instant, Leana crut que quelque chose passait entre eux. Un léger frisson, un fil ténu de compréhension mutuelle. Cela réchauffa son âme, mais dut rafraîchir aussi sa peau, car elle se mit à frissonner sous le soleil d'octobre. Personne d'autre ne le remarqua — pas même lui, sans doute. Mais elle était assurée de ceci. D'une façon ou d'une autre, il avait lu dans son cœur et aimé ce qu'il y avait trouvé.

— Allons, viens.

C'était Lachlan, qui interrompit le cours de sa rêverie en tirant sur la manche en lambeaux de son neveu. Nous devons t'habiller, garçon, et voir à ce que ton estomac soit rassasié.

Il plaça un bras autour des larges épaules de Jamie et le guida vers la maison, faisant de grands gestes de l'autre pour présenter ses possessions.

Laissées à elles-mêmes, Leana et Rose suivirent à quelques pas de distance, échangeant des regards.

— Que penses-tu de lui ? murmura Rose, la voix haut perchée comme celle d'une enfant.

— Je pense que Jamie a désespérément besoin d'un bain chaud et d'une bonne nuit de sommeil.

Leana observa les démonstrations de son père et son langage grandiloquent.

– Toutefois, père insistera d'abord pour connaître la raison de la visite de notre cousin, fit-elle remarquer.

– Oh, *ça !* dit Rose en poussant un petit rire. Je sais déjà pourquoi Jamie est ici.

Leana cessa de respirer.

– Vraiment ?

Chapitre 23

Comme je pourrais être heureux avec l'une ou l'autre,
Si l'autre chère charmeuse n'était pas là !
Mais tandis que vous m'excitez ensemble,
À ni l'une ni l'autre, je ne dirai mot.
— John Gay

— Eh bien, pas exactement, s'amenda Rose, baissant la tête. Je veux dire, notre cousin Jamie ne m'a pas *dit* pourquoi il est venu, du moins, pas en mots.

Elle ne pouvait mentir à sa sœur aînée. Pas parce que c'était inconvenant de mentir, mais parce que ça lui était *impossible.* Les grands yeux pâles de Leana voyaient tout.

Jamie n'était *pas* venu à Auchengray dans l'intention de l'embrasser. De cela, Rose était absolument sûre. C'était seulement un baiser amical entre cousins. Terminé sitôt que cela avait commencé, bien qu'il l'eût effrayée un petit peu. Peut-être n'aurait-elle pas dû lui permettre de faire une telle chose. Non pas qu'il l'avait demandé. Quoi qu'il en soit, il n'était pas venu pour ça. Quelle que soit la raison précise, c'était tout autre chose.

— Je *pense* savoir pourquoi il est venu de l'est, dit Rose, hésitant encore. En fait, je crois avoir une idée…

— Je vois.

Leana gardait les lèvres serrées, comme si elle essayait de ne pas rire.

— Alors, tu as rencontré Jamie pendant que tu gardais les moutons ? demanda-t-elle.

— Oui, près de Lochend.

Les sœurs s'attardèrent près de la porte avant, parlant à voix basse. Rose savait qu'elles étaient attendues à l'intérieur, mais elle ne pouvait se résoudre à garder cette nouvelle pour elle.

— Rab Murray l'a découvert le premier, murmura-t-elle, se baignant dans le loch. Quand je l'ai vu, notre cousin Jamie était habillé, mais encore tout trempé. Sans bottes ni chapeau, un malheureux bâton de marche pour toute possession.

Leana sourit devant le portrait que sa sœur peignait.

— De quoi avez-vous parlé sur le chemin du retour ? Était-ce…

— Filles !

C'était Lachlan McBride, qui apparut devant la porte ouverte, les sourcils froncés.

— Leana, commanda-t-il, va prendre ta place tout de suite dans la salle à manger. Rose, passe vite au lave-mains de la dépense et viens nous rejoindre sans tarder. Notre invité est resté seul assez longtemps.

Rose rougit, Leana hocha la tête.

— Oui, père, firent-elles à l'unisson.

Les deux obéirent promptement et prirent bientôt place l'une en face de l'autre à table — Rose, dans sa robe de droguet usé, et Leana, en serge grise. La cadette avait insisté pour que sa sœur porte sa robe la plus terne, espérant décourager Fergus la Panse de pousser les choses plus loin. *Pauvre Leana !*

Le laird de Nethercarse était assis devant son assiette vide, une malheureuse tache de flan sur son gilet, l'air légèrement contrarié.

— J'ai entraperçu vot' jeune cousin, mam'zelle McBride. Vot' père l'a sagement envoyé en haut, faire un brin d'toilette. Y faudra plus qu'un peu d'savon et d'eau pour rendre c'te garçon présentable.

Rose se porta à la défense de Jamie.

— Il a fait un voyage de près de cinquante milles, presque entièrement à pied.

— Notre invité s'est adressé à ta sœur, pas à toi, Rose.

Les remontrances de leur père étaient habituelles, à table.

— Laisse-la répondre, si elle le souhaite.

— Ce que vous dites est vrai, monsieur McDougal.

Le léger sourire de Leana bernait Fergus, mais Rose savait combien il était pénible pour sa sœur de se montrer courtoise avec l'homme.

— Notre cousin Jamie a parcouru une route longue et harassante à travers tout Galloway. Nous sommes tous heureux qu'il soit arrivé ici sans incident.

— Sans vêtements et sans s'annoncer.

Fergus avait vraiment l'air d'une panse de mouton en ce moment, tant sa petite bouche pincée s'effaçait entre ses bajoues.

— Les choses s'passent-elles toujours ainsi, à Auchengray, m'sieur McBride ?

— Habituellement..., non.

Rose avait rarement vu son père ainsi réduit honteusement au silence. Elle fixa l'assiette qui venait de lui être servie toute chaude, en espérant que quelqu'un dise quelque chose. Quelle journée bizarre, et il n'y en avait que la moitié d'écoulée !

— Mange ton déjeuner, Rose, dit Lachlan. Jamie se joindra à nous, bientôt.

Les mots de son père n'étaient pas aussi mordants, cette fois.

Elle plongea sa fourchette dans sa tourte aux huîtres, soudain affamée. Avait-elle pris son petit-déjeuner, ce matin ? Et dîné, hier ? Pendant que les deux hommes conversaient, Leana écoutait distraitement, tout en vidant son assiette.

— Y a-t-il encore de la crème brûlée ? murmura-t-elle à Neda, qui plaça non pas une, mais bien deux petites assiettes devant elle.

Une voix masculine flotta dans la pièce.

— Je voix que ma petite cousine a un bel appétit.

Rose leva les yeux et avala sa bouchée de dessert avec difficulté.

— Cousin... Jamie ?

— Oui, répondit-il, et il demeura sur le seuil de la porte, souriant largement. Me voilà présentable, grâce à la générosité de votre père, ajouta-t-il de la meilleure humeur.

Présentable était un mot faible. Ses cheveux étaient ramenés vers l'arrière en une élégante queue de cheval, et n'avaient plus rien à voir avec le fouillis enchevêtré noirâtre qu'il arborait à son arrivée. Dans la lumière de l'après-midi, ils paraissaient d'un brun riche. Son menton lisse, libéré de sa barbe drue, projeté en avant avec élégance, irradiait un subtil air de défi. Même s'il portait le vieux veston de son père, Jamie avait l'allure d'un soldat gentilhomme au garde-à-vous, attendant son ordre de marche.

— Assois-toi, neveu.

Jamie se dirigea sans hésiter vers la chaise libre, près de sa cousine, lui souriant tout en prenant place.

— Veuillez m'excuser d'arriver à une heure aussi incongrue, oncle.

— Oh !

Lachlan fit un geste en direction de Neda et d'Eliza, qui entraient les bras chargés de plats de nourriture.

— Il n'y a rien d'incongru à nourrir un homme affamé, quelle que soit l'heure où il se présente.

Lachlan se leva et inclina la tête vers leur autre invité, plus que rassasié, qui s'arrachait difficilement à son fauteuil.

— Si tu veux bien m'excuser, neveu, dit-il, monsieur McDougal et moi devons nous retirer au petit salon pour discuter d'affaires. Tes cousines te tiendront compagnie pendant que tu déjeunes. N'est-ce pas, mesdemoiselles ?

Rose et sa sœur échangèrent un regard de connivence, et c'est Leana qui répondit pour elles.

— Oui, père. Nous nous occuperons bien de notre cousin.

Fergus McDougal se dirigea vers la porte, envoyant un dernier commentaire par-dessus son épaule voûtée :

— Souhaitez la bienvenue à vot' cousin, mam'zelle McBride, mais pas trop quand même, si vous voyez c'que j'veux dire.

Il se tourna et fit un clin d'œil à Leana — quelle horreur il lui inspirait, maintenant ! —, puis ajouta :

— Je reviendrai mercredi, et j'espère bien qu'not' déjeuner ne sera pas constamment interrompu, cette fois.

— Mercredi, répéta Leana, dont la voix était aussi froide que l'eau de Lochend.

Jamie semblait trop occupé par son repas pour remarquer le drame qui se jouait sous ses yeux. Ses manières de table, toutefois, étaient impeccables, comme celles de Leana. Visiblement affamé, il portait néanmoins chaque morceau de nourriture posément à sa bouche, plutôt que d'enfourner le contenu de son assiette comme un manant.

— Pendant que je savoure le meilleur repas que j'ai pris depuis une semaine, auriez-vous la gentillesse de me parler un peu d'Auchengray ?

— Oh, mon cousin ! geignit Rose, à la pensée d'un sujet aussi triste. Comme vous pouvez le voir, Auchengray est l'endroit le plus lugubre qu'on puisse imaginer. Une bicoque, comparée à Maxwell Park. J'ai été reçue par Lady Maxwell, hier, ne vous l'avais-je pas dit ? Une immense maison aux murs couverts de papier peint, avec des corniches au plafond et des planchers recouverts de *tapis*. Imaginez ! Notre maison n'est rien de plus que trois étages de pièces étouffantes, de planchers de pierres inégales, de poutres grossières — elle lança ses mains dans les airs —, et il n'y a jamais assez de chandelles ! Les cheminées n'aspirent pas bien la fumée, et quant aux fenêtres à battants...

— Je ne parlais pas de la maison, dit-il à la jeune fille.

Le reproche était si délicat que Rose ne le remarqua pas.

— Je parlais des personnes. Dites-moi qui vit ici, à Auchengray. Qui sont les domestiques ? Quelle sorte de domaine possède votre père, et comment l'exploite-t-il ?

Les épaules de Rose s'écroulèrent sous le poids de telles questions.

— Heu... Leana ?

Sa sœur leva le menton et sourit à Jamie, de l'autre côté de la table. Non pas le sourire simulé qu'elle destinait à monsieur McDougal, mais un sourire sincère, où elle affichait toutes ses dents.

— Je serai heureuse de vous parler d'Auchengray, mon cousin. Bien que notre demeure soit modeste, les terres sont bien gérées et prospères.

Le visage de Jamie rayonna de satisfaction, et il continua son repas pendant que Leana, bien informée des comptes du domaine, remplissait la tête de son beau cousin de noms et de chiffres : Duncan Hastings, le régisseur, et sa femme Neda, la gouvernante ; tant d'acres d'avoine et tant d'acres de foin ; tant de vaches laitières et tant de moutons. Rose était heureuse de se contenter de piquer dans sa crème brûlée et d'observer les deux cousins s'illuminer à leur contact mutuel. Jamie était non seulement attentif, mais ses yeux gris comme les feuilles d'aulne au printemps étaient plongés dans ceux de Leana. Il l'abreuvait de questions et hochait la tête d'un air pensif à chacune de ses réponses.

Les traits fades de sa sœur se mirent presque à rayonner, quand la conversation porta sur les récoltes de légumes.

— Lorsque vous aurez eu la chance de vous reposer, vous viendrez peut-être jeter un coup d'œil à mes jardins, suggéra Leana, puis elle baissa les yeux, comme si elle regrettait son audace.

Jamie lui répondit à voix basse.

— J'en serais ravi, cousine Leana.

Rose pressa sa cuillère contre ses lèvres, réprimant un sentiment grandissant de bonheur. Elle ne connaissait rien aux grands livres, mais elle pouvait reconnaître la réponse à une prière quand elle l'avait sous les yeux : Jamie McKie était un bien meilleur compagnon pour sa sœur que le vieux Fergus la Panse. Oh oui, et comment! Ils étaient à peu près du même âge, les deux un peu trop sérieux et raisonnables, au point d'en être ennuyeux. Un couple parfait.

Rose était si absorbée dans son rôle de marieuse mentale qu'elle ne remarqua pas que la conversation était tombée dans un confortable silence et que Jamie s'était tourné sur sa chaise pour la regarder.

— Rose, vous aviez plus de choses à dire quand j'abreuvais vos moutons.

De l'autre côté de la table, la lumière illuminant le visage de Leana s'éteignit.

— Ah oui? demanda-t-elle.

— Elle a eu besoin de mon assistance pour redresser une auge. N'est-ce pas vrai, Rose?

Jamie gardait avec insistance les yeux baissés sur Rose, qui était assise à côté de lui.

— Oui, dit-elle en clignant des yeux. Le troupeau était très reconnaissant. Et moi aussi.

Assez pour le laisser t'embrasser, petite étourdie, pensa-t-elle.

Maintenant, Jamie l'étudiait comme il l'avait fait pour Leana, ouvertement curieux, avec le regard franc d'un cousin qui n'a pas peur d'être remis à sa place.

— Devons-nous dire à Leana ce qui a aussi transpiré de cet après-midi?

— En aucun cas, dit Rose fermement, en s'adossant à sa chaise comme pour prendre ses distances.

Elle avait des plans pour Jamie McKie, et ils n'incluaient pas d'être embrassée de nouveau par lui, plus jamais. Elle regarda les assiettes de son cousin, qui avaient été proprement vidées de leur contenu.

— Après avoir englouti toutes nos provisions, cousin, pourquoi ne pas nous raconter votre voyage, en commençant par votre départ de Glentrool, et nous décrire votre périple vers l'est ?

— Oui, s'il vous plaît.

Les traits de Leana s'allumèrent de nouveau.

— Ne nous faites grâce d'aucun détail, ma sœur et moi sommes si désireuses d'apprendre tout ce que vous avez vu et entendu cette semaine.

— Jamie devra tout dire à père plus tard, lui rappela Rose. Ça ne vous dérangera pas de raconter la même histoire deux fois, n'est-ce pas, Jamie ?

Une ombre voila son visage un court moment.

— Non. Je pourrai la répéter à oncle Lachlan… plus tard.

— Très bien.

Rose se leva, heureuse de pouvoir s'étirer les jambes.

— Allons, approchons nos chaises du foyer. Un homme qui perd jusqu'à ses bottes doit en avoir long à raconter.

Les trois se réunirent en demi-cercle, devant la chaude lueur de la tourbe. Jamie s'assit au centre, avec une sœur de part et d'autre, leurs genoux se touchant presque. Les domestiques entraient et sortaient, desservant la table et taillant les mèches, le tout produisant un bruit de fond agréable derrière eux. Jamie laissa reposer ses bras sur les accoudoirs et se détendit.

— Devrais-je commencer par la première nuit, où j'ai dormi sur une tombe plus vieille que le roi David ?

Rose tapa des mains.

— Oui, faites ça. Quelle aventure !

— On pourrait l'appeler comme ça.

Ses lèvres se pincèrent aux commissures.

— Ce fut un enseignement très différent de celui que j'ai reçu dans les écoles d'Édimbourg.

Il leva les yeux au plafond, comme s'il retrouvait ses souvenirs entre les poutres, puis laissa tomber son menton et leur sourit à toutes les deux.

— George, le garçon d'écurie de la House o' the Hill, décida-t-il. C'est ça, commençons par lui.

Leana buvait chaque parole de l'homme, comme si elle cherchait à tout mémoriser. Rose écoutait, mais elle observait aussi. Elle vit sa sœur dessiller les yeux d'horreur à la description du cairn et entendit ses soupirs d'effroi, quand Jamie parla des baies rouges.

— Pas l'échelle de Jacob !

Leana lui toucha le bras.

— Oh, mon cher cousin, vous auriez pu mourir.

— Oui.

Jamie hocha la tête gravement.

— C'est ce que le Tsigane m'a dit.

— Le Tsigane ?

Rose ne pouvait contenir l'excitation dans sa voix.

— Oubliez les baies, Jamie. Parlez-moi de ce bohémien. A-t-il placé sa lame sur votre gorge ?

Jamie éclata de rire. Plusieurs histoires s'ensuivirent — une bourse disparue, un berger généreux, Raploch Moss au crépuscule, son cheval volé.

— Lorsque je suis arrivé à New Galloway, j'ai envoyé une lettre à votre père, le prévenant de mon arrivée.

Jamie regarda les deux sœurs à tour de rôle.

— L'une d'entre vous l'aurait-elle lue ?

Rose n'eut pas besoin de regarder le visage de Leana avant de répondre pour les deux. Elles n'avaient pas de secret l'une pour l'autre.

— Non, père ne nous a pas montré votre lettre. Peut-être n'est-elle pas encore arrivée.

— Peut-être, répondit Jamie d'un ton dubitatif.

Il continua le récit de son voyage, leur faisant faire connaissance avec le tisserand volubile, l'homme tirant une charrette remplie de pommes de terre et un gamin tsigane bien malin, qui avait jeté l'une de ses bottes dans le Dee. Alors qu'il parlait, son regard allait et venait, de Leana à Rose, et de retour à Leana. Jamie semblait les jauger, d'abord une sœur, puis l'autre, comme s'il était un tailleur essayant sur elles de nouvelles robes, ou un acheteur à la foire de Dumfries hésitant entre deux juments poulinières.

C'était une curieuse sensation d'être jugée sur le même pied que sa sœur. Les gens regardaient habituellement Leana, puis elle, et oubliaient Leana ensuite. *Peu importe.* Rose avait déjà comparé James McKie à Fergus McDougal et fait le choix évident. C'était Jamie qui devait épouser sa sœur, mais il lui faudrait pour cela bousculer un peu sa sœur et convaincre leur père, ce qui risquait d'être plus difficile.

Un mois, décida Rose. Elle pouvait y arriver en un mois.

Jamie bâilla soudain et s'adossa à sa chaise.

— Mes chères cousines, je dois vous confesser que je n'ai pas bien dormi depuis une semaine. Me pardonneriez-vous si je me retirais dans ma chambre, afin de m'y reposer un peu ?

— Mais c'est nous qui avons été impolies, le corrigea Leana, lui touchant le bras de nouveau — Rose avait compté une demi-douzaine de ces petits contacts au cours de la dernière heure, chacun d'eux lui arrachant un sourire. Pardonnez-nous d'avoir insisté pour entendre votre histoire, alors que c'était *nous* qui étions chargées de *vous* divertir.

— Ah, mais vous l'avez fait, rassurez-vous.

Jamie se leva, un peu chancelant sur ses pieds, chaussé de bottes visiblement trop étroites pour lui. Il leur sourit à toutes les deux.

— Ce fut un après-midi des plus agréable, mesdemoiselles.

Il salua et prit congé, laissant les deux sœurs se regarder l'une l'autre dans la lumière incertaine de la fin de l'après-midi.

— Alors.

Leana croisa les mains et les pressa sur ses jupes.

— Que penses-tu de notre cousin ?

— Ce que je pense de Jamie ?

Rose essaya de ne pas sourire, mais c'était peine perdue. *Mais je pense que j'en ferai ton mari, chère sœur !* Elle ne vendit pas la mèche, toutefois. Pas pour l'instant. Leana était timide, trop peu sûre d'elle-même. Rose se retirerait simplement dans la coulisse, pour une fois, et laisserait Leana occuper le devant de la scène.

— Le trouves-tu…

Leana humecta ses lèvres. Enfin…, je veux dire…

La pauvre femme ne pouvait se résoudre à prononcer les mots.

— Beau garçon ? proposa Rose. Bien sûr que oui. Et toi aussi, il me semble.

Les joues de Leana rosirent.

— Il est… très bien, non ? Intelligent. Et cultivé, je crois.

Rose résista à l'envie de lever les yeux au ciel. *Cultivé !* Comme si une telle chose comptait, quand il y en avait tant d'autres dans la balance. Il était jeune, bel homme, et il n'était *pas* Fergus McDougal. C'était plus qu'il n'en fallait.

— Rose.

Leana se leva, marcha lentement vers les lueurs mourantes du feu de tourbe.

— Tu as dit que tu pensais savoir pourquoi Jamie est ici. Est-ce exact ?

— Oui.

Le visage de Rose demeura immobile.

— Les moutons.

Leana eut le souffle coupé.

— *Les moutons* ?

— Il n'a parlé de rien d'autre pendant tout le trajet de retour à la maison. De brebis et de béliers, d'agnelage et de tonte.

— Étrange.

Leana fronça les sourcils.

– Peut-être a-t-il pensé que *tu* étais très intéressée par les moutons, Rose.

– Non, ce n'était pas pour moi.

Rose s'approcha de sa sœur, près de l'âtre, joignant ses bras aux siens, baissant la voix au cas où leur père ou Fergus surgiraient à l'improviste dans la pièce.

– Je pense que notre cousin est ici pour une affaire de famille. Peut-être pour acheter une partie du cheptel d'Auchengray, afin de le croiser avec des bêtes de Glentrool.

– C'est ce qu'il a dit ?

Rose haussa les épaules.

– Il a parlé de reproduction.

Cela, au moins, était la vérité.

– Il est très innovateur, notre Jamie. Comme père, il est favorable au progrès.

– Oui.

Leana regarda la porte du petit salon et soupira.

– Le progrès. Combien de temps va-t-il rester, l'a-t-il mentionné ?

Rose secoua la tête. *Assez longtemps, plaise à Dieu.*

Chapitre 24

Un honnête homme est l'œuvre la plus noble de Dieu.
— Alexander Pope

Jamie beurra son *bannock*, puis le déposa, anxieux de clarifier les choses sans délai.

— Je dois être honnête avec vous, oncle Lachlan, sinon je ne pourrai vivre en paix avec moi-même ou avec vous.

— Finis ton petit-déjeuner, garçon. Il sera toujours temps de me faire tes confessions quand ton ventre sera plein.

Jamie avait pensé avoir cette discussion la veille, après le dîner. Mais après s'être enfin débarrassé de son plaid emprunté et piquant, et baigné dans l'eau chaude apportée dans l'une des chambres par un domestique, il s'était effondré lourdement dans son lit pour ne s'éveiller qu'à l'aube, tiré de ses rêves par le chant du coq.

Les rayons du soleil matinal ruisselaient sur la table de la salle à manger. Jamie observait discrètement les deux sœurs. Assises en face de lui, côte à côte, elles formaient un beau portrait de famille : Leana portait une robe bleu pâle, qui mettait ses yeux en valeur ; Rose, une robe imprimée évoquant un coucher de soleil de Galloway en été, tout en violet et en rose. Il s'était réveillé pour découvrir qu'on l'avait logé dans l'une de leurs chambres, décorée, comme il se doit, selon un goût féminin. Mais dans quelle chambre ? Celle de la sage Leana, la sœur à la peau pâle et au pas gracieux ? Ou celle de la jeune Rose, à la carnation foncée et aux manières exubérantes ? Les deux avaient le même accent musical dans la voix, les deux lui arrivaient tout juste sous le menton. Pour tout le reste, elles étaient deux femmes complètement différentes.

— Avez-vous bien dormi, cousin ?

Les yeux de Rose pétillaient.

— C'est un matelas très confortable, ne pensez-vous pas ?

— Oui, dit-il.

Il avait donc dormi dans le lit de Rose.

— Pardonnez-moi de vous avoir chassée de votre chambre.

Son rire était comme un chant d'oiseau.

— Rassurez-vous, je n'ai pas dormi dans la grange, mon cousin. J'ai partagé le lit de ma sœur, qui ne meugle pas comme le bétail et qui sent bien meilleur.

— S'il te plaît, Rose.

Le ton de la voix de Leana était plus pudique que réprobateur.

— Notre invité n'a pas à savoir exactement comment nous dormons.

Elle reporta son regard sur Jamie et lui sourit gentiment.

— La seule chose qui importe, dit-elle, c'est qu'il se sente le bienvenu et à l'aise sous notre toit.

— Soyez assurées que c'est bien le cas.

Et c'était vrai. Il ne lui restait plus qu'à décider laquelle des sœurs McBride il voulait pour épouse.

Il s'était prélassé dans son bain du soir jusqu'à ce que l'eau tiède lui ride la peau, comptant sur chaque main les plaisantes qualités de chacune de ses cousines. Leana s'exprimait gracieusement, et avait un esprit éveillé — qualités nécessaires pour gérer une grande maison —, des manières charmantes et un visage agréable.

« Agréable » était un qualificatif généreux. Leana McBride, avec ses cheveux blonds tressés et roulés de chaque côté de la tête, n'avait rien de remarquable. Au point d'être presque invisible quand elle était à côté de sa sœur. Toute seule dans une pièce, peut-être brillerait-elle d'un éclat satisfaisant. Elle était certainement assez mûre pour se marier et engendrer son fils. Il ne savait pas au juste quel genre de droit possédait ce dénommé McDougal sur Leana. Si l'homme était un prétendant sérieux, Jamie pouvait courir au-devant d'ennuis, s'il faisait la cour à la plus vieille de ses deux cousines.

Ou il pouvait plutôt choisir la plus jeune, *Rose*.

Jamie leva les yeux de sa cuillère pour la regarder. Hier, il avait trouvé Rose mignonne, toute maculée de terre dans ses vêtements de campagnarde. Ce matin, baignée, bien coiffée et vêtue d'une jolie robe, elle était une vision délicieuse. Une peau de crème, des lèvres comme des baies mûres. Jamie sourit à son thé. Elle ne lui inspirait pas le mariage ; il la voulait pour son petit-déjeuner.

Mais elle était jeune. *Très jeune*. Quinze ans, lui avait-elle dit. Une enfant volontaire. Ne craignant pas de s'opposer à son père, nul doute qu'elle se ferait entendre auprès de son mari, aussi. N'avait-il pas été témoin des misères que son père avait endurées, étant marié à une femme aussi magnifique qu'entêtée ? Après avoir vu Maxwell Park, est-ce que Glentrool serait suffisant pour Rose McBride ? Serait-il lui-même à la hauteur ?

La nuit précédente, il avait sombré dans un sommeil troublé, espérant qu'au réveil, la décision aurait été prise à sa place. Un autre rêve, une nouvelle visite céleste, *quelque chose*. Il n'avait pas de temps à perdre ; le mariage et l'arrivée d'un héritier devaient suivre à brefs intervalles. Si sa mère avait été là, elle aurait nommé son épouse sans une seconde d'hésitation. Mais *qui* aurait-elle choisi ? Leana ou Rose ? L'aînée ou la cadette ? La pâle ou la foncée ? La plus sage ou la plus séduisante ?

Oups ! Jamie déposa sa soucoupe plus brusquement qu'il ne l'aurait voulu. Elle tinta sur la table, ce qui n'échappa pas au perspicace Lachlan McBride.

— Neveu, dit Lachlan en s'adossant à sa chaise. Tu dois encore nous dire pourquoi tu es venu rendre visite à tes parents de l'est.

Jamie regarda ses cousines, qui étaient soudain plus attentives, puis se tourna vers son oncle.

— Monsieur, cela doit vous être dit confidentiellement.

Lorsqu'il vit la bonne humeur des jeunes filles s'évanouir, Jamie s'empressa d'ajouter :

— Je vous assure que vous en serez informées bien assez vite, chères cousines.

Mais il faut d'abord que je le sache moi-même.

Lachlan renvoya ses filles à leurs tâches domestiques, ne souffrant aucune discussion, malgré leur visage long.

— Allons dans le petit salon, dit-il en lui indiquant le chemin. Les domestiques voudront débarrasser la table, maintenant.

Ils furent bientôt installés dans la pièce douillette, un petit verre de whisky matinal devant chacun d'eux. Son oncle prit une gorgée, puis se passa la langue sur les lèvres.

— Quelque chose me dit que je n'approuverai pas ce que tu es sur le point de m'annoncer.

Jamie avala plus de whisky qu'il en avait l'intention et eut l'impression que du feu lui descendait dans le gosier.

— C'est possible, admit-il quand il fut en mesure de respirer suffisamment pour parler. Mais je préfère être franc maintenant, plutôt que de courir le risque que vous le découvriez plus tard.

Lachlan leva légèrement les sourcils.

— Voilà qui est prudent.

Jamie mit son whisky de côté, se préparant à une longue et difficile matinée.

— Êtes-vous au courant de cette prédiction faite à ma mère par la sage-femme, quand mon frère et moi sommes nés ?

Lachlan hocha la tête lentement, mâchonnant un petit morceau de nourriture qui était resté coincé entre ses dents.

— Oui, elle me l'a expliquée en détail, il y a bien des années de cela, à l'occasion de votre première visite à Auchengray. « Le plus vieux servira le plus jeune », ou quelque bêtise de la sorte.

— Ce n'était pas une bêtise, monsieur.

Jamie lui-même fut surpris par la vivacité de sa réponse.

— Elle a cru que c'était la parole du Tout-Puissant. Et c'est ce que je crois aussi, insista-t-il.

La mâchoire de son oncle s'immobilisa.

— Continue.

Jamie façonna l'histoire de sa vie à la façon d'un maître tisserand, prenant bien soin de choisir les couleurs qui plairaient à l'œil de Lachlan, tout en détournant son attention des coutures mal faites. C'était la vérité, chaque mot — *sa* vérité, la façon dont il voyait les choses. Il décrivit son père, qui avait fait d'Evan son favori, sa mère, qui avait jeté son dévolu sur Jamie. Le droit de naissance acheté à Evan au prix d'un bol de gruau d'orge. Evan, le chasseur solitaire. Jamie, le superviseur des terres et du cheptel.

Cette dernière information attira l'attention de son oncle, qui se dressa légèrement sur sa chaise.

— Tu dis que tu es un expert dans l'élevage et l'administration du bétail, afin d'en tirer le maximum de profits ?

— Oui, mes deux parents vous le confirmeraient. Mon père m'a envoyé à l'université, pensant faire de moi un ministre.

Jamie fit une pause, incertain de la manière dont son aveu serait reçu, mais il n'y eut qu'un léger haussement de sourcil, l'oncle ne manifestant ni plaisir ni déception. Soulagé, Jamie continua.

— J'ai plutôt consacré mon temps à l'étude de tout ce qui touchait à l'agriculture. Ensuite, je suis revenu au domaine, pour me familiariser avec le côté pratique des choses, sous la tutelle de notre maître berger.

— Henry Stewart ?

— Oui, Stew, dit Jamie, sans être autrement embarrassé de démontrer l'affection qu'il éprouvait pour ce vieil ami. Il m'en a appris davantage au sujet de la reproduction, de l'agnelage et de la tonte qu'une vie entière d'études l'aurait fait. Est-ce que mère en a parlé, dans ses lettres ?

— Oui, elle l'a fait.

Lachlan jeta un coup d'œil à l'horloge, sur le manteau de la cheminée, et son impatience commençait à être visible.

— Tu m'as raconté de bien jolies histoires, jeune James, mais tu dois encore m'expliquer pourquoi tu es venu à Auchengray.

Jamie rassembla son courage.

— Voici de quoi il s'agit, oncle Lachlan. La semaine dernière, mon père a annoncé à Evan que le temps était venu d'accorder la bénédiction familiale. Vous... vous savez comment ces choses se passent, chez les McKie ?

— Bien sûr, murmura Lachlan, rejetant la question du revers de la main, comme si elle avait été indigne de lui. Alors ?

Jamie lança la vérité comme un paquet de graines de fenouil, laissant l'esprit fertile de Lachlan tamiser les détails.

— Père a demandé que son plat favori lui soit servi par son fils préféré...

— Ton frère ?

— Oui.

Jamie déglutit. La vérité sur la préférence de son père lui restait coincée dans la gorge comme une arête.

— Avant que le gibier d'Evan soit faisandé à point, ma mère a préparé deux chèvres, et j'ai servi mon père le premier.

— Ta mère lui a offert de la *chèvre* à la place de la venaison ?

L'oncle éclata de rire.

— Ma sœur aînée a toujours été une femme de ressources. Qu'est-il arrivé, ensuite ?

Jamie trébuchait sur ses mots, essayant d'émousser les aspérités de son abominable trahison, échouant misérablement.

— Père... a cru que j'étais Evan. Alors, il m'a... accordé sa bénédiction.

Lachlan passa la main sur son menton.

— Est-ce qu'il t'a honnêtement confondu avec Evan ?

— Il semble bien, monsieur.

Cette question était restée sans réponse. Il ne le saurait jamais vraiment.

— Je croyais que ton frère était bâti plus solidement et qu'il était moins grand que toi. Sans parler de sa chevelure rousse, que ma sœur ne pouvait souffrir. Comment Alec McKie a-t-il pu confondre ses deux fils ?

— Mon père est presque aveugle, voilà pourquoi, soupira Jamie. Ou bien peut-être ne voulait-il pas voir la vérité.

Lachlan hocha la tête lentement, se mordillant les lèvres, comme s'il réfléchissait à quelque chose.

— Tu ne m'as toujours pas dit ce qui t'amène ici, Jamie. Après qu'Alec t'eut donné sa bénédiction, pourquoi n'es-tu pas resté à Glentrool pour prendre la mesure de ton héritage et soumettre ton frère ?

— Evan a menacé de me tuer.

Lachlan fronça les sourcils.

— Est-il à ce point plus fort que toi que tu doives le craindre ? Préférer fuir sa présence, plutôt que d'affronter sa fureur ?

Jusqu'à ce moment-là, Jamie ne s'était jamais rendu compte à quel point il paraissait lâche, dans cette histoire.

— Oui..., il est le plus fort, oncle. Cruel. Porté à la violence.

— Je vois.

Lachlan ne voyait que trop bien, comprit Jamie.

— Tu préfères tracer ton chemin dans la vie avec ta raison, plutôt que te résoudre à porter un pistolet. Ou envelopper tes intentions dans un plaid emprunté, plutôt que réclamer courageusement ce qui te revient de droit.

Jamie changea de position sur sa chaise, évitant le dur regard de son oncle, et se concentrant sur le complexe travail d'aiguille du couvre-lit. Il se demanda distraitement laquelle de ses deux cousines l'avait brodé avec autant de soin.

— J'ai fait ce qu'on m'a conseillé, dit enfin Jamie, détestant le ton de défaite de sa voix. Mon père et ma mère ont considéré qu'il était dans l'intérêt de tous que je quitte Glentrool pendant une saison.

Lachlan grogna.

— Je suppose qu'Alec McKie a invoqué le nom de Dieu et qu'il a déclaré que fuir pour sauver ta peau était la volonté souveraine du Très-Haut ?

— Il m'a béni, oui. Mais le Dieu tout-puissant également.

Avec réticence, Jamie décrivit sa vision céleste au cairn, faisant de son mieux pour ne pas avoir l'air d'un illuminé. Il ne parla ni des baies ni du Tsigane, relatant seulement ce qu'il avait vu et entendu au cœur de la nuit.

Lachlan écarquilla les yeux.

— Est-ce que je dois comprendre que tu as volé l'héritage de ton frère, trompé la confiance de ton père, et que tu as ensuite rêvé que le Tout-Puissant t'avait béni pour cela ?

— Oui, monsieur.

Jamie baissa la tête avant d'ajouter :

— Bien que j'en sois arrivé à croire que Dieu m'avait béni non pas en raison de ce que j'avais fait, mais en dépit de mes actes.

Lachlan le dévisagea un bon moment.

— Tu pourrais avoir raison, mon garçon, dit-il en redressant légèrement la tête, comme s'il voulait être certain de bien peser tous les mots qui allaient suivre. Si tout ce que tu dis est vrai, Dieu t'a favorisé avant même ta naissance. Une telle bénédiction imméritée ne doit pas être accueillie à la légère.

Peu à peu, les sourcils froncés de Lachlan se détendirent. Son air constamment préoccupé disparut et, lorsqu'il baissa la tête pour regarder de nouveau Jamie, ses yeux brillaient comme le bois poli du châtaignier.

— Alors, tu es venu à Auchengray pour gagner un peu de temps, pendant que ton frère lèche ses blessures. C'est ça qui t'amène ici ?

Les joues de Jamie s'empourprèrent.

— Ah ! s'exclama soudain Lachlan, tel un chat bondissant sur la queue d'une souris. Tu as un autre but en tête, et je pense le connaître. Tu t'es aussi présenté sous mon toit pour voler l'une de mes filles.

— Pas *voler*, oncle ! protesta Jamie, bondissant sur ses pieds.

L'homme était trop rusé pour qu'on se joue de lui.

— Si vous aviez reçu la lettre que je vous ai envoyée de New Galloway, vous sauriez que je suis ici par la volonté de mes parents. Non pas pour vous voler ou vous tromper de quelque façon que ce soit, mais pour choisir l'une de vos filles, afin de l'épouser. Avec votre permission, bien sûr. Je... j'ai beaucoup à offrir.

— Oui, je connais les richesses de Glentrool. Cinq mille moutons sur les collines, un beau manoir de pierre, près du plus beau loch d'Écosse. C'est un héritage divin, assurément.

Il indiqua de la main la chaise que Jamie venait tout juste de quitter.

— Assois-toi, cher neveu. Si c'est la volonté d'Alec McKie, elle sera respectée. Je sais que ma fille sera bien traitée, même si elle doit s'éloigner plus loin de moi que je ne l'aurais souhaité.

Lachlan soupira longuement.

— J'ai toujours souhaité que mes filles se marient à des hommes du voisinage, reprit-il, et me donnent des petits-enfants que j'aurais pu voir grandir, afin d'avoir une certaine influence sur eux.

Jamie demeura debout, préférant l'avantage que cela lui donnait.

— Vous seriez le bienvenu à Glentrool en tout temps.

— Je ne m'y suis pas rendu au cours des quarante dernières années, Jamie. Il est peu probable que je le fasse à l'avenir.

Lachlan leva les yeux, et une question brillait dans son regard. Jamie devina ce qu'elle devait être.

— Laquelle de mes filles préfères-tu, demanda Lachlan, ou bien est-il trop tôt pour le savoir ?

Trop tôt ? Il était bien trop tôt. Jamie regarda l'horloge et sentit que c'était sa propre vie qui s'égrenait. Devait-il perdre une autre semaine, un autre mois à apprendre à mieux connaître ses cousines ? Ou était-il préférable de prendre une décision rapidement, et de vivre ensuite avec les conséquences ?

— Allons, Jamie. Un garçon brillant comme toi doit savoir ce qu'il veut.

Le ton de Lachlan, coupant et accusateur quelques minutes auparavant, était maintenant aussi onctueux que du beurre fraîchement baratté. Il fallait se méfier d'un tel homme.

— Laquelle de mes filles veux-tu pour femme, neveu ? N'as-tu pas une préférence ?

Jamie ferma les yeux un moment, repensant à ses listes de la veille, revoyant ses cousines à la table, ce matin-là, réentendant leur douce voix. S'il était honnête avec lui-même, il avait une préférence. Il sourit à la pensée de l'élue. *Oui, j'ai une préférence.*

— Je ne le dirai à personne, l'assura son oncle.

— Je peux me confier à vous, monsieur. Mais ce qui me préoccupe, c'est comment *elle* l'apprendra.

Jamie voulait se montrer courtois avec chacune d'elles et respectueux de leurs sentiments. N'étaient-elles pas toutes deux ses cousines, bien que très différentes ?

— Je préfère courtiser la jeune fille d'abord, annonça-t-il, et être sûr de son cœur, avant de vous demander sa main.

Lachlan haussa les épaules.

— Le cœur ou la main, elles sont à ta disposition.

Jamie fut soulagé de voir que l'affaire se réglait aussi facilement.

— Mais elles ne doivent pas en être informées, oncle. Elles ne doivent pas savoir que j'ai été chargé par mes parents d'épouser l'une d'entre elles. Une femme aime croire qu'un homme la courtise par amour, non par devoir.

— Mon cher neveu connaît bien le cœur des femmes !

Le sourire rusé de Lachlan lui rappela celui de sa mère.

— Allons, dit-il, si tu as déjà une préférence, fais-en moi part. Mais murmure son nom, sinon les domestiques en auront vent. Est-ce Leana… ou Rose ?

Jamie se pencha pour le lui dire, savourant le goût de son nom dans sa bouche.

Les sourcils de Lachlan se levèrent brusquement.

— Tu me surprends, mon garçon.

— Oui.

Jamie sentit la chaleur lui monter au visage tandis qu'un sourire se dessinait sur ses lèvres.

— Parfois, je me surprends moi-même.

Chapitre 25

Tu dois accueillir l'invité qui se présente,
et laisser partir celui qui s'en va.
— Homère

— Tu ferais bien de te mettre en route, Rose. Sinon, Suzanne va se demander ce qu'il est advenu de toi.

Leana poussa gentiment sa sœur au-delà du seuil de la porte, dans le doux matin d'octobre, en lui serrant les épaules.

— N'oublie pas, le soleil se couche à six heures. Père n'aura pas à te gronder parce que tu es encore en retard à table, n'est-ce pas, Rose ?

Rose se dégagea brusquement.

— Non, il n'aura pas à le faire, *maman*, dit-elle d'un ton impertinent, puis elle partit en courant, car elle était attendue chez les Elliot, à Newabbey, pour y passer l'après-midi.

Leana sourit, secouant la tête. Rose, l'éternelle enfant. Elle ferma silencieusement la porte, faisant sa prière habituelle pour que sa sœur revienne saine et sauve, puis regarda ses mains. *Aïe !* Elles étaient sérieusement tachées, après une matinée de jardinage, et il n'y avait plus un citron dans la cuisine. Elle les dissimula dans ses jupes et se précipita dans la maison, espérant que son cousin Jamie n'était pas encore à sa recherche. Elle avait promis de lui confectionner une nouvelle chemise, mais elle ne pouvait tolérer l'idée de prendre ses mesures en sentant les yeux du jeune homme rivés sur ses doigts et ses paumes striés de lignes brunâtres.

Sottise, que d'être aussi superficielle. En particulier après que Jamie eut démontré un tel intérêt pour son jardin. Vendredi, les deux avaient passé la matinée à aller et venir entre les rangées de plantes. Il s'était souvent penché au-dessus de son épaule, offrant son opinion et posant des questions très pertinentes. Dans l'après-midi, lui et Rose s'étaient promenés ensemble dans les pâturages – pour compter les moutons, avait dit Rose –, rentrant seulement pour le dîner, trempés par la bruine et riant de leur allure pitoyable. C'était délicat de la part de Jamie de passer ainsi du temps avec ses deux cousines. Par contre, pas un mot sur la raison de sa présence à Auchengray. Leur père le savait, mais le reste de la maison, exceptionnellement, restait dans l'ignorance.

Elle trouva Neda faisant le tri des épices dans le garde-manger. Les tiroirs, pas plus grands que les mains d'un homme, étaient empilés sur la vieille table de cuisine.

– Oh ! pauvre Neda, s'exclama Leana. Est-ce qu'Annabelle a encore rangé les raisins secs dans le tiroir à cannelle ?

La gouvernante hocha la tête, posa un doigt sur ses lèvres, puis pointa en direction de l'arrière-cuisine. Les bruits de casseroles qui s'entrechoquaient et de clapotis prouvaient qu'Annabelle était en plein travail et à portée de voix. La domestique n'avait pas appris à lire avant d'arriver à Auchengray, qui avait été son tout premier engagement. Quand elle rangeait les précieuses épices de Neda, elle devinait souvent l'écriture sur les étiquettes, confondant le sucre ordinaire avec le sucre candi, la gélatine avec l'arrow-root.

– Par chance, les tiroirs étaient vides, murmura Neda. Et y z'avaient besoin d'être frottés, d'toute façon.

Neda était toujours prête à trouver une explication généreuse à ses bévues.

– À propos, Neda, aurais-tu quelque chose pour frotter *ça* ?

Leana montra ses mains, mécontente de ses ongles noirs et de sa peau tachée. Neda fronça aussi les sourcils.

– Vot' sœur a pris le dernier citron dans l'cellier, ce matin, pour s'laver les mains. Elle a promis d'n'en prendre qu'une p'tite tranche, mais l'reste, j'sais pas où elle a pu l'cacher.

J'voulais en mettre su' l'flet pour le dîner, alors nous sommes toutes les deux à court du fruit jaune.

Neda s'essuya les mains sur son tablier en se pinçant les lèvres.

— Hé…, voyons voir si Mary garderait pas un peu d'blanc d'Espagne dans la buanderie, proposa-t-elle. Mais attention, n'en renversez pas sur vot' belle robe.

Leana se frotta les mains avec la poudre blanche rugueuse, les plongeant dans un seau d'eau comme si elle blanchissait des vêtements, heureuse de voir les taches d'herbe et de terre disparaître. Quand elle eut fini, ses mains étaient plus roses qu'elle ne l'aurait voulu, et leur odeur était désagréable. Mais elles étaient propres, et c'était là l'essentiel. Elle les plongerait dans de l'eau de lavande parfumée, trouverait son nécessaire à couture et chercherait son cousin, le tout dans cet ordre. Jamie ne verrait peut-être pas ses mains, après tout, mais peu importe, une jeune femme de bonne famille devait toujours être à son avantage, même si personne ne le remarquait.

Elle revint à la cuisine, salua Annabelle en passant et effleura l'épaule de Neda pour la remercier. Lorsque Leana entra dans le hall, elle entendit les pas d'un homme dans l'escalier ; trop fringant pour être celui de leur père, trop confiant pour appartenir à Willie, trop bruyant pour être produit par les vieilles chaussures de cuir usé de Duncan. *Jamie.*

Il atteignit la dernière marche au moment où elle tournait dans le coin. Leana recula rapidement d'un pas.

— Bonjour, mon cousin.

Elle plaça les mains derrière le dos et fit une révérence polie, ne sachant toujours pas si Jamie devait être abordé comme un invité ou comme n'importe quel autre membre de la famille.

— Cousine Leana, dit-il d'un ton officiel, et il lui tendit la main.

Elle serra fermement les doigts derrière elle, surprise de voir à quel point ils étaient froids.

— Si vous voulez avoir la gentillesse de m'attendre près du foyer, mon nécessaire à couture est dans ma chambre.

Elle l'esquiva en passant près de lui. Elle eut à peine le temps de faire deux pas avant qu'il se retourne pour lui saisir le coude, affichant un large sourire.

— Pourquoi une telle hâte ? Nous avons toute la matinée.

Il tira malicieusement sur son bras, essayant de voir dans son dos. Vous cachez quelque chose ?

— Cacher ?

Impossible pour Leana de dissimuler l'odeur du blanc d'Espagne ou la rougeur de ses joues.

— Non, je ne cache rien — elle mentait aussi très mal —, mais laissez-moi… ah…

— Permettez-moi de vous dire bonjour convenablement.

En dépit de ses protestations, Jamie attira l'une de ses mains et lui baisa légèrement les doigts.

— Ah, dit-il en inspirant avec satisfaction, la propreté du corps s'apparente à la pureté de l'âme.

— Oui, murmura-t-elle. John Wesley.

— Non, insista-t-il. Ivy Findlay, notre gouvernante à Glentrool.

Il sourit et libéra sa main, puis regarda en direction de la pièce située à l'avant de la maison.

— Je vous attendrai près du foyer, quand cela vous conviendra. Vous êtes plus qu'adorable de me confectionner une nouvelle chemise, chère cousine. J'aurai envers vous une dette éternelle.

— Alors, préparez vos guinées, monsieur.

Elle fit une révérence dans l'escalier, aussi basse qu'elle le put sans risquer de perdre l'équilibre, puis se retourna et gravit les marches en vitesse. Mais que lui arrivait-il ? Quelle coquetterie ! Très bien pour la jeune et innocente Rose. Mais pour elle, une femme en âge de se marier, jouer les violettes devant son cousin célibataire, c'était à la limite du ridicule.

Leana s'était ressaisie au moment de redescendre avec les tissus, son esprit étant maintenant absorbé par la tâche à réaliser. Remarquant à quel point la chemise de son père allait mal à Jamie – elle lui serrait le cou, et les manches étaient bien trop courtes –, elle avait découpé l'étoffe selon un patron plus ample. Il ne restait plus qu'à épingler et à coudre. Et, pour finir, à ajuster.

Jamie se tenait près du foyer et l'attendait, ayant déjà retiré son manteau, qu'il avait lancé sur un fauteuil. Il leva les bras en croix.

– Je suis à vos ordres, Leana.

Elle se mordit la lèvre pour éviter de sourire. C'était Jamie qui dominait la pièce par sa prestance et sa posture princière. Ses mains, gracieuses pour un homme, mais vigoureuses, dépassaient de beaucoup les manches de sa chemise empruntée. Quant à la veste, beaucoup trop courte, elle ne lui arrivait pas même à la taille. Bien qu'elle eût déjà cousu des chemises pour son père et pour Duncan, habiller cet élégant garçon présentait un tout autre défi.

Prenant une poignée d'épingles de sa boîte à couture, elle les répandit sur le dessus de la table près du foyer. Si elle les avait prises entre ses dents en travaillant, elle n'aurait pu converser avec Jamie, et cela lui semblait impoli.

– Vous devez rester parfaitement immobile, le prévint-elle. Je ne voudrais pas vous piquer involontairement.

La bouche de Jamie fit une moue comique.

– Le feriez-vous volontairement ?

– Sûrement pas, répondit-elle en souriant.

Elle lissa le tissu sur ses épaules et le long de ses bras. Ses mains l'effleuraient à peine, n'entrant en contact avec lui que lorsqu'elle insérait les épingles pour marquer les coutures. En dépit de sa prudence, il lui était impossible de ne pas percevoir sa chaleur à travers ses vêtements, de ne pas sentir l'odeur de bruyère se dégageant de ce menton fraîchement rasé.

Rarement s'était-elle trouvée si près d'un homme, encore moins d'un homme de vingt-quatre ans. Elle commandait à ses mains de ne pas trembler et à son esprit de ne pas s'égarer.

Peut-être devrait-elle s'imaginer qu'il s'agissait de Fergus McDougal ?

Non. C'était une très mauvaise idée ; elle s'enfuirait de la pièce.

Physiquement, les deux hommes ne pouvaient être plus différents. Les sourcils de Jamie étaient minces, ceux de Fergus, broussailleux ; les yeux verts de Jamie étaient bien écartés au-dessus d'un nez droit, les gros yeux bruns de Fergus surmontaient un nez bulbeux ; Jamie arborait toujours un demi-sourire, comme s'il connaissait un secret qu'il valait la peine de cacher, et Fergus, une expression vulgaire.

Rien en commun, pas une seule chose.

Jamie pouffa de rire, la faisant sursauter.

— Vous avez bien fait, jusqu'à maintenant. Je n'ai pas encore été piqué une seule fois.

— Oui, mais il m'est difficile de ne pas épingler votre nouvelle chemise à celle que vous portez en dessous.

Elle glissa les doigts sous le tissu, à l'endroit où le poignet serait bientôt fixé, puis dit sans réfléchir :

— Ce serait bien plus facile si vous enleviez votre chemise...

Elle s'arrêta, mortifiée.

— Je ne suggère pas que vous fassiez une telle chose, bien sûr, bredouilla-t-elle.

Jamie fut sur le point de faire un commentaire, mais s'abstint. Un gentilhomme, jusqu'au bout des ongles.

— Je… vous demande pardon, dit-elle péniblement.

— Une remarque innocente, Leana.

Le ton de sa voix était celui de la gentillesse même.

— N'y pensez plus.

Leana s'efforça de continuer silencieusement, en colère contre elle-même d'avoir été si étourdie. Qu'est-ce que son cousin allait penser d'elle, à présent ? Réprimant son embarras, elle s'attaqua aux coutures latérales, qui lui descendaient jusqu'aux genoux, et prétendit ne pas remarquer son pantalon de daim contre ses doigts. Elle fit toutes les coutures de la chemise, les épinglant au fur et à mesure, puis se pencha pour ajouter une dernière épingle à l'ourlet. Sans lever les yeux, elle leva le tissu pour lui montrer combien il en restait.

— Préférez-vous un ourlet généreux, cousin, ou une chemise plus longue ?

— Comme il vous plaira.

Vous me plaisez, cousin. Voilà la vérité.

Elle se leva en fixant le sol. Jamie était charmant — il était agréable de le regarder, de lui parler, de passer du temps en sa compagnie. Mais il ne lui faisait pas la cour ; Fergus McDougal, si.

— Peut-être qu'un ourlet plus long serait préférable, murmura-t-elle, se déplaçant derrière lui afin de pouvoir mieux se concentrer.

Ses mains volèrent le long de la seconde couture, qu'elle termina bientôt, puis elle fit un pas en arrière pour apprécier l'ensemble.

— Est-ce que je joue bien mon rôle ?

Jamie se tourna lentement, les bras toujours en croix.

— Comme modèle, j'entends ?

Elle hocha la tête, préférant ne rien dire, car elle ne faisait plus confiance à sa langue, et elle ramassa les épingles inutilisées.

— Vous serez soulagé d'apprendre que je ne vous ferai plus subir ce supplice de nouveau. Je peux faire autant de chemises que vous voudrez d'après le patron de celle-ci.

— Vous m'impressionnez.

Leana esquissa l'ombre d'un sourire.

— Maintenant, c'est à votre tour de prouver votre adresse. Retirez votre nouvelle chemise sans vous piquer.

Il le fit avec une remarquable facilité et la lui remit d'un geste élégant.

— Bien fait.

Elle indiqua le fauteuil d'un léger mouvement de la tête.

— Rhabillez-vous, cousin, j'ai de bonnes raisons de croire que j'aurai des visiteurs très bientôt.

— On vient vous voir ?

Il enfila son manteau, qui lui aussi était trop petit. Si Jamie planifiait de rester à Auchengray quelque temps, il faudrait faire quelque chose au sujet de sa garde-robe.

— Bien sûr que non. Ils afflueront bientôt pour *vous* voir.

Elle le regarda boutonner son manteau bleu, couleur qui se mariait bien avec ses cheveux bruns.

— Duncan a rencontré un berger de Troston Hill, et il lui a parlé de l'arrivée d'un visiteur à Auchengray, expliqua-t-elle. Votre arrivée sera bientôt le grand sujet de conversation de toute la paroisse.

— Je vois, dit-il, et son regard devint songeur. Voudront-ils connaître la raison de ma présence ici ?

Elle choisit ses mots avec soin.

— Est-ce une question si inusitée ?

— Non, c'est la plus naturelle du monde. Je répondrai donc que je viens rendre visite à mes cousines de Newabbey, avant qu'elles se marient et s'envolent loin d'ici.

Il inclina la tête vers Leana et lui demanda :

— Est-ce que l'une d'entre vous l'envisage... dans un avenir proche ?

— J'en ai peur... Aïe !

Surprise par un coup frappé vigoureusement à la porte, Leana pressa instinctivement la chemise inachevée sur elle et se piqua à plusieurs endroits. Elle se sentit ridicule de sa maladresse.

— Excusez-moi, dit-elle.

Jamie la regarda, sincèrement désolé pour elle.

— Cousine, vous n'avez aucune raison de vous excuser.

Il lui toucha délicatement le cou, puis lui montra une trace rougeâtre au bout de son doigt.

— Ah non! fit-elle. Les taches de sang sont les plus difficiles à enlever.

Il y eut un autre coup frappé à la porte, que Jamie ignora.

— Oubliez la chemise, ma cousine. Vous êtes-vous fait mal?

Neda entra rapidement, jetant un coup d'œil à Leana au passage.

— Ça ira, je vous assure, Jamie.

Elle se palpa le cou, à la recherche d'autres piqûres.

— Si vous aviez un mouchoir…

Il produisit un carré de coton usé et le pressa sur son cou.

— Je suis désolé, Leana.

Le rire joyeux d'une femme flotta dans la pièce.

— Moi, je ne suis pas désolée, car je n'aurais pas voulu rater ça pour tout l'or du monde!

Jamie fit un pas rapide en arrière, et Leana se tourna vers la porte, soulagée de voir sa meilleure amie.

Une jeune femme rousse avança dans la pièce, un bébé aux joues rondes sur la hanche, un sourire radieux accroché au visage.

— J'ai vu un bien joli spectacle : Leana McBride en train de parler avec un homme de son âge.

— Ah!

Leana sourit.

— Cela.

Elle fit un signe de tête à son cousin, qui s'inclina profondément pendant qu'elle le présentait à sa voisine :

— Madame Jessie Newall, de Troston Hill, et mademoiselle Annie, permettez-moi de vous présenter mon cousin, James McKie de Glentrool.

Des politesses furent échangées, mais Jamie s'abstint de baiser la main de Jessie lors des présentations. Leana le remarqua et en éprouva une petite satisfaction.

— Jessie et son mari, Alan, possèdent la ferme au sommet de Troston Hill.

— Des troupeaux ou des récoltes ? demanda Jamie poliment, ce qui fit rire les deux femmes et déclencha les pleurs du bébé.

— Oh, monsieur McKie, si vous voyiez la propriété ! dit Jessie en secouant la tête. Rien que des pierres et des ajoncs, la terre la plus ingrate de tout Galloway. Nous avons un bon pâturage pour les moutons à face noire, et je possède un jardin ou deux, mais vous ne nous verrez pas pousser la charrue au temps des moissons.

Leana retrouva ses bonnes manières.

— Cousin Jamie, auriez-vous la gentillesse de demander à Neda de nous apporter du thé ?

Il hocha la tête et disparut rapidement, un peu soulagé, soupçonna-t-elle. Peut-être était-il mal à l'aise en présence d'enfants.

— Du thé serait le bienvenu, soupira Jessie en déposant prudemment son bébé sur le plancher d'ardoise. Annie est plus lourde de jour en jour, mais elle refuse de marcher.

Leana se mit à genoux devant la petite, passant délicatement la main dans les cheveux bouclés de la fillette, aussi roux que ceux de sa mère.

— Quand Annie sera prête, rien ne pourra plus l'arrêter, n'est-ce pas vrai, ma chérie ?

Annie agita les bras et balbutia une longue phrase sans suite, que Leana comprit parfaitement.

— Je suis heureuse de te voir de nouveau, petite Annie. Est-ce que je peux te prendre un moment ?

Jessie secoua la tête.

— Tu le regretteras, elle ne voudra plus te laisser partir. Et bientôt, elle t'appellera maman.

Leana prit Annie et la tint tout contre elle, chantonnant dans son oreille et enfouissant le nez dans sa chevelure. Sa gorge se serra.

— Je ne peux penser à rien de plus doux que d'avoir un petit enfant qui m'appellerait maman.

Elle ferma les yeux, retint ses larmes et s'enivra de l'odeur des cheveux du bébé. Du savon derrière les oreilles. Du lait dans les plis de son petit cou.

— Chère Annie, murmura-t-elle, en la berçant.

Elle lui chantonna une douce berceuse écossaise. Les deux restèrent ainsi un bon moment, jusqu'à ce qu'Annie s'agite et que Leana ouvre les yeux.

Son cousin se tenait immobile dans l'embrasure de la porte, son regard solennel fixé sur elle et le bébé qu'elle tenait dans les bras.

Jamie.

Dans le foyer, un fragment de tourbe se brisa, tomba et roula dans les flammes.

— Avez-vous vu ? triompha Jessie. Tu connais le dicton, Leana. *Le feu est le présage des mariages.* Il y aura une union dans cette maison avant la fin de l'année.

Jessie se tourna vers le gentilhomme dont elle venait de faire la connaissance et lui fit une petite révérence.

— Dites-moi, monsieur McKie. Avez-vous déjà pensé à vous marier ?

Chapitre 26

L'amour dore la scène, et les femmes mènent le jeu.
— Richard Brinsley Sheridan

Alors, c'était pour *cela* que Jamie était venu à Auchengray !

Rose pressa la lettre sur son cœur, qui battait à toute allure, mais seulement un moment. Pas de raison d'être aussi théâtrale, quand il n'y avait pas une âme à proximité pour apprécier son jeu. Elle devait rentrer à la maison ; il fallait en parler à Leana. *Ouf !* Le simple fait d'y penser lui faisait accélérer le pas sur le chemin de campagne, ses jupes balayant à droite et à gauche les brillantes feuilles colorées sur son passage. Dans moins d'une heure, elle le chuchoterait à l'oreille de Leana, lui révélant un secret trop bon pour qu'elle le garde pour elle.

Quelle conclusion étonnante à un jour ordinaire. Elle avait passé plusieurs heures avec cette chère Suzanne, afin de l'aider à l'épicerie de son père, et elle avait emmené son plus jeune frère faire une promenade le long de Newabbey Pow. *Elliot*, c'était le prénom du garçon — *Elliot Elliot !* Rose riait chaque fois qu'elle le disait. À quoi avaient pensé ses parents en donnant au pauvre garçon un doublon en guise de nom ? Il ne restait qu'à prier Dieu pour que leur fils ne leur en veuille pas jusqu'à la fin de ses jours.

Plus tard cet après-midi-là, l'épicier affairé s'était souvenu d'une lettre pour leur père, confiée à ses soins par le garçon de poste de Dumfries.

— Mais, monsieur Elliot, je n'ai pas de pièce de monnaie pour payer, s'était animée Rose, jetant un rapide regard à la lettre, dont l'adresse avait été griffonnée à la hâte en grosses lettres.

Lachlan McBride, maître
Auchengray
Newabbey.

— Les jolies demoiselles ne portent pas de bourse, avait dit monsieur Elliot, en pressant la lettre dans sa main.

Sa tête était ronde comme les choux qu'il vendait, son corps, aussi ramassé que celui du bœuf qui tirait sa charrette jusqu'à Dumfries les jours de marché, mais tout Newabbey voyait en lui un épicier des plus affable.

— Tu nous as bien aidés, aujourd'hui, Rose, dit-il, alors nous dirons que ton travail paie le courrier de ton père. Cours chez toi, maintenant.

Et elle avait filé comme le vent, descendant toute la rue sinueuse grouillant de villageois s'échangeant des commérages. Ce n'était pas avant d'avoir atteint le pont menant à la maison qu'elle s'était arrêtée pour examiner la lettre un peu plus attentivement. Le papier n'était pas de bonne qualité, pas plus que la cire qui avait servi au cachet. Mais au-dessus du sceau, de la même écriture, se trouvait le nom de celui qui l'avait écrite : *James McKie de Glentrool.*

La lettre de Jamie était arrivée, finalement. Trop tard pour être d'un quelconque intérêt pour leur père, trop tard pour être utile à leur cousin. Oserait-elle briser le sceau et la lire pendant qu'elle marchait ? Sa raison demeurait inflexible : en aucun cas, elle ne devait ouvrir une lettre adressée à leur père. Trop risqué. Mais son cœur était plus indulgent : son père ne le saurait jamais. Quel mal cela pouvait-il faire ? Jamie étant déjà arrivé à Auchengray, Lachlan la jetterait probablement sans se donner la peine de la lire. Quelle tristesse de gaspiller ainsi le prix de la poste, qu'elle avait payé par son travail.

Rose avait palpé le papier grossier en marchant, le soleil couchant dessinant de longues ombres inclinées en travers de la route de terre. Après plusieurs minutes de délibération, elle avait décidé d'ouvrir la lettre en glissant son pouce sous la cire pour ne pas l'abîmer, faisant de grands efforts afin d'éviter de déchirer le papier. On ne pouvait jamais savoir si une lettre aurait besoin d'être repliée et scellée à nouveau. Elle avait lu le message et s'était réjouie de la bonne fortune de sa sœur.

Maintenant, une demi-heure plus tard, Rose ne pouvait plus y tenir. Elle devait relire la lettre, même si elle en avait déjà mémorisé les passages les plus intéressants. La tenant devant ses yeux, elle étira le papier pour l'aplanir et lut les mots une autre fois.

Je dois hériter de Glentrool à la mort de mon père…

Jamie, le second fils, récoltait l'héritage de son père ! Curieux qu'il ne l'ait jamais mentionné.

… et je cherche une épouse digne de mon rang.

Étant propriétaire d'un pareil domaine, pas surprenant qu'il cherchât un bon parti. « Oui, mais pas n'importe quelle femme, Jamie. » Rose sourit au papier comme s'il allait répondre à son sourire. La ligne suivante était sa préférée.

C'est le désir de mes parents que je choisisse l'une de vos deux charmantes filles.

Très bien dit, car Leana McBride était vraiment charmante, en effet. La lettre expliquait que c'était Jamie qui choisirait, mais Rose avait déjà tout décidé. Seule une des filles pensait au mariage, et ce n'était *décidément pas* la cadette.

Je vous saurai gré de m'accorder votre généreuse hospitalité pendant quelques semaines tout au plus, jusqu'à ce que tous les arrangements nécessaires puissent être faits.

« Les arrangements nécessaires », bien sûr. Rose avait souhaité disposer d'un mois complet pour convaincre Leana et Jamie de leur affection mutuelle et chasser le vieux Fergus du paysage. Il semblait qu'elle disposât de ce temps et de bien plus encore.

Elle sourit en repliant adroitement le papier. À l'exception de la cire décollée, la lettre avait l'air intacte. Leana, craignant d'être découverte, voudrait sans aucun doute qu'elle soit jetée au feu, et ses cendres, répandues dans son jardin. Rose n'avait aucunement l'intention de laisser un document aussi précieux être détruit. Elle le cacherait soigneusement dans leur chambre pour le jour où, dans plusieurs années, Leana se réjouirait de lire ces mots qui avaient changé le cours de son existence trop tranquille.

Rose se dépêchait, montant et descendant les collines alors que le soleil déclinait dans le ciel et que l'horizon virait au rouge. Les champs cultivés faisaient place à des paysages plus accidentés où l'on apercevait, surgissant du sol çà et là, de vieux arbres tordus et des rochers de la taille de ruminants. Après la sombre colline escarpée qui s'élevait à sa gauche, la route droite montait presque continuellement pendant le dernier mille jusqu'à la maison. Les vergers d'Auchengray apparaissaient les premiers à la vue, puis la maison de pierres blanchies à la chaux, construite un peu en retrait du chemin. Lorsqu'elle était enfant, Rose craignait les fenêtres à multiples carreaux à l'avant, parce qu'elles lui faisaient penser à des yeux méchants, qui regardaient sans ciller. Leana l'avait guérie de cette idée rapidement, en lui disant de les voir comme une rangée de dents, les cheminées aux deux extrémités de la maison formant les coins d'un sourire.

« Et que faire du toit en pente, lugubre et gris ? » se rappelait lui avoir demandé Rose. « C'est la moustache d'un homme jovial » avait été la réponse astucieuse de sa sœur.

Le seul homme jovial qui vivait à Auchengray était Duncan, et seulement lorsque le terme de son engagement n'était pas imminent. Il devait alors montrer des livres de comptes bien tenus, et ses employés devaient se dire heureux de travailler sous ses ordres, conditions essentielles de son réengagement pour une autre année à la ferme. La Saint-Martin était dans un mois à peine, et cela voulait dire que Duncan Hastings ne serait pas de bonne humeur du tout.

Oui, mais Leana le serait !

Rose savait que son sourire la trahirait. Comment pourrait-elle contenir son excitation, ayant en sa possession une telle lettre cachée dans la poche qui pendait sous sa robe ? Elle courut dans l'allée menant à la porte d'entrée, bondissant par-dessus le seuil comme l'eau sur le bord d'une chute.

— Leana !

Sa sœur répondit du foyer.

— Ici, ma chérie.

Rose trouva sa sœur assise près du feu. Deux chandelles sur une table disposée à côté d'elle lui procuraient juste assez de lumière pour son travail de couture. Même avec ses lunettes, Leana devait tenir l'étoffe tout près de son nez, plissant les yeux alors qu'elle poussait et tirait la petite aiguille dans la couture, la bouche fermement pincée en une ride étroite.

Rose était consternée par la scène pitoyable. Dans la pièce sombre, le visage et les cheveux rendus livides par la lumière blafarde, Leana avait l'air d'une vieille femme. Plus vieille que Fergus McDougal. Bien trop vieille pour leur beau cousin. Jamie l'avait-il déjà vue comme ça ? Il n'oublierait pas de sitôt un tel spectacle. Quelque chose devait être fait et vite.

— Assez de couture pour ce soir, annonça Rose, tirant gentiment l'étoffe des mains de sa sœur. Il fait trop noir, Leana. Tu vas te rendre aveugle à essayer de coudre comme ça.

— Trop tard.

Leana poussa un soupir las et déposa la chemise près d'elle.

— Tu as raison. Je ne devrais pas forcer mes yeux plus que nécessaire.

Elle retira ses petites lunettes et se massa l'arête du nez.

— La chemise de Jamie peut attendre jusqu'à demain, j'imagine.

— Est-ce qu'il t'a... vue?

Rose craignait la réponse.

— En train de retoucher sa chemise, je veux dire?

— Bien sûr, dit Leana, qui plia ses doigts graciles, sans doute ankylosés après un long après-midi à tenir l'aiguille. Il était encore assis près du feu, il y a quelques minutes à peine. Il a dit qu'il voulait parler à père avant le dîner.

Elle fit un geste en direction de la porte fermée du petit salon.

— Peut-être apprendrons-nous enfin pourquoi Jamie est ici, dit-elle.

Rose ferma les yeux, voyant ses espoirs pour sa sœur se fracasser comme les vagues du Solway contre les falaises à marée haute. En ce moment même, Jamie devait être en train de dire à leur père qu'il ne se marierait pas avec sa fille Leana aux yeux faibles, au visage terne et aux habitudes ennuyeuses. Il devait se marier à l'une des filles McBride, mais ce ne serait pas l'aînée dont il demanderait la main.

Ce serait la cadette.

Non! Rose sentit ses membres trembler. Elle n'était pas prête. Pas prête à quitter Newabbey, pas prête à s'établir dans une vallée isolée loin de ses amis, pas prête à épouser un homme qu'elle ne connaissait pas, pas prête à tenir son ménage, pas prête à porter ses enfants, pas prête à avoir une marmaille accrochée à ses jupes. *Non!* Elle s'effondra sur sa chaise, aussi inerte qu'un sac de charbon.

— Je sais pourquoi Jamie est ici.

Leana la regarda.

— Comment pourrais-tu le savoir, alors que tu as été partie toute la journée?

Sa sœur semblait préoccupée. *Non, blessée*. Rose lui montrerait la lettre. Leana lirait la triste nouvelle de ses propres yeux.

Jamie ferait son choix, tout comme Fergus l'avait fait. Leur vie ne serait plus jamais la même. Rose fouilla dans sa poche et en sortit la lettre, ses doigts soudain aussi rigides que des ramilles d'orme.

— À qui cette lettre est-elle adressée ? demanda Leana, suspicieuse.

Rose la lui tendit, ne voulant pas la lire de nouveau, honteuse de confesser sa faute.

— Rose !

Le soupir rauque de Leana ne dissimula pas la peur dans sa voix.

— Elle était destinée à père, dit-elle.

Leana tourna le dos à la porte du petit salon, puis tint une chandelle près du papier, survolant les mots, sa bouche s'ouvrant lentement pour former un « O » d'étonnement.

— Rose..., qu'est-ce que ça veut dire ? demanda-t-elle.

— Tu le sais très bien, Leana.

Elle arracha la lettre des mains de sa sœur et la plaça audessus de la chandelle vacillante. Le bord du papier s'enflamma immédiatement, noircissant la page, dévorant les mots de Jamie en entier. Rose la tint aussi longtemps qu'elle put, puis lança la lettre dans le feu de tourbe, juste avant de se brûler les doigts.

— Nous ne l'avons pas lue, dit-elle tristement. Nous ne savons pas pourquoi Jamie est ici.

Leana tendit le bras pour lui prendre la main.

— Mais, Rose...

La porte du petit salon s'ouvrit brusquement, et Jamie avança dans la pièce comme s'il venait de sceller le sort d'Auchengray.

— Rose !

Un chaud sourire illumina son visage.

— Bienvenue à la maison.

Les deux sœurs se levèrent vivement, fermant adroitement l'écart entre elles, de façon à empêcher Jamie de voir le foyer.

Derrière elles, les restes de la lettre reposaient dans l'âtre et continuaient de se consumer. Il ne sembla pas le remarquer.

— Cousin Jamie, dit Rose, s'efforçant de sourire. Je suppose que vous avez passé une agréable journée ?

— Très agréable.

Il fit un signe de tête en direction de Leana.

— Votre sœur est en train de me coudre une nouvelle chemise, et Neda prépare une soupe au poulet et aux poireaux pour le dîner.

Rose leva les sourcils.

— Du poulet et des poireaux. Et c'est cela qui vous rend si joyeux ?

— Bien sûr. Et mon oncle est aussi heureux que moi.

Il s'approcha, et elles s'avancèrent vers lui d'un pas, comme dans une danse paysanne, mais sans violoniste.

— Prudence, cousin, le prévint Rose. Vous trouverez votre soupe pleine de pruneaux. C'est ainsi que père l'aime.

Rose aurait voulu jeter un coup d'œil derrière elle, afin de s'assurer que la lettre était bien réduite en cendres. Mais c'était impossible. Elle devait se tenir bien droite et prier, sachant qu'elles avaient l'air coupables, toutes les deux.

Le regard de Jamie passa lentement de l'une à l'autre. Rose se sentait examinée, comme une huître au marché, et elle savait qu'il en était de même pour Leana.

— Je vous verrai toutes les deux à sept heures, dit-il finalement, sortant de la pièce sans regarder derrière lui. Sans voir les derniers fragments de sa lettre se consumer dans le feu.

Les deux sœurs s'effondrèrent d'un même mouvement dans leur chaise.

Rose parla la première.

— Monsieur Elliot m'a remis la lettre pour père.

— Et tu l'as lue.

— Oui.

Rose leva le regard et compta une douzaine d'émotions différentes se succéder sur les traits de sa sœur.

— Pour le meilleur ou pour le pire, maintenant, nous savons pourquoi Jamie est ici.

— Et qui fera le choix ? Père ou Jamie ?

— Jamie, bien sûr.

Les joues de Leana perdirent le peu de couleur naturelle qu'elles possédaient.

— Alors, ce sera une décision facile, n'est-ce pas ?

Rose déglutit.

— Vraiment ?

— Oui. Pas un choix du tout, en réalité.

Leana se tourna vers elle, la tristesse assombrissant son visage comme un nuage voilant le soleil.

— Je dois me marier avec monsieur McDougal, tu te souviens ? Cela a déjà été arrangé. Ce qui signifie que tu dois épouser notre cousin Jamie.

— À quinze ans ? C'est impossible !

D'après la loi, elle le pouvait. S'il n'en tenait qu'à elle, elle pouvait encore attendre très longtemps. De plus, rien n'avait encore été décidé.

— Jamie a un choix, Leana, et il pourrait te choisir, toi.

Il pourrait te choisir.

— Le pourrait-il ?

L'espoir illumina le visage de Leana, et Rose comprit que les sentiments de sa sœur étaient plus profonds qu'elle ne l'avait soupçonné.

Il n'était donc peut-être pas trop tard. Elle aiderait Leana à conquérir Jamie. Il le *fallait*. Qu'avait-elle dit à sa sœur, le mercredi précédent ? « Rien n'est perdu… pas avant que tu aies dit "Je le veux" ». Ces mots n'avaient pas encore été dits devant monsieur McDougal. Il n'était pas trop tard.

Elle saisit les mains froides de Leana.

— Cela te plairait, n'est-ce pas, de vivre à Glentrool avec notre cousin et sa famille ?

Rose ajouta une touche de persuasion à ses paroles.

— Vous feriez un beau couple, tous les deux.

— Rose ! Tu ne devrais pas dire de telles choses.

— Regarde-toi, Leana, tu es de la couleur d'une rose de Provence !

Elle se mit à rigoler, sa personnalité enjouée de retour.

— Je dirai tout ce que je voudrai et je murmurerai tous les mots qu'il faudra, affirma-t-elle.

Rose se rapprocha, et sa voix n'était plus qu'un murmure.

— Jure-moi que tu désires cette union, sinon je ne ferai rien.

Leana hocha la tête, lentement au début, puis avec de plus en plus d'assurance.

— Je le veux, beaucoup. Jamie est… Eh bien, il est tout ce que monsieur McDougal n'est pas.

Elle pinça ses lèvres tremblantes et noua étroitement les mains.

— Pardonne-moi, si je te parais dure, Rose.

— Pas dure, Leana. Honnête.

— Jamie est intelligent, bien éduqué et connaît le monde. Monsieur McDougal est…

— Un rustre.

Même Leana rit un peu.

— Comme tu dis, Rose. Jamie est aussi poli, attentionné, un gentilhomme dans tous les sens du terme. Et Fergus… Je veux dire, monsieur McDougal est…

— Rien de tout cela, compléta Rose pour elle. Toute femme choisirait Jamie avant cet homme affreux.

— Oui. Mais je ne sais pas si Jamie choisira… C'est-à-dire, s'il me trouvera...

Leana posa le front contre l'épaule de Rose, luttant visiblement pour trouver ses mots.

— Oh, Rose. Tout est perdu, si père ne change pas d'idée. Pourtant, s'il permettait à Jamie de me courtiser, plutôt que d'insister pour que j'épouse monsieur McDougal…

— N'en dis pas plus. Nous prierons pour que cela arrive.

— Je dois avouer que je l'ai déjà fait.

Leana se dégagea lentement des bras de sa sœur, les yeux brillants de larmes non versées.

— Rose, la nuit précédant l'arrivée de Jamie, j'ai prié pour que Dieu m'envoie un mari. Un beau garçon d'une vingtaine d'années, aux yeux doux et au sourire avenant, dont la tête s'élèverait bien au-dessus de la mienne et dont les beaux sourcils cacheraient un esprit fin.

Rose eut un hoquet.

— Notre Jamie!

— Oui, Jamie.

Leana se mordit la lèvre, puis murmura :

— Je crois que Dieu me l'a choisi pour mari.

Rose hocha la tête, secouée par une décharge d'énergie. Tout n'était pas perdu. Non, il y avait de l'espoir!

— Tu t'assoiras près de Jamie à l'église, et je m'assurerai qu'aucune jeune fille ne tente de te le ravir.

Leana pressa sa joue humide contre la sienne.

— Tu es généreuse de m'aider, Rose. Mais tu ne m'as pas ouvert ton cœur. Est-ce que Jamie est le mari dont tu as toujours rêvé ? A-t-il manifesté son intérêt d'une manière ou d'une autre ?

— Ne sois pas ridicule! Je suis trop jeune pour penser au mariage. Et, lorsque je le ferai, je veux avoir l'embarras du choix.

Leana chercha son regard.

— En es-tu certaine ?

— Tout à fait.

Rose hocha la tête aussi énergiquement qu'elle le put.

— Très bien, alors.

Leana passa les mains sur sa robe, le regard fixé sur la porte du petit salon.

— Il ne reste plus qu'un détail que nous n'avons pas considéré : qu'arriverait-il, si Jamie tombait amoureux de *toi* ?

Chapitre 27

Hélas ! saisir le moment
Lorsque le cœur écoute le cœur,
Et entreprendre une cour passionnée,
N'est pas le rôle de la femme.
— William Cullen Bryant

— Jamie, c'est à toi de choisir.

Il haussa les épaules.

— L'un me va aussi bien que l'autre, oncle.

— Alors, prends celui-ci, dit Lachlan en lui remettant un veston qui avait connu de meilleurs jours. Celui que tu portes maintenant suffira pour le sabbat, et l'autre conviendra pour le reste de la semaine.

Jamie le remercia et plia le manteau démodé sur son bras, un triste rappel de ses poches vides.

— Oncle Lachlan, je suis vraiment embarrassé d'être arrivé à votre porte sans or ni argent.

— Tu es riche, mon garçon, le corrigea Lachlan, et son sourire était un peu forcé. Ton argent n'est tout simplement pas dans tes poches.

Jamie n'en était que trop conscient. C'était une façon peu glorieuse d'aborder son futur beau-père, empruntant sa garde-robe et buvant son vin de Bordeaux, n'ayant rien de plus substantiel à offrir que la promesse d'épouser l'une de ses filles.

— Devrais-je écrire à mon père, pour lui demander de m'envoyer une lettre de change ?

— C'est une possibilité.

Son oncle fit une pause, une main sur l'armoire en chêne, l'autre frottant son menton rasé de près.

— Je sais que tu es en colère, et avec raison, d'avoir été volé deux fois et laissé pour mort, reprit-il. Ce n'est pas facile pour un McKie d'admettre qu'il a été défait.

Jamie se raidit.

— C'est difficile pour tout homme.

— Oui, tu as sans doute raison.

Le regard de Lachlan bifurqua de côté, comme s'il jaugeait les mérites d'un plan encore inexprimé. Le tic-tac de l'horloge sur le manteau de la cheminée combla le lourd silence jusqu'à ce qu'il ajoute :

— Nous parlerons de tout ça après la messe. Passe voir mon domestique, pour qu'il te peigne et te brosse, mon garçon. La calèche nous attend.

Jamie remonta dans la chambre de Rose pour compléter ses ablutions matinales. Même si elle avait emménagé dans la chambre d'à côté pour partager le lit de sa sœur, son parfum flottait encore comme la bruyère commune fraîchement cueillie des marais. Il respira profondément, s'imprégnant de son parfum, laissant les formes et le visage adorable de la jeune femme envahir ses pensées. Il avait essayé, en toute bonne foi, d'accorder une chance égale aux deux sœurs. Leana était bonne et généreuse, mais ne remuait rien en lui. Rose était l'incarnation même de la gaieté et de la beauté. Elle le troublait profondément, et il n'était plus lui-même en sa présence.

Dans sa tête tourbillonnaient aussi des images d'Auchengray. Duncan et Lachlan l'avaient accompagné dans les pâturages, inspectant les champs et les troupeaux, discutant de projets d'agrandissements et d'améliorations. Son oncle prudent posait plus de questions qu'il n'offrait de réponses, pourtant Jamie ne pouvait s'empêcher de partager son enthousiasme. Les berges proches de Solway ne pouvaient qu'inspirer tout homme ambitionnant d'exporter les célèbres laines écossaises. Bien que la maison elle-même fût ordinaire et les terrains aux alentours encombrés de trop nombreux jardins,

Auchengray offrait de grandes possibilités d'expansion, dont bénéficieraient les futures générations.

Lachlan n'avait pas de fils, pas d'héritier mâle. Le premier petit-fils de McBride hériterait de tout. *Mon fils*. Hier, en voyant Leana tenir le bébé de la voisine, il comprit que son héritier serait un jour le laird de *deux* beaux domaines de Galloway. Naturellement, il fallait que le fils naisse d'abord et, pour cela, il fallait que ses parents se marient. Oui, il restait beaucoup à faire. Plus vite il irait à l'église aujourd'hui, plus vite il entreprendrait sa cour demain.

Le visage propre et rasé de frais, les cheveux et les vêtements bien soignés grâce aux bons offices du domestique, Jamie descendit l'escalier rapidement dans des bottes empruntées et rejoignit son oncle dans le cabriolet bringuebalant pourvu de vieux ressorts. Que n'aurait-il pas donné pour le pas mesuré de Walloch, ce matin-là. L'air figé et humide du matin annonçait discrètement la pluie. Sur le fond du ciel lugubre, les cimes étaient comme enflammées de rouge et d'or, les feuilles n'attendant que le prochain coup de vent pour se détacher et tourbillonner au sol. Newabbey offrait un paysage moins accidenté que celui de Monnigaff, sa paroisse natale, avec ses montagnes sauvages et ses marais, mais il était agréable au regard et apaisant pour l'âme. Ou — et il se sourit à lui-même quand il le comprit — peut-être pensait-il tout simplement à Rose.

Son oncle interrompit ses pensées, comme s'il lisait en lui.

— As-tu informé ma fille de ton intérêt pour elle ?

— Non, pas encore.

Jamie fixa son regard sur le tournant de la route, se penchant vers la courbe quand la voiture s'y engagea en faisant un virage serré. *Pas en mots*. Si ses intentions n'étaient pas claires aux yeux de Rose, c'était seulement parce qu'elle avait refusé de les voir.

Chaque moment passé ensemble confirmait sa première impression à son sujet, bien que ces occasions eussent été trop rares à son goût. Elle avait à peine croisé son regard au-dessus de leur bol de gruau, ce matin-là, mais il avait compris pourquoi la jeune fille avait rougi : elle le trouvait séduisant, semblait-il, et ne rejetterait pas sa demande en mariage, le moment venu.

Lachlan tapota le genou de Jamie avec le bout de son fouet.

— Tu serais sage de procéder lentement avec ma fille. Elle est jeune et impétueuse, pourtant elle est innocente, en ce qui concerne les hommes. Et je tiens à ce qu'elle le reste jusqu'au jour de son mariage.

Son regard devint plus grave.

— Nous sommes-nous bien compris ?

— Oui, monsieur.

Ils roulèrent en silence, passant près d'un groupe de domestiques d'Auchengray à pied, puis dépassant Rose et Leana au pont du village, un peu avant l'église. Le visage de Jamie s'illumina quand il vit leurs têtes — l'une pâle, l'autre foncée, sous les bords de leur chapeau — inclinées en tandem au-dessus du ruisseau, plongées dans une conversation animée. Lachlan s'arrêta.

— Pourquoi ne pas accompagner les jeunes filles à l'église, mon garçon ? Je suis sûr qu'elles apprécieront ta compagnie.

Les deux sœurs se tournèrent et rougirent joliment alors que Jamie descendait de la voiture et brossait d'une main la poussière de son pantalon et de ses bottes.

— J'en serais honoré, oncle.

Il offrit ses deux coudes, et chacune des sœurs y glissa une main — Rose à sa droite, Leana à sa gauche.

— Conduisez-moi, jolies cousines.

Le départ du trio fut maladroit, Jamie trébuchant sur la jupe de Leana avant d'asséner un coup de coude accidentel à Rose, en essayant de se rétablir.

— Je suis en train de tout gâcher, j'en ai peur.

— Facile à arranger, dit Rose, en se dégageant. Vous marcherez ensemble pendant que je cours retrouver Suzanne Elliot.

Rose détala avant que l'un ou l'autre puisse protester, sa natte noire bondissant joyeusement derrière elle.

— Eh bien, dit Jamie.

Il se redressa et la regarda disparaître dans la courbe de la seule rue du village.

— J'ai bien peur que vous restiez avec moi sur les bras, mademoiselle McBride.

— Et moi sur les vôtres, cousin Jamie.

La note plaintive dans sa voix le toucha. Est-ce que sa déception avait été si évidente ? Pour se rattraper, Jamie lui consacra toute son attention, et elle lui répondit en levant le visage, affichant un sourire discret. Ses grands yeux, de la couleur d'un ciel d'hiver, révélaient ses sentiments, peut-être plus qu'elle ne s'en rendait compte. *Pauvre Leana.* Une femme parfaite, mais pas celle qu'il choisirait.

Il fit un geste en direction du chemin menant à l'église.

— Allons-y ensemble, cousine.

Le clocher de l'église sonna l'heure pendant qu'ils se remettaient en marche, en douceur, cette fois-ci, n'ayant plus que leurs deux pas à régler.

— Je suis curieux de voir si on observe le sabbat à Newabbey comme nous le faisons à Monnigaff.

— La prochaine cloche annoncera le début du premier service, expliqua-t-elle. Il y a aussi un service dans l'après-midi.

Ses jupes se balançaient gracieusement sur ses bottes usées, mais bien polies. Trop petites pour lui, les bottes de Jamie lui serraient les talons lorsqu'il marchait. Assurément, il reprendrait la calèche, plutôt que de revenir à pied à Auchengray.

Lorsque Leana cessa de parler, il se dépêcha de combler le silence gênant.

— Dites-moi, que pensez-vous de votre ministre ? Le révérend Gordon, n'est-ce pas ?

— John Gordon, oui.

Leana haussa les épaules et son sourire s'effaça.

— Père considère qu'il est le meilleur prédicateur des dix paroisses.

— Et qu'en pensez-vous…

— Austère et ennuyeux, désespérément sérieux, un grand esclave du papier. L'encre doit encore être en train de sécher, quand il lit ses sermons.

Elle baissa la voix, regardant les villageois qui s'assemblaient dans la rue et qui se déplaçaient vers le parterre de l'église.

— Ne dites pas à père ce que je viens de vous dire.

— N'ayez pas peur.

Il lui toucha légèrement le bras.

— Votre secret est en sécurité, avec moi.

Son regard vif rencontra le sien, comme une lumière cherchant à percer son opacité.

— J'aimerais croire que je peux vous faire entièrement confiance, Jamie.

Ses joues se colorèrent quand elle prononça ces mots, comme s'ils contenaient un sens caché qu'il aurait dû comprendre, mais qu'il n'avait pas saisi.

— J'espère que… Enfin, que vous me faites confiance, bredouilla-t-il.

Jamie se mordit la lèvre, essayant d'y voir clair. Avait-elle eu vent de sa fourberie à Glentrool ? Ou s'agissait-il de tout autre chose ?

Il savait seulement que sa cousine Leana était une énigme pour lui — amicale un moment, timide le suivant, au point d'en rougir, même, lui lançant des regards à la dérobée lorsqu'elle croyait qu'il ne la verrait pas. Selon les domestiques, la jeune femme était pratiquement mariée à ce fermier grossier qu'il avait rencontré brièvement le mercredi précédent. Ce n'était pas à l'honneur de Lachlan d'approuver un aussi triste mariage pour elle.

— Est-ce que votre laird à bonnet s'assoira avec nous ? demanda-t-il, puis il regretta de l'avoir dit.

— Il n'est pas de notre paroisse, répondit Leana.

Les commissures de sa bouche pointèrent vers le bas.

— Et il n'est pas « mon » laird, non plus.

— Oh, je pensais que...

— Pas encore, l'interrompit-elle sèchement. Jamais, j'espère.

Une autre énigme à déchiffrer, mais il n'en avait pas la patience. Il ne put rien trouver d'autre à faire que s'excuser.

— Leana, j'ai peur de vous avoir offensée.

— Vous ne pouvez pas m'offenser.

Elle s'arrêta pour se tourner vers lui, et sa souffrance était maintenant évidente.

— Comprenez, cousin, reprit-elle, monsieur McDougal n'est rien pour moi. Mais mon père ne s'embarrasse pas de ce genre de détail. Elle déglutit, et il vit clairement le mouvement de sa gorge. Comment vous dire, Jamie ? Le cœur d'une femme n'est-il rien de plus qu'une vile marchandise à vendre au plus offrant ?

— Leana, je ne sais que dire.

Ce qui était la vérité. Ayant grandi sans sœur et avec une mère qui possédait un esprit fort et volontaire — tout à fait l'opposé de Leana McBride —, il n'avait aucune idée de la réponse à lui offrir.

— Excusez-moi, si je vous ai semblé insensible.

Il la regarda brièvement, fixant la légère fossette de son menton pour éviter ses yeux transparents.

— Votre père doit avoir ses raisons pour vouloir vous marier à monsieur McDougal.

— Des raisons ? Oh oui, il en a...

Leana se détourna lentement et elle recommença à marcher, son bras lâchement lié au sien.

Pressant ses lèvres ensemble, comme une ligne rigide de défense, Jamie n'eut d'autre choix que d'avancer. Il ne se laisserait plus entraîner dans les disputes de cette famille. Que l'oncle Lachlan fasse ce qu'il voulait de sa fille aînée, aussi cruelle que soit sa volonté. C'était l'avenir de la plus jeune qui l'intéressait.

Alors qu'ils approchaient de la porte de l'église, Jamie se pencha vers l'arrière pour apprécier les ruines de grès rouge d'une ancienne abbaye. Il ne restait plus de toit, seulement les hautes arches aux courbes majestueuses, qui ressemblaient à des yeux baissés sur l'église, comme ceux d'une mère aimante sur son enfant. Comment le tisserand avait-il nommé cette abbaye ?

— « Chérie », murmura-t-il.

Leana se tourna vivement dans sa direction, l'espoir renaissant sur son visage.

— Chérie ? répéta-t-il, pointant en direction des ruines de la nef.

Les sourcils arqués de Leana revinrent à leur place.

— Oui, l'« abbaye chérie », c'est ainsi que l'appelaient les moines. C'est une histoire remarquable. Lady Devorgilla, la veuve de John Balliol, fit construire l'abbaye en mémoire de son mari. Elle y déposa son cœur embaumé dans une petite cassette faite d'ivoire et d'argent.

Jamie grimaça.

— Qu'est-ce qui l'avait poussée à faire ça ?

— L'amour, dit Leana en retirant sa main du creux du coude de Jamie, qui se refroidit tout de suite. Elle est enterrée dans le chœur de l'abbaye, près du cœur de son mari, expliqua-t-elle.

Ils atteignirent enfin la porte de l'église. Ils étaient sur le point de pénétrer dans la sombre ouverture, quand une voix familière les appela.

— Jamie ! Leana !

Rose courait vers eux comme un colley joyeux de retrouver son maître. Suzanne viendra nous rejoindre bientôt. Et elle connaît toutes les dernières nouvelles.

— Nouvelles ?

Leana secoua gentiment la tête.

— Cancans, tu veux dire ?

— Oui, mais des commérages que tu seras heureuse d'entendre, ma chère.

Rose fit un clin d'œil à Jamie, puis glissa son menton sous le chapeau de Leana, parlant assez fort pour qu'il puisse tout entendre.

— Nicholas Copland a quitté la paroisse, il s'en va à l'université.

— À Édimbourg ?

— Non, plus loin encore, à Aberdeen.

— Vraiment ?

Le ton de Leana ne trahissait rien de ce qu'elle ressentait à l'annonce de cette nouvelle.

— Un ami de la famille ? demanda Jamie, trop heureux d'engager la conversation avec Rose.

— Un ami de Leana, en particulier, répondit Rose avec un sourire énigmatique, qui l'embellissait encore davantage. Si notre père l'avait permis, le jeune monsieur Copland aurait été le prétendant suivant de ma sœur. Hélas, soupira-t-elle dramatiquement, c'est impossible, maintenant. Peut-être qu'un autre amoureux prendra sa place.

— Peut-être, fit Jamie en écho, essayant d'être agréable.

Les sœurs échangèrent un sourire qu'il ne put déchiffrer, puis Rose se tourna et indiqua une jeune fille aux joues très rouges.

— Suzanne ! Viens, je voudrais te présenter mon cousin de Glentrool.

La jeune fille s'approcha rapidement, et son visage exprimait une franche curiosité. Avec ses yeux noirs et ronds, son nez pointu et ses cheveux auburn sévèrement noués sur la nuque, elle ressemblait tant à un petit écureuil rouge que Jamie dut se mordre la lèvre pour ne pas rire.

Rose fit les présentations d'usage. Jamie s'inclina, et Suzanne fit une petite révérence.

— Suz… Euh, mademoiselle Elliot est l'une de mes plus grandes amies, expliqua Rose, en prenant le coude de la jeune fille. Son père est monsieur Colin Elliot, l'épicier de Newabbey. Chaque vendredi, monsieur Elliot se rend au marché de Dumfries, car on y trouve les viandes les plus fraîches…

— … et les rumeurs les plus juteuses ! l'interrompit Suzanne en s'étouffant de rire, comme une petite paysanne ricaneuse et frivole.

Jamie la regarda placer ses deux mains gantées devant sa bouche, comme si elle avait voulu dissimuler ses dents pointues. Si elle avait tenu un gland entre ses doigts, le portrait aurait été complet.

— La plupart du temps, mon père m'amène avec lui. Je connais par cœur le nom de toutes les rues de Dumfries, dit-elle fièrement.

Jamie, un peu honteux d'avoir porté un jugement aussi cruel sur l'innocente jeune fille, fit semblant d'être impressionné.

— Je vous en félicite.

Du coin de l'œil, il remarqua deux autres jeunes filles qui approchaient, les oreilles dressées comme des brebis qui viendraient d'entendre une voix étrangère dans leur pâturage.

— Voici d'autres amies qui veulent vous voir, Rose.

— Vous êtes habituellement plus perspicace, Jamie. C'est *vous* qu'elles veulent voir. Ne les décevons pas.

Rose leur fit signe de s'approcher. L'une était grande comme une perche et dotée d'une silhouette à l'avenant ; l'autre, maigre avec des cheveux noirs, encore plus jeune que Rose. Les présentations furent faites au milieu des ricanements incessants de Rose. Une charmante disposition, bien qu'il espérât la tempérer un peu dans les jours à venir. Une jeune fiancée était une chose ; une enfant-fiancée avait quelque chose d'inconvenant.

Lorsque la cloche sonna la demi-heure, les rires de jeunes filles s'éteignirent aussi brusquement qu'une chandelle sur laquelle on souffle. Rose leva un doigt sentencieux.

— Vous vous êtes bien rincé l'œil, les filles ? dit-elle. Mais sachez bien que notre cousin n'est *pas* venu jusqu'à Newabbey pour se chercher une fiancée. N'est-ce pas la vérité, Jamie ?

Il la regarda. Que voulait-elle dire, en lui tendant une telle perche ? Son sourire à fossettes ne lui apprenait rien du tout. Leana souriait aussi. En fait, elles souriaient toutes. Il n'avait d'autre choix que de sourire largement à son tour, comme s'il comprenait la bonne blague et avait peine à contenir son hilarité.

— Absolument, Rose.

Leana vint à sa rescousse, le guidant vers l'étroite porte de l'église, sa main lui effleurant à peine le bras. Elle lui dit à voix basse :

— Par ici, cousin. Le banc de notre famille nous attend.

Chapitre 28

Qui vit d'espoir fait maigre diète.
— Proverbe écossais

Leana contemplait son bol de porridge, ce matin-là, se demandant où elle trouverait l'appétit d'en avaler une seule bouchée.

La journée d'hier, à l'église, avait été désastreuse, dès le moment où ils avaient pris place sur le banc familial. Leur père les avait attendus avant d'entrer le premier, suivi de Rose. Lorsque Leana avait voulu s'asseoir à sa place habituelle, près de sa sœur, Jamie l'avait contournée, causant un émoi et perturbant le psaume de rassemblement du maître de chapelle. *Oh!* Il y eut des sourcils levés et des murmures. L'assemblée avait à peine retrouvé le recueillement nécessaire à la prière, quand le révérend Gordon monta en chaire et s'inclina en direction des Stewart, assis dans la tribune nord.

Leana ne savait ni comment ni pourquoi elle devait prier, tant elle était déchirée. Pendant tout le service, Jamie se leva, puis se rassit, trop proche pour qu'elle se sente à l'aise, son bras lui effleurant constamment l'épaule. Sa chaleur était comme celle du poêle déposé aux pieds des invités du petit salon d'Auchengray, elle réchauffait tout ce qui se trouvait à proximité, en particulier Leana. Elle ne voulait pas croiser son regard, sachant qu'elle s'était déjà couverte de ridicule, ce matin-là. Son commentaire inapproprié au sujet du cœur d'une femme sur le point d'être vendu aux enchères — qu'est-ce que son cousin allait penser d'elle, qui s'apitoyait ainsi sur son sort? En fait, il ne semblait pas penser à elle du tout, n'ayant pratiquement pas regardé de son côté pendant tout le service.

Par contre, Leana ne pouvait s'empêcher de remarquer toute l'attention que Jamie portait à la lecture des Écritures. Il avait pâli, quand le révérend Gordon avait lu dans les Proverbes : « *Ne trompe pas avec tes lèvres* ». Étrangement, au verset suivant, son père s'était incliné vers l'avant. Il avait lancé à Jamie un regard d'inspiration soudaine quand le ministre avait lu : « *Je rendrais à l'homme selon ses œuvres* ». Les deux hommes semblaient particulièrement absorbés par le sermon du révérend Gordon, ce matin-là, si austère fût-il.

Après le premier service, tous déjeunèrent à leur place. Neda avait préparé du poulet froid accompagné de fromage à pâte pressée, que Jamie engouffra presque à lui tout seul avant de se rendre compte que le petit panier devait sustenter toutes les bouches. Deux des garçons Elliot récitèrent des versets de la Bible et répondirent aux questions du Petit Catéchisme. Puis, vint le service de l'après-midi, qui commençait à deux heures et finissait à quatre heures, incluant un autre sermon aux paroles sévères. Après avoir été assises aussi longtemps, Leana et sa sœur étaient heureuses de pouvoir rentrer tranquillement à la maison en marchant, tandis que Jamie et leur père les précédaient dans la voiture.

Avaient-ils discuté de l'avenir de Jamie ? Est-ce que son nom avait même été mentionné ?

— Leana, tu fronces tant les sourcils qu'il faudra un pied-de-biche, pour les remonter.

— Désolée, père.

Elle leva les yeux de son bol de porridge et se toucha la base du nez, comme pour les défroncer.

— Je pensais au sermon du sabbat, dit-elle.

Voilà. Cela devrait le contenter.

Son père, assis au bout de la table, fit un signe de tête approbateur.

— Et qu'est-ce qu'il t'a enseigné, ma fille ?

— J'ai appris…

Son regard passa de Jamie à Rose à Lachlan, qui avaient tous déposé leur cuillère et attendaient sa réponse.

— J'ai appris que tout homme qui ne travaillera pas…

— … n'aura pas de pain.

Le sourire de son père, qui venait de compléter la phrase, était aussi large que la lame d'une hache et non moins tranchant.

— Un message excellent, qui tombe à point nommé, ne penses-tu pas ?

Jamie retourna abruptement à son porridge, froid et insipide. Leana et Rose l'imitèrent, mangeant avec une certaine hâte, pendant que Lachlan prenait tout son temps pour beurrer son petit pain au lait, le couteau bien en évidence dans une main, le petit pain roulé dans l'autre. Il le couvrit entièrement de beurre comme pour marquer que toute la baratte lui appartenait. Ce qui était le cas, se rappela Leana.

Jamie s'éclaircit la voix.

— Oncle, j'ai pris une décision.

Les deux sœurs faillirent laisser tomber leur cuillère dans leur bol. Elles se regardèrent de côté, puis fixèrent Jamie, dont le visage était marbré de plaques rouges.

— Ah !

Lachlan leva son petit pain, comme s'il portait un toast.

— Continue.

— Avec votre permission, j'aimerais demeurer un mois à Auchengray… pour y travailler.

Jamie expira, visiblement soulagé. « Travailler » n'était pas un mot qu'on entendait généralement dans la bouche d'un gentilhomme.

— Maintenant que les béliers sont là, expliqua-t-il, Duncan aura besoin d'aide pour s'occuper des brebis.

— L'une de tes multiples habiletés, si je comprends bien.

— Oui, Stew m'a bien enseigné.

— Alors, tes connaissances et ton expérience seront les bienvenues.

Lachlan mordit dans son petit pain et macula de beurre le bout de son nez. Leana baissa les yeux immédiatement, de crainte d'éclater de rire et de tout ruiner. Jamie allait rester un mois ! Assez longtemps pour qu'elle puisse tenter de gagner son cœur. À coup sûr, si Jamie demandait sa main, père repousserait l'offre de Fergus McDougal. Jamie était bien plus riche, assez jeune pour produire plusieurs petits-fils, et, par-dessus tout, il était le neveu de Lachlan. Jamie était aussi beau garçon et avait fière allure, mais cela n'avait qu'une importance secondaire aux yeux du laird.

La mâchoire ferme de Jamie prouvait sa résolution.

— Jusqu'à la Saint-Martin, alors ?

Lachlan hocha simplement la tête, sa bouche trop occupée à mastiquer.

Le 11 novembre. La date était déjà gravée dans son cœur. Pendant que les deux hommes discutaient d'élevage dans les moindres et souvent ennuyeux détails, Leana et Rose finissaient leur repas, tout en échangeant des regards complices. Jamie sous leur toit pendant un mois complet : qui aurait pu imaginer une réponse aussi rapide à sa prière ? Depuis que Rose avait signifié clairement qu'elle n'avait aucun intérêt pour le mariage, Leana n'avait plus peur de s'aliéner sa sœur. Mais elle avait d'autres préoccupations, dont le déjeuner de mercredi en compagnie de Fergus McDougal.

Quand le petit-déjeuner fut terminé, au moment de sonner les domestiques pour desservir, Jamie s'excusa pour aller retrouver Duncan.

— Mesdemoiselles, dit-il en les saluant bien bas à tour de rôle. Oncle, nous nous reverrons au déjeuner, à moins que vous ayez besoin de moi avant.

Il disparut dans le hall, mais Leana pouvait encore entendre sa chaude voix de baryton saluer les domestiques par leur nom. Cela la fit sourire. C'était un homme intelligent, qui avait su se sentir rapidement chez lui et se faire accepter de tous.

Les épais nuages gris du dimanche s'étaient encore attardés sur l'est de Galloway, vidant leur contenu sur la terre et la mer en un torrent de forte pluie mêlée de vent. Ce temps morne convenait bien à leur corvée de la journée – polir l'argenterie à la lumière du foyer –, alors les sœurs ne se firent pas prier pour mettre les tabliers que Neda leur apporta. Elles se mirent au travail tandis que leur père finissait de boire son thé.

– C't'un jour trop sombre pour qu'mes p'tits-enfants viennent me voir, dit la gouvernante de la maison en soupirant bruyamment devant la fenêtre. Y a un bon mois qu'j'ai pas vu leur p'tit visage.

Deux des filles de Neda, maintenant mariées, vivaient avec leur famille au sud de Dalbeaty. Le village était éloigné d'à peine neuf milles, une distance néanmoins trop grande pour être parcourue par mauvais temps avec des enfants encore au berceau.

– Faites bon usage de votre temps, alors, murmura Lachlan, sans lever le regard de sa soucoupe.

La tête penchée sur les cuillères qu'elles frottaient, les sœurs soupirèrent. Leur père n'avait-il donc rien d'autre en tête que le travail ? La tâche n'était pas difficile, seulement monotone. Un bol d'eau chaude avec du savon fait de cendres de fougère, un vieux chiffon de coton et des doigts infatigables voilà tout ce qu'il fallait pour polir la vénérable collection familiale de cuillères en argent, de couteaux et de fourchettes à deux pointes. Leana, qui frottait chaque ustensile jusqu'à ce qu'il brille, venait à peine de terminer un ensemble de couteaux à manche d'écaille de tortue, quand on cogna à la porte de la salle à manger.

– Entrez ! hurla Lachlan.

Une timide Annabelle s'aventura sur le seuil, la tête enveloppée dans un foulard de lin.

– Une lettre pour vous, monsieur. De Maxwell Park.

À son commandement, elle la lui apporta en multipliant les révérences, avant de s'enfuir à toutes jambes, une fois sa mission remplie.

Maxwell Park ? Est-ce que Rose était au courant ? Leana regarda sa sœur. Son expression étonnée répondit à sa question. Elle n'en connaissait pas la teneur. Ou peut-être sa sœur pensait-elle au même moment à une autre lettre, celle qui n'avait jamais atteint sa destination, maintenant réduite en cendres dans le foyer.

Leur père regarda le papier à bordure dorée, plissa les yeux, puis le tint à bout de bras pour lire son contenu à voix haute.

À Lachlan McBride, Maître
Lundi 13 octobre 1788

Cher voisin,

J'espère que vous et votre famille êtes en bonne santé, dans l'attente d'une autre récolte abondante en cette saison des moissons.

— Pas aussi abondante que la vôtre, grommela Lachlan.

Mon épouse, Lady Maxwell, porte le plus grand intérêt à votre jeune fille, Rose. Lady Maxwell estime qu'elle bénéficierait grandement d'être présentée à la société de Galloway, et que notre bal du nouvel an serait le cadre idéal pour cela.

Un bal ! Sous la table, les sœurs se prirent les mains et les serrèrent très fort.

— Un bal ?

Lachlan cracha pratiquement le mot dans son assiette.

— Et quelles poches seront vidées en cette *somptueuse* occasion ?

Naturellement, monsieur McBride, ce sera un honneur et un privilège pour moi de procurer à votre fille tout ce qui pourrait lui être nécessaire en pareille occasion, en l'honneur de l'affection que ma femme lui porte.

— Comme c'est généreux, murmura Leana, sincèrement ravie pour sa sœur. Seul le Tout-Puissant peut octroyer pareille faveur.

— Vous voyez, père?

La voix de Rose flotta dans l'air dans un murmure d'espoir.

— Cela ne coûtera à notre famille ni un penny ni une seule livre.

Si vous voulez bien me permettre de vous rendre visite jeudi matin, j'aurai plaisir à discuter avec vous des projets de mon épouse, afin d'obtenir votre consentement. Elle est, comme vous pouvez l'imaginer, impatiente de procéder aux essayages et aux autres préparatifs.

— Impatiente, n'est-ce pas?

Lachlan frappa la feuille du revers de la main, grinçant des dents en lisant les dernières lignes.

À moins que vous soyez dans l'impossibilité de me recevoir jeudi, je frapperai à votre porte à dix heures précises.

Robert, Lord Maxwell
Maxwell Park

La voix de Lachlan ne flotta pas dans l'air comme l'avait fait celle de sa fille. Elle coupa comme un sabre, dirigée droit au cœur de Rose.

— Depuis quand es-tu au courant de cela?

Leana serra fortement la main de sa sœur. Si Rose le savait, elle ne lui en avait jamais soufflé mot.

— Mais, je n'en savais… rien.

Ce fut tout ce que Rose parvint à toussoter, mais ce fut néanmoins suffisant pour envoyer le poing de son père s'écraser sur la table avec fracas.

— Une belle histoire ! Cela fait près d'une semaine que tu es revenue de Maxwell Park et tu ne m'en avais pas dit un mot.

Les yeux de Rose s'emplirent de larmes.

— Père, Lady Maxwell ne m'a jamais parlé de… ce bal. Pas la plus petite allusion.

— Oh, je vois bien de quoi il s'agit. *Elle* ne l'a pas mentionné, mais c'est sans doute *toi* qui lui en as parlé.

Il fixait le foyer, comme s'il ne pouvait tolérer de la regarder, son menton projeté vers l'avant comme la proue d'un navire abordant un port dans la tourmente.

— Ma fille présomptueuse complote avec la noblesse, reprit-il, assurée que son pauvre père de condition inférieure se pliera à tous leurs caprices.

— Non !

Rose s'effondra sur sa chaise. Leana n'avait jamais vu la jeune fille aussi apeurée.

— Ce n'était pas mon idée, père. Pas la moindre parcelle.

Leana ne put en supporter davantage.

— Père, dit-elle doucement, il est clair que Rose dit la vérité, car c'est la première fois que j'en entends parler, moi aussi. Je crois que c'est entièrement l'initiative de Lady Maxwell. Et des plus heureuses, je pense.

— Oui, c'est ça, dit Rose, qui retrouvait peu à peu son aplomb. Peut-être devriez-vous considérer les avantages pour notre maison, père. Un moyen de procurer...

— *Procurer ?*

Il se leva si vivement que la chaise faillit se renverser dans le feu du foyer.

— C'est *ma* responsabilité, jeune fille, de procurer le gîte et le couvert à mes gens et des prétendants à mes filles. Je n'ai besoin d'aucune aide pour m'acquitter de ces importantes obligations, n'est-ce pas ? Et cela vaut pour toutes les deux, ajouta-t-il en foudroyant Leana du regard.

— Non, père, répondirent-elles à l'unisson, comme deux écolières prises en faute.

Rose s'accrocha à la main de Leana comme à une planche de salut.

— Recevrez-vous… Lord Maxwell, jeudi ?

— Et faire perdre un temps précieux à son excellence ? Bien sûr que je ne le ferai pas. Une lettre de refus sera livrée à Maxwell Park sur l'heure.

— Non, père !

Rose se leva, tremblant de tout son corps. De peur ou de rage, Leana n'aurait pu l'affirmer. Elle ne pouvait que prier pour sa sœur, elle qui venait de recevoir une telle joie, pour se la voir retirée brutalement l'instant d'après.

— Tu oses me tenir tête ?

Lachlan poussa rudement sa chaise de côté.

— Je ne fais… que… m'exprimer.

Rose bégayait ses paroles, tandis que Leana combattait ses larmes, sachant combien il en coûtait à sa sœur de dire de telles choses.

— Si ma… ma déception ne signifie rien pour vous, père, alors pensez à la… disgrâce… que cela jettera sur Auchengray.

Rose renifla, s'essuyant le nez du revers de la manche.

— Pensez à quel point cela compromettra mon… avenir.

— C'est précisément à ton *avenir* que je pense ! rugit-il.

Leana sentit qu'il avait bien d'autres choses à dire, mais qu'il se mordait plutôt la langue, comme un homme en colère qui mordille sa pipe.

— Ce n'est pas l'offre de l'homme qui m'irrite, ma fille. C'est de penser que tu ne t'es pas confiée à moi ; voilà l'insulte. Il ne doit pas y avoir de secrets dans cette maison. Compris ?

— Ce n'est pas un secret que vous ne m'aimez pas, père.

Rose défendait bravement son territoire. Bien qu'elle parlât plus posément, sa voix était basse, et son cœur était visiblement brisé.

— Et que vous ne vous souciez guère de ce qu'il adviendra de moi, dit Rose, qui s'enfuit dans sa chambre, laissant Leana et son père dans la pièce où régnait maintenant un silence de mort.

Marmonnant, Lachlan froissa la lettre dans sa main et la jeta directement au feu. Le papier se noircit et crépita, sa dorure se ternit, puis il se transforma en cendres. Le père quitta la pièce sans dire un mot à Leana, se dirigeant vers le petit salon et son secrétaire.

Leana restait assise, muette, regardant le papier brûler, pensant à la lettre de samedi, qui se trouvait aussi dans les cendres. Eliza entra sur la pointe des pieds pour prendre l'argent poli, suivie de Neda, dont les traits étaient creusés par l'inquiétude.

— Ma fille, y a-t-y que'que chose que j'puisse faire pour vous ? Ou pour mam'zelle Rose ?

— Il y a quelque chose qui ne va pas, Neda.

Leana jeta un coup d'œil en direction de la porte close du petit salon.

— Père aurait dû danser la gigue, devant l'offre de Lord Maxwell. Cela aurait pu signifier un riche mari pour Rose et de l'argent pour sa cassette.

Neda hocha lourdement la tête.

— Y a longtemps qu'j'ai arrêté d'essayer d'démêler les idées de vot' père.

— Vous êtes sage, Neda.

Leana se pinça les lèvres en frottant distraitement la dent d'une fourchette. Quelque chose se tramait, elle était certaine de cela. Pour une maison où ne devait régner aucun secret, Auchengray en abritait plus que ses murs de pierre ne pouvaient en contenir.

Chapitre 29

Certaines amitiés se forment naturellement,
d'autres, au hasard de rencontres, d'autres,
par la rencontre des intérêts et d'autres par celle des âmes.
— Jeremy Taylor

Un mois de dur labeur.

Jamie était lui-même surpris d'avoir accepté — non, *offert* — de souffrir une telle humiliation. Bien sûr, l'idée d'écrire à Glentrool et de quémander une lettre de change était encore moins attrayante. Si travailler comme roturier signifiait qu'il pouvait jouir de l'hospitalité de son oncle sans culpabilité ni obligation, cela valait bien les plaies et les bosses, la sueur et le labeur associés à l'élevage des moutons. De plus, il en savait déjà largement sur le sujet. L'occasion était bonne de faire un usage utile de ses connaissances.

Son bonnet de laine lui protégeait la tête de la pluie, mais le reste de son corps fut bientôt mouillé jusqu'aux os alors qu'il marchait en direction des bâtiments de ferme situés au cœur d'Auchengray. Lachlan vivait dans la confortable maison. La ferme était le domaine de Duncan Hastings, une belle exploitation commerciale, de surcroît. Jamie passa devant la volière remplie de pigeons roucoulants, puis en face du poulailler, où Eliza venait ramasser les œufs pour le petit-déjeuner. Puis vinrent les entrepôts de grains et la grange, ensuite les écuries abritant les chevaux, et une étable où les vaches avaient été traites efficacement, quelques heures auparavant, par une jeune fille de ferme dont il lui restait encore à apprendre le nom. À l'extrémité des bâtiments disposés en fer à cheval se trouvaient les logis des travailleurs qui arrivaient et partaient au gré des saisons — de misérables baraques surpeuplées et sommairement meublées. Les travailleurs faisaient du feu à même le sol de terre battue, ignorant l'odeur fétide émanant des tas de fumier qui s'élevaient de l'autre côté des fenêtres à quatre carreaux.

Duncan et Neda étaient logés au deuxième étage de la maison du maître, bien que Jamie soupçonnât le superviseur d'y passer peu de temps. Hastings était le superviseur des troupeaux et des champs, mais aussi l'homme de confiance de Lachlan. Ses journées de travail étaient sans fin. À cette heure de la matinée, il avait depuis longtemps complété sa ronde matinale, consistant à guider les moutons sur les collines, tout en repérant les boiteux et les malades. Jamie le retrouverait avec les béliers, cela ne faisait aucun doute, en train de s'assurer qu'ils étaient bien nourris et reposés, prêts pour la tâche qui les attendait. Car c'*était* du travail — trente brebis par bélier, pendant soixante jours de reproduction. Une rude besogne pour le berger également, car il devait constamment empêcher les béliers agressifs de se blesser lors de duels à coups de tête. Jamie se dirigea vers un enclos séparé, espérant que Duncan le prendrait sous son aile pendant un mois, afin de lui montrer comment se faisaient les choses à Auchengray.

En dépit de la pluie, Jamie appréciait la promenade dans la prairie, sentant ses muscles s'étirer et ses membres se détendre. Son épuisant voyage vers l'est lui avait appris la valeur de la vie au grand air, et de la lutte contre les éléments et les obstacles que les hommes ou la nature plaçaient en travers de sa route. Ce n'était plus le même Jamie McKie qui avait quitté Glentrool — un fuyard, rempli de peur et de honte. Ses peurs étaient maintenant presque toutes chassées. Mais il devait encore se défaire du déshonneur de ses mensonges. Il lui fallait aussi apprendre à donner, au lieu de prendre, et à travailler dur, plutôt que de se cacher derrière des habits de gentilhomme.

Lorsqu'il aperçut Duncan dans l'enclos, inspectant ses béliers, il pensa à Henry Stewart et éprouva un moment de nostalgie. Stew était sans doute en train d'accomplir les mêmes gestes là-bas, à Glentrool. Tout comme Gordie Briggs, le berger qui l'avait nourri d'un bol de gruau et lui avait cédé son plaid – était-ce seulement une semaine plus tôt ? Dans tout Galloway, les bergers étaient au travail. Bientôt, il ferait partie du nombre.

Duncan hocha la tête en le voyant, puis se redressa, libérant avec précaution les cornes spiralées du bélier.

– T'es venu pour aider, ou c't'une simple visite ? Non pas que j'l'apprécierais pas. On dit que c'est par l'plus court chemin qu'on trouve la meilleure compagnie.

– J'aimerais offrir plus que de la compagnie, Duncan, dit Jamie tout en secouant l'eau de son béret. Je suis venu vous apporter mon aide. Avec votre permission.

– J'pourrais l'accepter.

Les yeux bleus de l'homme étaient comme deux points lumineux dans le matin lugubre.

– Mais pas sans t'mettre à l'épreuve avant. Dis-moi c'que t'as appris… euh, su' la tonte, pour commencer. Qu'sais-tu au sujet d'la tonte des moutons ?

Jamie réfléchit un moment, puis résuma les points les plus importants.

– Il faut commencer aussi tôt que possible, le matin. Mener le troupeau tranquillement dans le parc à moutons, sur un sol dénudé.

– Bien, et après ?

– Deux hommes sont nécessaires : un pour couper la laine, l'autre pour rouler la toison.

– Et si on entaille la peau ?

– Il faut la traiter tout de suite avec de la balsamine et du soufre.

Duncan sourit pour toute réponse.

– Continue.

Jamie fouilla sa mémoire, à la recherche de quelque chose qui pourrait impressionner le berger expérimenté.

— Les moutons vous enseigneront leurs habitudes, si vous examinez les coussinets de leurs pieds.

— Y vont faire ça ? T'as appris ça à l'école, pas vrai ?

— Non. C'est Henry Stewart, notre chef des bergers, qui me l'a appris.

— Alors, montre-moi.

Duncan fit un pas en arrière, tout en invitant Jamie à s'approcher.

Jamie glissa les mains sur le bélier le plus proche, le calmant de sa voix, et se pencha pour examiner les pattes avant de la bête.

— Un bélier en santé, celui-là. Vous l'avez mené sur un chemin pierreux, récemment, mais il semble qu'il ait été nourri dans un pâturage gras au cours des deux dernières années.

Duncan lui envoya une solide tape dans le dos, qui le projeta presque sur les cornes de l'animal.

— T'as raison, mon gars ! Tu l'as dit. Une aut' question : pourquoi est-ce que j'suis plus inquiet c't'année qu'd'habitude, au sujet d'mes bêtes ?

Jamie regarda la figure de l'homme avec amusement, essayant de deviner la réponse qu'il attendait.

— Sans doute à cause du dicton des bergers *une année bissextile n'est jamais une bonne année pour les moutons* ?

— Oh ! T'es trop futé pour moi ! Et que connais-tu au sujet d'la reproduction ?

— Rien, monsieur, dit-il le plus sérieusement du monde, je suis célibataire.

Le berger éclata de rire et se tapa les cuisses si fort qu'il en effraya ses béliers, qui s'éloignèrent prudemment.

— J'vais apprécier ta compagnie, garçon, c'est certain. On est forcément souvent seul, dans c'métier. Combien d'temps vas-tu rester à Auchengray ?

— Un mois, répondit Jamie. Assez pour vous aider pendant la reproduction.

Assez longtemps pour gagner la confiance de Lachlan. Assez longtemps pour gagner le cœur de Rose.

— Jusqu'à la Saint-Martin, alors ? V'z'élevez des moutons à face noire, à Glentrool ?

— Oui, nous en avons. Un seul agneau par brebis, en raison des collines, mais des bêtes en santé.

— Et comment sais-tu qu'une brebis est prête à mettre bas ?

Duncan le mettait de nouveau à l'épreuve.

Jamie sourit.

— Ses mamelles pendent.

— Doit-on déplacer une brebis, dans c'temps-là ?

— Non, monsieur, on ne doit pas. Déplacez la brebis et elle retardera l'agnelage.

— Oui, exactement.

Duncan souriait d'une oreille à l'autre.

— C'est ce qu'elle fera.

Il remplit une mangeoire avec de la moulée fraîche, tout en sifflotant un air, puis se tourna pour prendre un autre grand sac.

— Alors, dites-moi, m'sieur McKie, est-ce que m'sieur McBride vous paiera pour vot' travail, pendant ces trente jours ?

— Le gîte et le couvert, c'est tout. Un salaire suffisant pour un jeune homme qui arrive à l'improviste chez son oncle, avec ses seuls vêtements sur le dos, et encore, des hardes en lambeaux.

Duncan le dévisagea, sans cesser de sourire.

— J'reconnais un garçon intelligent, quand j'en vois un. T'attends plus d'ton oncle qu'un *bannock* pour le p'tit-déjeuner et une vieille paire de bottes, ou j'm'appelle plus Duncan Hastings. J'pense que t'as derrière la tête d'lui prendre son plus beau joyau. Ai-je raison, jeune homme ?

— Peut-être.

Jamie détourna le regard avant que l'homme voie la vérité dans ses yeux.

— Le temps le dira.

Duncan lui saisit le bras avec une affection bourrue.

— Oui, j'crois qu'il nous l'dira. Allons, nous avons des béliers à nourrir, pluie ou pas. Honte au berger qui néglige son troupeau, n'est-ce pas, Jamie ?

Ils travaillèrent côte à côte, le berger expérimenté et le nouveau garçon de ferme, comme Duncan appelait Jamie. Un garçon prometteur, mais pas encore un homme, inexpérimenté, et qui devait prouver sa valeur. Pour une fois, il faisait bon être le dernier arrivé, le nouvel employé de la ferme. Il apprenait à la dure, en se salissant les mains. Duncan était patient devant ses erreurs et généreux dans ses compliments. Quand Jamie était trop brusque, Duncan étendait une main modératrice. Lorsqu'il parlait trop fort, l'index du berger pressé sur ses lèvres disait tout ce qu'il fallait. Jamie et Duncan devinrent de plus en plus à l'aise en présence l'un de l'autre, et commencèrent à échanger des histoires de bergers.

D'autres paysans du voisinage vinrent leur rendre visite au travail. Ils observaient les béliers, essayant de prédire quel animal engendrerait le plus d'agneaux à Pâques. Un garçon plein d'entrain, âgé tout au plus de douze ans, déclara avec le plus grand sérieux :

— Les meilleurs béliers sont ceux qui ont un frère jumeau.

— D'où tu tiens ça, toi ? demanda Duncan.

— De vous, m'sieur.

— Oui, et j'avais raison. Les jumeaux font les meilleurs béliers.

Il fit un clin d'œil à Jamie.

— T'as un frère jumeau à Glentrool, pas vrai ?

Jamie ressentit une chaleur dans le cou.

— Oui, en effet.

Qu'est-ce que Lachlan avait raconté à son superviseur, concernant Evan ?

— Mais nous ne sommes pas de vrais jumeaux ; issus du même père, mais d'une semence différente.

Le jeune garçon demanda de sa voix aiguë :

— Qui est né le premier, alors ?

— Cela dépend, dit Jamie, en s'emparant d'un grand sac d'avoine.

Le garçon insista.

— Ça dépend d'quoi ?

— De la personne à qui tu le demandes. Ma mère te dirait que je suis le plus vieux.

Duncan rit et les autres se joignirent à lui.

— Qui peut l'savoir mieux qu'elle ? Si ta mère dit que t'es le plus vieux des garçons, crois-la d'tout ton cœur.

Pas seulement sa mère. *Dieu l'a dit.* C'est ce que Rowena McKie lui avait affirmé. Depuis l'entrée de Jamie dans le monde, le Tout-Puissant avait placé sa main sur le garçon, proclamait la mère. Et ne l'avait pas retirée, si son étrange rêve était vrai. Lorsqu'Alec McKie avait posé ses doigts tordus sur la tête de Jamie, le dernier soir à Glentrool, Jamie avait senti que c'était plus qu'un père touchant son fils ; c'était la bénédiction divine à travers les doigts du patriarche. C'était curieux de penser à cela maintenant, alors qu'il était enfoncé jusqu'aux chevilles dans la boue et les ordures des moutons, veillant sur un troupeau qui n'était pas le sien.

— Où es-tu, maintenant ? demanda Duncan en lui donnant un petit coup de poing sur l'épaule pour le tirer de sa rêverie. Y est temps d'faire un brin d'toilette pour l'dîner. Nous travaillerons demain et mercredi matin, mais ensuite, y va falloir t'habiller pour un beau déjeuner.

— Un déjeuner ?

— Oui, m'sieur McDougal vient faire sa cour à mam'zelle Leana.

Les yeux de Duncan brillèrent d'un éclat amusé.

— Si tu veux m'croire, ajouta-t-il, j'pense pas qu'la jeune fille va tendre la main pour qu'il la prenne.

Chapitre 30

La joie vient et puis s'en va, affluant et refluant
Comme la vague ;
Le changement ébranle la force tranquille de l'homme.
— Matthew Arnold

Leana était présente à la table de la salle à manger, mais sans y être vraiment. Sa main se déplaçait pour porter son verre à ses lèvres. Sa tête s'inclinait avec déférence vers son père, vers monsieur McDougal, vers son cousin Jamie. Sa bouche décrivait un sourire quand Rose distribuait les anecdotes divertissantes, comme s'il s'agissait de friandises. Leana avalait quand il le fallait, parlait quand on lui parlait et serrait les orteils pour s'empêcher de pleurer.

Neda, qui veillait au bon déroulement du déjeuner à plusieurs services, l'observait avec une attention particulière. Elle n'avait aucun moyen de savoir à quel point Leana souffrait en silence, affligée par la vue du fermier lubrique — cet homme haïssable ! — assis en face d'elle. En dépit de sa détresse, le repas se déroulait comme prévu, les cinq convives jouant leur rôle comme autant de marionnettes dans un théâtre de Paris. Les assiettes de service arrivaient et partaient, chargées de poisson, puis de viandes, enfin de volailles : truites de la rivière Nith toute proche, nappées de crème ; mouton fumé, salé et odorant ; et canard rôti dans une sauce aux groseilles. Des carottes de son potager d'été, prudemment conservées dans la cave, ajoutaient de la couleur aux plats trop copieux. Leana mangea ce qu'elle put, c'est-à-dire fort peu.

Willie, propre et habillé comme un domestique, était posté derrière la chaise de Leana, lui offrant une cuillerée de ceci, une tranche de cela, elle, hochant la tête chaque fois en signe de refus. Ce n'était pas de nourriture qu'elle avait besoin, mais de liberté. La liberté de choisir elle-même l'homme qui la rendrait heureuse, un mari à qui elle pourrait plaire jusqu'à la fin de ses jours. Cet homme était assis devant elle, mais pas directement en face. À la droite de monsieur McDougal se trouvait celui en qui elle plaçait tous ses espoirs. *Jamie.*

Soudain, le regard de son cousin trouva le sien.

— À quoi pensez-vous, Leana ?

Sa bouche s'ouvrit sous l'effet de la surprise. Elle la couvrit aussitôt avec sa serviette de table.

— Cousin James, je...

— Allons, lui dit-il, appelez-moi Jamie.

— Oui, Jamie. Mes pensées, vous disiez ? Je pensais à...

— Aux brebis ! intervint Rose en souriant. Parlez-nous de votre travail avec les béliers, Jamie.

Il s'éclaircit la voix et hocha la tête d'un air légèrement réprobateur.

— Ce n'est pas vraiment un sujet de conversation à table, Rose.

— Comme tu as tort, mon garçon.

Lachlan, jouant l'hôte débonnaire, sourit à son neveu et fit un clin d'œil à son invité.

— Monsieur McDougal et moi serions enchantés d'entendre les détails.

Jamie s'anima en parlant de son sujet favori, tout en choisissant ses mots avec soin, afin d'éviter que ses cousines ne plongent sous la table pour cacher leur embarras. Les hommes plus âgés, en dépit de leur longue expérience de l'élevage, semblaient fascinés par les observations astucieuses de Jamie. Leana et Rose, le nez dans leur assiette, déplaçaient leur nourriture avec leur fourchette jusqu'à ce que, Dieu merci, Jamie eût fini de décrire sa matinée de travail auprès des béliers de reproduction.

— Abordons un sujet propre à intéresser les jeunes filles, maintenant, suggéra Jamie. Rose ?

Lachlan l'interrompit avant qu'elle puisse répondre.

— Les femmes ne s'intéressent qu'à deux choses : le mariage et les enfants.

— Ce n'est pas vrai ! intervint Rose en levant le menton, clairement piquée au vif. Plusieurs choses occupent l'esprit d'une femme. Les jardins. La poésie. La musique. Et la gastronomie.

Elle jeta sur les assiettes vides des hommes un regard significatif avant d'ajouter :

— Un art auquel ces messieurs aussi semblent porter un vif intérêt.

— Compris ! Compris !

Monsieur McDougal frappa sur la table avec le manche de son couteau pour marquer son plaisir.

— Quelle sorte de cuisinière est vot' sœur, mam'zelle McBride ?

— Leana fait merveilleusement bien la cuisine et est une couturière hors pair.

Rose se tourna vers sa sœur, et son regard brillait d'amour et de compassion.

— Mais l'esprit de ma sœur est sa plus grande richesse. Bien sage est l'homme qui saura l'apprécier.

Leana s'émerveilla d'entendre sa courageuse cadette se porter ainsi à sa défense. Si seulement elle pouvait être aussi brave. Fergus McDougal ne réagit pas ouvertement aux commentaires rebelles de Rose ; Jamie hochait légèrement la tête, comme s'il approuvait secrètement, mais il était difficile d'en être certain.

— C'est plus qu'assez, Rose.

Lachlan posa son œil sévère sur elle.

— Il n'est pas nécessaire de vanter les mérites de ta sœur. Ils n'intéressent qu'un homme à cette table, et il est déjà tout à fait convaincu. Ai-je raison, monsieur ?

— Absolument, dit Fergus en lorgnant Leana.

Jamie regardait Rose. Seulement Rose.

Non. Leana baissa les yeux sur son assiette, refusant de voir ce qui était clairement écrit sur le visage de Jamie. *Non.* Rose ne laisserait jamais pareille chose survenir, même si le refus de leur père de la laisser assister au bal de fin d'année des Maxwell avait été un coup terrible pour elle.

La veille, elle s'était traînée dans la maison en versant toutes les larmes de son corps. Toutefois, dès le lendemain, au réveil, elle avait déjà retrouvé son caractère enjoué. Avant le petit-déjeuner, blotties dans la chaleur de leur lit clos, les deux sœurs s'étaient révélé leurs secrets les plus intimes : Leana admit qu'elle manifestait pour Jamie un intérêt qui était peut-être inconvenant. Rose confessa que, dès son arrivée, Jamie l'avait embrassée – brièvement –, debout au milieu des pacages.

Leana fut choquée.

– Il t'a… embrassée ?

– C'était sans importance. Le baiser d'un grand frère ou d'un oncle, rien de plus, l'assura Rose dans un soupir. Maintenant, nous devons faire en sorte qu'il t'embrasse *toi*, et pas comme une sœur !

Elles étouffèrent leurs rires sous leurs oreillers.

– Nous formons une paire, pas vrai ?

Une paire déterminée à voir Jamie porter son choix sur la sœur aînée. À moins qu'il fût trop tard. À moins qu'il eût déjà choisi.

– Mam'zelle McBride.

Leana releva brusquement la tête, quand elle entendit la voix de Fergus McDougal.

– Vot' sœur déclare qu'vous êtes une bonne cuisinière, pourtant, vous n'démontrez pas beaucoup d'appétit.

Elle sentait ses gros yeux bruns l'étudier de l'autre côté de la table.

– Vos pensées seraient-elles… ailleurs ?

– Non, monsieur.

Elle parvint à esquisser un léger sourire.

— Elles sont toutes tournées vers un certain gentilhomme assis à cette table.

Il louerait sa diplomatie ; elle ne disait que la vérité.

— Je suis bien aise de l'entendre.

Le gros homme se rengorgea et échangea un regard avec leur père.

Son commentaire, qui se voulait habile, risquait de se retourner contre elle. Si elle ne jouait pas de prudence, Fergus McDougal couronnerait le repas avec une demande formelle en mariage. Il avait clairement affiché ses intentions. Lorsque les promesses auraient été échangées, puis confirmées en pressant son pouce contre le sien et par l'échange des présents qui s'ensuivrait, il n'y aurait plus de retour en arrière possible.

Mais elle n'avait pas de cadeau pour Fergus, et jamais elle ne lui ferait don de sa personne.

Elle ne permettrait pas que cela arrive. Pas aujourd'hui. Jamais.

Dieu, par pitié !

Leana ne pouvait supporter de regarder l'homme assis en face d'elle. Si elle laissait ses yeux dériver vers Jamie, par contre, ses propres préférences seraient évidentes. Elle parlerait à son père alors, tout en s'assurant que Jamie demeure dans son champ de vision.

— Père, parlez-nous de vos projets pour la Saint-Martin.

Il haussa les épaules.

— Ce sont les mêmes que ceux de monsieur McDougal, je présume.

Son père décrivit sommairement leur sortie de novembre à Dumfries tandis que Leana s'attardait sur la ligne du menton ferme de Jamie, la courbe de ses hautes fossettes, et la chaleur de son regard, pointé dans une seule direction : *Rose.*

La voix de son père sembla faiblir. Leana sentit que la pièce la fuyait, comme lorsqu'elle regardait dans le nouveau télescope du révérend Gordon et en ajustait les lentilles. Sa vision changea. Elle ne pouvait plus refuser de voir ce qui lui crevait les yeux.

Elle avait été trompée. Par nul autre qu'elle-même.

Leana pressa les lèvres ensemble si fermement qu'elle eut l'impression que ses dents allaient lui percer la peau. En dépit de ce qu'elle avait pu follement croire, son père ne se laisserait pas dissuader, il la forcerait à épouser Fergus McDougal. C'était d'une douloureuse évidence. Pourtant, il y avait un plus grand mensonge encore, c'étaient les fables dont elle s'était enivrée chaque soir sur l'oreiller, depuis l'arrivée de Jamie.

Elle s'était persuadée que Jamie, un jeune homme séduisant et intelligent, préférerait une femme qui n'avait rien d'une beauté à une autre qui était magnifique.

Elle s'était convaincue que lorsqu'il lui souriait, c'était parce qu'il s'intéressait à elle. Que quand il lui avait saisi le coude dans l'escalier, c'était parce qu'il recherchait *son* contact.

Elle s'était dit que si elle lui laissait voir son cœur, il le voudrait pour lui.

Mais Jamie voulait Rose. Elle le voyait, maintenant, dans l'éclat chaleureux de son regard posé sur sa sœur, dans la courbe de ses lèvres quand Rose prononçait son nom.

Jamie.

Il ne cherchait pas une femme pour faire la cuisine ou la couture, filer la laine ou cultiver un jardin. Il voulait Rose, une jolie jeune fille qui apprendrait à l'aimer, tôt ou tard.

Mais moi, je saurais t'aimer, Jamie. La douleur dans sa poitrine était insupportable. *Je t'aimerais. Je t'aimerais.*

— J'voudrais maintenant dire que'que chose, si je puis m'permettre.

La voix de Fergus McDougal perça le mur de ses pensées, la ramenant à la table, de retour au présent et à sa froide et dure vérité. Il lui sourit de toutes ses dents tachées, les bajoues pendantes, fixant sur elle son regard concupiscent.

— C'que j'suis sur le point d'annoncer ne sera une surprise pour personne à c'te table.

Leana fut debout avant de s'en être rendu compte.

— Je... Veuillez m'excuser, père.

Elle sortit de la pièce en courant, renversant presque Willie et ses grands verres de sabayon, puis s'enfuit en courant par la porte de devant. Le regard affolé, elle s'élança sur le sentier herbeux menant à la route de Newabbey, puis s'arrêta à mi-chemin, pliée en deux par la douleur.

Dieu, par pitié.

Jamie était l'homme pour lequel elle avait prié. Pas Fergus.

Elle s'essuya les yeux du revers de la main, honteuse des larmes obstinées qui ne voulaient pas s'arrêter, et erra en titubant en direction des vergers. Peut-être se pendrait-elle aux branches d'un arbre. Cependant, ce qu'elle n'avait pas l'intention de faire, c'était de retourner s'asseoir devant ces trois hommes qui ne la connaissaient pas, et ne l'aimaient pas non plus. Fergus ne voyait d'elle que son côté pratique — ses mains, son corps —, mais pas son cœur. Son père ne voyait en elle que du bétail, qu'il pourrait échanger ou vendre. Et Jamie ne la voyait pas du tout.

Leana se dissimula dans les bras boisés d'un noisetier et attendit que quelque chose se passe, peu importe quoi. Ce serait son père, peut-être, surgissant par la porte, hurlant des menaces ? Sa sœur, qui connaissait trop bien la situation, pressée de sécher ses pleurs ? Ou son prétendant — le mot l'étouffa comme un noyau de cerise au fond de sa gorge — exigeant des excuses pour quelque chose qu'il ne pouvait absolument pas comprendre ?

La porte d'entrée s'ouvrit doucement. C'était Jamie.

Il marcha directement vers le verger, comme s'il avait su où la trouver, accélérant le pas jusqu'à ce qu'il soit à ses côtés. Doucement, il lui prit la main, les yeux remplis de compassion.

— Leana.

Sa voix était comme celle d'un berger rassurant un agneau qui vient de naître.

— Leana, je suis désolé.

— Désolé ?

Elle se détourna pour cacher ses larmes. Jamie n'avait rien fait pour la blesser, pas délibérément.

— Pourquoi êtes-*vous* désolé ?

— Parce que je…

Il soupira bruyamment.

— Parce que.

Elle sentit sa poitrine légèrement moins opprimée, une étincelle d'espoir s'était allumée. Peut-être s'intéressait-il à elle, après tout ? Regrettait-il d'avoir favorisé Rose de ses attentions ? Leana se tourna vers lui, levant le menton, ne dissimulant rien.

— Jamie, j'ai pensé…

Elle déglutit avec difficulté.

— J'ai espéré…

Mais il n'y avait pas d'espoir pour elle, dans son regard. Seulement de la pitié.

— Je suis vraiment navré, Leana !

— Jamie…

Bouleversée, elle se pencha vers l'avant, et appuya la tête sur son épaule.

— Oh, Jamie !

Elle sentit sa main lui frôlant la nuque et lui caressant les cheveux, et elle ne put s'empêcher de rechercher le contact de sa paume.

— Pourquoi vous ont-ils envoyé à ma recherche ? demanda-t-elle.

— Ils ne m'ont pas envoyé.

Jamie déplaça la main et lui prit les bras, la tenant fermement alors qu'il reculait légèrement pour mieux la regarder. Sur sa bouche se dessina un fin sourire.

— J'ai tout simplement été le plus rapide, dit-il.

La porte s'ouvrit brusquement. Lachlan. Fergus. Des cris furieux retentirent dans le verger comme les croassements rauques de deux corneilles noires s'invectivant l'une l'autre.

Leana s'écarta des bras fraternels de Jamie, mais il était trop tard.

— Avez-vous vu ? cria Fergus, agitant sa serviette de table comme un fanion tout en marchant vers eux. Avez-vous vu votre fille, dans les bras d'un autre homme ?

— C'est son cousin, aboya Lachlan, sur les talons de l'homme. Ce n'est rien d'autre.

Les deux hommes arrivèrent à sa hauteur et se tinrent côte à côte, leurs deux faces maintenant rouges comme des betteraves. Ils n'en étaient pas encore venus aux coups, mais il était clair qu'ils l'envisageaient. Leurs yeux étaient vissés dans les siens, leur fureur ayant trouvé une nouvelle cible.

Elle sentit Jamie, derrière elle, qui semblait de son côté. Un mur sur lequel s'appuyer. Il parla le premier.

— Messieurs, j'ai trouvé ma cousine pleurant dans le verger. Mon oncle a raison : je ne voulais que la réconforter. Vous voyez sûrement…

— Je vois une femme qui a insolemment rejeté ma demande en mariage.

Les yeux de Fergus McDougal étaient encore plus protubérants que d'habitude, et il postillonnait en parlant.

— À trois reprises, j'vous ai rendu visite, mam'zelle McBride, et les trois fois, j'ai été reçu plus qu'froidement.

Il tirait sur sa veste, les mains tremblantes de rage.

— À trois reprises, je m'suis senti *ridiculisé.*

Leana baissa le regard. Elle ne pouvait pas discuter avec un homme qui disait la vérité.

Son extrême colère faisait enfler son cou.

— V'z'avez aucun respect pour moi et encore moins pour les désirs d'vot' père. Ne m'avait-il pas assuré qu'vous étiez une personne agréable ? Oui, il l'a fait ! C'sont ses propres paroles : « Elle ne lèvera jamais un doigt sur vous ni ne dira une parole déplacée contre vous ». Pourtant, vous m'avez impoliment abandonné à c'te table deux fois, la dernière pour vous jeter dans les bras d'vot' amant dans c'te verger.

— *Non !* Il n'est pas…

Elle ne pouvait se résoudre à prononcer le mot.

— S'il vous plaît, vous ne devez pas penser cela de moi ni de mon cousin, l'implora-t-elle.

Fergus l'ignora, agitant les poings au-dessus de sa tête dans un mouvement d'exaspération.

— Quelle… quelle sorte d'exemple donneriez-vous à mes enfants ?

Avant qu'elle puisse répondre, il jeta sa serviette au sol.

— J'n'accepterai pas ça, et sa voix était maintenant stridente. Je n'veux pas d'*vous*, mam'zelle McBride. J'retire mon offre de mariage. Vous m'avez été infidèle, avant même qu'les vœux n'soient prononcés.

Le laird de Nethercarse pivota sur ses talons et s'adressa à Lachlan, qui avait assisté à la scène, impuissant à placer le moindre mot.

— Mon intendant s'assurera que mon argent me soit rendu sans délai. Bonne journée à vous, monsieur.

Fergus marcha vers les étables. Le silence qui l'accompagnait était assourdissant.

Lorsque Leana essaya de parler, Lachlan leva sa main pour l'arrêter, puis siffla entre ses dents :

— Silence !

En vingt ans, elle n'avait jamais vu son père aussi livide. Derrière elle, Jamie murmura.

— Dois-je rester ?

Son père répondit pour elle, d'une voix basse et égale.

— Non, neveu. Cela ne te concerne aucunement. Suis-moi, Leana.

La chaleur de la présence de Jamie se dissipa alors qu'elle s'éloignait de lui et courait derrière son père, dont le pas décidé le porta rapidement du jardin à la maison, jusqu'au petit salon.

Il se mit à faire les cent pas dans la pièce, serrant les mains, puis les relâchant, sans même regarder dans sa direction. Les minutes s'étirèrent pendant qu'elle se barrait les genoux pour les empêcher de trembler. Finalement, son père se plaça devant elle, le visage aussi impénétrable qu'une forteresse : gris, menaçant, amer.

— Sais-tu ce que m'a coûté ton comportement irréfléchi ?

Elle ne le savait pas, pas véritablement. Il n'avait jamais partagé avec elle les termes de son arrangement avec Fergus McDougal. Elle offrit la réponse la plus sûre qui lui vint à l'esprit.

— Trop.

— Oh oui, bien trop.

Il écarta les doigts de sa main gauche et fit le compte devant elle.

— Des pièces d'argent et du bétail à face noire ; l'amitié d'un fermier du voisinage ; le respect de ses serviteurs ; et, par-dessus tout, l'estime de la communauté.

Le comportement de son père ne pouvait pas toujours s'expliquer. Mais, cette fois, elle comprenait.

— Vous avez toutes les raisons d'être furieux contre moi, père.

— Sois certaine que je le suis.

Sa voix était basse, mais son intensité la fit trembler.

— Toi ! Ma fille docile et obéissante. J'aurais pu m'attendre à un comportement aussi honteux de la part de ta sœur. Mais jamais de toi, Leana.

Il la prit par les épaules, la secouant légèrement, la forçant à soutenir son regard.

— Toi, que ta mère a favorisée de tant de manières, que Dieu ait son âme. Agness McBride ne m'aurait jamais traité aussi mal.

Il l'avait atteinte en plein cœur.

— Je suis désolée, père.

— Et tu as raison de l'être.

Il baissa les mains, son regard se déplaçant vers la fenêtre qui faisait face à la route de Newabbey.

— Avant le coucher du soleil, toute la paroisse parlera de Lachlan McBride, dont la fille a été rejetée en raison de... sa conduite indécente.

— Oh, père.

Une larme coula. Sans le vouloir, elle avait déclenché un scandale.

— Qu'adviendra-t-il de moi ?

Il secoua la tête, lui tournant toujours le dos.

— Je ne peux pas le dire encore. Mais je crains que tu n'aimes pas cela.

— Vous savez, père, que rien... que Jamie...

— Oui, Jamie, grogna-t-il. L'objet de son affection est clair, Leana, et ce n'est pas toi.

Elle frissonna d'entendre la vérité dite aussi crûment.

— Jamie est un jeune homme insouciant qui a beaucoup à apprendre, dit Lachlan en soupirant, et sa frustration était évidente. Tant qu'il est sous mon toit, le fardeau de son éducation repose sur mes épaules.

Leana s'effondra sur une chaise. Et quelles leçons, elle, avait-elle apprises, ce matin-là ? Que ses yeux étaient faibles, que son cœur était aveugle, ne voyant que ce qu'il voulait bien voir. Que le désir et le devoir sont deux choses bien différentes. Et qu'une seule action inconsidérée pouvait tout ruiner. *Pas tout, Leana, seulement toi.* C'était vrai ; sa vie était ruinée. Son corps était encore intact, mais sa réputation serait bientôt détruite par Fergus McDougal.

Dieu, aidez-moi.

Soudain, elle vit ce qu'elle devait faire. Elle rechercha la main de son père comme une noyée s'accroche à un roseau.

— Père, murmura-t-elle en lui serrant les doigts, m'aiderez-vous ?

La douleur dans sa voix se rendit peut-être jusqu'à son cœur. Lorsqu'il se tourna vers elle de nouveau, ses traits, jusqu'alors durs comme la pierre, s'étaient adoucis imperceptiblement.

— Allons, allons, Leana. Après quelque temps, les dents de la médisance trouveront un autre morceau de choix à mâcher.

— Et entre-temps ?

— Entre-temps, jeune fille, tu vaqueras à tes tâches comme auparavant et tu feras ce que je te dis, sachant que c'est toujours ton meilleur intérêt que j'ai en tête. Entendu ?

— Oui, acquiesça-t-elle, même si elle savait bien que l'esprit de son père ne verrait jamais plus loin que son propre intérêt. Quoi qu'il en soit, l'horrible possibilité d'un mariage avec Fergus McDougal était écartée. Si elle ne pouvait pas avoir Jamie, au moins Fergus, lui, ne l'aurait pas.

— C'est ma responsabilité, Leana, de m'assurer que tu te maries. Et je ne me défilerai pas devant elle. Lorsque le moment viendra, assure-toi de ne pas faiblir non plus devant ton devoir.

— Choisissez pour moi le prétendant de votre choix, père.

Elle cligna pour chasser une larme naissante et offrit l'esquisse d'un sourire.

— Je ne vous décevrai pas à nouveau.

Renvoyée d'un geste brusque, Leana relâcha la main de son père et courut vers sa chambre, ayant hâte d'être enfin seule avec ses pensées. Neda la croisa à l'étage, le visage rongé par l'inquiétude.

— Rose est sortie afin d'aider Duncan à s'occuper des moutons. Elle m'a donné ceci pour toi.

Neda déposa un papier dans les mains de Leana, puis descendit l'escalier en vitesse.

Leana attendit jusqu'à ce qu'elle soit bien blottie dans sa chaise de lecture avant de déplier la note scellée. Elle ne comportait que quatre courtes phrases tracées par l'écriture fleurie de Rose :

Tu n'as pas dit oui. Moi non plus. Tout n'est pas perdu. Attendons la suite.

Chapitre 31

Dans les gais jardins du paradis
Deux fleurs s'épanouissent;
L'une aux éclats de feu
Et l'autre blanche comme neige;
Mais voilà! devant elles,
D'une main pâle et tremblante,
Un esprit doit choisir
L'une, et rejeter l'autre.
— Richard Watson Gilder

À la pensée de déclarer son amour à une femme, la bouche de Jamie s'asséchait et ses mains se glaçaient comme l'eau des rapides de Buchan Burn.

Il avait dansé avec des femmes, les avait accompagnées lors de grands dîners, s'était promené au soleil sur la lande avec elles et leur avait même volé des baisers. Généralement, les femmes s'intéressaient plus à lui qu'il ne leur accordait d'attention, ce qui fait que séduire et conquérir n'était pour lui qu'un jeu sans conséquence. Jusqu'à maintenant, jusqu'à l'arrivée de Rose McBride dans sa vie, dont l'innocence exigeait que ce soit lui qui joue le tout pour le tout, et lui ouvre son cœur.

Il croyait que ses sentiments à son égard étaient d'une évidente clarté, mais les réactions de la jeune fille n'en laissaient rien paraître. En fait, Leana s'était montrée plus empressée envers lui que Rose, sans pourtant qu'il l'ait encouragée. Bien sûr, il s'était rendu auprès de Leana dans le verger — quelqu'un devait le faire — et lui avait offert son soutien quand son père et son « fiancé » avaient tout fait pour l'anéantir. Une scène horrible, qui s'était très mal terminée, en particulier pour sa cousine. Son oncle aurait toutes les peines du monde à marier sa fille, si les rumeurs sur son compte se répandaient.

Mais ça, c'était le problème de Lachlan, pas le sien.

C'était Rose qu'il avait l'intention d'épouser, et c'était donc le cœur de Rose qu'il devait conquérir.

Si seulement Rowena McKie s'était trouvée à Auchengray. Elle aurait su lui suggérer l'endroit idéal, les mots justes, les gestes appropriés. Fort de ses conseils, il aurait gagné le cœur de Rose en un après-midi. « Pour l'homme riche, séduire est rarement une longue affaire », lui avait dit sa mère un jour. Plus d'une semaine, apparemment. Mais peu importait le nombre de jours ou de semaines, il ne doutait aucunement de sa réussite.

Percevant la présence discrète d'un domestique dans la pièce, Jamie tourna la tête et aperçut Hugh, le valet de son oncle depuis de nombreuses années, attendant patiemment dans le cadre de la porte.

– Viens, Hugh, dompte-moi ces cheveux indisciplinés. Un bon rasage serait sans doute à propos aussi.

– V'z'avez raison, m'sieur. Elle est drue, vot' barbe. Si v'z'avez l'intention d'faire la cour à une dame, vous feriez mieux d'avoir les joues lisses.

Jamie se contenta de hocher la tête. Il ne servait à rien de prétendre le contraire. Comme à Glentrool, les domestiques connaissaient toutes les intrigues en cours sous le toit de leur laird. Il enleva sa veste, sa cravate et sa chemise, et s'assit à la petite table de toilette de Rose, se sentant un peu ridicule.

– Finissons-en, mon ami, j'ai beaucoup à faire.

– Allons-y.

Hugh s'était présenté bien préparé. Il sortit ses instruments de sa poche et déposa le pichet d'eau chaude qu'il avait aussi apporté. Il enduisit ensuite le visage de Jamie d'un savon mousseux au parfum de bruyère, et remplit son office d'une main sûre, armé d'un rasoir bien aiguisé. Quelques minutes plus tard, Jamie glissa la main sur sa mâchoire glabre, heureux du résultat, tandis que Hugh travaillait rapidement avec son peigne, réunissant les cheveux brun foncé de Jamie en une queue lisse derrière sa nuque, et les attachant avec un petit ruban de soie.

— C'est l'moment d'mettre la chemise, m'sieur.

Hugh l'habilla en un tournemain, brossant les dernières miettes du déjeuner sur son pantalon, parvenant à donner à sa veste défraîchie un air acceptable.

— Au tour de la cravate, maintenant, enchaîna le domestique, avant de la nouer et de la mettre en place avec des doigts agiles.

Il fit ensuite un pas en arrière pour admirer son œuvre.

— La d'moiselle s'ra conquise au premier coup d'œil, m'sieur McKie, confirma-t-il. Soyez sans inquiétude.

Jamie lui donna congé en le remerciant, puis rassembla ses idées avant de se lancer à la recherche de Rose. Elle avait passé beaucoup de temps enfermée dans la chambre de Leana, depuis la débâcle du déjeuner. Consolant sa sœur, sans doute. Il frapperait à la porte voisine en passant, puis sillonnerait la maison et les jardins jusqu'à ce qu'il la trouve. En entrant dans le hall de l'étage, il fut soulagé de le trouver désert. Les domestiques avaient sans doute fait le plein de commérages pour la journée.

— Rose ?

Il frappa à sa porte, doucement au début, puis d'un poing plus ferme. Pas de réponse. Il descendit rapidement l'escalier, tendant toujours l'oreille pour surprendre les notes musicales de sa voix. Elle n'était ni près du foyer ni dans le petit salon. Dans la cuisine, on entendait le vacarme produit par les domestiques s'affairant à tout nettoyer après le repas, mais Rose n'était pas parmi eux. Neda le vit du coin de l'œil et inclina la tête en direction des jardins. Il hocha la sienne pour la remercier et choisit de sortir par la porte de devant, plutôt que de risquer de salir ses vêtements en traversant l'arrière-cuisine.

C'était une belle journée, claire et brillante sur un fond de ciel bleu. Il ne fallait pas espérer que cela dure ; en Écosse, le beau temps n'était jamais de longue durée. Rose en profitait peut-être pour faire une promenade à la campagne tandis que le soleil gratifiait Galloway de sa radieuse présence. Il déambula à travers le verger désert et contourna le côté est de la maison, cherchant la robe rayée qu'il l'avait vue porter un peu plus tôt. Il avait presque franchi le coin quand il entendit un rire de fillette qui faisait vibrer l'air automnal, en provenance du jardin de roses. Un endroit idéal pour conter fleurette, pensa-t-il. Son pas s'allongea quand il aperçut les deux sœurs, debout entre les tiges épineuses de fleurs autrefois épanouies, aujourd'hui flétries et fanées, et dont les restes desséchés jonchaient le sol.

— Les deux plus belles fleurs du jardin, annonça Jamie, soulagé de les voir sans larmes, et même légèrement souriantes après leur épreuve. Vous n'êtes sûrement pas en train de couper des roses pour la table du hall ? Celles que je vois ont depuis longtemps vécu leurs plus beaux jours.

Il vit leur sourire disparaître et sut qu'il avait commis une maladresse.

— Ou peut-être en avez-vous une qui est en train d'éclore ?

— Deux, répondit Leana en produisant celles qu'elle tenait dans les mains, une profusion de pétales entourés de feuilles foncées, presque bleues. Voyez ?

Il se pencha pour les examiner. D'un rose très pâle sur leur pourtour, la couleur fonçait près du centre, où l'étamine semblait lui faire un clin d'œil vert entre les pétales. Une fragrance agréable lui chatouillait les narines.

— Adorable, dit-il, et il se releva pour regarder celle qu'il voulait pour femme.

Le mot juste.

— Adorable, répéta-t-il, et le visage de Rose se drapa vite de la couleur de la fleur. Il se tourna et demanda à Leana.

— Quelle est cette race ?

— Race ?

Leana éclata de rire.

— Ce sont des roses, Jamie, pas des moutons. On les plante, on les taille, on les nourrit…

— Et on les croise. Les roses sont des hybrides, créées par… euh, par reproduction, non ?

Les joues de Leana avaient maintenant pris la couleur de la fleur en question.

— Oui, mais on parle généralement d'une *variété* de rose. D'espèces ou de types.

Il hocha la tête, toujours désireux d'apprendre plus.

— Et comment s'appelle cette variété ?

Les deux sœurs se regardèrent et éclatèrent de rire. Leana parvint à dire :

— La petite cuisse de nymphe.

— Ah ?

Gênée, Leana se tapota les joues, comme si elle voulait les refroidir.

— Cette variété s'épanouit rarement si tard en saison, ces deux-là nous ont surprises.

Jamie leva la tête, les regardant toutes les deux.

— Tout comme vous m'avez certainement étonné.

— Vraiment ?

Une soudaine curiosité illumina le regard de Rose.

— Qu'est-ce que tante Rowena vous a dit à notre sujet ? Nous lui avons écrit de temps à autre, au fil des années. Que vous a-t-elle dit avant votre départ ?

Il se mordit la lèvre, espérant que la vérité ne les offenserait pas.

— Elle ne m'a pas souvent parlé de votre famille, dans mon enfance. Et lorsque… lorsqu'il fut temps pour moi de m'en aller, il n'y avait plus de temps pour ça. Je me suis dépêché de partir, sachant seulement que je trouverais mes deux cousines à la fin de mon voyage. L'une aux cheveux noirs, l'autre blonde, les deux jolies. C'est tout ce dont je me souviens.

Son sourire était sincère et se voulait charmeur.

— Croyez-moi, c'était suffisant, poursuivit-il, suffisant pour me faire franchir cinquante milles presque sans nourriture et sans argent.

— Êtes-vous heureux d'être là ? demanda Rose doucement en le regardant droit dans les yeux. Ce long voyage en valait-il… la peine ?

Son cœur s'enfla de désir et sa voix devint plus rauque.

— Vous savez bien que oui.

Jamie oublia presque que Leana était là, tout près, tenant deux jolies roses sur leur tige épineuse. Il se tourna vers elle, voulant l'inclure d'une manière ou d'une autre dans l'échange. La pâleur de son visage l'informa qu'il était trop tard.

— Puis-je les apporter à l'intérieur pour vous ?

Leana lui plaqua les tiges dans les mains, et les épines lui percèrent la peau.

— Si vous y tenez, dit-elle sèchement.

Saisissant ses jupes, elle disparut immédiatement, se dirigeant vers le sentier de la maison.

Stupéfait, Jamie la vit disparaître de sa vue, puis se tourna vers Rose, qui était au bord des larmes. *Ouf!* Impossible de comprendre les femmes et leurs réactions.

— Rose, qu'y a-t-il ? Qu'est-ce que j'ai fait ?

— Je suis désolée, Jamie.

Elle tira un mouchoir délicat de sa manche et le porta à son visage, puis respira profondément.

— Je ne peux penser à aucune autre manière de vous le dire que celle-ci : vous faites erreur sur la personne.

— Je… *Quoi* ?

Il lança les fleurs au sol et lui prit les deux mains.

— Dès le premier instant où je vous ai vue, Rose, je savais. *Je savais* que vous étiez la femme que le Tout-Puissant me destinait pour épouse.

Les yeux de la jeune fille étaient comme des fenêtres dont on avait tiré les rideaux.

— *Comment* le saviez-vous ?

— Je le savais…

Mais comment le savait-il, au fait ?

— En raison de votre beauté, lança-t-il rapidement.

Elle secoua la tête, visiblement déçue, et se libéra les mains.

— La beauté se fane. Les fleurs en sont la preuve.

— Mais votre…

Il cherchait le bon mot.

— Votre *joie*. Votre joie a conquis mon cœur. Et vos moutons…

Les yeux de Rose s'agrandirent.

— Vous êtes tombé amoureux de mes moutons ?

— Mais non, bien sûr ! Pas de vos moutons. C'était la scène qui m'impressionnait. Oui, vous étiez fascinante. Vous voir évoluer parmi eux, votre douceur à leur égard… c'est tout cela qui m'a frappé.

Elle hocha la tête, comme si elle avait été distraite un moment, puis leva le menton afin de croiser son regard de nouveau.

— Et si je vous disais que j'ai… d'autres projets ?

— *D'autres projets ?*

Il perdit son sang-froid.

— Depuis quand, jeune fille ? Vous n'avez rien dit de tel, pendant tous ces jours que nous avons passés ensemble.

— C'est vrai, mais… mais chaque fois que vous faisiez allusion à vos plans, j'ai fait de mon mieux pour vous décourager.

— Oh oui !

Il leva les yeux au ciel.

— Quel baiser décourageant de votre part, mercredi dernier.

— Mais c'est *vous* qui m'avez embrassée.

— Et vous avez répondu à mon baiser, jeune fille.

Il la saisit par les épaules, et elle ne résista pas à sa poigne ferme.

— Ou ne savez-vous pas ce que cela signifie de presser ses lèvres contre celles d'un homme ?

Il se pencha davantage et murmura :

— De brûler sous ses caresses ?

— Non.

Elle s'agitait tandis qu'il l'attirait tout contre lui.

— Je ne sais pas.

Il l'embrassa fermement, ses dents entrant en contact avec celles de Rose, sa bouche voulant s'assurer, sans l'ombre d'un doute, qu'elle lui rendait son baiser.

Lorsqu'il retira le visage du sien, les yeux de Rose étaient remplis de larmes. Sa bouche, mouillée de son baiser, tremblait.

— Jamie, je…

— Rose, oh, Rose.

Il l'attira contre lui, sans la contraindre, pour ne pas l'effrayer davantage.

— Excusez mon audace. Un homme doit savoir ce qu'une femme ressent pour lui. Les mots… ne nous apprennent pas toujours ce que nous voulons savoir.

— Je vois.

Elle respira, puis soupira bruyamment et tristement, comme un courant d'air qui geint dans une cheminée.

— Jamie, vous devez m'écouter.

Elle le repoussa, puis s'éloigna un peu, mettant un peu plus de distance entre eux.

— Mes yeux et mes lèvres peuvent vous avoir dit une chose, reprit-elle, mais mon cœur et ma tête en ont décidé une autre.

— Mais…

— De grâce, Jamie. Réfléchissez.

Son expression était douce, mais résolue.

— Ai-je dit ou fait une seule chose qui aurait pu vous induire en erreur ?

Il regarda ailleurs, déterminé à trouver une réponse dans ses souvenirs. Mais il ne revoyait que des images de Rose évitant son regard ou esquivant ses contacts. Lorsqu'il se tourna vers elle de nouveau, il fut forcé d'admettre la vérité.

— Non. Vous ne m'avez pas induit en erreur. Je me suis trompé moi-même.

— Je suis désolée, Jamie.

Elle lui toucha le bras, seulement un court instant, puis baissa la main.

— Je suis trop jeune. Le mariage… me fait peur. Mais il y en a une autre à qui vous plaisez beaucoup.

Elle fit une pause, comme s'il avait besoin de deviner de qui il s'agissait.

— Ma sœur, dit-elle doucement.

— Leana ?

Bien sûr. D'autres images affluèrent rapidement dans sa tête. Le regard de Leana cherchant le sien lors de leur première rencontre. Son arrivée à l'église du village, lui tenant le bras. Un sourire fait à Leana assise en face, à la table. Ou lorsqu'il était allé la retrouver dans le verger. De petits incidents qui ne voulaient rien dire pour lui, mais qui, manifestement, avaient une tout autre signification pour elle.

— Mais Leana est ma… cousine. Rien de plus.

Ses épaules s'affaissèrent sous le poids de la déception.

— J'ai de l'affection pour elle, comme je pourrais en avoir pour ma sœur, si j'en avais une. Elle ne me… Comment dire, elle…

— Comment le savez-vous ? persista Rose. Vous étiez si occupé à me regarder que vous n'avez pas considéré Leana comme il se doit. Vous ne l'avez pas embrassée, comme vous l'avez fait pour moi, vous n'avez pas noué vos doigts aux siens, ni senti son cœur battre contre le vôtre. Jamie, elle mérite un bon mari, et elle a énormément d'affection pour *vous*. Plus que vous ne le croyez.

— Vraiment ?

— Oh oui, vous pouvez en être sûr. Voilà ce qu'elle m'a dit : « Jamie est tout ce que Fergus McDougal n'est pas. »

Il poussa un petit grognement.

— Oh, quel compliment ! Ne pas être comme Fergus McDougal — voilà qui rehausse mon estime personnelle.

— Ne comprenez-vous pas ? Maintenant que monsieur McDougal n'est plus son fiancé, Leana est libre de se marier avec quelqu'un d'autre. Le plus tôt sera le mieux, pour elle. Et elle espère beaucoup vous épouser.

— M'épouser… ?

Il gémit, voyant ses plans s'écrouler.

— Est-ce que je dois comprendre que vous n'éprouvez rien du tout pour moi ?

— Oh, Jamie.

Elle se pinça les lèvres un moment, comme pour retenir quelque chose.

— J'ai beaucoup d'affection pour vous. Mais j'aime ma sœur encore davantage. Leana a été une mère et une sœur pour moi, depuis le jour de ma naissance.

Sa voix se brisa.

— Je désire tant la voir heureusement mariée, Jamie. Aimée et appréciée pour ce qu'elle est. Ne le voyez-vous pas ? Votre amour serait un rêve devenu réalité, pour Leana.

— Mon rêve était différent, Rose.

Il ferma les yeux. Cela lui faisait trop mal de la regarder, maintenant.

— Mon rêve, c'était vous.

Chapitre 32

La rose et l'épine, la joie et la peine,
qui se fondent en une.
— Saadi, Shaikh Muslih al Din

— Tu rêves éveillée ?

Rose se dirigea vers le coin sombre et frais de l'étage, où le rouet de Leana s'activait. Elle s'assit sur un tabouret de bois, essayant de deviner l'humeur de sa sœur. Après l'incident malheureux du jardin, elles s'étaient asséné des coups de bec toute la soirée, puis avaient partagé leur lit en silence.

— Je ne t'ai pas revue, après le petit-déjeuner.

Leana leva la tête, mais ne la regarda pas.

— Ici me semblait un bon endroit pour me cacher.

— Ah bon. Et de qui te caches-tu comme ça ?

— Tu le sais très bien.

Leana recommença à filer, le rythme assuré, ses longs doigts souples rompus à l'art de torsader la laine.

Rose regarda ses propres mains, malhabiles, tout juste bonnes à la carder.

— Je suppose que je devrais faire mon cardage ce matin.

— Bonne idée.

Leana arrêta son rouet pour remettre une toison fraîchement séchée à Rose.

— Jusqu'au déjeuner, si tu veux bien. Cet après-midi, je vais à Troston Hill afin d'aider Jessie à confectionner une nouvelle robe à sa petite Annie.

Rose fut soulagée d'entendre cette nouvelle. Au moins, à Troston Hill, Jamie ne la verrait pas avec ces horribles lunettes.

— Passe-moi cette laine, Leana, elle ne se cardera pas toute seule.

Elle étendit la laine grossière et emmêlée sur une planchette hérissée de pointes, fixant la partie qui portait les traces de ciseaux au cadre. Puis, elle pressa la seconde planchette sur la première et tira les deux dans des directions opposées, répétant les mêmes gestes, encore et encore. Chaque fois qu'elle tirait ainsi les cardes, les fibres prenaient de l'expansion, s'étirant jusqu'à ce que la laine forme dans sa main une spirale bien lisse.

— À toi, maintenant.

Elle remit le produit de son travail à Leana pour qu'elle le file, puis recommença le processus avec un nouveau paquet de laine. Elles cardaient et filaient, cardaient et filaient, travaillant côte à côte. Le rythme de leurs travaux était aussi familier que cette chansonnette de leurs années d'écolières à Newabbey. Rose en chanta le premier couplet, et Leana se joignit à elle avec un peu de réticence.

Nous étions des sœurs, nous avions sept ans,
Nous étions les plus belles sur la terre,
Et not' travail pendant de tout c'temps,
C'tait de coudre les sept chemises de not' père.

Les paroles faisaient toujours rire Leana. Mais pas cette fois, bien qu'elle sourît un peu.

— Sept chemises en sept ans, murmura Leana. J'en ai déjà cousu sept en une *semaine*, quand père a dû se rendre à Édimbourg.

— Oui, la taquina Rose gentiment. Tes doigts de fée font l'envie de toute la paroisse. Jamie ne porte-t-il pas la chemise que tu lui as faite, dès qu'il en a l'occasion ?

Elles chantèrent sans s'arrêter, couplet après couplet, Rose cardant la laine tandis que Leana, assise derrière la grande roue, prenait la fibre entre ses doigts experts, avant de la tordre et de l'enrouler autour de la bobine dans un mouvement continu.

D'abord, souffle le doux vent d'été,
Puis l'agréable brise d'automne,
Avant que le galant chevalier arrive,
Pour offrir son gage d'amour.

— C'est l'automne, dit Leana d'un air songeur, et le galant chevalier est venu.

Jamie.

— Bientôt, Leana, ce bon chevalier de Glentrool te réclamera et t'offrira le gage de son amour.

— Ce n'est qu'un rêve, Rose.

— Non, j'en suis sûre. Si tu avais seulement vu sa surprise, très agréable au demeurant, et le plaisir avec lequel il a appris tes sentiments pour lui.

— Mes… mes *sentiments* ?

Leana s'étouffa en prononçant le mot.

— Mais que lui as-tu dit ?

— Je lui ai dit que tu l'aimais beaucoup. Vraiment beaucoup.

— Rose !

La cadette haussa les épaules et ses joues s'échauffèrent.

— Cela devait être dit, Leana. Pour comprendre le cœur d'une femme, Jamie est aussi stupide qu'une guinée à trois faces et aussi épais qu'un madrier.

— C'est peut-être vrai. Mais que doit-il penser d'entendre cela de ta part, alors qu'il ne se soucie évidemment pas de moi le moins du monde.

— Ce n'est pas vrai.

Rose tira les deux cardes avec humeur.

— Lorsque je lui ai dit que tu avais beaucoup d'estime pour lui, il a levé ses beaux sourcils d'un air étonné et a demandé : « C'est vrai ? »

— Il... il a dit ça ?

— Oui.

Le regain d'espoir qu'elle lut sur le visage de sa sœur fit taire Rose un moment. Était-elle allée trop loin ? Promettait-elle trop ? *Non.* Jamie ferait ce qu'elle lui demanderait. *Et il avait intérêt à faire vite.* Rose tapota le genou de sa sœur avec le côté plat de sa carde.

— Si notre cousin n'agit pas assez rapidement, un autre brave garçon viendra te faire la cour, et que fera alors Jamie ?

Leana soupira.

— Il boira un petit verre de whisky pour célébrer ?

— Oh !

Rose frappa bruyamment ses planches l'une contre l'autre.

— Ça suffit, cette humeur défaitiste, tu vas faire fuir ce pauvre garçon.

Le rouet de Leana s'arrêta.

— La seule chose qui pourrait effrayer Jamie est la peur de te perdre.

— Allons ! fulmina Rose.

La vérité douce-amère de ces paroles l'irritait.

— Il ne peut perdre ce qu'il n'a pas.

Leana lança les mains dans les airs ne pensant plus du tout à filer.

— Et je ne peux avoir ce qu'il ne m'est pas donné de choisir, ne comprends-tu pas ? C'est *toi* que Jamie désire.

— Je me ferai invisible, alors. Je me cacherai dans la buanderie jusqu'à ce que tu aies volé son cœur.

— Volé ? dit Leana d'un ton sec et désapprobateur. Je préférerais gagner le cœur d'un homme, plutôt que de le lui voler.

— Voler ou gagner, quelle différence cela fait-il, s'il est à toi ?

— Cela fait toute la différence au monde, Rose, et le rouet se remit à tourner. Toute la différence.

— Seulement pour toi, grommela Rose.

Elles continuèrent de travailler dans un lourd silence, sans chanson ni éclats de rire pour les rapprocher. S'étaient-elles déjà disputées, avant que Jamie franchisse le seuil de leur porte ? Rose ne pouvait se souvenir d'une seule fois. Le mois qu'il allait encore passer à Auchengray, avant de repartir à Glentrool avec sa nouvelle femme, promettait d'être éprouvant. Rose priait pour que ce fût Leana. Leana persistait à dire que ce serait Rose. L'affection des sœurs avait déjà été sérieusement mise à l'épreuve, et Dieu seul savait ce que l'avenir leur réservait.

Rose se plongea dans son travail, s'acharnant sur ses cardes jusqu'à ce que ses poignets n'en puissent plus. Elle déposa les planchettes vides près d'elle, puis rassembla les rouleaux de laine cardée et les plaça silencieusement dans un vieux panier de bruyère, aux pieds de Leana.

— Je m'en vais à la cuisine, murmura-t-elle, debout et prête à partir. Peut-être pourrai-je me rendre utile pour le déjeuner.

— Attends.

La grande roue s'immobilisa.

— Je vais avec toi.

Leana pivota sur son tabouret à trois pattes, et Rose vit des traces de larmes sur les joues de sa sœur.

— Je suis désolée d'avoir été aussi susceptible.

Avec un soupir de soulagement, Rose se pencha et l'embrassa très fort.

— Il t'arrive d'être *un peu* sensible, murmura-t-elle à l'oreille de sa sœur. Et je ne te changerais pas Leana, pour tout l'or du monde. Tu veux simplement épouser un homme bon le plus tôt possible. Et moi, ce que je désire, c'est me marier avec un homme riche, mais pas avant d'être prête.

— Chérie, tu connais le proverbe : *Ne te marie jamais pour de l'argent. Tu peux l'emprunter à meilleur marché.*

— Oui, dit Rose en agitant sa natte avec humour. Mais je ne connais personne à qui emprunter de l'argent, à l'exception de Lachlan McBride, qui ne se séparera jamais d'un penny, à moins d'être certain d'en gagner deux. Et si je veux devenir une femme riche, je dois trouver un mari riche. Pas tout de suite, évidemment. Pas avant très longtemps, même. Mais un jour.

— Alors, marie-toi avec un gentilhomme pour son argent, si c'est ce que ton cœur te dicte.

Leana la suivit le long du corridor, en direction de l'escalier.

— En ce qui me concerne, dit-elle, je préfère faire ce que la Bible enseigne : « Ne rien devoir à un homme, sinon un amour partagé. » Si j'avais le choix, je me marierais par amour, Rose. Seulement par amour.

Rose murmura en tournant légèrement la tête.

— Alors, c'est une bonne chose que tu ne te maries pas avec Fergus McDougal.

— Oui.

Leana fit une pause au sommet de l'escalier.

— Quelle scène horrible dans le verger. J'ai promis à père de ne plus jamais le décevoir.

Rose se tourna vivement.

— Le *décevoir* ? Père ne se préoccupe pas le moins du monde de ton bonheur. Pas plus que du mien. Il ne veut que contrôler tout ce qui se passe sous son toit. C'est un homme avare !

— Chut !

Leana porta un doigt à ses lèvres.

— Les murs ont des oreilles.

— Je sais, dit Rose, lançant sa natte derrière elle alors qu'elle commençait à descendre. Ces oreilles ont des noms, aussi. Eliza m'a raconté tout ce que père a dit dans le petit salon, hier.

— Tu devrais avoir honte, murmura Leana, bien que Rose ne sentît aucune hostilité dans la voix de Leana. Surveille bien ta langue, au déjeuner.

Une heure plus tard, quand Neda apporta un plat froid de langue de bœuf bouillie, Rose s'excusa subitement et s'enfuit dans la cuisine, le visage enfoui dans une serviette de table pour cacher son fou rire. *Langue !* Est-ce que Leana savait ?

Quand Neda revint chercher d'autres plats, elle la trouva assise à une table, essuyant ses larmes.

— Mais qu'est-ce qui vous arrive, ma fille ?

— Oh, Neda !

Rose pouvait à peine respirer, tant son estomac lui faisait mal d'avoir trop ri.

— Vraiment, je n'avais pas rigolé comme ça depuis des mois. Tout est devenu bien trop sérieux à Auchengray, depuis l'arrivée de Jamie McKie.

La gouvernante la regarda un moment, relevant la mèche de cheveux qui tombait toujours sur les sourcils de Rose.

— J'peux point vous donner tort, jeune fille. Un peu d'bonne humeur ferait du bien ici.

Neda fit ensuite un geste de la tête en direction de la salle à manger.

— V'feriez mieux d'rejoindre le reste d'la famille, sinon on s'demandera si vous êtes malade.

Rose se calma et entra dans la salle à manger, la tête haute, tout en regardant Leana, évitant le plat de langue de bœuf. L'expression amusée de sa sœur lui apprit tout ce qu'elle avait besoin de savoir. *Finaude.* Leana était au courant, bien sûr, et elle avait voulu s'amuser à ses dépens. Sans cruauté, simplement pour être drôle. Pour prouver qu'elles étaient encore des sœurs. Et qu'elle aimait toujours sa petite Rose.

Lorsque Leana quitta Auchengray pour se rendre à Troston Hill, après le déjeuner, Rose se résigna à passer un vendredi après-midi bien tranquille à lire, pendant que Jamie travaillait aux pâturages avec Duncan. Elle se blottit dans le canapé près de la fenêtre, dans la salle de couture de Leana, repliant les pieds sous elle, un léger plaid enroulé autour des épaules. Même si le ciel était clair, le vent était piquant et s'insinuait dans les interstices de la fenêtre. Elle ouvrit le livre avec excitation, l'ayant emprunté à Suzanne, qui l'avait obtenu d'une amie de Dumfries, qui l'avait elle-même reçu d'une connaissance de Carlisle. Il n'était pas facile de mettre la main sur des livres, en particulier celui-ci — *L'histoire de mademoiselle Élisabeth Létourdie* —, écrit par une *actrice*, Eliza Haywood. Si son père le découvrait, il exigerait qu'il soit renvoyé d'où il venait à l'instant même. Rose s'assurerait que cela n'arrive pas.

Elle aima l'histoire d'Eliza Haywood dès la première page :

Élisabeth Létourdie était la fille unique d'un gentilhomme riche et bien né.

Rose soupira avec une immense satisfaction, s'installant dans le confortable fauteuil, ignorant la laine qui devait être cardée, les chemises qui attendaient d'être repassées et le spectacle de la vaillante Annabelle qui cueillait des pommes dans le verger. Rose était trop occupée à prétendre qu'elle n'était pas la fille cadette d'un laird à bonnet à la poigne de fer, non, elle était *Élisabeth* et le monde lui appartenait.

Les heures passèrent au rythme des pages qui tournaient, et Rose, complètement captivée, s'abandonna à sa lecture. Le soleil, qui réchauffait la vitre, se refroidit et disparut. Elle resserra le plaid autour d'elle et continua de lire. Les voix allaient et venaient dans le hall, mais personne ne vint la déranger, ce qui lui convenait parfaitement. Elle était si emballée par une phrase décrivant mademoiselle Élisabeth qu'elle voulut la lire à voix haute pour bien la savourer :

— *Elle n'avait jamais rencontré d'homme capable de lui inspirer la plus petite émotion de tendresse.*

— Jamais ? répondit une voix masculine. Pauvre jeune fille.

Surprise, Rose leva les yeux de la page et découvrit Jamie, debout sur le seuil de la porte entrouverte. Ce n'était plus le berger en guenilles, il était propre et bien habillé pour le dîner.

— Mon cousin, vous auriez dû frapper, lui dit-elle sévèrement.

— Je l'ai fait. Deux fois. Quand vous avez commencé à parler toute seule, j'ai cru qu'il était temps pour moi d'intervenir. Sinon, c'est le bon docteur Gilchrist qu'on aurait dû appeler.

Rose sourit, mi-figue mi-raisin.

— L'hôpital de Dumfries a peut-être des chambres réservées pour les lunatiques, mais aucun lit ne porte mon nom.

— Pas encore.

Ses yeux brillèrent.

— Puis-je… me joindre à vous ?

Elle déposa son livre avec réticence et le pria d'avancer.

— Laissez la porte entrouverte, sinon les domestiques murmureront qu'il se passe ici des choses inconvenantes.

— Quel dommage, dit-il, la porte et son sourire s'ouvrant simultanément. J'avais justement en tête quelques inconvenances.

— Jamie !

L'homme était un séducteur impénitent.

— Quel langage, de la part d'un homme qui a déjà étudié pour devenir ministre, dit-elle d'un ton ironique.

— C'est vrai, Rose. Et j'accomplis l'œuvre du Seigneur, cet après-midi.

Il s'appropria le petit tabouret où elle s'assoyait généralement pour carder la laine et le rapprocha du canapé. Trop près. Il lui prit la main sans lui demander la permission et la tint dans la sienne, parcourant la paume de son index. Son expression devint plus sérieuse.

— J'ai prié pour vous et votre sœur. Je sais que je vous ai rendu les choses… difficiles. À toutes les deux.

— Merci, dit Rose, incertaine de ce qui allait suivre.

Elle remarqua les cernes noirs sous ses yeux gris-vert, la pâleur de son visage.

— Pauvre Jamie, dit-elle, ne dormez-vous donc plus ?

Elle libéra sa main pour déplacer une mèche de cheveux bruns du front de Jamie. Ils avaient la texture de la laine filée — à la fois douce et épaisse, du brun riche du cuir poli. Elle tira une poignée de ces cheveux et dit d'une voix taquine :

— Cette mèche a toujours été rebelle, n'est-ce pas ?

— Depuis que je suis enfant.

Il leva la tête et la balaya vers l'arrière lui-même, effleurant les doigts de la jeune fille au passage.

— Ma mère, expliqua-t-il, essayait toujours de la lisser, de la coincer derrière mon oreille ou de la couper pour la dompter.

Rose sourit devant ce portrait qu'il peignait de son passé. Pas étonnant que les femmes trouvent Jamie si séduisant. Il agissait un moment en adulte, puis comme un gamin sans expérience l'instant d'après, livrant son cœur sans pudeur, tout comme Leana. Lui et sa sœur feraient sûrement un beau couple. Curieux que Leana le vît clairement, mais pas Jamie. Pas encore, en tout cas.

Elle pouffa quand la mèche lui retomba sur le front.

— Vos cheveux n'entendent pas facilement raison. Et vous non plus, James Lachlan McKie.

Il sourit en hochant la tête.

— Ma mère serait d'accord.

Rose enfouit ses deux mains sous son plaid pour les réchauffer et les maintenir hors de portée de Jamie. Le contact de son doigt traçant nonchalamment son chemin sur sa paume avait tendance à l'assoupir. Ou à l'hypnotiser. Elle n'aurait su le dire exactement.

— Parlez-moi de tante Rowena. Lui avez-vous écrit, depuis votre arrivée à Auchengray ?

— Non. Je suppose que c'est ce que tout bon fils aurait dû faire, n'est-ce pas ?

Elle affecta un air sévère.

— Oui, dans l'heure suivant son arrivée.

— Je regrette de ne pas l'avoir fait. Mais j'ai envoyé une lettre à votre père, de New Galloway.

Les joues de Rose s'empourprèrent légèrement.

— Vraiment ?

Elle garda un ton léger, évitant son regard.

— Si elle a été livrée ici, père n'en a rien dit.

— Si vous l'aviez lue, Rose, vous auriez constaté que mon écriture n'est pas très lisible.

— Vraiment ?

Elle l'avait vue, et c'était le cas.

— À l'université, mes professeurs me le reprochaient sans cesse.

Il plaça une main par-dessus les siennes, qui étaient toujours cachées. Même à travers la laine, elle pouvait sentir la chaleur de son contact.

— Je sais que vous écrivez avec une application toute féminine. Peut-être pourrais-je vous dicter une lettre, ce soir, avant le dîner ?

Rose se réjouit à cette idée. Elle aimait former des mots sur le papier, tracer de grandes spirales avec la plume et l'encre.

— Ce serait une distraction agréable. Vous me diriez quoi écrire ?

— Chaque mot, dit-il, et ses yeux brillaient. La plupart touchant un sujet qui vous tient à cœur.

Leana. Rose battit presque des mains, tant elle était excitée. *Voilà !* Jamie voulait décrire Leana à tante Rowena, et lui apprendre quelle merveilleuse femme elle serait pour lui. Oh ! Quelle joie ce serait, de mettre de tels mots sur papier.

— Allons à mon secrétaire, Jamie.

Rose retira la main et l'agita dans les airs en pointant vers la porte.

— Il est dans ma chambre, dit-elle, enfin, votre chambre, pour l'instant.

Elle pouffa de rire quand il faillit basculer dans sa hâte de se lever.

— Il n'est pas nécessaire de tant vous hâter, cher cousin. Je suis à votre entière disposition.

Chapitre 33

De doux messages qui passent de pays en pays ;
Des lettres aimables qui trahissent la profonde histoire du cœur,
Dans laquelle nous sentons la pression d'une main –
Une touche de feu – et tout le reste n'est que mystère !
– Henry Wadsworth Longfellow

Jamie s'émerveillait de voir la main de la jeune fille se mouvoir avec aisance sur la feuille de papier ivoire, et les lettres élégantes se former pratiquement d'elles-mêmes.

– Rosie, vous êtes un prodige.

Sa main s'arrêta au milieu de la phrase.

– Je vous prie, mon cousin, de ne pas m'appeler *Rosie.*

– Un p'tit bouquet de rosies, pour masquer l'odeur de la mort noire, fredonna-t-il pour la taquiner, avant que son regard furieux lui fasse ravaler sa chansonnette médiévale. Désolé, dit-il, je ne savais pas que ce nom vous déplaisait.

Elle lui lança un regard oblique, le nez toujours pointé sur sa feuille.

– Le berger aux cheveux roux que vous avez croisé près de Lochend, celui qui s'appelle Rab Murray. Vous vous souvenez de lui ?

Il fit la grimace.

– Ce n'était pas exactement une rencontre mondaine, vous savez. Ils ont trouvé mes vêtements avant ma personne.

– Vraiment ?

Son rire était plus doux à entendre qu'un violon bien accordé.

– Je suis heureuse de ne pas m'être promenée par là plus tôt.

– Pas autant que moi.

Il se frotta le menton. Aujourd'hui encore, le rasoir de Hugh avait fait des prouesses. Après avoir passé l'après-midi dans le parc des moutons, Jamie n'aurait pas aimé se rendre auprès de Rose ayant lui-même l'air d'un bouc à barbiche.

— Il me semble me rappeler que le garçon m'a dit son nom, maintenant que vous le mentionnez. Rab Murray, c'est ça ?

Il la regarda attentivement, devenu soudain méfiant, son menton lisse oublié.

— Ne me dites pas que ce Rab Murray a l'intention de souiller le seuil d'Auchengray pour vous faire la cour ? demanda-t-il.

— Pas du tout, l'assura-t-elle. Rab aime simplement m'appeler Rosie, parce qu'il sait que je n'aime pas ça du tout.

— C'est ce que vous me dites.

Jamie s'étira les jambes, qui commençaient à s'ankyloser, car la chaise sur laquelle il était assis convenait à une jeune fille, pas à un homme de grande taille.

— Ce jeune Rab m'a tout l'air d'être amoureux de vous, dit-il d'un ton accusateur.

— Oh ! répondit-elle en agitant l'air avec sa plume. Il agit de la même façon avec toutes les jeunes filles de la paroisse, leur inventant des surnoms ridicules et appelant chacune sa bonne amie.

Il dissimula un sourire.

— Et comment surnomme-t-il Leana ?

— Leana ?

Elle le regarda, perplexe.

— Vous venez de me dire que Rab connaît toutes les jeunes filles de Newabbey, ce qui devrait inclure votre sœur.

— Je… Eh bien…

— Et a-t-il trouvé des surnoms pour Eliza et Annabelle, les deux filles de cuisine ?

— Non, dit-elle évasivement, il ne leur en a pas donné.

— J'ai donc raison.

Il se leva et ajusta son gilet, feignant l'indignation.

— Rab Murray s'intéresse donc à vous. Je vais le faire chasser sur-le-champ.

Elle déposa brusquement sa plume, répandant de l'encre sur le petit pupitre portatif en équilibre précaire sur ses genoux.

— Jamie McKie ! Si je ne vous connaissais pas mieux, je penserais que vous êtes jaloux d'un pauvre berger.

— Vous le verrez bien, quand je serai vraiment jaloux.

Il se rapprocha d'un pas, puis se pencha au-dessus de la tache d'encre avec un bout de chiffon qu'elle gardait tout près. Il la sentit s'immobiliser, essayer de reprendre son souffle. La même odeur de bruyère, qui emplissait la chambre qu'il empruntait, s'échappait du plaid de la jeune fille, chatouillant ses narines de son capiteux parfum.

— Alors, jeune fille, dit-il, allez-vous me parler de cette invitation désastreuse au bal du nouvel an, ou est-ce que je vais devoir me contenter de la version des domestiques ?

Elle releva la tête vers lui, le visage aussi neutre et lisse que le papier sur son pupitre.

— Mon père ne permettra pas que Lord Maxwell soit l'hôte de mon premier bal. Tout le reste n'est que commérages.

— Très bien, alors, dit-il en s'adossant à sa chaise. Vous êtes donc libre, conséquemment, je peux vous faire la cour.

Rose leva un doigt gracile.

— Ah, mais Leana aussi est libre. Et elle vous convient beaucoup mieux, selon mon opinion. Plus âgée, plus stable, et bien plus douée pour gérer un ménage.

— Je ne désire pas une gouvernante, Rose. Je veux une femme. Une femme à moi, pour la vie.

Il pensa que sa sincérité la désarmerait. Cela sembla plutôt l'éloigner, car elle se mit à plonger distraitement sa plume dans l'encrier.

— Qu'est-ce que mon père pense de vos avances ?

— Il ne s'y oppose pas, bien qu'il m'ait conseillé, pour reprendre ses paroles, « de procéder lentement ».

Il lui prit le menton et le tourna vers lui.

— Est-ce que je procède assez lentement pour gagner votre cœur ?

À la lueur de la chandelle, il faillit ne pas remarquer l'étincelle qui s'était allumée dans son œil noir, jusqu'à ce qu'il entende la note furieuse dans sa voix.

— Vous faites totalement fausse route, Jamie.

Elle le repoussa, croisa les mains sur sa planche à écrire et se redressa. Si elle essayait d'avoir l'air autoritaire, assise bien droit sur son canapé, elle en fut pour sa peine, mais il se garda bien de le lui dire. Il contint plutôt le sourire qui menaçait d'envahir son visage.

— Si je fais fausse route, c'est donc que je devrais plutôt me tourner vers Leana ?

— Oui, c'est ce que vous devriez faire. Et vous hâter, avant que ma sœur trouve un autre prétendant plus digne d'elle.

— Rose, Rose.

Il posa la main sur celles, croisées, de la jeune femme, conscient qu'elle devait être rugueuse et calleuse sur sa peau douce, ressemblant davantage aux mains d'un fermier qu'à celles d'un gentilhomme.

— Vous êtes trop jeune, dit-il, pour être à ce point certaine de ce que les autres veulent.

— Ce que je veux, pour l'instant, c'est écrire une lettre à votre pauvre mère et m'assurer qu'elle sera expédiée dès demain matin. Il lui faudra une semaine pour trouver son chemin jusqu'à votre vallée éloignée. Encore plus, si le temps se gâte.

Libérant ses mains, qu'il retenait, elle en appuya une sur le papier et plongea sa plume, qu'elle tenait dans l'autre, dans l'encrier. Après avoir épongé l'excès d'encre, elle laissa sa main planer au-dessus de la feuille, dans l'attente de sa dictée.

— Je suis prête, cousin.

Il ne put retenir son sourire plus longtemps. Rose ressemblait davantage à la volontaire Rowena, de minute en minute.

— Alors, mettons-nous au travail. Il ne reste que peu de temps avant que la cloche du dîner sonne pour nous demander d'apparaître à la table de votre père. Écrivez ce qui suit, je vous prie.

À madame Rowena McKie de Glentrool
Vendredi 17 octobre 1788

Chère mère,

Je regrette de ne pas vous avoir écrit plus tôt, afin de vous annoncer mon arrivée, sain et sauf, à Auchengray. Le voyage fut difficile et coûteux. Walloch, malheureusement, n'est plus en ma possession, ni la bourse contenant l'argent que vous m'aviez généreusement donnée.

Rose leva sa plume.

— N'allez-vous pas lui parler de vos bottes ?

— Non, je ne le ferai pas.

Les autres aveux étaient déjà assez humiliants pour lui, bien qu'il eût prudemment évité le mot « vol ». Sa mère le croirait insouciant ou poltron, et il ne voulait cela à aucun prix.

— C'est moi qui dicte cette lettre, Rose, reprit-il. Votre tâche est de l'écrire lisiblement.

Sa lèvre inférieure se courba en une moue de petite fille.

— Continuez, alors.

Votre frère se porte bien, ainsi que ses deux filles. Leana McBride est une jeune femme de vingt ans, au teint et à la chevelure pâle, et douée pour tous les arts domestiques. Sa sœur, Rose, a célébré son quinzième anniversaire le…

Il fit une pause.

— Votre anniversaire, cousine. Quel jour est-ce ?

— Vous êtes rusé, mon cousin. Ai-je le choix ? Je vais donc l'écrire, si je le dois.

Jamie regarda sa main se déplacer sur la page, heureux d'être parvenu à lui arracher une parcelle d'information de nature plus personnelle. *Le premier août.*

— Alors, nous continuons, Rose ?

Votre plus jeune nièce est votre véritable portrait, mère. Les cheveux noirs, la peau aussi onctueuse que la crème fraîche, une bouche délicate, des yeux qui brillent comme de l'onyx…

— Dieu du ciel ! lança-t-elle, et ses joues ressemblaient plus à des framboises qu'à de la crème fraîche. Vous écrivez ce genre de choses à votre mère ?

— Nous nous comprenons, ma mère et moi. Ne vous y trompez pas, elle voudra connaître tous les détails.

Il aurait dû penser à écrire cette lettre il y a plusieurs jours, pensa-t-il. Rose avait accepté non seulement d'écouter chacune de ses paroles, mais aussi de les coucher sur papier. Le moyen parfait de faire sa conquête. Le moyen idéal, en vérité.

Des deux sœurs, Rose est celle qui a capturé mon regard et mon cœur. Elle n'est pas aussi douce et accommodante que sa sœur, Leana, mais…

— Jamie, c'est plus que suffisant !

Rose lui planta le bout duveteux de sa plume dans la poitrine.

— Vous n'avez pas à dire à ma tante que je suis… têtue.

Il arqua le sourcil gauche, sachant que cela lui donnait un air suffisamment hautain, et afficha une mine plus contrariée qu'il ne l'était en réalité.

– Vous avez accepté d'être mon scribe, mademoiselle McBride, ce qui veut dire que vous devez écrire tout ce que je dis. Ai-je ou non employé le mot « têtue » ?

– Mais c'est bien ce qui doit suivre, n'est-ce pas ?

– Si tel est le cas, je compte sur vous pour l'écrire. Maintenant, si vous voulez bien…

… mais ses belles qualités éclipsent largement ses traits de caractère moins agréables. Elle a de belles manières à table, est très divertissante…

– Divertissante ? Jamie !

– Vous savez très bien que vous l'êtes. Écrivez, s'il vous plaît.

… et sa conversation est des plus spirituelle. C'est sa plume qui a couché ces mots sur papier, vous pouvez donc voir qu'elle possède une jolie écriture. Elle lit raisonnablement bien à haute voix et possède une belle collection de livres.

Sa plume s'arrêta encore.

– C'est Leana qui est le bas-bleu de la famille, pas moi. Elle a bien lu dix bouquins pour chacun que j'ai ouvert. Jamie, dit-elle, et son regard se voulait implorant, s'il vous plaît, dites-en plus au sujet de ma sœur. Votre lettre parle trop favorablement de moi et pas assez d'elle.

Jamie se frotta le menton, cachant son irritation. Son attitude entêtée aurait pu être agaçante, si la jeune fille n'avait pas été si charmante.

– Je parlerai de Leana, si vous insistez.

Leana et Rose sont aimables l'une envers l'autre et respectent leur père, comme il se doit. Votre frère a leur destinée bien en main et m'assure qu'il essaie d'obtenir le meilleur parti possible pour chacune de ses filles.

— C'est tout ce que j'ai l'intention de dire au sujet de Leana, dit-il fermement.

Il avait de l'affection pour sa cousine et la considérait comme une femme intelligente aux multiples talents, mais Leana ne faisait pas battre son cœur. La sérieuse Leana était une étoile bien pâle en comparaison de son exubérante jeune sœur. Il continuerait à le répéter à Rose jusqu'à ce qu'elle le croie ou se marie avec lui, peu importe ce qui arriverait en premier.

— Maintenant, jeune fille, dit-il, concluons ce message.

J'espère vous annoncer la publication des bans et les préparatifs en vue du mariage au plus tard à la Saint-Martin. Je temporise seulement pour plaire à mon futur beau-père, qui insiste pour donner à sa fille le temps d'être courtoisement conquise.

— J'attends toujours de voir quelque évidence d'une cour à l'endroit de l'une de nous deux, dit-elle en reniflant avec dédain.

— Oh ! Êtes-vous sourde autant que vous êtes aveugle, Rose ? Ne m'entendez-vous pas dire que vous êtes jolie, spirituelle, instruite, et que vous avez des manières agréables ? Que vous avez capturé…

Il se leva et pointa son index sur la feuille.

— … « capturé mes yeux et mon cœur ». C'est ici, noir sur blanc. Si c'est écrit, cela doit être vrai, n'est-ce pas ?

— Oui ! dit-elle en souriant.

Cette gaieté soudaine le prit par surprise. Ses défenses commençaient-elles à céder ? Avant qu'il puisse défendre sa cause davantage, le son étouffé de la cloche du dîner monta dans l'escalier.

— Nous en reparlerons demain matin, Rose. Ayez la gentillesse de conclure ma lettre par ces mots :

J'espère qu'Evan a accepté la décision irrévocable concernant mon héritage, que mon père est en bonne santé, et qu'il le restera longtemps encore.

Je vous suis reconnaissant pour vos prières et vos bienfaits à mon égard.

Votre fils,

James Lachlan McKie

Il ajusta sa cravate en la regardant distraitement coucher les derniers mots, qui semblèrent prendre plus de temps que nécessaire à écrire.

— Allez, allez.

Elle fit un geste en direction de la porte tout en agitant la lettre dans les airs.

— Je m'assurerai que l'encre soit sèche avant de la sceller pour vous. Willie ou l'un des domestiques s'assurera qu'elle se rende à Carlinwark, avant de prendre ensuite le chemin de la paroisse de Monnigaff. Votre mère la recevra là-bas au prochain sabbat, assurément.

— Alors, qui est la plus futée ? Vous savez même où l'expédier.

— Oh, quand cela me sert, cousin.

Elle jeta un coup d'œil à la lettre, manifestement fière de son travail.

— Allez à la salle à manger. Dites à père que je vous y rejoins dans un instant.

— Merci d'avoir écrit la lettre, Rose.

Il lui effleura à peine la joue, puis se dirigea vers la porte, qu'il referma doucement derrière lui. Ses inquiétudes concernant le bal à Maxwell Park apaisées, rien ne l'empêchait de la courtiser à loisir, même si cela pouvait être délicat, vivant sous le même toit.

Il sourit. *Non pas délicat, Jamie. Commode.* L'anticipation de la chasse et le sourire qu'elle lui avait adressé l'excitaient agréablement alors qu'il descendait l'escalier.

Chapitre 34

C'est la nature des femmes…
de ne pas aimer quand on les aime,
et d'aimer quand on ne les aime pas.
— Miguel de Cervantès

Leana examinait la chemise de lin qu'elle tenait dans les mains. Elle ajusta ses lunettes, puis leva le tissu devant la fenêtre pour l'observer plus attentivement. Le soleil gris de novembre révélait de belles rangées de petites piqûres, le long de la couture, exactement comme elle l'espérait.

Jamie avait promis de porter sa nouvelle chemise à Dumfries, la semaine suivante, à l'occasion de la Saint-Martin, une journée de foires animées où l'on embauchait des travailleurs et vendait des chevaux. C'était un grand jour de congé pour les domestiques, au cours duquel la population des campagnes affluait au marché du village le plus proche.

— Vous êtes très aimable de me coudre une nouvelle chemise, Leana, avait-il dit le mardi précédent. Aurai-je l'air d'un gentilhomme à nouveau ?

Elle rougit sous son regard attentif.

— Vingt-quatre tailleurs ne font pas un homme, Jamie. Et un vrai gentilhomme n'a pas besoin d'une chemise neuve pour prouver sa valeur.

— Vous êtes trop généreuse dans vos compliments, cousine.

Il effleura sa manche, si doucement qu'elle sentit à peine sa chaleur à travers le tissu. Mais elle n'en frémit pas moins à son contact.

— Je suis touché que vous vous soyez donné la peine de m'en faire une seconde, reprit-il. Mary, la lavandière, m'a tancé au sujet de la première, exigeant qu'elle soit lavée. Elle a dit qu'elle sentait le mouton.

Quand il lui fit un clin d'œil taquin, Leana se demanda s'il parlait à Rose avec la même désinvolture.

— Maintenant, reprit-il, je serai à mon avantage à la Saint-Martin. Qui sait ? Votre père décidera peut-être de me garder ici, Leana, plutôt que m'envoyer gagner mon pain chez un autre fermier de Dumfries.

Choquée, elle fronça les sourcils et protesta.

— Père ne permettrait jamais que son neveu travaille ailleurs qu'à Auchengray !

Puis, elle comprit trop tard que Jamie lui avait tendu un petit piège. Naturellement, il n'allait pas changer d'employeur comme un quelconque travailleur agricole. Ces derniers recevaient leur paie deux fois l'an, à la Pentecôte et à la Saint-Martin. Certains choisissaient de rester, tandis que d'autres vendaient leurs services pour la saison suivante à la foire d'emplois. Après une poignée de main et un doigt de whisky pour sceller le marché, les garçons et les filles emballaient toutes leurs possessions dans une malle, qu'ils faisaient transporter chez leur nouveau maître.

Non, ce ne serait pas le destin de Jamie. Ses jours à Auchengray étaient comptés, mais pour une raison différente. Il avait promis de travailler pour son oncle jusqu'à la Saint-Martin. Il ne restait qu'une semaine avant qu'il choisisse sa fiancée et fixe le jour de son mariage, l'œil déjà tourné vers Glentrool, où il entendait bien retourner promptement. Et avec sa nouvelle épouse. Même si Rose s'efforçait de diriger Jamie sur la trajectoire de Leana, il ne s'y attardait jamais longtemps. Lachlan parlait souvent du jour où Jamie ferait son choix, mais il semblait bien qu'il fût déjà fait.

L'espoir ténu qu'il jette son dévolu sur elle plutôt que sur Rose ne tenait qu'à un fil, plus fragile que tous ceux qu'elle filait sur son rouet. Mais elle s'y accrochait néanmoins, sachant que Rose n'était pas amoureuse de son cousin, pas plus qu'elle ne tenait à se marier, d'ailleurs.

Leana enfila son aiguille, puis perça l'étoffe pour initier une nouvelle couture, se fiant davantage à ses doigts qu'à ses yeux. Si heureuse qu'elle fût de ne plus avoir Fergus McDougal à ses trousses, aucun autre prétendant ne s'était présenté pour le remplacer. Et il n'en viendrait pas beaucoup, craignait-elle. Plus d'un voisin lui avait lancé des regards pleins de sous-entendus à l'église, lors des derniers sabbats. Personne ne remettait ouvertement en cause sa vertu, mais elle savait bien que des paroles cruelles ne manquaient pas d'être dites, derrière les portes closes. Son père avait promis de la marier, mais avec qui ? L'homme devrait venir d'une paroisse éloignée, loin du cercle étroit de Newabbey. Et il faudrait qu'il se présente rapidement, avant que les commérages détruisent sa réputation dans tout Galloway.

Cette description allait à Jamie comme un gant de peau de chèvre.

Personne dans sa paroisse de Monnigaff n'avait jamais entendu parler de Leana McBride, ni comment elle avait été répudiée par son prétendant pour panser son orgueil blessé. Puisque les parents de Jamie voulaient qu'il se marie avec l'une de ses cousines, il restait son dernier espoir. Personne d'autre ne pouvait la sauver.

La vérité, Leana. Eh bien ! Elle aimait Jamie McKie.

Non, *aimer* était un mot trop fort ; *admirer* était peut-être plus juste. Voir évoluer Jamie — couvert d'une cape de berger un moment, puis fraîchement rasé et habillé pour le sabbat l'instant d'après —, sachant qu'il était respecté dans les deux mondes, lui plaisait énormément. Le trouver seul, lisant à la lueur d'une chandelle, comme cela lui arrivait souvent, ou le surprendre à jouer aux devinettes, près du foyer, avec les enfants de Neda en visite, lui attendrissait le cœur aussi profondément que ses furtifs contacts lui réchauffaient la main.

Même son père s'était joint à la comptine, quand les enfants s'étaient rassemblés autour de Jamie, essayant de deviner dans lequel de ses poings fermés se trouvait le bouton prisé :

Jamais, jamais, tric, trac,
Laquelle prendrez-vous ?
La bonne main ou l'autre;
Devinez, faites vite,
Conspirez, prévoyez,
J'tricherai si j'le peux.

Les enfants l'adoraient, et Jamie le leur rendait bien, leur ébouriffant les cheveux et leur pinçant gentiment le nez.

Si ce n'était pas de l'amour qu'elle ressentait pour Jamie McKie, cela y ressemblait drôlement.

Pour le conquérir, elle devrait aussi le séduire. Pour le séduire, elle utiliserait tous les dons que le Tout-Puissant lui avait octroyés. Elle n'avait rien d'autre à offrir que ses talents de maîtresse de maison, mais ils étaient puissants, entre les mains d'une femme qui n'avait pas de temps à perdre.

— Leana, sais-tu quelle heure il est?

Elle se tourna pour voir son père pointant du doigt l'horloge sur le manteau de la cheminée, l'air sévère.

— Assez d'aiguille et de couture, dit-il, Duncan t'attendait à trois heures pour l'aider à tenir ses livres. Tu es déjà en retard.

Elle plaça la chemise à demi terminée de Jamie dans son panier à couture, qu'elle poussa à une distance sécuritaire du foyer, avant de glisser ses verres dans la pochette suspendue sous sa jupe.

— Excusez-moi, père, je monte le voir à l'instant même.

— Attends une minute, fille, dit-il, et ses traits étaient aussi sombres que sa voix. Bien que cela m'ait coûté bien plus d'argent que je ne pouvais me le permettre, la querelle avec monsieur McDougal est réglée. La souillure, malheureusement, reste. Nous devons trouver un nouveau prétendant avant... euh, qu'une autre saison passe. Est-ce que ton cœur est toujours acquis à ton cousin Jamie?

Elle blêmit. Est-ce que ses efforts avaient été à ce point évidents?

— Pourquoi le demandez-vous, sachant très bien que c'est Rose qu'il préfère?

— Ce qu'un garçon dit et ce qu'il sait être vrai sont souvent deux choses bien différentes. Ta sœur n'est qu'un bourgeon qui n'est pas encore développé. Mais toi, tu es une fleur odorante et épanouie, prête à être cueillie sur la tige.

Il baissa le regard pour rencontrer le sien.

— Jamie doit fonder une famille. Et toi, jeune fille, tu es prête à être mère.

La franchise de son discours la figea.

— Je... le suis?

— Oui, et Jamie le sait très bien. Rose a accroché son regard, mais toi, Leana, tu captureras l'homme.

Elle secoua la tête, bouleversée par sa confiance.

— Comment pouvez-vous en être aussi sûr?

Son père, qui souriait rarement, affichait maintenant un sourire en coin.

— Les pères ont plus de jugement que leurs filles ne leur en prêtent généralement. Allez, tu as fait attendre ce pauvre Duncan trop longtemps.

Il fit un pas de côté et indiqua la porte d'un signe de tête.

— La Saint-Martin approche, avec son lot de loyers à recevoir et de comptes à payer, dit-il. Veille à ce que ses livres de comptes soient bien nets. Tes yeux sont peut-être faibles, mais ils savent reconnaître des colonnes de chiffres qui balancent.

Leana fit un pas en direction du hall, mais ne put s'empêcher de demander.

— Et pour Jamie?

— Je ferai ce que je peux pour le persuader, ma fille.

Le sourire du père s'évanouit.

— Mais tu dois commencer à y mettre du tien pour attirer son attention et l'éloigner de ta sœur. Tu es plus vieille et plus sage, Leana. Fais ce que tu dois, et fais-le vite.

Elle se hâta dans l'escalier, se demandant ce qu'il fallait faire pour plaire à son cousin. Récemment, elle avait passé plus de temps que d'habitude à brosser et à natter ses cheveux. Elle se frottait les dents avec des pelures de pommes pour rafraîchir son haleine et gardait un citron dans sa chambre pour faire disparaître les taches de terre du potager. Malgré tout, les yeux de Jamie s'attardaient sur la plus jolie, Rose.

Leana avait aidé Neda à lui préparer les scones de pommes de terre préférés du jeune homme, et elle s'était assurée qu'on lui serve un civet de lièvre au déjeuner, le jeudi précédent. Bien qu'il eût démontré de l'appréciation pour sa cuisine, il avait omis de mentionner ses manières charmantes. Rose, de son côté, réussissait à le séduire sans coup férir.

Un après-midi de pluie, Duncan avait farci la tête de Leana de détails concernant l'élevage des moutons, afin qu'elle puisse impressionner Jamie par ses connaissances sur son sujet préféré. La facilité avec laquelle Rose se laissait approcher par les brebis épatait leur beau cousin bien davantage.

Si elle avait cru que sa sœur aimait Jamie — autant qu'elle l'aimait —, Leana aurait abandonné ses efforts sur-le-champ.

— Je suis trop jeune pour l'amour, lui avait rappelé Rose le vendredi précédent. Et bien trop jeune pour me marier. Jamie est tien, chère sœur.

Si seulement c'était vrai !

Arrivée au dernier étage, où les domestiques de la maison dormaient sous les avant-toits, Leana se précipita le long de l'étroit corridor qui conduisait aux quartiers de Duncan. Lui et Neda avaient deux chambres privées — l'une pour le travail, l'autre pour dormir —, chacune avec sa propre porte. Elle frappa à celle de son bureau et attendit d'être reçue.

– Entrez, grogna-t-il, avant d'ouvrir brusquement la porte.

Ses yeux étaient hagards et rouges.

– Vous v'nez pas trop tôt, jeune fille. J'comprends rien aux gribouillis de vot' père.

– Laissez-moi voir ce que je peux faire, dit-elle en lui tapotant le bras. Demandez à Willie ou à un autre domestique de nous apporter une théière et du pain de gingembre. On n'épluche pas des livres de comptes compliqués l'estomac creux.

Il disparut dans le couloir pour trouver une âme serviable, pendant qu'elle s'installait derrière le petit bureau du chef des bergers, près de la fenêtre. Le crépuscule était déjà tombé. Les montagnes seraient enveloppées dans les ténèbres dans moins d'une heure. Elle alluma deux autres chandelles pour bien éclairer la pièce, sachant fort bien que Duncan rouspéterait devant cette dépense.

Dès qu'il entra, il en éteignit une en la pinçant entre ses doigts.

– L'aut' suffit, jeune fille. Maintenant, voyons à nos affaires.

Ils penchèrent la tête au-dessus des livres, qui débordaient de reçus de toutes sortes. Les doigts rudes et colorés de Duncan suivaient ceux, minces et pâles, de Leana, le long des interminables colonnes de chiffres. Bientôt, ils secouèrent la tête devant les entrées illisibles que monsieur McBride avait tenu à faire lui-même.

– C'est un quatre, murmura-t-elle, tout en prenant une gorgée de thé si chaud qu'elle se brûla presque la bouche.

– Mmmh. Et ça, c'est un trois, à moins que ce soit un huit.

Duncan se prit la tête entre les mains.

– Oui, et ça pourrait aussi être un deux ou un neuf.

– Non, je suis sûre que c'est un trois.

– Quelle curieuse conversation que voilà.

Jamie se tenait dans l'embrasure de la porte, sa chemise souillée et déchirée empestant le mouton.

— Mon oncle m'a dit que je vous trouverais ici, ajouta-t-il.

Leana s'humecta les lèvres, ressentant toujours la brûlure du thé bouillant.

— Trouver qui ?

Les yeux de Jamie se vrillèrent dans les siens.

— Vous.

Le fil ténu d'espoir autour de son cœur se serra un peu. Il l'avait cherchée elle — *elle,* et non sa sœur.

Duncan secoua sa tête ébouriffée comme l'aurait fait l'un de ses colleys.

— Tu peux pas l'avoir, garçon. Elle est à moi, au moins jusqu'à la Saint-Martin.

— Qu'est-ce que les bergers disent ? « Neuf nuits à dormir seul d'ici la Saint-Martin, qui s'ront vite passées. »

— Tu t'trompes dans ton addition, mon gars. Y reste pas neuf jours, mais huit. Sept, quand tu lèv'ras ta tête d'l'oreiller, d'main matin.

Duncan regardait Jamie avec curiosité.

— Que v'lez-vous à mam'zelle McBride ? demanda-t-il enfin.

Jamie brandit une lettre.

— J'aimerais qu'elle m'explique ceci. En privé, si vous voulez bien nous accorder quelques minutes, Duncan.

— D'accord, prenez vot' temps. J'en ai pour un bout à faire l'tri d'tous ces reçus.

Le berger rassembla une pile de papiers et se retira dans sa chambre. Leana le regarda disparaître, emportant avec lui l'atmosphère cordiale de la pièce. Elle se tourna vers son cousin, qui semblait la regarder avec suspicion.

— Comment pourrais-je expliquer quelque chose que je n'ai jamais vu auparavant, Jamie ?

— Voyez-le maintenant.

Il lui remit la lettre, une seule page écrite sur un papier épais. C'était de sa mère, ses mots balayant la page en tourbillons d'encre emphatiques, qui n'étaient pas sans rappeler l'écriture de Rose. Les commentaires et les conseils d'usage de la part d'une mère étaient inclus, comme il se doit, mais ce fut le dernier paragraphe qui retint son attention.

Jamie, je comprends qu'il te soit difficile de faire un choix entre tes deux cousines. Je suis certaine que les deux sont des jeunes femmes bonnes et dignes, mais tu as peut-être raison d'écrire que l'aînée ferait la meilleure épouse pour toi. Fais confiance à la sagesse et aux conseils de Lachlan en la matière.

Leana lui rendit la lettre sans desserrer les lèvres. Oserait-elle espérer ? Jamie pensait-il vraiment qu'elle était le meilleur choix ?

— Jamie, je ne comprends… pas.

— Moi non plus.

Son ton n'était pas impoli, mais il était ferme.

— J'ai dicté une lettre, que Rose a écrite pour moi, et qui a été expédiée il y a deux semaines. Je dois admettre que, bien que j'aie parlé de vous deux sans manquer de décrire vos estimables qualités, Leana, j'avais indiqué ma préférence… euh, comment dire…

Le fil d'espoir se rompit en deux.

— Vous lui avez dit que vous préfériez Rose.

— Oui, répondit-il, suivi d'un soupir teinté de regrets. C'est ce que j'ai fait. Toutefois, il semble que ma mère ait reçu un tout autre message, que j'espérais vous voir m'expliquer.

— Croyez-vous que j'aurais pu écrire une autre lettre ?

— Leana, je ne sais que penser.

Il rejeta les cheveux rebelles de son front.

— Je pensais avoir dicté assez clairement mes intentions à Rose.

— Je suis certaine que vous l'avez fait, cousin.

Il était évident que Rose avait écrit ce qu'elle voulait bien, assurée que Jamie lui faisait confiance. *Incorrigible Rose.* Bien qu'elle n'eût voulu pour rien au monde pointer du doigt sa sœur, Leana guida doucement Jamie vers la vérité.

— Avez-vous lu la lettre, avant qu'elle soit scellée ?

— Euh… non.

Ses sourcils se froncèrent subitement.

— Je ne pensais pas que cela soit nécessaire.

Il se tourna vers la porte, secouant la tête.

— Qu'a-t-il bien pu passer par la tête de cette jeune fille, pour qu'elle agisse de la sorte ? demanda-t-il furieux.

— Elle est jeune, cousin. Impétueuse. Mais vous le savez sûrement et vous trouvez cela charmant, j'en suis certaine.

— Charmant, répéta-t-il en évitant son regard. Je vous ai offensée, Leana, et je vous demande pardon.

Il salua et disparut.

Pas offensée, cousin. Brisée. Elle entendit ses pas s'évanouir dans l'escalier, son cœur obstiné à sa poursuite. Tante Rowena semblait prête à l'accueillir, et Lachlan McBride était plus que disposé à la donner. Il ne restait que Jamie à convaincre.

Huit jours d'ici la Saint-Martin. Huit jours pour changer le cœur de Jamie.

Chapitre 35

Oh, père est parti au marché à la ville, il était debout avant l'aube,
Et Jamie après les rouges-gorges, et l'homme fait les foins.
— Richard Watson Gilder

— Jamie, vous permettez ?

Rose tira sur ses jupes. Son cousin s'était assis sur un coin de sa robe alors qu'ils prenaient place côte à côte dans le cabriolet à deux roues.

— Un petit peu plus d'espace, je vous prie.

— Un tout petit peu.

Il se déplaça juste assez pour qu'elle puisse se dégager, secrètement heureux que sa Rose bien-aimée soit si près de lui.

— Nous avons encore bien des milles à parcourir, jeune fille, et la route est cahoteuse.

Il secoua les rênes, afin d'inciter le cheval indolent à accélérer le trot.

— N'as-tu pas plus de cœur que ça ? demanda Jamie à la pauvre bête.

L'animal l'ignora et continua d'un même pas pesant, sa robe grise se confondant avec le ciel couleur d'ardoise. Le matin était sec, et c'était déjà une bénédiction. Dumfries était à dix milles en traversant Newabbey, mais seulement à neuf s'ils s'étaient dirigés vers l'est en passant devant Maxwell Park. Rose ne voulait en aucun cas prendre la route plus directe et plus dégagée.

— Que le ciel me garde de rencontrer Lord ou Lady Maxwell, après le refus grossier de mon père à leur offre généreuse.

Jamie ne dit rien. Bien qu'il ne l'eût jamais avoué à Rose, il était reconnaissant envers son oncle d'être intervenu dans cette triste affaire.

La plupart des familles d'Auchengray se dirigeaient au nord vers Dumfries, ce matin-là. Duncan et son oncle Lachlan avaient pris la direction du bourg royal bien avant l'aube, sur leur monture respective. Les domestiques suivaient à pied, et étaient d'humeur joyeuse en dépit de l'air froid de novembre, qui s'infiltrait sous leurs vêtements. Avant de partir, Lachlan avait ouvert sa cassette pour régler leur salaire des six derniers mois ; quatre guinées pour le laboureur, deux pour la laitière, trois pour chacune des domestiques, quatre pour les serviteurs masculins. Chaque shilling passant entre les doigts de Lachlan le faisait gémir, comme s'il se séparait d'une part de lui-même. La préparation méticuleuse des comptes par Leana avait rendu la tâche de son père plus facile, bien que Jamie eût noté qu'on ne l'avait pas remerciée pour son travail, du moins pas en sa présence.

— J'espère que Leana se sent mieux, murmura Rose.

Sa sœur avait prévu se joindre à eux, en montant la vieille Bess en amazone, mais elle s'était sentie mal en se levant.

— Partez sans moi, avait insisté Leana, le visage plus pâle que jamais, les lèvres sèches et parcheminées. Willie peut vous escorter à cheval. Il est préférable que je reste, de toute façon, à cause du grand nombre de domestiques qui s'absenteront aujourd'hui.

Le travail n'était pas coutumier, à la Saint-Martin — pas de filage ni de tissage, pas de meunier pour moudre le maïs. Par nécessité, les serviteurs avaient trait les vaches et nourri les chevaux rapidement, avant de tout laisser derrière eux. Malade ou pas, Leana serait sans doute mise à contribution tôt au tard.

Jamie tira sur la bride du cheval pour laisser passer un chariot chargé de paysans en route vers Dumfries, puis fit virer le cabriolet au nord sur la route principale.

— Neda s'occupera de votre sœur, avait-il dit, voulant apaiser l'esprit de Rose.

La gouvernante était l'une des rares employées qui restaient derrière pour préparer le festin du jour — de la panse de mouton bouillie avec du boudin —, ainsi, Lachlan et les autres trouveraient un dîner chaud les attendant, quand ils reviendraient à la maison.

— Comment Neda assaisonne-t-elle sa panse de mouton ? demanda-t-il à Rose, sachant que chaque foyer préparait ce plat selon ses propres préférences. À Glentrool, expliqua-t-il, Aubert préférait parsemer de persil et de citron la fressure de mouton hachée — le cœur, le foie, les poumons et la trachée —, et mélanger le tout avec de la graisse de rognon de bœuf, des oignons et de la farine d'avoine.

— Du poivre de Cayenne, dit Rose en plissant le nez. Elle en met beaucoup trop, si vous voulez mon avis, mais son boudin noir est le meilleur de la paroisse.

Elle soupira.

— Parlons d'autre chose, si vous voulez, car j'aurai faim toute la journée.

Ils causèrent de l'air de cette fin d'automne, trop froid pour être agréable, du ciel, trop bas pour être réjouissant, et des terres agricoles, très différentes de part et d'autre de la route. Un terrain plat s'étendait à l'est, laissant deviner les berges marécageuses de la rivière Nith au-delà. À l'ouest, le sol s'élevait vers les montagnes autrefois boisées. Leurs arbres avaient été abattus pour la construction navale au cours des siècles précédents, et on ne les avait jamais reboisées, expliqua Rose.

— Et voilà la maison de campagne des Keswick, sur la crête de cette montagne, dit-elle en jetant un regard envieux sur le chemin sinueux qui montait vers le manoir. Elle est magnifique. Haute de trois étages et ornée de trois superbes fenêtres en saillie.

— Vous l'avez visitée ?

— Une McBride invitée chez les Keswick ?

Elle leva les yeux au ciel.

— Vous en avez encore beaucoup à apprendre au sujet de la société de Galloway, Jamie. Je n'ai jamais été invitée formellement, mais je dois avouer que je me suis promenée le long du parc, un jour, pour admirer la vue.

Jamie garda les yeux sur la route.

— Vous aimeriez peut-être aussi la vue de Glentrool.

Il avait déjà fait l'erreur d'avoir l'air trop empressé ; il ne voulait pas la répéter maintenant.

— Mais votre propriété n'est-elle pas au pied d'une colline ?

— Fell of Eschoncan n'est pas qu'une simple colline, Rose. Elle s'élève à plus de huit cents pieds[5] derrière le manoir.

Il fouetta légèrement le dos du cheval pour cacher son irritation.

— Et, bien que nous habitions dans une vallée, la vue est néanmoins charmante. Le loch, les collines…

— Nous avons Lochend et le Criffell, rétorqua-t-elle en le frappant avec sa tresse en tournant coquettement la tête à droite. Ce loch et cette colline me suffisent.

Jamie ignora sa rebuffade enfantine, se rappelant qu'elle n'avait que quinze ans. Elle apprendrait à aimer Glentrool, tout comme il espérait qu'elle apprendrait à l'aimer lui. À la longue. Ses réticences le déroutaient, le mettaient en colère, parfois. « Trop jeune », disait-elle. « Trop tôt », insistait-elle. « Pas prête », se plaignait-elle.

Il ne lui avait pas révélé — et préférait ne jamais le faire — que, pour lui, épouser une des sœurs McBride n'était pas un choix, mais bien une obligation. Sa seule liberté consistait à choisir entre les deux sœurs. Et sa décision avait été prise, il y avait quelques semaines de ça. L'échéance était maintenant arrivée pour tous deux. Aujourd'hui serait le grand jour. Si Rose se refusait à lui, Lachlan la forcerait à l'épouser. Triste façon d'entamer une vie commune, mais c'était Rose qu'il aimait. Et c'était avec Rose qu'il se marierait.

5. N.d.T. : Un pied équivaut à un peu plus de trente centimètres.

Ils roulèrent en silence pendant un autre mille, environ, jusqu'à ce que le *tic tic* aigu de deux rouges-gorges attire leur attention. Marquant leur territoire, le mâle et la femelle se querellaient énergiquement, leur poitrine rouge gonflée comme un bouclier alors qu'ils voletaient en tout sens, le mâle essayant de conquérir le territoire de la femelle, avant de retourner protéger le sien.

— Dès cet hiver, ces deux-là formeront un couple, expliqua Jamie. Et ils partageront le même nid, le printemps venu.

Rose renifla.

— Vous venez d'inventer tout cela, Jamie McKie !

— Pas du tout, jeune fille. Cette manière de se quereller et de se faire la cour est typique des rouges-gorges.

Elle lui donna un autre petit coup avec sa tresse, volontairement cette fois.

— Jamie, dites-moi franchement : pourquoi n'épousez-vous pas ma sœur ?

— Parce que je ne l'aime pas, Rose.

La calèche rebondit brusquement sur un cahot dans le chemin, puis les ressorts retrouvèrent leur bercement régulier.

— Pourquoi, Jamie ?

Il baissa le regard vers elle.

— Vous savez pourquoi.

— Parce que vous m'aimez. Du moins, c'est ce que vous dites.

Rose se mordit la lèvre, comme si elle mâchait les paroles de son soupirant.

— Comment pouvez-vous en être aussi certain ? l'interrogea-t-elle.

— J'ai été attiré par vous dès l'instant où je vous ai rencontrée. Vous l'avez sûrement remarqué.

Elle haussa les épaules.

— J'ai fait semblant de ne pas le voir.

— Oui, c'est ce que vous avez fait. Alors, cette attirance s'est transformée en affection, ajouta-t-il tandis qu'au loin, on entendait la cloche d'une église. Et cette affection est devenue de l'amour, maintenant que je vous connais mieux.

— Et qu'avez-vous appris à propos de moi, cousin, après un mois passé à Auchengray ?

Patiemment, il énuméra ses plus belles qualités.

— Vous êtes enjouée et débordante d'imagination, enthousiaste et spontanée...

— Quel homme accorde de l'importance à de telles choses ? se moqua-t-elle gentiment.

— Celui-ci.

Rose semblait avoir besoin d'une récapitulation de ses qualités sur une base hebdomadaire, comme si elle doutait de leur existence. Sans doute parce que son père avait rarement un bon mot à son égard, en sa présence. Son besoin d'être complimentée le touchait. Si cela lui permettait de gagner son amour, Jamie lui répéterait ce qu'elle voulait entendre des milliers de fois. Il finit d'énumérer ses admirables vertus, gardant intentionnellement la beauté pour la fin.

— Alors, est-ce que cela suffira à garder un sourire sur votre visage une heure ou deux, mademoiselle ?

Elle sourit et ferma les yeux, comme si elle prenait la dernière bouchée d'un excellent repas.

— Il durera toute la journée, Jamie.

— Me croyez-vous, alors ?

L'un de ses beaux yeux noirs s'ouvrit lentement.

— Oui, je commence.

Ils roulèrent en silence, moins tendus, comme si une sorte de paix avait été établie entre eux.

Parce qu'ils étaient si proches dans l'étroit cabriolet, les passages raboteux du chemin les projetaient souvent l'un contre l'autre. Ils devaient alors se débattre pour se redresser, au milieu de multiples excuses et de bruissements d'étoffe. C'était plus embarrassant qu'agréable, décida Jamie, tout en observant la route jusqu'à la périphérie de Dumfries. Déjà, la circulation piétonnière se faisait plus dense. Les familles et leurs domestiques marchaient côte à côte, presque comme des égaux, en ce jour où les dettes avaient été réglées et où une nouvelle durée de service commençait.

La route bifurquait brusquement vers le nord, parallèlement à la rivière Nith.

– C'est Troquire, l'informa Rose, perchée sur le bout de son siège, les mains agrippant le capitonnage de cuir. C'est la dernière paroisse avant de franchir le pont de Dumfries. Est-ce que Willie est toujours derrière nous ?

Jamie jeta un coup d'œil au-dessus de son épaule.

– Oui, il est là.

Il fit un signe de la main au domestique, l'invitant à s'approcher. La tâche de Willie pour la journée consistait à surveiller la voiture et le cheval, pendant que le couple continuerait à pied jusqu'à la ville proprement dite. La chapelle de Troquire et la maison attenante du pasteur, entourée de vastes dépendances verdoyantes, parurent le meilleur endroit à Jamie pour la garer. Il choisit une étendue de sol en friche, remit les rênes à Willie en descendant, puis se tourna pour aider Rose. Mais elle avait déjà agrippé ses jupes et bondi sur le sol sans assistance.

– Enfin, nous y voilà !

Dans ses yeux brillait une excitation contagieuse.

– Très bien, Willie. Neda a placé un peu de fromage dur et quelques *bannocks* avec une tranche de mouton derrière le siège, pour vous.

Elle toucha le bras du serviteur.

– Ça ne vous dérange pas de rester seul ici ?

– Pas vraiment seul, jeune fille.

Il hocha la tête en direction de la dépendance, où les voitures commençaient à s'assembler.

— J'aurai plein d'compagnie, dit-il. Allez maintenant r'trouver vot' père. Il a promis d'vous attendre aux alentours du Midsteeple.

Puis, Willie posa un regard sévère sur Jamie.

— M'sieur, assurez-vous d'rester près d'mam'zelle McBride, en particulier dans l'village d'Brigend. C't'une place malfamée, pleine de truands qu'en veulent à vot' bourse.

Son regard se tourna vers Rose et il ajouta d'un ton grave :

— Ou pire encore.

Jamie serra le coude de Rose dans sa main vigoureuse.

— Je garderai un œil vigilant sur elle, Willie. Nous reviendrons vers trois heures, bien avant le crépuscule.

Ils empruntèrent la rue de l'église en direction du nord, suivant le flot humain. De belles maisons sur de vastes terrains firent bientôt place à de plus petites fermes. Vinrent ensuite les modestes cottages entassés tout près de la rue, et ils se retrouvèrent vite enveloppés dans le vacarme et les odeurs nauséabondes de Brigend.

Jamie ferma la main sur le coude de Rose au moment où une nuée d'enfants pieds nus, bâton en main et pourchassant une balle faillirent la renverser. Des artisans de toutes sortes — des boulangers et des tisserands, des tonneliers et des forgerons, des sabotiers et des cordeliers — offraient leurs marchandises en pleine rue, tandis que des hommes moins travailleurs se dissimulaient dans les embrasures, observant la foule à la recherche de proies faciles. Jamie n'avait pas l'intention d'être l'une d'elles. Lachlan lui avait donné un poignard, camouflé dans sa botte, et quelques pièces d'argent, bien cachées sous son manteau. Rose n'avait pas de réticule pour tenter la canaille, sa jolie personne étant déjà une tentation de choix. Jamie leva le menton et gonfla la poitrine, défiant tout passant qui regardait Rose avec trop d'insistance, le menaçant d'un regard aussi perçant que sa lame.

Elle lui tapota le bras et pointa en direction d'un boucher, qui étalait des pièces de viande.

— Duncan s'arrêtera ici, sur le chemin du retour, et achètera notre viande salée pour l'hiver.

Jamie hocha la tête ; sa mère devait être en train de procéder aux mêmes achats à Monnigaff. Un bœuf, abattu et salé à la Saint-Martin, pouvait nourrir une famille pendant tout un dur hiver. Devant eux, la foule gonflait en convergeant vers la rue principale de Dumfries. Ils se laissèrent emporter devant la vieille auberge Brig House Inn et jusque sur un tablier de pierres franches soutenu par des arcs élégants.

— Le pont de Devorgilla, dit Rose en élevant la voix au-dessus du vacarme.

— Cette même femme qui est enterrée à l'« abbaye chérie ».

Elle le regarda avec surprise.

— Vous apprenez vite, Jamie McKie ! Déjà au fait de notre histoire locale.

Il sourit, heureux de lui avoir plu, puis le couple porta son regard sur le bourg royal, de l'autre côté du pont. À leur droite s'étendait le marché de Whitesands, où des centaines de chevaux et de moutons à face noire attendaient d'être marchandés.

Rose agita la main dans cette même direction.

— Le sol est sec, aujourd'hui, mais quand la rivière est en crue, ses eaux inondent la place de Whitesands. Elles s'écoulent au-delà de l'Auberge de la poste, jusqu'au milieu de la grand-rue de Dumfries. Je ne peux comprendre comment les gens de la ville arrivent à supporter de voir l'eau monter jusqu'à leurs fenêtres.

Jamie regarda en direction de l'allée étroite, puis tourna la tête pour jeter un dernier regard aux nombreux chevaux rassemblés en ce jour de marché.

Une collection prometteuse de chevaux bais, alezans et pie, hennissant et martelant le sol de leurs sabots pour essayer de combattre l'air froid. Subitement, la honte d'avoir perdu Walloch aux mains d'une bande de brigands, sur la route d'Édimbourg, lui remonta à la gorge comme de la bile. Il ne monterait sans doute jamais plus un aussi brave cheval. Néanmoins, peut-être qu'un autre ferait l'affaire, pour l'instant. Un gentilhomme se devait d'avoir sa propre monture. C'était une question d'amour-propre autant qu'une nécessité. Jamie toucha sa veste, sentant le bourrelet de pièces sous l'étoffe. C'était loin d'être suffisant pour acheter un cheval. Il ne pouvait pas non plus se résoudre à emprunter une telle somme à Lachlan.

Il grommela un vieux dicton.

— *Un homme sans argent passe vite au marché.*

— Et est-ce que votre esprit chevauche sans vous ?

Il se tourna et découvrit Rose, les mains sur les hanches, le regard fixé sur lui.

— Je vous demande pardon, Rose. J'étais distrait par…

— Les chevaux, je ne suis pas aveugle.

Elle lui tapota la joue — affectueusement, pensa-t-il —, puis glissa la main dans le creux de son coude, et ils recommencèrent à marcher.

— C'est au pauvre Walloch que vous pensez ? demanda-t-elle.

Il s'arrêta de nouveau et baissa les yeux vers elle, reconnaissant d'avoir été compris.

— Oui, c'est à lui. Sa robe était noire. Noire et luisante comme vos cheveux…

— Comme celui-là ?

Elle pointa l'index en direction d'un cheval sans cavalier, à quelque distance devant eux.

Jamie suivit son regard, puis hocha la tête.

— Oui, très semblable… En vérité, presque identique…

Il mesura la bête du regard, nota la longue crinière et la queue, le pas reconnaissable entre tous.

— Excusez-moi, Rose, mais je… je dois en être sûr.

Il l'entraîna avec lui et son cœur battait comme un tambour. Plus ils s'approchaient, plus il était persuadé que la bête était Walloch. N'avait-il pas chevauché l'animal tous les jours, pendant une demi-douzaine d'années ?

Lorsqu'il aperçut brièvement l'homme qui menait le cheval, son sang se glaça dans ses veines.

Un dos large. Une tignasse rouge. *Evan*.

Chapitre 36

Il n'y a pas d'erreur ; il n'y a pas eu d'erreur ;
et il n'y aura pas d'erreur.
— Arthur Wellesley, duc de Wellington

— Ça ne peut être Walloch !

Rose luttait pour ne pas se laisser distancer par Jamie, qui redoublait le pas à la poursuite de son cheval. Son cheval *volé. L'idée même du vol !* Le pouls de Rose accélérait avec son allure.

— Peut-être vous trompez-vous ? dit-elle.

— Il n'y a pas d'erreur, cria-t-il en tournant la tête. C'est Walloch.

Jamie les entraîna tous les deux dans la horde grouillante de la rue principale. Il évitait les serviteurs en sabots et les gentilshommes coiffés de chapeaux de soie, les charrettes à bœufs remplies de barils de whisky, les Tsiganes portant leur panier de cuir attaché sur le dos, les ignorant tous dans sa singulière poursuite de son cheval hongre, qui n'était plus très éloigné d'eux.

— Plus vite, jeune fille ! dit-il en l'entraînant à sa suite.

Rose s'accrochait à la main de Jamie pendant que l'écart entre eux et l'animal en question se rétrécissait. Un cheval noir tout à fait ordinaire, de son point de vue, avec une queue trop longue. Il était de belle taille, toutefois. Assez gros pour dissimuler l'homme qui le tenait par les rênes. Elle aperçut furtivement une tignasse rousse avant qu'un groupe de paysans agités lui voilent la vue. Le Midsteeple de Dumfries était facilement visible devant eux. Grand édifice carré, qui tenait lieu de palais de justice du bourg, il était couronné d'une coupole pointue et entouré d'une barrière en fer forgé.

Rose scruta rapidement la foule du regard à la base du Midsteeple, cherchant son père, sachant qu'il guettait aussi son arrivée. Absorbée par sa recherche, elle remarqua à peine un homme qui se dirigeait vers eux, les bras chargés de petit bois, jusqu'à ce qu'il entre en collision avec elle et la projette vers l'avant.

— Oh !

Elle tituba sur les pavés, étendant les bras frénétiquement pour agripper le manteau de Jamie, afin d'éviter de tomber et d'être piétinée.

— Jamie, attends !

Il se retourna à temps pour lui saisir les bras entre ses mains vigoureuses et l'aider à retrouver son équilibre.

À moins d'un jet de pierre, le cheval noir s'immobilisa.

— Viens, Rose, je pense que je connais cette fripouille qui a volé mon cheval hongre.

L'étranger qui tenait les rênes de Walloch se tourna vers eux, la mine renfrognée. Rose remarqua qu'il avait de larges épaules, des bras massifs et des cheveux d'un roux flamboyant. Le visage de Jamie pâlit un moment, avant de retrouver en partie sa couleur habituelle. Il déclara :

— Ce cheval, monsieur, est un bien volé.

La mâchoire de l'homme se contracta.

— Ce n'est pas moi qui l'ai volé. Je viens de l'acheter avec de l'argent bel et bon, il y a une heure de cela, sur la place de Whitesands.

— C'est ce que vous affirmez.

Jamie regarda l'homme dans les yeux. Quelque part dans ses pupilles vertes, il cherchait à voir s'il devait ou non le croire. Rose ne savait que penser. Elle savait seulement que Jamie l'effrayait au moins autant que l'étranger.

Jamie lui relâcha lentement la main.

— Rose, allez chercher votre père, ainsi que Duncan.

— Resterez-vous… ?

— À cet endroit même, l'assura-t-il, allez.

Elle titubait dans la foule, les yeux en larmes. Elle retenait son souffle dès qu'elle voyait un homme vêtu d'un manteau gris foncé comme celui de son père, ou coiffé d'un bonnet de laine rappelant celui de Duncan. Un regard jeté derrière elle ne la rassura pas. Bien que les deux hommes n'en fussent pas encore venus aux coups, ils semblaient sur le point de le faire à tout moment tandis que le cheval commençait à s'agiter et à tirer sur sa bride. Elle regarda en direction du Midsteeple et repéra enfin son père et son homme de confiance, au pied d'un escalier.

— Père ! Duncan !

Ils se retournèrent, prirent quelques secondes pour la localiser, puis s'empressèrent de la rejoindre en se frayant un passage dans la mer humaine.

— Dépêchez-vous !

Elle leur faisait de grands gestes.

— Venez, Jamie a besoin de vous !

Dès qu'elle put saisir leurs manches, elle tira dessus très fort, les attirant vers l'endroit d'où elle venait, tout en essayant de reprendre haleine, afin de leur expliquer la situation.

— Jamie a retrouvé son cheval.

— Celui qui a été volé ?

— Oui, père. Un cheval hongre nommé Walloch.

— *Walloch ?*

Duncan ricana.

— Vous v'lez dire que l'cheval danse ?

— Oh ! Duncan, nous n'avons pas le temps de plaisanter. Dépêchez-vous.

Les trois se frayèrent un chemin dans la grand-rue, ne perdant pas l'animal de vue, même quand les deux hommes ne pouvaient être aperçus dans la cohue.

— Jamie ! cria-t-elle, certaine qu'il pouvait l'entendre.

Elle fut soulagée quand il éleva la tête au-dessus de la foule pour signaler sa présence.

Quelques instants plus tard, les gens d'Auchengray étaient aux côtés de Jamie. Son visage annonçait toujours une tempête sur le point d'éclater, mais sa voix était étonnamment calme.

— Oncle, venez voir ce que nous avons trouvé dans les rues de Dumfries.

— Est-ce le cheval qu'on t'a volé sur la route d'Édimbourg ? demanda Lachlan en inclinant la tête en direction du hongre. Un animal de valeur.

Lachlan prit les rênes dans sa main, puis les pressa dans la paume de Jamie.

— Nous devons être reconnaissants envers ce gentilhomme, dit courtoisement Lachlan, qui est venu te ramener ton cheval.

— *Ramener* le cheval ?

Les veines dans le cou de l'homme devinrent violacées.

— J'ai *acheté* ce cheval, monsieur, à Whitesands. Avec mes propres pièces d'argent.

Lachlan le jaugea, comme il l'avait fait pour le cheval.

— Vraiment, mon bon ? Et si je le demande au vendeur de chevaux de Whitesands, me répondra-t-il la même chose ?

— J'en réponds, monsieur, dit l'homme en foudroyant Jamie du regard. Cet homme-là m'a accusé de vol avant même de me regarder dans les yeux.

Le visage de Jamie devint rouge.

— Je vous ai pris pour… quelqu'un d'autre.

— Mais vous m'avez néanmoins traité de voleur, grogna l'homme.

Jamie baissa la tête.

— Si je vous ai offensé, monsieur, veuillez m'excuser.

— Voilà qui est arrangé, dit Lachlan à voix haute pour conclure l'affaire. Combien avez-vous payé ce cheval ?

L'homme à la chevelure rouge le lui dit en maugréant.

— Alors, il semble que je vais acheter un bœuf de boucherie pour la Saint-Martin et un cheval de selle.

Lachlan sourit et tendit la main, la paume tournée vers le haut.

— Duncan, dit-il, ma bourse.

Sans cérémonie, le père de Rose versa le montant mentionné dans la main ouverte de l'homme, jusqu'au dernier shilling. Rose n'avait jamais vu son père dépenser de l'argent aussi aisément, sans sourciller. Il venait de racheter à Jamie son propre cheval, après tout. Qu'est-ce qui lui prenait ?

Lachlan ouvrit les bras.

— Venez, famille. Nous avons des serviteurs à engager et d'autres à qui nous devons dire adieu. Et bonjour à vous, monsieur.

Jamie secoua la tête, la couleur de son visage redevenant peu à peu normale.

— Oncle Lachlan, je ne sais vraiment pas quoi dire.

— Mon neveu muet ?

Lachlan prit les deux jeunes gens par le coude.

— C'est aussi invraisemblable que de trouver Rose sans mots sur les lèvres.

— Mais Walloch…

— C'était une bonne affaire, Jamie. Auchengray peut toujours faire usage d'un autre cheval.

Lachlan regarda l'animal, détournant le regard de son neveu.

— Tu peux rentrer à la maison avec lui, dit-il. Mais l'animal m'appartient, bien sûr.

Rose vit Jamie se raidir imperceptiblement avant de répondre.

— Évidemment.

Lachlan resserra sa poigne un instant, puis leur relâcha le bras.

— Duncan, nous vous laissons à vos tâches. N'engagez que ceux qui veulent travailler pour gagner leur salaire.

L'homme de confiance toucha du doigt son bonnet, puis disparut dans la foule tandis que Lachlan se frottait les mains.

— Qu'en dites-vous, les enfants ? demanda-t-il. Est-ce le temps de déjeuner, maintenant ?

Il balaya la grand-rue du regard, dont les cours et les allées abritaient une demi-douzaine d'établissements ouverts au public. Leurs portes étaient grandes ouvertes pour accueillir les clients qui avaient les moyens de payer.

— Par ici, dit-il finalement, et il se dirigea vers le Globe. Madame Hyslop saura sûrement nous satisfaire. Une bouchée pour tenir jusqu'à la panse de Neda.

Rose releva ses jupes au-dessus de la crasse des rues, se hâtant pour rester à la hauteur des hommes, stupéfaite par l'humeur joviale de son père. Quelque chose à son sujet la rendait mal à l'aise. Et l'argent qu'il avait dépensé si facilement. Oh ! Ce n'était pas le Lachlan McBride qu'elle connaissait depuis le premier jour où elle avait ouvert les yeux. Quel que soit le ragoût diabolique qui mijotait en lui, elle priait pour ne pas avoir à en faire son repas.

Lorsqu'ils eurent atteint leur destination, Jamie confia Walloch au garçon d'écurie de l'établissement, puis revint à ses côtés.

— J'ai donné au palefrenier presque toutes les pièces de ma bourse, dit-il en souriant. Je ne voudrais pas que notre entretien soit interrompu.

Avant que Rose pût lui demander ce qu'il entendait par là, ou pourquoi cela importait, Lachlan les guida par la porte ouverte du Globe. Un escalier étroit et abrupt s'élevait devant eux. À gauche, deux grandes salles débordaient de clients et de bière. À droite, elle remarqua une alcôve confortable comprenant deux tables et, un peu plus loin, une salle de réunion bruyante où brûlait un feu de foyer.

Lachlan s'adressa au propriétaire avec une certaine familiarité, puisque l'homme venait de la paroisse de Newabbey.

— Monsieur Hyslop, nous aurions besoin de votre petite pièce intime, dit-il, en pointant en direction des tables vacantes de l'alcôve. Apportez-nous de la nourriture et de l'eau, si vous le voulez bien, car nous avons eu une matinée mouvementée.

Ils furent rapidement assis, et on leur servit bientôt des plats fumants de soupe écossaise, que Lachlan McBride aimait particulièrement.

— Pas les cuillères de corne, lança-t-il, celles en argent.

Son père leur fit un clin d'œil, heureux d'avoir trouvé une bonne table, un jour d'affluence à Dumfries. Rose ne pouvait se souvenir d'avoir déjà vu l'homme d'humeur aussi aimable. Elle hésitait à savourer son bouillon, tant elle redoutait ce qui se cachait derrière ce comportement.

Les hommes mangèrent et burent tout leur content, puis Lachlan appela le garçon pour débarrasser la table.

— Veuillez nous assurer toute la discrétion dont ces murs sont capables.

Peu après, les deux portes furent fermées, isolant le trio des pièces voisines.

Rose porta sa serviette de table à ses lèvres, puis chercha le regard de Jamie. Avait-il remarqué le changement chez son père ? Lachlan était tout sourire, presque exubérant. Cela la rendait nerveuse de le voir ainsi, ajustant sa cravate, tirant sur ses manches, tripotant les boutons de son manteau.

— Père, avez-vous quelque chose à nous annoncer ? Vous semblez…

— Reconnaissant, l'interrompit-il. Je suis reconnaissant. J'ai un neveu qui comprend la valeur du dur labeur et qui démontre un grand savoir-faire dans l'élevage des moutons.

Lachlan croisa les bras, les regardant tous les deux avec un sourire de satisfaction.

— Tu as rendu un grand service à Auchengray, le mois dernier, Jamie, déclara-t-il.

Jamie accepta le compliment d'un hochement de tête, même si ses yeux paraissaient préoccupés.

— Un mois exactement, demain matin.

— Tu comptais les jours qui restaient, n'est-ce pas, avant d'être libéré de toutes tes obligations envers moi ?

— Non, oncle.

Jamie posa les mains sur ses genoux, et Rose nota qu'il les tortillait nerveusement.

— Je me demandais toutefois quelle valeur avaient mes efforts, à vos yeux.

— En effet, il n'est pas raisonnable de travailler dur sans un salaire équitable. De quelle façon voudrais-tu être payé, Jamie ?

Les yeux de Lachlan brillèrent. *Brillèrent* ! Rose n'avait jamais assisté à pareil spectacle.

Jamie s'éclaircit la voix, les mains maintenant immobiles.

— Si vous vous rappelez, le mois qui vient de s'écouler était destiné à me donner le temps de... Comment dire... de faire la cour à l'une de vos filles.

Sous la table, Jamie pressa le genou contre celui de Rose, la faisant sursauter légèrement.

Le sourire de Lachlan était trop épanoui pour être sincère.

— Et laquelle de mes filles as-tu choisie ?

— Celle-ci, monsieur.

Jamie posa son regard sur Rose, mais elle détourna le sien.

— J'ai fait la cour à la jolie Rose, aux cheveux de jais et à la peau d'ivoire, bien que celle-ci soit teintée de rose, en ce moment.

Elle s'humecta les lèvres, pétrifiée par la peur, incapable de trouver la moindre réponse.

— Dis-moi, ma fille, que penses-tu de mon beau neveu ?

Les deux hommes la regardaient, et on pouvait lire de l'excitation dans leurs yeux. Les yeux gris de son père masquaient quelque chose qu'elle ne pouvait déchiffrer. Les yeux verts de Jamie rayonnaient d'un amour sans borne, qu'elle ne pourrait peut-être jamais lui rendre, peu importe ses efforts.

— Allons, dit son père. Tu as fait patienter l'homme assez longtemps.

— Ce que je pense de lui, vous dites ?

Elle déglutit bruyamment, espérant que l'expression de son visage ne la trahirait pas.

— Il est bon et intelligent, fort et aimable.

Jamie baissa la tête vers elle.

— Alors, dites que vous vous marierez avec moi, Rose.

Me marier avec vous ? Pas moi, Jamie. Leana !

Il posa les mains sur ses joues, la regardant, éperdu d'admiration.

— J'ai travaillé un long mois pour ce moment. Mais j'ai attendu toute ma vie pour vous.

— Non, Jamie.

Pas pour moi. Écrasée par la situation, elle repoussa ses mains et baissa le menton, incapable de dire un autre mot sans risquer de s'étrangler. C'était Leana qui l'aimait. Pourquoi n'avait-il pas écouté ? *Pourquoi n'avait-il pas écouté* ?

— Rose ? Que dites-vous, Rose ?

Jamie se pencha plus près, sa voix basse et tendue.

— S'il vous plaît, Rose. S'il vous plaît, regardez-moi.

Elle leva la tête et regarda son père, plutôt. Son visage était impénétrable. Même avant de le demander, elle connaissait la réponse.

— Ai-je le choix ?

Les yeux de Jamie s'agrandirent douloureusement.

— Un… choix ? C'est un autre que vous voudriez épouser, Rose ?

— Non, elle n'en désire pas un autre, répondit Lachlan pour elle. Elle t'a choisi, toi.

Le mot sortit comme un sanglot.

— *Père* !

— Oui, il est bon que tu te souviennes que je suis ton père, ce qui veut dire que c'est moi qui choisis qui tu dois épouser.

Il ne haussa pas la voix, mais leva néanmoins la main, comme s'il voulait couper court à toute protestation.

— Ce que tu ne sais pas, jeune fille — un fait que Jamie répugnait à t'avouer —, c'est qu'il *doit* se marier avec toi, reprit-il. Ou bien il doit épouser Leana. Ce sont ses deux seuls choix, par la volonté de ses parents. Et il t'a choisie. Sois reconnaissante.

— Reconnaissante ?

Elle ne pouvait supporter la douleur dans les yeux de Jamie. *Pas la douleur, l'anéantissement.*

— Oui, père, je suis reconnaissante d'être aimée par un homme bon. Mais je suis trop jeune. Je ne suis pas prête.

— Oh !

Lachlan grogna comme un colley encerclant un mouton.

— Aucune femme n'est prête. Aucun homme non plus, d'ailleurs. Tu prêtes simplement serment et tu lui demeures fidèle. Jamie t'aime et il t'a choisie, alors la chose est décidée. Que dis-tu, Rose ? Le veux-tu pour époux ?

— Oui, père, murmura-t-elle, baissant les yeux vers ses mains, serrées sur ses genoux. J'accepterai Jamie, si c'est ce qu'il désire.

C'était tout ce qu'elle pouvait dire pour demeurer honnête devant Dieu. Le reste devrait suivre.

— Et apprendras-tu à l'aimer ?

— Oui, dit-elle faiblement.

Pardonne-moi, Leana.

— J'essaierai.

— Est-ce suffisant, Jamie ? Est-ce que cette promesse te convient ?

— Non, répondit-il, et sa voix était coupante comme du verre brisé. Mais c'est un commencement.

— Bien.

Lachlan hocha la tête sèchement.

— À nos affaires, maintenant. Qu'avez-vous à offrir pour votre jeune fiancée, James Lachlan McBride ?

Jamie fut interloqué.

— À… offrir ?

— Tu possèdes des terres et un cheptel dont tu hériteras, garçon. Un jour. Mais pour le moment, as-tu de l'argent pour sceller les fiançailles ?

— Oncle, vous savez que les seules pièces que j'ai dans mes poches sont les vôtres.

— Mmmh, grommela Lachlan en se tapotant la tempe. Et le cheval que tu montes est le mien aussi. Quoi qu'il en soit, il vaut mieux que ce soit toi que n'importe quel autre homme, n'est-ce pas ? J'ai mis de côté une dot décente pour ma fille, une somme suffisante à un si jeune âge, ainsi qu'une provision pour une dame de compagnie. Maintenant, que peux-tu m'offrir en échange de ma bénédiction ?

Rose lui jeta un regard furtif, se demandant bien ce qu'il pourrait offrir. Peut-être n'avait-il rien à donner, en fin de compte. Alors, tout s'arrêterait, ici et maintenant, et elle serait libre.

Le regard de Jamie se fixa sur les panneaux du mur opposé, comme s'il y cherchait la solution. Finalement, son regard se posa sur elle.

— Je pourrais… Eh bien, je pourrais *travailler* pour votre fille cadette, monsieur.

Travailler. À Auchengray. Au moins, elle serait encore à la maison ; elle aurait toujours Leana à ses côtés. Elle serra sa jupe dans ses mains. *Dites oui, père.*

— Je suis disposé à travailler fort, monsieur, reprit Jamie, et à faire tout ce que Duncan me demandera. Jusqu'à… la fin de l'année ? Est-ce que ce sera assez ?

Lachlan hocha la tête légèrement, comptant sur ses doigts.

— Sept semaines, donc. En vérité, sept mois vaudraient mieux.

Le rire de son père, rarement entendu à Auchengray, se réverbéra sur les murs de la petite pièce.

— Et sept ans, ce serait encore beaucoup mieux, ajouta-t-il en souriant de toutes ses dents.

— Jusqu'à la fin de l'année, dit Jamie fermement. Pourrais-je me marier avec Rose, alors ?

— Tu le pourrais.

Chapitre 37

Mais je vous aime, monsieur;
Et lorsqu'une femme dit qu'elle aime un homme,
L'homme doit l'écouter, qu'il l'aime ou non.
— Elizabeth Barrett Browning

Leana tira trois petites bouteilles brunes de sirop de sa petite pharmacie portative, à la recherche de quelque chose qui pourrait lui apporter un certain soulagement. *Fruit du rosier.* Oui, cela pourrait alléger la congestion dans sa poitrine. *Fleur de sureau.* Sa gorge endolorie profiterait de sa touche apaisante. *Pensée sauvage.* Le sommeil viendrait plus rapidement, si sa toux cessait. Elle tint les bouteilles plus près de la chandelle vacillante posée sur sa table de chevet, soupesant ses choix. Incapable de se décider, elle retira leur bouchon de liège à tour de rôle, se versant une généreuse cuillerée de chaque sirop parfumé au miel, les avalant tous les trois accompagnés d'une prière.

Il y avait plusieurs saisons qu'elle n'avait pas été vraiment malade, et cela l'effrayait. Un banal rhume avait la déplaisante habitude de dégénérer en pneumonie, comme celle qui avait emporté son amie d'enfance, Janet Crosbie, en novembre dernier. Leana avait soigné Janet, tout comme l'avaient fait la vieille madame Bell et le pasteur de la paroisse en tournant désespérément les pages de *La Médecine élémentaire, ou une méthode facile et naturelle pour guérir la plupart des maladies*[6], mais en vain. Le corps de Janet fut transporté dans la cour de l'église peu après la Saint-Martin. Voir ainsi une jeune fille de dix-huit ans en parfaite santé succomber si rapidement avait rendu les habitants de Newabbey nerveux. Les villageois

6. N.d.T. : Le titre original de l'œuvre est *Primitive Physic, or an Easy and Natural Method of Curing Most Diseases* (John Wesley, 1761).

surveillaient de très près les symptômes mortels de la pneumonie, depuis lors.

Par mesure de précaution, Neda avait passé la journée à gaver Leana de thé chaud, tout en donnant des directives à Annabelle, qui était restée aussi pour l'aider à préparer le festin de la Saint-Martin. Pendant toute cette longue journée solitaire, Leana était restée au lit, avec la Bible familiale à ses côtés pour la réconforter. Le crépuscule ayant maintenant fait place à la nuit, la famille rentrerait bientôt de Dumfries, et Jamie avec eux.

Cher Jamie.

Leana remit les bouchons de liège en place, puis replaça les trois flacons dans sa pharmacie, où elle aurait bien aimé trouver un sirop pour soulager la douleur qui l'accablait le plus. « Il n'y a pas de remède à l'amour », se rappela-t-elle avec un long soupir suivi d'une nouvelle quinte de toux. La toux profonde et douloureuse la plia en deux. Il fallut plusieurs minutes avant que sa poitrine s'apaise et que sa respiration redevienne régulière. Tenant toujours la boîte sur les genoux, elle retomba sur ses oreillers, épuisée. Elle ne pouvait se rappeler aucun autre automne où elle s'était sentie aussi abattue.

Les commères de la paroisse, dispersant les mensonges aux quatre vents comme des feuilles d'automne, avaient répandu la nouvelle du refus de Fergus McDougal de l'épouser. Chaque sabbat, des amies bien intentionnées lui murmuraient à l'oreille des bribes de ces histoires. Aucune d'entre elles, toutes tirées par les cheveux, n'avait la moindre ressemblance avec la vérité. Certaines racontaient qu'elle avait glissé une brindille de prunier épineux dans la poche de monsieur McDougal, dans l'espoir qu'il se pique un doigt sur l'une des épines traîtresses. Une autre prétendait que Leana avait formellement refusé de porter ses enfants, puisqu'il avait déjà sa propre marmaille turbulente. L'invention la plus commune était que quelque chose « d'inapproprié » s'était produit dans le verger, avec son cousin, et qu'elle n'était plus digne d'un laird à bonnet, ou de quiconque se considérait un gentilhomme.

Même si de tels ragots ne pouvaient l'atteindre, ils avaient porté un coup mortel à toutes ses perspectives de mariage. Depuis la fête de la Toussaint, son père avait discrètement approché plusieurs autres gentilshommes de la paroisse aptes à se marier et avait reçu autant de refus catégoriques. Jamie était à la fois sa seule chance et le désir de son cœur. Il avait promis de rester à Auchengray jusqu'à la Saint-Martin, et ce jour tant redouté était arrivé. Avait-il enfin fait le choix d'une épouse ? Est-ce que ses espoirs, qui avaient crû et décru comme la marée depuis son arrivée, seraient anéantis ?

Éperonnée par un sentiment de désespoir croissant, elle avait redoublé d'efforts, au cours des dernières semaines, pour attirer l'attention de Jamie. Des repas élaborés, des toilettes recherchées, des regards significatifs, des ballades chantées près de l'âtre — rien de tout cela n'avait pu détourner son attention de Rose plus d'une minute. « Comme c'est délicat de votre part », lui murmurait-il, puis tout redevenait comme avant. Était-il si obtus qu'il n'arrivait pas à voir ce qu'elle essayait de lui dire ? L'était-elle encore plus que lui, en continuant de lui ouvrir son cœur ainsi ?

À l'extérieur, elle entendit le joyeux branle-bas des chevaux et des équipages. *Jamie !*

Leana leva la tête de son oreiller, et sentit son moral se soulever aussi. Le beau cousin était de retour, accompagné de son père et de sa sœur. Ils la verraient d'un moment à l'autre. Elle devait paraître à son avantage, sinon on lui reprocherait son laisser-aller. Sa pharmacie portative, que Duncan avait fabriquée avec des branches de noisetier, devait être dissimulée, sinon on ne manquerait pas de craindre le pire. Elle agrippa la poignée de noisetier, puis faillit la faire tomber, quand une vieille croyance lui revint en mémoire : le bois de noisetier portait malheur. Quand une femme voulait congédier son prétendant, une baguette de ce bois dévoilait son désir cruel sans qu'elle ait à dire un mot.

N'aie pas peur, Jamie. Elle ne serait jamais si cruelle avec lui.

Leana rejeta les couvertures, puis traversa la pièce et glissa la boîte derrière la pile de livres qu'elle avait empruntés à un voisin, afin de les lire pendant l'hiver. Rien ne réchauffait mieux un après-midi froid et sombre qu'une histoire bien racontée. Les huit volumes de *Clarissa*, de Samuel Richardson, étaient bien en évidence, mais elle leur tourna le dos, ne pensant qu'à Jamie ainsi qu'aux autres qui viendraient bientôt cogner à sa porte, pour s'enquérir de sa santé. Quand on frappa, elle était fraîchement peignée, enveloppée sous ses couvertures, assise bien droite, les mains lavées et croisées sur les draps. Le goût mi-amer de la fleur de sureau s'attardait sur sa langue. Même si sa voix était rauque et qu'elle sentait sa poitrine opprimée, elle s'efforça de paraître enjouée.

— Entrez !

Son père pénétra le premier dans la chambre, suivi de Jamie, puis de Rose accompagnée d'Eliza, et enfin de quelques autres domestiques au regard inquiet, qui restaient derrière. Jamie offrait l'image même de la santé, avec son teint de plein air et sa chevelure ébouriffée par la longue randonnée. Rose se tenait tout près de lui, le regard brillant et les joues rosées. Leana, consciente de sa peau laiteuse et de ses yeux cernés, savait qu'elle faisait bien piètre figure auprès de sa sœur.

— Soyez les bienvenus… à la maison…

Incommodée par l'odeur de cheval et de bruyère qui émanait de leurs vêtements, Leana éternua violemment. Ce n'était pas de cette façon qu'elle aurait voulu les accueillir.

— Quels remèdes as-tu pris, jusqu'à maintenant ? demanda Lachlan.

Il écouta sa litanie d'herbes médicinales et sembla satisfait.

— Tu guériras bientôt, dit-il.

D'un geste de la main, il donna congé aux domestiques et demanda à Jamie et à Rose de l'attendre en bas.

— J'ai besoin de l'oreille de ma fille aînée quelques instants, les informa-t-il. Revenez dans quelques minutes. Et assurez-vous de cogner avant d'entrer.

L'estomac de Leana se noua après leur départ précipité. Quelque chose n'allait pas. Les manières embarrassées de son père le lui confirmaient. Lachlan marcha de long en large dans la pièce, les mains croisées derrière le dos, les yeux rivés au plafond. Les derniers bruits de pas mouraient dans l'escalier quand le regard de Lachlan rencontra le sien, et il se décida à parler.

— Tu as manqué quelques sensations fortes à Dumfries, jeune fille.

— Rien de grave, j'espère.

Elle renifla une autre fois alors qu'il approchait une chaise pour s'asseoir à son chevet.

— Jamie a retrouvé son cheval volé.

Elle le regarda par-dessus son mouchoir.

— Son *cheval* ?

— Oui, de la manière la plus inattendue.

Il raconta l'histoire dans les grandes lignes, pendant que Leana se tamponnait le nez, tout en essayant de lire le visage de son père à la lumière de la chandelle.

— Et qu'en est-il de Jamie ? Est-ce son dernier jour parmi nous ?

— Il restera un peu plus longtemps.

Le regard de Lachlan resta posé sur elle.

— Jusqu'à la fin de l'année, au plus tard.

— Je ne comprends pas.

Bien qu'elle n'eût pas ressenti de fièvre de la journée, son corps entier éprouva une montée de chaleur, qui la fit frissonner dans la pièce froide.

— Pourquoi Jamie reste-t-il ? lui demanda-t-elle.

— Pour quelque temps et pour une raison précise.

Son père ne sourcilla pas et ne révéla pas non plus ses pensées.

Elle se redressa, repoussant ses couvertures afin de pouvoir respirer, tant sa poitrine était oppressée.

— Une raison ?

Mais pour se marier, bien sûr ! Peut-être avait-il demandé sa main, finalement !

— Quelle est cette raison, père ?

Lachlan se pinça fermement les lèvres, faisant ressortir sa barbe de quelques jours, puis fronça les sourcils et laissa échapper un profond soupir.

— On dit que Dieu façonne notre dos pour le fardeau qu'il doit porter, Leana. J'espère que le Tout-Puissant a fait le tien assez robuste, afin que tu puisses supporter ce que je suis sur le point de t'annoncer.

Elle savait bien de quoi il s'agissait.

— Allez, murmura-t-elle.

Ses épaules se courbèrent pour se préparer à recevoir le poids écrasant de la vérité.

Les mots furent tranchants comme de l'acier.

— Jamie McKie a demandé Rose en mariage.

Des larmes lui montèrent aux yeux.

— Ne lui avez-vous pas parlé de mes… mes sentiments à son égard, père ?

— Oh ! ma fille.

Il grogna, semblant éprouver une certaine frustration envers elle.

— Le moment et l'endroit appropriés pour une telle révélation ne se sont jamais présentés.

Elle chercha en tâtonnant son mouchoir enfoui dans la manche de sa robe de nuit, puis le porta à son nez, les mains toujours tremblantes, à présent de chagrin plutôt que de joie.

— Il y a une semaine à peine, vous avez dit que Rose avait attiré son regard, mais que c'est moi qui capturerais l'homme. Mais…, je n'y suis pas arrivée, père.

Elle craqua, et ses larmes coulèrent sans retenue.

— Je n'ai pas su attirer son regard… ni séduire son cœur. J'ai essayé, vraiment, j'ai essayé, mais…

Son gémissement montait du plus profond de son âme déchirée.

— Jamie… Jamie ne m'a… pas même… regardée.

Ses mots se perdaient au milieu des pleurs.

Jamie. Oh, mon doux Jamie.

Quand son père parla enfin, sa voix était grave.

— Cela ne me cause aucune joie de te voir souffrir, ma fille.

Elle hocha la tête silencieusement, en se mouchant de nouveau. Ses paroles semblaient sincères, mais elle ne pouvait en être sûre.

— Leana, je n'avais aucun autre choix que d'accepter ce mariage. Son père l'a ordonné. Sa fortune l'y oblige. Je suis tenu, par les liens du sang, d'honorer le désir de Jamie.

— Et qu'en est-il de mon désir ? murmura-t-elle, honteuse de ses paroles dès qu'elle les eut prononcées.

— Tu n'as d'amour que pour Jamie ? Pour aucun autre homme ?

— Aucun autre homme ne voudra de moi, père, et vous le savez bien.

Son père se renversa un peu vers l'arrière, laissant l'une de ses mains pendre sur le côté, pendant qu'il se frottait le menton de l'autre.

— Alors, nous avons un problème, Leana, et il ne sera pas facilement résolu.

Après un moment de silence, il prononça une affirmation énigmatique, mais elle était trop préoccupée pour pouvoir l'examiner dans toutes ses ramifications.

— La bourse d'Alec McKie est peut-être mieux garnie et ses terres plus vastes que les miennes, mais je suis toujours le laird d'Auchengray, n'est-ce pas ?

— Vous l'êtes, père.

Elle essaya de sourire, mais les coins de ses lèvres se soulevèrent à peine.

— Très bien, alors.

Il se leva en se tapant les cuisses.

— J'entends ta sœur et ton cousin dans l'escalier. Ils voudront te parler davantage de cela, je présume. Fais de ton mieux pour avoir l'air de te réjouir pour eux, pour Rose, en particulier. Moins elle en sait sur tes véritables sentiments pour Jamie, mieux c'est. Tu comprends ce que je veux dire, ma fille ?

Leana hocha la tête.

— Faites-la entrer seule, je vous prie. Puis, Jamie un peu plus tard, si vous le permettez. Seulement pour un moment, je le promets.

— Oui, acquiesça-t-il, tout en fronçant les sourcils, comme pour la mettre en garde. Lorsque tu parleras à ton cousin, veille à ce que la porte soit grande ouverte et à ce que tes couvertures soient tirées jusqu'au menton.

Il ouvrit la porte et appela sa sœur, qui se glissa dans la chambre et referma doucement la porte derrière elle. Leana aperçut furtivement le beau visage de Jamie, avant qu'il disparaisse avec le cliquetis du loquet. Rose prit la place que son père venait tout juste de quitter, sa jolie silhouette perchée sur la chaise, son visage juvénile débordant de compassion.

— Père t'a tout dit, alors ?

Leana serra les lèvres, pour éviter de parler, de peur d'éclater en sanglots.

Les yeux de Rose s'emplirent de larmes.

— Oh, ma pauvre chérie, je vois qu'il l'a fait.

Elle mit la main sur celle de Leana, qui était posée sur ses genoux et serrait son mouchoir mouillé. Sa voix n'était qu'un murmure rauque.

— Je suis désolée, Leana.

— Pourquoi serais-tu désolée, alors que Jamie t'a choisie ?

Leana tourna la tête, incapable de supporter la pitié qu'elle lisait sur le visage de sa sœur.

— Ne te détourne pas.

Rose toucha sa joue d'un doigt tremblant.

— S'il te plaît, Leana. Jamie a beaucoup d'affection pour toi…, comme cousine. Il avait tout simplement fait son choix dès le début. Rien de ce que j'ai pu dire ou faire n'a pu le convaincre de changer d'idée. Un homme orgueilleux et entêté, notre Jamie.

— Pas « notre » Jamie. Le tien.

Le cœur de Leana était profondément blessé. Elle ressentait les paroles de sa sœur comme autant de nouvelles épines acérées, et non comme un réconfort.

— Je suis heureuse pour toi, Rose. Un mari riche, n'est-ce pas ce que tu voulais par-dessus tout ?

— Mais pas *maintenant*, Leana. Et pas Jamie.

La tension dans la voix de Rose était palpable.

— Leana, pourquoi ne me regardes-tu pas ?

Elle se tourna lentement vers sa sœur. Rose, l'enfant sans mère qu'elle avait aimée et chérie depuis sa naissance. *Ma petite Rose.*

Le visage de Rose était blanc comme un drap. Ses yeux noirs débordaient de larmes.

— S'il te plaît, Leana. Écoute-moi. Père ne m'a pas donné le choix. Je te prie de m'excuser. Je ne peux supporter de te voir souffrir.

Leana leva une faible main vers la joue de sa sœur.

— Je sais. Je sais, Rose. Ne pleure pas, ma chérie. Sois heureuse, et certaine que Dieu verra à mon bonheur. Tout comme père. Il n'y a aucune raison de verser des larmes.

Elle en essuya quelques-unes avec son pouce.

— Fais entrer Jamie, dit-elle, afin que nous puissions faire la paix.

Rose secoua la tête, puis se dirigea vers la porte, la tête basse, regardant à peine Jamie alors qu'elle acquiesçait à la demande de Leana. Il entra dans la chambre d'un pas hésitant, ouvrant la porte toute grande tandis que Leana tirait ses couvertures jusqu'à son menton.

— Rose m'a dit que vous vouliez me voir… seul ?

— Avec la permission de mon père, expliqua Leana, en indiquant la chaise de la tête. Cela ne sera pas long, Jamie. Je voudrais simplement vous demander quelque chose.

Il s'assit comme elle le lui avait demandé, ses yeux se promenant dans la chambre comme s'il cherchait une issue pour s'enfuir.

— Comment… comment allez-vous ? finit-il par demander.

— Si vous parlez de ce rhume qui m'afflige, je m'en remettrai.

La mâchoire carrée de Jamie, qui avait grand besoin du rasoir de Hugh, se colora.

— Je voulais dire…, au sujet du… mariage. Au sujet de Rose et moi.

— Je suis…

Que pouvait-elle répondre ? *Déçue ? Affligée ? Anéantie ?*

— Je suis… heureuse pour vous, dit-elle finalement. Mais vous devez savoir…

Les mots se coincèrent dans sa gorge.

— Vous devez savoir, Jamie…, que je vous aimais.

— Et j'en suis flatté, Leana.

Son regard était doux, mais sans plus.

— Aucun cousin d'Écosse n'a jamais été mieux reçu que je ne l'ai été par vous.

— Non…, non !

Elle secoua la tête. Il devait comprendre ; il le *devait.*

— Pas seulement comme mon cousin, insista-t-elle. Je vous aime comme une femme aime un homme. Je vous aime encore.

Il se leva abruptement, portant un doigt à ses lèvres.

— N'en dites pas plus, Leana.

La rougeur de son visage s'était effacée. Son expression était sérieuse.

— Nous formerons toujours une famille, dit-il. Et j'aurai toujours de l'affection pour vous, comme pour une cousine très chère. Mais c'est Rose que j'aime, et c'est Rose que je vais épouser, quand viendra le dernier jour de décembre. Promettez-moi de ne plus jamais parler de ce… sentiment… que vous éprouvez pour moi.

Leana se laissa retomber sans force sur son oreiller.

— Comme il vous plaira.

Chapitre 38

Chaque fois que nous aimons,
Nous traçons un autre cercle autour de la cible
Pour cet archer adroit, nommé Chagrin, et alors, il frappe.
— Alexander Smith

Leana souhaitait que le plancher de l'église s'ouvre et l'engloutisse en entier : sa robe de serge grise, son horrible bonnet et son cœur brisé.

Son père, assis à ses côtés sur le banc, se tourna et ne l'avertit que d'un simple froncement de sourcils. Il ne tolérerait pas d'épanchement de larmes, ni d'étalage de sentiments d'injustice sur son visage. Lachlan avait payé comme il se doit la *pièce du crieur* pour que les bans du mariage soient annoncés trois dimanches d'affilée. Tous les foyers d'Auchengray le savaient ; bientôt, toute la paroisse serait au courant.

Une certaine tension régnait dans la salle au moment de la proclamation des bans du mariage. Plus d'un membre de la paroisse s'était déjà levé à l'église, pour contester une union. À peine une année auparavant, une femme d'une autre paroisse avait demandé qu'on retire les bans, prétextant qu'elle avait changé d'idée et qu'elle en aimait un autre. Oh ! Quel tumulte avait éclaté à Mauchline, ce jour-là.

Le regard de Leana se promenait sur l'assemblée sobrement vêtue, baignée dans la lumière crue qui pénétrait par la fenêtre. Personne ne dirait du mal de Jamie ni de Rose. Le couple n'était d'ailleurs pas présent pour se défendre, si quelqu'un le faisait. Jamie avait emmené Rose en cabriolet dans la paroisse de Kirkbean, ce matin-là, à environ cinq milles au sud de Newabbey, sur la rive de la rivière Nith, parce qu'entendre la lecture de ses propres bans portait malheur, disait-on. Leana les écouterait à leur place et garderait ses opinions pour elle.

Alors que le clerc de séance s'avançait, Jessie Newall, assise devant elle, tourna la tête légèrement. Leurs regards se croisèrent et Jessie hocha la tête pour lui offrir un appui silencieux. Jessie ne l'avait-elle pas vue en compagnie de Jamie près du foyer, lors de son premier samedi à Auchengray ? Jessie se tourna vers l'avant à nouveau, mais souleva Annie jusqu'à la hauteur de son épaule, s'assurant que le mignon visage de l'enfant était dirigé vers Leana.

Au milieu d'un visage rose mouillé de bave, les yeux d'Annie s'arrondirent d'étonnement, à la vue de Leana. Elle se mit à rire et sa mère la fit taire gentiment. Leana ravala sa peine et sourit à Annie, recherchant un réconfort dans cette joie innocente, priant pour que l'enfant ait la vie la plus heureuse possible. Si Annie était une fille chanceuse, elle rencontrerait plus tard un homme qu'elle aimerait et qui lui rendrait son amour.

Le clerc leva la main, réclamant le silence pour la criée des bans du mariage. Tous les murmures cessèrent.

— Je proclame par la présente les noms de ceux qui veulent se marier dans la paroisse de Newabbey. James McKie, d'Auchengray, désire épouser Rose McBride, ce 31 décembre. Y a-t-il quelqu'un ici présent qui prétend qu'il y a des empêchements à ce mariage ?

Leana agrippa son mouchoir. *Oui*. Il y avait deux obstacles : Rose n'aimait pas Jamie, et elle l'aimait trop.

Aucune voix n'éleva d'objection.

— Dans la paroisse voisine de Kirkbean, Fergus McDougal, de Nethercarse, désire épouser Sarah Clacharty de Drums Mains dans la paroisse de Newabbey, ce 4 décembre.

Leana eut le souffle coupé. Elle ne fut pas la seule. Des murmures coururent le long des bancs comme des souris. Des têtes se tournèrent. Des visages la regardèrent, lourds d'accusations. Fergus avait trouvé une autre fiancée consentante.

La boue de sa cour malheureuse ne tacherait plus ses bottes. Seules les jupes de Leana resteraient maculées par l'opprobre.

Elle regarda son ourlet, s'attendant à y voir l'évidence de sa honte. Son crime ? Refuser d'épouser un homme qu'elle n'aurait jamais pu respecter, encore moins aimer. Fergus avait averti qu'il proclamerait bien haut que c'était lui qui avait retiré sa proposition de mariage. Leana connaissait la vérité : elle n'avait jamais entendu son offre ni rien accepté. Mais les vues de la femme sur ces questions étaient rarement prises en compte. Sarah Clacharty était une jeune fille dont la famille pauvre avait dû sauter de joie devant les avances de Fergus McDougal. La malheureuse Sarah n'aurait jamais fini de satisfaire tous les désirs de l'homme. Leana n'enviait pas l'avenir lugubre qui attendait cette jeune fille ; elle ne convoitait que son anneau nuptial.

La congrégation se calma, même si quelques flèches effilées trouvaient encore le chemin du banc de Leana. Elle regardait fixement le visage d'Annie et faisait semblant de ne pas voir les autres. Elle supporterait les heures qui l'attendaient et prierait pour la miséricorde divine. Lorsque Jamie et Rose viendraient les rejoindre après le premier service, pour partager le repas familial sur leur banc et passer l'après-midi avec eux, elle prierait pour que Dieu lui donne de la force.

Leana baissa la tête. Les bans étaient lus. Le pire était passé.

Il était près d'une heure quand le révérend Gordon prononça sa bénédiction :

— Que la grâce de notre Seigneur Jésus-Christ, que l'amour de Dieu et que la communion du Saint-Esprit soient avec vous. Ainsi soit-il.

L'amour de Dieu. Ainsi soit-il. Leana laissa les mots la pénétrer un moment avant de sortir discrètement pour surveiller l'arrivée de Rose. La voiture du couple arriva en roulant rapidement. Jamie tenait les rênes bien haut ; Rose agrippait son chapeau d'une main, tout en agitant l'autre en direction de Leana.

Les roues du cabriolet étaient à peine immobilisées que Rose sautait par terre, le visage illuminé par les nouvelles qu'elle brûlait d'annoncer.

— Oh ! Leana ! D'étranges choses se sont passées à Kirkbean. Les bans…

— Du futur mariage de Fergus McDougal. Oui, ils ont été lus ici aussi.

Rose leva les yeux au ciel.

— Sarah Clacharty ne sait pas ce qui l'attend. Comme cela ressemble à cette vieille panse de McDougal, de se trouver tout de suite une nouvelle fiancée.

Jamie réapparut après avoir garé le cabriolet pour l'après-midi. Il salua rapidement Leana de la tête, puis sourit à Rose.

— Est-ce que je t'ai entendue dire que nous aurions de la panse pour dîner, ma fiancée ?

Elle lui fit un air adorable.

— Vous savez bien qu'un dîner froid nous attend à la maison et qu'un déjeuner froid nous attend sur notre banc.

Rose guida Leana vers la porte.

— Nous ferions bien d'entrer et de manger d'abord, dit-elle à sa sœur, avant que tout le saumon fumé de Neda disparaisse dans l'estomac de Jamie.

Le couple mit plus de temps qu'il ne l'avait escompté pour rejoindre le banc familial. Leana regardait la scène alors que les jeunes personnes venaient à tour de rôle à la rencontre des fiancés — les garçons se frottant l'épaule à celle de Jamie, les jeunes filles effleurant celle de Rose —, afin que cela leur porte chance dans leur propre quête du grand amour.

— À ton tour, Leana.

Rose l'attira vers elle, la regardant dans les yeux.

— Veux-tu frotter ton épaule contre la mienne, sœur ?

Leana s'agita pour échapper à la main de Rose, se sentant ridicule et, surtout, blessée.

— C'est peut-être ma malchance qui déteindra sur *toi*, Rose.

Lorsqu'elle vit sa sœur perdre un peu de sa belle assurance, Leana regretta ses paroles amères.

— Je veux dire que je ne te souhaite que de la chance, chérie, se reprit-elle. Bien que tu n'aies besoin d'aucun vœu de ma part pour cela.

— Oh oui, j'en ai besoin.

Rose lui prit les mains et l'attira vers elle, ignorant la foule de voisins venus lui souhaiter bonne chance.

— C'est ta bénédiction qui m'importe le plus, Leana.

Elle regarda en direction de Jamie, qui était en grande discussion avec leurs voisins, puis reporta son attention sur Leana.

— Je sais, commença-t-elle avant de s'arrêter et de reprendre à nouveau, je sais que tu as été douloureusement trompée et abusée. Par père. Par Fergus McDougal. Par Jamie, involontairement.

— C'est vrai. Je l'ai été.

Cela plaisait à Leana de pouvoir s'en confesser à l'église, même si ce n'était qu'à sa sœur.

— Pourtant, je dois accepter une certaine responsabilité…

— Aucunement.

Le ton de Rose était sans équivoque, et son regard était brillant.

— Tu as fait ce que ton cœur te commandait. Tu as choisi d'aimer Jamie et de refuser de te marier avec Fergus. La Bible ne dit-elle pas : « Que ton oui soit un oui ; et que ton non soit un non » ? Tu sais qu'elle le dit. Et c'est ce que tu as fait. Le Dieu tout-puissant voit que ton cœur est honnête.

Leana parvint à esquisser un faible sourire, mais elle tremblait intérieurement. Son amour pour Jamie brûlait toujours en elle, aussi brillant que jamais, et son espoir tenace qu'il pourrait changer d'avis à la fin de l'année était vivant, lui aussi.

Neda le savait. Jessie s'en doutait. Jamie ne le saurait jamais, à moins qu'il vienne à elle pour lui déclarer son amour.

Leana pressa la main de sa sœur, reconnaissante du tumulte autour d'elles, qui couvrait leur voix.

— Tu m'as demandé ma bénédiction, Rose, et je te l'accorderai. Mais seulement si tu m'affirmes que tu aimes Jamie de tout ton cœur.

Sa sœur leva les yeux vers elle et les coins de sa bouche se tordirent légèrement.

— J'éprouve de l'affection pour ce garçon, je suis certaine de cela. Mais l'*amour* est un mot qui me fait peur, Leana. Le seul amour que je connaisse est celui que j'ai pour toi : l'amour pour une sœur, presque aussi fort que l'amour pour une mère.

Puis, son regard dériva vers Lachlan, assis à l'autre bout du banc, qui mastiquait vigoureusement sa viande de mouton.

— Mais tu ne me convaincras jamais que père nous aime l'une ou l'autre, poursuivit-elle. Sûrement pas comme monsieur Elliot aime sa fille Suzanne.

Rose inclina la tête.

— Je suis confuse, Leana. Est-ce que Jamie m'aime comme tu m'aimes ? Ou est-ce qu'il m'aime à la manière de père ?

Le cœur de Leana se gonfla à la pensée que sa jeune sœur devait affronter si jeune des questions aussi graves.

— Je prierai pour que Jamie t'aime autant que je t'aime, dit Leana. Et je prierai pour que tu l'aimes sans arrière-pensées, comme tu le devrais.

Sa sœur hocha la tête, mais ne promit rien. Puis, elle leva les yeux vers Jamie, dont la main venait accidentellement d'effleurer son épaule.

— J'aime sa compagnie. Il me fait rire. Et il *est* vraiment le plus bel homme du pays.

Un sourire séduisant éclaira son doux visage, aussi rose et lumineux que celui d'Annie.

— Le mariage sera une belle fête, n'est-ce pas ? Et tous ces présents ? Et la valse de la mariée ? Mais le meilleur…

Elle baissa la tête sous le bord du chapeau de Leana, et pouffa de rire comme une écolière.

— … le meilleur, ce sera de ne plus jamais devoir obéir à père !

Chapitre 39

Oh ! qu'il est heureux et béni, cet homme !
Pas étonnant qu'il soit si fier !
Quand la jeune fille qu'il aime le plus,
Avance parée à ses côtés !
— Robert Burns

Sept semaines de dur labeur.

Jamie sourit en y pensant. Puis, il chargea sa pelle et la souleva vers le tas de fumier, maintenant couvert de gelée. Trois semaines étaient déjà écoulées, pourtant elles lui avaient paru ne durer que trois jours, parce qu'il savait qu'il travaillait pour gagner l'amour de Rose.

À moins qu'il fût dans l'erreur, le cœur de la jeune fille paraissait se réchauffer un peu pour lui. Ce matin, elle l'avait accueilli au petit-déjeuner avec un sourire timide, et un cadeau l'attendait près de son assiette.

— Nous sommes en décembre, Jamie, lui avait-elle dit.

Il défit le ruban, puis l'emballage de toile, sachant bien ce qui l'attendait à l'intérieur, mais feignant la surprise.

— Une chemise de mariage ! Et fort bien faite, Rose.

Il leva la belle chemise de batiste, afin que toute la maisonnée puisse admirer le travail d'aiguille, et fit un clin d'œil à sa promise.

— L'avez-vous cousue toute seule, jeune fille, ou une adroite couturière, vivant aussi sous ce toit, vous a-t-elle prêté main-forte ?

Une jolie teinte de rose lui colora les joues.

— Vous savez très bien que Leana m'a aidée.

Elle regarda sa sœur aînée avec respect et admiration.

— Sans ses doigts de fée, ajouta-t-elle, nos draps de lit et notre linge de table seraient bien tristes à voir.

Le dernier tiroir de l'armoire de Rose, vide quelques semaines plus tôt, pouvait à peine se fermer, maintenant, tant il débordait de draps, de couvertures, de nappes et de rideaux que Leana et les autres femmes de la paroisse avaient soigneusement confectionnés. Elles les avaient ensuite placés dans le précieux tiroir, que toute future mariée espérait voir comble, le jour de ses noces.

Jamie avait hoché la tête en direction de Leana pour la remercier, tout en évitant son regard insistant. La gêne entre eux s'était quelque peu dissipée, mais n'avait pas vraiment disparu. Dès qu'il était en sa présence, les mots qu'elle avait prononcés à la Saint-Martin s'interposaient entre eux comme un rideau de soie invisible : « Je vous aime encore. » L'avait-il induite en erreur, d'une façon ou d'une autre ? De tout son cœur, il espérait que non. Tant que Rose ferait partie de sa vie, Leana serait à proximité aussi, travaillant dans les coulisses, offrant soutien et conseils. Il avait besoin d'elle, et Rose également. C'était un arrangement risqué, comme les trois sommets d'un triangle — stable, mais présentant des arêtes coupantes.

Jamie mit ses inquiétudes de côté et plongea sa pelle dans le fumier, travaillant rapidement. Les jours raccourcissaient, pourtant, la liste des tâches que Duncan lui confiait s'allongeait sans cesse. Retirer le fumier de l'étable était la pire de toutes, alors il s'en débarrassait en premier, même si cela signifiait que ses vêtements empestaient pour le reste de la journée. À quatre heures, quand le soleil terminerait sa course dans le ciel, il serait libre d'aller se frotter de fond en comble avant de s'habiller pour le dîner. *Pour retrouver Rose.*

Penser à elle allégeait son fardeau. Le soir de la Saint-Martin, tout en savourant la panse de mouton préparée par Neda, ils avaient prononcé leur promesse formelle de mariage devant tout le monde. Après avoir humecté leur pouce, Jamie et Rose les avaient pressés ensemble, signifiant que leurs mains et leur cœur ne faisaient qu'un, désormais.

Puis, il prononça le vœu traditionnel, que Rose répéta de sa voix aiguë et fluette :

> *« Reçois-le, alors, avec un baiser et un sourire*
> *Voici mon pouce, il ne te trompera jamais. »*

Les bans du mariage avaient été proclamés par le clerc de séance à la paroisse de Newabbey, lors des trois derniers sabbats de novembre, sans soulever la moindre objection de la part des assistants, en dépit de l'âge de Rose et de l'arrivée toute récente de Jamie dans la paroisse. Il était clair que le consentement de Lachlan McBride avait suffisamment convaincu les habitants des mérites de son futur beau-fils. Bien qu'il restât beaucoup de préparatifs à achever, Jamie savait que Neda et Leana s'occuperaient des détails. Sa responsabilité première était d'apparaître à l'église et de prendre épouse le dernier jour de l'année. Le mois de décembre ne s'écoulerait jamais assez rapidement à son goût.

La journée était bien choisie. Chez les Écossais, le dernier jour de l'année, ou *Hogmanay*, était aussi considéré comme le plus favorable de tous pour se marier. Jamie priait pour qu'il lui soit favorable, à lui aussi. Après avoir passé la semaine de leur lune de miel à Dumfries, il ramènerait Rose à Glentrool, idéalement avec un héritier dans le ventre.

— Hé ! jeune homme, j'vois qu't'as mis ton esprit au travail.

Duncan pencha la tête en entrant dans l'écurie, où Jamie s'était arrêté un moment pour se réchauffer contre les flancs accueillants de Walloch.

— Oui, je médite au sujet d'une certaine jeune fille aux cheveux noirs, se confia Jamie. Accordez-moi une autre minute pour me dégeler les doigts et je suis de retour au travail.

— Oh ! j'ai aucune crainte par rapport à ça, Jamie. T'es le meilleur travailleur qu'Auchengray a vu d'puis un bon bout d'temps.

Duncan se joignit à Jamie, qui brossait la robe du cheval hongre, et leurs mouvements réguliers adoptèrent bientôt le même rythme.

— Même que j'imagine que Lachlan McBride est en train d'penser à un moyen de t'faire rester ici plus longtemps, mentionna Duncan. Jusqu'à l'agnelage du printemps ou à la tonte de l'été.

Jamie brossa plus vigoureusement, pour cacher son irritation.

— Ce n'est pas ainsi que les choses se passeront, Duncan. Dès que Rose sera mienne, je retrouverai ma liberté.

— Oui, dit l'intendant en hochant son bonnet quadrillé. T'as plus que mérité ton droit aux deux choses. Bien que j'pense qu'c'est toi qu'a fixé le prix, non ? Sept s'maines de travail sans gagner un seul penny, alors qu'un sac d'argent d'Glentrool t'aurait épargné toute c'te peine.

Jamie fronça les sourcils à ce rappel désagréable.

— L'argent des McKie a été donné une fois et volé. Il était hors de question d'en demander d'autre.

Duncan s'arrêta de brosser et le regarda dans les yeux, l'air plus sérieux que d'habitude.

— C'est ton orgueil qui t'retient ici, à faire l'travail d'un paysan. Rien d'aut' que l'orgueil. Et tu sais c'que la Bible dit : « Avec l'orgueil, vient la honte. » Pourtant, Lachlan McBride a su profiter d'toi et, écoute-moi bien, jeune homme, il n'a pas fini de l'faire. Le laird sait r'connaître une bonne affaire, quand il la voit.

— Mais je fais aussi une bonne affaire. Une fiancée comme Rose vaut bien sept semaines d'ouvrage.

— C'est c'que tu dis, répondit Duncan en recommençant à brosser. Mon père disait qu'c'est un miel douloureux, celui qu'on lèche su' l'épine. Savoure-le tant qu'tu peux, Jamie. Mais fais attention de pas t'piquer la langue.

Jamie hocha simplement la tête, troublé par les commentaires de l'intendant. Étaient-ce les réflexions simples d'un homme plus familier avec les travaux de la ferme qu'avec les affaires d'un gentilhomme ? Où était-ce un avertissement, que Duncan lui servait ?

— J'apprécie votre intérêt pour moi, murmura Jamie en tapotant le garrot de Walloch, avant de se diriger vers la montagne de fumier. Pour l'instant, il me reste d'autres enclos à nettoyer, en plus du poulailler.

— Bien, mais t'laisse pas absorber par ton travail au point d'oublier les scones de pommes de terre d'Leana, dit Duncan en le regardant sortir dans l'air glacial du matin. Elle les a faits spécialement pour toi, t'sais. Neda les servira à la porte d'la cuisine vers une heure, ou quand ton estomac commencera à gronder.

Duncan s'éloigna sur la terre durcie, laissant Jamie s'activer au travail pour tromper sa faim.

Il n'était pas le bienvenu dans la maison, couvert de saletés, ce qui était compréhensible. À l'heure du déjeuner, il ferait plutôt halte devant la porte de la cuisine, et laisserait Neda lui offrir un mets simple et nourrissant, pour lui permettre de tenir bon jusqu'au dîner. Des scones de pommes de terre avec un peu de fromage dur, le tout accompagné d'un pichet de thé bouillant, seraient bien accueillis en ce froid jour de décembre.

Il renversa un peu la tête vers l'arrière pour découvrir que le ciel était sans couleur. Ni bleu, ni gris, ni blanc, ce n'était qu'une simple toile de fond sur laquelle se détachaient les branches noires du verger, robustes et dénudées. Le vent était heureusement tombé, et l'air, sans être mordant, était froid. Autour de lui, des garçons d'écurie, portant des selles à frotter, allaient et venaient tandis que quelques jeunes bergers s'apprêtaient à partir pour les collines. Ils le saluèrent comme l'un des leurs, et il leur en fut reconnaissant. Faire l'objet de ragots dans son dos, tout en étant ignoré en face, aurait été le pire des traitements.

Jamie martelait le sol de ses pieds pour les réchauffer et distraire son esprit de la chemise de noces qui pendait dans la grande armoire en chêne. *Quatre semaines et deux jours.* C'était un supplice d'être si près de sa fiancée – sous le même toit, dormant dans la chambre voisine, respirant le même air –, tout en sachant qu'il devait attendre avant qu'elle soit enfin sienne, avant de la toucher et de l'embrasser comme il brûlait de le faire. Pas un chaste baiser, comme celui qu'il avait volé à une jeune bergère deux mois auparavant, mais le baiser passionné d'un mari à sa femme, qui les unit dans l'extase. Oui, c'était à cela qu'il pensait, dans son lit, le soir, en comptant les heures. *Quatre semaines et deux jours.*

Rose lui avait fait présent de la traditionnelle chemise de marié. Maintenant, c'était à son tour d'offrir quelque chose à sa fiancée, et il ne voulait pas la décevoir. Sa mère – sûrement à l'insu d'Alec – avait déposé un paquet à la poste de Monnigaff, dont les frais avaient été finalement acquittés par Lachlan, quand il avait appris ce qu'il contenait. « Des cadeaux pour la mariée. » Jamie n'en avait pas dit plus, mais cela avait été suffisant. L'homme n'avait pas insisté davantage pour qu'il l'ouvre immédiatement, sous les regards curieux de toute la maisonnée, incluant Rose.

Le premier gage de son affection serait déposé près de l'assiette de Rose au repas du soir : la broche d'argent de Rowena, achetée par le père d'Alec quelques décennies auparavant, dans l'une des nombreuses échoppes de bijoutiers et d'orfèvres, les célèbres *luckenbooths*, de la grand-rue d'Édimbourg. La petite épinglette, pas plus grosse que l'ongle de son pouce, était ornée de deux cœurs entrelacés, et les initiales de sa mère étaient gravées sur l'envers. « R. M. » pour Rowena McKie. Rose croirait peut-être qu'il s'agissait de ses propres initiales et serait enchantée de cette attention délicate.

La boîte contenait aussi des rubans et de la dentelle pour les dames, et des boutons d'argent pour la chemise du marié. Rowena avait également glissé une bourse contenant assez de pièces d'argent pour acheter une robe de mariée — un tailleur du village de Newabbey avait déjà pris ses mesures — et payer la lune de miel d'une semaine dans une auberge de Dumfries. Ce séjour était l'idée de sa mère, très heureuse au demeurant. Il apprécierait la compagnie de Rose dans une chaleureuse intimité, puis le couple ferait ses adieux à Auchengray et braverait les tempêtes de janvier pour se rendre à Glentrool.

L'envoi ne contenait pas que des nouvelles agréables. La lettre de Rowena révélait qu'Evan proférait toujours des menaces. « *Tâche de ramener ton épouse à Glentrool avec un bébé en son sein* », le prévenait-elle. « *Ton frère, si insensé soit-il, n'oserait pas attenter à trois vies.* » Rowena poursuivait en écrivant que son père était trop invalide pour faire le voyage dans l'est, pour assister au mariage. Comme il ne voulait pas la laisser s'y rendre seule, cela signifiait qu'aucun McKie ne serait présent à la cérémonie. Jamie était peiné à l'idée qu'il se lèverait à l'autel sans que sa famille soit assise derrière lui pour partager son bonheur. Comme il ne pouvait rien y faire, il ne s'en désolerait pas outre mesure. Rose et lui les retrouveraient à Glentrool bien assez vite.

Jamie jeta un coup d'œil au soleil falot tandis qu'il marchait vers la porte arrière, essayant de deviner l'heure. Il s'efforça ensuite d'enlever assez d'ordures de ses vêtements pour que Neda n'ait pas à se boucher le nez en lui servant les scones et le fromage.

— Votre oncle Lachlan a aussi un présent pour Rose, lui dit la gouvernante, les yeux brillants, heureuse de lui transmettre la nouvelle. Il a promis qu'elle pourrait l'ouvrir avant le dîner. Et il y a une chemise et un pantalon propre qui vous attendent, mon garçon.

Puis, elle le renvoya en plissant le nez malgré tout.

— Et assurez-vous de prendre un bain.

À sept heures du soir, toutes les traces de cette journée de travail harassante étaient effacées. Son visage, ses mains, ses cheveux resplendissaient, son menton avait reçu la visite du rasoir, et ses vêtements avaient été soigneusement repassés par l'une des servantes qui l'avait pris en affection. Lachlan sonnait la cloche de la salle à manger au moment même où Jamie dévalait l'escalier, tenant dans le creux de sa main une pochette de satin contenant la précieuse broche.

Jamie salua de la tête l'assemblée habituelle autour de la table, puis plaça son présent à côté de l'assiette de Rose, effleurant sa manche au passage. Elle éclata d'un rire de fillette, retira son bras et lui asséna un petit coup de natte. Malgré tout son amour pour sa fiancée, ce genre de comportement l'indisposait. C'était davantage l'attitude d'une enfant que celle d'une jeune femme sur le point de se marier. Leana, assise à côté d'elle, ne rougit ni ne minauda, mais resta gracieusement assise sur sa chaise, en digne maîtresse d'Auchengray. Peut-être devrait-elle enseigner à Rose comment tenir son rang de femme mariée avec un peu plus de dignité.

Son oncle se leva, et le silence se fit instantanément.

— J'ai deux annonces à faire concernant notre future mariée. Rose, j'ai convenu avec ta tante Margaret, de Twyneholm, que tu séjourneras chez elle la semaine précédant le mariage. C'est la coutume, comme tu sais.

— Oh oui, soupira dramatiquement Rose, et elle chercha du regard la compassion de Jamie. Comme c'est triste.

On l'avait avisée que cela pourrait se produire. Tante Margaret Halliday — Meg, pour ses deux nièces — était la sœur aînée de sa mère. Elle ne s'était jamais mariée, avait vécu soixante printemps et habitait toujours dans le cottage de deux pièces où elle-même et Agness étaient nées. Rose la décrivait comme une femme terriblement excentrique — elle élevait des abeilles, distillait des spiritueux et dissimulait le sel de contrebande laissé à sa porte par les trafiquants du voisinage.

— Une femme originale, confessa Lachlan. Mais un caractère obstiné et un grand cœur. Tu passeras une semaine intéressante, je peux te l'assurer. Maintenant, jeune fille, j'ai cru remarquer deux petits paquets devant toi. Ouvre celui de Jamie d'abord, si tu veux, puis le plus grand, ensuite nous demanderons au Tout-Puissant de bénir notre repas.

Rose ouvrit le sachet de soie et en sortit la broche, visiblement ravie.

— Jamie, elle est merveilleuse !

Puis, elle l'exhiba à la ronde et l'épingla à sa robe avec des doigts tremblants.

— Cela fait des mois que Jenny Copland exhibe sa broche *luckenbooth* à deux cœurs, lança-t-elle. J'ai hâte de voir la tête qu'elle fera, au prochain sabbat, quand elle verra que j'en ai une, moi aussi !

— S'il te plaît, Rose, dit Lachlan en pointant le doigt dans sa direction. Surveille ton langage.

Elle baissa la tête et tira le second paquet vers elle, avant de défaire délicatement le simple emballage de toile. Les deux sœurs regardèrent les plis de dentelle qui reposaient au fond, les yeux écarquillés, la bouche grande ouverte.

— Un *kell* ! s'exclama Rose.

Elle leva la coiffe traditionnelle écossaise, dont le motif compliqué était finement brodé sur la batiste.

— Pour porter avec ma robe. Oh, père, c'est magnifique. Où avez-vous…

— Dresde, répondit Lachlan en se rassoyant, clairement fier de lui. Il est arrivé aujourd'hui grâce aux bons offices de… Euh, monsieur Fergusson.

Tous à la table connaissaient Fletcher Fergusson, l'un des contrebandiers les plus connus de Galloway, qui avait dû être bien payé pour procurer un tel objet de luxe à Lachlan. Le voile, ou *kell,* en écossais, ne pouvait être porté que par les jeunes filles vierges. *Comme Rose.*

Elle se leva et s'éloigna de quelques pas de la table, afin de se parer de la coiffe délicate, mais sans succès.

— Leana, aide-moi, s'il te plaît. Il y a quelque chose qui accroche, derrière la tête.

L'efficace Leana se fit un plaisir de l'obliger. Elle replaça le voile sur la chevelure et les épaules de Rose, l'étendant de manière à mettre en valeur le délicat travail d'aiguille.

— Roses, soupira enfin Leana en secouant la tête. Il y a des roses sur toute sa surface. C'est la perfection même.

Jamie admira la magnifique jeune fille sous le *kell* soyeux, et tous ses doutes s'évanouirent.

— Oui, murmura-t-il. La perfection même.

Chapitre 40

Le soleil, ce bref jour de décembre,
S'éleva tristement au-dessus des mornes vallées,
Et, dans sa sombre course, prodigua à midi
Une lumière plus triste que la lune à son déclin.
— John Greenleaf Whittier

— Faire l'essayage d'une robe de mariée un vendredi ?

Joseph Armstrong, le tailleur du village de Newabbey, agitait ses ciseaux comme un doigt réprobateur.

— De qui est cette idée folle, j'voudrais bien l'savoir.

Leana effleura le bras de Rose pour l'empêcher d'avouer la vérité.

— C'était la mienne, dit Leana froidement. Si j'avais consulté le calendrier avant de choisir le 12 décembre, monsieur Armstrong, je ne vous aurais pas demandé de venir faire ces retouches un jour porteur de malchance.

— Très bien, alors, grommela-t-il. Il est trop tard, jeune fille. La robe et moi avons fait l'trajet jusqu'à Auchengray, alors habillons la mariée.

Soupirant bruyamment, le tailleur s'agenouilla sur le plancher encore une fois, plaça une demi-douzaine d'épingles entre ses dents et retourna à son ourlet. Tout en travaillant, il donnait des directives à son apprenti, lui indiquant où piquer les manches.

— Installe d'abord la planche à r'passer, garçon, et fais vite. Fais pas tomber l'oie sur les orteils de mam'zelle McBride, sinon elle boitera au mariage de sa sœur.

Le frêle garçon, si mince qu'on aurait dit qu'il n'avait pas mangé depuis des mois, plaça le lourd fer à repasser près du feu. L'instrument, dont le manche rappelait le long cou de l'oie, se détachait sur le fond de tourbe incandescente. Le cou du garçon était, quant à lui, presque aussi gracile. Ses clavicules, qui faisaient saillie sous sa chemise, semblaient implorer un peu de viande. Leana s'assurerait qu'il reparte avec un *bannock* et un peu de mouton mariné, dans sa besace. Le tailleur aussi était le déchirant portrait de la pauvreté. La bosse dans son dos et sa posture cruellement voûtée montraient à quel point la vie l'avait éprouvé dès son tout premier souffle. Elle résolut de payer à l'homme le double de son salaire, quitte à devoir affronter la désapprobation de son père.

Leana alluma une autre chandelle, consciente que le frugal Lachlan s'opposerait à cela aussi. Pourtant, la pièce était trop sombre pour que le tailleur pût y voir clairement. Le soleil de la matinée luisait faiblement, et ses maigres rayons éclairaient à peine les fenêtres à deux battants. Leana rapprocha les bougies des deux artisans, puis leur laissa l'espace dont ils avaient besoin pour travailler. La fiancée nerveuse était juchée sur une boîte de bois, au centre de la chambre que les deux sœurs occupaient. Tout en faisant les cent pas dans la pièce, Leana priait le Tout-Puissant pour qu'elle ait de la patience et soit indulgente avec Rose. Elle savait que ce jour serait difficile et elle s'y était préparée, du moins, c'est ce qu'elle croyait. Maintenant qu'il était arrivé, ses paroles lui semblaient forcées et son cœur, de pierre.

Jamie, oh, Jamie. Comme son regard s'illuminerait à la vue de Rose dans une robe si seyante. Si Leana avait cru que cela pouvait lui procurer l'amour de Jamie, elle aurait payé le tailleur avec joie pour qu'il lui en fît une pareille. Une idée folle, bien sûr. Aucune robe, aussi jolie fût-elle, ne pouvait opérer un changement aussi dramatique dans le cœur de Jamie. Il se contenterait de dire : « Comme vous êtes charmante, Leana. » Mais ses yeux ne montreraient jamais le reflet qu'elle aurait voulu y voir, et ses lèvres ne diraient jamais les mots que son cœur brûlait d'entendre : *C'est vous que j'aime, Leana. Vous seule.*

Leana secoua la tête, délogeant ces pensées traîtresses, et s'efforça de sourire. Elle devait partager le bonheur de sa sœur. Elle le *devait*. Si Rose se mariait avec un autre homme – n'importe quel autre, mais pas Jamie –, Leana serait transportée de joie. *Fais comme si c'était le cas, alors*. Ce qu'elle ne pouvait contenir, c'étaient ses propres émotions à l'égard de Jamie, qui avaient gagné en intensité, au lieu de diminuer. La raison était simple : le pire avait déjà été subi. Jamie ne lui appartiendrait jamais, elle n'avait donc rien à craindre, et peu à perdre, à l'aimer.

Il est vrai, son amour était à sens unique, mais c'était l'amour dans sa forme la plus pure. Chaste. Un amour né de l'admiration et du respect, non pas embrasé par la passion de la jeunesse. Qu'il en fût conscient ou non, Jamie avait *besoin* de son amour, d'une source constante de soutien, ce que Rose, encore enfant, ne pouvait lui offrir, craignait-elle. Leana dissimulait bien le secret de sa grande admiration pour lui. Lorsque le mariage aurait eu lieu, et que tout espoir serait perdu à jamais, elle enterrerait son amour pour l'homme dans le sol gelé de son jardin, près des petites cuisses de nymphes taillées très rases pour l'hiver. Pour le moment, il grandissait en silence, comme le gui dans les fissures de ses pommiers, invisible, mais vivace.

Réconfortée par ses pensées, Leana regardait sa sœur, qui, les mains sur les hanches, s'efforçait de se plier aux exigences du tailleur, tout en gardant son équilibre. D'une voix tremblante, Rose demanda :

– De quoi a-t-elle l'air, Leana ?

Elle ne pouvait dire que la vérité.

– Magnifique, chérie. La couleur, spécialement.

C'était de loin la robe la plus élégante que Rose McBride eût jamais portée. Le damas était d'un rose pâle mat, la robe, cintrée bien au-dessus de la taille, et la couture, dissimulée par une large ceinture d'une nuance plus foncée. Le jupon en dessous se mariait avec le voile de Dresde, d'un blanc aussi crémeux que la peau parfaite de Rose. Un cordonnier de Newabbey lui avait confectionné des mules de damas assorties. Neda avait suggéré qu'elles ne soient portées qu'à l'église, lors de la cérémonie, et chaussées seulement à la dernière minute, ce que Leana avait approuvé. Quand la fin de l'année approchait, le climat à l'est de Galloway devenait de plus en plus âpre.

Leana hocha la tête en direction du tailleur et de son apprenti.

– Heureusement que vous avez bénéficié d'un jour sec pour venir du village jusqu'ici à pied. Sinon, la robe de ma sœur aurait été ruinée avant que le voisinage ait eu le bonheur de la voir.

Rose pressa la main contre sa poitrine.

– Quelle horrible pensée ! dit-elle.

– Voilà, jeune fille, dit le tailleur en se relevant, le dos plus courbé que jamais. Une fois bien r'passée, vous d'vrez plus la r'mettre jusqu'au jour de vot' mariage, ni la retoucher, pas même d'une seule couture.

Il se tourna ensuite vers Leana.

– Vous y verrez, mam'zelle McBride ? demanda-t-il. C'est déjà assez malheureux que l'essayage ait eu lieu un vendredi. Y faudrait pas que vot' sœur invite la malchance à ses noces, par-dessus le marché.

– Oh non ! s'exclama Rose, se plaquant les mains sur les joues, maintenant de la même couleur que sa robe. Les invitations ! J'ai complètement oublié.

Elle agita les bras en tous sens, envoyant les épingles voler dans la chambre.

– Jamie et moi devions aller porter nos invitations, cet après-midi, expliqua-t-elle. L'essayage est sûrement fini, maintenant.

Elle était pratiquement descendue de son perchoir, quand le tailleur l'arrêta en plaquant une main sur sa taille.

— Du calme, jeune fille. Y m'reste à marquer les ourlets, et les manches doivent encore être ajustées.

Il consulta sa montre en secouant la tête.

— Nous avons encore une heure de travail, précisa-t-il, et nous n'pouvons nous passer de vous.

Rose joignit les mains, implorant Leana du regard.

— Que peut-on faire ? Nous devions distribuer les invitations dans toute la paroisse mardi, mais il pleuvait si fort que nous aurions été trempés jusqu'aux os. Tu te rappelles, mercredi, Neda a demandé à toutes les femmes d'Auchengray de préparer des friandises à la mélasse. Puis, jeudi, un vent du nord soufflait de Queensbury… Oh ! Il faut y aller immédiatement. Leana, je t'en supplie, *pense* à quelque chose !

Leana regarda l'apprenti, qui était sur le point de défaillir, près du foyer. Quant au tailleur, son visage était comme le ciel du nord, gris et maussade.

— Messieurs, si je peux faire une suggestion. Peut-être… serait-il acceptable pour vous que je prenne la place de ma sœur ? Seulement pour le reste de l'essayage.

Le tailleur leva les mains au ciel en poussant un long grognement.

— V'z'avez aucun respect pour les traditions, mam'zelle McBride. La robe n'doit être portée par personne d'aut' qu'la mariée, avant l'mariage.

— Cela porte malheur aussi ?

— Malheur ?

Le tailleur secoua la tête, tout en levant les yeux au ciel.

— C'est la malédiction qu'vous appelez, si vous v'lez la vérité.

Les sœurs se regardèrent par-dessus la tête en mouvement de l'artisan. Était-ce si risqué, pour un simple essayage ?

Ce fut Rose qui prit la décision.

— Monsieur Armstrong, nous vous sommes reconnaissantes de vos conseils. Si nous n'étions pas deux sœurs, je ne risquerais jamais une telle folie. Mais, puisqu'il s'agit de ma *chère* Leana, et puisque je *dois* distribuer mes invitations... De toute façon, nous portons les mêmes robes depuis des années. Une fois de plus ou de moins ne devrait rien changer, je suppose.

— Comme vous voudrez, mam'zelle. Après tout, c'est vot' mariage.

Les hommes quittèrent la pièce pendant que les femmes échangeaient leur robe, au milieu des rires et des piqûres d'épingle. Rose fit un pas en arrière pour admirer la robe sur Leana.

— La couleur te va très bien, Leana.

Elle fronça les sourcils, feignant l'inquiétude.

— Tâche de ne pas trop t'habituer à l'agréable sensation de cette robe sur tes jolies épaules, l'avertit-elle. Cette robe est mienne, ne l'oublie pas, de même que le fiancé qui vient avec.

Leana se raidit, un arrière-goût amer dans la bouche.

— Comment pourrais-je oublier une chose pareille ?

— Oh, Leana ! dit Rose, devenue soudainement toute pâle. Je... je suis désolée. Je voulais simplement faire une plaisanterie. Je n'ai jamais...

Elle baissa les épaules, et son menton s'affaissa sur sa poitrine. D'une petite voix, elle ajouta :

— Excuse-moi.

— Tu n'as rien à te faire pardonner, ma chérie, tu ne faisais que me taquiner.

Leana étendit les bras et l'attira à elle, sans la serrer, toutefois, car elle ne voulait pas la piquer ni risquer de déchirer les coutures délicates.

— Allez, cours porter tes invitations, dit-elle. Tes amies se demandent sans doute si elles seront invitées, et elles seront heureuses de te voir apparaître à leur porte. Monsieur Armstrong et moi nous assurerons que ta robe sera parfaite.

Rose embrassa Leana à son tour et la remercia en lui murmurant dans l'oreille.

— La robe est le cadet de mes soucis, lui confia-t-elle. C'est tout le reste qui me terrifie.

Elle passa la porte, les joues pâles, et fit rentrer le tailleur et son apprenti, qui se remirent à l'ouvrage sans tarder. Leana se tint stoïquement debout pendant qu'ils épinglaient et mesuraient, et fut rassurée d'entendre monsieur Armstrong lui dire :

— Vous et vot' sœur êtes pour ainsi dire des jumelles, quant à la taille. C'tait gentil de vot' part d'la remplacer, mam'zelle McBride, malheur ou pas. Elle semblait impatiente de s'en aller.

— Oui, dit-elle en regardant par la fenêtre la plus proche les collines dans le lointain, aussi sombres que son avenir.

Sans tarder, on ferait venir le cabriolet et Rose prendrait la route, accompagnée d'une domestique pour lui tenir compagnie. Chevauchant Walloch, Jamie distribuerait ses propres invitations — seulement quelques-unes, puisqu'il n'était arrivé dans la paroisse qu'à peine trois mois auparavant —, pendant qu'elle, la sœur aînée, remplaçait la fiancée absente.

— Allez, mam'zelle, dit le tailleur en lui tendant le *kell*. Y reste plus qu'à mettre ceci autour d'vot' tête.

Il déplia le long voile avec une agilité surprenante, puis s'étira sur le bout des pieds pour le draper sur ses cheveux. Le voile s'y déposa doucement, aussi pur que la première neige de décembre sur les flancs du mont Lowtis. Le tailleur étira les plis autour du visage de Leana pour dissimuler sa chevelure.

— Un adroit travail d'aiguille, en vérité. De Dresde, n'est-ce pas ? demanda l'homme.

Il recula d'un pas, fit un hochement de tête approbateur, puis contourna Leana en murmurant tout bas.

— C'est vraiment dommage qu'vous puissiez pas vous voir, mam'zelle McBride. De dos, on pourrait vous confondre avec vot' sœur.

Il fit le tour de Leana jusqu'à ce qu'il fût de nouveau en face d'elle, et lui dit, en clignant de l'œil :

– Même le marié pourrait s'y méprendre!

Chapitre 41

Quand j'étais chez moi, j'étais mieux logé;
mais les voyageurs doivent remercier leur hôte.
— William Shakespeare

Rose risqua un coup d'œil par la fenêtre dans la nuit hivernale, les doigts posés sur la broche d'argent épinglée près de son cœur. Il restait une heure avant l'aube, mais elle entendait déjà Willie s'activer aux écuries, en bas, attelant la vieille Bess au cabriolet.

— Promets-moi de bien t'occuper de mon fiancé pendant mon absence, Leana.

— Bien sûr, répondit sa sœur d'une voix presque aussi glaciale que la chambre. Nous nous occuperons bien de Jamie.

Rose toucha la joue de Leana pour la remercier silencieusement, mais elle aurait souhaité que sa sœur n'eût pas l'air aussi tendue. Depuis l'après-midi de l'essayage, deux semaines auparavant, quand Jamie et elle étaient allés porter les invitations, Rose avait senti que Leana prenait ses distances vis-à-vis d'eux, et se repliait doucement sur elle-même, comme un mouchoir qu'on s'apprête à glisser dans une poche.

Et maintenant, c'était *elle* qui se préparait à disparaître. La coutume voulait que la fiancée aille vivre ailleurs la semaine précédant les noces, alors il lui fallait déménager. « Il est inconvenant que toi et Jamie viviez sous le même toit avant votre mariage, l'avait prévenue son père. Ta tante Margaret saura te distraire et te garder à l'abri des tentations. » Rose avait offert de rester plus près de chez elle — peut-être séjourner dans la famille de Suzanne Elliot, à Newabbey —, mais son père avait été ferme. « Twyneholm », avait-il dit. Ce serait donc Twyneholm.

Elle reviendrait le matin de son mariage, accompagnée de sa tante Meg. Les femmes d'Auchengray attendraient son arrivée, parées de leur plus élégante robe et de leur plus belle coiffe, tandis qu'en bas, dans le hall, Jamie serait entre les mains efficaces de Hugh.

Une semaine! À peine assez de temps pour voir clair dans son cœur, et encore moins pour le changer.

Son père avait raison : Twyneholm était la diversion idéale.

Leana plia une paire de longs bas de laine et les plaça à l'intérieur de la malle de Rose.

— Je ne peux imaginer comment Jamie survivra sans toi pendant sept jours, dit Leana d'un ton plus aimable. Duncan et moi tâcherons de le distraire. Et toi, que feras-tu pour t'occuper, à Twyneholm, as-tu réfléchi à ça?

— Si je connais ma tante Meg, elle m'enrôlera de force pour polir son plancher et frotter son argenterie.

— Son argenterie?

Le rire léger de Leana réchauffa le cœur de Rose.

— As-tu oublié? Notre chère tante n'a qu'une seule grande assiette en argent, qu'elle exhibe pour impressionner ses voisins. Ta corvée de polissage durera à peine une heure. Et le plancher de pierre ne demandera pas plus qu'un coup de chiffon humide, pour paraître neuf. Fais cela dès ton arrivée, afin de ne pas revenir à la maison les mains rugueuses le jour de ton mariage.

— Dieu m'en préserve!

Rose regarda ses mains, plus rouges et plus rêches qu'elle ne l'aurait souhaité.

— Les gants de mère suffiront pour la cérémonie, mais je frémis quand je pense que Jamie prendra ces mains pitoyables pendant la nuit de noces.

— Viens, laisse-moi les regarder. J'ai une solution pour tout, tu sais.

Quand Leana effleura doucement les mains qu'elle lui présentait, Rose eut un sanglot. Le toucher de Leana était aussi doux qu'avait dû être celui de leur mère. *Oh, Leana.* Que ferait-elle sans sa sœur, quand il lui faudrait aller vivre à Glentrool ?

Leana retourna les mains de Rose pour en examiner l'intérieur.

— La cire d'abeille et la résine de pin font un excellent baume lénifiant. Tante Meg aura de la cire en quantité, provenant de ses ruches. Je ferai en sorte que Willie glisse quelques branches de pin frais dans le cabriolet, avant que tu partes. Cela n'embaumera-t-il pas agréablement ton voyage ?

— Mmmh, dit Rose, fermant les yeux en y pensant. Comme à Noël.

— Chut !

Leana porta un doigt à ses lèvres.

— Père pourrait t'entendre.

Rose s'esclaffa malgré son avertissement.

— Ou pire encore, renchérit Leana, le révérend Gordon.

L'Église avait depuis longtemps banni les célébrations des fêtes de Noël, également appelées jours des fous, qui culminaient à l'Épiphanie — trop païennes, trop papistes, et bien trop frivoles. Chaque hiver, Neda évoquait un mois de décembre de sa jeunesse, où un certain ministre avait rendu visite à ses paroissiens sans s'annoncer, le 25 décembre, pour s'assurer que tous travaillaient et qu'aucun festin ne mijotait dans l'âtre. Neda, semblait-il, avait alors caché l'oie rôtie sous les couvertures, dans le petit salon, et dissimulé les puddings dans le cellier, se mordant la langue pour ne pas souhaiter un joyeux Noël à l'homme d'Église, au moment de son départ.

Hogmanay, toutefois, demeurait dans tous les calendriers écossais, une pratique que l'Église tolérait, à son corps défendant. Plus qu'en toute autre année de mémoire récente, la famille McBride aurait une raison de célébrer, quand la cloche de l'église annoncerait la nouvelle année. En attendant, Rose s'en allait dans une autre paroisse, afin de compter les jours, avec sa tante pour toute compagnie. Non pas que cela l'ennuyait le moins du monde. Tante Meg était pour le moins excentrique et n'avait aucun intérêt pour les occupations habituellement réservées aux femmes. Rose tendit à sa sœur les derniers articles à inclure dans sa malle.

— Emballe ma boîte à couture et une aiguille à repriser aussi, marmonna-t-elle. J'ai bien peur d'avoir besoin des deux.

La bouche de Leana s'épanouit en un vrai sourire, son premier, ce matin-là.

— Et du savon et une brosse pour te frotter les pieds ?

— Oh oui ! J'avais presque oublié.

Rose baissa les yeux vers ses pieds, s'inquiétant de l'état de sa peau à la lumière du jour.

— C'est un peu fou, ce qui s'est passé hier, n'est-ce pas ?

La tête de Neda apparut dans l'embrasure de la porte au même moment.

— Une folie justifiée, jeune fille, dit la gouvernante. C'est votre mariage, et tout doit être fait selon la coutume, et cela inclut le lavage des pieds.

Le soir précédent, Jamie s'était joint à des hommes du voisinage invités à la maison, Duncan jouant le rôle de maître de cérémonie. Dans la cuisine, Suzanne Elliot dirigeait les jeunes filles.

— Ôte tes bas, Rose, et mets tes pieds dans la bassine d'eau que Neda vient d'apporter. Est-elle bien chaude et bien agréable ?

Au milieu d'une profusion de petits rires et d'éclaboussements, les pieds de Rose avaient été frottés avec de la graisse de chandelle et de la suie, jusqu'à ce qu'ils soient aussi noirs que la fonte.

— Notre Rose ne fait-elle pas une mariée adorable ? la taquina Suzanne.

Les pieds de Rose n'avaient pas été sitôt lavés qu'on les noircit de nouveau alors que les hommes faisaient subir le même sort à Jamie, dans la pièce à côté. Les réjouissances bruyantes de la soirée se transformèrent en rires et en chansons, jusqu'à ce que Rose et Jamie renvoient leurs invités chez eux, bien après minuit.

Le couple s'était retrouvé dans l'escalier — les bas à la main, les pieds striés de lignes noires, les jupes de Rose toutes mouillées et le pantalon de Jamie dans le même état. Leur sourire était las, mais leur cœur était heureux. Elle tira sur la queue de sa chemise, qui pendait ridiculement derrière lui.

— Vous êtes bien piteux, monsieur McKie.

— Vous n'être guère mieux, mademoiselle McBride.

Son regard se promena sur elle de la tête au pied, la faisant frissonner dans l'escalier faiblement éclairé par la lune.

— Encore une semaine, mon bon monsieur.

— Sept jours interminables, ma belle fiancée.

Des larmes montèrent aux yeux de Rose.

— Jamie, suis-je trop jeune pour vous ?

— Pas du tout, jeune fille.

Il écarta la mèche de cheveux qui lui cachait le front. Son regard illuminait le visage de Rose comme une bougie au cœur de la nuit.

— Et moi, demanda-t-il, suis-je trop vieux ?

Elle secoua la tête, puis lui baisa la paume de la main avant de s'enfuir dans l'escalier, de peur d'en dire plus, méfiante vis-à-vis des nouvelles sensations qui chantaient en elle.

Oui, Twyneholm était ce qu'il lui fallait pour l'empêcher de constamment penser à son beau fiancé et à ses yeux vert mousse, qui voyaient plus de choses qu'elle n'osait imaginer. L'aimait-elle ? Elle n'aurait su le dire, mais il était beau, oh oui, vraiment très beau.

Dans la lumière blafarde annonçant le crépuscule, Willie, l'homme à tout faire, l'attendait patiemment à côté du cabriolet. La vieille jument Bess, avec son haleine qui remplissait l'air du matin quand elle hennissait, sa queue qui fouettait l'air et ses gros yeux globuleux toujours mi-clos, était déjà attelée. Leana apparut pendant que Willie chargeait la malle dans la voiture. Dans ses bras, elle tenait des branches de pin fraîchement coupées et son visage rayonnait d'amour pour sa sœur. *Chère Leana.*

Elle remit les branches à Willie, puis embrassa Rose une dernière fois.

— Dieu te protège, Rose, murmura-t-elle sous le capuchon de sa grande cape de laine. Veille à ce que Willie tienne fermement les rênes et ne quitte jamais la route des yeux.

— Oui, dit Rose en chassant quelques larmes qui s'accumulaient dans ses yeux. Dis… dis au revoir à Jamie de ma part.

Elle regarda la fenêtre de sa chambre, où Jamie aurait dû être profondément endormi. Cependant, elle l'aperçut furtivement, posté à la fenêtre, avant qu'il recule d'un pas pour se mettre hors de vue. Selon la coutume, Jamie ne devait pas la voir du tout, cette semaine-là, pas avant de faire son entrée à l'église, où il la trouverait, attendant son fiancé. *Bientôt, Jamie. Bientôt.*

Quand elle fut installée dans la voiture, Neda et Duncan se présentèrent pour lui souhaiter bon voyage, bientôt rejoints par son père. Il l'embrassa sur les joues, et son menton rugueux lui racla la peau.

— Tâche de revenir pour *Hogmanay*, à midi, jeune fille.

Les traits du père étaient tirés et sévères, pourtant son regard brillait.

— Si tu es en retard, Jamie pourrait se lasser d'attendre et en épouser une autre, lui dit-il à la blague.

Rose rit de bon cœur, appréciant l'humour de son père. Cela facilitait son départ, qui devenait de plus en plus difficile, de minute en minute. Dans deux semaines, elle partirait pour Glentrool pour de bon. *Oh non !* Elle ne voulait pas y penser.

— Au revoir, chère famille.

Elle donna une petite tape sur l'avant-bras de Willie pour lui signifier qu'elle était prête.

— Je prie pour vous tous.

— Et nous pour toi, chérie, dit Leana en levant la main, au moment où Bess tira brusquement, entraînant le cabriolet à sa suite. Reviens vite à la maison, Rose !

La clochette du harnais tintait dans l'air glacé, étouffant leurs derniers adieux. Rose s'enfonça dans le siège, appréciant les briques chaudes à ses pieds, et le confort de son manchon de fourrure et de sa lourde cape verte, car le matin d'hiver était cruellement froid. Ils tournèrent sur la route qui les emporta vers l'ouest, longeant Lochend, dont la surface était glacée et immobile. Elle regarda en direction de Maxwell Park alors qu'ils passaient devant sa façade, admirant les énormes portes frontales décorées de guirlandes et les fenêtres brillamment éclairées par des bougies. Lady Maxwell était certainement réveillée depuis de longues heures, mettant la touche finale à ses plans pour son bal de fin d'année, si différents des siens.

Que serait-il arrivé si, le jour où il avait reçu la lettre de Lord Maxwell, Lachlan avait accepté leur invitation ? Comme les dernières semaines auraient été différentes ! Meilleures ou pires, elle n'aurait su le dire. Elle savait seulement que Jamie l'aimait.

Chapitre 42

Tous les hivers,
Lorsque le grand soleil a détourné son visage,
La terre s'enlise dans une vallée de douleurs,
Elle jeûne, pleure et s'enveloppe d'un noir linceul,
Laissant flétrir ses guirlandes nuptiales.
— Charles Kingsley

— C'est encore loin, Willie ?

Son compagnon aux cheveux gris grogna sous son bonnet quadrillé. Il la taquinait souvent en lui disant qu'elle était une voyageuse capricieuse, se plaignant de la température, s'informant sans cesse de la distance à parcourir, comme une enfant impatiente.

— Y reste cinq milles jusqu'à Milltown, expliqua-t-il, d'où nous prendrons l'chemin militaire vers le sud pendant dix milles encore, jusqu'au pont d'Dee. Twyneholm est après.

— En heures, Willie, dit-elle en lui donnant un petit coup de manchon, pas en milles.

— Cinq heures, mam'zelle McBride. Nous arriverons au crépuscule, si la route est en bon état et si les péagistes sont diligents. Et si nous avons beaucoup d'chance.

— Ah ! Je suis fatiguée d'entendre parler de chance et de malchance.

Elle fit la lippe, puis se ravisa. Une femme à la veille de se marier devait se comporter en adulte, même si l'idée d'abandonner cette réconfortante habitude la chagrinait.

— Si ça ne vous dérange pas, Willie, je vais somnoler un peu. La nuit a été courte.

N'ayant rien d'autre pour distraire son attention qu'un ciel gris, des champs mornes, et une route sinueuse et monotone, elle s'assoupit, bercée par le mouvement du cabriolet et le pas régulier des sabots de Bess frappant le sol durci. Quand Rose fut tirée de son sommeil sur un tronçon de route raboteux, ils avaient parcouru environ la moitié du trajet et pris un peu de vitesse, sur la longue pente descendante de Haugh of Urr. Ils s'immobilisèrent devant une étable, près de l'église de la paroisse, où la jument dévora son avoine, pendant que Rose et Willie prirent un frugal repas de mouton froid et de *bannock* sec. Willie laissa le cheval boire à satiété l'eau d'un ruisseau murmurant et reposer ses jarrets quelques minutes, avant de reprendre la route de Twyneholm.

Ils dépassèrent quelques gentilshommes à cheval, des paysans à pied et quelques attelages, mais, à part cela, la route n'était qu'un ruban désert se déroulant à travers le paysage ondulant de Galloway, avec un vent glacial pour toute compagnie. Le soleil d'hiver ne montra jamais son visage, se dissimulant de l'aube au crépuscule derrière des nuages chargés de neige. Ils traversèrent bruyamment le pont enjambant le Dee et contournèrent Keltonhill. Willie regarda en direction du sud-ouest, exposant son visage au vent.

— Encore une heure et nous frapperons à la porte d'ta tante, jeune fille.

Bess avait dû comprendre ses paroles, car ses fers se mirent à marteler la route, oubliant les secousses qu'elle infligeait au cabriolet et à ses occupants.

— Twyneholm ! cria Willie, tirant sur les rênes au moment où l'église de la paroisse apparut. Située au croisement de routes secondaires au cœur de la paroisse, entourée de quelques cottages et de maisons dispersées çà et là, Twyneholm était trop modeste pour qu'on puisse parler d'un village, mais sa situation offrait certains attraits. Sa rue principale descendait vers une petite rivière qui coulait tout au centre. Bess s'y engagea en trottant tandis que Rose se redressait, sa bonne humeur revenue à la vue des maisonnettes au toit de chaume nichées sur ses rives. *Tante Meg.*

Elle était postée à sa fenêtre, attendant leur arrivée, et sortit en courant pour les accueillir, avant même que Willie eût immobilisé Bess. C'était une version plus âgée de Leana, dont les cheveux, autrefois blonds, étaient maintenant argentés. L'épiderme de tante Meg avait la texture d'un délicat parchemin, ses yeux étaient gris pâle et son sourire de bienvenue révélait une dentition complète et soignée.

— Rose ! cria-t-elle.

Ignorant les conventions, elle l'aida à descendre de voiture sans attendre Willie.

— Ma jolie nièce, qui vient me voir avant son mariage ! s'exclama-t-elle en la serrant fortement dans ses bras, puis elle hocha la tête en direction de Willie. Occupez-vous d'abord du cheval, Willie, puis entrez vite prendre un doigt de whisky pour vous réchauffer et un bon repas qui vous soutiendra jusqu'à demain matin.

Rose fut poussée au-delà du seuil sans plus de cérémonie, ses yeux s'ajustant rapidement à la faible lumière de la maisonnette hospitalière. Le cottage de pierre de sa tante était propre comme un sou neuf, et toutes les surfaces brillaient sous les chandelles à mèche de jonc. Rose se demanda s'il lui resterait du travail, puisque les dalles étaient bien frottées et les rideaux soigneusement entretenus. L'assiette d'argent de tante Meg, déjà astiquée, était placée en évidence au-dessus du foyer.

— Que votre maison est jolie, tante Meg, la complimenta Rose. Mais comment occuperons-nous notre temps ?

Sa tante leva les yeux au ciel.

— Mais en parlant, bien sûr ! Afin de bien te préparer à ta nouvelle existence d'épouse de James McKie !

Rose déposa son manchon et ouvrit sa cape, appréciant tout de suite la chaleur bienfaisante qui régnait dans les deux pièces.

— Mais, tante Meg, vous… vous n'avez jamais été mariée.

— Oh ! Penses-tu que je ne sais rien aux choses de la vie ? Lachlan t'a envoyée ici afin que je puisse t'entretenir de sujets qu'un père ne peut aborder avec sa fille. En particulier une fille aussi *inexpérimentée* que toi, Rose.

Elle venait à peine d'arriver dans sa maison et déjà la conversation s'engageait sur un terrain marécageux. Cette chère tante Meg!

Rose trouva un crochet libre pour suspendre sa cape, puis s'approcha du foyer et frictionna ses mains gelées pour les réchauffer.

— Du charbon, tante? Vous n'avez pas de tourbe?

— La tourbe, dans la partie sud de la paroisse, est complètement épuisée.

Sa tante vint la rejoindre près de l'âtre et tisonna le charbon à l'aide de sa canne. Il faut faire venir le charbon de Whitehaven, maintenant, lui apprit-elle, et à une guinée la tonne, imagine-toi!

— Pauvre tante Meg! Heureusement, vous avez de l'eau fraîche à votre porte, et chaque goutte est gratuite.

— Et je suis heureuse que tu me le rappelles.

Sa tante disparut par la porte, un seau de bois à la main, et revint l'instant d'après, les cheveux ébouriffés par le vent et arborant un sourire triomphant.

— Bois, commanda la femme, en remplissant une tasse de bois. Bien fraîche, puisée dans le ruisseau de l'église.

— J'espérais qu'un bon thé chaud me…

— Tu auras du thé bien assez vite. Mais d'abord, bois ceci.

Rose obéit, ne voulant pas indisposer son hôtesse. Elle sentit l'eau glaciale lui descendre dans le gosier et frissonna en dépit du feu de charbon.

Tante Meg sourit avec satisfaction.

— J'espère que ce sont des jumeaux que tu désires, ma fille.

— *Des jumeaux?*

— Oui. Cinq femmes de Twyneholm viennent de donner naissance à des jumeaux en pleine santé. Cinq paires en deux ans! Qui a déjà entendu parler d'une chose pareille, dans une minuscule paroisse comme la nôtre ? C'est cette eau, bien sûr, qui en est la cause. L'eau même que tu viens d'avaler.

— Des jumeaux.

Rose secoua la tête, perplexe.

— Jamie est un jumeau.

— Oh, oh ! lança la tante en s'animant gaiement. Alors, bois, Rose ! Nous allons bien te préparer, et tu auras deux bébés lors de la prochaine moisson, ou je ne m'appelle pas Margaret Halliday.

Toutes les heures, lui sembla-t-il, Rose devait boire cette eau miraculeuse puisée au ruisseau de l'église — dans le thé, dans le bouillon, dans la soupe, dans le punch, ou simplement bien froide dans une tasse. Elle ne croyait pas une seconde qu'elle possédait quelque propriété spéciale, mais si cela faisait plaisir à sa tante, elle en boirait tant qu'elle voudrait. Le baume de cire d'abeille et de résine de pin donna des résultats plus visibles, adoucissant ses mains jusqu'à ce qu'elles ressemblassent à celles de Lady Maxwell, soyeuses et blanches comme les roses de Damas du jardin de Leana.

Lorsqu'elle retournerait à Auchengray, Jamie lui prendrait les mains, adoucies par le traitement. Elle lui caresserait la peau, et lui la sienne. Ils deviendraient mari et femme dans tous les sens du terme. Si tante Meg avait raison, ce serait une chose agréable et honorable qu'ils feraient dans l'obscurité de la chambre à coucher. Elle éprouvait une peur bien réelle, mais elle avait hâte, en même temps. Arriverait-elle à dire à Jamie qu'elle l'aimait ? Pourrait-elle se donner à lui complètement ?

Ses peurs de jeune fille lui murmuraient : *non !* Mais son cœur de femme disait bien haut : *oui !*

Lorsqu'ils étaient séparés, elle se rendait compte qu'au bout d'une heure à peine, elle se languissait de lui et ressentait un grand vide. Il fallait que ce soit de l'amour, pas seulement une simple attirance entre cousins. Pendant ces quelques jours dans le confortable cottage de tante Meg, Rose se remémora les paroles délicates de Jamie et ses gestes attentionnés. Ainsi que les tendres billets glissés entre les pages de *L'histoire de mademoiselle Élisabeth Létourdie.*

Chaque fois qu'ils se croisaient, il lui effleurait d'un doigt tendre la main ou la joue. Il ne lui avait pas volé un seul baiser, mais il lui en avait emprunté quelques-uns. Si doux. *Oh, Jamie.* Il lui manquait tant. Elle avait besoin de lui. Elle ne pouvait le nier plus longtemps : elle l'aimait. Son cœur était jeune et innocent, mais assurément, il était prêt pour l'amour.

Le samedi, pendant qu'elles préparaient ensemble un ragoût pour le sabbat, Rose lui chanta les louanges de Jamie, pendant que sa tante l'écoutait avec un petit sourire entendu.

— Les poules qui viennent d'ailleurs ont toujours les plus belles plumes. C'est ce que j'ai dit à ton père, et ta vieille tante Meg n'avait-elle pas raison ? Lorsque tu es loin d'un garçon, et que tu as le temps de t'ennuyer un peu de lui, tu découvres tes vrais sentiments pour lui. C'est un brave garçon, ce Jamie, n'est-ce pas ?

— Oh oui ! lança Rose en pouffant de rire.

Sa tante leva un sourcil sévère, un peu comme son père, mais rempli de bienveillance.

— Et il t'aime vraiment, n'est-ce pas ?

Rose hocha la tête, convaincue de la réponse.

— Il m'aime, ma tante.

— Et est-ce que tu as dit à ton Jamie que tu l'aimais ?

— Quelle sotte je suis, je ne l'ai jamais fait !

Rose lança une poignée de pommes de terre dans la marmite.

— Mais, mercredi prochain, reprit-elle, dès que je poserai les yeux sur lui, je le lui dirai, à lui et à quiconque voudra m'écouter.

Et aussi à toi, Leana. Excuse-moi, chère sœur.

Le jour du sabbat, le ministre de la paroisse de sa tante, le révérend John Scott, pria plusieurs fois pour elle tandis que la congrégation, aussi sobre et dévote que dans le reste de Galloway, baissait la tête et demandait à Dieu de bénir ce mariage imminent. Lundi et mardi passèrent rapidement, les heures étant comblées par les visiteurs qui s'arrêtaient pour lui remettre de petits cadeaux et lui déposer un baiser porte-bonheur sur la joue. Quand elle se leva, avant l'aurore, le dernier jour de l'année, Rose était persuadée que toute sa malchance avait été chassée par les bonnes gens de Twyneholm. Willie était revenu la veille et il était déjà sorti pour préparer le cabriolet en vue de leur départ, à six heures, avant que le visage blafard du soleil apparaisse.

Le vent soufflait de façon menaçante, mais Rose était trop excitée pour s'inquiéter au sujet de la température. Elle mit ses vêtements les plus chauds, tout en pensant à la robe de mariée qui l'attendait à Auchengray. Dans quelques heures, elle la porterait. Quelques heures de plus et elle serait mariée ! La joie et l'appréhension entonnaient leur joyeux duo dans son cœur, faisant trembler ses mains pendant qu'elle enfilait ses gants. *Bientôt. Bientôt.*

En attendant que tante Meg finisse ses ablutions, Rose écouta plus attentivement le son des bourrasques qui s'abattaient sur les petites vitres du cottage, et elle comprit qu'il s'agissait de bien plus qu'un temps venteux. C'était de la neige mêlée de grêle. Le chant joyeux de son cœur se tut, tandis qu'un air plus inquiétant lui succéda. *Ah non ! Pas aujourd'hui. Pas maintenant.*

Lorsque Willie apparut brusquement à la porte, la mine sombre, elle sut l'affreuse vérité.

— J'suis désolé, mam'zelle McBride, dit-il en s'essuyant le visage du dos de sa main gantée. C't'un jour de tempête, j'en ai peur. Une bonne tempête de neige. Elle souffle des hauteurs du Rhinns of Kells, d'après moi. La neige est si épaisse qu'on n'peut marcher sans perdre l'équilibre.

— Une *tempête* ?

Rose s'agrippa au lit de bois, se sentant défaillir.

— Mais, nous ne marchons pas, Willie. Nous serons au sec dans le cabriolet. Ce sera confortable pour les trois…

— Écoutez c'que j'ai à vous dire, si v'permettez.

Il entoura d'une main chacun de ses bras, pour la calmer.

— Un être vivant n'peut courir, ni marcher, ni ramper par un temps aussi mauvais, et Bess ne l'peut pas non plus, lui expliqua-t-il patiemment. Elle tremble tellement d'froid que j'ai peine à l'atteler. Nous devrons attendre, ma fille. Attendre jusqu'à c'que la tempête s'calme. Quand le jour s'lèvera, p't-être. P't-être vers midi…

— Non !

Elle se libéra et ouvrit en grand la porte du cottage, pour voir de ses propres yeux. Le vent s'engouffra dans la pièce, accompagné d'une pluie de grêlons. Elle lutta pour refermer la porte, puis s'effondra, les yeux inondés de larmes.

— Willie, Willie, qu'est-ce que je vais faire ?

Il retira son bonnet couvert de glace et le tint entre ses doigts.

— Attendre, jeune fille. C'est tout c'qu'on peut faire.

— *Attendre ?* Mais c'est le jour de mon mariage !

Elle leva les bras en l'air, en tournant follement sur elle-même, aveuglée par ses larmes.

— Ne vois-tu pas, Willie ? Nous devons essayer. *Il le faut !* L'église sera pleine de voisins, et il y aura assez de nourriture à la maison pour tout Galloway…

— Oui, et l'chemin sera encombré d'voitures aux essieux brisés, et la nôt' sera du nombre, si nous entreprenons un voyage aussi téméraire.

Il voulut lui toucher le bras, mais elle eut un mouvement de recul.

— Vous ne comprenez pas ! Jamie m'attend. Il… il m'attend…

Elle se couvrit le visage des mains, incapable de supporter la vérité.

— Je ne… peux le faire attendre.

— Allons, allons, dit Willie de la voix douce qu'il employait pour calmer les chevaux. Y a pas à s'inquiéter, jeune fille. Jamie attendra, aussi longtemps qu'y faudra.

Il lui tapota l'épaule, pendant que sa tante mettait de l'eau à bouillir sur le feu.

— Après tout, mam'zelle Rose, ajouta-t-il d'un ton plus léger, y peut pas y avoir d'mariage sans mariée, pas vrai ?

Elle baissa les mains et poussa un long soupir.

— Vous avez raison, Willie. Ils ne peuvent célébrer le mariage sans moi.

Rose s'effondra sur une chaise, les yeux fixés sur les charbons incandescents, essuyant ses larmes du revers de sa manche.

— Mais tout le monde sera inquiet, ajouta-t-elle, se demandant ce qui nous arrive.

Tante Meg se plaça derrière elle et lui lissa les cheveux.

— Je suis certaine que la tempête qui souffle ici a aussi recouvert de neige Newabbey et les environs. Tous sauront ce qui est arrivé, Rose, ils arrêteront tout, jusqu'à ce qu'ils voient ton joli visage.

Sa tante s'accroupit près d'elle, le visage rayonnant de confiance.

— Un jour ou deux tout au plus, ma gentille nièce, et tu franchiras les portes d'Auchengray, prête à dire enfin à un certain jeune homme que tu l'aimes. Jamie t'attendras, tu verras.

Chapitre 43

Toute attente est trop longue pour celui qui est pressé.
— Seneca

Jamie faisait les cent pas sur le plancher de dalles d'Auchengray, ses bottes noires brillamment cirées, les boutons polis de son manteau reflétant le feu ardent du foyer.

— Je ne veux pas me rendre à l'église avant de savoir si ma fiancée est en sécurité. Est-ce bien compris ?

Lachlan leva les mains, se taisant. Partout dans la maison, les serviteurs marchaient sur la pointe des pieds en vaquant à leurs tâches et parlaient à voix basse. L'horloge sur le manteau de la cheminée marquait clairement ce que personne n'osait dire. Il était passé midi depuis un bon moment, presque une heure, maintenant, et pas un signe de Rose.

Jamie s'arrêta pour regarder le ciel glacé par la fenêtre, espérant voir apparaître le cabriolet à tout moment sur la route. Il s'imaginait Rose, ballottée dans la voiture — un peu fatiguée par son voyage, les joues rougies par le froid, les yeux brillants d'impatience. « Je suis de retour, Jamie ! » dirait-elle en traversant la porte en courant pour se lancer dans ses bras. La vision de sa fiancée était si vivante qu'il croisa les bras sur sa poitrine et fut désappointé de ne pas y trouver sa fiancée, blottie contre lui. *Ma belle Rose, qu'est-ce qui vous a retenue ?*

Il ravala sa déception, qui était considérable, et chercha des réponses dans son cœur. Avait-elle changé d'idée ? Avait-elle peur du mariage ? Peur de lui ? Ou s'agissait-il d'autre chose qu'il ignorait ? Était-elle subitement tombée malade ? Avait-elle eu un accident en chemin ? Ah ! L'incertitude était ce qu'il y avait de pire. Peut-être était-elle vraiment trop jeune, et qu'il avait été trop impatient de la demander en mariage. Ou encore avait-elle fui à Maxwell Park, afin de faire son entrée dans la noblesse en assistant à leur grand bal de fin d'année.

Chaque supposition était plus tirée par les cheveux que la précédente.

Jamie regarda la pendule de nouveau. *Une heure*. Peut-être que Rose avait simplement eu un contretemps. Oui, elle n'était qu'à quelques minutes d'Auchengray. Il resterait optimiste et refuserait d'envisager le pire. Il se tourna vers Lachlan, qui était confortablement assis au bout de la table de la salle à manger, sirotant un petit verre de whisky.

— Quelle est la durée de ce trajet, oncle ?

Jamie avait vaguement conscience d'avoir posé la même question plus tôt, mais la réponse lui échappait.

— Je te l'ai dit au petit-déjeuner. Il faut cinq heures pour franchir la distance de Twyneholm à Auchengray en cabriolet.

Lachlan se leva et vint le rejoindre près de la fenêtre, un deuxième verre à la main.

— Bois, garçon, dit-il, et calme-toi. Tu es plus agité qu'un bélier en octobre.

Jamie, qui ne buvait presque jamais de whisky, l'avala d'un trait. Lachlan lui prit le verre des mains et le remplit tranquillement de nouveau.

— Presque tout le trajet est en ascension, ajouta Lachlan, alors il arrive que cela prenne un peu plus de temps ; jamais plus de six heures, toutefois.

Jamie sentit la chaleur du whisky se répandre dans ses membres.

— Devrions-nous envoyer un domestique à leur rencontre ? S'assurer qu'ils n'ont pas eu — Jamie répugnait à employer le mot — un accident de voiture ou un incident avec Bess ?

— Oui, cela me semble prudent.

Lachlan sonna la cloche, et Neda apparut bientôt à la porte.

— Neda, demande à Duncan de dépêcher un serviteur sur la route de Twyneholm. Ils doivent être partis vers l'ouest jusqu'à Milltown, d'où ils ont dû emprunter la route militaire. Demande-lui de nous ramener des nouvelles, ou la fiancée elle-même, s'il la trouve immobilisée au bord du chemin. Je t'en charge, Neda.

Lachlan retourna à la fenêtre et, ensemble, ils scrutèrent le vaste horizon couvert d'épais nuages, et le sol, sec et durci en dessous.

— Dieu merci, nous n'avons eu ni neige ni glace qui auraient pu nous forcer à changer nos plans, dit Lachlan. J'imagine qu'il fait un temps semblable à Twyneholm.

— En êtes-vous certain, monsieur ?

Lachlan haussa les épaules.

— On ne peut jamais être certain au sujet de la température, Jamie, en particulier si près de la côte du Solway. Qu'est-ce que les sages ont l'habitude de dire ? *En hiver, soyez bien coiffé, bien chaussé et ayez le ventre bien rempli de porridge.* Voilà un conseil très sensé.

— Rose est convenablement habillée pour affronter le froid, n'est-ce pas ? Sa tante lui aura sûrement offert un bon bol de porridge avant son départ. Et Willie n'est-il pas un très bon conducteur, et Bess, la bête la plus fiable de votre écurie ?

— Toutes ces choses sont vraies, neveu.

Lachlan lécha une goutte de whisky sur sa lèvre, puis s'éclaircit la gorge.

— As-tu pensé à une autre possibilité ?

— Laquelle ?

— Que Rose ait pu changer d'avis.

La chaleur monta au visage de Jamie.

— C'est impossible.

Cesse de te mentir. C'était plus que possible. Mais comment Lachlan aurait-il pu le savoir ?

— Rose se serait-elle confiée à vous, avant son départ pour Twyneholm ? demanda-t-il à son oncle.

— Peut-être.

Lachlan haussa les épaules, et évita son regard.

— Ou peut-être suis-je un père qui désire voir ses filles heureusement mariées.

— C'est tout à votre honneur, dit-il sèchement.

Jamie recommença à tourner en rond, frustré par les commentaires énigmatiques de son oncle, alors que des choses plus pressantes auraient dû retenir leur attention. L'arrivée des invités au mariage. Une église pleine à craquer. Et pas de fiancée. Jamie leva les mains en l'air et les laissa retomber sur le manteau de la cheminée.

— Que devons-nous faire ? demanda-t-il.

Le regard de Lachlan s'arrêta sur l'horloge, avant de revenir se poser sur Jamie.

— Procédons au mariage.

La mâchoire de Jamie tomba.

— *Procéder* ? Sans la *mariée* ?

Lachlan leva un doigt de mise en garde.

— Ce n'est pas ce que j'ai dit, Jamie. J'ai dit que nous devrions procéder. Nous rendre à l'église. Accomplir la cérémonie. Revenir à la maison pour le repas de noces.

— Mais comment pourrait-il y avoir un dîner de noces, *sans une mariée* ?

Jamie cria presque les mots, tant il était incrédule.

— Quelle sorte de duperie me suggérez-vous là, oncle ?

Lachlan haussa les épaules, et son calme était déconcertant.

— Je n'essaie pas de te tromper, garçon. Au contraire, je suis aussi impatient que toi de voir ces noces avoir lieu. Après tout, c'est ma cassette qu'on a utilisée en ton nom, n'est-ce pas ?

Jamie fit la grimace.

— Vous l'avez déjà mentionné. À plusieurs reprises.

En ce qui concernait son oncle, tous les chemins menaient à l'argent. La cour qu'il avait faite à Rose avait discrètement rempli les poches de Lachlan en salaire épargné, chaque penny dépensé, toutefois, avec été scrupuleusement relevé.

— Vous devez m'expliquer, oncle, comment on célèbre un mariage sans la mariée.

— Très simple, dit-il, et il balaya Auchengray d'un geste circulaire de la main, comme un maître qui a vu à tout. Nos montures sont attelées, le joueur de cornemuse et le violoniste sont engagés, la fête est organisée et la note, payée en entier. En haut, ta cousine a préparé une robe de mariée pour laquelle il ne manque que… la mariée. Que Leana représente Rose au mariage, et le tour sera joué.

— Qu'elle représente… Rose ?

La bouche de Jamie s'assécha.

— Est-ce qu'une telle chose est possible ?

— Oh oui, dit Lachlan, clairement très fier de son idée. Leana occupera simplement la place de Rose lors de la cérémonie proprement dite. On prononcera ton nom et celui de Rose, quand les vœux seront échangés. Si, à un moment donné, Rose apparaît, Leana lui cédera simplement la place.

Jamie secoua la tête, incrédule.

— Même si cela peut paraître approprié dans les circonstances, Leana n'acceptera jamais de jouer ce rôle.

Le regard de Lachlan ne broncha pas.

— Elle le fera, si c'est toi qui le lui demandes, Jamie.

— Mais je ne peux demander à *Rose* ce qu'elle en pense, et c'est son opinion qui importe. Est-ce que la jeune fille ne mérite pas d'être présente à son propre mariage ?

— Jamie, Jamie.

Lachlan hocha lentement la tête, comme s'il essayait de convaincre un écolier un peu lent.

— Rose sera là dans quelques minutes. Il s'agit simplement d'accélérer un peu les choses. Lui donner la chance d'arriver pour se joindre à nous.

Jamie se passa le dos de la main sur le front, espérant ainsi calmer sa nervosité.

— Si seulement je pouvais être sûr que Rose approuverait un tel… arrangement.

— Ce que Rose désire, c'est se marier, l'interrompit Lachlan d'un ton persuasif. Tout comme toi, Jamie. Si elle arrive plus tard ce soir, elle se joindra tout simplement au dîner nuptial et vous pourrez alors entreprendre... Comment dire, votre propre cérémonie *privée*, sans plus attendre.

La voix de Lachlan baissa, se voulant chaleureuse.

— C'est le mariage qui compte, Jamie. Pas la cérémonie.

Jamie observa l'homme, troublé par ses paroles suaves et ses réponses qui coulaient si facilement. Comme celles de Rowena. *Comme les tiennes, Jamie.* Ce rapprochement l'ébranla. Ses propres paroles à Alec McKie n'avaient-elles pas été aussi capiteuses que du vieux whisky, alors que lui-même tremblait dans l'attente que la dernière gorgée fût avalée ? Les souvenirs de cette nuit douloureuse se bousculaient dans la tête de Jamie, soulevant des questions troublantes auxquelles il n'y avait pas de réponses évidentes. Est-ce que Lachlan McBride démontrait simplement un grand sens pratique ? Est-ce que l'argent était sa seule préoccupation, ou bien y avait-il d'autres raisons cachées, que son oncle lui taisait ?

Peu importe. Il ne pouvait risquer de décevoir Rose.

— Je dis que nous devrions retarder le mariage. Attendre que Rose arrive ici, saine et sauve.

Lachlan arqua les sourcils.

— Et si elle arrive seulement demain, ou le jour suivant ? Comment pourrions-nous avertir les invités dans un si court délai ? Cela prendrait des jours, sinon des semaines pour recommencer tous les préparatifs. Sans mentionner que tous les efforts de Neda à la cuisine auraient été inutiles. Et mon bon argent, lancé aux quatre vents, ne l'oublions pas.

— Impossible de l'oublier, murmura Jamie.

Lachlan était un être astucieux, anticipant toutes les objections et trouvant toutes les solutions. C'était vrai ; ils ne pouvaient faire attendre tout le monde indéfiniment. Ce que l'homme suggérait avait ses mérites. En finir avec la cérémonie.

Ces formalités étaient peu agréables. Tout cela serait expédié en moins d'une heure, peu importe qui l'accompagnerait à l'autel.

— Réfléchis-y encore un peu, garçon.

Lachlan plaça un autre verre devant lui.

— Et pendant que tu bois, trinque à la nouvelle année.

Jamie avala la boisson distraitement, son esprit voyageant sur les routes de Twyneholm, à la recherche de sa fiancée perdue. Un éclat de rire à la porte d'entrée l'arracha à sa rêverie, suivi d'un chœur de voix bruyantes et joyeuses qui entonna une chanson.

Dieu est ici, Dieu est là,
Nous vous souhaitons tous
Une bonne et heureuse année.
Dieu dedans, Dieu dehors,
Disons au revoir à l'année passée
Et accueillons la nouvelle.

Lachlan fit un geste en direction de la porte.

— Les invités à votre mariage. Les premiers, et ils seront nombreux. Si la cérémonie doit commencer à temps, la procession doit se mettre en marche pour se rendre à l'église à deux heures, et tous nos voisins s'y joindront. Que devrions-nous leur dire, mon neveu ?

Jamie finit son verre et se leva, vacillant un peu sur ses jambes.

— Dites-leur d'attendre.

Il déglutit difficilement et poursuivit :

— Nous attendrons toute la journée et toute la nuit, si nécessaire.

— Attendre ?

Le ton cordial de Lachlan avait perdu toute chaleur.

— Mais attendre quoi ?

— L'arrivée de Rose.

Lachlan tourna le dos à la porte pour faire face à Jamie. Ses traits étaient devenus aussi durs que du silex, et ses yeux brillaient comme de l'amadou.

— Nous n'attendrons pas, Jamie. Le mariage aura lieu aujourd'hui, ou il n'y aura pas de mariage du tout.

— Pas de mariage ?

Jamie regarda l'homme, médusé.

— Vous ne pouvez être sérieux ?

— Je suis tout à fait sérieux. J'ai essayé de te faciliter les choses, Jamie, mais puisque tu persistes à t'entêter, je dois me montrer ferme.

Son oncle avança vers lui. Instinctivement, Jamie fit un pas en arrière.

— Si le mariage ne se déroule pas comme prévu, tu n'auras d'autre choix que de travailler sept longs mois, pour rembourser l'argent que j'ai investi dans cette coûteuse journée, lui dit-il. Et nous verrons alors si tu veux encore épouser ma fille, à ce moment-là.

— *Sept mois ?*

Jamie fit un autre pas en arrière en titubant. L'homme était fou.

— Oncle, je ne travaillerai pas pour vous *sept heures de plus !* Lorsque Rose arrivera — et elle arrivera bientôt, sinon, j'irai la chercher moi-même —, nous partirons immédiatement pour Gretna Green et nous nous marierons là-bas.

— Pour Gretna Green, avec une jeune fille de quinze ans ? Oh non ! Tu ne connais pas les écritures de ta propre foi. Selon le Premier Livre de la discipline, « Personne ne doit se marier sans le consentement de ses parents. » *Mon* consentement, Jamie.

Jamie s'étrangla en parlant.

— On n'exige rien de tel, à Gretna Green.

— Oui, mais certaines choses *sont* requises, Jamie. Gretna Green est à quarante milles d'ici. À moins que tu aies l'intention de marcher, tu devras t'y rendre sur un cheval volé dans mon écurie, et sans argent dans les poches.

Lachlan croisa les bras sur sa poitrine, prenant une pose victorieuse avant de continuer :

– Veux-tu passer ta nuit de noces seul, dans une cellule cadenassée ? Ou préfères-tu dormir confortablement dans ton lit, en attendant que ta fiancée vienne t'y rejoindre ? Le choix est tien, Jamie.

Chapitre 44

Proche de l'église, mais loin de la grâce.
— Proverbe écossais

— Je n'ai pas le choix.

Cet aveu coûta la partie à Jamie.

Lachlan leva un sourcil pour toute réponse.

— Je suggère que tu cognes à la porte de la chambre à coucher de Leana, pour lui demander si elle consent à représenter Rose à l'église. Assure-toi qu'elle porte la robe de sa sœur, autrement cette dépense aura été inutile.

Leana. Son dernier espoir. Jamie rajusta son veston et sa cravate.

— Votre fille aînée pourrait mettre un terme à votre machination et refuser. Et si elle fait cela, je sauterai sur un cheval et partirai à la recherche de Rose.

— Non, tu ne le feras pas, car mes écuries ne sont pas à ta disposition. En ce qui concerne Leana, il n'y a rien à craindre de son côté, garçon.

L'oncle leva son verre vide, le regard joyeux.

— Je connais encore ma fille mieux que toi. Je trinque à ton succès dans tes efforts pour convaincre Leana de participer à notre plan.

— *Votre* plan, dit Jamie en martelant les mots, et se dirigeant vers la porte.

— Qui est le tien, maintenant, lui répondit Lachlan.

Non, c'est le vôtre. Jamie gravit l'escalier, le visage crispé. Les choses se passaient de la même façon qu'avec Rowena, quand elle l'avait déjà contraint à mentir pour obtenir ce qu'il voulait. Il avait voulu Glentrool ; il avait obéi à Rowena, trompé son père, et Glentrool était à lui. Il voulait Rose ; s'il faisait ce que Lachlan lui disait et persuadait Leana, Rose serait sienne.

Puisqu'il voulait un héritier, et rapidement, devrait-il user de ruse encore une fois ?

Les dents serrées, il grimpa les marches deux à la fois, impatient d'en finir avec cette discussion avec Leana. Il ne la connaissait pas aussi bien que son père, mais il la connaissait assez bien tout de même. Elle serait en colère, blessée ou scandalisée, et pour cause.

Il fut accueilli dans l'escalier par des voix féminines en train de chanter. Lorsqu'il atteignit la porte, il respira profondément pour se calmer. Peut-être aurait-il dû avaler un autre whisky ou, mieux encore, rien du tout ? Il frappa sèchement à la porte et le silence tomba dans la chambre.

La porte s'ouvrit. Un groupe de femmes vêtues de robes aux couleurs vives se tenaient debout devant lui, bouche bée. Il fit un pas dans la pièce, et toutes les femmes reculèrent, sauf Leana. Elle se détacha des autres, comme une fleur retirée d'un bouquet.

— Vous… vous n'avez pas le droit d'entrer, Jamie.

Elle se rapprocha, lui bloquant la vue.

— La robe de Rose est ici, rappelez-vous.

— Oui, mais Rose n'est pas là.

Il la prit fermement par la main et la tira dans le couloir désert de l'étage. Tout en promettant aux autres femmes qu'il leur rendrait Leana bientôt, Jamie referma la porte vivement et l'entraîna à l'écart.

— Il faut que nous parlions, Leana.

— Quelles sont les nouvelles, au sujet de Rose ? C'est le son de sa voix que nous avions toutes hâte d'entendre, dans l'escalier.

— Rien du tout, répondit-il, ne parvenant pas à masquer son inquiétude. Lachlan a envoyé un domestique à sa recherche, mais cela pourrait prendre des heures avant que nous ayons de ses nouvelles.

— Pauvre Jamie, dit-elle, et ses yeux reflétaient de la sympathie pour lui. Cela doit être bien difficile pour vous.

Il hocha la tête, respirant librement pour la première fois de la matinée.

— Plus difficile que je n'arrive à l'exprimer.

Comme d'habitude, Leana pensait d'abord à lui, faisant abstraction de ses propres inquiétudes.

Il remarqua qu'elle portait une robe neuve, aussi foncée qu'un vin de Bordeaux et couverte de broderies. Sa riche couleur réchauffait sa peau, ajoutant du rose à ses joues où il n'y en avait pas normalement, le contraste donnant à ses yeux un air de ciel de mai, plutôt que celui d'un paysage de décembre. Une chemise de soie blanche, qui dissimulait ce que la robe ne couvrait pas au-dessus de l'encolure, exposait son long cou pâle. Ses cheveux étaient détachés, comme il seyait à une jeune femme, et tombaient en une longue vague dorée sur ses épaules. Quelques fleurs de satin blanches ornées de perles couronnaient sa chevelure. Il n'avait pas prêté attention aux autres. Étaient-elles toutes aussi joliment vêtues ?

Pendant un moment, sa langue sembla paralysée, alors que Leana attendait patiemment qu'il s'explique. Peut-être était-ce le whisky qui le paralysait, une boisson aux effets parfois imprévisibles.

— Leana, nous ne savons pas combien de temps Rose peut être retardée. Ce pourrait être une heure encore, ou une journée. Même deux.

Quand elle se contenta de hocher la tête, il plongea sans beaucoup réfléchir à ses paroles.

— Votre père suggère que nous procédions au mariage.

— Que nous procédions ?

Leana le regarda comme s'il venait de lui pousser des cornes.

— Sans Rose ?

Jamie hocha la tête.

— C'est ce que je lui ai répondu.

Il vit dans ses yeux la même incrédulité qu'il avait lui-même ressentie quelques instants auparavant. Mais il n'avait pas le choix. Pas plus qu'elle. Il devait la persuader.

Il se dépêcha de débiter le reste, pendant qu'il avait toujours en mémoire les raisons invoquées par Lachlan.

— Selon votre père, les plans sont faits, les invités sont ici, les chevaux sont attelés, les factures sont payées, le ministre attend à l'église, le joueur de cornemuse et le violoniste sont engagés, la table croule sous le poids du dîner de noces et l'annonce du mariage a déjà été faite dans toute la paroisse. Tout cela aura été fait en vain, si nous retardons le mariage.

— Jamie, je ne comprends pas.

Leana étudia son visage, cherchant des réponses qu'il craignait qu'elle ne trouvât.

— Toutes ces choses sont vraies, mais sans Rose, il ne peut y avoir de mariage. Elle est la mariée, Jamie. C'est son grand jour, ne voyez-vous pas ?

Elle sourit, mais seulement du bout des lèvres.

— Vous ne pouvez pas vous présenter devant le révérend Gordon et prononcer les vœux sans elle.

— Non, acquiesça-t-il, son regard rencontrant le sien, mais vous pouvez être là, quand je les dirai.

Les mains de Leana s'élevèrent vers sa gorge.

— Qu'entendez-vous par là, me dire les vœux, à moi ?

Oups ! Il avait déjà tout gâché.

— C'est que..., votre père et moi... pensions que vous pourriez représenter Rose.

— La *représenter ?*

— Oui, vous agiriez en son nom à l'église.

Elle secoua lentement la tête.

— Jamie, je comprends ce que vous attendez de moi, mais pourquoi ? Je vous prie de m'excuser, mais cette idée est insensée. Ne voulez-vous pas attendre Rose ?

— Oui, et plus que je ne puis l'exprimer. Mais nous ne pouvons attendre. Je veux dire, c'est impossible.

Il toucha sa manche, l'implorant du regard.

— Ne voyez-vous pas, Leana ? La robe de mariée, le dîner de noces, les musiciens — tout cela serait inutile, si nous devions retarder les choses encore davantage. C'est votre père qui me l'a le mieux expliqué : « C'est le mariage qui importe, pas la cérémonie. »

— Comme c'est typique de père, de dire pareilles choses.

Ses yeux bleu-gris regardèrent Jamie si attentivement qu'il eut peur qu'elle y découvre la vérité.

— Jamie, j'ai l'impression que cette idée — que je représente Rose — n'est pas la vôtre.

Qu'est-ce que Rose lui avait déjà dit ? Qu'il était impossible de mentir à Leana ? *Oh oui, jeune fille, vous aviez raison.* Il s'éclaircit la gorge, comme si cela pouvait dégager son esprit embrumé.

— Lequel de nous deux a pensé à cela le premier, je ne saurais le dire. Tout ce que je sais, c'est que s'il doit y avoir un mariage, il doit se faire aujourd'hui.

— Ah.

Le regard de Leana exprima ce qui n'avait pas été mentionné.

— Et si Rose arrive, elle prendra ma place ?

Il hocha la tête franchement. La décision de Leana demeurait en suspens.

— C'est la fin heureuse que nous souhaitions tous les trois, n'est-ce pas ? dit-il.

— Est-ce le cas ?

Elle tourna la tête vers la fenêtre et contempla le ciel lugubre.

— Jamie, que ressentirez-vous, lorsque vous prononcerez les vœux en ma présence ?

— De la reconnaissance.

Il tourna doucement la tête de Leana vers lui.

— Je serai reconnaissant d'avoir une cousine qui m'aime assez pour me tirer d'un terrible embarras.

— Vous oubliez, Jamie, que mes sentiments sont plus profonds que cela.

Oh, Leana. Comment pouvait-il lui faire comprendre ?

— Je ne l'ai pas oublié, Leana.

Sa voix baissa d'un ton.

— Votre… votre dévouement me touche.

— Vous touche à quel endroit ? Ici ? demanda-t-elle en passant les doigts sur son front. Ou bien ici ? et elle posa la main sur son cœur. Je ne suis pas une enfant, Jamie. Vous n'avez pas à me cacher la vérité, de peur que je prenne la fuite en pleurant.

— Je n'ai pas peur de vos larmes, Leana.

Il lui prit la main et la baisa légèrement, puis la rabaissa à côté d'elle.

— Dieu sait que votre sœur a la larme facile et pleure abondamment. Et que je n'ai rien à cacher, affirma-t-il.

Lorsqu'un léger sourire apparut aux coins de la bouche de Leana, Jamie se rendit compte de la sottise de ses paroles et tenta d'en alléger la portée.

— Rien de caché qui importe, de toute façon. Rien qui ne puisse être vu ou entendu.

Le sourire s'effaça de son visage.

— Jamie, je sais pourquoi vous êtes venu à Auchengray.

Il se figea.

— Qu'est-ce que vous savez ?

— Vos parents insistaient pour que vous épousiez l'une de vos cousines, et votre seul choix était de savoir *laquelle*. Vous avez choisi Rose dès le début, ou presque. Cela, je le sais.

Elle n'était pas au courant du pire, alors. Mais elle en savait assez pour être blessée.

— Pardonnez-moi, Leana. Je comprends la portée de ce que je vous demande aujourd'hui.

— Non, dit-elle, et sa lèvre inférieure commença à trembler. Vous ne le savez pas.

— S'il y avait un autre moyen…

Jamie baissa la tête, incapable de la regarder. Il lui avait dit qu'il n'avait pas peur de ses larmes, mais c'était faux. Un autre mensonge...

– Attendez Rose, dit-elle doucement. *Voilà* l'autre moyen.

Il se força à la regarder, même si cela voulait dire partager sa peine.

– Votre père insiste, il dit que nous avons attendu assez longtemps, Leana. Il m'a clairement exprimé sa volonté.

– Comme il le fait toujours.

– Rose connaît les manières autoritaires de votre père. Elle ne nous blâmera ni l'un ni l'autre de nous être pliés à sa volonté, surtout pas vous, sa chère sœur.

Sa voix faiblit quand la vérité s'exprima sans avoir été sollicitée.

– Je crois que Rose vous aime plus qu'elle ne m'aime, ajouta-t-il.

Une étrange lueur s'alluma dans l'œil de Leana.

– Vous pourriez avoir raison, mon cousin.

Il ravala ses dernières appréhensions.

– Alors, vous accepterez ? Vous ferez cette chose, vous représenterez Rose à l'église ? Pour moi ?

– Oui, Jamie, murmura-t-elle. Je le ferai pour vous.

Chapitre 45

Rien n'est plus facile que de se berner soi-même,
nos propres émotions étant subtilement persuasives.
— Démosthène

Je ne pleurerai pas. Je ne le ferai pas.

Leana posa les mains contre sa jupe et inclina la tête.

— Je suis prête, Neda.

La coiffe aérienne flotta sur sa tête et tomba en plis gracieux autour de ses épaules. Elle regarda le travail d'aiguille en relief, s'émerveillant des complexes motifs floraux, un rappel subtil de l'identité de celle dont elle portait le voile nuptial. *Pardonne-moi, Rose.*

Au cours de la dernière demi-heure, elle avait évolué comme dans un rêve, se pinçant à tout moment pour voir si elle n'allait pas s'éveiller, et découvrir que tout avait disparu. Pourtant, ce n'était pas du tout un rêve. C'était la réalité. Avant que le soleil disparaisse à l'horizon, elle serait aux côtés de son Jamie bien-aimé, dans l'église de sa propre paroisse, et elle l'écouterait promettre qu'il l'aimerait et la chérirait. Pas nommément, bien sûr, mais elle entendrait les paroles. Ses mains toucheraient les siennes, lorsqu'il lui glisserait la bague au doigt, ses yeux regarderaient dans les siens quand il prononcerait le serment, ses lèvres formeraient les paroles qu'elle désirait si ardemment entendre : « Maintenant, je la prends comme légitime épouse, devant Dieu et en présence de sa congrégation. »

Prends-moi, Jamie ! Devant la loi et tout ce qui était sacré, elle savait qu'il ne le pouvait pas.

Leana toucha le voile, s'aidant du contact matériel pour revenir à la réalité.

— Merci, Neda.

Elle se regarda dans le long miroir, un trésor emprunté à Suzanne et transporté à Auchengray dans la charrette à bœufs de monsieur Elliot. Leana cligna des yeux en se regardant dans la glace. Elle toucha le jupon délicat sous la robe, puis étira le pied pour voir la chaussure assortie.

Neda était debout, derrière elle, le visage soucieux.

— Êtes-vous sûre qu'c'est la chose à faire ? Ça m'semble un peu précipité d'faire c'mariage tout d'suite. Qu'arrivera-t-il, si vot' sœur nous croise avec Willie en voiture ?

— Rien ne me ferait plus plaisir, Neda.

Elle indiqua de la tête la robe de Rose étendue sur le lit. Assure-toi qu'on apporte sa robe et ses chaussures à l'église. Nous l'habillerons dans la maison du pasteur, s'il le faut.

Neda arqua les sourcils.

— J'croyais qu'Jamie avait dit qu'*vous* deviez la porter.

— Je ne vais pas abîmer la magnifique robe de mariage de ma sœur. J'ai accepté de porter la coiffe pour apaiser père, mais la robe attendra sa propriétaire légitime.

— Qui est la jeune fille rebelle, à présent ? la taquina Neda, bien qu'une lueur approbatrice brillât dans son regard.

Leana se détourna du miroir, passant les mains sur l'élégant voile de batiste, secrètement heureuse d'avoir l'occasion de le porter de nouveau. Est-ce que Jamie serait conquis, en la voyant si joliment parée ? Les hommes ne semblaient jamais porter attention aux vêtements des femmes. Pourtant, à moins de s'être abusée, sa nouvelle robe bourgogne avait attiré le regard de Jamie, un peu plus tôt.

Mais ce n'était pas son regard qu'elle voulait attirer, c'était son cœur.

Sa conscience lui rappela sagement son rôle, ce jour-là : représenter sa sœur à l'autel, rien de plus.

— Viens, Neda, dit-elle en gardant un ton léger. Finis d'épingler la coiffe en place. On réclame une mariée sur la pelouse.

Suzanne et les autres étaient déjà descendus se joindre aux autres invités, rassemblés pour la procession vers l'église. Jamie avait accepté d'expliquer à tous le changement de programme inattendu. Leana ne pouvait qu'imaginer ce que les voisins penseraient de tout ça. Lorsque Fergus McDougal l'avait répudiée le mois précédent, les rumeurs avaient circulé à vive allure sur les collines de la paroisse. Ce mariage, où Leana représenterait sa sœur Rose, leur donnerait l'occasion de braire jusqu'à la Chandeleur.

Neda lui tendit une paire de gants.

— Vous feriez mieux d'les mettre, et d'dire une prière pour que vot' sœur rentre saine et sauve d'son voyage. Si vot' mère était encore vivante, c'est c'qu'elle vous dirait d'faire.

Leana glissa les mains dans les gants blancs, étirant la soie sur ses doigts, puis laissa retomber les bras en soupirant pensivement.

— Qu'est-ce que ma mère penserait de tout cela, Neda ?

Leana se retourna, mais évita le regard de Neda, craignant ce qu'elle pourrait voir dans ses yeux.

— Agness McBride serait-elle dans cette pièce, m'aidant à me vêtir pour prendre la place de ma sœur ? lui demanda-t-elle encore. Ou serait-elle dans le petit salon, en train d'écrire fébrilement une missive à tous nos voisins, leur expliquant qu'il fallait attendre le retour de Rose, peu importe les inconvénients et les dépenses additionnelles ?

— Je... n'peux l'dire, ma petite.

— Alors, tu l'as dit.

Leana se tourna et aperçut la tête cuivrée de Neda courbée par le chagrin.

— Tu penses que ce que je fais, c'est mal.

— Non, je n'le pense pas.

Neda leva la tête pour rencontrer son regard.

— Je pense que c'que vot' père fait est mal, y donne plus d'importance à sa cassette qu'à son honneur. Et j'pense que c'que Jamie fait est mal aussi, parce qu'y choisit d'épouser une enfant qui n'l'aime pas, plutôt qu'une jeune femme qui l'aime d'tout son cœur.

— Neda, s'il te plaît !

Leana, désemparée, regarda vers la porte donnant sur le couloir, et sa voix n'était plus qu'un faible murmure.

— Ne dis pas de telles choses.

La gouvernante croisa les mains devant elle et redressa les épaules.

— J'vais dire ceci et ensuite j'me tairai : ce jour n'était pas vot' choix, mais c't'un jour que Dieu a fait, alors nous nous en réjouirons et nous l'apprécierons. Considérez-le comme un cadeau. Chérissez-le. Ayez du plaisir avec vos amis. Et montrez à James McKie quelle merveilleuse femme il aurait pu avoir.

Leana, troublée, fronça les sourcils.

— Dois-je alors… punir Jamie ?

— Oh non ! Vous d'vez lui plaire, jeune fille. Y mérite un beau mariage, lui aussi.

Neda s'occupa de replacer la coiffe pendant quelques instants, comme si elle réfléchissait à ce qu'elle dirait ensuite.

— J'pense que l'jeune Jamie s'accommodera bien d'vous avoir à son bras pour la cérémonie, reprit-elle. J'ai vu d'quelle façon y vous r'gardait quand y pensait qu'vous aviez l'dos tourné.

— Vraiment ? dit Leana, dont les mains étaient maintenant de glace dans les gants de sa mère.

— Bien sûr. Mais jamais irrespectueusement, rassurez-vous.

— Mais il aime Rose, protesta-t-elle.

Neda haussa les épaules.

— Y l'a souvent dit. Mais y vous r'garde tout d'même. Comme un homme qui souhaiterait une chose qu'y peut pas avoir.

Leana essayait de contenir l'espoir qui montait en elle comme de la pâte à pain dans un four chaud.

– Il n'a aucune raison de me désirer, alors que Rose lui appartient.

– Oui, mais possède-t-y *vraiment* vot' sœur ?

Neda la regarda placidement.

– Si tel est l'cas, où est la jeune fille ? V'z'avez jamais pensé qu'c'est à dessein qu'elle revient pas ? Elle craint énormément l'mariage. Et d'après moi, elle n'est pas amoureuse de James McKie.

– Neda, ne…

Elle posa la main sur sa bouche, et l'odeur discrète de lavande sur le gant de sa mère la calma, lui redonnant de la force.

– Ne me tente pas comme ça, Neda.

– C'n'est pas une tentation, s'il vous aime aussi.

– Jamie ne m'aime pas, Neda. Je ne peux prétendre qu'il soit amoureux de moi.

Neda rit doucement.

– Ah ! mais moi, je l'peux, ne s'rait-ce que pour la journée, en vous r'gardant prononcer vos vœux.

La gouvernante brossa les dernières peluches de la robe de Leana et hocha la tête avec satisfaction.

– Y est temps d'vous présenter, dit-elle, ou vot' père viendra ici vous chercher.

Neda lui effleura la joue et marcha rapidement vers la porte, ne donnant d'autre choix à Leana que de la suivre.

Sur la pelouse, le joueur de cornemuse gonflait son réservoir d'air, se préparant à accompagner le cortège nuptial jusqu'à l'église de Newabbey. Après quelques couinements et un ou deux grognements, le tuyau mélodique prit vie et les notes d'un quadrille écossais animé accompagnèrent Leana dans l'escalier. À ce moment-là, Jamie devait déjà avoir été entraîné dans la grange par quelques jeunes hommes de la paroisse, pour se préparer à suivre discrètement, et sans être vu, le cortège nuptial. À en juger par le bruit autour de la porte d'entrée, le reste de la maisonnée était rassemblé à l'extérieur. Certains attendaient à pied, d'autres à dos de cheval. Tous avaient des présents de mariage et des libations à partager avec les passants qu'ils croiseraient sur le chemin de l'église.

Le père de Leana l'attendait au pied de l'escalier, vêtu de son plus beau manteau, porté par-dessus son gilet. Les cheveux foncés du laird étaient attachés par un nœud sévère. Ses yeux noirs l'examinèrent quand elle s'approcha, mais elle ne vit aucune affection dans son regard, et sa voix aussi était dure.

— Où est la robe de Rose ?

— Je n'ai pu me résoudre à la porter, père.

Voyant son regard s'assombrir encore davantage, elle s'empressa d'expliquer :

— Rose en aura besoin, si elle se présente à temps. Et si elle n'arrive que demain matin, je veux qu'elle trouve sa robe fraîche et bien repassée.

— Oublie ta sœur pour l'instant.

Il regarda autour, comme s'il cherchait quelques oreilles indiscrètes, puis baissa la voix.

— Ta robe est suffisamment jolie pour attirer son regard.

Un frisson courut le long de ses vertèbres. *Ce n'est pas son regard que je désire attirer.* Ses propres pensées, quelques minutes auparavant ! Qu'est-ce que son père savait d'autre ? Elle évita son regard, de peur qu'il arrive à lire en elle comme dans un livre ouvert.

— Il est trop tard pour attirer le regard de Jamie, père.

— Tu es sur le point de devenir une épouse, Leana. Le voile, l'église et les vœux. Je crois avoir tout arrangé, qu'en penses-tu ?

— Père !

Sa tête se redressa subitement alors qu'une vague de panique faisait battre son cœur à tout rompre.

– Ne me dites pas que c'est le but de toute cette histoire de substitution !

– Cette « substitution », comme tu l'appelles, est destinée à lier ton cousin à cette maison par le mariage. Qu'il se marie avec l'une ou l'autre de mes filles est sans importance, mais je crois que tu es le meilleur choix.

Sa froide logique l'effraya.

– Mais je ne peux tout simplement pas *voler* Jamie, comme s'il n'était qu'un vulgaire cadeau de mariage abandonné.

– Mais c'est précisément ce qu'est ce garçon : abandonné. Je ne vois pas de signe de Rose. D'après ce que nous savons tous, la jeune fille n'avait pas l'intention d'accepter ce mariage. Mais moi, si. J'ai payé pour qu'il ait lieu et je verrai à ce qu'il se fasse. Et tu seras la mariée.

– *Pourquoi*, père ? Pourquoi comme ça ?

Désemparée, elle demanda plus audacieusement qu'elle ne l'aurait dû :

– Si j'étais, comme vous dites, le meilleur choix, pourquoi n'avez-vous pas insisté dès le début pour que Jamie m'épouse ?

Il secoua la tête, comme s'il fallait qu'elle soit bien naïve pour poser pareilles questions.

– Je ne peux imposer une femme à mon neveu. Je ne peux que lui dire avec laquelle de mes filles il ne peut pas se marier – les lèvres de Lachlan se courbèrent, mais il ne sourit pas. Les droits d'un père ne sont pas illimités, Leana. J'espérais que ta présence à l'église donnerait à Jamie une raison de changer d'idée.

– Vos espoirs sont vains, père.

Déterminée à ne pas se laisser démonter par ses raisonnements tordus, elle se dirigea vers la porte, la tête bien haute.

– Je ne suis que la représentante de Rose, comme vous m'avez demandé de l'être, dit-elle.

– Ta sœur est trop jeune pour saisir la signification de l'amour, et nous le savons très bien tous les deux.

Il fit un pas derrière elle, plaça les mains sur ses épaules et se pencha pour lui grommeler à l'oreille :

— Laisse-moi t'expliquer ceci plus simplement : Jamie a volé ton cœur il y a quelques mois. Fais en sorte qu'il réclame ce qu'il lui reste à prendre avant l'aube.

— Père !

Stupéfaite, elle se tourna vivement vers lui.

— Je ne me comporterai pas comme une…

— Chut !

Il la prit rudement par le bras et l'attira loin de la porte.

— Dois-je te rappeler qu'aucun autre homme ne voudra jamais de toi ?

La vérité, enfin : son père voulait se débarrasser d'elle. Elle tourna la tête, se sentant malade. Son visage était trop près du sien, son mépris aussi épais que le whisky de son haleine. Lachlan la secoua, comme si elle n'avait pas entendu chacune de ses dures paroles.

— J'ai promis de te procurer un mari, Leana, et j'ai accompli mon devoir envers toi. Assure-toi de faire le tien avant la fin de cette journée.

— Mon… devoir ?

Il lui relâcha le bras aussi brusquement qu'il l'avait saisi.

— Tu sais très bien ce que je veux dire.

Leana ravala la bile qui lui remontait dans la gorge.

— Et si je n'accomplis pas ce… devoir ?

Il lui lança ces paroles comme autant de pierres :

— Alors, tu ne te marieras jamais. Jamais. C'est Jamie McKie, ou bien personne. Les vœux de mariage que tu prononceras aujourd'hui, tu ne les répéteras plus jamais de toute ta vie. Ai-je été assez clair ?

Chapitre 46

Oh, pourquoi les vœux si tendrement faits,
À celle qui aime, comme jamais jeune fille
N'aima, dans cette vallée de larmes,
Peuvent-ils être brisés dès le lendemain ?
— James Hogg

Maintenant, je le prends comme légitime époux, devant Dieu et en présence de sa congrégation. Leana retenait ses larmes en répétant les vœux dans son cœur, en attendant le moment où elle devrait les prononcer à voix haute devant Jamie. *Maintenant, je le prends.* Oui, elle le prendrait sans hésiter comme légitime époux. Mais sans astuce ni duperie, le pain quotidien de son père. Pas simplement parce que Rose n'était pas là pour l'arrêter. *Non.* Leana ouvrirait courageusement son cœur à Jamie, de toutes les manières loyales dont elle était capable, et lui donnerait l'occasion de la choisir, une fois pour toutes. Elle pouvait supporter une vie seule ; elle ne pourrait supporter une existence à se demander si un ultime appel aurait pu le faire changer d'avis.

L'assemblée se prépara à partir pour l'église, la plupart à dos de cheval. Une salve de coups de pistolet retentit dans l'air hivernal, suivie par des cris de jeunes filles et des rires mâles. Les chevaux hennirent et secouèrent la tête, mais sans lever les sabots du sol, un troglodyte mignon apeuré s'envola vers le ciel. Le joueur de cornemuse changea brusquement d'air et la procession s'ébranla, précédée par Duncan, qui ouvrait la marche, tirant sur les rênes du cheval tandis que Leana s'agrippait au pommeau.

Ce jour de l'an était le plus froid que l'on eût connu de mémoire d'homme. Bien que l'air fût sec pour l'instant, les nuages gris et bas semblaient chargés de toutes les menaces.

Jamie chevauchait derrière Leana, puisque la tradition exigeait que la mariée arrivât à l'église la première. Pour un fiancé, devoir attendre sa promise était considéré comme un mauvais présage. Mais en fait, c'était exactement ce que faisait Jamie : il espérait Rose.

« Prie pour ta sœur, qui est sur les routes en ce moment », lui avait dit Neda.

Oui, mais prier pour quoi ? Pour que sa sœur arrive rapidement et s'approprie Jamie pour la vie ? Ou pour qu'elle soit retenue à Twyneholm un autre jour ou deux ? Leana avait honte d'admettre l'issue qu'elle favorisait, alors elle se contenta de prier pour la sécurité de sa sœur et s'en remit à Dieu pour le reste.

Autour d'elle, les voisins se tenaient par les bras et entonnaient à son intention les chansons de mariage traditionnelles : *V'là le jeune homme qui arrive* et *J'ai une femme à moi*. Lorsqu'ils lui demandèrent de chanter *J'ai eu le garçon que j'voulais, m'sieur*, elle refusa poliment.

— Il n'est pas mon fiancé, et vous le savez très bien.

Et même le vouloir ne changerait rien, pensa-t-elle.

— Leana ! C'était Jessie Newall, les yeux brillants, qui accourait pour lui offrir ses vœux pour la nouvelle année. N'es-tu pas la belle mariée ?

— Sa représentante, lui rappela-t-elle, mais Jessie se contenta de rire et se fraya un chemin en jouant des coudes entre les bergers qui lui servaient d'escorte.

— J'ai vu Jamie, lui annonça son amie d'un murmure rauque, qui était tout sauf discret. N'est-il pas beau à voir ?

— Oh oui, il l'est.

Leana ne pouvait nier un fait aussi évident, l'ayant constaté elle-même, bien longtemps auparavant. Le manteau et la veste de velours de Jamie étaient de la même couleur que sa robe, seulement un peu plus foncés, un parfait contraste avec sa chemise de mariage blanche et le vert serein de ses yeux.

— Ce serait grand dommage que ma sœur ne puisse voir son fiancé ayant si fière allure, dit Leana.

— Oh ! Ce n'est pas à cela que je pensais.

Jessie tira sur le voile, attirant la tête de Leana vers elle. Elle lui fit un sourire digne d'un contrebandier porteur d'une sacoche bourrée de marchandises à la recherche d'un acheteur.

— Je trouve que Jamie McKie a l'air bien heureux pour un homme dont la fiancée se trouve retenue à des milles de distance, à Twyneholm, dit Jessie.

— Jessie !

Leana leva les yeux au ciel avant de se ressaisir.

— Tu ne dois pas dire des choses pareilles.

— Et pourquoi pas, si elles sont vraies ? Tu ne lui es pas indifférente, Leana. Il fera de ce jour un jour spécial pour toi.

Leana la regarda, pantoise.

— Veux-tu dire… ? A-t-il dit… ?

Elle était incapable de formuler ses pensées, tant elles étaient scandaleuses.

Jessie se contenta de rire en ajoutant :

— Je suis une femme mariée, et je reconnais le désir sur le visage d'un homme, quand je le vois.

Leana voulut discuter, mais son amie eut le dernier mot.

— Profite bien de cette journée, tant qu'elle durera. Mais surtout, écoute ton cœur, lorsque Jamie prononcera son serment...

— Destiné à *Rose*, tu veux dire.

— Bien sûr.

Jessie passa la main sur celle de Leana, comme si elle chassait un moucheron.

— Mais c'est toi qui les entendras. Et c'est toi aussi qui les diras.

Maintenant, je le prends comme légitime époux, devant Dieu.

Lorsque la procession nuptiale arriva devant l'église, après avoir déambulé à travers le village de Newabbey en offrant à tous les passants un petit présent, rubans ou fleurs, au nom des mariés, le ciel gris était passé au noir. Aucune étoile ne perçait l'épais dôme nuageux qui enveloppait la nuit. La lune décroissante aussi était absente. Ceux qui avaient apporté des lanternes les tenaient bien haut, guidant les autres par les portes étroites du lieu de culte. Même les plus exubérants baissèrent la voix, intimidés par la vue des bancs, qui rappelaient à tous le sabbat et les choses sacrées.

Le révérend Gordon, mécontent de l'heure tardive, les accueillit d'un bref hochement de tête.

— Il n'est même pas cinq heures, grommela Duncan. Il doit penser à son dîner et à son lit bien chaud.

Ou bien il désapprouvait l'idée d'un mariage par procuration. On saurait à quoi s'en tenir là-dessus, très bientôt. Après avoir confié sa cape et ses gants à Neda, Leana suivit Duncan vers le tabouret de la mariée, un banc réservé exclusivement pour de telles occasions. Elle prit place devant, espérant que ses genoux la soutiendraient. La salle était glaciale et sombre comme une tombe, en dépit d'un feu de foyer et de la lueur des lanternes disposées le long des murs.

— Je reviens avec le marié, lui promit Duncan, la laissant tremblante aux côtés du ministre tandis que les invités se pressaient vers les meilleures places.

— Tout ceci est dès plus irrégulier, murmura le révérend Gordon, la regardant par-dessus son épaule. En vingt ans, je n'ai jamais célébré de mariage par procuration, mademoiselle McBride.

Elle hocha la tête, ne sachant que répondre. Alors que les invités continuaient de parler entre eux à voix basse, Leana tourna la tête et vit un homme debout au fond de l'église. *Jamie.* Elle en eut le souffle coupé. Bien qu'elle l'eût déjà vu auparavant, soit à la brillante lumière du jour, soit à la lueur vacillante des chandelles, elle fut à nouveau séduite par sa belle prestance.

Jamie avança vers Leana, le regard un peu étonné, comme s'il ne croyait pas vraiment qu'il la trouverait là, en train de l'attendre.

— Leana, dit-il avec douceur, merci de faire cela pour moi.

— Tout le plaisir est pour moi, répondit-elle.

Elle plia le genou légèrement, esquissant une jolie révérence.

— Le plaisir de rendre service, évidemment, ajouta-t-elle tout de suite.

En se redressant, elle vit qu'il la regardait toujours et sentit sa main serrer la sienne un peu plus fort.

— Qu'y a-t-il, Jamie, demanda-t-elle, avez-vous… changé d'idée ?

— Non, je… je suis convaincu que nous faisons la bonne chose.

Son regard descendit vers les mules de Leana et remonta jusqu'au voile de batiste qui recouvrait ses cheveux.

— C'est que, dit-il en balbutiant, je ne m'attendais… pas… à ça.

— Oh, dit-elle simplement.

Elle s'humecta les lèvres, se demandant si elle pouvait leur faire confiance pour former des mots, encore moins des serments.

Le regard de Jamie s'attarda sur elle.

— Le voile est magnifique.

Seulement le voile.

Il fit un pas vers l'arrière, afin de mieux la regarder.

— La seule chose qui me désole, c'est que Rose ne soit pas ici pour vous voir le porter.

Il se mordit les lèvres, comme s'il regrettait ses paroles.

— Je sais que ce jour a été difficile pour vous, Leana, ajouta-t-il rapidement. Et pour moi aussi. Ne devrions-nous pas en tirer le meilleur parti possible ? Par égard pour Rose et pour vous ?

Elle sourit et lui dit la vérité.

— Je n'aspire à rien d'autre qu'à vous rendre heureux, Jamie.

Les yeux de Jamie miroitèrent comme du jade à la lueur des flammes.

— Aucun homme ne mérite une femme telle que vous, Leana McBride. J'espère que vous reviendrez un jour dans cette église au bras d'un fiancé digne de vous.

Elle ravala sa fierté, ne gardant que le goût de l'espoir sur les lèvres.

— Puis-je prétendre que vous êtes cet homme ?

Une ride lui creusa le front.

— Leana, je…

— Seulement pour cette heure, je veux dire ?

Ses yeux étaient implorants. *S'il vous plaît, Jamie.*

— Qu'il en soit ainsi, Leana.

Son sourire transforma l'hiver en été.

— À cette heure, en cette soirée, dit-il, vous serez ma fiancée et je serai votre promis. Comme dans une pièce de théâtre dont nous serions les acteurs, jouant les rôles qui nous sont assignés.

Il appuya le front contre le sien, remuant les sourcils d'une manière cocasse. Son haleine sentait plus le whisky qu'auparavant.

— Au moment où le rideau tombera, notre public sera totalement convaincu que nous sommes mariés. Sommes-nous d'accord, Leana ?

— Oui, nous sommes d'accord.

Oh, Jamie ! Elle accepterait tout, absolument tout, pour le garder à ses côtés.

— Ne devrions-nous pas commencer, alors ?

— Allons-y.

D'un geste galant, il libéra l'une de ses mains, puis plaça l'autre sur son bras, maintenant replié sur sa poitrine dans une attitude officielle.

— Révérend Gordon, dit-il, nous sommes à votre disposition.

Faisant taire la congrégation d'un sévère froncement de sourcils, le ministre leva le menton, comme s'il mettait au défi quiconque aurait voulu contester son autorité.

— Nous voici réunis ici en cette occasion solennelle, pour unir James Lachlan McKie de Glentrool, et Rose McBride, d'Auchengray, par les liens sacrés du mariage. La sœur de la mariée, Leana McBride, représentera Rose et parlera en son nom. Levez-vous pour entendre un passage du Livre liturgique de l'Église d'Écosse.

Les assistants se levèrent tous ensemble et écoutèrent religieusement les mots écrits par la plume de John Knox, deux siècles auparavant. Leana s'appuyait au bras de Jamie, heureuse de pouvoir compter sur sa forte présence. Lorsque le ministre ne leur prêtait pas attention, Jamie baissait les yeux vers elle, lui offrant un clin d'œil de soutien ou un petit sourire. Elle sentait à peine le froid glacial qui régnait dans la salle, complètement baignée dans la chaleur de son attention.

— C'est le moment.

Le ministre referma son livre et le tint devant lui, entre ses mains.

— Y a-t-il un empêchement à ce mariage ? demanda-t-il. Une raison pour laquelle l'un de vous deux ne pourrait être uni à l'autre, en tant que mari et femme ?

Aucun empêchement. Les lèvres de Leana demeurèrent scellées en un sourire discret, même si son cœur hurlait d'être entendu. *S'il vous plaît, Jamie !* Derrière, elle entendait des murmures furtifs et sentait les regards des curieux braqués dans son dos.

— Aucun, dit Jamie, assez fort pour être entendu de tous.

Le révérend Gordon fit un pas de côté pour s'adresser à l'assemblée.

— Y a-t-il une raison pour laquelle ces deux personnes ne devraient pas être unies par les liens sacrés du mariage ?

— Aucune, vint la réponse immédiate.

C'était Lachlan McBride qui avait répondu pour tous.

— Alors, nous procéderons.

Le ministre fit un signe de tête à Jamie, qui produisit une alliance toute simple en argent. Il glissa le petit anneau à la main gauche, tremblante, de Leana, jusqu'à la phalange, attendant les paroles suivantes du ministre.

— Acceptez-vous, James Lachlan McKie, de prendre cette femme, Rose McBride, pour légitime épouse ?

Jamie regarda Leana un bref moment, puis dit d'une voix qui avait tous les accents de la sincérité :

— Maintenant, je la prends comme légitime épouse, devant Dieu et en présence de sa congrégation.

Le ministre se tourna vers Leana, le visage austère.

— Et vous, Rose McBride, acceptez-vous de prendre cet homme, James Lachlan McKie, pour légitime époux ?

Jamais Leana n'avait parlé avec autant de conviction.

— Maintenant, je le prends comme légitime époux, devant Dieu et en présence de sa congrégation.

Le ministre poursuivit :

— Écoutez avec attention l'Évangile, afin de comprendre comment Dieu veut que ce contrat sacré soit honoré et observé, car il s'agit d'un nœud solide et ferme, qui ne doit en aucune façon être défait.

Elle retint sa respiration tandis qu'il lisait, attendant qu'il eût fini pour pousser l'anneau en place. Comme le nœud du mariage est facile à attacher ! Et comme il lui serait difficile de délier son cœur de ses fils entrelacés.

— *Voici donc que l'homme quittera son père et sa mère pour s'attacher à sa femme, et les deux ne feront qu'une seule chair.*

Une seule chair. Son rêve n'avait pas autant d'ambition. Ce moment, cette heure sacrée, allait suffire. *Devrait* suffire, à moins que Jamie en décide autrement.

— Et ce que Dieu a uni, aucun homme ne pourra le séparer.

— Oyez, oyez, lança une voix abrutie par l'alcool dans l'assistance, suivie par quelques rires étouffés.

Ignorant l'éclat de voix, le révérend leva la main au-dessus du couple et prononça sa bénédiction :

— Le Seigneur vous sanctifie et vous bénit ; Il répand la richesse de sa grâce sur vous, pour que vous lui plaisiez, en vivant ensemble dans l'amour sacré jusqu'à la fin de vos jours. Ainsi soit-il.

Ainsi soit-il.

Leana ferma les yeux. Priant, souhaitant, espérant, implorant quelque chose qu'elle n'aurait pu nommer. Il y avait la possibilité, si ténue soit-elle, que Rose eût choisi de rester au loin. Et que Jamie préférât la sœur aînée à sa cadette. Volontairement. Joyeusement.

L'assemblée chanta à pleine voix le psaume traditionnel du mariage, sans se préoccuper de la mesure ou de la justesse du ton :

Ton épouse sera une vigne fructueuse
Au cœur de ta maison
Tes enfants comme des plants d'olivier
Alentour de ta table.

Jamie se pencha pour déposer un baiser sur le contour de son oreille.

— Cousine, vous ressemblez plus à une fleur odorante qu'à une vigne fructueuse, lui murmura-t-il, en faisant semblant de ne pas voir le regard sévère du révérend Gordon. Je vous souhaite beaucoup d'enfants, Leana. Que votre maison en soit remplie, un jour. Et heureux sera l'homme qui les aura engendrés.

Elle dissimula ses joues colorées sous le voile de dentelle, écoutant à peine la prière de clôture du révérend. La pièce était presque terminée ; le rideau était sur le point de tomber. Rien n'avait changé, pourtant tout avait changé. Ils s'étaient échangé des serments, qu'ils étaient tenus de respecter, par la volonté de Dieu. Est-ce que les noms prononcés importaient, quand les intentions étaient pures ?

Pas pures, Leana. Non, pas entièrement. Elle avait laissé ses pensées vagabonder bien au-delà des limites de la bienséance. *Excusez-moi, mon Dieu.*

— Amen, dit le révérend Gordon, et c'était terminé.

Submergée par ses émotions, elle tint fermement la main de Jamie et le suivit dans l'allée, devant des visages épanouis et des sourires mouillés de larmes, jusqu'à la porte de l'église et enfin dehors dans la nuit glaciale. C'était le révérend Gordon qui menait le cortège. Il se tourna vers elle, le visage toujours aussi sévère.

— C'était très bien, mademoiselle McBride. Ou devrais-je dire, madame McKie ?

— Vous devriez... m'embrasser, révérend Gordon, bégaya-t-elle.

— Oui, vous avez raison. C'est la coutume.

Le ministre s'inclina, et ses lèvres sèches frôlèrent les siennes un court instant, puis il recula.

— Je vous souhaite la meilleure des chances, monsieur McKie.

Il se tourna vers Duncan et attendit. Il fut payé pour ses services à même la bourse de cuir du superviseur.

Leana se rappela ses devoirs d'hôtesse et demanda :

— Aurons-nous le plaisir de vous voir à Auchengray pour le festin de noces ?

— Non, je vous remercie. Madame Gordon a déjà préparé notre dîner, une tourte de viande de bœuf et de rognons pour la fin de l'année.

Le révérend fronça sévèrement les sourcils avant d'ajouter :

— Assurez-vous que les choses ne deviennent pas, comment dire, trop *inconvenantes*, comme cela arrive malheureusement trop souvent dans les célébrations de mariage.

— Pas celle-là, Révérend.

Jamie glissa la main derrière la taille de Leana, touchant à peine sa robe.

— Pas quand la vertueuse Leana, ajouta-t-il, la plus sage et la meilleure parmi nous, est la mariée régnante.

Il s'adressa ensuite à Duncan.

— Venez, dit-il. Allons inonder les enfants du village de pièces de monnaie, puis hâtons-nous de rentrer avant le lever de la lune. Nous avons du bien mauvais temps, pour une si heureuse circonstance.

Le révérend lui jeta un regard oblique.

— N'allez-vous pas embrasser votre mariée ? Même si Leana représentait sa sœur, ne pas recevoir son prochain baiser de vous risque de lui porter malchance.

— Porter malchance ?

Jamie baissa les yeux vers elle.

— Est-ce vrai ?

— Assurément, la plus grande malchance.

Elle s'efforça de cacher son empressement, mais ses pensées la trahirent en colorant son visage.

Lorsque Jamie se retourna et l'attira à lui, la chaleur de son corps la submergea des pieds à la tête. Il lui prit le visage entre ses deux mains, et ses pouces lui effleurèrent les joues.

— Puis-je vous embrasser, Leana ?

Elle lui laissa voir son cœur à travers ses yeux et murmura la vérité.

— J'aimerais que vous le fassiez.

— Alors, je le ferai.

Sa bouche s'approcha de la sienne.

Chapitre 47

Buvez, joyeux garçons, buvez, mais avec discernement ;
Le mariage est un chemin sans retour.
— Dinah Maria Mulock Craik

Elle avait la saveur du caramel écossais. Chaud, sucré, frais du pot.

Leana l'embrassait vraiment. Rien à voir avec une actrice qui joue un rôle. C'était une jeune mariée qui embrassait son époux. Réagissant instinctivement, Jamie se pressa contre elle, faisant basculer la tête de Leana vers l'arrière, moulant ses lèvres sur les siennes, la goûtant à nouveau. C'était *si doux.*

— Suffit, jeune homme, ou vous s'rez ivre.

Rab Murray, le jeune berger, tira sur l'épaule de Jamie pour les séparer, au moment où les invités, sortant de l'église, se rassemblaient autour d'eux pour les observer.

Jamie libéra Leana, honteux de s'être laissé entraîner. Mais à quoi pensait-il donc ?

— Excusez-moi, murmura-t-il, assez bas pour qu'elle seule puisse l'entendre.

Il recula lentement, s'assurant que Leana ne défaillirait pas, ce qu'elle semblait sur le point de faire. Elle vacilla légèrement, son visage toujours tourné vers le haut, puis ses yeux s'ouvrirent — à contrecœur, pensa Jamie — et le regardèrent fixement. Si elle entendit les rires grivois, elle ne le montra pas, ni ne détacha son regard du sien un seul moment.

Ce qu'il vit dans ses yeux le rendit nerveux : *de l'amour.* Pur, généreux, sans borne. Celui-là même qu'il espérait tant voir dans les yeux de Rose brillait dans ceux de sa sœur, lumineux comme un clair de lune.

— Jamie.

Elle prononça son nom lentement, révérencieusement. Comme une prière.

— Leana, je…

— Finissez-en, vous deux.

C'était Rab qui revenait à la charge, cape de laine en main, le regard décidé.

— V'nez vite, ou vous délierez les langues pour les années à v'nir.

Rab déposa sa cape sur les épaules de Leana et la précéda sur le chemin en criant :

— Faites place à la mariée ! Faites place à la mariée !

Jamie se trouva emporté dans la marée de paroissiens, tiré vers l'avant par des mains impatientes de le voir prendre sa place assignée derrière la mariée. Deux jeunes filles lui servant d'escorte, Eliza et Annabelle, accrochèrent leur bras aux siens et le conduisirent vers l'avant de la procession, un pas derrière Leana, qui tourna la tête pour le regarder s'approcher, le visage lumineux.

— Je pensais vous avoir perdu, Jamie.

Il hocha la tête, qui lui tournait encore un peu sous l'effet conjugué du whisky, du baiser et du regard enflammé de Leana.

— Il n'est pas si facile de me perdre.

— J'en suis heureuse.

Elle le regarda un moment, comme si elle attendait qu'il ajoutât autre chose, puis elle sourit et se retourna pour monter sur son cheval, afin de mener la procession vers Auchengray. Rab Murray et un autre berger, Davie Tait, marchaient de part et d'autre de sa monture, les deux souriant comme des collégiens en vacances. Jamie se souvint que Rose avait choisi les jeunes bergers pour lui servir de gardes du corps sur le chemin de l'église, une pratique datant de l'époque où un clan rival pouvait surgir à tout moment pour kidnapper la jeune mariée.

Leana sourit en voyant à quel point ils semblaient prendre leur tâche à cœur.

— Messieurs, vous n'avez rien à craindre. Personne ne songerait à m'emmener de force dans une autre paroisse.

Rab Murray l'apprécia du regard.

— D'où j'vous regarde, m'dame, v'z'êtes une prise de choix pour n'importe quel homme. Accrochez-vous bien, pendant qu'on tire les coups d'feu. Y s'rait dommage que vot' monture vous jette par terre dans une aussi jolie robe.

Jamie ne pouvait qu'être d'accord, c'était une jolie robe. Et son port à cheval était royal — le dos bien droit, les épaules basses et la tête dirigée vers l'avant. Avaient-ils déjà monté à cheval ensemble? *Quelle question idiote, Jamie.* Naturellement, ils ne l'avaient jamais fait. C'était avec Rose qu'il faisait des randonnées.

Le joueur de cornemuse livra son air d'ouverture et enchaîna avec une gigue de mariage, *Séduite et mariée et tout l'reste,* que tous les participants de la procession chantèrent, qu'ils en connussent ou non les paroles. L'un des derniers couplets attira l'attention de Jamie, parce que Leana chantait les paroles avec un joyeux abandon :

La sœur de la mariée s'écria,
En sortant de la grange;
Oh, si seulement j'étais mariée,
C'est tout ce que je désire.

— Chantez-la encore, m'dame McKie! cria la foule.

Les gens titubaient et marchaient d'un pas incertain en cheminant vers Auchengray sur la route sombre, n'ayant que quelques lanternes pour s'éclairer et du whisky pour se réchauffer.

Leana répondit d'un air guindé.

— Appelez-moi mademoiselle McBride, s'il vous plaît, et je la chanterai avec plaisir une autre fois.

Ce qu'elle fit, d'une voix qui était la joie de vivre même. Jamie se joignit au chœur, pensant qu'elle entamerait un autre couplet, mais le joueur de cornemuse se lança dans un quadrille écossais, au cours duquel personne ne chanta, en raison de l'effort exigé par la danse exubérante. Quelqu'un avait glissé une flasque de whisky dans sa poche, et il choisit d'en profiter à ce moment-là pour en prendre une gorgée. Il sentit aussitôt la chaleur de l'alcool s'insinuer dans tous ses membres.

Ils approchaient de la dernière colline, quand un murmure courut dans foule.

— Le ruisseau ! Le ruisseau !

La tradition voulait que le cortège nuptial traverse le courant deux fois sur le chemin de l'église à la maison. Devant, Duncan guida Leana jusqu'au ruisseau glacial qui coulait vivement près de la route. Elle le passa à gué une première fois, puis une deuxième avant que sa monture ait eu le temps de se rebeller. Jamie et les autres la suivirent en pataugeant derrière elle, soit à dos de cheval, soit à pied, s'éclaboussant les uns les autres dans un chaos complet.

À travers le tumulte, Leana était comme un cierge allumé, répandant sa lueur sur les voisins et les amis qu'elle connaissait depuis vingt ans. Elle était destinée à vivre une telle journée. Après la cour malheureuse de monsieur McDougal, Leana ne connaîtrait sans doute jamais un vrai mariage. Une tragédie, car c'était une femme valeureuse, dans tous les sens du terme. Pas étonnant que Rose fût si attachée à elle.

Rose. Le cœur de Jamie s'arrêta soudainement. Rose non plus ne vivrait jamais sa journée de noces. *Celle-ci* était la sienne, et elle était sur le point de se terminer. Comment avaient-ils pu commettre pareille erreur, en procédant sans elle ? Leur pardonnerait-elle jamais un jour ? *Non, Jamie. Te pardonnera-t-elle ?*

Leana, qui connaissait Rose mieux que quiconque, devait bien avoir une idée pour arranger cette délicate affaire. Au moment d'entrer dans le domaine d'Auchengray, Jamie vint se placer à sa hauteur et se pencha pour lui parler.

— Nous devons parler, Leana. Au sujet de votre sœur, de ce… que nous devrons lui dire…, quand elle arrivera.

Elle feignit l'étonnement.

— Vous voulez dire que vous n'y avez pas encore réfléchi ?

— Non…, pas complètement.

— C'était votre idée, Jamie.

— Et celle de votre père, lui rappela-t-il.

— Oui, mon père a eu un rôle à jouer aussi. En ce qui me concerne, j'ai été la complice docile, mais pas le maître d'œuvre.

Elle sourit tranquillement.

— La tâche repose sur vos larges épaules, cher cousin, lui dit-elle.

Sans penser, il la pressa afin d'obtenir une réponse.

— À quel point étiez-vous consentante, Leana ? À quel point ?

Toute trace d'ironie disparut de son visage.

— On ne peut plus consentante, Jamie.

Dieu me vienne en aide.

— Alors, vous…

— Monsieur McKie !

C'était l'un des serviteurs d'Auchengray qui arrivait en trombe, les yeux exorbités et hors d'haleine.

— Monsieur McKie, cria-t-il, j'ai des nouvelles de Twyneholm.

Tout le cortège s'immobilisa peu à peu, certains jouant des coudes pour s'approcher, la plupart attendant sagement que les nouvelles arrivent jusqu'à eux. Le jeune garçon triturait son bonnet et parlait en hochant la tête.

— Mon nom est Ranald, m'sieur.

— Ranald, dit Jamie en inclinant brièvement la tête. Dis-moi ce que tu as appris.

— J'ai galopé rud'ment, m'sieur, aussi vite et aussi loin qu'j'ai pu vers le sud, en direction de Twyneholm. J'étais rendu à mi-chemin quand j'ai été arrêté par une terrible tempête de neige.

Jamie devint soudain extrêmement attentif.

— Une tempête de neige ?

— Oui. Y avait des voitures et des chariots échoués su' la route, des essieux cassés, des ch'vaux éclopés. Oh ! j'avais jamais vu un tel désastre de ma vie. On a jamais c'genre de choses, à Galloway.

— Mais aucun signe de Rose…, je veux dire, de madame McKie ?

— Non, m'sieur. Vot' dame, sa tante et Willie, j'les ai cherchés partout, mais j'les ai point vus.

Jamie poussa un soupir de soulagement, heureux de cette première bonne nouvelle. Ils n'avaient donc pas été surpris par la tempête en chemin.

— Y a-t-il autre chose que tu puisses me dire ? l'interrogea-t-il.

— D'après c'qu'on m'a dit, la tempête aurait débuté au cœur d'la nuit, bien avant l'aube. Willie, c't'un homme intelligent, vous l'savez. Y ferait jamais rien d'téméraire. Il a sûrement décidé d'rester avec les femmes à Twyneholm, jusqu'à ce que les routes soient praticables.

— Et quand le seront-elles ?

Une forte voix masculine répondit à la place de Ranald.

— Ta fiancée arrivera sans doute demain, neveu.

Jamie se tourna et vit Lachlan, marchant avec une dame du voisinage à chaque bras.

— À mon avis, autour de midi, précisa-t-il. À temps pour le déjeuner.

Jamie se frotta le menton, cachant un sourire.

— La jeune fille est têtue, elle insistera sans doute pour que Willie la ramène ce soir, tempête ou non.

Il se pencha et ajouta à l'intention de Lachlan seulement :

— La porte de ma chambre restera ouverte, cette nuit, au cas où mon épouse rentrerait aux petites heures de la nuit.

Lachlan pouffa de rire à cette suggestion audacieuse, mais Jamie remarqua que c'est sur Leana que les yeux de l'oncle étaient posés quand il lui répondit.

— Dans ce cas, ce sera bien passé minuit, je suppose, dit Lachlan.

Lachlan éleva ensuite la voix et la main pour attirer l'attention de la foule.

— Mes amis, nous avons de la nourriture qui n'attend qu'à être mangée, ainsi qu'un violoniste dont l'archet est impatient de gratter quelques cordes. Le festin nous attend, puis ce sera la fête de *Hogmanay*.

Il y eut un afflux important de fêtards à la grange d'Auchengray, où un copieux festin avait été disposé sur des tables grossières recouvertes de nappes propres. Des chandelles brillaient au milieu de branche de sapins, ce qui conférait à l'endroit une ambiance festive. Les serviteurs s'étaient surpassés, balayant et nettoyant le bâtiment pour le rendre accueillant. Une telle foule n'aurait jamais pu être reçue dans la maison, pas plus qu'il n'était séant pour le jeune couple d'inviter tous ces gens sous leur propre toit. La grange était l'endroit idéal pour un mariage campagnard. Quand Leana fut bien installée au bout de la table, Jamie joua son rôle de maître de cérémonie en s'occupant d'elle et des invités, et les services se succédèrent : un bouillon d'orge, puis du bœuf, du mouton, de l'oie, du pain et des gâteaux d'avoine, et pour finir du pudding inondé de crème. Le tout accompagné de chopes de bière, du début à la fin, avec des doigts de whisky pour faire bonne mesure.

— Si j'avais plus de filles, j'organiserais un mariage à un penny tous les mois, se vanta Lachlan, alors que chaque invité lui versait son shilling pour le repas, un peu plus pour un verre d'alcool. Jamie le vit compter les pièces quand personne ne prêtait attention, avant de les faire disparaître dans les poches de Duncan. La cassette de Lachlan déborderait bien avant que les cloches aient annoncé le début de la nouvelle année. Plus de gens s'étaient présentés au repas de noces qu'il n'y en avait eu à la cérémonie, tous désireux de festoyer à la table du riche laird à bonnet et de danser au son des airs entraînants du violoniste. Même les Tsiganes et les voyageurs de passage étaient bienvenus à la fête, à la condition, évidemment, de verser leur shilling au maître.

Au moment où la lune s'éleva dans le ciel d'hiver, les tables avaient été poussées le long des murs pour faire place à la danse.

— Les mariés ouvrent la danse, cria le joueur de cornemuse.

Leana s'avança pour faire son devoir et tendit la main pour inviter Jamie à venir la rejoindre. Les yeux de la jeune femme brillaient, mais pas à cause de la bière. Contrairement à Jamie, elle n'en avait pas bu une goutte. Ses yeux luisaient d'un autre éclat, qu'il commençait à peine à comprendre. Son amour pour lui l'effrayait et le fascinait en même temps.

Jamie s'avança au centre de la grange, conscient de toute l'attention silencieuse dont il faisait l'objet. Il leur avait été plus facile de jouer leur rôle à l'église. Ici, dans la grange d'Auchengray, tous les masques tombaient. Les lairds à bonnet et les mendiants étaient assis à la même table. Les gentilshommes et les paysans mangeaient dans la même assiette. Pour une nuit, toutes les âmes étaient égales, à cet endroit. Il n'était pas le grand McKie de Glentrool, mais seulement Jamie, échauffé par le whisky, sur le point de danser avec sa mariée par procuration.

Elle avait prudemment rangé le voile blanc dans la maison, plus tôt, et ses cheveux, libres de toute attache, miroitaient comme des fils de soie dorés à la lueur des bougies. Ses yeux étaient des lacs gris-bleu, et ses lèvres s'arquaient en un charmant sourire. Leana n'était pas aussi belle que sa sœur, mais Jamie ne l'avait jamais vue aussi jolie. Il lui glissa un bras autour de la taille et prit lâchement la main de la jeune femme dans la sienne. Leana se sentait bien dans ses bras, merveilleusement vivante.

— Voulez-vous danser avec moi, Leana ?

— Très volontiers, Jamie.

Elle leva sa main libre et la plaça doucement sur son épaule.

Elle demanda ensuite à voix haute l'air qu'elle désirait, et le violoniste s'exécuta, attaquant l'instrument de son archet au moment précis où le joueur de cornemuse pressait le sac d'air. Sur la première note, ils tournèrent à droite, dans le sens horaire, et non l'inverse, car cela aussi pouvait porter malheur.

Au bout de quelques secondes, Jamie comprit qu'il était choyé. Leana était la partenaire de danse idéale, voguant gracieusement sur la terre battue, comme si elle avait valsé sur le chêne poli d'un salon de Bruxelles. Ils tournaient et tournaient, bientôt rejoints dans la deuxième gigue par Eliza et Rab, puis Annabelle et Davie, qui leur souriaient en passant près d'eux en tournoyant. Dès le début du troisième air, le plancher de la grange était bondé de couples, formant de longues rangées alors que chacun se préparait à saluer son partenaire avant d'entrer dans la danse. Puisqu'elle était la mariée, Leana avait le privilège de danser avec le cavalier de son choix, pourtant elle ne choisit que Jamie, danse après danse, du branle écossais à la gigue.

Les heures se succédaient quand, soudain, quelqu'un lança :

— C'est bientôt *Hogmanay* !

Une autre année frappait à la porte. Le plus jeune chez les noceurs cria :

— Nous ne sommes que des enfants venus nous amuser ! Approchez et donnez-nous notre régal de fin d'année !

Neda apparut comme par magie, portant un plateau de brioches noires. Ce dessert favori de la nouvelle année, parfumé avec de la cannelle, de la muscade, de l'essence de girofle et des graines de carvi, était fait d'une pâte à levure mélangée avec des raisins secs, des pelures d'orange et des amandes macérées dans du brandy français. Les gens se servaient en grande quantité et les passaient sur le plancher de danse, où elles étaient avalées par des bouches gourmandes, avec force rasades de bière.

Essoufflés par la danse, Jamie et Leana trouvèrent un banc pour soulager leurs pieds endoloris, piétinés à répétition. Il s'empara d'un morceau de brioche noire sur le plateau de Neda, qui passait près d'eux, et l'agita sous le nez de Leana.

— Vous voulez goûter, chère mariée d'un jour ?

Elle hocha la tête, ouvrit la bouche et attendit, ce qui prit Jamie au dépourvu. Il n'avait pas l'intention de lui donner la becquée. Ses mains étaient loin d'être assurées, après toutes les chopes de bière qu'il avait bues, quand il rompit la brioche pour lui en placer un morceau entre les lèvres.

Après l'avoir avalé rapidement, elle en arracha un morceau à son tour et le lui mit dans la bouche. Jamie, surpris de nouveau, l'avala avec difficulté. Elle lui en donna un autre, puis murmura :

— Je dois partir, Jamie. Lorsque la cloche de l'église sonnera minuit, il faut que je sois dans la maison.

Jamie hocha la tête, compréhensif. Si elle était surprise dehors, cela pouvait lui porter malheur. Après l'annonce du début de la nouvelle année, les invités quitteraient Auchengray pour sillonner le voisinage, afin de célébrer le « premier pas », en cognant à toutes les portes où ils verraient briller de la lumière, comme le voulait la tradition. Dans leurs poches, ils emportaient des morceaux de charbon, pour souhaiter à leurs hôtes que leur maison reste bien chaude toute l'année, et une brioche noire pour se sustenter. Ils emporteraient aussi des pintes de bière chaude, mélangée avec des spiritueux, des œufs, de la crème, du sucre et de la muscade. On en partagerait une gorgée avec les habitants, avant de passer à la maison suivante, et ainsi de suite jusqu'à l'aube.

— Le premier pied à franchir chaque seuil devra être celui d'un homme, lui rappela Leana, en se levant pour prendre congé. Un homme aux cheveux noirs, comme vous.

Il se leva en même temps, prenant ses mains dans les siennes, désirant la retenir un moment de plus.

— Mais un célibataire est préférable. Et comme vous le savez bien, je ne le suis plus.

— Et moi, je suis toujours vierge, blonde qui plus est, je porterais donc doublement malheur.

Elle secoua sa chevelure comme une jeune fille qui achève de les brosser.

— Personne ne voudra que je frappe à sa porte, cette nuit…

Moi, je le voudrais bien. De peur qu'elle entendît ses pensées licencieuses et s'enfuît en courant, Jamie lui prit la main.

— Leana… Leana, merci. Pour tout.

Que pouvait-il ajouter ? Une douzaine de choses, dont aucune n'était à son honneur.

— Je vous verrai au matin, lui dit-il en guise d'adieu.

— À demain.

Lorsqu'il lui libéra finalement les mains, elle lui frôla la joue, puis retira l'alliance en argent et la pressa dans l'une des siennes.

— Bonne nuit, dit-elle.

Les yeux mouillés de larmes, elle se détourna et disparut rapidement dans la foule.

Leana.

— Mon garçon ?

C'était Lachlan, qui arrivait par-derrière en lui appliquant une bonne tape sur l'épaule.

— Tu m'as tout l'air d'un homme qui a besoin d'un petit verre de whisky pour célébrer la nouvelle année, lui dit-il.

Son oncle — son beau-père, maintenant — le fit se rasseoir sur le banc, où il vint aussitôt le rejoindre.

— J'ai tout juste ce qu'il faut pour un jeune marié esseulé.

— Ce que je suis, dit Jamie en soupirant bruyamment, tout en manipulant l'alliance.

— Oui, pour une bonne raison.

Lachlan abattit un gobelet d'étain sur le banc et produisit une flasque, dont il fit aussitôt sauter le bouchon.

— Tu as encore une longue nuit devant toi, ainsi qu'une autre journée plus longue encore.

Il se servit un doigt de whisky, l'avala d'un trait, puis en versa un autre sans attendre, qu'il présenta à Jamie.

— Bois, mon garçon, dit-il. Bois, avant que je change d'avis et que je le garde pour moi seul.

Jamie glissa l'alliance dans sa poche, avala le whisky d'une seule gorgée, puis leva le gobelet vide.

— Il m'en faut un autre, oncle. Pour empêcher le froid de l'hiver d'entrer dans ma chambre.

— Oh oui ! s'esclaffa Lachlan. Le lit d'un jeune homme ne devrait jamais être froid.

Chapitre 48

Une nuit d'hiver, la volonté d'une femme,
et les buts du laird changent souvent.
— Proverbe écossais

Leana s'assit au sommet de l'escalier et écouta respirer la maison endormie. Le vent de la nuit gémissait à l'extérieur, faisant claquer les volets et craquer les planches tandis que les murs de pierre demeuraient solides et inébranlables.

Soit comme la pierre, Leana. Et non comme le bois souple, pliant au gré du vent dominant. Elle ne se sentait ni de pierre ni de bois, mais plutôt comme les pétales de rose qu'elle avait répandus ce matin-là, dans la chambre de Rose. *La chambre de Jamie.* Les pétales n'étaient plus frais, mais friables, facilement rompus, destinés à libérer une dernière bouffée de fragrance quand ils seraient écrasés sous le poids du mari et de la femme ne faisant plus qu'une seule chair.

Jamie, Jamie! Il lui avait brisé le cœur des milliers de fois, pour le réparer d'un frôlement délicat, d'un regard lumineux. Savait-il qu'il avait tant d'emprise sur elle? Qu'elle ferait tout ce qu'il lui demanderait, et bien davantage? Elle pressa ses paumes sur ses yeux, essayant de contenir les larmes qui ne voulaient pas s'arrêter. Elle n'avait jamais su ce que cela signifiait d'aimer un homme, et maintenant qu'elle le savait, elle aurait voulu — oh, combien elle aurait voulu! — ne l'avoir jamais appris.

Avant que Jamie franchisse les portes d'Auchengray, les seuls amours qu'elle avait connus étaient purs, légitimes et honorables. L'amour pour sa mère, il y avait si longtemps. L'amour pour sa chère sœur, aujourd'hui. L'amour sans compromis. L'amour qui exige le don de soi. L'amour d'un enfant pour sa mère, d'une sœur pour une sœur. L'amour qui s'épanouissait comme un jardin, toujours doux au regard, se renouvelant de saison en saison.

Mais cette… cette obsession pour Jamie était un jardin rempli de mauvaises herbes, qui étouffaient toute beauté dans sa vie, se tordant et se liant à tous les êtres vivants, jusqu'à ce qu'ils se flétrissent et meurent. Sa sœur adorée reviendrait le lendemain, sinon cette nuit même, pourtant, Leana ne pouvait penser qu'à Jamie. À la façon dont il l'avait regardée, dont il l'avait touchée, dont il lui avait baisé les lèvres. *Pardonne-moi, Rose !* Elle pouvait demander pardon, mais ne pouvait s'empêcher de le désirer.

Jamie l'avait regardée — elle, pas Rose — avant de prononcer son serment. Et pendant un moment splendide, à l'extérieur de l'église, il avait démontré ses vrais sentiments pour elle. Du moins, ils semblaient sincères, car le baiser n'était pas celui d'un cousin, mais celui d'un mari, d'un amant. Elle s'était presque sentie défaillir au moment de se séparer de Jamie.

Quelque part dehors, dans la noirceur de cette nuit, qui voyait naître une nouvelle année, le violoniste entamait un dernier air. Le son faiblissait peu à peu alors qu'il continuait de jouer en s'éloignant sur le chemin, pour rentrer chez lui. Les musiciens étaient toujours les derniers à s'en aller, les autres invités étant déjà partis célébrer la nouvelle année ailleurs tandis que les domestiques s'activaient à nettoyer la grange. Jamie et son père avaient disparu. Et l'on n'avait toujours pas vu Rose le jour de son mariage.

Leana chantonna un air familier, puis se rendit tristement compte que les paroles aussi lui étaient familières :

Oh ! Comment puis-je être gaie et joyeuse,
Quand c'est le mariage de ma sœur ?
Car c'est moi qui aurais dû partir la première.
Ah ! Elle m'a bien damé le pion.

— Oh oui, chère Rose, tu as fait cela, dit-elle à voix haute, sa voix se réverbérant dans la descente de l'escalier. Je devais me marier la première, tu te souviens ? Je ne t'en veux pas d'avoir pris ma place, ma chérie. Seulement de m'avoir volé mon amour.

Tout à coup, la porte s'ouvrit avec fracas, et des voix familières résonnèrent dans le vestibule désert. *Père. Et Jamie.* Elle se blottit contre le mur, sachant qu'ils ne pourraient pas la voir, tout en craignant d'être découverte, inondée de pleurs et de chagrin en cette nuit joyeuse.

— Attendez, oncle, attendez, dit Jamie, la voix plus rauque que d'habitude.

Elle reconnut l'accent particulier. *Le whisky.* Il consommait rarement des spiritueux et le regretterait amèrement le lendemain matin. Dans la maison endormie, elle pouvait entendre chaque parole de Jamie.

— Je devrais franchir le seuil en portant ma femme. Ce seuil-ci, se lamenta-t-il.

— Et rompre au-dessus de sa tête le gâteau de la mariée, renchérit Lachlan, qui semblait également ivre.

Leana baissa la tête, honteuse, car elle avait pratiqué ce rituel nuptial, toute seule, moins d'une heure auparavant, sautant par-dessus le seuil de la porte, car cela portait bonheur, avant de s'émietter un morceau de brioche noire sur la tête. Une imitation pathétique, mais qu'elle n'avait pas pu s'empêcher de faire.

— Chasse tout ça de ton esprit, jeune homme, lui disait Lachlan.

Leurs pas se rapprochaient de l'escalier.

— C'est l'heure d'aller te coucher, maintenant. Il est passé minuit depuis longtemps, et tu as besoin d'une bonne nuit de sommeil.

— Et aussi d'une femme à mes côtés ! lança Jamie, riant de sa propre blague.

Lorsque les bottes des hommes firent craquer la première marche, Leana se leva d'un bond et recula vers la porte de sa chambre, se demandant comment elle parviendrait à l'ouvrir sans trahir sa présence. Quand elle posa la main sur le loquet, il était trop tard. Ils avaient contourné le palier et leur regard, tourné vers le haut, était braqué sur elle.

— Bonne année, dit-elle faiblement.

— Et à toi aussi, jeune fille, dit son père en continuant de monter, entourant d'un bras les épaules affaissées de Jamie.

Lorsqu'ils atteignirent le sommet de l'escalier, Jamie s'arrêta devant elle tandis que Lachlan, posté derrière, lui prodiguait un appui.

— Leana, dit-il.

N'oubliant pas ses manières de gentilhomme, Jamie s'assura que son regard un peu hagard ne s'aventure pas plus bas que son menton, bien que sa robe d'intérieur en laine la couvrît du cou jusqu'aux pieds.

— Leana, répéta-t-il, comment pourrais-je jamais vous remercier suffisamment pour tout ce que vous avez fait ?

Oh, Jamie. Elle ne voulait pas être remerciée. Elle voulait être aimée. Ne pouvait-il pas le voir ? N'était-ce pas écrit noir sur blanc sur son visage ?

Lachlan regarda par-dessus l'épaule de Jamie, et ses yeux étaient plus vifs qu'elle ne s'y attendait.

— Leana, ton cousin t'a posé une question : comment peut-il te démontrer sa reconnaissance ?

Leana pouvait à peine respirer, encore moins penser, les yeux de Jamie étant toujours plongés dans les siens. Elle y vit une lueur de désir. Oui, et de la peur aussi. Comme elle comprenait bien le mélange de ces deux émotions.

— Père, je… je crois que notre cousin Jamie m'a déjà… exprimé sa gratitude. De bien des façons.

Lachlan ne voulait pas en démordre.

— As-tu quelque chose pour le prouver, jeune fille ? Un cadeau peut-être ? Quelque chose de concret, comme une pièce d'argent pour ta dot, ou du charbon pour ton âtre ?

Jamie jeta un coup d'œil par-dessus son épaule. Quelque chose dans son expression fit reculer Lachlan très légèrement, bien que Jamie n'eût rien dit. Lorsqu'il se tourna vers elle à nouveau, son regard était rempli de regrets.

— Je n'ai rien à vous offrir, Leana. Même les vêtements que je porte ont été achetés avec l'argent de votre père.

— Jamie…

Elle lui effleura le bras.

— Je n'ai besoin de rien. Rien, sauf cette seule chose que vous êtes incapable de me donner.

Les muscles de son cou se contractèrent.

— Je le ferais, si je le pouvais.

— Je sais, murmura-t-elle, sentant une nouvelle crue de larmes dans ses yeux. Bonne nuit, Jamie.

Elle relâcha le loquet et disparut dans la chambre, refermant la porte derrière elle, puis s'effondra contre celle-ci comme une masse inerte.

Les pas des hommes s'évanouirent dans le hall, de même que leur voix. Collant une oreille indiscrète contre la porte, elle entendit celle de la chambre de Rose s'ouvrir et se refermer avec un bruit mat. Le silence s'abattit sur tout l'étage. Son père était entré pour parler à Jamie, semblait-il. *Au lit, Leana.* Le sommeil ne pouvait guérir un cœur brisé, mais c'était un début.

Leana se glissa sous ses couvertures de laine, laissant une seule bougie brûler sur la haute armoire, d'où elle ne pourrait troubler son sommeil. Les nuages s'étaient accumulés et masquaient la lune, car la fenêtre était noire, et toute sa chambre, à l'exception de la petite flamme, était plongée dans les ténèbres. « Aussi noire qu'un minuit de Yule », aurait dit Neda. Il n'y avait rien à craindre de la noirceur. Des peurs plus grandes rongeaient l'âme de Leana. Une vie sans amour, sans mari, sans enfants. Pour elle, ce n'était pas une vie du tout. Mais, si c'était la vie que le Tout-Puissant avait choisie pour elle ? Si c'était ce qu'il désirait, pourrait-elle l'accepter ?

Le coup frappé à la porte fut si discret qu'elle l'entendit à peine. Puis, il se répéta, trois petits coups consécutifs. *Jamie ?* Elle rejeta les couvertures et tendit une main vers la chandelle, plaçant l'autre à la base du cou dans un geste pudique. Bêtise. Il avait déjà vu son cœur ; le reste n'avait plus de secrets. Elle respira profondément pour se donner du courage, puis leva le loquet, tenant la bougie devant elle en ouvrant la porte.

La surprise la fit cligner des yeux.

— Père ?

Lachlan porta un doigt à ses lèvres, puis poussa la porte et s'invita à l'intérieur. Son regard se posa sur le loquet, et elle referma la porte, tremblant sous son regard froid et austère.

— Qu'y a-t-il, père ?

— Tu sais très bien ce qui m'amène ici. Te convaincre de prendre ce qui t'appartient de droit.

— M'appartient de droit ?

Elle se raidit, s'écartant de lui. Et à quoi puis-je prétendre ?

— Non pas *à quoi !* siffla-t-il, et son visage rougit. Mais *à qui !* À Jamie McKie, le cousin que tu as épousé à l'église, aujourd'hui, devant toute la paroisse. C'est ce qui t'appartient légitimement, aux yeux de Dieu et devant la loi des hommes, aussi.

— Père ! s'exclama-t-elle.

Leana n'aurait pu être plus déconcertée.

— Je ne faisais que représenter ma sœur. C'est Rose qui est l'épouse de Jamie. C'est Rose qui s'est mariée avec lui, aujourd'hui.

Les yeux de Lachlan n'étaient plus que d'étroites fentes.

— Ne m'as-tu pas entendu dire, aujourd'hui, que celui-là serait ton seul mariage ? Ton seul espoir d'avoir jamais un mari ?

Elle resta sur sa position, tenant la bougie d'une main tremblante.

— Je préférerais rester seule éternellement plutôt que de voler le mari de ma sœur.

— Oh ! Quelle enfant entêtée tu es !

Sa voix était basse, mais plus terrible que jamais.

— Pensais-tu que prononcer le nom de ta sœur à l'église mettrait un point final à l'affaire ?

— Oui…, c'est ce que je croyais.

Elle hocha la tête, maintenant presque étouffée par la peur, qui montait par vagues dans sa poitrine.

— Je… je le pense, père, parvint-elle à balbutier. Et vous pouvez être assuré que le révérend Gordon le voit ainsi également.

— Je suis le laird de ce domaine, et il n'y a que ce que je pense qui compte ici.

Il fit un pas vers elle, levant un doigt menaçant.

— Et je dis, martela-t-il, que ce n'est pas la cérémonie qui compte, mais le mariage. On peut payer l'Église pour qu'elle croie que c'était toi, la véritable mariée. Les mariages ne se font pas à l'église ; ils se font au lit.

Elle détourna le regard, honteuse.

— Et si Jamie ne veut pas de moi dans sa couche ?

Lachlan pointa le doigt vers la chambre de Jamie.

— Ne me dis pas que mon neveu ne pense pas à toi — à *toi*, Leana —, à cet instant même. Il t'imagine dans ses bras, et bien d'autres choses encore, je te l'assure.

— Père, je… je n'ai aucune raison de croire cela.

En elle, une autre voix chantait un autre air. *Ses yeux l'ont dit. Son baiser l'a confirmé. Cela se pourrait.*

— Je l'ai observé toute la journée, ma fille, te regarder comme un écolier entiché de sa camarade de classe. Danser avec toi. Te donner la becquée avec sa brioche noire. Et t'embrasser.

Il leva les yeux au ciel.

— Dieu du ciel ! Je n'ai jamais vu une démonstration aussi vulgaire à la porte de l'église de toute ma longue existence.

Elle l'avait rarement entendu prononcer le nom de Dieu aussi librement. *Pardonnez-lui, Père. Et pardonnez-moi aussi.* De quoi ? D'aimer un homme qui pourrait très bien l'aimer aussi ?

Son père la pressa davantage, se penchant si près de la bougie qu'il faillit noircir son gilet.

— Il te veut, jeune fille. Peu importe les paroles de ton cousin ; son corps, ses yeux et son cœur ne peuvent nier la vérité. Qu'est-ce que son corps t'a dit, Leana ? Lorsqu'il t'a tenue dans ses bras, lorsqu'il t'a embrassée, quel message t'envoyait-il ?

— Le besoin.

— Oui, c'est aussi ce que je vois aussi dans tes yeux, même dans la noirceur de la nuit. Et qu'est-ce que ses yeux te disaient, jeune fille ? Quelle histoire y as-tu lue ?

— Le désir.

— Juste. Et lorsque tu regardes dans son cœur — et ne me dis pas que tu ne peux pas voir, Leana, car je te connais depuis vingt ans, et personne ne saisit mieux ces choses que toi —, dans son cœur, qu'as-tu trouvé ?

— La passion.

Elle se détourna de lui, lassée de devoir lui révéler ce qu'elle avait gardé secret, fatiguée d'être sondée si profondément par celui qui la connaissait mieux que quiconque sur terre.

— Père, que voulez-vous que je fasse ?

— Jamie t'a demandé, aussi clairement que possible, ce qu'il pourrait faire pour te remercier. L'as-tu entendu utiliser ces mots ?

Leana hocha la tête. Il était inutile de discuter.

— Les derniers mots qu'il t'a adressés : « Je le ferais, si je le pouvais. » Alors, fille, il le *peut* et il le *fera !*

Sa voix, toujours alourdie de whisky, n'était plus qu'un sifflement.

— C'est Jamie McKie ou personne d'autre.

Lachlan fit un pas en arrière, comme un avocat qui termine sa plaidoirie.

— Je te laisse y réfléchir, Leana, conclut-il. Fais ce que tu dois.

Il souffla la bougie et ouvrit la porte, sortant aussi silencieusement qu'il était entré.

Leana resta au même endroit jusqu'à ce que la cire de la bougie se fige et que ses membres commencent à trembler de froid. Ou de peur. Ou de désir. Il lui était impossible de faire la différence, maintenant. Elle ne pouvait faire pleinement confiance à son père, elle le savait. Mais pouvait-elle se fier à ses yeux et à ses oreilles, quand son cœur désirait Jamie si ardemment ?

Pas seulement son cœur. Son corps aussi le voulait. Elle n'était pas une jeune fille, comme Rose. Elle était une femme et ne pouvait prétendre le contraire.

Pardonnez-moi.

Elle déposa la chandelle en frissonnant et resserra sa robe autour d'elle. Les seules incitations de son père ne pouvaient la convaincre de monter dans le lit de Jamie. Même son propre désir n'était pas suffisant pour ouvrir la porte de sa chambre. Mais si Jamie la désirait… si Rose ne l'aimait pas… si leurs vœux échangés exprimaient la vérité, en fin de compte… si son baiser était sincère et son chaud regard, authentique… s'il pensait sincèrement ce qu'il disait… « Je le ferais, si je le pouvais. »

Le pouvait-il ? Est-ce que Jamie pouvait décider pour eux ?

Elle resta interdite devant la simplicité de la réponse : *oui !* Elle ne pouvait faire confiance à son père, mais elle pouvait s'en remettre à Jamie. Il la recevrait à bras ouverts, ou il la refuserait tout aussi franchement. Jamie prendrait la décision. Pas Lachlan, ni elle.

Leana marcha dans la chambre, se heurtant aux meubles, insensible aux ecchymoses. *Jamie !* Elle irait vers lui, ce soir, maintenant. Ses peurs étaient dissipées, et c'était maintenant l'attente qui faisait trembler ses membres. Elle fit courir ses doigts dans ses longs cheveux, imaginant qu'il s'agissait de la main de Jamie.

Même dans la chambre obscure, le voile blanc attira son regard. Sans réfléchir, elle retira sa robe d'intérieur et ôta sa chemise de nuit. Ensuite, elle plaça le voile de batiste sur sa tête. Plus tôt dans la journée, il n'effleurait que son visage, à présent, il lui descendait dans le dos et lui recouvrait la poitrine. Elle marcha sur la pointe des pieds en direction du miroir, et son cœur battait si fort qu'elle était persuadée que Jamie l'entendait, dans la chambre voisine. Son reflet était à peine visible, mais suffisant pour lui révéler ce qu'elle voulait voir : elle était désirable. Pas aussi jolie que Rose, mais dans la chambre obscure, elle pouvait aller vers lui avec confiance.

S'il la rejetait, elle pourrait survivre. N'avait-il pas déjà repoussé son amour, auparavant ? Lui et Rose s'en iraient à Glentrool, emportant sa honte avec eux, la laissant ramasser les miettes de son cœur brisé et rebâtir une vie nouvelle, sans Jamie.

Mais s'il la voulait… s'il l'*aimait*… alors, elle devait aller vers lui, car son mariage avec Rose serait une fraude. Et sa vie à elle, sans lui, une triste mascarade.

Leana joignit les mains un moment, essayant de rassembler le courage dont elle avait besoin. Elle ouvrit ensuite la porte et pénétra dans le couloir obscur. Les domestiques étaient tous sortis. La maison était silencieuse. La porte de Jamie, à trois pas de distance seulement, était légèrement entrouverte.

Elle ne cognerait pas. Elle ne parlerait pas. Elle irait à lui pour rechercher sa bénédiction. Leana s'enveloppa de son amour comme d'un voile, et se dirigea vers la porte de sa chambre.

Chapitre 49

J'aime la nuit parce qu'elle me présente
Mon amour dans des rêves qui mentent rarement.
— Philip James Bailey

Jamie ne pouvait se rappeler quand ni comment il avait retiré sa cravate, mais il devait l'avoir fait. Son cou était nu. Tout comme ses jambes, car il s'était débarrassé de sa culotte, avant de tomber dans son lit comme une masse. C'était très bien comme ça. Il avait gardé sa chemise, comme la décence l'exigeait. Son valet de chambre l'aurait approuvé. Les rares fois dans sa vie où Jamie avait consommé autant de whisky, il s'était effondré dans un fauteuil tout habillé, avec chapeau et bottes, et avait dormi jusqu'au lendemain midi.

Il n'était pas encore midi ; c'était la nuit. Et largement passé minuit, bien qu'aucun clair de lune ne filtrât par la fenêtre pour le lui confirmer. Combien de temps avait-il dormi ? Moins d'une heure, car son corps réclamait bien plus de sommeil. La chandelle sur la grande armoire, toujours allumée, au cas où il aurait eu besoin de se lever pendant la nuit, avait à peine raccourci. Donc, pas très longtemps. Il roula sur le dos, croisa les mains derrière la tête, s'installa confortablement sous les nouvelles couvertures en toile de lin et apprécia leur fraîcheur sur ses jambes.

Tout le lit clos sentait la rose. Comment les femmes s'y étaient-elles prises ? Il s'enivra du parfum jusqu'à ce que la tête commence à lui tourner. *Rose.* Cela devait être son idée, il en était persuadé. Pour qu'il pense à elle. Pour qu'il se languisse d'elle jusqu'au moment où elle franchirait la porte de sa chambre — de sa chambre à *elle*, en fait. Maintenant, ce serait *leur* chambre. Du moins, quand elle arriverait à Auchengray, ce qui ne serait jamais assez tôt pour lui.

Lachlan avait dit… Qu'est-ce que l'homme lui avait dit, déjà ? Qu'elle pourrait apparaître après minuit ? Où n'était-ce pas plutôt lui qui l'avait suggéré, un peu auparavant ? Sa mémoire lui jouait des tours, et son esprit était un peu confus. Jamie soupira, puis se redressa dans son lit, essayant de trier ses souvenirs, de dégager les faits des simples impressions de la journée précédente. Du dernier jour de l'année.

Quand Rose ne s'était pas présentée à midi, l'heure où elle était attendue, lui et Lachlan s'étaient entendus pour que Leana la représente à la cérémonie. Ou bien cela avait-il été l'idée de Lachlan ? C'était sans importance. Le fait est que Leana avait représenté sa sœur à l'autel, et avec brio, qui plus est.

Elle était magnifique.

Il se souvenait de cela clairement. Leana avait été une mariée ravissante, dans sa robe rouge vin. Ou n'était-elle pas plutôt bleu foncé ? Il se massa le front, espérant soulager les élancements dans sa tête. Elle portait un voile blanc, de cela, il était sûr. Une gaze légère, qui encadrait son visage agréable. Oui, son visage était agréable au regard, mais son baiser l'était encore plus sur ses lèvres. Il se frotta le front plus vigoureusement, en se disant qu'il serait plus sage d'effacer ce souvenir de sa mémoire. L'envie d'engloutir un grand bol de caramel écossais s'empara soudain de lui.

Il secoua la tête, puis souhaita ne pas l'avoir fait. La pièce se mit à tourner pendant un moment. Ils s'étaient embrassés, lui et Leana, à l'extérieur de l'église. Dans le froid. À la lueur des lanternes. Pendant un moment, il avait oublié — ou avait fait semblant d'oublier — qu'ils n'étaient pas seuls. Ils s'étaient embrassés un long moment, comme si cela comptait, comme si cela signifiait quelque chose. Oh ! Et ses yeux. Jamie sourit dans le noir, se rappelant ses yeux, inondés du pur éclat d'un amour incommensurable. Tant d'amour l'avait effrayé.

Avait-il déjà vu les yeux d'une femme remplis d'une telle vénération pour lui ? Même sa mère, qui l'idolâtrait depuis son enfance, ne l'avait jamais regardé comme cela, pas plus que

Rose. Seulement Leana. Chère Leana, qui faisait fausse route. Que voyait-elle en lui qui méritât une telle dévotion ? Il savait ce qu'il était : un menteur et un voleur. Il avait menti à son père et volé son frère. Si sainte Leana avait su cela, elle aurait fait ses malles et se serait enfuie d'Auchengray, aussi loin que ses pieds l'auraient portée.

Et ils pouvaient la mener très loin, car, la veille, elle volait littéralement sur le sol de la grange, plus gracieusement qu'aucune partenaire qu'il eût jamais vue danser. Il se souvenait de *cela* ; oh oui, dans les moindres détails. Ils avaient dansé des heures, juste tous les deux. Pas étonnant qu'il eût eu si soif, la veille. Pas surprenant qu'il eût bu plus de bière en une soirée qu'il n'en consommait habituellement en une année.

Il retomba sur son matelas de bruyère, et l'odeur de rose se répandit dans l'air. *Rose.* Il avait besoin de penser à elle, à son épouse, à son amour. Pas à sa sœur, à sa remplaçante, à sa cousine. *Leana.*

Leana lui avait dit plus d'une fois qu'elle l'aimait. *Je vous aime encore.* Elle l'avait dit, sachant qu'il ne l'aimait pas, et qu'il avait l'intention d'épouser sa sœur. Elle était brave, cette Leana. Une femme, pas une enfant. Est-ce que Rose était une enfant ? Elle allait avoir seize ans en août prochain. *Et toi, tu auras vingt-cinq ans en septembre.* Cela le fit se sentir vieux, que son épouse fût si jeune. Son propre père était bien plus vieux que Rowena. *Oui, et vois comment elle le traite.* Sûrement pas avec le respect qu'Alec McKie méritait, ni en lui prodiguant beaucoup d'affection.

Jamie s'assit à nouveau, soudain mal à l'aise. Est-ce que Rose le traiterait ainsi, dans quelques années ? Comme un homme qu'elle pourrait manipuler et tromper, qu'elle pourrait faire plier au gré de tous ses caprices ? Était-il aussi aveuglé par la beauté de Rose qu'Alec l'avait été par sa jolie Rowena ?

Non. Il refusait de penser à de pareilles sottises, car elles n'étaient pas vraies. Rose possédait une sorte d'innocence que Rowena n'avait sans doute jamais eue. Rose était magnifique, oui, mais elle avait un caractère doux, un grand cœur, et c'était une personne adorable. *Ou bien était-ce Leana ?*

Il frappa son matelas du plat de la main. *Assez de Leana !* Il n'était pas amoureux de sa belle-sœur, pas le moins du monde. Rose avait vraiment volé son cœur, et elle était partie à Twyneholm en l'emportant avec elle dans son réticule. Lorsqu'elle reviendrait – bientôt, plaise à Dieu –, elle lui livrerait le sien. Adorable Rose, aux cheveux de jais ondulant autour de son visage à la carnation d'ivoire. Jolie Rose, quand ses yeux noirs le bravaient. Astucieuse Rose, se comportant comme une enfant un moment, comme une femme mature l'instant d'après. Charmante Rose, au sourire enchanteur, aux lèvres douces, à la taille svelte et…

Bon.

Il devait cesser de penser à elle, sinon il chevaucherait Walloch jusqu'à Twyneholm pour prendre sa femme cette nuit même. *Qu'elle vienne à moi.* Il étira ses longues jambes, satisfait d'entendre ses articulations craquer d'aise, puis s'enveloppa dans les draps à l'odeur de rose, ferma les yeux et rêva à sa nouvelle épouse, à Rose.

Qu'elle vienne à moi. Ce soir. Bientôt.

Oui, c'était la dernière chose que Lachlan lui avait dite avant de lui souhaiter bonne nuit. Que sa fille viendrait le rejoindre dans le lit nuptial aux petites heures de la nuit. Que Jamie devait laisser sa porte entrouverte. Il avait dit qu'il le ferait, et il avait tenu parole. Lachlan lui avait dit que tout était prêt pour l'accueillir, et qu'il ne devait pas s'alarmer si, en se réveillant, il trouvait une femme à ses côtés dans son lit.

Il ne serait pas alarmé. Il serait ravi.

Les yeux de Jamie se fermèrent, et il se laissa gagner peu à peu par le sommeil. En bas, sur le manteau de la cheminée, l'horloge égrenait les secondes si bruyamment qu'il pouvait pratiquement les compter. *Tic. Tac.* Il s'enfonça davantage dans l'assoupissement qui précède le sommeil. Aux confins de la chambre obscure, une porte s'ouvrit en grinçant. Jamie était si épuisé qu'il ne prêta pas attention au loquet qui retombait en place, à la chandelle s'éteignant d'elle-même, ou au rideau qui se fermait complètement. Il roula plutôt sur lui-même et s'endormit.

Le rêve – cela devait en être un, car il était trop vivant pour être réel – fut d'abord le frôlement de la main d'une femme sur sa joue. Oui, une femme, hors de tout doute. Ses doigts étaient souples et minces, son toucher aussi léger que l'aile d'un ange. Comme les anges qui grimpaient dans l'échelle de Jacob. Pas la plante feuillue. La vision, le rêve, son rêve. Enfin, il se le rappelait ! Son rêve, au complet, se déroulait devant lui, clair comme le jour, dans la chambre plongée dans les ténèbres profondes. Des anges et des marches d'escalier et une voix venant d'en haut.

– Ne me quitte pas, murmura-t-il, craignant d'ouvrir les yeux.

– Je ne te quitterai jamais.

C'était la voix d'une femme, douce comme l'air.

Il la crut sans réserve.

– Jamie, c'est moi.

Pas simplement un rêve. Un rêve devenu réalité. Douce Rose.

Elle était venue à lui, comme Lachlan le lui avait promis. Voyageant dans la nuit, à travers le vent et la neige, pour être aux côtés de son mari. Il lui ouvrit les bras, et elle s'y glissa comme s'ils avaient déjà passé mille nuits ensemble.

– Bienvenue, mon amour, dit-il.

Son soupir était une mélodie.

Les rideaux du lit étaient tirés. Pas le moindre rai de lumière ne filtrait dans leur monde. Ils n'étaient que tous les deux, comme si personne d'autre n'existait. Il ne pouvait pas voir, mais il pouvait ressentir, et ce qu'il éprouvait le comblait d'aise. Le temps et la nuit s'arrêteraient jusqu'à ce qu'il se soit totalement abreuvé d'elle. *Mon amour.*

Mais le lui dirait-elle, maintenant ? Lui avouerait-elle qu'elle l'aimait ?

— Dis-moi que tu m'aimes, chuchota-t-il.

— Je t'aime, murmura-t-elle. Je t'ai toujours aimé, Jamie.

— Et moi aussi, ma chérie. Toujours. Depuis le commencement. Mais tu le sais bien.

— Oui, je le sais.

Elle lui sourit dans les ténèbres. Il le savait, il pouvait sentir ses lèvres sur son cou, se courbant aux commissures. Elle portait quelque chose de long, un simple voile, et rien d'autre.

— Est-ce ton voile ?

— Oui, c'est mon voile de mariée. Me l'enlèveras-tu, maintenant ?

— Mais oui.

Il le retira et se débarrassa ensuite de sa chemise.

— Et me laisseras-tu t'aimer ?

— Oui.

Elle l'embrassa. Pas comme elle l'avait embrassé quand ils s'étaient rencontrés, au milieu des moutons bêlants dans les verts pâturages, ni comme elle l'avait fait dans les jardins, en jeune fille effrayée. C'était le baiser d'une épouse. Le baiser d'une amante. En cet instant même, sa jeune Rose s'épanouissait et devenait une femme.

Chapitre 50

Nos lèvres, sans paroles, trouvent le chemin du cœur.
— George Alexander Stevens

Leana resta silencieuse, interdite.

Cela se passait comme si Jamie l'attendait. Comme s'il *savait* qu'elle viendrait à lui. Comme si la nuit sans lune, les heures noires et le lit fermé par des rideaux avaient été la mise en scène idéale pour son entrée silencieuse.

Il ne lui restait plus qu'à se glisser dans ses bras accueillants. Ce qu'elle fit. Et si volontiers. *Jamie.* Son lit était chaud, et il l'était encore davantage. Il la reçut entre ses bras passionnés. *Jamie.*

Il venait de lui dire qu'il l'aimait, si simplement.

— Je t'aime, je t'aime, lui répondit-elle en murmurant, l'embrassant de nouveau.

Et une autre fois. Il avait une haleine de whisky, mais elle se dit qu'elle ne devait pas y prêter attention. Que le lendemain soir, il aurait retrouvé son haleine habituelle. Son élocution était pâteuse, mais pas outre mesure. Les quelques mots qu'il prononçait étaient les seuls qu'elle avait besoin d'entendre. *Je t'aime.* Ses soupirs étaient de la poésie et ses caresses silencieuses, une symphonie.

Il semblait affamé de goûter sa peau.

— Comme du miel, dit-il, et elle le laissa faire ce qu'il voulait, trop subjuguée pour parler.

Il n'y avait rien à dire. Elle chuchota son nom à nouveau, mais — égoïstement, peut-être — elle avait besoin d'entendre son propre nom d'abord. *Leana.* Il le dirait bien assez tôt. Elle attendrait. Et pendant qu'elle attendait, elle l'aimerait sans retenue.

Jamie.

Il l'avait choisie pour épouse, après tout.

Pardonne-nous, Rose.

Assurément, son père avait eu raison, en affirmant que le nom de Rose, prononcé lors de la cérémonie, n'était rien de plus qu'un mot. Jamie lui avait fait serment à elle, Leana. Et à Dieu, en présence de sa congrégation. Ce vœu serait consommé bientôt, très bientôt. Maintenant, cette nuit même.

Jamie. Mon Jamie.

Les pétales de rose qu'elle avait répandus sur le lit dégageaient un parfum capiteux. Dans un instant, elle en serait enivrée. Elle émit un petit rire à cette pensée, jusqu'à ce qu'un autre baiser la réduise au silence. Lorsqu'il s'étira à nouveau contre elle, leurs orteils se touchèrent. Les pieds de Jamie étaient chauds, ayant été en contact avec la bassinoire ; les siens étaient froids d'avoir marché sur les dalles du couloir.

— Réchauffe-moi, murmura-t-elle, et il le fit, jusqu'à ce qu'il ne restât plus aucune partie d'elle-même qui échappât au brasier.

Tout était différent, tout était neuf, et l'ancienne Leana avait disparu à jamais.

Ils s'endormaient et se réveillaient enlacés dans les bras l'un de l'autre, au cœur de la nuit. À l'extérieur de la chambre, le temps s'était arrêté, et leur lit échappait à son cours. Il n'y avait plus ni heure du jour ni heure de la nuit, seulement celle de l'amour, et pour cela, ils avaient l'éternité.

Lorsque Jamie s'endormit pour de bon, Leana était plus éveillée, plus vivante que jamais elle ne se rappelait l'avoir été. *Oh, mon cher mari !* Être aimée, être l'objet d'un tel amour, c'était au-delà de ses rêves les plus chers. Elle voulait rire, elle voulait chanter, elle voulait courir dans couloir et crier son amour pour James Lachlan McKie, ainsi, toute la maisonnée saurait quelle source de transformation le véritable amour pouvait être.

Est-ce que toutes les jeunes mariées éprouvaient la même chose ? *Certainement pas !* Elle s'enfouit le visage dans l'oreiller pour étouffer ses rires. Aucune autre épouse ne pouvait ressentir ce qu'elle éprouvait maintenant, car aucune autre n'était passée si près de tout perdre. Jamie était le mari auquel elle avait presque renoncé. Jamie était l'homme que Dieu avait placé sur son chemin, et elle s'était presque détournée de lui en raison de sa peur. La peur qu'il ne l'aimât pas, qu'il ne pût jamais l'aimer.

Mais il l'aimait et il venait de le lui prouver complètement. Elle ne douterait plus jamais.

Dans l'obscurité du lit clos, elle retrouva le voile blanc à tâtons. Elle pouvait sentir au toucher le motif compliqué soigneusement brodé dans l'étoffe, cousu par une main aimante d'un pays lointain. Cette femme se doutait-elle que son ouvrage avait béni le bonheur d'une jeune Écossaise, en ce dernier jour de l'année ? Leana ne pourrait plus jamais s'en coiffer, car seule une jeune fille vierge pouvait le porter. Cette pensée l'attrista et lui inspira de la joie en même temps. Elle n'était plus vierge. Elle était une femme, une épouse.

Elle passa la main sur le voile, en un signe d'adieu silencieux. La fine batiste était couverte de roses, tout comme son lit nuptial. Elle devait maintenant penser à un moyen d'annoncer à Rose, à sa chère et précieuse sœur, que Jamie l'avait choisie à sa place. Serait-elle anéantie ou soulagée ? Après tout, Rose était jeune et elle lui avait souvent confié que le mariage l'effrayait. Elle avait plusieurs années devant elle pour se trouver un mari, une occasion de faire son entrée dans la société pourrait se représenter. De plus, Rose n'avait-elle pas poussé Leana dans les bras de Jamie, dès le moment de son arrivée ? *Tu avais raison, en fin de compte, Rose !* C'est ce qu'elle dirait à sa sœur. Que son instinct l'avait bien servie et que ses efforts n'avaient pas été vains. *Chère Rose.*

Un soupçon de la lumière du jour s'infiltra entre les rideaux. De l'escalier montaient des sons familiers, ceux d'une maisonnée s'éveillant d'un lourd sommeil hivernal. Jamie dormait encore ; elle écoutait sa respiration régulière, elle contemplait son visage lisse de jeune homme, libre de toute préoccupation qui aurait pu lui rider le front. Elle se blottit contre lui, pressant sa joue contre son épaule, un bras étendu sur sa large poitrine.

Peut-être dormirait-elle encore une heure. Une journée mouvementée l'attendait, et elle avait tant de bonnes nouvelles à annoncer, à son réveil.

Chapitre 51

Réveille-toi, ma Dame d'Amour !
Réveille-toi, et lève-toi !
Le soleil, à travers la verdure,
Se pose sur tes yeux.
— George Darley

Jamie ouvrit à peine les yeux, puis les referma vivement, chassant la lumière envahissante du jour, qui avait lancé son sabre brillant entre les rideaux du lit, et dont la pointe dénudée visait son front douloureux.

L'année 1789 commençait du mauvais pied.

La douleur bourdonnait entre ses yeux, comme une cornemuse rejouant sans fin la même note bêlante. Elle était accompagnée d'un refrain sarcastique. *Plus de whisky pour Jamie. Plus de whisky pour Jamie.* Jamie se jura qu'au prochain *Hogmanay*, il se souviendrait de cette triste mélodie et boirait plus modérément. Une chope de bière. Pas davantage.

Il s'efforça de déglutir, dégoûté par l'arrière-goût amer dans sa bouche. Une cruche d'eau fraîche et le rasoir de Hugh seraient les bienvenus. Mais il lui fallait ouvrir le rideau, pour s'y rendre, et il faisait bien trop clair à son goût dans la chambre. Peut-être qu'en écartant le rideau peu à peu, la lumière serait moins douloureuse.

Étendant la main, il sépara les rideaux et une petite nappe de clarté tomba sur son bras. Dans le coin opposé de la chambre, la fenêtre étroite était inondée de soleil. Il semblait que, tandis qu'il dormait, le ciel gris de la veille s'était mué en un canevas d'un bleu chatoyant qui s'étirait dans le firmament. En janvier ? C'était du jamais vu.

Il voulait savoir l'heure. Était-ce le matin ? Le midi ? Plus tard encore ? Il se frotta les yeux, puis le front, tout en gémissant. *Bonne et heureuse année, mon garçon.* Même si ses pensées restaient nébuleuses, ses yeux s'ajustaient à la lumière tamisée dans laquelle il baignait tandis qu'il continuait d'ouvrir les rideaux prudemment. Il devait être au moins midi. Étrange que personne ne soit encore venu frapper à sa porte. Lachlan sonnerait la cloche du déjeuner, bientôt. Et que faisait sa chemise sur le plancher ? Est-ce que le feu de foyer avait été si ardent qu'il l'avait arrachée dans son sommeil ?

Jamie se redressa avec grande difficulté en position assise. Il rejeta les couvertures, jetant distraitement un regard par-dessus son épaule en même temps.

Leana !

Il retira la main vers lui, comme s'il venait d'être mordu par une vipère, et regarda la femme endormie. C'*était* Leana ; il n'y avait aucun doute. Elle était repliée sur elle-même et lui tournait le dos, les mains enfouies sous ses joues, ses jambes minces repliées sur sa poitrine. Ses cheveux blonds défaits couvraient une partie de sa peau blanche, mais pas suffisamment. À peine en fait, car elle était nue. Dans son lit. Profondément endormie.

Son cœur lui martelait la poitrine, la douleur dans sa tête déjà oubliée. Une chose était sûre : il était sobre, maintenant. Complètement. Qu'était-il arrivé ? Où était Rose ? Il essaya de déglutir, mais en fut incapable. De l'eau, il avait besoin de boire ou il s'étoufferait dans sa propre salive. Glissant une jambe hors du lit, il déposa un premier pied sur le plancher, puis l'autre, aussi silencieusement qu'il le put ; pour ne pas la réveiller, pas avant d'avoir démêlé la situation. Mais que s'était-il donc passé ? Où était Rose ? Et pourquoi était-ce plutôt sa sœur qui se trouvait à ses côtés ?

Jamie se leva, puis referma brusquement les rideaux, pour la soustraire à sa vue, cherchant désespérément à penser lucidement, à se rappeler. Qu'avait-il fait ? Quel péché impardonnable avait-il commis, dans les ténèbres de la nuit ? C'était évident, n'est-ce pas ? Il était couvert de son odeur. Il se dirigea vers la table de toilette et s'aspergea fébrilement les mains d'eau, puis le visage, la bouche, la poitrine, comme un homme possédé.

Les images troublantes qui se succédaient dans son esprit n'étaient pas aussi faciles à faire disparaître. Son assoupissement, en rêvant à Rose. Une femme se faufilant dans sa chambre, se glissant dans ses bras. *Jamie, c'est moi.* Rose. Il était certain que c'était Rose. *Je t'ai toujours aimé, Jamie.* Elle avait prononcé son nom, lui avait dit qu'elle l'aimait.

Je t'aime encore.

Leana.

Son sang ne fit qu'un tour. Il s'empara d'une serviette et se la passa sur le visage et les bras, les asséchant rageusement alors que la vérité s'imposait à lui : elle était venue dans sa chambre, en se faisant passer pour Rose, et avait gâché sa nuit de noces. Et pas seulement sa nuit de noces, son mariage. Aucune jeune mariée ne tolérerait un tel comportement licencieux de la part de son mari. Lui avoir été infidèle, dès la première nuit, et *avec sa sœur !* Impensable, innommable. La rage bouillonnait en lui, l'inondant de sueur, en dépit du foyer qui était éteint depuis longtemps et du froid glacial qui régnait dans la pièce.

Il n'avait pas eu froid, au cœur de la nuit. Oh non, il avait eu très chaud, au contraire. Des souvenirs s'éveillaient et déferlaient sur lui, vague après vague, le consumant de part en part. Les caresses intimes qu'ils s'étaient échangées, les innombrables façons dont il avait dénudé son âme devant elle. Les mots tendres murmurés dans le noir, dans le lit nuptial sacré. C'était à Rose qu'il pensait. À sa femme. *Pas à sa belle-sœur !*

Jamie agrippa les extrémités de la serviette de toilette, l'étirant, la tordant, la déchirant presque en lambeaux. *Comment avait-elle pu oser ? Comment Leana avait-elle pu oser faire une telle chose, tant à sa sœur qu'à lui-même ?* Mais elle *avait* osé. C'était fait, maintenant.

Il regarda le lit et ses rideaux tendus, souhaitant pouvoir revenir en arrière. Douze heures suffiraient pour le sauver. *Dieu, venez-moi en aide.* De telles choses étaient impossibles. Mais ce qu'il pouvait faire, c'était faire disparaître toute trace d'elle. Oui, il le ferait avec joie. Il plongea la serviette dans la bassine d'eau, puis se frotta des pieds à la tête, dégoûté de lui-même de s'être laissé entraîner dans une telle ignominie, aussi involontaire fût-elle de sa part.

Car c'était bien la faute de Leana, du début à la fin. Pas la sienne. Ni celle de Rose. Leana portait seule le blâme.

Comment avait-elle décrit son rôle ? Celui d'une « complice consentante » ?

Très consentante, Jamie. Oui, elle l'avait certainement été.

Sa conscience le prenait maintenant d'assaut. *Tu étais consentant aussi. On ne peut plus consentant.* La serviette lui serrait les mains, menaçant d'interrompre le flux de sang vers ses veines. Bien sûr qu'il le voulait. Il croyait que c'était Rose. Leana savait ce qu'elle faisait. Et lui non.

Il plaça la serviette entre ses dents, la mordit rageusement, s'efforçant de penser à chaque parole imprudente prononcée devant Leana, qui aurait pu lui faire follement croire que…

Les vœux.

Vrai, il les avait prononcés avec émotion et conviction, mais seulement parce que dans son esprit, il les offrait à Rose. Leana l'avait entendu prononcer son serment, mais il ne lui avait jamais été destiné.

Le baiser.

Il baissa la serviette, essayant de se remémorer la scène, au moment où il l'avait embrassée. Oui, après la cérémonie. À l'extérieur de l'église. C'était sûrement ça. D'une façon ou d'une autre, il l'avait induite en erreur sur la nature de leurs rapports. Ils étaient des cousins, ils étaient des amis, appartenaient à la même famille, mais ils n'étaient pas amants. Pas alors. Pas maintenant. C'était seulement un baiser. Et n'était-ce pas elle qui avait dit : « J'aimerais que vous le fassiez » ?

La danse.

Il avait tenu Leana dans ses bras, mais pas autrement que n'importe quel autre danseur entraînant sa partenaire sur le plancher. Avait-il été trop familier? Son regard avait-il exprimé quelque chose qu'il n'avait pas voulu dire?

Quand ils s'étaient souhaité bonne nuit.

Là, dans le couloir, au sommet de l'escalier. Que lui avait-il dit? «Je le ferais, si je le pouvais.» Mais il ne pouvait pas, évidemment. Il ne pouvait même pas l'envisager. Il était le mari de Rose. Leana le savait et avait choisi de l'ignorer.

Je t'aime, je t'aime. Combien de fois Leana le lui avait-elle dit, la nuit précédente? Pourquoi n'avait-il pas prêté attention à sa voix, plutôt qu'à son corps? Comment avait-il pu s'être trompé à ce point?

Non. C'était elle qui se trompait. Son amour n'était pas sincère, mais illusoire, un espoir basé sur des chimères. Pas une bénédiction, comme l'amour devrait être, mais une malédiction. Une malédiction…

Oui, c'était ça!

S'emparant de la serviette d'une main, il fouetta l'air, heureux d'entendre le claquement sec produit, comme celui d'un fouet sur un poteau. Qu'est-ce que son père lui avait dit, en lui offrant sa bénédiction? «Maudit soit celui qui te maudit.» *Leana, sois donc maudite!* Elle le méritait, et bien davantage.

Emporté par son sentiment d'indignation, il lança la serviette au sol et marcha vers l'armoire, saisissant la première chemise que sa main rencontra. Il s'habilla rageusement et noua les lacets de sa culotte d'une main brutale. Habillé convenablement pour la difficile journée qui l'attendait, Jamie tira vivement le rideau du lit, sans s'inquiéter du tapage qu'il faisait ni du réveil brutal de Leana.

— Debout, Leana.

Elle sursauta et s'assit, secouant la tête, ses yeux pâles grands ouverts, barbouillés de sommeil. Ses cheveux blonds lui tombaient sur les épaules alors qu'elle levait le visage vers lui en souriant.

— Jamie.

Chapitre 52

Lorsqu'une femme charmante s'abaisse jusqu'à la folie,
Et découvre trop tard que l'homme l'a trahie,
Quel charme peut consoler sa mélancolie ?
Quel artifice peut laver sa honte ?
— Oliver Goldsmith

— Ne prononcez pas mon nom.

Leana eut le souffle coupé.

— Jamie, je…

— Assez.

Il pressa la main contre sa bouche, étouffant ses paroles. Elle sentit sa paume, froide comme le granit en hiver, à plat contre ses lèvres, ses doigts agrippant sa joue, le bord de sa veste frottant son genou. Il répéta en martelant chaque mot, les formant distinctement, afin qu'elle ne puisse manquer d'en comprendre le sens.

— Ne… prononcez… pas… mon… nom.

Le message était clair, mais pas son sens.

Pourquoi, Jamie ? Qu'est-il arrivé ?

Désespérant de trouver quelque chose à dire, elle donna à ses lèvres la forme d'un baiser sur sa paume rude. Lorsqu'il retira la main brusquement, le petit claquement que cela produisit résonna étonnamment fort dans la pièce silencieuse. Mais il n'en éprouva aucun plaisir. Cela ne fit que l'enrager.

— Comment osez-vous m'embrasser ?

— Mais…, je n'ai embrassé que votre main.

— Hier, vous avez embrassé ma bouche, plus de fois que je ne puis le compter.

Ses yeux étaient plus froids que ses mains. Le vert mousse s'était mué en lac gelé, dont les sombres profondeurs étaient impossibles à sonder.

Des larmes lui montèrent aux yeux.

— Je reconnais que je vous ai embrassé, Jam…

— Arrêtez.

— Mais je vous ai embrassé, et vous m'avez embrassée. Volontairement, ai-je cru.

Mais comment aurait-elle pu le savoir ? Elle n'avait jamais embrassé un homme, auparavant, et tout ce qu'ils avaient fait ensemble était nouveau pour elle. Elle avait mal interprété ses intentions et l'avait amèrement déçu.

— Je ne savais pas que…

— Oh que si ! vous saviez, Leana. Vous saviez exactement ce que vous faisiez. Espériez-vous que je ne le remarquerais pas ?

— Remarquer quoi ?

Les premières larmes jaillirent, atterrissant sur sa peau nue. Cherchant soudain à cacher sa nudité, elle tira fébrilement les draps du lit autour d'elle, pour tenter de couvrir ce qu'elle pouvait.

Il se répéta, comme s'il parlait à un enfant.

— Espériez-vous que je ne remarquerais pas la différence entre vous et Rose ?

— Bien sûr que non.

Elle secoua la tête, essayant de donner un sens à des mots qui en étaient dépourvus.

— Nous sommes… très différentes, Rose et moi. Nous n'avons rien en commun.

— Beaucoup de choses en commun, semble-t-il. Dans le noir.

Il se pencha sur elle, les mains sur les côtés, les lèvres affectant une expression de dégoût.

— Et, dans l'obscurité complète d'une nuit sans lune, vous êtes presque identiques. Et vous le savez bien.

— Je ne sais… *rien !*

Sauf qu'elle l'aimait, qu'elle aimait Jamie. Après tout le plaisir qu'il lui avait donné, dans cette chambre, dans ce lit, pourquoi était-il si cruel ?

— Je ne sais pas ce que vous dites. Je ne sais pas...

— Vous saviez que j'étais ivre. Vous saviez que j'espérais l'arrivée de ma femme...

— Mais *je* suis votre femme. Du moins, je serai...

— Vous saviez, et vous en avez tiré avantage. Voilà ce que vous saviez.

— Jamie...

— Taisez-vous !

— Non !

Elle colla les draps contre elle et se leva tant bien que mal, le forçant à reculer d'un pas.

— Je ne me tairai pas ! Je ne cesserai pas de répéter le nom de l'homme que j'aime. Jamie. Jamie. S'il vous plaît. Mon cher Jamie.

Elle tendit la main vers lui, mais il se redressa pour éviter son contact.

— Dites-moi ce que j'ai fait, pour que vous soyez si en colère.

— *En colère ?* Vous avez ruiné ma vie.

Il pivota sur ses talons et se mit à marcher de long en large dans la chambre, passant et repassant devant le rai de lumière jaune qui pénétrait par la fenêtre.

Jamie reprit la parole, d'une voix basse et tendue comme une corde de violon.

— Aujourd'hui, ma jeune épouse reviendra dans cette maison — son foyer — sans même savoir qu'un mariage a été célébré, et encore moins s'imaginer qu'une nuit de noces a eu lieu. Sans elle.

— Ah, je vois.

Leana soupira, un peu soulagée, car elle commençait à comprendre. Lui aussi était inquiet de la façon dont sa sœur accueillerait la nouvelle.

— Vous avez peur que Rose soit déçue, suggéra-t-elle.

— *Déçue ?* N'avez-vous pas entendu un seul mot de ce que j'ai dit ?

Elle leva les mains en l'air.

— Aucune de vos paroles n'a de sens, Jamie.

— Alors, je tâcherai d'être plus clair. Mais d'abord, habillez-vous. Puisqu'il semble que vous n'avez apporté aucun vêtement dans cette chambre, vous pouvez vous couvrir avec ceci, pour l'instant.

Jamie ramassa sa chemise de mariage et la lança sur elle.

Les mains tremblantes, elle laissa choir son drap sur le plancher et passa rapidement la chemise par-dessus sa tête, insérant le bras dans une manche trop longue et trop ample, puis le second. La chemise qu'elle avait elle-même cousue. Pour sa sœur. Pour son mari. Leana sortit la tête, libéra ses cheveux, et fut soulagée d'être au moins couverte jusqu'aux genoux. Elle tremblait dans la chemise. Ce n'était pas le froid qui la glaçait, c'était Jamie. Son regard insensible la faisait se sentir souillée. Rejetée.

— De grâce, Jamie. Je me suis habillée, tant bien que mal, et maintenant, j'écoute. Dites-moi de quoi il s'agit.

— Vous m'avez trompé, Leana.

Il s'approcha un peu, tout en maintenant une certaine distance entre eux.

— Vous avez prétendu être Rose, afin de lui voler ce qui lui appartenait légitimement.

Elle en resta bouche bée. *Sûrement pas.* Il ne pouvait pas penser qu'elle était capable d'une chose aussi sinistre, et impie par surcroît.

— N-non, Jamie. Debout devant Dieu et devant les hommes, j'ai juré de vous prendre comme époux.

— Ce n'était pas cela qui était convenu, Leana. Vous parliez au nom de Rose.

— Oui, le ministre a prononcé son nom, mais, Jamie, vous auriez dû savoir qu'en mon cœur…

— Je ne le *savais* pas !

— Mais vous m'avez embrassée comme si vous aviez de l'affection pour moi. Comme si vous m'aimiez...

Un éclair brilla dans ses yeux.

— Je n'ai jamais prononcé le mot « amour ».

— Mais nous avons dansé. Vous m'avez tenue dans vos bras. Vous... avez glissé la brioche noire... entre mes lèvres.

— Oui, fou et ivre comme je l'étais, j'ai fait tout cela.

Il soupira et sa colère tomba un peu.

— J'aurais voulu que ma fiancée soit avec moi, mais c'est vous qui étiez là. Toutes mes actions n'étaient peut-être pas entièrement honorables. Pour cela — pour cette *seule chose,* Leana —, je m'excuse.

Elle ferma les yeux un moment, pour se protéger de la lumière douloureuse et de son visage au regard impitoyable. Mais ce fut seulement pour être tourmentée par l'odeur de Jamie, imprégnée dans sa chemise, dans ses cheveux, dans sa peau.

— Vous avez fait bien plus que cela, Jamie McKie, dit-elle fermement, et elle ouvrit les yeux pour être certaine qu'il écoutait. Vous m'avez bien dit que vous m'aimiez. Et je vous ai cru.

La mauvaise humeur de Jamie réapparut, d'abord sur son visage, ensuite, dans sa voix, et elle lui transperça le cœur comme un poignard.

— Je n'ai jamais dit que je vous aimais !

— Si..., vous l'avez... dit.

Elle ajouta d'une voix étranglée :

— Hier, vous l'avez fait.

Il répondit entre ses dents serrées :

— Je croyais parler à votre sœur.

Un frisson lui courut le long des vertèbres. *Il a vraiment cru que j'étais Rose.* Si c'était ce qu'il croyait et s'il était honnête avec elle... *S'il vous plaît, Dieu. Faites que cela ne soit pas la vérité.*

— Jamie.

Elle parla lentement, essayant de comprendre comment cela était arrivé.

— Je suis venue à vous en mon nom, en tant que Leana. Au moment où je suis entrée dans votre lit, je vous ai dit qui j'étais.

— Non.

Il secoua la tête de droite à gauche, répétant le mouvement comme si cela donnait plus de poids à sa réponse.

— Vous ne m'avez pas dit votre nom.

— Si, insista-t-elle. Je l'ai fait.

Elle dit ce qu'elle savait être vrai hors de tout doute.

— J'ai dit : « Jamie, c'est moi. » J'étais certaine que vous reconnaîtriez ma voix.

— Mais vous avez murmuré.

— Je ne voulais pas vous surprendre.

— Cette femme ne voulait pas me *surprendre* !

Il se prit les cheveux un moment, comme pour les arracher.

— Ce matin, au réveil, je n'étais pas seulement surpris, j'étais *anéanti*.

Il semblait maintenant au bord de l'hystérie.

— Ne comprenez-vous pas, Leana ? demanda-t-il. Je suis un homme qui a deux femmes. Ou *aucune* femme. Dieu seul sait ce que l'Église pensera de tout ça.

Les jambes de Leana se mirent à trembler.

— Jamie, j'ai cru bien agir. Je croyais que celle que vous vouliez, c'était moi. Après tout ce qui s'était passé entre nous à l'église… et dans la grange… et dans l'escalier…, j'ai pensé…

— Non, vous n'avez pas *pensé*, Leana. Vous avez écouté vos sentiments. Mais vous n'avez pas pensé.

Leana s'effondra sur une chaise et se pencha vers l'avant, laissant ses cheveux tomber vers le sol et couvrir ses jambes nues. Mais rien ne pouvait habiller sa honte.

— Je savais seulement que je vous aimais. Et j'ai pensé que vous m'aimiez. Quand je me suis glissée dans votre lit, j'ai prononcé votre nom…

— Oh ! Vous auriez dû me dire *votre* nom. Avant que tout cela commence.

Il était dressé devant elle, sa voix la martelant comme le tonnerre.

— Pourquoi ne l'avez-vous pas fait, Leana ? Pourquoi n'avez-vous pas dit votre nom, une seule fois ?

— J'attendais… j'attendais…

Son cœur, déchiré et recousu de si nombreuses fois, était maintenant en lambeaux. Elle ne put rien dire pendant un long moment, et, lorsqu'elle parla enfin, sa confession lui sembla aussi téméraire et égoïste qu'elle l'était en réalité.

— J'attendais que *vous* prononciez mon nom, Jamie. Seulement une fois.

Chapitre 53

Tu t'es glissée entre moi et mes rêves,
Et as ravi tout ce qui était cher à mon âme.
Tu m'as trahi.
— Nicholas Rowe

— Leana!

C'était la voix d'une femme, suivie de petits coups frappés à la porte d'à côté.

— On dort tard, c'matin?

Jamie tourna brusquement la tête vers le couloir. On était à leur recherche; ils ne pouvaient plus se cacher. Il se pencha vers Leana et murmura sèchement :

— Avez-vous entendu? C'est Neda. Elle vous croit dans votre chambre.

Leana, repliée comme une poupée sans vie, secoua simplement la tête, mais ne parla pas. Jamie grogna sa frustration. Apparemment, la jeune femme ne se préoccupait aucunement de sauver sa réputation, pas même sous son propre toit. Il allait devoir prendre les choses en main, et sans délai.

Il se redressa, puis passa la main dans sa chevelure humide et dépeignée.

— J'enverrai Neda faire une course en bas. Hâtez-vous de retourner dans votre chambre et trouvez quelque chose à vous mettre. Quelque chose qui soit à vous.

Il traversa la pièce et ouvrit la porte, armé de son plus charmant sourire.

— Neda Hastings!

Il referma la porte fermement derrière lui.

— Justement la femme que je voulais voir ce matin.

— Vraiment, m'sieur McKie?

La vieille femme le regarda calmement, le jaugeant du regard, sentit-il, comme si quelque chose clochait chez lui.

— Hier, au mariage, v'z'aviez d'attention qu'pour Leana. Vot' belle-sœur. Pas étonnant qu'la pauv' enfant dorme plus longtemps qu'à l'accoutumée. V'l'avez épuisée à danser.

— Oui, admit-il.

Le nœud dans son estomac se desserra.

— Je pense que nous avons dansé quelques branles de trop.

Neda n'était pas au courant, semblait-il. Ou elle le savait très bien et faisait semblant de l'ignorer.

— Avons-nous des nouvelles de Twyneholm ? l'interrogea-t-il.

Neda se mordit la lèvre.

— Non, toujours pas un seul mot. Mais puisqu'y fait doux ici, pour un 1er janvier, nous prierons pour qu'y fasse beau là-bas aussi. Au déjeuner, plaise à Dieu, vous verrez vot' jeune épouse.

— Plaise à Dieu, répondit-il en écho, impatient de la voir, le redoutant en même temps.

Oh, chère Rose.

—V'z'avez manqué mon bon petit-déjeuner d'noces, lui reprocha-t-elle en s'éloignant de la porte de la chambre de Leana, baissant la voix. Et pourtant, v'z'avez pas d'excuses.

— Pardonnez-moi, Neda, dit-il confus, car il l'avait complètement oublié. Je dois confesser que j'ai un peu abusé des bonnes choses, hier.

— Oui, d'même que m'sieur McBride, mais il était quand même présent à ma table, c'matin.

Jamie jeta un coup d'œil aux rayons de lumière qui pénétraient obliquement par la fenêtre du couloir.

— Quelle heure est-il ?

— Près d'une heure d'l'après-midi. Le déjeuner sera servi un peu plus tard, aujourd'hui. C'est l'jour de l'an, après tout. Vot' oncle est dans l'petit salon, si vous v'lez lui parler.

V'pouvez être assuré qu'il sonnera la cloche à deux heures, et qu'il espérera promptement vot' présence.

Neda se tourna vers la chambre de Leana et leva le poing, se préparant à cogner à la porte de nouveau.

— Attendez.

Il lui attrapa la main et la baissa doucement.

— Laissez-la dormir, Neda. Je promets que je la réveillerai un peu plus tard.

Elle leva un sourcil incrédule.

— Fort bien, m'sieur, mais vous n'l'aiderez quand même pas à s'habiller.

— Non, bien sûr, dit-il, et il sentit une goutte de sueur perler sur son front. C'est une tâche pour vos mains expertes. Pourriez-vous lui accorder une demi-heure additionnelle ? La journée d'hier fut harassante.

— C'est vrai.

Elle agrippa sa robe de droguet et descendit une première marche.

— Et peignez vos ch'veux, jeune homme, lança-t-elle. V'm'avez l'air d'quelqu'un qu'a pas beaucoup dormi non plus.

Jamie se retira dans la chambre, heureux d'entendre le loquet tomber derrière lui. Leana était debout, près de la table de toilette de Rose, le dos tourné, portant toujours le voile de mariée, maintenant froissé, sur ses épaules. Elle avait épinglé ses cheveux et se frottait avec une serviette humide, le miroir réfléchissant sa peau pâle, légèrement dorée par l'éclat du soleil. Il ferma les yeux et pria pour avoir du courage. Y avait-il eu un moment dans le lit sombre aux rideaux tirés, où il avait su que c'était Leana ? Et qu'il l'avait ignoré sciemment ?

— Leana, dit-il d'une voix basse, mais qui manquait un peu d'assurance.

Il se déplaça vers elle, évitant son regard.

— Vous devez vous habiller pour le déjeuner, qui sera servi à deux heures, m'a informé Neda.

— Qu'a… qu'a-t-elle dit d'autre ? A-t-elle… a-t-elle ajouté autre chose ?

— Qu'on n'avait pas de nouvelles de Rose, mais qu'on attendait son arrivée à tout moment.

Elle se tourna vers lui, les yeux remplis d'amour et de douleur.

— Jamie, je ne pourrai jamais assez vous dire à quel point je suis désolée.

— Non, Leana. Vous ne le pourrez pas.

Il détourna le regard, incapable de supporter le fardeau de sa souffrance, ni le sien.

— Que… que ferez-vous, maintenant, Jamie ?

— Je parlerai à votre père. Pour lui expliquer la situation.

— Très bien, dit-elle en hochant la tête rapidement, visiblement soulagée. Père vous aidera à comprendre.

— Comprendre quoi ?

Le nœud qu'il avait dans l'estomac se resserra.

— D'abord, pourquoi j'ai représenté ma sœur, dit-elle.

Son regard était franc, l'expression de son visage, sincère.

— Pourquoi je n'ai dansé qu'avec vous et pourquoi je suis entrée dans votre chambre pour vous prendre comme époux. Mon père vous expliquera tout.

Elle fit un pas en avant, les mains serrant fortement le drap.

— Alors, peut-être trouverez-vous dans votre cœur ce qu'il faut pour me pardonner. Je comprends maintenant que vous ne m'aimez pas. Mais je ne pourrais pas supporter que vous me haïssiez.

Jamie entendit à peine ses derniers mots, tellement sa déclaration surprenante l'avait stupéfait : « Mon père vous expliquera tout. » Cette fourberie n'était donc pas l'œuvre de Leana seule ? Ses mâchoires se contractèrent.

— Qu'est-ce que mon oncle a à voir avec tout ça ?

Son regard semblait chercher quelque chose au sol.

— Il m'a dit… C'est-à-dire, il m'a assuré que je ferais… Disons, ce qui était nécessaire.

— *Nécessaire ?*

— S'il vous plaît, Jamie, allez-y.

Ses yeux l'imploraient maintenant plus que ses paroles.

— Allez le voir, dit-elle, avant que Rose arrive. Posez à père toutes les questions que vous voudrez. Il peut… tout vous expliquer.

— Oh ! peu importe les mensonges qu'il vous a racontés, vous pouvez être certaine qu'ils ont profité à Lachlan McBride. Bien sûr qu'il s'expliquera, et sur l'heure.

Jamie se retourna pour sortir et regarda le lit en passant. Les couvertures étaient rejetées au pied du matelas, les draps étaient exposés à l'implacable lumière du jour. *Dieu, aidez-moi.* Le tissu était légèrement taché de sang. *Leana.* Elle n'était plus vierge. Cette pensée le rendit presque malade. Si Lachlan avait fait une chose aussi odieuse, sacrifier l'innocence de sa fille en ne pensant qu'à son gain personnel, l'homme méritait d'être abattu.

— Tâchez d'être prête à deux heures.

Il parla aussi calmement qu'il put, ne voulant pas blesser Leana davantage. Pas maintenant. Pas quand l'image entière et sordide de la situation commençait à lui apparaître.

Jamie ne se rappela pas être sorti de la chambre à coucher ni avoir descendu l'escalier, traversé la maison et brusquement ouvert la porte du petit salon. Il se souvint seulement de l'expression satisfaite sur le visage de Lachlan, lorsqu'il leva les yeux et le vit entrer.

— Bonjour, neveu.

Lachlan déposa le livre qu'il lisait en prenant tout son temps. Ou devrais-je plutôt dire bon après-midi ?

Jamie serra les poings pour se retenir de le frapper, et sa fureur se déchaîna en paroles.

— *Que m'avez-vous fait ?*

— Fait ? Je t'ai fait une grande faveur, de mon point de vue, dit Lachlan en faisant un geste vers la chaise en face de lui. J'ai satisfait à tous tes besoins pendant une semaine, puis un mois, puis sept autres semaines. Bon nombre d'hommes diraient que je suis un homme généreux.

Ignorant la chaise offerte, Jamie se rapprocha, le cou gonflé par la rage, sa voix portant la colère qu'il aurait voulu exprimer avec ses poings.

— Je vous donnerais un tout autre nom.

— Oui, tu le pourrais.

Lachlan hocha la tête calmement, en tendant la main vers son whisky.

— Tu pourrais m'appeler ton beau-père, car c'est ce que je suis.

— Jamais !

Jamie frappa le gobelet d'étain dans la main de l'homme, projetant un jet de liquide sombre sur la couverture du lit, tachant l'étoffe brodée.

— Quel dommage, fit Lachlan.

Il hocha simplement la tête, ignorant l'explosion de colère de Jamie.

— Leana a consacré de nombreuses heures à cette broderie.

— Nous parlerons de Leana dans un moment.

Jamie s'efforça de respirer pour penser clairement et garder son calme, du moins jusqu'à ce qu'il obtienne certaines réponses.

— Mais d'abord, parlons de Rose, dit-il, et de ces sept semaines que vous venez de mentionner. J'ai travaillé dur, oncle, à nettoyer vos écuries nauséabondes, à nourrir votre bétail affamé, tous les jours, excepté celui du sabbat. J'ai travaillé pour Rose, c'était le prix des fiançailles.

— Pour Rose ? Je croyais que tu avais travaillé pour moi.

Jamie réfléchit à ses mots, puis les cracha.

— Nous avions une entente, Lachlan. Au Globe de Dumfries, vous m'avez dit…

— Oui, je me souviens de chaque parole de notre petite conversation, Jamie. Tu as accepté de travailler jusqu'à la fin de l'année. Tu as ensuite demandé : « Pourrais-je me marier avec Rose, alors ? »

— *Exactement !* tonna Jamie, ne cherchant plus à maîtriser sa colère. Et vous avez accepté.

— Un instant.

Lachlan pointa un doigt dans sa direction.

— Je n'ai pas dit « oui », ou « nous avons une entente », ou « il en sera ainsi ». J'ai dit : « Tu pourrais ». Un « tu pourrais » ne constitue pas une promesse formelle.

Jamie s'effondra sur sa chaise, consterné.

— *Pourquoi ?* Pourquoi m'avez-vous trompé ? Tous ces mois, pendant lesquels j'ai cru que Rose serait mienne. Dès le jour de mon arrivée. Dès que j'ai posé le regard sur elle.

— C'est une très jolie jeune fille, je te le concède.

Lachlan récupéra son gobelet d'étain et le remplit de nouveau, comme si rien ne s'était passé.

— Trop jeune pour le mariage, toutefois, ajouta-t-il. Nous savons tous les deux que c'est vrai. Même Rose le savait, mais tu ne voulais pas l'écouter.

Jamie se laissa tomber la tête dans les mains, sentant les pulsations de ses tempes sur les extrémités de ses doigts. Pendant ce temps, Lachlan poursuivait ses explications, tissant une toile de laquelle Jamie craignait ne jamais pouvoir se dégager.

— Dans l'est de Galloway, il n'est pas dans nos coutumes de donner la cadette en mariage avant que sa sœur aînée soit mariée. N'en est-il pas de même à Monnigaff ?

Jamie ne pouvait qu'acquiescer en entendant cette terrible vérité.

— Alors, tu as épousé une femme exceptionnelle. Leana t'aime, Jamie...

— Non !

Jamie leva la tête, les mâchoires contractées.

— Elle m'aime peut-être, mais *moi*, je ne l'aime pas. Qu'avez-vous dit à votre fille pour la convaincre que je l'aimais ?

Lui avez-vous dit « il pourrait t'aimer », oncle ? Lui avez-vous dit qu'elle « pourrait » être la bienvenue dans mon lit, que je « pourrais » lui faire une place dans mon cœur et dans ma vie ?

— Non, je n'ai pas fait ça.

Lachlan pressa ses lèvres en une ligne mince et secoua la tête fermement.

— J'ai seulement dit à Leana que ce choix était le sien.

— Je ne vous crois pas, oncle. Pas un seul instant. Vous avez bourré la tête de Leana de rêves et d'espoirs, et vous lui avez promis ce que vous ne pouviez lui donner.

— Mais ce rêve, tu le lui as offert à ma place, n'est-ce pas, Jamie ?

Lachlan sourit de toutes ses dents, mal alignées et qui ne voyaient que rarement la lumière du jour.

— Leana avait besoin d'un mari, expliqua-t-il. Désespérément, en fait, depuis que monsieur McDougal l'a rejetée. Elle te voulait, mon neveu. Et tu as accédé à ses désirs.

Lachlan se cala confortablement dans le capitonnage de son fauteuil.

— Je croyais que c'était Rose, dit Jamie en appuyant fortement sur chaque mot.

Quand Lachlan éclata de rire, Jamie bondit sur ses pieds, les poings serrés à la hauteur de la poitrine.

— Comment osez-vous vous moquer de moi ?

— C'est toi qui as fait un usage indécent de ton lit nuptial, Jamie. Quand Leana s'est glissée à tes côtés aux petites heures de la nuit — de sa propre initiative, je te le rappelle —, as-tu sincèrement cru qu'il s'agissait de Rose ? Ressemblait-elle à Rose ? Avait-elle la voix de Rose ? Sentait-elle la bruyère, comme Rose, ou avait-elle les doigts souples et agiles, comme sa sœur ? Pourquoi n'as-tu pas reconnu celle qui est venue te voir, Jamie ?

— J'attendais Rose, pas Leana !

— Oh ! fit Lachlan en haussant les sourcils. Comme ton père attendait l'arrivée d'Evan, et non la tienne ?

Les genoux de Jamie le trahirent et il s'effondra sur sa chaise, qu'il faillit renverser.

— Ne me dites pas cela…

— Oh oui, je vais te le dire. Tu es bien placé pour m'accuser de t'avoir dupé ! Personne d'autre dans cette maison ne connaît le chemin tortueux qui t'a mené jusqu'à notre porte. Les mensonges, les ruses. Que tu as porté les habits d'Evan, pour lui voler son héritage. Ton innocente Rose ne le sait pas, pas plus que ta femme, Leana. Il n'y a que moi qui suis au courant.

Lachlan se pencha vers l'avant, rapprochant son visage de celui de Jamie.

— Ne vois-tu pas la main de la justice à l'œuvre, James Lachlan McKie ?

Jamie ne voyait plus que du rouge osciller devant ses yeux. Les cheveux roux d'Evan. Un bol de bouillon rougeâtre. Le sang de la chèvre dans la cuisine de Glentrool. La tache écarlate laissée par une vierge sur les draps de son lit.

La voix de Lachlan continua, monotone, ouvrant le cœur de Jamie comme le plus meurtrier des poignards.

— Croyais-tu que tu pourrais mentir, voler le bien de ta famille, et que le Dieu tout-puissant détournerait simplement le regard ? Te présenterait l'autre joue ? Ne sais-tu pas ce que la Bible dit ? *Vois, tu as pêché contre Dieu : sois assuré que ton péché sera découvert.* N'as-tu pas appris ce verset sur les genoux de ton père ?

Jamie se contentait de hocher la tête. Il n'avait plus rien à dire.

— Tu es en colère contre moi, mon garçon, mais tu n'as que toi à blâmer. Comme tu as trompé les autres, tu as été trompé toi-même. Tu t'es persuadé que Leana était Rose, comme Alec McKie s'était convaincu lui-même que tu étais Evan.

— Leana, se lamenta-t-il.

— Oui, une autre de tes victimes. Elle est déshonorée à jamais, mon garçon. Ce sang-là ne peut être répandu qu'une seule fois.

Jamie leva la tête, et il avait l'impression qu'elle était sur le point d'éclater.

— Que vais-je faire ? demanda-t-il.

— Leana est ta femme, maintenant. Tu as fait ton choix. Et elle aussi. Tu ne peux revenir en arrière.

— Oui, mais je ne peux pas avancer non plus.

Il détourna le regard, honteux de ce qu'il ressentait.

— Rose est celle que j'aime. *Rose*, pas Leana.

— Crois-tu que la jeune fille voudra de toi, maintenant, après les actes honteux que tu as commis ?

Jamie réunit le peu d'espoir qu'il lui restait.

— Elle le pourrait.

— Voilà, encore ce verbe. Elle le pourrait. Si elle veut encore de toi, Jamie, que feras-tu pour la mériter ?

Il ne méritait plus Rose, pas après ce qu'il avait fait. Mais il pouvait *gagner* le droit de demander sa main ; qui pouvait le lui nier ?

— Je travaillerai.

Il redressa les épaules, essuyant ses yeux mouillés du revers de la main.

— La saison de l'agnelage approche, puis celle de la tonte. Je travaillerai dur.

— Pour moi ?

— Oui, pour vous, oncle. Mais pour gagner la main de Rose. Qu'il n'y ait plus de malentendu, cette fois-ci.

Son oncle s'esclaffa.

— Mais Jamie, tu ne peux avoir deux épouses.

La chaleur lui monta au visage, révélant une honte visible et méritée.

— Leana ne voudra pas de moi pour époux. Pas après… pas après ce que je lui ai dit ce matin.

— Ne compte pas là-dessus, mon garçon. Elle t'aime à la folie, Leana. Ne te l'a-t-elle pas fait comprendre clairement ?

— Oh oui, soupira-t-il. *Abondamment.*

Lachlan contempla son verre vide un moment, l'inclinant dans un sens et dans l'autre, puis le renversa vers sa bouche pour en boire la dernière goutte. Puis, il l'abattit bruyamment sur la table, comme un juge sur le point de rendre sa sentence.

— Tu as organisé un séjour d'une semaine à Dumfries au King's Arms Inn, payé avec la bourse de Rowena. Amènes-y Leana pour sa lune de miel. Sois un mari pour elle, dans tous les sens du terme. Ce qui est juste, puisqu'elle est maintenant ruinée pour tout autre.

— Mais Rose…

— Elle est si jeune, elle peut facilement attendre pendant sept mois encore, si elle le veut. Lorsqu'elle aura seize ans, le 1er août, dans sept mois à compter d'aujourd'hui, tu pourras renvoyer Leana et te marier avec Rose.

Jamie secoua la tête, incrédule.

— Vous voulez dire, divorcer d'avec Leana ?

— C'est ce que je veux dire, avec ma bénédiction, au mois d'août. Mais tu dois d'abord accorder à Leana sept jours d'attention de tous les instants, à Dumfries. *De tous les instants.* Me suis-je bien fait comprendre ?

Jamie hocha la tête. C'était équitable.

— Oui, sept jours avec Leana.

— Puis, sept mois de dur travail pour gagner la main de Rose.

Jamie poussa un profond soupir, effaçant les souvenirs des matins froids dans la grange et des vêtements qui sentaient le fumier.

— Alors, tu pourras l'épouser. Nous disons sept mois de travail pour mériter la main de Rose.

Lachlan se pencha vers l'avant, baissant la voix comme s'il voulait éviter d'être entendu par quelque oreille indiscrète collée à la porte du petit salon.

— Il n'y a qu'une seule épine dans notre plan, Jamie. Si Leana conçoit un enfant — ton enfant — pendant ces sept mois, alors tu devras rester auprès d'elle. Je n'aurai pas de petit-fils sans père.

— Vous n'en aurez pas, oncle.

Les lèvres de Jamie frémirent légèrement, car il savourait sa première victoire de la nouvelle année. Leana ne pouvait concevoir sans lui. Après leur lune de miel, elle n'en aurait plus l'occasion.

Chapitre 54

Nul autre que Celui qui commande au tonnerre
Ne peut séparer cet homme et cette femme.
— Jonathan Swift

Les doigts agiles de Neda auraient été bien utiles à Leana pour la coiffer et attacher les innombrables petits boutons de sa robe. Mais elle ne pouvait se résoudre à appeler la gouvernante à l'aide, du haut de l'escalier. Elle n'aurait pu supporter le regard de la femme, au cas où celle-ci aurait surpris Jamie et son père — certainement en train de se disputer dans le petit salon — et en serait arrivée à l'évidente conclusion. Elle ne pouvait tolérer la pensée des qualificatifs que Neda prononcerait à voix basse. *Dévergondée. Poule.*

Non. Neda l'aimait. La femme ne la condamnerait jamais. Elle lui ferait des remontrances, oui. Elle lui ferait la leçon sur les valeurs chrétiennes, certes, pendant de longues heures, et ce serait bien mérité. Mais Neda comprendrait ce qui était arrivé, que Leana avait seulement voulu s'unir à l'homme qu'elle aimait et qui, croyait-elle, en était enfin arrivé à l'aimer.

Je n'ai jamais dit que je vous aimais.

Ses mots résonnaient comme un glas dans sa tête lasse.

Et qu'en serait-il de Rose ? Est-ce que l'amour de sa sœur pour elle s'éteindrait aussi ? *S'il vous plaît, Dieu, faites que cela n'arrive pas !* Pas Rose, cette petite fille qu'elle avait élevée avec les tendres soins d'une mère pendant toute sa jeune vie. Rose comprendrait, n'est-ce pas ?

Pas si elle aime Jamie autant que moi.

Les mains agitées de Leana s'immobilisèrent, figées par cette possibilité. Même si elle savait que sa sœur trouvait leur beau cousin charmant et aimable, Leana n'avait jamais entendu Rose prétendre qu'elle *aimait* Jamie. Mais si ses sentiments avaient évolué ? Et si Rose l'aimait véritablement, aujourd'hui ? *Oh, s'il te plaît, Rose. Pas mon Jamie !* De nouvelles larmes lui inondèrent les joues, déjà irritées par une heure de pleurs. Jamie était son seul espoir. Elle ne s'était pas contentée de l'aimer ; elle s'était donnée à lui.

Si Jamie ne voulait pas d'elle, elle resterait seule et sans amour pour le restant de ses jours.

C'est Jamie McKie ou personne d'autre.

— Alors, ce doit être Jamie McKie, confia Leana à son miroir, essuyant ses dernières larmes avec son mouchoir, qu'elle glissa ensuite dans sa manche.

La journée était jeune, et Rose n'était pas encore là. Il était encore temps d'arranger les choses avec Jamie et son père. Et ensuite, avec Rose.

Sa résolution prise, Leana se brossa les cheveux vigoureusement et les épingla du mieux qu'elle put. Qu'est-ce que son père avait déclaré, quelques mois auparavant ? Qu'il ne devait y avoir aucun secret dans cette maison ? Alors, il serait le premier à dire la vérité en cette nouvelle année.

Leana mit en place sa dernière boucle, posa la main sur sa poitrine pour calmer son cœur, qui battait de plus en plus fort, puis se hâta de descendre. Les domestiques la saluaient d'une voix embarrassée, sans la regarder. « Le jour a des yeux, la nuit a des oreilles », aurait dit Neda. Toute la maison savait, semblait-il. Elle se dirigea directement au petit salon et elle s'apprêtait à frapper quand elle se rendit compte que tout semblait calme dans la pièce close. Les hommes étaient-ils sortis faire une promenade avant le déjeuner ? Elle posa une oreille contre le panneau de la porte, essayant de surprendre des voix, puis sursauta légèrement quand elle entendit gronder celle de son père dans la pièce.

— Tu as organisé un séjour d'une semaine à Dumfries au King's Arms Inn, payé avec la bourse de Rowena. Amènes-y Leana pour sa lune de miel.

Jamie pour elle seule, pendant une semaine ! Leana faillit en perdre connaissance. Elle dut s'appuyer sur le mur pour garder son équilibre, ce qui lui fit presque rater la suite.

— Lorsqu'elle aura seize ans, le 1er août…

Son cœur chavira. *Rose.*

— … dans sept mois à compter d'aujourd'hui, tu pourras renvoyer Leana et te marier avec Rose.

Me renvoyer ? Il ne peut vouloir…

— … divorcer d'avec Leana ?

Même Jamie sembla estomaqué. Ses genoux fléchirent sous le coup. Puis, elle entendit une note d'avertissement dans la voix de Lachlan.

— Mais tu dois d'abord accorder à Leana sept jours d'attention de tous les instants, à Dumfries.

Sept jours. C'était tout. Si magnifique soit-elle, la lune de miel d'une semaine se terminerait bien trop tôt, puis Jamie retournerait vers Rose. Pour toujours.

— Il n'y a qu'une seule épine dans notre plan, Jamie.

Une épine ? Elle essaya de respirer, de se redresser, mais en fut incapable.

— Si Leana conçoit un enfant — ton enfant — pendant ces sept mois, alors tu devras rester auprès d'elle.

Elle se redressa, comme un ballon qu'on aurait soudainement regonflé. *Un enfant ! Et Jamie en plus !*

La voix de Lachlan indiquait qu'il n'y aurait aucun compromis sur ce point.

— Je n'aurai pas de petit-fils sans père.

Et moi, je n'aurai pas de fils sans père. Leana joignit les mains et implora Dieu. *S'il vous plaît. Faites que Jamie accepte. S'il vous plaît !*

Les mots de Jamie sonnèrent comme une bénédiction.

— Vous n'en aurez pas, oncle.

Leana leva les mains dans les airs, fit une pirouette, et faillit trébucher contre la porte. Pas sept jours — *sept mois !*

Elle et Jamie vivraient comme mari et femme, en fin de compte. Ici, à Auchengray. Elle pouvait certainement concevoir un enfant, en sept mois. Il n'y aurait aucun besoin de divorcer. *De grâce, Dieu, faites qu'il en soit ainsi.* Quelle joie de penser qu'elle pourrait être épouse et mère, après tout! Leana se tapota les joues pour essayer de retrouver son sang-froid, puis frappa à la porte. Plus vite elle affronterait les deux hommes, plus vite elle et Jamie pourraient oublier les dernières heures et aller de l'avant.

— Qui est-ce? hurla son père.

— C'est Leana.

Elle entrouvrit la porte et glissa la tête à l'intérieur, espérant que son regard ne trahirait pas qu'elle savait déjà tout.

— Puis-je entrer?

Son père l'invita de la main.

— Tu arrives à point nommé, ma fille. Ton mari et moi parlions justement de toi.

Jamie lança un regard assassin à Lachlan, mais Leana ne se laisserait pas dissuader. *Sept mois, Jamie. Ensuite, plaise à Dieu, toute la vie.*

— Merci, père.

Elle pénétra dans la pièce avec toute la retenue dont elle était capable et croisa modestement les mains devant elle. Jamie, dont la cravate était défaite et qui arborait une barbe de deux jours, paraissait épuisé, abattu. Lachlan, aussi frais et dispos que la veille, semblait particulièrement content de lui-même.

— Quelles nouvelles avez-vous à m'annoncer, messieurs?

Haussant les sourcils, elle essaya de composer sur son visage une expression où paraîtraient tout l'amour et l'espoir qui étaient cachés dans son cœur, alors que son père expliquait patiemment les clauses singulières de leur entente. C'étaient les mêmes dont ils avaient convenu privément, remarqua-t-elle. Pour une fois, peut-être, pourrait-elle faire confiance à son père.

— Accepteras-tu d'agir selon ma volonté, Leana ?

Elle donna son accord d'une voix aussi ferme qu'elle l'avait fait à l'église.

— J'accepte.

— Et toi, Jamie ? Acceptes-tu, devant Leana comme témoin, d'assumer le rôle de mari aimant, à Dumfries, pendant sept jours, et de travailler pendant sept autres mois, ici à Auchengray, pour mériter la main de Rose ?

Avant que Jamie puisse répondre, Leana ajouta rapidement :

— À moins que je sois enceinte de son enfant. Alors, Jamie…

Elle se tourna vers lui, priant pour qu'il ne change pas d'idée.

— Alors, Jamie demeurera mon mari et le père aimant de notre premier-né.

Le premier de plusieurs. Plaise à Dieu.

Les mâchoires de Jamie se contractèrent, mais il donna néanmoins son assentiment.

— J'accepte.

Lachlan se frappa les mains bruyamment et se les frotta avec une joie évidente.

— C'est donc une affaire conclue. Devrions-nous boire un doigt de whisky pour sceller notre entente ?

La réponse de Jamie fut immédiate.

— Non, merci.

Lachlan haussa les épaules.

— Alors, très bien. Tu as sans doute déjà bu assez de whisky hier pour étancher ta soif pendant une journée ou deux.

Le regard de Jamie s'assombrit.

— Bien plus que cela, oncle.

— Sept mois, je suppose.

Lachlan ouvrit la porte et hocha la tête pour signifier que l'entretien était terminé.

— Il y a bien des choses dont vous devez discuter, et il faut aussi vous préparer à l'arrivée imminente de Rose. Je compte sur vous pour lui annoncer la nouvelle. C'est à vous deux, il me semble, que cette tâche revient.

Lachlan les quitta et ils restèrent seuls, debout dans la pièce, fixant tous deux la porte en observant un lourd silence, misérable pour l'un, triomphant pour l'autre.

Leana ferma les yeux et attendit. *Laisse Jamie parler en premier.*

Comme il se refusait à le faire, elle chercha un endroit où s'asseoir et remarqua que le couvre-lit qu'elle avait brodé était taché.

— Mon Dieu, murmura-t-elle en touchant le tissu, on a renversé quelque chose, ici.

— Du whisky, dit Jamie sans manifester la moindre émotion. Arraché de la main de Lachlan.

— Je vois. Ces vilaines taches foncées ne partiront pas. Ce n'est pas important. J'en broderai un autre, ajouta-t-elle.

Jamie regarda le fauteuil capitonné — le préféré de son oncle — et s'y laissa choir lourdement.

— Et pour ce qui est de notre lit nuptial ? demanda-t-il d'une voix sarcastique. Je présume que vous broderez des couvertures pour celui-là aussi ?

Elle leva la tête et soutint son regard.

— Vous oubliez que c'est déjà fait. Une grande partie du trousseau de Rose, qui se trouve dans son tiroir, est le fruit de mon travail.

Il se pencha en avant, les mains appuyées sur les genoux, les coudes pointant vers l'extérieur.

— Et qu'en est-il du fruit de vos entrailles, Leana ? Hier, à l'église, nous avons chanté l'hymne du « vin qui fructifie ». Est-ce ce que vous voulez ? Porter mon enfant, afin de pouvoir me contraindre à être votre époux ?

Elle baissa les yeux, blessée par la pointe de colère perceptible dans sa voix et son regard d'animal pris au piège.

— Ce n'est pas à moi d'en décider, Jamie. La Bible dit que les enfants sont l'héritage de Dieu et que le fruit des entrailles est sa récompense.

— Oh! Et vous méritez une *récompense* pour vos efforts de la nuit dernière, c'est cela?

— Jamie, s'il vous plaît.

Leana lui toucha le dos de la main.

— Ce n'était pas un jeu, dit-elle. Vous avez cru que j'étais Rose. Et j'ai cru que vous m'aimiez. Nous avons tous les deux été…

— Dupés. Par votre père.

Il appuya brusquement les épaules sur le dossier du fauteuil, la frustration s'échappant par tous les pores de sa peau.

— Les motifs et les moyens employés par cet homme pour arriver à ses fins dépassent toutes les bornes, lança-t-il. Il a trouvé une façon adroite de marier sa fille aînée sans avenir, tout en retenant à son service son neveu fou d'amour pour la cadette pendant sept mois, une année complète, si on compte le temps déjà écoulé. Sans salaire, et sans aucune garantie que j'obtiendrai ce que je désire au bout du compte.

Elle avala l'arrière-goût amer qui s'était insinué dans sa bouche pendant sa tirade.

— Vous voulez dire, Rose?

— Oui, Rose. La femme que j'aime et qui sera ici d'un instant à l'autre.

Il se releva et rajusta ses vêtements avec quelques gestes secs, aussi froids et efficaces que les paroles qui suivirent :

— Vous préparerez votre malle pour notre séjour à Dumfries. La mienne attend près de la porte depuis mercredi matin.

Leana se leva, vacillante, comme si elle allait être malade.

— Quand… quand partons-nous?

Il lissa sa cravate, puis croisa les bras sur sa poitrine. La poitrine même sur laquelle la tête de Leana avait reposé, la nuit précédente. Comment cela était-il possible ? Où était le Jamie qui l'avait aimée la veille ?

– Nous attendrons d'abord le retour de Rose.

– Bien sûr.

Leana retint son souffle et pria pour avoir du courage tandis que son estomac vide se nouait. Quand avait-elle mangé quelque chose pour la dernière fois ? *Les brioches noires de la veille du jour de l'an.* Qu'il lui avait offert avec ses doigts. Lui effleurant les lèvres.

Leana agrippa le coin du grand lit de Lachlan.

– Lequel d'entre nous l'annoncera… à Rose ?

Son regard demeura neutre.

– Vous le ferez, Leana.

Chapitre 55

Les chagrins et le mauvais temps arrivent sans invitation.
— Proverbe écossais

Rose donna un petit coup dans les côtes de Willie.

— Ne pourrions-nous pas aller un peu plus vite ?

— La vieille Bess a vu d'nombreux hivers, mam'zelle McBride, et ses pattes sont plus c'qu'elles étaient.

Pour apaiser sa passagère, l'homme à tout faire secoua les rênes et poussa un ou deux cris d'encouragement à la jument. Rose grogna quand l'animal se contenta de secouer la crinière et continua d'avancer d'un même pas lourd et égal.

Il fallait qu'elle le demande.

— Combien…

— Deux milles, répondit vivement Willie. Vingt minutes au plus. Et c'est la dernière fois que j'vous l'dis, jeune fille, alors occupez-vous avec vot' tricot.

Pauvre Willie. Il venait de passer deux journées difficiles, coincé au cottage en compagnie de l'excentrique tante Meg et de ses deux colleys. Il avait refusé de se mettre en route avant l'aube, inquiet de ce qui pouvait les attendre. Ce qu'ils découvrirent fut une journée ensoleillée, un beau soleil radieux, qui déversait ses rayons sur le paysage de Galloway. Tout cela un 1er janvier, par-dessus le marché !

Le jour de *Hogmanay* — celui de son mariage —, tante Meg était tombée sur le plancher de dalles polies et la pauvre femme s'était tordu la cheville. Et ce matin, alors qu'ils s'apprêtaient à partir, sa tante avait finalement refusé de faire le voyage à Auchengray.

— Je ne serai qu'un fardeau, dit-elle en boitillant sur son mauvais pied. Il vaut mieux que je reste ici pour le soigner. Je te donnerai ton cadeau au moment de ton départ, ainsi que mes salutations pour ta sœur, Leana. Écris-moi pour me dire comment s'est déroulé le mariage.

Rose comptait bien le faire, dès qu'elle saurait quand la cérémonie aurait lieu. Que de soucis pour son père, d'avoir été forcé d'annuler le mariage le jour prévu ! Leana s'était probablement chargée de tous les détails. *Chère Leana.* Elle lui avait terriblement manqué, presque autant que Jamie.

Elle ferma les yeux pour se l'imaginer, comme elle l'avait fait plusieurs fois par jour pendant la huitaine qu'elle avait passée à Twyneholm. Jamie, avec ses cheveux brun foncé tirés en un chignon serré, ses yeux verts au regard si intense, sa bouche charnue courbée en un sourire mutin, son menton sculptural légèrement barbu, ses longues jambes, si gracieuses dans ses bottes neuves, ses fortes et larges épaules. Oh oui ! S'imaginer Jamie était devenu l'un de ses passe-temps préférés. Qui aurait pu penser qu'être éloigné de cet homme une seule semaine aurait pu faire croître son amour à ce point, comme des fleurs sauvages en mai ?

Vingt minutes.

Je t'aime, Jamie.

Elle le lui dirait la seconde même où elle poserait le regard sur lui, qu'il y ait ou non des témoins, même si cela devait l'embarrasser.

Pour l'aider à penser à autre chose qu'à son beau fiancé, Rose saisit son sac de tricot, auquel elle n'avait pas touché depuis la veille, et retrouva le talon du bas qu'elle était en train d'achever. Elle le sortit avec précaution, pour éviter qu'il ne s'effiloche. Les aiguilles étaient plantées dans la laine, là où elle les avait laissées. Elle ne l'avait pas sitôt pris entre les doigts que Willie y jeta un coup d'œil et s'arrêta brusquement.

Les yeux du conducteur étaient maintenant grands comme des soucoupes à thé.

— Quand avez-vous commencé à tricoter c'te bas, jeune fille ?

— Lundi.

Elle le leva bien haut, fière de son travail. Tricoter était l'un de ses passe-temps préférés.

— C'est pour Jamie, s'enorgueillit-elle. Ne sont-ils pas d'une belle nuance de bleu ?

— Avez-vous…

Il déglutit, et de la sueur perlait sur son front.

— Avez-vous laissé… les aiguilles dans les bas comme ça… toute la nuit ?

Elle le regarda, bouche bée.

— Willie, qu'y a-t-il ? Oui, naturellement, j'ai laissé les aiguilles fichées dans la laine.

Elle regarda à l'extérieur du cabriolet pour signifier qu'elle voulait des explications à cet arrêt soudain.

— Pourquoi nous sommes-nous arrêtés ? demanda-t-elle.

L'homme soupira bruyamment, secouant la tête comme l'un des vieux colleys de tante Meg.

— On n'y peut plus rien, maintenant, jeune fille. N'saviez-vous pas qu'ça portait malheur, de commencer un tricot une année et de l'finir celle d'après ?

Elle regarda la laine entre ses mains.

— Vraiment ? Ça porte malheur ?

Il secoua les rênes pour faire avancer Bess, bien que son regard fût toujours fixé sur les mains de Rose.

— Sage est la femme qui finit son tricot avant minuit le jour de *Hogmanay*, et qui range prudemment ses aiguilles.

— Sottises !

Rose s'esclaffa pour masquer son embarras.

— Vous êtes le vieil Écossais le plus superstitieux que j'ai rencontré depuis bien longtemps, Willie.

— Oui, jeune fille, mais j'ai vécu assez longtemps pour savoir que c'que j'dis est vrai. On dit que l'dernier jour de l'année écoulée, un grand courant d'air souffle su' la surface d'la terre, et qu'toute la terre est changée. C'est not' travail d'conserver les traditions, pour qu'les changements soient pour le mieux.

Willie s'enfonça dans son pardessus, deux fois trop grand pour lui, secouant toujours la tête.

— Y m'semble qu'une jeune fille su' l'point de s'marier devrait mettre toutes les chances de son côté.

— Je n'ai pas besoin de chance, lui dit-elle en secouant sa chevelure noire comme Bess remuait sa crinière fournie. Car j'ai Jamie.

Ils roulèrent en silence devant Maxwell Park, puis Lochend, puis Glensone, chaque ferme et chaque cottage passé la rapprochant d'autant de la maison. Elle remisa son tricot par prudence, au cas où la malchance aurait pu être attachée aux aiguilles, puis joignit les mains sur les genoux pour respirer l'air piquant et froid. Elle se laissa baigner dans l'éclat lumineux du soleil, consciente qu'un temps aussi clément ne pouvait durer.

Lorsqu'ils s'engagèrent sur le chemin d'Auchengray, son cœur battait la chamade. Est-ce que Jamie serait à la fenêtre, attendant son arrivée ? Ou surgirait-il par la porte, formant de la vapeur avec son souffle dans l'air gelé, dans sa précipitation pour l'aider à descendre de voiture ? Elle ferma les yeux pour formuler son plus cher souhait — *Qu'il se dépêche d'accourir à ma rencontre !* —, puis les rouvrit en grand, anticipant joyeusement ce qu'ils allaient voir. *Jamie ! Jamie, je suis de retour !*

Il n'y eut aucun signe de lui à la porte ni à la fenêtre. Willie relâcha les rênes, sachant que Bess connaissait le plus court chemin pour rentrer à l'écurie, et s'arrêta devant la maison assez longtemps pour permettre à Rose de descendre.

— Allez, jeune fille. N'faites pas attendre votre homme plus longtemps.

Elle planta un baiser sur la joue parcheminée de Willie, puis détala vers la porte de devant. Après l'avoir ouverte bruyamment, elle annonça son arrivée de sa voix roucoulante et, sans attendre qu'on vienne l'aider, retira son chapeau, son foulard et son manteau, riant de la manière dont tante Meg l'avait emmaillotée de la tête aux pieds. Elle laissa choir ses vêtements en un paquet informe dans l'entrée et fila droit vers la salle à manger, certaine que la famille était en train de finir de déjeuner et ne l'avait pas entendue arriver.

En les trouvant à leur place habituelle, leurs plats encore intacts devant eux, elle les gratifia tous d'un sourire mutin.

— Personne ne veut souhaiter la bienvenue à une voyageuse fatiguée ?

— Rose !

Jamie se leva si rapidement que sa chaise vacilla un moment. Il étendit les mains, les larmes aux yeux, et elle se précipita dans ses bras ouverts.

— Jamie ! Jamie !

Elle se leva sur le bout des pieds pour lui murmurer à l'oreille ce qu'elle avait voulu lui dire pendant toute cette longue semaine :

— Je t'aime, Jamie. Oh, je t'aime.

— Et je t'aime, mon amour.

Les bras de Jamie se resserrèrent autour d'elle. Pendant ce temps, les serviteurs se retiraient discrètement de la pièce, qui devint étrangement silencieuse. La voix sévère de son père mit fin aux effusions.

— Ça suffit, Rose.

Elle quitta ses bras, déçue d'abandonner la chaleur de son corps, bien que Jamie continuât de l'embrasser du regard.

— Excusez-moi, père. J'étais… C'est-à-dire, Jamie m'a manqué.

— Nous l'avons tous bien vu, jeune fille. Va à ta place, maintenant, que nous puissions commencer notre déjeuner.

Ce fut seulement à ce moment-là qu'elle observa Leana plus attentivement. Sa peau pâle était tâchée d'ombres, et ses yeux cerclés de rose, comme si elle avait pleuré pendant des heures sans s'arrêter.

— Leana ?

Sa sœur semblait avoir vieilli d'un an, depuis la semaine précédente. Elle se précipita du côté de Leana, s'assoyant sur la chaise libre, près d'elle.

— Ma chère sœur, qu'y a-t-il ? Qu'est-ce qui ne va pas ?

C'est son père qui répondit avant que Leana ait pu ouvrir la bouche.

— Ta sœur est... fatiguée. Nous sommes heureux de te revoir à la maison, Rose. Est-ce le mauvais temps qui t'a empêchée d'arriver à l'heure, hier ?

— C'est cela, père. Personne ne saurait en être plus peiné que moi.

Elle tapota la main de Leana, résolue à garder un œil sur elle, et huma le doux fumet qui flottait dans la pièce, impatiente de s'attaquer aux grillades et aux rognons préparés par Neda.

— Je suis désolée d'avoir bouleversé tous vos plans, s'excusa-t-elle. Avez-vous eu le même mauvais temps, à Newabbey ?

Leana parla d'une voix timide, s'excusant presque.

— Non..., pas ici.

— Oh !

Rose serra la main de Leana et remarqua à quel point elle semblait inerte sur ses genoux.

— Pas étonnant que vous soyez fatigués, dit-elle. Tous nos invités ont dû se présenter, sans savoir ce qui se passait. Ciel, que d'inconvénients, devoir tout reporter à un autre jour.

Elle regarda autour de la table, dans l'attente d'une réponse.

— Alors, demanda-t-elle, quel jour avez-vous choisi ?

Les trois échangèrent des regards, puis c'est le père qui parla :

— Aucune date n'a été fixée.

Il soupira avec une impatience évidente.

— Nous avons déjà béni le repas, ma fille. Bénissons ton retour, saine et sauve, et apprécions notre nourriture, pendant qu'elle est encore chaude. En silence, si vous le voulez bien, car nous n'avons pas d'invités parmi nous et les deux derniers jours ont été… difficiles.

Rose baissa la tête lentement en observant les autres, et la peur commença à lui opprimer le cœur, comme s'il était enserré dans une pelote de laine où seraient venues se ficher deux longues aiguilles. Pourquoi étaient-ils tous aussi solennels, comme s'ils n'étaient pas heureux de la voir de retour à la maison ? Il était habituel pour eux de manger en silence, mais pourquoi un jour comme aujourd'hui ?

Son père pria, remplissant la pièce de longues sentences sévères, toutes saintement inspirées, bien sûr, mais qui n'empêchaient pas la tourte de refroidir sous son nez. Quand il eut enfin terminé, ils levèrent leurs ustensiles, tranchèrent et mastiquèrent, pendant la plus longue heure de déjeuner que Rose pouvait se rappeler. Elle et Jamie échangèrent occasionnellement des regards, mais les autres gardaient la tête baissée. Son amour pour elle brillait dans ses yeux, mais elle pouvait aussi y lire de la douleur. *Pauvre Jamie.* L'attente devait avoir créé une énorme tension dans toute la maison ; leur visage sombre en était la preuve.

Une autre longue prière conclut le repas, mais elle ne put en supporter davantage.

— Debout, Leana. Willie doit avoir déposé mes affaires dans ta chambre, maintenant.

Rose se leva et tira sur la manche de sa sœur.

— Allons voir les présents de mariage que tante Meg nous a faits, à Jamie et à moi, dit-elle.

Puis, elle fit quelques suppositions en levant les yeux et en riant.

— Du sel de contrebande, peut-être, à en juger par la forme et la texture ?

Elle regarda Jamie, dont le regard affligé — il n'y avait pas d'autres mots pour le décrire, tant l'homme paraissait accablé par le chagrin — la suivit jusqu'à la porte. Il avait l'air de ne pas avoir dormi depuis deux jours.

Elle gambada dans le corridor, laissant ses doigts glisser sur les murs, si heureuse d'être rentrée à la maison. Tout semblait différent, comme c'est souvent le cas après une absence de quelques jours. Un peu défraîchi et morne, en comparaison avec le joyeux cottage de tante Meg, mais Auchengray tout de même, toujours son foyer. Pourrait-elle l'abandonner pour aller vivre à Glentrool ?

Leana se tourna vers elle au pied de l'escalier, son expression aussi lugubre que celle de Jamie.

– Par ici, ma sœur. Il y a un sujet… délicat… dont nous devons parler.

Chapitre 56

Oh ! combien de tourments sont contenus
dans le petit cercle de l'anneau nuptial.
— Colley Cibber

— Allons, cela ne peut être aussi terrible.

Rose poussa Leana devant elle dans les marches, la taquinant en montant.

— Je vois bien qu'Auchengray a besoin d'une personne enjouée comme moi, même si je suis un peu turbulente, parfois. Depuis mon départ, la joie de vivre a totalement déserté cette maison.

— Tu as raison, acquiesça Leana, hochant la tête en gravissant l'escalier deux pas devant elle, c'est bien ce qu'elle a fait.

Le nœud dans la poitrine de Rose se resserra davantage. Mais que se passait-il donc, ici ? Elle suivit sa sœur dans la chambre qu'elles partageaient et trouva ses malles et ses paquets soigneusement empilés au milieu de la pièce. Comme elle s'était ennuyée de la maison ! Elle embrassa du regard le lit familier, la chaise de lecture de Leana près de la fenêtre, les piles de livres et les deux robes suspendues à leur cintre — la nouvelle robe brodée de Leana et sa propre robe de mariage, rose, qui l'attendait toujours.

— Nous les porterons bientôt, soupira Rose avec plaisir en se rapprochant pour les examiner.

Son regard fut attiré par l'ourlet de la robe bordeaux de Leana, et un détail l'intrigua.

— Mon Dieu ! s'exclama-t-elle, qu'est-ce qui a bien pu la tacher ?

— Rose, lui dit Leana, qui était debout tout près d'elle, sa main touchant gentiment son coude. Il y a beaucoup de choses que je dois t'expliquer.

Rose se retourna, consternée de voir des larmes couler sur le visage de sa sœur.

— Leana ! Ma chérie, peu importe ce qui est arrivé, cela ne peut justifier de telles larmes.

— Oh oui, je t'assure. Si seulement les miennes étaient suffisantes pour nous deux.

Leana inclina la tête en direction du lit, invitant sa sœur du regard.

— S'il te plaît, viens t'asseoir près de moi. Là, que je puisse te regarder dans les yeux et tenir tes douces mains en te parlant.

En s'assoyant, tenant les mains moites de sa sœur dans les siennes, Rose sentit un torrent de larmes monter en elle. Leana était-elle malade, atteinte d'une maladie incurable ? *S'il vous plaît Dieu, non !* Elle ne pouvait imaginer la vie sans sa sœur.

— Dis-moi tout, tout de suite. Je ne peux attendre une seconde de plus.

Leana avala sa salive, puis humecta ses lèvres.

— Je dois commencer par te demander pardon. Pour ce que j'ai fait..., ce que nous... Non, ce que j'ai fait.

La voix étranglée par ses propres paroles, elle libéra la main de Rose pour tenter d'essuyer ses larmes, sans parvenir à les arrêter.

— Rose..., oh, Rose, reprit Leana, quand tu ne t'es pas présentée le jour du mariage, père a pensé, en fait, il a exigé que nous procédions à la... cérémonie. Et moi, j'ai dû te représenter.

— *Me représenter ?*

Rose sentit le nœud de sa poitrine lui monter dans la gorge.

— Mais qu'est-ce que cela veut dire, Leana ?

Leana lui serra la main encore et encore, luttant pour chercher ses mots.

— Cela veut dire que... je me suis présentée devant l'autel et que... j'ai prononcé les vœux à ta place.

— Quoi ?

Rose bondit sur ses pieds, rejetant les mains de sa sœur.

— Pourquoi ? Pourquoi as-tu fait une chose pareille, Leana ? C'était *mon* mariage !

— Je sais, ma chérie, mais…

— Mais quel avantage y avait-il à procéder en mon absence ?

— Père a dit…

Leana leva les yeux, et son regard était désespéré.

— Il a dit que nous ne pouvions remettre le mariage en raison des invités et de toutes les dépenses…

— *L'argent !*

Rose leva les bras au ciel, maintenant furieuse contre son père, elle aussi.

— J'aurais dû le savoir ! Pour Lachlan McBride, il n'y a que le prix des choses qui importe.

Elle se mit à marcher rageusement dans la pièce, et remarqua alors son voile de mariée, jeté sur la table de toilette, tout chiffonné. Elle en eut le souffle coupé. Elle le saisit vivement et dit :

— Et *cela !* Je suppose que tu l'as porté en prononçant mes vœux.

— C'est exact.

La tête de Leana était si basse que Rose ne pouvait voir son visage, seulement ses tresses blondes au sommet de sa tête.

— J'ai porté ton *kell*, avoua-t-elle. Père a insisté.

Sa voix était aussi ténue qu'une vapeur.

— Il voulait que je porte ta robe aussi, mais j'ai refusé.

— Oh ! Et je suppose que je dois t'en être reconnaissante.

— Je n'attends aucune reconnaissance, Rose, dit Leana doucement. Nous continuions d'espérer ton retour. Nous n'avons été informés de la tempête de neige qu'à notre retour de l'église, pour le dîner de noces, et même alors, nous espérions ton arrivée à tout moment.

— Si vous m'espériez, pourquoi ne m'avez-vous pas *attendue* ?

Rose frappa rageusement sa robe, son visage ruisselant de larmes.

— Pourquoi n'avez-vous pas *attendu* ?

— Nous aurions dû t'attendre. Je ne le sais que trop bien, maintenant.

Leana se leva et se mit à faire les cent pas dans la pièce, se tordant les mains en essayant d'expliquer.

— Nous avions apporté les deux robes à l'église, afin que tu puisses t'habiller dans la maison du ministre et te glisser dans la chapelle, le cas échéant. Nous n'aurions jamais pu imaginer que toute la journée se déroulerait sans toi, ma chérie.

Rose ne pouvait tolérer que sa sœur paraisse aussi sincère.

— Et par *nous*, tu veux dire toi et père, je suppose.

— Nous tous. Jamie, Neda, Duncan et Suzanne — tous, parents et amis, continuaient de croire que tu apparaîtrais dans le cabriolet, aux côtés de Willie.

Rose fit la lippe, ne se souciant guère d'avoir l'air d'une gamine de douze ans.

— Vous festoyiez à *mon* dîner de noces, pendant que j'étais assise avec tante Meg, mangeant du gruau.

— Je suis tellement désolée, Rose. J'aurais tout fait, *tout*, pour ne pas prendre ta place. Comme je regrette de l'avoir fait.

Leana prononça ces mots très faiblement, se détournant de Rose un moment, semblant sur le point de défaillir.

— Père ne nous a pas laissé beaucoup de choix.

— Et moi, je n'avais pas le choix du tout. Oh !

Rose gémit, se laissant choir sur la chaise, près de la fenêtre. Elle avait raté son mariage. *Son propre mariage.*

— Tout cela est la faute de père, cracha-t-elle. Il arrive toujours à manipuler tout le monde pour arriver à ses fins.

— Oh oui, il en est capable. Mais, Rose…

Leana tomba à genoux à côté de la chaise, et mit les mains sur les genoux de Rose.

— Mais cela n'est pas le pire. Porter ton voile, prononcer tes vœux, regarder Jamie dans les yeux, cela fut…

Pauvre Leana ! Rose hocha la tête, comprenant enfin ce qu'elle essayait de dire.

— C'était terrible pour toi, n'est-ce pas ? D'être auprès de lui, prononçant ces vœux, tout en sachant que c'est moi qu'il aime.

Elle serra les mains de Leana et un soudain élan de générosité monta en elle.

— Après lui avoir montré combien tu l'aimais, ajouta-t-elle, c'est une honte que père ait exigé que tu remplisses un rôle aussi ingrat.

— Mais Rose, ce n'était pas ingrat. C'était…

Leana recula un peu, se repliant sur elle-même comme si elle ne pouvait supporter d'être vue.

— Que Dieu me pardonne, poursuivit-elle, c'était… merveilleux. Nous nous sommes embrassés, à l'extérieur de l'église…

Une onde de choc glaciale traversa le corps de Rose.

— Tu as embrassé… Jamie ?

Leana se contenta de hocher la tête, pendant que des larmes jaillissaient de ses yeux et dégoulinaient sur sa robe, la tachant.

— Le révérend Gordon a insisté. Il a dit que cela porterait malheur, si je ne le faisais pas.

Rose s'adossa contre la chaise de nouveau, la bouche grande ouverte, les émotions à fleur de peau.

— Cela porterait malheur ?

Les aiguilles à tricoter se mirent à cliqueter dans son esprit surmené. Un essayage le vendredi. Une robe de mariée portée par une autre.

— Quel malheur pour moi, de ne pas avoir vu mon Jamie adoré en embrasser une autre ! Ma sœur. *Ma sœur !*

Rose cria, incapable de se contenir :

— Comment as-tu pu ? *Comment as-tu pu,* Leana ?

Leana montra les paumes, incapable de parler, luttant pour ne pas suffoquer.

Rose se berçait dans sa chaise, se sentant malade, si faible, essayant de déglutir, essayant désespérément de comprendre ce que Leana lui disait, s'imaginant sa sœur dans les bras de Jamie, leurs lèvres se touchant, leur corps pressé l'un contre l'autre alors qu'ils s'embrassaient.

— As-tu cessé de m'aimer, pour me traiter avec autant de méchanceté ?

— Non, je te jure que je t'aime, Rose !

— Non, tu ne m'aimes pas, c'est impossible ! se lamenta-t-elle, et maintenant, les larmes coulaient en abondance, tout pardon oublié. Ma sœur, qui embrasse *mon* mari, en se faisant passer pour moi ! *En se faisant passer pour la mariée !* Que le ciel me vienne en aide, rien ne peut m'arriver de pire, aujourd'hui !

— Malheureusement, Rose, il y a pire.

Elle plaça ses mains mouillées de larmes devant sa bouche.

— Il y a bien pire, continua Leana.

Chapitre 57

Ne m'arrache pas, je porte une épine,
Mais cueille-moi et adopte-moi.
— Harriet Prescott Spofford

— *Pire ?* cria Rose. Comment cela pourrait-il être pire ?

Leana planta les dents dans ses jointures, demandant grâce, sachant que c'était inutile. Dieu n'était pas à proximité.

— S'il te plaît, ma chérie.

— Ne m'appelle pas comme ça.

Rose se leva, sa robe effleurant Leana alors qu'elle quittait sa chaise pour se mettre à marcher dans la pièce.

— Je ne peux t'être *chère*, sinon tu n'aurais pas embrassé Jamie.

— Tu m'es plus que chère.

Leana se leva vivement, car elle avait besoin d'être près d'elle, de la regarder en face, lorsqu'elle lui annoncerait la pire nouvelle de sa jeune vie.

— Tu m'es précieuse, Rose, reprit-elle. Tu es ma seule sœur, ma plus proche amie, une fille pour moi…

— Non !

Rose se détourna, et sa natte fouetta la joue de Leana.

— Je ne suis *pas* ta fille !

La douleur et la colère brillaient dans ses yeux noirs, bien que son menton tremblât comme celui d'une fillette.

— Et tu n'es *pas* ma mère. Ma mère est morte.

Leana pouvait à peine parler, tant sa gorge était serrée. Quels mensonges avait-elle bien pu se murmurer à elle-même, aux petites heures de la nuit précédente, qui avaient engendré tout ce qui arrivait maintenant ? *Jamie déciderait*. Oui, c'était ce qu'il avait fait. À moins qu'il lui ait fait un enfant, alors son choix tiendrait. Elle déglutit, essayant de faire un passage pour les mots douloureux qui allaient suivre.

— Si mère avait été là, peut-être que rien de cela ne serait arrivé.

— Rien de *quoi ?*

Rose lança les mains en l'air.

— De m'avoir représentée ? D'avoir prononcé mes vœux ? D'avoir embrassé Jamie ?

— Oui. Et rien de… tout le reste.

Elle craignait d'être malade, tant son estomac était noué. *Dieu, aidez-moi.* Une folle prière que celle-là. Comment avait-elle décrit à Jamie leur nuit passée ensemble ? *Nécessaire.* Rose ne le verrait pas de cet œil-là. Rose croirait que sa sœur était la pire femme à avoir foulé le sol de la terre. Et elle aurait raison.

— Le reste de *quoi* ? Leana, ce que tu dis ne tient pas debout, maugréa Rose, marchant de long en large devant elle, ses bottes, encore couvertes de la boue du voyage, laissant des marques sur le plancher de bois. Que tu aies embrassé mon mari, c'est assez, je pense, dit-elle. Ma propre *sœur !* C'est révoltant.

— Oui, ça l'est, acquiesça Leana, dont la culpabilité la léchait comme les flammes du foyer. Et ce qui est encore plus révoltant, c'est que j'ai cru que… C'est-à-dire, je me suis persuadée… que Jamie… y avait pris plaisir.

— C'est faux !

Rose martela le plancher avec ses bottes, comme si ses paroles n'étaient pas assez fortes pour écraser toute objection.

— Je *sais* que ce n'est pas vrai.

Leana souffrit davantage de ses propres paroles.

— Tu as raison. Il ne l'a pas fait.

Rose lui jeta un regard méfiant.

— Alors, pourquoi as-tu *pensé* qu'il avait aimé t'embrasser ?

— Parce que c'est ce que j'ai choisi de croire.

Les doigts de Leana trouvèrent un bout de fil qui dépassait sur sa robe pour s'occuper tandis que son esprit accablé luttait pour trouver les mots qui n'auraient jamais dû être prononcés.

— Quand Jamie m'a regardée, ajoute-t-elle, j'ai vu de l'amour où il n'y avait que… où il n'y avait rien du tout. Rien du tout.

Le fil, prêt à se rompre, lui étranglait le bout du doigt, plus rouge que les fleurs du rosier églantier dans sa haie. Elle le regarda, prête à le serrer encore davantage pour ne pas ressentir la douleur qui grandissait en elle, menaçant de l'engouffrer.

Rose haussa les épaules.

— Jamie m'a déjà dit qu'il t'aimait comme une sœur.

Puis le ton de sa voix devint plus amer.

— Mais l'amour d'une sœur n'est pas toujours si innocent qu'on pourrait le croire, ajouta-t-elle, et ses yeux, secs un moment, fixèrent Leana. C'est bien *mon* nom que tu as dit, quand tu as prononcé les vœux ?

— Évidemment.

Mais mon cœur prononçait le mien.

— Alors, mon cousin est mon mari, maintenant, selon la loi de l'Église ?

Leana relâcha le fil. Elle ne pouvait se résoudre à répondre. Rose ne sembla pas le remarquer, car elle avait recommencé à arpenter la pièce.

— Jamie est… Alors, il *doit* être mon mari, maintenant. Mon alliance d'argent est bien à l'abri dans sa poche, n'est-ce pas ? Attendant que j'aille la réclamer ?

Leana put répondre à cette question-là.

— Oui, elle y est.

Elle avait vu Jamie la regarder avec attention, quelques instants avant que Rose fasse son apparition dans la salle à manger.

— Donc, reprit Rose en s'arrêtant près du foyer, son incrédulité faisant peu à peu place à de l'émerveillement. Je dois être… sa *femme* ? Je ne suis plus Rose McBride, mais Rose *McKie* !

Ses yeux s'agrandirent, et une lueur d'appréhension traversa un moment ses pupilles noires.

— Une femme, dit-elle, qui devrait… partager le lit de son mari, ce soir.

Leana ferma les yeux. *Non, Rose.* Elle devait parler. Maintenant. *Non, Rose.*

Elle ne pouvait temporiser davantage, espérant être frappée à mort par un Dieu vengeur ou épargnée par un Jamie à bout de patience, surgissant dans la chambre. Elle devait avouer à sa sœur la chose la plus ignoble qu'elle eût jamais faite et s'en attribuer tout le blâme. Et non le jeter sur Jamie, ni même sur son père haïssable. Elle l'avait voulu si aveuglément qu'elle avait vu de l'amour où il n'en existait pas, et du désir qu'il ne lui appartenait pas de satisfaire.

Elle ne pouvait espérer le pardon. Elle n'oserait même pas le demander. Leana ouvrit les yeux et regarda directement le joli petit visage de sa sœur.

— Non, Rose. Tu ne partageras pas le lit de Jamie, ce soir.

Rose leva le menton.

— Et pourquoi pas, s'il est mon mari ?

— Parce qu'il partagera son lit avec moi.

La pièce devint si silencieuse que Leana pouvait entendre les cliquetis des ustensiles et des assiettes dans la salle à manger, en bas. Rose la regarda, interdite, ressemblant à une poupée dont les yeux auraient été des boutons noirs. Sa bouche resta grande ouverte, comme si elle voulait parler, mais avait oublié comment faire.

— Rose, je ne sais pas par où commencer…, c'était… une erreur.

Lâche. C'était un péché.

La bouche de Rose se ferma, puis s'ouvrit de nouveau pour répéter le mot.

— *Une erreur ?*

Leana fit une pause avant de répondre. Elle ferait mieux cette fois-ci. Elle dirait la vérité. Elle ne cacherait rien.

— Hier, je me suis convaincue que Jamie m'aimait comme moi je l'aimais. Je ne savais pas encore que... je faisais erreur. Lorsque je suis allée le rejoindre dans sa chambre plongée dans les ténèbres, il... Eh bien, il...

Rose parla si doucement que sa voix fit à peine vibrer l'air.

— Il... quoi ?

Leana se détourna, incapable de supporter l'agonie qu'elle lisait sur le visage de sa sœur.

— Il a cru que j'étais toi.

Le visage de Rose se colora peu à peu. Pas le rose de la petite cuisse de nymphe. Le feu de la colère. Ses yeux s'animèrent, et ses mots s'enflammèrent.

— Alors, tu n'es plus ma sœur. Tu es une *putain.*

Chapitre 58

Dans le choix d'une femme, comme à la guerre,
Se tromper une seule fois, être défait pour toujours.
— Thomas Middleton

— Je ne te pardonnerai *jamais* !

— Rose, s'il te plaît, s'il te plaît…

— *Jamais !* Je te faisais confiance. Je *te faisais confiance,* Leana !

Jamie grimaçait en entendant les dures paroles qui passaient sous la porte de la chambre des deux sœurs. Il n'avait pas eu l'intention de les épier, pourtant il n'arrivait pas à s'éloigner. Il s'approcha un peu plus, prêt à réagir au moindre bruit de pas dans l'escalier.

Leana ne s'en était pas sortie aussi bien qu'il l'avait espéré. Rose était hystérique, et pour cause.

— Tu as volé mon Jamie ! criait-elle. Tu m'as volé mon *amour !*

Le cœur de Jamie se gonfla en entendant cette nouvelle confession de Rose. Elle l'aimait. Pourquoi en avait-il déjà douté ?

La voix de Leana était tendue, sur le point de se briser.

— Rose, ne vois-tu pas ? J'aime Jamie encore plus que toi.

— Comment *oses*-tu prétendre connaître mes sentiments ? Je l'*aime*. Je l'ai compris à Twyneholm.

Bien sûr. Éloignée de lui, Rose avait compris. Jamie s'appuya au chambranle de la porte, la tête douloureuse, alors que Leana se faisait l'écho de ses propres pensées.

— Oh ! Rose. Si seulement j'avais connu tes véritables sentiments. Je n'avais pas l'intention de te blesser.

— Me *blesser !* Tu as *ruiné* ma vie !

La voix de Leana était calme, sans émotion.

— Non, ma sœur. Je suis celle dont la vie est ruinée. Je voulais simplement laisser Jamie choisir.

— Mais il l'a fait, et ce n'est *pas toi* qu'il a choisie, Leana. Il m'a choisie ! Il m'aime !

Pendant un moment, la pièce fut silencieuse. Jamie sentait son cœur lui marteler la poitrine, et il était heureux qu'elles ne puissent l'entendre.

Finalement, Leana parla.

— Les sentiments… changent parfois, Rose.

Non. Jamie tendit la main vers le loquet, faisant une pause juste assez longue pour respirer profondément. Il ne laisserait pas Rose, ne serait-ce qu'un seul instant, croire qu'il ne l'aimait pas. Ouvrant la porte, il entra dans la chambre sans s'annoncer, puis la referma derrière lui. Les deux sœurs étaient debout, l'une en face de l'autre, à un pas de distance, le visage ravagé par les larmes, et plus il approchait, puis il voyait qu'elles étaient bouleversées.

— Rose. Leana. Veuillez excuser mon intrusion.

La tension émanait d'elles par vagues.

— Puisque j'ai été mêlé sans le vouloir à tout cela…, eh bien, j'ai pensé que… peut-être…

Il ne lui restait plus qu'à dire ce qui l'amenait.

— Vous devez savoir, Rose. Vous *devez* savoir que je vous aime. Que je vous aime depuis l'instant où nous nous sommes rencontrés.

— Alors, pourquoi, Jamie ?

Ses yeux l'imploraient.

— *Pourquoi ?* répéta-t-elle, et sa voix brisée le déchira. Si c'était de mes baisers que vous aviez besoin, pourquoi ne pas avoir attendu… une journée… de plus ?

— Rose, chère Rose.

Il avala sa salive et se rapprocha d'elle, puis il prit ses mains inertes dans les siennes.

— J'aurais attendu toute la vie pour vous. Si j'avais su, si j'avais compris…

Il leva les mains de Rose vers ses lèvres et baisa doucement le centre de leur paume, la première, puis la seconde, sans jamais cesser de la regarder. Mais elle refusa de lui rendre son regard et ignora le contact de ses lèvres sur ses mains.

— Je vous faisais confiance, Jamie, murmura-t-elle. Tout comme je faisais confiance à Leana. Vous m'avez tous les deux trompée, pendant toutes ces semaines.

— C'est faux !

Leana et Jamie avaient parlé en même temps, leur regard se croisant pendant un moment.

— Non, dit-il fermement en se tournant vers Rose. Je n'ai jamais pensé à Leana… de cette façon. Seulement à vous, Rose. Ce qui est arrivé est des plus malheureux.

— *Malheureux ?* Rose retira brusquement la main pour essuyer des larmes fraîches. Est-ce le nouveau terme utilisé par l'Église pour *fornication* ?

— Rose !

L'expression scandalisée de Leana reflétait celle de Jamie.

— De tels mots sont inconvenants pour une jeune femme qui…

— Oh !

Rose secoua sa jupe vers Leana, comme pour déloger une saleté de l'ourlet.

— Comment oses-tu me dire ce qui est convenable, après ce que tu as fait ? *Tu* m'as forcée à employer de tels mots, Leana. Toi, qui m'avais appris tout ce que je sais, tout ce en quoi je croyais. Maintenant, je ne sais plus que croire ! Tu m'as volé mon mari et mon avenir, *en une seule nuit !*

— Ma chérie…

Leana essaya de la toucher, mais Rose esquiva son contact.

— Je continuerai de dire que je suis désolée jusqu'à ce que tu comprennes que je n'ai jamais voulu te faire de mal, que j'ai fait tout cela parce que…

— Parce que tu l'aimes.

Les yeux de Rose n'étaient plus que de petits points sombres, et les coins de sa jolie bouche s'incurvaient en une vilaine moue.

— Quel dommage, Leana, qu'il ne te rende pas ton amour.

Jamie fit un pas en arrière, donnant aux deux sœurs un peu plus d'espace de manœuvre. Il s'était témérairement aventuré dans des eaux tumultueuses et ne savait plus comment regagner la terre ferme. Il regarda Leana, et un tourbillon d'émotions s'agita en lui. Il ne l'enviait pas, aujourd'hui. Elle était responsable de ce qui lui arrivait, de ce qui leur arrivait à tous, mais une étincelle de sympathie réchauffa son cœur pour elle. Peu importait à quel point son amour pour lui était malavisé, il était sincère. Et personne ne pouvait douter de l'amour de Leana pour Rose.

— Leana, dit-il doucement, lui touchant à peine le coude. Avez-vous expliqué à Rose les termes de notre… entente ?

— Les sept jours ? Les sept mois ?

Leana se tourna vers lui, et ses yeux lavés par les larmes étaient maintenant clairs comme du quartz.

— Ces arrangements ont été faits pour votre profit et celui de notre père, dit-elle. Je n'y vois aucun avantage pour moi. Certainement pas pour Rose non plus. Expliquez-les-lui donc, pendant que je fais ma malle.

Se détournant des deux autres, Leana prit une robe dans l'armoire à vêtements et quelques objets de première nécessité, puis elle disparut dans le couloir pour appeler calmement Neda.

Quel idiot ! De s'être ainsi invité dans leur chambre comme s'il était dans son droit de le faire, alors que ces femmes avaient vécu toute leur vie ensemble, et qu'elles ne le connaissaient que depuis quelques mois. Oui, il était idiot, et maintenant, il allait devoir payer le prix de la bêtise qui l'avait conduit là.

— Rose, commença-t-il, priant pour qu'elle comprenne. J'ai demandé à votre père s'il existait encore un moyen d'obtenir votre main…, si vous voulez toujours de moi, bien sûr.

— *Si je veux de vous ?*

Elle le regarda, incrédule.

— Jamie, je vous aime. Il me faudra du temps pour voir clair dans mes émotions, mais je sais cela : vous avez été dupé, comme je l'ai été. Je tiens ma sœur responsable de tout ce gâchis.

— Attendez.

Il leva une main, lui-même surpris de la vitesse à laquelle il prenait la défense de Leana.

— Votre père a joué un rôle dans ce malentendu, Rose. Ne jetez pas tout le blâme sur votre sœur. Nous avons tous les trois été trompés, et moi plus que tout autre.

Et c'était bien mérité. Un soupçon de culpabilité s'insinua dans sa gorge, ce qui rendit sa respiration plus difficile.

Elle serra un mouchoir dans ses mains et l'enroula machinalement autour de ses doigts.

— Quelle sorte d'arrangement père vous a-t-il proposé ?

Jamie en expliqua soigneusement les termes, observant sur son visage la réaction à chacun des scandaleux détails.

Lorsqu'il eut terminé, elle s'effondra sur la chaise de sa table de toilette, sur le point de défaillir.

— Jamie, je ne puis supporter cette idée. Vous... avec ma sœur.

— N'y pensez pas, Rose.

Il s'agenouilla près d'elle, mais elle s'éloigna de lui.

— Ne pensez à rien de tout cela. Vous passerez cette semaine avec Suzanne, si vous le voulez. Ou peut-être tante Meg pourrait-elle venir vous tenir compagnie à Auchengray ?

Ses yeux, gonflés et rougis d'avoir tant pleuré, prirent un éclat malveillant.

— De jolis plans que vous avez pour moi, Jamie. Me rendre auprès d'une amie qui me racontera mon mariage, car je n'y étais pas présente. Ou recevoir ma tante, qui me couvera comme si j'étais l'une de ses poules. Tandis que vous et Leana..., vous...

Sa voix se brisa dans un sanglot, et elle se détourna, inondant sa chaise de larmes. Lorsqu'il tendit la main pour la toucher, elle retira son bras.

— Ne me… touchez… pas !

Aïe ! La situation était intenable. Il tourna en rond dans la pièce, lui donnant le temps de pleurer sans retenue, pensant à ce qu'il allait dire. *L'avenir.* Oui, c'était de cela qu'ils devaient discuter. Pas de la semaine suivante, encore moins des événements de la veille.

— Rose, murmura-t-il en s'agenouillant près d'elle à nouveau, à cette heure-ci, jeudi prochain, tout sera comme avant : Jamie et Rose, attendant avec impatience le jour de leur mariage. Le 1er août.

Le bout de ses doigts effleura à peine la blouse de la jeune femme.

— L'été est un bon temps pour se marier, n'êtes-vous pas d'accord ?

Elle s'adossa à sa chaise pour lui faire face, le visage marbré de rouge, épuisée par l'émotion.

— Jamie, notre mariage a déjà été célébré à Newabbey. Le révérend Gordon n'admettra jamais pareille… irrégularité.

— Votre père a déjà accepté de rencontrer le conseil de l'Église. Le registre de la paroisse indiquera que le 31 décembre, j'ai épousé Leana McBride. Puisque le mariage a été — il rougit en prononçant le mot — consommé, le révérend Gordon n'aura d'autre choix que d'accepter.

— Et les commérages ?

Il balaya l'objection de la main.

— Laissons dire. Ce n'est pas vous qui êtes fautive, Rose. C'est Leana. Et moi aussi, peut-être. Mais pas vous, en aucun cas. Lorsqu'elle aura été… écartée, nous serons libres de nous marier. À Monnigaff, si vous préférez. L'église est plus vieille, mais c'est un beau temple.

Elle le dévisagea d'un air cynique, ce qui était nouveau chez elle.

— Croyez-vous pouvoir divorcer de votre femme si facilement ?

— Pas facilement, Rose. Je suis peiné pour votre sœur. Son avenir est sombre, et vous le savez bien. Aucun homme n'en voudra pour épouse. Elle passera le restant de sa vie dans une disgrâce obscure, s'occupant de votre père pendant ses vieux jours. Si le conseil le décide, elle pourrait devoir passer quelques sabbats assise sur le banc de pénitence.

Rose se dressa.

— Jamie, ils n'oseront jamais lui faire cela !

— C'est possible, Rose. On l'a rarement utilisé, récemment, mais le banc est toujours soigneusement frotté, à l'église de Monnigaff, et je soupçonne qu'il doit en être de même à Newabbey.

Il espérait vivement que Leana ne serait pas soumise à une humiliation publique. Assise sur le tabouret de bois devant la chaire, vêtue d'une robe de toile grossière, la tête et les pieds nus, son péché honteux révélé à toute la congrégation, sa pénitence décrite dans le sermon — Jamie ne souhaitait cela à personne, pas même à la femme qui s'était glissée dans le lit d'un homme sous un prétexte.

Rose savait aussi ce que le banc de pénitence représentait ; la terreur était écrite sur son visage.

— Y a-t-il un… espoir pour elle ?

— Oui, mais il existe à vos dépens. Si Leana conçoit un enfant au cours de ces sept mois, je serai obligé de rester auprès d'elle en tant qu'époux.

Rose perdit sa contenance.

— Leana est en bonne santé, et elle désire vraiment avoir un enfant.

Il baissa la voix.

— Mais il lui faudra ma… collaboration. Et je n'ai pas l'intention d'être coopératif, une fois que cette éprouvante semaine sera terminée. Nous comprenons-nous bien, Rose ?

Elle hocha la tête, et ses traits se détendirent pour la première fois depuis qu'il avait fait irruption dans la chambre.

— Oui, Jamie.

— Le 1er août, alors.

Il se pencha et lui embrassa le front, puis chaque joue, et enfin, quand il fut certain qu'elle y consentirait, sa bouche, qui était mouillée de larmes. Des lèvres fraîches, douces et innocentes. Vierges et neuves.

— Je vous achèterai un nouveau voile de jeune mariée, ma belle Rose, murmura-t-il. Plus joli encore que celui-ci. Ce sera un nouveau départ, pour nous deux. Si vous voulez attendre encore sept mois, je vous prouverai que mon amour pour vous est toujours intact.

— J'attendrai, Jamie. Mais je ne peux promettre que ces mois seront faciles, pour aucun d'entre nous.

Elle soupira, et sur son front soucieux, les dernières traces de son innocence enfantine avaient disparu.

— Pour l'instant, reprit-elle, Leana vous attend. Votre... femme.

— Pour l'instant, lui rappela-t-il, en se levant pour partir. Nous reviendrons à Auchengray jeudi prochain. Jusque-là, vous savez que vous êtes la femme que j'aime, Rose.

Il se pencha pour lui déposer un baiser sur les cheveux.

— Mon unique amour, murmura-t-il.

Chapitre 59

Quand le cœur n'a plus d'espoir,
le visage ignore la honte.
— Proverbe écossais

— Vous n'pouvez pas m'tromper, Leana.

Neda brandit vers elle un doigt usé par une vie de travail.

— V'là qu'vous remplissez vot' panier d'pommes de pin, pis vous y attachez des brindilles de gui. J'sais c'que vous mijotez, jeune fille.

Leana offrit à la gouvernante un petit hochement de tête, reconnaissante d'avoir encore une amie à Auchengray. La plupart l'évitaient simplement, même si certains la regardaient à la dérobée ou murmuraient quand elle passait précipitamment près d'eux tandis qu'elle s'affairait à rassembler ce qu'il lui fallait pour sa lune de miel à Dumfries avec Jamie. Il était toujours en haut avec Rose, mais Leana s'attendait à le voir apparaître bientôt. Elle était impatiente de partir, et encore plus de revenir à la maison. Ils s'en iraient dans la soirée, et bien que la journée fût inhabituellement ensoleillée, la longue nuit d'hiver promettait d'être d'un froid mordant. *Mon Dieu, faites qu'il n'en soit pas ainsi.*

Déterminée à profiter au maximum du temps passé en compagnie de Jamie, Leana avait rempli son panier de voyage de tous les ingrédients nécessaires pour une semaine féconde, puisés dans sa collection soigneusement rangée de graines et de noix, de racines et de plantes de son officine. Neda regardait par-dessus son épaule, approuvant ses choix.

— Mmmh. Des concombres, d'la moutarde et des graines de pavot. Bien. Un sac de raisins d'Corinthe et d'noisettes pour grignoter. Oui, bon choix. Et des carottes sauvages du cellier pour Jamie. C'est parfait, Leana. Si l'désir d'vot' cœur, c'est d'remplir vot' ventre avec un p'tit bébé, v'z'avez sûrement bien garni vot' panier. Y a-t-y aut' chose, là-dedans ?

— De l'espoir, dit Leana, en rangeant les dernières graines dans le sac. L'espoir que Jamie ne me traitera pas trop méchamment. L'espoir que je pourrai lui plaire, comme femme. L'espoir que je reviendrai jeudi prochain portant la semence d'un fils en moi.

— Ou d'une fille, la taquina son aînée, en lui souriant gentiment. L'espoir est l'meilleur remède de tous. Ma mère m'a toujours dit qu'si c'n'était d'l'espoir, l'cœur s'briserait.

— Mon cœur est déjà brisé, Neda.

Elle soupira bruyamment en passant l'anse du panier sur son épaule.

— Jamie ne m'aimera jamais. Rose ne me pardonnera jamais. Nos voisins ne m'inviteront plus jamais chez eux.

— Ça fait beaucoup d'« jamais » pour une seule femme.

Neda lui reprit doucement le panier et le déposa sur la table, puis elle lui saisit les deux mains, et les serra comme seule Neda savait le faire, à la fois fermement et tendrement. Sa voix était basse, rassurante, celle d'une mère qui réconforte son enfant blessée.

— V'z'avez fait une erreur, jeune fille.

Honteuse, Leana baissa la tête, retenant ses pleurs.

— Je sais.

— V'z'êtes pas la première femme qu'son cœur a emm'né là où elle aurait jamais dû aller.

Neda baissa la tête pour attirer le regard de Leana.

— Qui sait ? V'portez p't-être déjà l'bébé d'Jamie. V'z'avez pensé à ça ?

Leana releva la tête légèrement, et sentit son moral remonter quelque peu.

— Non, je ne l'avais même pas envisagé.

— V'voyez ?

Le visage rougeaud de la femme s'épanouit en un sourire.

— Avalez vos herbes et vos graines, si vous v'lez, mais pensez à c'lui qui a l'pouvoir d'remplir vot' ventre, et j'pense pas à vot' mari.

Leana hocha la tête et sourit faiblement.

— Je sais ce que tu veux dire : *Les enfants sont l'héritage de Dieu.* Mais, Neda, je peux à peine me résoudre à demander à Dieu son pardon. Comment oserais-je lui demander sa bénédiction ?

— Pensez-vous que l'Tout-Puissant bénit qu'ceux qui l'méritent ? dit Neda en riant doucement. Personne n'en est digne, jeune fille. Y bénit ceux qu'y choisit, et nous le remercions quand y l'fait. C't'ainsi.

Leana renifla en serrant les mains de Neda.

— Avec toi, Neda, les choses les plus difficiles paraissent si simples.

— C'est qu'elles sont simples, ma belle.

Leana leva le regard. L'éclat de la compréhension et de la grâce brillaient dans les yeux de la femme plus âgée.

— Oh, Neda.

Bouleversée, Leana s'avança et pressa sa joue mouillée contre celle, parcheminée par les années, de Neda.

— Qu'est-ce que je ferais, sans toi ? Tu as vraiment été une mère pour moi.

Les mots murmurés par Neda lui firent chaud au cœur.

— Vous m'honorez, mon enfant. Agness McBride était la bonté personnifiée.

Trop bonne pour avoir porté une fille comme moi. Leana se redressa, de nouveau torturée par la culpabilité.

— Qu'est-ce que mère aurait dit ?

Neda étudia son visage quelques instants avant de répondre.

— Elle vous aurait conseillé d'passer plus d'temps à penser à Dieu, et moins à penser à vot' beau cousin.

— Il est… trop tard pour cela, maintenant ?

— Y est jamais trop tard pour penser à Dieu.

En entendant les pas de Jamie dans l'escalier, Neda replaça le panier d'herbes sur le bras de Leana et l'embrassa pour lui souhaiter au revoir.

— Priez. Écoutez. Montrez à Jamie l'vrai côté d'vot' cœur. Laissez-lui voir la bonté qu'y a en vous, Leana, car y en a à profusion.

— Mais s'il se met en colère…

— Oh!

Neda balaya de la main ses inquiétudes.

— La colère est d'courte durée, chez un homme d'un bon naturel.

Leana plaça une main sur son panier.

— Et que faire, pour notre chère Rose?

Le sourire sur le visage de Neda s'évanouit.

— Laissez-moi m'occuper d'vot' sœur, le temps qu'vous êtes partie, car elle a aussi besoin d'une mère.

Quand Leana se raidit, la femme secoua la tête vivement.

— Non, n'vous en mettez pas plus su' les épaules, jeune fille, dit-elle. Rose n'est pas vot' problème, c'te semaine. Pensez d'abord au Dieu tout-puissant et à vot' mari, dans c't'ordre-là. Et assurez-vous d'aller prier à l'église Saint-Michael, l'jour du sabbat. C't'entendu?

— Entendu.

Tout en la remerciant du regard, Leana se dépêcha de traverser la cuisine et de sortir par la porte arrière, faisant le tour de la maison pour rejoindre le cabriolet à l'avant. Jamie était debout, à côté de l'attelage, les traits crispés dans la lumière déclinante du jour, tandis que Willie plaçait sa malle derrière le siège.

Neda avait inclus son savon parfumé favori, sa plus belle chemise de nuit et une jolie robe. Pas celle qui était rouge vin, cependant. Leana craignait qu'elle ne rappelle à Jamie cet instant où, entrant dans sa chambre, il lui avait demandé de remplacer sa sœur au mariage, mettant malgré lui en branle une succession de malheurs.

— Merci d'avoir attendu pendant que je remplissais mon panier.

Elle lui prit la main alors qu'il l'aidait à prendre place dans le cabriolet.

— Il n'y a pas de place pour ça derrière vous, dit-il sèchement en grimpant à côté d'elle.

— Je le porterai volontiers sur mes genoux.

Il jeta un coup d'œil sur le contenu disparate, puis lui demanda :

— Qu'est-ce que c'est, tout ça ?

— De l'espoir, dit-elle simplement, s'installant sur son siège pendant qu'il secouait les guides et que leur voyage commençait. Ce panier est rempli d'espoir.

Il renâcla, son regard exprimant presque le dégoût.

— Si par « espoir », vous voulez dire que vous entretenez la notion ridicule que vous pourriez gagner mon affection, alors, laissez ce panier derrière, Leana. Mon cœur est déjà engagé. Vous pourrez disposer du reste de ma personne pendant sept jours, mais pas davantage.

Le panier faillit se vider sur ses genoux.

— Mais père a dit que j'aurais sept *mois !* Que vous ne pourriez vous marier avec Rose avant le mois d'août.

Il la regarda, et l'éclat de son regard n'était pas celui du Jamie qu'elle aimait.

— Vous avez sept mois pour produire la preuve de la présence d'un héritier dans votre ventre. Mais j'ai promis à votre père que je vous consacrerais toute mon attention — ce sont les paroles qu'il a employées, n'est-ce pas ?

Elle acquiesça de la tête, les yeux agrandis par la peur.

— Oui, Leana, toute mon attention, pendant sept *jours*. Et vous l'avez, maintenant. Une semaine, Leana. Pas davantage.

Il incita le cheval à avancer d'un petit claquement de fouet, souriant amèrement dans le crépuscule.

— Votre père n'est pas le seul â être capable de triturer le sens des mots à son avantage.

— Une *semaine ?* murmura-t-elle, se sentant devenir malade. Jamie, une semaine, ce n'est pas suffisant…

— Au contraire, c'est plus que suffisant. Demandez à n'importe quelle femme qui a conçu lors de sa nuit de noces.

Elle se redressa, se souvenant des paroles de Neda.

— Et si c'est ce que j'avais fait ?

L'expression de son visage s'assombrit.

— J'espère sincèrement que ce n'est pas le cas. Est-ce… possible ?

La chaleur monta au visage de Leana. Elle avait déjà discuté des détails intimes des règles mensuelles d'une femme avec sa sœur et Neda, mais jamais avec un homme, et surtout pas avec Jamie. Quoi qu'il en soit, il était son mari et il méritait une réponse.

— C'est possible, bien que ce soit peu probable, dit-elle simplement, tout en comptant les jours dans sa tête.

Mais possible. Leana pressa ses lèvres ensemble et tapota son panier.

— J'essaierai de profiter au maximum de ma semaine et de m'en satisfaire, ajouta-t-elle.

— Alors, c'est entendu. Lorsque nous retournerons à Auchengray, ce sera comme si rien n'était jamais arrivé. Il ne sera plus fait mention de cette… de cette *lune de miel.* Surtout en présence de Rose.

— Je ne blesserais jamais ma sœur de cette façon.

Elle lui toucha le bras pour être certaine qu'il l'entendait.

— En dépit de ce que vous croyez, j'aime Rose encore plus que vous, Jamie.

Il la fustigea du regard, et toute son attitude exprimait sa mauvaise humeur.

— Ne répétez pas ces mots, Leana. Cela ne changera pas mon opinion ni mes sentiments envers vous. Je ne vous aime pas et je ne vous ai jamais aimée.

Devait-il le répéter encore et encore ? Ne comprenait-il pas qu'une seule fois suffisait pour la vie entière ? *Je n'ai jamais dit que je vous aimais.* Elle s'efforça d'exprimer l'inexprimable.

— Mais vous m'*aimerez*, comme un mari. Vous ferez ce qu'il faut pour… me faire un enfant, n'est-ce pas ?

Il se détourna.

— N'avez-vous pas honte ?

— Je suis couverte de honte, Jamie.

Quand son menton se mit à trembler, elle s'efforça de se maîtriser.

— La seule chose qui pourrait effacer ma honte, reprit-elle, serait de porter votre héritier, afin que vous demeuriez auprès de moi comme légitime époux. Vous devez savoir que c'est mon seul espoir et mon désir le plus cher. Je ne prétendrai pas le contraire. Pas plus que je ne ramperai pour quémander votre affection chaque soir.

— Abstenez-vous de le faire. C'est extrêmement malséant, de la part d'une femme. Je ferai ce que j'ai promis. N'en parlons plus.

Elle avait sa réponse. Les plaisirs d'hier étaient disparus pour elle, comme une rosée s'évaporant à la lumière du jour, ne laissant aucune trace. Tout ce qui restait était le devoir.

Son cœur brisé une nouvelle fois, Leana enveloppa son panier dans ses bras, comme si elle cherchait à puiser de la force dans la bruyère tissée.

— Je n'ai qu'une faveur à vous demander pour cette semaine.

— Une faveur ?

Il semblait déjà peu disposé à la lui accorder.

— Pourrions-nous aller à l'église Saint-Michael dimanche, pour notre *kirkin*[7] ?

---

7. N.d.T. : On appelle « *kirkin* » la visite cérémonielle d'un couple à l'église, le premier dimanche suivant son mariage.

Elle hésita à mentionner cette coutume nuptiale écossaise, car il n'y aurait pas d'amis ni le traditionnel festin qui s'ensuivait habituellement.

Il soupira lentement.

— C'est d'accord, nous irons à l'église Saint-Michael pour notre premier dimanche ensemble.

Et notre dernier. Il n'eut pas besoin de le dire à Leana pour qu'elle l'entende.

Jamie fouilla dans la poche de son gilet et sortit l'alliance en argent. Il la lança dans son panier comme s'il s'agissait d'un vulgaire bijou de pacotille.

— Portez ceci, sinon notre aubergiste nous laissera sur le pavé.

Elle trouva le mince anneau parmi ses sachets de graines et le glissa à son doigt. L'argent froid se réchauffa rapidement. *Faites que Jamie se réchauffe aussi à mon contact.*

Les dernières lueurs du jour disparurent. La nuit les enveloppa dans sa noire chape de froidure. Elle était heureuse que l'air fût calme, car aucun vent nocturne ne traversa sa pèlerine à capuchon ni l'épais manteau de Jamie, pourtant, elle se rapprocha de lui en quête d'un peu de chaleur. Il ne s'éloigna pas, mais ne l'accueillit pas non plus. Ils étaient maintenant à court de mots et roulèrent en silence, traversant les rues bondées de Brigend, puis ils suivirent le chemin sinueux jusqu'au pont de Devorgilla, et en franchirent le tablier pour entrer à Dumfries. Des maisons de grès et de brique rouge s'élevaient de part et d'autre de rues bien pavées, dont les fenêtres étaient brillamment éclairées par des chandelles et des foyers allumés. En tournant dans la grand-rue, Leana imaginait les gens, jeunes et vieux, réunis derrière les nombreuses portes, célébrant le début d'une nouvelle année.

Alors que leur voiture s'approchait du King's Arms Inn, dont les nobles clients entraient et sortaient en grand équipage, Leana pria — et avec quelle ferveur ! — pour que l'année 1789 se termine sur une note plus heureuse que celle sur laquelle

elle avait commencé. Et que sa première semaine avec Jamie ne fût pas sa dernière.

Ils furent accueillis à la porte par un portier sympathique, qui s'occupa promptement de la voiture et de leurs bagages, avant de leur remettre leur clé.

— Vous joindrez-vous à nous pour le dîner ?

— Oui, répondit Jamie.

— Non, dit-elle aussi rapidement.

L'homme corpulent sourit.

— Nous pouvons vous préparer un repas plus tard, si vous avez faim, monsieur. Si madame McKie vous permet de vous absenter, bien sûr.

— Elle le fera, dit Jamie sèchement, puis il recula pour permettre à Leana de gravir l'élégant escalier, tout en remerciant le concierge pour ses services.

Ils découvrirent une chambre spacieuse et bien meublée, pourvue d'un bureau près de la fenêtre et d'une bonne provision de chandelles pour les élégantes appliques de la pièce. Un valet apparut bientôt avec leurs quelques possessions et les déposa lourdement sur le plancher, tout en présentant à Jamie une paume impatiente de recevoir quelques pièces de monnaie.

— Aurez-vous besoin d'autre chose ? demanda le garçon décharné.

Leana secoua la tête, puis se tourna vers Jamie quand la porte se referma.

— Puis-je défaire votre malle ?

— Si vous voulez.

Il s'assit sur le bord du lit — pas un lit clos pourvu de rideaux comme celui d'Auchengray, mais un lit sur pied à quatre colonnes, sans dais au-dessus. Leana se sentit mal à l'aise devant l'espace ouvert. Trop exposé.

Ses mains tremblaient pendant qu'elle sortait de la malle les chemises de toile de lin et les bas de laine de Jamie, pour les placer dans les tiroirs d'une commode, comme elle l'aurait fait pour son père, incertaine de la manière dont Jamie préférait qu'on range ses affaires. Il ne fit pas de commentaires, alors elle fit ce qui lui sembla le mieux, plaçant ses propres effets dans un tiroir séparé, afin d'éviter qu'ils ne se touchent.

Elle termina — trop rapidement, craignit-elle — sans avoir aucune idée de ce qui allait se passer ensuite.

Il se leva abruptement.

— Êtes-vous sûre que vous ne voulez pas venir dîner avec moi ?

— Jamie, je suis plus fatiguée qu'affamée. Peut-être qu'une sieste me fera du bien. Ça ne vous dérange pas ?

Il lui assura que non et disparut dans le couloir tandis qu'elle suspendait sa pèlerine sur un crochet, près de la porte, avant de se déshabiller pour se coucher. C'était mieux ainsi. Il la trouverait se reposant, la réveillerait peut-être un moment, puis la laisserait se rendormir. Ce dont elle avait bien besoin, après la journée précédente.

Elle suspendit sa robe, cacha sa chemise et ses bas dans la commode et enfila sa plus belle robe de nuit, faite de fine batiste, et brodée de campanules autour du cou, sur les manches et à l'ourlet. C'était sa création, elle l'avait conçue pour mettre ses yeux en valeur, même si Jamie ne le remarquerait pas. Puisant dans son panier, elle grignota des graines, des noix et des raisins de Corinthe, tout en priant pour une bénédiction qu'elle savait ne pas mériter. Un verre d'eau tiède du pichet, et son appétit fut rassasié.

Leana se glissa entre les draps frais et appuya sa joue sur son anneau de mariage, qui lui paraissait si étrange, passé à son doigt. Presque une épouse. Elle n'avait qu'une semaine pour le devenir tout à fait. Aucun homme ne serait courtisé aussi assidûment que Jamie McKie. Après s'être replacée et retournée dans son lit plusieurs fois, elle glissa dans un sommeil sans rêves.

—Leana ?

Jamie l'éveilla en murmurant. À moitié endormie, elle sourit en l'entendant si près de son oreille.

— Comment était votre dîner ?

— La viande était dure, la bière fade et les pommes de terre avaient sûrement été récoltées l'année dernière.

Il bâilla, puis souffla sur la chandelle, éteignant les ombres dans la pièce noire, dont les rideaux étaient étroitement fermés pour contrer le froid.

— Leur spécialité est peut-être le petit-déjeuner, ajouta-t-il, philosophe.

— Peut-être.

Leana roula vers lui dans le lit de plume, soudain bien éveillée. *Oh, Jamie.* Il était couché très près, le long pan de sa chemise frôlant sa robe de nuit.

— Jamie, j'ai prié pour que cette nuit…

— Chut, dit-il, en plaçant un doigt sur ses lèvres. Nous ne devons plus parler de ça, n'est-ce pas ?

Pas un autre mot ne fut dit, mais les mains et la bouche de l'homme ne furent pas muettes. Dans le noir, elle l'entendit prononcer son nom. Une seule fois.

Chapitre 60

Embrassons-nous, et à partir de maintenant,
Jurons-nous une misère éternelle ensemble.
— Thomas Otway

Les campanules sur sa robe de nuit. Ce fut la première chose qu'il remarqua. Bien que la lumière du matin fût faible, il pouvait quand même distinguer les délicates fleurs brodées autour de son cou, pendant qu'elle dormait couchée sur le dos. Il en effleura une près de sa clavicule, sentant les petites boucles de fils sous le bout de son doigt. Il se l'imagina blottie près d'une fenêtre, ses lunettes perchées sur le bout de son nez, les yeux plissés en tenant son aiguille, confectionnant une robe de nuit qu'aucun homme n'était destiné à voir.

C'est ta faute, Leana. Il continuait de se le répéter, pour tenir la culpabilité à distance, décidé à ne pas se laisser souiller par elle. Mais sa conscience était toujours vigilante, le harcelant avec la vérité : la première nuit, son esprit imbibé d'alcool avait cru que c'était Rose. Hier, sobre, il savait que c'était Leana, et il avait néanmoins répondu à ses caresses.

Avec une certaine dose de résignation, Jamie s'appuya sur un coude et étudia ses traits. Elle n'était pas une beauté. Son visage était trop long, ses sourcils trop accusés, son nez et sa bouche étaient un peu trop charnus pour briller dans un salon, sa carnation était terne. Mais dans le noir de la nuit, lorsqu'elle passait la main sur sa poitrine et murmurait son nom, tous ces détails moins flatteurs s'effaçaient de son esprit. *Leana.* Il avait prononcé son nom à haute voix, une fois, sans le vouloir. Elle avait pleuré sans dire un mot alors même qu'il se maudissait de son imprudence, de lui avoir ainsi donné de faux espoirs. Le Ciel savait qu'elle avait déjà assez apporté de cela dans son panier.

Il ne pouvait rien résulter de bon de cette semaine, seulement du malheur. Pas d'amour, pas de mariage, pas d'avenir. Et surtout, priait-il, pas d'enfant. Il était tenu d'honorer les termes formulés par son oncle retors, et forcé de faire son devoir envers Leana, mais il en ferait le moins possible. Rose l'attendait, sa chère Rose aux cheveux de jais et aux yeux noirs. Il ne déshonorerait pas l'amour nouvellement né chez la jeune fille en savourant ne serait-ce qu'un moment de plaisir authentique avec sa sœur.

Sa sœur. Qu'une telle chose ait pu survenir le dépassait complètement. Il savait seulement que son oncle était derrière cela, d'une façon ou d'une autre. Lachlan avait menacé de retirer sa promesse de lui accorder la main de Rose, afin de le forcer à accepter un mariage par procuration. Est-ce que l'homme acariâtre avait aussi juré de ruiner la vie de Leana ? Jamie n'oserait pas le lui demander, craignant la réponse. De telles idées n'allaient pas rendre la semaine qui s'annonçait plus facile. Seulement plus difficile.

Elle bougea, se tourna vers lui, les yeux toujours fermés, sa bouche généreuse ouverte. Jamie fut sur pied en un mouvement rapide, frissonnant en raison du plancher glacial, mais aussi à cause de la peur qui s'insinuait en lui. Il ne pouvait aimer deux femmes. Les demi-mesures n'étaient pas sa façon de faire les choses. S'il aimait Rose, alors il devait éloigner Leana. La décourager dès qu'il en aurait l'occasion. Ne lui laisser aucune place où faire son nid dans son cœur.

Lui tournant le dos, il utilisa le pot de chambre et s'habilla rapidement. Le ciel sombre ressemblait à la couleur de l'étain : massif, gris et d'un éclat mat. Il était à la porte quand Leana s'éveilla, le surprenant alors qu'il avait la main sur le loquet.

— Jamie, vous partez prendre votre petit-déjeuner ?

Il n'osait pas la regarder.

— Oui.

— S'il vous plaît, laissez-moi me joindre à vous.

Elle se glissa hors du lit, une silhouette dans la lumière trouble.

— Pourriez-vous m'attendre, pendant que je m'habille ?

— J'attendrai en bas.

Ses mots étaient brefs, ses mouvements, brusques. Il se lança pratiquement dans l'escalier, puis se réchauffa les mains autour d'une tasse de thé fumant tandis qu'il mettait de l'ordre dans ses émotions, pour affronter les heures et les jours à venir. Il serait poli, mais distant. Honnête, mais sans prendre aucun risque. Aimable, sans être chaleureux. Un gentilhomme, pas un mari.

Quand Leana apparut, les cheveux soigneusement tressés, sa robe bleu foncé mettant sa peau pâle en valeur, il hocha simplement la tête pour la saluer. Elle s'assit, et son expression était sereine.

— Voyons voir si leur porridge est plus recommandable que les pommes de terre qu'ils ont déterrées pour vous hier.

Jamie la regarda, faisant un effort pour réprimer un sourire.

— J'ai demandé à notre hôte de nous en apporter deux bols quand vous viendriez me rejoindre, avec du thé, du *bannock* et une tranche de bacon. Est-ce que ce sera suffisant ?

— Plus que suffisant, murmura-t-elle, en joignant les mains sur ses genoux. Mon appétit est facilement rassasié.

Il ignora le commentaire taquin qui lui vint à l'esprit — celui d'un amant, pas du tout approprié. Le petit-déjeuner fut servi et consommé au milieu de brefs échanges et, moins d'une heure plus tard, leur serviette était reposée sur la table. Ils avaient devant eux une longue journée. Et, puisque c'était le deuxième jour de janvier, une nuit encore plus longue. Il la regarda, assise en face de lui, tout en cachant ses émotions derrière un masque d'indifférence.

— Quels sont vos plans pour la journée ?

Elle ne réagit pas à la dureté du ton.

— Tout ce qui vous plaira, monsieur McKie. Si cela vous convient, j'aimerais beaucoup voir quels sont les secrets que Dumfries nous réserve.

Des secrets ? Il en avait lui-même assez pour alimenter toute la ville.

— Et si cela ne me convient pas de vous accompagner en ce matin frileux ?

Le sourire de Leana suffisait à réchauffer toute la pièce.

— Alors, je m'installerai confortablement près du foyer pour me plonger dans un roman.

Il ne put s'empêcher d'exprimer sa surprise.

— Vous avez apporté de la lecture en voyage de noces ?

— Bien sûr.

Elle sourit légèrement.

— *Éveline,* en trois volumes, précisa-t-elle. Je n'étais pas certaine du… temps qu'il ferait à Dumfries. De plus, je ne peux me souvenir de la dernière fois où j'ai pu profiter de sept jours sans travailler.

Elle s'étira, rayonnante, tout en regardant la poignée de clients attablés çà et là dans la salle à manger de l'hôtel.

— Ce sera un luxe de pouvoir lire sans être interrompue constamment par quelque tâche pressante.

Jamie s'adossa, stupéfait par son attitude calme, presque confiante. Où était la timide Leana qu'il avait rencontrée quelques mois auparavant ? Elle n'était pas exubérante comme Rose, mais semblait fort sûre d'elle-même pour une femme qui n'avait pas d'avenir à proprement parler. Ses manières l'intriguaient à tel point qu'avant d'avoir pu s'en empêcher, il l'avait déjà invitée à faire une promenade dans les rues de Dumfries.

Elle sourit, amusée par quelque chose.

— Je suppose qu'*Éveline* et ses aventures devront attendre un peu.

Lorsque Leana se leva, il l'imita.

— Si vous aviez la gentillesse de m'apporter ma pèlerine, qui se trouve dans la chambre, monsieur McKie, nous pourrions partir immédiatement.

Encore McKie. Il réprima un froncement de sourcils.

— Qu'est-il arrivé à « Jamie » ?

— C'est la question que je me pose depuis le réveil, dit-elle d'un ton neutre, son regard bleu fixé sur lui. Votre ton formel et votre réception froide m'ont suggéré qu'il serait préférable pour moi de vous traiter comme un étranger. Car, voyez-vous, je n'ai qu'une ambition, cette semaine : c'est de vous être si agréable que vous ne puissiez envisager la vie sans moi.

Étonné, il retomba assis sur sa chaise.

— Alors, nos buts sont tout à fait contraires.

— Cela ne m'étonne pas.

Elle soupira, comme si elle réfléchissait à quelque chose, puis tourna la tête en direction de la porte.

— Devrions-nous partir, maintenant ? demanda-t-elle.

Une invitation galante. Il avait l'impression qu'ils se faisaient mutuellement la cour. Mais c'était impossible. Il était marié à cette femme… ou peut-être que non, si les choses ne pouvaient s'arranger avec le conseil de l'Église. Il dormait avec elle, mais elle persistait à l'appeler *monsieur McKie.* Une situation des plus inconfortable. Secouant la tête, il se dépêcha de gravir l'escalier pour aller chercher son manteau. Il redescendit et la trouva l'attendant près de la porte, laquelle restait toujours ouverte pour accueillir les aristocrates qui séjournaient au King's Arms Inn.

Ils marchèrent d'un même pas en montant la grand-rue. Bien qu'il fît froid, aucun vent cinglant ne les agressait. Ils se promenèrent donc sans se presser, passant une tête curieuse dans chaque établissement dont la porte était ouverte. Leana, plus à l'aise qu'il ne se rappelait l'avoir jamais vue, entretenait d'intelligentes conversations avec les gantiers et les apothicaires, saluait les pêcheurs, mais évitait leur bateau — car tous les gens de la mer savaient qu'un vendredi ne pouvait apporter autre chose que de la malchance — et elle discuta aussi avec des écrivains aux idées bien arrêtées, assis à la table voisine, quand ils s'arrêtèrent au George Inn pour déguster un rôti d'agneau.

Leana n'essayait pas de séduire les hommes, ce que faisait Rose inconsciemment. Elle engageait plutôt des dialogues sensés avec les marchands et les commerçants, en leur posant des questions pertinentes. Leana partageait le talent de son père pour les affaires, mais sans sa malhonnêteté. Pas étonnant que Duncan recherchât son aide pour débroussailler les comptes à la Saint-Martin.

À la fin de la journée, elle n'était pas plus jolie qu'au commencement, mais Jamie se retrouva en train de sourire, alors qu'il aurait dû avoir l'air maussade, et de la complimenter, quand il aurait voulu rester muet. Leur dîner fut une agréable combinaison de bouillon et de pain, vite avalée avant qu'ils se retirent et se retrouvent blottis sous les couvertures, plus tôt qu'ils n'en avaient eu l'intention. Lorsqu'il la frôla dans le noir, sa réponse fut immédiate, son amour pour lui, indéniable, mais il prit soin de ne pas prononcer son nom ni murmurer quelque mot tendre. C'était vrai ; il appréciait ses attentions. Mais il ne l'aimait pas, pas le moins du monde.

Le samedi, il fila avant qu'elle se réveille, laissant une note l'avisant de passer la journée en compagnie d'*Éveline*, pendant qu'il s'occupait de certaines affaires. C'était une ruse ridicule ; il n'avait aucune affaire en cours à Dumfries. Il ne pouvait tout simplement pas supporter une autre journée de torture, déchiré entre sa volonté et son désir, entre ce qu'il savait être approprié, et ce qu'il savait être honnête. Il revint au King's Arms Inn très tard et trouva Leana profondément endormie, tenant toujours son livre, la chandelle achevant de se consumer. Soulagé, il se déshabilla rapidement, mais Leana ouvrit un œil et lui sourit.

— Venez au lit, dit-elle, et il obéit.

Le matin du sabbat se leva, froid et humide, la pluie constante de la nuit ayant saturé l'air. Des mouettes s'élevaient au-dessus de la grand-rue, lançant leurs longs cris plaintifs, une mélodie triste à deux notes, suivis d'une série d'appels saccadés, comme si les oiseaux changeaient d'humeur et se mettaient à rire.

Jamie jeta un coup d'œil à Leana alors qu'ils descendaient la rue en pente vers l'église Saint-Michael, se demandant si elle avait aussi remarqué les mouettes et perçu l'ironie de leurs appels. Elle inclina la tête vers l'arrière pour suivre leur évolution dans le ciel.

— Sont-elles tristes ou joyeuses, à votre avis ? lui demanda-t-elle.

Peu de choses échappaient à Leana.

— Les deux, je suppose, dit-il.

Comme nous.

Les cloches sonnèrent aux deux extrémités de la grand-rue — les unes étaient celles de la Nouvelle église, comme les citadins l'appelaient, et les autres étaient celles de Saint-Michael. Jamie aurait préféré entendre prêcher le docteur Burnside à la Nouvelle église, mais Leana avait assuré à Neda qu'ils iraient prier à Saint-Michael, alors il se plia à sa demande. Un minime compromis. Ce n'était pas l'église de Newabbey, alors c'était sans grande importance. Ils n'y verraient aucun visage familier, et leur visite serait vite oubliée.

Ils tentaient de s'écarter du chemin, pour laisser le passage à un attelage, quand la botte de Leana se coinça entre deux pavés. Elle perdit pied et plongea vers l'avant. Sans hésiter, Jamie passa un bras autour de sa taille et l'attira vers lui, l'empêchant de faire une chute dans la rue boueuse. Il ne la tint qu'un moment, le temps qu'elle retrouve son aplomb, mais assez tout de même pour que son esprit se remplisse d'images agréables. Sa résolution de lui faire regretter sa lune de miel s'effritait comme les sablés de Neda.

Quatre nuits encore et cela prendrait fin, pour toujours.

C'était mieux ainsi ; c'était juste. Rose était encore son premier amour, son seul amour. Il tâcherait de ne jamais l'oublier, jusqu'à ce qu'il tienne la jeune fille dans ses bras.

Chapitre 61

J'ai fait mon devoir, et rien de plus.
— Henry Fielding

Ils gravirent les marches de l'église Saint-Michael, dont le cimetière était jonché d'immenses pierres tombales s'avançant en désordre jusque devant la porte d'entrée. Comme le voulait la coutume, Jamie avait accompagné Leana à pied directement, sans emprunter l'une des rues secondaires, et ils étaient arrivés bien après le début du service religieux. Avec une certaine réticence, il lui offrit son bras avant d'entrer, étonné par l'empressement que Leana mettait à observer cette tradition, même si elle ne signifiait rien.

Elle plaça la main comme il se devait, près du cœur de Jamie, et ils franchirent la porte. Toutes les têtes se tournèrent, mais seulement un bref moment. Ils étaient deux étrangers, un mari et une femme tout à fait ordinaires, qui arrivaient honteusement en retard. Un couple ne les ignora pas, cependant. Ils leur sourirent et les invitèrent de la main à venir les rejoindre.

Les yeux de Leana s'écarquillèrent.

— Neda ! murmura-t-elle. Duncan !

Les mâchoires de Jamie se contractèrent à la vue de la silhouette longiligne du superviseur. *Duncan Hastings.* Le seul homme d'Auchengray qui pouvait faire tomber ses défenses d'une seule parole bienveillante.

Leana l'attira vers le banc où le couple les attendait. C'était la coutume, pour les meilleurs amis des jeunes mariés, de venir les rencontrer à l'église, lors du premier sabbat suivant leur mariage, mais jamais ils ne s'étaient attendus à les voir si loin de la maison.

— Nous devions venir, expliqua Neda en chuchotant.

Elle fit une place au couple entre eux, puis pressa la main de Leana pour lui souhaiter la bienvenue.

— Silence, maintenant, dit-elle, rendons grâce au Tout-Puissant.

Jamie hocha simplement la tête en direction de Duncan, tout en évitant son regard bleu et perçant.

— Ô Dieu éternel et Père miséricordieux, entonna le ministre, nous confessons et reconnaissons ici devant votre Divine Majesté que nous sommes de misérables pécheurs.

Jamie inclina la tête et sentit que Leana faisait de même, leurs épaules et leurs genoux se frôlant sur le banc où se pressaient les fidèles. *Une pécheresse.* Oui, c'était bien ce qu'était Leana. De la pire catégorie, car elle se prétendait innocente. Elle s'était persuadée, lors de la nuit de noces, qu'il l'aimait, qu'il la désirait et qu'il l'avait accueillie comme son épouse.

Mais plus il essayait de faire le compte des transgressions flagrantes de Leana, plus les siennes l'assaillaient en plein visage. Il avait péché, quand il avait demandé à Leana de jouer le rôle de mariée par procuration, trop impatient pour attendre Rose, indifférent à la peine de la jeune fille, qui raterait ainsi son propre mariage. Il avait péché, quand il avait embrassé Leana trop passionnément, dansé avec elle trop gaiement, bu trop librement, et joui de son corps d'une manière aussi complète. Il partageait ce dernier péché avec elle, mais, malgré tous ses efforts, il ne réussissait pas à lui faire porter entièrement le blâme.

Il avait péché aussi en acceptant l'ignoble plan de Lachlan pour ses filles, afin de pouvoir se marier avec Rose, sans se soucier de ce que cela pourrait coûter aux deux femmes. Égoïste. Irréfléchi. *Pécheur.*

Pas Leana. *Toi, Jamie.*

Et c'était loin d'être ses premières offenses. Il avait péché, quand il avait acquis son droit de naissance par un troc. Il avait péché, quand il avait volé la bénédiction de son frère. Il avait péché, quand il avait trompé le père qu'il aimait.

Pardonnez-moi. Il avait répété ces mots machinalement des milliers de fois. *Pardonnez-moi.* Cette fois-ci, sa poitrine se comprimait réellement, et sa supplication venait non seulement de ses lèvres, mais aussi de son cœur. *Pardonnez-moi.* Ployant sous le poids de sa honte, il toucha presque du front le banc devant lui.

Il sentit plus qu'il n'entendit la réponse : *Vois, je suis avec toi.*

Non. Jamie pressa les lèvres fermement, luttant contre la clémence même qu'il demandait. Comment le Tout-Puissant pourrait-il être à ses côtés, alors qu'il ne pouvait vivre avec lui-même ?

Le ministre continuait de parler d'un ton monotone, pourtant, ses paroles étaient bien vivantes.

— Rien ne peut nous retirer ta grâce et ta faveur divines. À toi, conséquemment, Ô Père, avec le Fils et le Saint-Esprit, nous te rendons tout honneur et toute gloire, pour l'éternité. Ainsi soit-il.

— Ainsi soit-il, répondit la congrégation.

Peut-il en être ainsi ? Jamie leva la tête, troublé par la promesse d'une faveur qui ne lui coûterait rien. Il avait volé la bénédiction de son père. Était-il juste d'en subtiliser une à Dieu aussi ?

Les paroissiens, dirigés par le maître de chapelle, entonnèrent un hymne, qui lui était presque familier. L'air était le même, mais les paroles avaient été modifiées dans la nouvelle édition des *Paraphrases*, le forçant à être particulièrement attentif. À sa droite, Leana chantait d'une voix juste, les paroles inhabituelles ne semblant pas la déranger. De son côté, elles faisaient vibrer chez lui certaines cordes un peu trop sensibles.

Voyez le prodigue impie,
Accablé de misère,
Que le vice a fait tomber de son haut rang
Et a jeté dans la pauvreté et le malheur.

Oui, ces paroles le touchaient de beaucoup trop près. Il s'était enfui de la maison, pour se retrouver plongé jusqu'aux chevilles dans les ordures de mouton. Ses poches étaient vides d'argent et son cœur rempli de chagrin, et une partie de cela était le résultat de ses propres actions. Si Dieu était avec lui, pourquoi ses malheurs avaient-ils décuplé ? Jamie, qui commençait à avoir la nausée, fut soulagé quand les versets trop nombreux cessèrent, et plus heureux encore, lorsque tous les sermons et toutes les prières prirent fin à leur tour. Il se retrouva enfin sous le ciel gris de janvier, laissant ses angoisses momentanées derrière lui, sur le banc d'église.

— Est-ce qu'on peut v'z'inviter à déjeuner ? demanda Duncan, lorsqu'ils furent de retour dans la grand-rue. Nos bourses sont p't-être trop maigres pour la table du King's Arms Inn, mais on peut quand même vous régaler au Trou du mur. Est-ce que ça ira ?

— Volontiers, dit Jamie, résigné à jouer son rôle de mari légitime, ne serait-ce que pour l'après-midi.

Le quatuor savoura un repas simple à la vieille auberge, puis fit une longue promenade hivernale. Il était trois heures de l'après-midi quand Duncan et Neda repartirent à cheval vers Auchengray, les jupes de Neda voletant légèrement autour d'elle. Jamie leur fit un signe de la main, avec Leana à ses côtés, puis s'empressa de la guider vers leur hôtel et son chaud foyer, car l'air était devenu glacial.

— Je suis heureuse qu'ils soient venus jusqu'ici, admit-elle en montant l'escalier à ses côtés. Je crains que, lorsque nous rentrerons à Auchengray, rien ne soit plus pareil.

Il s'arrêta et lui saisit fermement le coude.

— Ce ne sera pas comme maintenant, Leana. Je fais mon devoir, ici, et rien de plus. N'espérez pas autre chose, Leana, ou vous serez amèrement désappointée.

Elle baissa le regard, et la voix, aussi.

— Vous ne pourrez jamais me décevoir, Jamie. Mes attentes sont telles que tout ce que vous faites me ravit.

Une telle femme ne lui rendait pas aisée la tâche de l'éconduire. Plaisante le jour, passionnée la nuit, elle était la réponse aux prières de tout homme — sauf lui —, mettant constamment sa résolution à l'épreuve. Un instant, il était reconnaissant d'être en sa compagnie ; l'instant d'après, il était furieux de s'accorder ne serait-ce qu'une parcelle d'agrément. La nuit de mercredi vint trop tôt, pourtant, jeudi n'arriverait jamais assez vite pour mettre fin à son supplice.

Fidèle à sa promesse, Leana ne quémandait pas son attention et ne l'importunait pas non plus pour l'obtenir. Elle ne faisait que l'inonder d'amour. Des regards pleins de chaleur, des caresses délicates, des mots gentils et une honnêteté qui le renversait. L'amour de Leana ne connaissait pas de bornes, n'exigeait pas d'attaches, pourtant, il se sentait inexplicablement lié à cette femme. C'était une corde qu'il lui faudrait trancher décisivement, le lendemain matin.

Lors de leur dernière nuit à Dumfries, le temps empira considérablement.

— Il se fait tard, murmura-t-il en éteignant la dernière chandelle.

Un vent mordant du nord faisait vibrer les vitres de l'auberge. L'air froid sifflait entre les interstices et se faufilait entre les couvertures, sous lesquelles ils étaient blottis, l'un contre l'autre, dans un désespoir mutuel.

— Celle-ci sera donc notre dernière nuit.

Leana avait parlé sans dévoiler ses véritables sentiments.

— Il le faut, dit-il, ne sentant pas le besoin d'expliquer pourquoi. J'espère que j'ai…

— Vous l'avez fait.

Elle l'embrassa, et il sentit ses larmes sur ses lèvres.

— Jamie, mon doux mari, murmura-t-elle en lui enveloppant le cou dans ses bras. Je vous aime encore.

Longtemps après que les cloches de Midsteeple eurent sonné dix heures, ils sombrèrent dans un sommeil intermittent, se réveillant pendant la nuit sans le vouloir, s'agitant, essayant de se réchauffer tout en gardant leurs distances. À l'aube, ils s'habillèrent rapidement, évitant de se regarder, et se dépêchèrent de descendre pour le petit-déjeuner, pour ensuite se mettre en route vers Auchengray. La nuit glaciale avait gelé le sol, ce qui permettait au cabriolet à deux places de rouler plus rapidement sur la route de Dumfries. Lorsqu'ils acquittèrent leur droit de péage, à quatre milles au sud du bourg, Jamie remarqua combien il lui restait peu de choses du cadeau de sa mère. Pourtant, la semaine lui avait coûté bien plus que de l'argent.

Au moins, elle ne lui avait pas coûté Rose. Sa beauté, son rire, ses manières exubérantes lui feraient oublier sa sœur peu jolie et réservée. Pourtant, Leana lui avait volé une part de lui-même, qu'il avait peur de ne plus pouvoir retrouver. Elle avait profondément touché son âme, et Jamie lui en voulait pour cela. Il lui en voulait d'avoir atteint la partie de lui-même qu'il gardait secrète, d'avoir exposé ses faiblesses. Alors qu'ils roulaient en silence, une graine d'amertume germa en lui, se transformant en colère sourde au fur et à mesure qu'ils approchaient des portes d'Auchengray.

Ils prirent le dernier tournant à l'est de Lochend vers midi. Il ne leur restait plus que deux courts milles à parcourir. Il fit claquer le fouet, pressé de rentrer à la maison, auprès de la candide Rose, et de s'éloigner de sa sœur plus âgée, mais aussi plus sage. Tout ce qui avait pu survenir entre eux à Dumfries était terminé et, mieux encore, oublié.

— Je ne veux pas de scènes inutiles, l'avertit-il. Dès que nous arriverons, nous ne devrons plus nous trouver seuls dans la même pièce, ni avoir de contacts physiques.

— Comme vous voulez, Jamie.

Sa voix posée le rendit furieux. Il avait voulu la blesser, l'éloigner avec une requête cruelle, et elle n'avait rien laissé paraître.

— S'il devait y avoir quelque… conséquence malheureuse à la suite de ce temps passé ensemble, je compte sur vous pour en aviser votre père dès que vous en serez certaine.

Elle le regarda calmement.

— Est-ce qu'un fils serait une mauvaise nouvelle pour vous, Jamie ?

Un fils. Il ne pourrait y avoir de meilleure nouvelle au monde. Mais pas comme ça. Il haussa les épaules pour cacher ses véritables sentiments.

— Je pensais à Rose, répondit-il, et comment ses rêves d'avenir seraient détruits, ainsi que les miens.

— Mais que *mes* espoirs soient détruits, cela est-il sans intérêt pour vous ?

— Je ne peux faire plaisir à deux femmes, et je n'essaierai pas non plus.

Voilà. Il devait l'avoir blessée. Tant mieux, si cela devait éloigner en même temps les deux sœurs. Leana le connaissait trop bien, et cela la rendait dangereuse.

Rose attendait déjà son arrivée à la fenêtre, quand le cabriolet s'arrêta devant la porte d'entrée.

— Jamie ! Jamie !

Elle sortit en courant sans manteau ni chapeau, les joues rougies par le froid, suivie de sa longue natte voletant derrière elle. *Comme une enfant.* Il retrouva sa bonne humeur en la voyant. *Ma douce Rose !* Elle le tira littéralement du cabriolet, ignorant sa sœur. Si Leana descendit d'elle-même, il ne le remarqua pas.

Duncan, Willie et plusieurs autres qui travaillaient à la ferme s'approchèrent lentement, cachant quelque chose dans leur dos.

— T'éloigne pas trop d'nous, garçon.

Duncan produisit un panier d'osier rempli, non pas de poissons, mais de lourds cailloux.

— Au cas où tu l'saurais pas, tu r'tournes au travail aujourd'hui. Ou as-tu déjà travaillé fort toute la semaine ?

Duncan sourit aux autres et leurs rires amusés indisposèrent Jamie.

— Tu dois porter ton fardeau, Jamie McKie. Viens, laisse-moi attacher l'panier su' ton dos. Si t'as été un bon mari et assumé ton rôle d'époux, ta femme pourra t'en libérer en coupant la corde.

Jamie demanda à Rose de l'attendre, puis se dirigea vers le groupe, cachant son irritation. De telles coutumes étaient de mise chez les paysans, pas chez les gentilshommes de bonne éducation. *Et toi, Jamie, qu'est-ce que tu es ?* Grimaçant, il présenta son dos à Duncan, qui prit bien son temps pour attacher le panier à ses épaules, pendant que les autres taquinaient Jamie au sujet de sa virilité.

— On n'a jamais vu de coutume de mariage aussi ridicule dans toute l'Écosse, fulmina Jamie, ce qui les fit rire encore davantage.

Lorsque le poids du lourd panier reposa d'aplomb sur ses épaules, il lutta pour conserver son équilibre, refusant de plier sous le fardeau plus que nécessaire.

— Faites vot' part, m'dame McKie, se moqua Duncan, faisant signe à Leana, qui ne disait mot, de se joindre à eux en lui remettant un couteau aiguisé. Si Jamie a été à la hauteur avec vous, libérez-le.

Leana prit le couteau d'une main et la corde fermement attachée à son épaule de l'autre, tout en le regardant dans les yeux.

S'il vous plaît, Leana. Ses yeux l'imploraient. *Coupez cette corde. Libérez-moi.*

Chapitre 62

Une domestique dont personne ne disait du bien,
Et que bien peu aimaient.
— William Wordsworth

— Ma fille, un mot, si tu permets.

Lachlan attendait Leana à l'intérieur, près de la porte d'entrée. Sans préambule, il la guida dans la maison et jusque dans son repaire, fermant bien la porte derrière eux.

— J'ai parlé au conseil de l'Église et je leur ai expliqué la situation.

Ses joues, échauffées d'avoir participé à la petite épreuve rituelle de Jamie, se refroidirent instantanément.

— La... situation ?

— Oui, dit-il en la regardant froidement. Je leur ai dit que tu avais convaincu Jamie de se marier avec toi plutôt qu'avec ta sœur, et qu'il ne restait plus assez de temps pour modifier les registres de l'église avant la lecture des vœux.

— Mais, père, je...

— Je leur ai aussi dit que Dieu avait révélé sa volonté dans cette affaire, et que la mauvaise température et le délai providentiel de Rose en étaient les preuves.

— Pensez-vous vraiment...

— Enfin, je leur ai assuré que le mariage avait été rapidement consommé et qu'il était donc légal.

— Alors, je...

Sa bouche s'ouvrit sous le coup de l'étonnement. Son père avait réussi l'impossible.

— Je *suis* réellement mariée avec Jamie ?

Abasourdie, elle retira sa pèlerine. Elle aurait voulu courir dans l'escalier pour l'accrocher dans la chambre de Jamie, afin de s'approprier une petite partie de son univers.

— Vous êtes certain, père, que Jamie et moi sommes liés par la loi de Dieu et celle des hommes, aussi ?

— Assois-toi, ma fille, car tu sembles sur le point de défaillir.

Il fit un geste en direction d'une chaise et se croisa les bras sur la poitrine.

— Le Dieu tout-puissant a voulu que tu sois mariée pour l'instant, Leana ; cela est vrai. En ce qui concerne la loi des hommes, Jamie a demandé, avant votre départ pour Dumfries, qu'on te déménage le plus loin possible de sa chambre. Il est mon neveu, mon invité et mon beau-fils. Je pouvais difficilement lui refuser cela. Il semble avoir peur de toi, Leana. Est-ce si étonnant ?

— Mais, à Dumfries…

— Oh ! Tu sais très bien que ces sept jours étaient sa punition pour ne pas t'avoir reconnue quand tu l'as rejoint dans son lit. Une semaine de procréation forcée, guère mieux qu'un bélier lancé aux brebis.

Puis, son père lui jeta un regard, dans lequel elle put lire de la curiosité.

— Est-ce que cette semaine fut… féconde ?

Elle leva le menton, ne désirant pas lui donner le moindre indice.

— Je ne le saurai pas avant quelque temps.

— Ne garde pas cette nouvelle pour toi seule. Quelle que soit l'issue, les vies d'autres personnes en seront grandement affectées.

— Je sais, père.

Elle respira profondément, craignant la réponse à sa prochaine question.

— Aurai-je la permission d'aller à l'église, lors du sabbat ?

— La permission, grogna-t-il. Ta présence sera *requise* aux services du matin et de l'après-midi, et au sermon quotidien, en plus.

L'ombre du banc de pénitence commença à se profiler dans son esprit.

— Et serai-je publiquement…

— Non. Il n'y aura rien d'aussi sévère. Le conseil de l'Église a consenti à passer l'éponge sur les irrégularités, mais ce ne fut pas sans certaines… Comment dire… exigences. J'ai assuré à ses membres que je veillerais à ce que toi et Jamie receviez une juste punition, ici, dans ma maison, comme il est de mon devoir de l'appliquer.

— Punition?

Sa respiration s'arrêta un court moment. Cela pouvait vouloir dire n'importe quoi, depuis la récitation du Petit Catéchisme, jusqu'au récurage de l'arrière-cuisine. Elle pria pour que son père soit clément.

— Pendant combien de temps? demanda-t-elle.

— Aussi longtemps qu'il le faudra pour que vous regrettiez ce que vous avez fait.

— Regretter?

Leana joignit les mains, et une vague d'anxiété parcourut tous ses membres.

— Je ne peux avoir plus de regrets que j'en ai déjà.

Elle ne pouvait parler au nom de Jamie, mais elle était certaine de ses propres remords.

Lachlan donna quelques petits coups d'index sur la couverture de sa Bible.

— Le Dieu tout-puissant est le seul qui connaît le cœur, aussi impie soit-il. Lui seul saura quand vous éprouverez suffisamment de remords.

Elle cria sans réfléchir.

— N'en éprouvez-vous aucun, père? Pas même le regret de m'avoir envoyée dans la chambre de Jamie, la nuit de son mariage?

Ses sourcils se froncèrent pour ne former qu'une seule ligne sombre, comme celle des nuages venant de l'ouest, annonçant une tempête. Le tonnerre gronda dans sa voix.

— Je ne t'ai pas envoyée, Leana. Tu es entrée dans sa chambre de ton propre gré.

Sous ses jupes, ses genoux se mirent à trembler. Elle l'avait accusé, bien qu'étourdiment, et elle devait maintenant se justifier ou bien implorer son pardon.

— Père, vous avez clairement dit « Fais ce que tu dois. » *Vous* m'avez envoyée à lui. Vous avez dit « C'est Jamie McKie ou personne d'autre », vous vous rappelez ?

Elle se mordit la langue pour s'empêcher d'ajouter le vieux proverbe de Neda : *Les menteurs doivent avoir une bonne mémoire.*

— Oui, j'ai prononcé ces paroles, mais c'est toi seule qui as décidé de ce qui « devait » être fait.

Elle posa les mains sur les genoux, essayant de rester immobile.

— Père, vous m'avez laissé peu de choix. Vous me vouliez dans le lit de Jamie, et j'ignore pourquoi.

Il la regarda un moment, comme s'il pesait ses mots. Lorsqu'il parla, sa voix était froide, et ses paroles l'étaient plus encore.

— Je ne te mentirai pas, ma fille. Je voulais que tu épouses Jamie. Ne prétends pas que ce n'est pas ce que tu voulais toi-même.

Elle baissa la tête, ébranlée par la vérité, et il continua.

— Je voulais me décharger de toi en te plaçant fermement entre ses mains, de telle sorte qu'il n'y ait plus de questions sur la femme qu'il avait épousée le matin venu. Et je cherchais également un moyen d'attacher ton cousin à Auchengray pour une autre saison, car le garçon est très doué, et son enthousiasme à travailler sans rémunération est… un rêve, pour tout maître.

Avec Lachlan McBride, rien d'autre n'importait que le prix des choses.

Oh, Rose, comme tu avais raison.

— Mais qu'en est-il de Jamie ?

La voix de Leana était aussi tendue qu'un fil de laine sur son rouet, et la douleur la rendait vibrante.

— N'avez-vous jamais pensé à ce qu'il désirait?

Les épaules de Lachlan demeurèrent immobiles, mais sa voix exprima de la lassitude.

— Ce que Jamie McKie voulait, c'était se marier avec ta sœur. Peut-être parviendra-t-il à réaliser son souhait. À moins que tu portes son enfant, ce qui veut dire qu'Auchengray lui appartiendra, un jour.

Il montra les mains, comme s'il avait vidé la question, et ajouta :

— Le garçon n'a aucune raison de se plaindre.

Aucune raison de se plaindre. Leana se sentit soudain malade.

— Où vais-je donc dormir, si ce n'est pas avec Jamie?

Après le séjour à Dumfries, serait-il disposé à changer d'avis? Elle l'apprendrait rapidement.

— Vais-je dormir dans mon propre lit, avec Rose? lui demanda-t-elle.

Lachlan se gratta la nuque, évitant son regard.

— Non. Rose a déclaré qu'elle jugeait ta compagnie indésirable. La colère est une âpre passion, dit-on.

Il fit un geste en direction de la porte.

— Willie est dans le couloir et il t'attend. Il te montrera ta nouvelle chambre.

Ma nouvelle chambre?

Le regard rempli d'excuses, Willie monta un étage avec elle, puis un autre, jusqu'à une pièce de rangement sous les avant-toits. La chambre exiguë n'avait pour tout meuble qu'une commode basse et un lit mobile, qui aurait mieux convenu à une fillette qu'à une adulte. Willie expliqua, en bafouillant et en rougissant, que sa chambre — la sienne depuis qu'elle avait quitté la chambre d'enfant, quinze ans auparavant — appartenait désormais à Rose.

— J'suis désolé, jeune fille.

Willie écarta les mains, l'image même de l'impuissance.

— Lorsque j'ai déménagé vos affaires ici, c'que vot' sœur m'a dit à vot' sujet..., j'suis même pas capable d'le répéter.

Elle avala sa salive, goûtant le mot cruel dans sa bouche.

— Je crois le savoir.

Hébétée par le choc, Leana renvoya Willie, puis défit la malle rapportée de Dumfries, et ses gestes étaient mécaniques, comme ceux d'une marionnette actionnée par des ficelles. Elle se lava le visage et les mains dans le banal bol de porcelaine déposé près de la lucarne, regardant par la petite fenêtre, dont les carreaux craquelés étaient bourrés avec des chiffons. Avec difficulté, elle se brossa les cheveux et les épingla, sans miroir pour guider ses gestes, certaine que son apparence reflétait ce qu'elle éprouvait : elle se sentait laide et négligée, rejetée par les êtres qu'elle connaissait et aimait. Et à qui elle avait toujours fait confiance.

Aide-moi, Neda.

Neda ne la rejetterait pas, ne la déclarerait jamais, comme Rose l'avait fait, indésirable. Neda comprenait ce que voulait dire le pardon. Mais, quand Leana descendit rapidement les marches pour retrouver la gouvernante, la cloche du déjeuner sonnait déjà, et Neda en avait plein les bras dans la cuisine. Elle n'eut que le temps de lui lancer un regard de commisération, avant de retourner à ses plats. Avec un soupir las, Leana laissa la porte de la cuisine se refermer. Elle reviendrait plus tard, afin d'obtenir un peu de réconfort auprès de son aînée, ainsi que quelques sages conseils.

Leana se dirigea vers la salle à manger, réconfortée par l'arôme du haddock baignant dans la sauce brune, pour découvrir que sa place à la table avait été changée. Jamie et Rose étaient assis côte à côte, tandis qu'on lui avait attribué une chaise à l'écart du couple. La conversation serait difficile, et ce n'était pas accidentel.

Elle s'assit à sa nouvelle place sans dire un mot, attendant qu'on la remarque, suppliant chacun à tour de rôle d'un long regard, priant pour que quelqu'un la regarde, qu'on lui souhaite la bienvenue, qu'on prenne acte de son existence.

S'il vous plaît. S'il vous plaît, regardez-moi.

Après la prière solennelle récitée par Lachlan, Leana piqua distraitement dans son assiette, incapable de trouver assez d'appétit pour avaler ne serait-ce qu'une bouchée. Même les pommes cueillies et tranchées de ses propres mains pour garnir l'une des tartes savoureuses de Neda ne purent la tenter, à la fin du repas. Les autres aussi étaient silencieux. Ils la regardaient probablement à la dérobée, de temps à autre, comme elle le faisait quand ils avaient la tête penchée au-dessus de leur assiette. Le mariage ne fut pas mentionné, ni Dumfries, ni la décision de l'Église. C'était comme s'il ne s'était rien passé du tout.

Insatisfaite de renfermer des secrets, Auchengray était maintenant plongée dans le mensonge.

Un poème de son enfance lui résonnait dans la tête comme un gong.

Menteur, menteur obséquieux,
Derrière le chandelier !
Qu'est-ce qui est bon pour les menteurs ?
Le soufre et les flammes.

La Bible familiale, dans son coffre de bois, près du foyer, attendait qu'une main charitable en tourne les pages. Y en avait-il une seule, à Auchengray ? Leana se leva, mal assurée sur ses jambes.

— Veuillez… m'excuser, père.

Elle se précipita vers la cuisine, sans attendre la permission, sans se retourner pour voir la réaction des autres.

Neda.

La gouvernante l'attendait dans l'officine, comme si elle savait que Leana y courrait, comme elle le faisait quand elle était toute petite.

— Venez, jeune fille.

Neda la prit dans ses bras, collants d'avoir fait la cuisine et qui sentaient bon les épices. C'était comme un véritable retour au bercail. Leana se blottit dans sa chaude étreinte et exprima sa reconnaissance tandis que la vieille gouvernante dégageait les cheveux de son front. Les douces caresses de Neda firent jaillir des larmes de ses yeux.

— Que vais-je faire, Neda ?

Leana leva la tête et renifla, s'essuyant le nez avec sa manche, sans se soucier d'être vue.

— Rose m'a bannie au troisième étage.

— Pour un certain temps, p't-être.

Neda sortit un mouchoir de coton de sa poche intérieure et le plaça dans la main de Leana.

— Rose s'fatiguera d'grimper au grenier chaque fois qu'elle aura besoin d'un conseil, ajouta-t-elle.

Leana secoua la tête, tout en épongeant ses pleurs.

— Ma sœur ne me demandera plus rien, surtout pas des conseils concernant Jamie, le mariage ou quoi que ce soit d'important.

Elle regarda la gouvernante plus attentivement et demanda :

— Neda, dis-moi, as-tu été capable de... consoler Rose, pendant que nous étions à Dumfries ?

Les lèvres de Neda se pincèrent en une ligne étroite.

— Non, dit-elle enfin en soupirant longuement, elle était trop blessée et trop en colère pour écouter. Elle s'en voulait de n'pas avoir dit à Jamie c'qu'elle ressentait pour lui avant son départ pour Twyneholm.

— Rose s'en veut ? demanda Leana étonnée. Pourtant, c'est elle, la victime de ce malentendu.

— Oh ! Leana, personne n'est jamais sans reproche. C'est c'que la Bible nous enseigne.

Neda s'approcha du cabinet de l'officine et commença à ranger les bouteilles. La femme ne prenait jamais un moment de répit, sauf à l'église.

— Vot' sœur a dit bien des choses méchantes à vot' sujet, ces sept derniers jours. Vot' nouvelle chambre à coucher au grenier, c'était son idée. Elle aussi a des péchés, dont elle devra s'repentir, jeune fille.

Leana prit distraitement une tige de lavande séchée suspendue au-dessus de sa tête et se mit à en arracher les fleurs avec l'ongle de son pouce, les faisant tomber dans sa paume.

— Savais-tu tout ça, quand nous avons déjeuné ensemble à Dumfries, le jour du sabbat ?

— Oui, répondit Neda en baissant la tête, essayant de cacher la couleur de ses joues. Mais Duncan et moi voulions pas gâcher vot' temps avec Jamie, à aucun prix. M'sieur McBride nous attendait à not' retour, toutefois. Y était à l'écurie et y nous a sermonnés pour c'te visite à Dumfries.

Lorsque Leana tenta de s'excuser, Neda la fit taire en secouant sa tête aux cheveux cuivrés.

— Oh ! Mais ça nous a fait bien plaisir d'y aller, dit-elle en lui tapotant le bras, et son visage, semé de taches de son, rayonnait de sympathie. Vous d'vez savoir qu'vot' père comprend pas l'mot « pardon ». Il insiste pour qu'vous payiez tous les deux pour vos péchés.

— Combien ?

Leana s'affaissa un peu sur son banc.

— Combien devrons-nous payer ?

Neda referma la porte du cabinet avec un bruit mat.

— C'est vot' père qui fixe le prix, j'en ai peur.

Épuisée, Leana appuya la tête contre la pierre humide du mur, derrière elle.

— Je pense que Dieu a fixé le prix, il y a déjà bien longtemps. C'est toi qui me l'avais enseigné, n'est-ce pas ? Que le prix était le sang répandu des innocents.

De chaudes larmes, qu'elle avait retenues pendant le repas, lui remplirent les yeux.

— J'ai déjà répandu le mien… sur le lit de Jamie, continua-t-elle.

Leana posa une main sur sa bouche, pour retenir ses pleurs, mais il était trop tard. Son visage s'effondra, comme tous ses espoirs.

— Il ne me reste… plus rien. *Rien !*

— Allons, allons, dit Neda.

Elle retira la lavande des mains de Leana, puis les flatta doucement.

— C'tait pas not' sang qu'Dieu voulait. C'tait celui d'son fils. Peu importe c'que vot' père peut dire, vos péchés ont déjà été rachetés, Leana. Tous.

Neda passa un doigt le long du menton de Leana, cueillant quelques larmes au passage, et un sourire complice lui éclairait maintenant le visage.

— Vous vous rappelez, demanda-t-elle, c'que j'vous ai recommandé quand v'z'êtes partie pour Dumfries ?

Leana hocha la tête en reniflant bruyamment.

— « Pensez d'abord au Dieu tout-puissant et à votre mari, dans c't'ordre-là. »

— Et alors ?

Leana hocha la tête, mais détourna le regard, trahissant son secret.

— V'z'avez pensé plus à vot' mari qu'à Dieu, pas vrai, Leana ? Alors, pensez à vot' premier amour, maintenant. Vot' premier mari. La Bible dit qu'nous devons aller à lui dans la prière. Dites à Dieu où v'z'avez mal, et dites-lui c'que vous voulez. Y vous aime plus que Jamie en sera jamais capable.

— Tu as raison, Neda.

Leana pressa l'ourlet de son tablier sur ses joues et se leva pour retourner au troisième étage.

— Comme toujours.

Mais Jamie ne l'aimait pas du tout, un fait qui devenait de plus en plus évident à mesure que les tristes journées du mois de janvier passaient. Il était poli avec elle, et même gentil, mais il n'y avait aucune étincelle d'amour dans ses yeux. Elle portait son alliance, et ils s'assoyaient ensemble à l'église, pour faire taire les commérages. Mais entre les murs d'Auchengray, Jamie et Rose étaient inséparables, et l'amour de Jamie pour Rose lui était intolérable. Leana baissait les yeux pendant qu'elle vaquait à ses innombrables tâches, se sentant à la fois ignorée et invisible.

Blottie dans son lit, dans un coin isolé de la maison qui craquait et gémissait sous les assauts du vent et du froid, Leana cherchait la chaleur dans ses prières.

— Dieu tout-puissant, me voyez-vous ? Voyez-vous le vide qui m'habite ?

Le vent gémit, mais ne répondit pas.

— Dieu, mettez son enfant en moi.

Elle murmura dans la pénombre du réduit, qui était maintenant son refuge, ses yeux tournés vers le ciel, qu'elle voyait par la lucarne.

— Faites qu'un fils grandisse en moi. Peut-être qu'alors, Jamie m'aimera.

Quand elle n'eut pas ses règles, ce mois-là, habituellement aussi régulières que la pleine lune, Leana garda la nouvelle pour elle, n'en soufflant pas un mot à quiconque, pas même à Neda. Il était trop tôt pour en être sûre, et c'était un secret trop grave pour être révélé à la légère. Elle attendrait. Oui, et elle prierait.

Chapitre 63

Rose épineuse ! Qui depuis toujours,
Fait saigner les cœurs.
— Jean Ingelow

Rose jeta un regard furtif à droite et à gauche dans le couloir du troisième étage, puis se faufila dans la chambre sous l'avant-toit, où sa sœur avait été exilée. Les domestiques disaient qu'elle était exiguë et lugubre, et ils n'avaient rien exagéré. En voyant le sombre placard — ce que la pièce était en réalité —, elle eut presque pitié de Leana, jusqu'à ce qu'elle se rappelle que c'était la faute de Leana et non la sienne. *Elle* ne s'était pas lancée au cou de Jamie, *elle* n'avait pas jeté son innocence aux orties.

Leur père avait raison de châtier Leana, aussi pénible que fût le spectacle. Et il était en effet très affligeant.

Maintenant, c'était à son tour de le faire, car Leana lui avait causé du tort, à elle aussi. Leana, la sœur qui autrefois l'avait aimée, chérie, maternée. Un sanglot lui monta dans la gorge, mais elle le réprima, refusant de se laisser attendrir.

C'était le dernier jour de janvier, celui où Rose aurait dû célébrer le premier mois de son mariage avec Jamie. Au lieu de cela, il lui restait six longs mois à attendre, six mois à se demander si Jamie arriverait à rester loin du lit de sa sœur pour éviter de lui faire un enfant, une issue impensable qui ruinerait tout. Leana ne regardait jamais Jamie, mais Jamie la dévisageait, quand il croyait que les pensées de Rose étaient occupées ailleurs. Ses yeux étaient remplis de désir. Pas d'amour, mais de désir. Cela effrayait Rose de savoir que sa sœur était parvenue à attiser en partie les passions de Jamie, même si c'étaient aussi les plus viles.

Elle devait faire quelque chose. Il le *fallait*.

Rose marcha sur la pointe des pieds jusqu'au lit mobile et souleva le mince matelas. De son réticule, elle sortit une poignée de feuilles d'aubépine, qu'elle avait trouvées parmi les herbes de Leana, dans son officine, pressées entre les pages d'un livre de médecine. Elles avaient l'air bien inoffensives, mais Rose savait ce dont elles étaient capables. Les feuilles de l'aubépine possédaient un pouvoir spécial. Placées sous le matelas de Leana, elles éloigneraient tout homme de son lit, bien qu'en l'occurrence, un seul comptât. *Jamie.* Elle étendit les feuilles d'un bout à l'autre du lit et leur vue l'assombrit. On disait qu'il était dangereux d'introduire de l'aubépine dans la maison.

Il y avait autre chose dans son réticule — des feuilles de myrte séchées et de la sève de saule dans une petite bouteille — dont Rose avait l'intention de faire bon usage, dès qu'elle retournerait dans la cuisine. Elle replaça les couvertures du lit de Leana, puis se retira de la pièce, refermant la porte avec un soupir de soulagement. *Éloigne-toi d'ici, Jamie.*

Elle se dépêcha de descendre, se demandant si Neda utilisait sa théière au même moment. La cuisine était plus calme qu'à l'accoutumée, ce qui lui rendit les choses plus faciles. *Voilà.* La théière vide semblait l'attendre sur l'étagère, et de l'eau bouillait sur le feu. Après avoir versé le liquide brûlant sur les feuilles de myrte, elle ajouta un soupçon de sève de saule, puis replaça le couvercle pendant qu'elles infusaient. Trois jours consécutifs, c'est ce que les bonnes femmes disaient. Trois jours pour chasser le bébé du sein de la femme. À partir de maintenant, et jusqu'à la Chandeleur, Rose s'assurerait que sa sœur boive du thé chaque après-midi, et elle le lui servirait elle-même.

Des scrupules venaient harceler sa conscience.

— Non, cela doit être fait, se murmura-t-elle, tout en prenant une tasse et une soucoupe, avant de trancher un morceau du pain d'épice de Neda.

Quelle femme voudrait porter l'enfant d'un homme qui ne l'aime pas ? Après avoir disposé le tout sur un plateau, elle le souleva avec précaution et traversa d'un pas mal assuré le plancher de pierre de la cuisine en direction de la salle à manger, sachant qu'elle y trouverait Leana en train de polir l'argenterie.

Sa sœur leva les yeux vers elle alors qu'elle s'approchait, et son visage était aussi gris que le ciel. Leana semblait épuisée la plupart du temps, mais aujourd'hui encore davantage. Rose ignora son sentiment de culpabilité et s'avança vers la table, pour présenter son offrande.

— Tu sembles si fatiguée depuis quelque temps, Leana. J'ai pensé qu'un peu de thé te ferait du bien.

Elle plaça le plateau devant sa sœur, chagrinée de voir les yeux de Leana pleins de larmes. *Par pitié, pas de pleurs.* Elle pouvait supporter bien des choses, mais voir pleurer sa sœur n'en faisait pas partie. Leana devait être punie ; elle devait payer pour ce qu'elle avait fait. Ce n'était que justice, comme leur père l'avait dit.

— Mer… merci, Rose.

Leana porta la tasse à ses lèvres, les mains tremblantes.

Rose ne put s'empêcher de lui demander.

— Te sens-tu… bien, Leana ? Tu as mauvaise mine.

— Seulement un peu de fatigue, soupira-t-elle, avant de prendre une gorgée de thé.

Ses sourcils se contractèrent et elle approcha la tasse de son nez.

— Quel est ce mélange ? dit-elle en inspirant, puis elle s'en éloigna rapidement. Du myrte bâtard, Rose ?

Elle mit le breuvage de côté d'un œil méfiant et tendit plutôt la main vers le pain d'épice.

— Le révérend Gordon dit que c'est excellent pour traiter les vers chez les enfants, dit Leana, mais, puisque je n'ai ni enfant ni vers, c'est un choix de thé un peu surprenant.

Rose regarda la théière. Quelque chose n'allait pas. Madame Millar, cette vieille commère, lui avait-elle dit d'employer des feuilles de myrte bâtard… ou de myrte tout court ? Peut-être que le saule suffirait à la tâche. Elle s'assit auprès de sa sœur et approcha le plateau plus près de Leana.

— Allez, bois tout, Leana. Je sais de source sûre que le thé peut guérir tous tes maux.

— Pardonne-moi, ma chérie.

Elle mit le pain d'épice de côté.

— Rien n'a le même goût que d'habitude, ces jours-ci.

Leana étendit la main vers Rose, le regard suppliant, lui ouvrant son cœur sans réserve.

— Me pardonneras-tu, Rose ? Me pardonneras-tu vraiment le tort que je t'ai fait ?

Rose baissa le menton, espérant cacher la honte qui rougissait sa figure. Elle avait évité Leana pendant le mois entier, craignant sa propre colère, craignant les sentiments tendres qu'elle éprouvait pour sa sœur et qui ne voulaient pas mourir, malgré tous ses efforts pour les combattre. *Je ne te pardonnerai jamais !* C'était ce qu'elle lui avait crié le jour où elle était revenue de Twyneholm. Et ces mots reflétaient sa pensée. Elle n'avait jamais connu le fardeau que cela représentait de nourrir une colère quotidienne, de haïr une personne qu'elle avait déjà tant aimée, auparavant.

— Je ne sais pas, avoua-t-elle finalement, exprimant honnêtement, pour la première fois depuis des semaines, ce qu'elle pensait. J'essaierai, Leana. Mais tu m'as blessée… profondément.

Des larmes lui piquèrent les pupilles, et elle cligna des yeux pour les chasser, furieuse contre elle-même de se montrer si faible.

— Toi, dit-elle, toi…

— Oui, c'est ce que j'ai fait. Sans le vouloir, je t'ai blessée cruellement.

Leana se pencha, prit les mains de Rose dans les siennes et passa doucement les doigts sur sa peau — la caresse aimante d'une mère.

— J'ai été égoïste, Rose. J'ai été irréfléchie. J'avais tort, complètement tort, de penser que Jamie m'aimait, quand ce n'était pas vrai. Il t'aime, ma chérie. Je le sais, maintenant, et je suis désolée, tellement désolée…

Rose ne put retenir ses larmes plus longtemps. Elle les laissa couler, ne se souciant plus de paraître forte ou faible, de gagner ou de perdre l'avantage de la situation. C'était sa sœur, sa seule sœur, sa chère Leana. Elle essaya de parler, mais les mots ne vinrent pas. Comment pourrait-elle lui dire ce qui la blessait plus que tout ? Ce n'était pas de perdre Jamie pour un temps, pour une saison entière ; c'était de perdre Leana pour toujours.

— Leana…

Elle ravala ses larmes.

— Ne vois-tu pas ? Tu es ma sœur et la seule vraie mère que j'aie jamais connue. Sans toi, je suis… perdue.

— Oh, ma douce Rose ! Je ne pourrais jamais t'abandonner.

Les deux sœurs tombèrent dans les bras l'une de l'autre, leur joue pressée l'une contre l'autre, leurs sanglots saccadés remplissant toute la pièce. Elles se murmurèrent à l'oreille des paroles de réconfort qu'elles se disaient depuis leur enfance. Des mots agréables. Des mots aimables. Elles restèrent ainsi un bon moment avant de se séparer pour s'occuper de leur nez qui coulait et de leur menton trempé, se partageant un mouchoir de toile qui fut vite tout mouillé.

— Tu fais vraiment peur à voir, annonça Rose, puis elle éclata de rire en dépit de ses pleurs.

— Et tu n'es guère mieux, dit Leana sévèrement, bien qu'un sourire embellît ses traits rougis alors qu'elle essuyait le coin des yeux de sa sœur avec le mouchoir. Que vais-je dire à père, qui m'attend maintenant dans le petit salon pour que je lui récite des passages du Petit Catéchisme ?

— Ne lui dis rien, dit Rose en se levant rapidement, essuyant les dernières larmes de ses yeux, avant de lisser les plis de sa robe. Je parlerai à père moi-même, demain soir, lorsque nous reviendrons des services. Nous le ferons tous les deux, Jamie et moi. Tu as été punie assez longtemps, Leana. Aucun d'entre nous ne peut tolérer une maison où règne la tristesse pendant un autre long mois d'hiver.

Le regard clair de Leana la scruta, l'incrédulité peinte sur ses traits pâles.

— Comment peux-tu être si bonne envers moi, Rose ?

— La réponse est facile.

Rose se pencha et pressa la joue contre celle de sa sœur.

— J'ai eu une gentille mère.

Chapitre 64

La vérité est l'œuvre de Dieu ;
les mensonges sont l'œuvre de l'homme.
— Madame de Staël

Le dimanche soir, le cœur de Leana se serra quand elle vit Jamie et Rose disparaître dans le petit salon de Lachlan. Elle n'irait pas se tapir près de la porte, pas cette fois-ci. Afin que la vérité règne dans cette maison de tous les secrets, elle devait être honnête envers elle-même et vis-à-vis des autres. En l'honneur de ce jour de la Sainte-Brigitte, qui annonce le printemps et le renouveau, elle n'écouterait pas aux portes et se contenterait de tricoter.

Il faisait noir à l'extérieur de sa fenêtre, une claire nuit d'hiver avec son manteau blanc de neige jeté sur la colline. Elle rapprocha sa chaise de la chaleur et de la lumière de l'âtre, et se mit à chanter une chanson appropriée en cette journée.

Ô Brigitte, Ô Brigitte, viens avec la baguette,
Sur cette terre hivernale ;
Et respire le souffle du printemps si doux,
Brigitte, Brigitte, petite Brigitte !

Leana avait été une jeune mariée. Pendant une journée, puis une nuit, puis une semaine trop courte. Avant la fin de ce trop court mois de février, elle saurait si la jeune mariée deviendrait aussi une mère. L'espoir s'était fait un nid dans son cœur, mais elle essayait de ne pas le troubler en le faisant croître trop vite. Dieu seul pouvait décider de ces choses. Elle apprenait peu à peu à placer son avenir entre ses mains.

Quelques instants plus tard, la porte s'ouvrit et Jamie l'étonna en l'invitant.

— Venez vous joindre à nous, Leana.

L'entendre prononcer son nom la réchauffa davantage que la chaleur du foyer. Elle mit de côté son tricot, se passa une main dans les cheveux, puis se dirigea vers la porte ouverte où Jamie l'attendait, le regard neutre. Elle salua silencieusement Rose et son père de la tête, puis dut faire un effort pour respirer dans l'atmosphère lourde et enfumée de tourbe. Lachlan et Rose étaient assis, et Jamie reprit sa place debout entre les deux, ses mains reposant sur les montants de leur chaise à haut dossier. Perchée inconfortablement sur le bord du lit clos, Leana attendait que quelqu'un brise le silence.

À sa grande surprise, ce fut Rose qui le fit.

— Père, je suis heureuse que vous ayez accepté de nous rencontrer.

— Il semble que je n'avais pas le choix, en l'occurrence.

Les mâchoires serrées et les yeux mi-clos, il tambourinait sur la Bible qu'il tenait sur ses genoux. Rose répondit sagement la première, en souriant.

— Raison de plus pour nous tous de vous en être reconnaissants.

Après une brève pause, Jamie parla, choisissant chacun de ses mots avec soin.

— Oncle, je pense que nous sommes tous d'accord pour dire que cette… situation malheureuse a placé une grande tension sur chacun, à Auchengray. Et vous en particulier, j'imagine.

— Une supposition que tu n'es pas en droit de faire, répondit Lachlan, dont les lèvres bougèrent à peine, tant ses traits étaient rigides. Contrairement à mes filles, je n'accorde que peu de valeur aux émotions. Je fais mon travail et je vois à ce que les autres fassent le leur. Toi, par exemple — et il darda Jamie du regard —, as-tu bien rempli toutes tes tâches ? Les étables m'ont semblé un peu négligées, la dernière fois que je les ai visitées.

Leana vit les mains de Jamie se contracter en poings d'allure menaçante. Souvent, les mots sont plus tranchants que les lames, disait Duncan. *Sois prudent, Jamie.*

— Vous vous trompez, oncle, dit-il d'un ton égal, même si sa voix était tout sauf calme. Les étables sont propres et bien ordonnées.

Le regard dédaigneux de Lachlan lui aurait valu une correction dans n'importe quelle taverne.

— Alors, Duncan fait bien son travail. Et toi aussi, semble-t-il.

— C'est précisément cette obligation qui est l'objet de notre petite réunion de ce soir.

Jamie se tourna vers la chaise de son beau-père, de manière à s'adresser à lui directement.

— Il semble bien que Leana… Comment dire, ne porte pas mon enfant.

Jamie jeta un vague coup d'œil en direction de Leana, mais évita de croiser son regard.

— Je ne peux penser à aucune autre raison de faire vivre à cette maison six autres mois de misère, continua-t-il. Ne pourrions-nous pas annuler discrètement le mariage, de sorte que Rose et moi puissions nous marier et partir pour Glentrool sur-le-champ ?

Non ! Leana posa sa main sur son ventre.

Lachlan sourit, mais il n'y avait pas de joie dans son visage.

— Je peux te donner une excellente raison de rester à Auchengray six mois de plus : c'est l'entente que nous avons conclue, Jamie. Tu dois travailler pour mériter la main de Rose.

— Alors, ce n'est que mon travail qui compte pour vous.

Jamie se mit à marcher devant lui, ayant bien préparé ses arguments, semblait-il.

— Je verrai à ce qu'assez de pièces d'argent vous soient remises pour payer largement le salaire d'un travailleur de ferme jusqu'au 1er août. Deux, si nécessaire. Mon absence dans les granges ne se fera pas sentir.

Leana sentit une onde de froid lui envahir le visage, puis les bras, et enfin les mains. Les jours de Jamie à Auchengray étaient comptés. Les paroles de Jamie ne réussiraient pas à toucher le cœur de son père, mais son argent, si.

— Tu préfères acheter ta femme avec l'argent d'Alec McKie, plutôt que de la gagner à la sueur de ton front ?

La colère monta au visage de Jamie. Il s'immobilisa avant de répondre.

— Vous oubliez que l'argent de mon père est le mien.

— Et *tu* oublies que je sais pourquoi il en est ainsi.

Leana observa une série d'émotions défiler sur le visage de Jamie. La colère, mais seulement durant un instant. De l'acceptation, peut-être. Puis, quelque chose comme de la résolution. Jamie parla à nouveau, et sa voix était neutre, maintenant.

— Vous parlez de tromperie, n'est-ce pas ? Parlons-en ouvertement, devant tous ici présents, d'abord au sujet du jour de mon mariage. Un jour rempli de demi-vérités et de demandes irraisonnables. Et de menaces proférées à l'endroit de Leana et de moi-même.

Leana agrippa les bords du lit, tant elle aurait voulu bondir de joie. *Jamie !* Il se portait à sa défense. Il s'était levé devant leur père. Il avait dit la vérité dans une pièce jonchée de mensonges. *Mon cher Jamie.*

— Des menaces, c'est ça ?

Lachlan déposa calmement sa Bible, puis ajusta soigneusement sa veste, comme si son apparence était un enjeu de la discussion.

— Des demi-vérités ? Est-ce que tu es en train de me traiter de menteur ?

Jamie le défia.

— C'est exactement ce que je fais.

La voix de Lachlan demeura d'un calme déconcertant.

— Un trompeur ?

— Si vous voulez.

— Tu parles en connaissance de cause, Jamie McKie. Toi, qui es un maître du mensonge et de la tromperie.

L'atmosphère de la pièce s'alourdit encore, comme si on avait jeté de la tourbe fraîche sur le feu. Le visage de Jamie devint cramoisi.

— Il n'est pas nécessaire de discuter de cela ici.

— Et moi je pense que c'est précisément le moment, dit Lachlan, qui se leva et s'approcha pour faire face à Jamie. Il est grand temps que mes filles sachent de quel genre d'homme elles se sont amourachées.

Leana regarda son père et la peur s'insinua en elle.

— Père, que voulez-vous dire?

Ses yeux étaient aussi menaçants que des poignards.

— Je veux dire que Jamie a fui à Auchengray, parce que son frère promettait de le tuer, s'il restait à Glentrool.

Les deux sœurs en eurent le souffle coupé. Jamie se raidit comme un cadavre et ne dit rien, pendant que Lachlan continuait de proférer de nouvelles accusations. Se pouvait-il qu'elles fussent vraies? *Oh, Jamie.*

— Il a volé l'héritage de son frère. Evan, le premier-né, aurait dû être l'héritier de Glentrool. Au lieu de cela, son jeune frère rusé, Jamie, a trompé leur père impotent, lui faisant croire qu'il était Evan, afin de faire main basse sur tout le domaine.

Rose était au bord des larmes.

— Est-ce… vrai, Jamie?

Les paroles suivantes furent très amères dans la bouche de Jamie.

— C'était le plan de ma mère.

— Oui, et un très bon plan, acquiesça Lachlan. Ce qui veut dire que Rowena était le cerveau de l'affaire, et que tu n'étais rien de plus qu'un pantin entre ses mains.

Lachlan jeta un regard à Leana et ajouta :

— C'est un enfant bien faible, celui qui ne peut prouver sa force morale dans l'épreuve.

Non. Elle se détourna, dégoûtée par le venin contenu dans ces paroles. Elle ravala sa salive plusieurs fois, mais l'arrière-goût amer demeurait. *Jamie, un tricheur. Tout comme mon père.*

Elle se leva, la pièce tournant autour d'elle.

— Excusez-moi, mais je suis… malade.

Quittant le petit salon en vitesse, devant leur visage étonné, elle se dirigea vers la porte d'entrée et courut ensuite dans la nuit glaciale. Elle était emportée par un besoin subit d'air frais et aussi celui de trouver un bosquet, où elle pourrait vider son estomac sans être vue. Elle ne se sentait pas mieux, quand ce fut fini, car elle avait l'impression qu'il y avait encore en elle un corps étranger. Qu'avait-elle mangé sur le banc de l'église, ce jour-là ?

Elle inclina la tête vers l'arrière, buvant l'air froid à grandes goulées, espérant que cela calmerait son estomac. Des petits flocons de neige tombaient sur ses joues et ses cheveux, rafraîchissant son front fiévreux. Rien ne pouvait calmer son esprit, où toutes sortes de pensées se bousculaient et lui donnaient la nausée. Jamie s'en irait. Rose s'en irait. Et il n'y avait rien qu'elle pût faire pour les en empêcher.

Chapitre 65

N'entendez-vous pas le mouvement
D'une mécanique grandiose ?
— John Keats

— Leana !

Rose sortit pour la rejoindre sur la terre gelée, les yeux agrandis par la peur.

— Tu as une mine affreuse. Serais-tu malade ?

— Je… l'étais.

Leana avala sa salive et posa la main sur celle de Rose jusqu'à ce que les étoiles au-dessus cessent de tourner.

— Si tu voulais m'accompagner jusqu'à ma chambre.

Rose l'aida à monter l'escalier, gloussant comme une poule. Elles passèrent devant la chambre de Rose, puis celle de Jamie, avant de monter jusqu'au troisième étage. Pendant ce temps, Eliza trouva une bassinoire et des sels d'ammonium pour empêcher Leana de perdre connaissance.

Leana but un verre d'eau, puis se glissa sous les couvertures de son lit mobile, heureuse d'y retrouver son matelas, si mince fût-il.

Sa sœur s'agenouilla près du lit, défit les nattes de Leana, puis repoussa les mèches de cheveux qui lui tombaient sur le front.

— Leana, est-ce vrai, ce que père a dit ? Jamie aurait vraiment trompé sa famille ?

— Jamie ne l'a pas démenti, alors j'ai bien peur que ce soit vrai.

Toujours tremblante après son contact avec la neige, Leana se blottit dans les couvertures jusqu'au cou.

— Laisse Jamie t'expliquer les détails, chérie. Père a une façon bien à lui de tourner les histoires à son avantage. Les choses ne sont peut-être pas si sombres qu'elles le paraissent.

Mais elles pourraient aussi être pires.

Rose essuya le front de Leana avec un linge humide, tout en se mordillant les lèvres.

— Leana, je dois te parler de quelque chose. Ton malaise, c'est peut-être… c'est peut-être ma faute.

— *Ta* faute ?

Leana essaya de s'asseoir, mais retomba sur le lit. Si elle attendait un enfant — bien qu'elle n'osât pas encore espérer un tel bonheur —, Rose ne *pouvait* en être la cause.

La pauvre Rose, désespérée, tortillait nerveusement le linge dans ses mains.

— J'ai placé… j'ai placé des *feuilles* sous ton matelas. Ici, sous le lit mobile. Oh, Leana ! C'est ça qui a dû te rendre malade !

Rose se laissa tomber sur le matelas en gémissant.

Leana réprima un sourire. Comme les démonstrations théâtrales de sa sœur lui avaient manqué.

— Et quelles étaient ces feuilles, ma chérie ?

— De l'aubépine ! lança Rose, qui se remit à pleurnicher.

— Ah.

Les feuilles d'un arbre épineux. Pour éloigner Jamie de son lit.

— Tu n'avais pas besoin de cette vieille superstition, Rose. Jamie n'a d'yeux que pour toi.

— Ce ne sont pas ses yeux qui m'inquiétaient, murmura Rose, et Leana éclata de rire, en dépit de son estomac nauséeux.

Rose, toutefois, ne rit pas.

— Il te regarde, Leana, dit-elle. Savais-tu cela ?

— Il me regarde ?

Un frisson lui courut le long des bras. Neda et Jessie avaient toutes deux affirmé la même chose.

— Oui, quand tu ne le regardes pas.

Rose soupira bruyamment et se redressa.

— Je crois qu'il m'aime, Leana, mais il le répète si souvent que j'ai peur qu'il essaie de s'en convaincre.

Leana lui demanda sur un ton égal.

— Et toi, est-ce que tu l'aimes, ma sœur ?

— Je l'aime, Leana. Assurément. Mais pas de la même façon que toi, je crois. Pas avec la même…

Son regard se promena dans la pièce et s'arrêta sur la table de toilette, comme si le mot qu'elle cherchait était écrit dessus.

— … passion ?

— Oui, répondit Rose en baissant la tête. Je suis encore jeune, Leana. Et il y a plusieurs choses au sujet… des hommes que je ne comprends pas.

Leana sourit et étira la main pour tirer sur la tresse de Rose.

— Ça ne s'améliorera pas avec l'âge.

— Est-ce que ça s'améliore avec le mariage ?

— Sans aucun doute.

Sa sœur se marierait un jour, se consola-t-elle. Même si ce n'était pas avec Jamie.

On frappa doucement à la porte.

— Puis-je entrer ?

Leana leva la tête juste assez pour apercevoir Jamie penché dans l'encadrement de la porte, avant de la reposer sur l'oreiller.

— Oui, dit-elle, soudain épuisée. Nous sommes ici toutes les deux, vous pouvez venir.

Il entra et s'approcha de Leana. L'expression qu'elle lut sur son visage était celle d'un homme qui s'inquiétait pour elle. Du moins, il en avait l'air. Elle ne savait plus que croire à son sujet, maintenant. Il s'agenouilla près de Rose, mais son regard restait fixé sur elle.

— Votre père et moi étions tous les deux anxieux de connaître votre… état, Leana.

Leana rougit légèrement.

— Mon état?

— Oui, enfin, si vous êtes encore malade ou si vous allez mieux. Peut-être devrions-nous envoyer chercher le médecin…

— Un médecin?

Leana et Rose échangèrent un regard.

— Père ne paierait jamais un médecin de Dumfries pour qu'il vienne jusqu'ici. À moins que je sois à l'article de la mort.

Ou en train d'accoucher, pensa-t-elle. Elle toucha la main de Jamie, qui reposait doucement sur la couverture.

— Dites à mon père que ce n'est qu'une indigestion et que je serai bientôt remise, dit-elle.

Rose plissa son joli nez.

— Qu'est-ce qui a bien pu la causer, à votre avis? demanda-t-elle à Jamie.

Jamie regarda Rose un moment, comme s'il cherchait à voir si elle savait ce qui pouvait se cacher derrière ce malaise.

— Peut-être que son déjeuner lui a embarrassé l'estomac, dit-il finalement. Pourquoi ne pas courir trouver Neda? Elle doit connaître un bon remède qui aidera votre sœur à dormir.

Leana observa le départ allègre de Rose d'un cœur lourd. Il était clair que Rose ne comprenait pas ce que cela pouvait signifier. Mais Jamie, si. Leana vit la peur dans ses yeux. Il avait fui ses responsabilités à Glentrool. Maintenant, il voulait fuir Auchengray, et il n'y avait qu'une seule chose qui pourrait l'en empêcher.

Jamie se pencha vers l'avant, son regard cherchant le sien.

— Leana, je suis désolé que vous ayez appris ce qui s'est passé à Glentrool de votre père, et non de moi.

Elle détourna le regard. Il était trop près, et elle l'aimait trop.

— L'opinion que j'ai de vous vous importe-t-elle donc? L'admiration de Rose ne vous suffit pas?

Lorsqu'il ne répondit pas immédiatement, elle se détourna à nouveau, désolée d'avoir parlé si amèrement.

— Pardonnez-moi, Jamie, dit-elle.

— Vous pardonner ? Oh, Leana. Ce serait plutôt à vous de me pardonner, vous le savez bien. Ce soir, j'ai bien tenté d'échapper à mes obligations envers vous, en cherchant à mettre un terme à ce simulacre de mariage pour filer avec Rose à Glentrool.

Elle garda un ton léger et ne laissa rien paraître de ses appréhensions.

— Est-ce que père a accepté votre offre d'être payé en argent, plutôt qu'en travail ?

Il répondit par un soupir éloquent.

— Il affirme que les termes de notre entente n'ont pas changé, et que rien ne nous assure que vous n'attendez pas un enfant. « Pas encore », a-t-il dit, comme s'il était au fait de ces détails.

Jamie se pencha plus près, et son regard était inquisiteur.

— À moins que *vous* le sachiez, Leana, reprit-il. Si vous étiez sûre que… qu'un enfant n'était plus une possibilité, votre père pourrait reconsidérer sa position et nous laisser partir.

Il était trop près. La main de Leana bougea, comme animée d'une vie propre, caressant son menton rugueux, effleurant sa joue masculine. Il baissa un peu le regard, mais ne se retira pas.

— Jamie, mon père a raison. Je ne le sais pas encore.

La voix aiguë de Rose les fit sursauter.

— Qu'est-ce que tu ne sais pas encore ?

Jamie se leva brusquement et faillit se cogner la tête contre le plafond bas tandis que Leana glissait sa main sous les couvertures, sentant toujours la chaleur de sa peau sur ses doigts.

Elle répondit doucement.

— Si Jamie est libre ou non de partir pour Glentrool. Avec toi.

— Ah.

Rose sourit, apparemment satisfaite d'apprendre qu'ils avaient discuté de son bonheur en son absence.

– Neda a dit qu'elle serait ici très bientôt avec un thé à la menthe. Viens, Jamie. Duncan veut te parler dans le couloir. Cela concerne ses comptes, dit-il.

Leana le regarda partir. Au moment de sortir, il jeta un coup d'œil vers elle par-dessus son épaule. L'expression de son visage ne trahissait rien. Elle s'assura que le sien demeure aussi fermé. *Bientôt*, aurait-elle voulu lui dire. Elle le saurait avant longtemps. Mais, pour l'instant, ils ne pouvaient qu'attendre.

Leana passa les dix jours suivants à consulter le calendrier, comptant et recomptant les jours depuis la fin de l'année, et se demandant si ses symptômes étaient ceux d'une maladie ou d'une grossesse. Il n'y avait pas eu de naissance à Auchengray depuis l'arrivée de Rose, et elle-même n'était pas en âge de poser des questions pertinentes, à l'époque. La plupart des domestiques étaient célibataires, venant et repartant au gré des saisons. Les enfants de Duncan et de Neda étaient nés bien avant sa naissance, et ils avaient quitté Auchengray pour fonder leur propre famille.

Elle ne pouvait se résoudre à demander à Neda ce que la lassitude et les nausées signifiaient, sa sensibilité et les gonflements, aussi, de peur qu'un espoir exprimé ne se transformât en faux espoir. Elle attendrait et ferait confiance à Dieu, afin qu'il lui donne la réponse en temps voulu. Il avait entendu son cri. Il avait entendu le désir de son cœur. Si un fils était en elle, il était déjà entre les mains de Dieu.

Le 12 février, un jeudi tout à fait ordinaire, Leana se leva pour observer la neige qui s'abattait durement sur la vitre de sa chambrette, au troisième étage. Ses draps de lin blanchis étaient tout aussi immaculés, sans une tache de sang. *Dieu, s'il vous plaît*. Elle se baigna pour en être certaine, pour tenir l'espoir en respect. Mais la serviette était propre. Pour un deuxième mois d'affilée, elle n'avait pas ses règles.

Des larmes de joie coulèrent de ses yeux. *Merci, mon Dieu !*

— Un enfant ! murmura-t-elle à la neige qui s'empilait contre sa lucarne. Un enfant ! répéta-t-elle, souriant à son oreiller.

Elle s'habilla avec des doigts tremblants, pleine d'énergie pour la première fois de la semaine. *Un enfant !* Même les jours les plus froids de l'hiver ne pourraient lui voler sa joie. S'arrêtant pour sécher une vague de larmes fraîches, elle glissa les pieds dans ses chaussures de cuir, reconnaissante de leur chaleur, heureuse de tout. Le Tout-Puissant avait béni ses entrailles et la semence de Jamie. Il y avait maintenant trop de signes pour qu'il n'en soit pas ainsi.

Baignée et habillée, elle se dirigea vers l'escalier, tandis que les mots de Lachlan résonnaient en elle comme un carillon. « Si Leana conçoit un enfant — ton enfant — pendant ces sept mois, alors tu devras rester auprès d'elle. » Son sourire grandissait à chaque degré de l'escalier. Cela n'avait pas pris sept mois, ni même sept jours, peut-être. Une seule nuit avait été suffisante, la plus glorieuse de toute sa vie, celle où elle avait cru ingénument qu'elle était vraiment aimée pour elle-même. *Leana.* Pas Rose.

Elle tourna sur le palier, d'où elle voyait en contrebas le couloir et le petit salon, plus loin. Son père avait demandé à être le premier informé, avant Jamie. Elle était impatiente de lui annoncer la nouvelle.

Chapitre 66

Maître, maître ! Des nouvelles, de vieilles nouvelles, et des nouvelles telles que vous n'en avez jamais entendu auparavant !
— William Shakespeare

Neda le sut la première.

Elle arrêta Leana dans l'escalier, les sourcils arqués, les mains plantées sur les hanches.

— J'voudrais vous parler tout d'suite. En privé, dit la gouvernante, la lueur de son regard adoucissant l'expression sévère de son visage.

Leana la suivit docilement à travers toute la maison jusque dans la cuisine, puis elles passèrent par l'arrière-cuisine pour se réfugier dans la froide buanderie. Neda ferma la porte derrière elle, les isolant prudemment du reste de la maison.

— Alors, dit Neda, la faisant asseoir sur un tabouret. J'suis la mère de trois grandes filles et la grand-mère de huit autres. V'pouvez berner l'reste de la maison, jeune fille, mais Neda Hastings reconnaît une femme enceinte, quand elle en voit une. Ai-je raison ?

— Oui, murmura Leana, puis elle bondit sur ses pieds et joignit les mains. Oui, c'est vrai ! Je suis enceinte ! C'est arrivé !

— Loué soit le Seigneur !

Neda la prit dans ses bras et la souleva presque du plancher de pierre, dansant avec elle une gigue sans musique, essuyant ses larmes, riant et pleurant en même temps. Lorsqu'elles s'arrêtèrent pour reprendre haleine, Neda leva un doigt, comme si elle venait de penser à quelque chose d'important, avant de se précipiter vers sa boîte de couture rangée sur la tablette, au-dessus de l'évier.

Elle en sortit une aiguille, qu'elle enfila rapidement de ses doigts agiles rompus à cette tâche.

— Assoyez-vous su' c'tabouret et tenez-vous droite pour moi, si vous l'voulez bien.

Leana s'assit, regardant l'aiguille avec appréhension.

— Est-ce une chose que toutes les femmes enceintes doivent faire ?

Neda éclata d'un petit rire.

— Seulement celles qui veulent savoir si elles attendent un garçon ou une fille.

Elle tint l'aiguille au-dessus du ventre de Leana, puis s'arrêta.

— C't'une ancienne méthode, mais plusieurs ont parié avec succès sur ses résultats. V'lez-vous savoir ? Est-ce que ça vous importe ?

— Pas du tout.

Leana jeta un coup d'œil à son ventre plat, encore émerveillée à la pensée qu'un enfant était niché en elle, grandissant de minute en minute.

— Mais je veux le savoir tout de même. Si ce n'est pas douloureux, ajouta-t-elle rapidement, en regardant l'aiguille, un peu inquiète.

— Rassurez-vous, j'voudrais pas faire de mal à un seul ch'veu blond d'vot' tête.

Elle saisit les deux fils et laissa pendre l'aiguille devant le ventre de Leana.

— Si elle commence à tourner, ce sera une p'tite fille. Si elle s'balance d'avant en arrière, ce sera un p'tit garçon.

Les deux femmes observèrent l'aiguille, qui oscillait à peine. Mais, quand elle bougeait, elle traçait une petite ligne droite, d'avant en arrière.

— V'z'avez déjà pensé à des noms, mon enfant ? demanda Neda avec un large sourire. P't-être Alec, en l'honneur du père de Jamie ?

— Je n'avais pas pensé du tout à cela, avoua Leana. Je dois l'annoncer à père, d'abord. Puis, à Rose, parce que je suis la cause d'une terrible injustice à son égard. Que Dieu me vienne en aide, Neda, je vais lui briser le cœur. Puis, je l'annoncerai à Jamie.

— Et quel effet cette nouvelle aura-t-elle su' l'cœur de m'sieur McKie ?

Lorsque Leana se contenta de hausser les épaules, Neda l'aida à se mettre debout et lui donna un baiser sur le front.

— Écoutez vot' vieille mère : j'vous ai vue avec Jamie, l'jour d'vot' mariage. Jamie peut crier su' tous les toits qu'y a été roulé, mais l'homme qui vous a aimée c'jour-là et c'te nuit-là vous aime encore, même si y r'connaît pas encore c'te vérité.

Leana examina le visage de la femme pour se rassurer.

— Est-ce la parole du Tout-Puissant… ou celle de Neda Hastings ?

Neda sourit et tapota les joues de Leana avant de répondre.

— Parfois, nous parlons l'même langage, l'Seigneur et moi. Faites-lui confiance et sachez qu'c'est à vous seule d'annoncer la nouvelle. J'dirai pas un mot. Vot' père lit près du foyer. Allez lui offrir une tasse de thé, Leana. J'veillerai à c'que vous soyez pas dérangés.

Quelques minutes plus tard, Leana portait le plateau de thé avec le plus grand soin, faisant peu confiance à ses mains tremblantes et à ses pieds instables.

— Père, je vous ai apporté un rafraîchissement.

Neda ferma la porte sans bruit derrière elle, ce que Lachlan remarqua immédiatement.

— Ce n'est pas du thé que tu m'apportes, fille.

Il la regarda d'un œil blasé.

— Tu m'apportes des nouvelles, n'est-ce pas ?

— Oui, dit-elle.

Peut-être était-ce mieux qu'il ait déjà deviné.

— Le bébé naîtra début octobre, lui annonça-t-elle.

— Le mois de l'arrivée de Jamie à Auchengray. Un mois fertile, en vérité.

Il s'adossa à sa chaise, ignorant son livre et son thé, un sourire satisfait plissant son visage.

— Je n'attendais pas cela si rapidement, Leana, dit-il. Ta remarquable… fécondité m'étonne.

Puis son sourire s'atténua un peu.

— Tu comprends, toi et Jamie ne pourrez pas partir immédiatement pour Glentrool. Jamie doit encore travailler ici jusqu'au mois d'août. C'était notre entente.

— Oui, en effet, dit-elle, espérant que Jamie comprenne aussi.

Il serait déjà bien assez difficile de lui annoncer la nouvelle, sans ajouter une nouvelle pierre à son fardeau.

— Je vais trouver Rose, maintenant, dit Leana, et ensuite, Jamie. Pourrais-je vous demander, père, de… de n'en souffler mot à personne, avant que j'aie pu leur parler ?

Il leva la main négligemment.

— Comme tu préfères. Je ne t'envie pas cette tâche. Tu devrais rappeler à Jamie qu'il est bien de prendre congé du vieil amour, avant de plonger dans le suivant.

— Ainsi va le dicton, murmura-t-elle en sortant de la pièce.

Son père était heureux. Mais sa sœur serait anéantie.

Leana se dépêcha de gravir l'escalier, priant à chaque marche. Après l'avoir cherchée un peu à l'étage, elle trouva Rose cardant de la laine dans l'atelier.

— Ma chérie, dit-elle en s'assoyant près d'elle. Je devrais filer la laine, puisque tu es en train de carder.

Rose lui remit le paquet de laine qu'elle venait de terminer.

— Alors, file celle-ci.

Leana prit le paquet soyeux dans les mains, en pensant aux bonnets de bébé qu'elle tricoterait bientôt.

— Rose, je file déjà quelque chose, mais ce n'est pas de la laine.

Elle posa la main sur son ventre pour apaiser ses nerfs.

— J'ai quelque chose à te dire, ma sœur. Une nouvelle qu'il ne te fera pas plaisir d'entendre.

— Une nouvelle ?

Rose la regarda attentivement et une ombre d'appréhension apparut dans ses yeux.

— C'est au sujet de Jamie, n'est-ce pas ?

Lorsque Leana hocha la tête, l'appréhension de Rose se transforma en angoisse.

— S'il te plaît, ne me dis pas que tu attends un enfant de lui ?

— Oui, dit Leana, la gorge serrée. Il est là, dans mon ventre.

Rose retint un sanglot et se détourna, cachant son visage entre ses planches à carder.

— Rose, je suis désolée ! S'il te plaît, ne te cache pas. Laisse-moi te parler. Laisse-moi te dire…

— Tu me l'as dit, gémit Rose. Maintenant, va-t'en !

— Excuse-moi, ma chérie.

Leana répugnait à le lui demander, mais elle devait en être sûre.

— Tu connais les termes de l'entente ? Tu sais ce que cela signifie ?

— Je le sais, dit Rose d'une voix aiguë et fragile comme celle d'une enfant. Cela veut dire que Jamie sera ton mari pour toujours. Et qu'il ne sera jamais le mien, jamais.

— Oui, c'est ce que cela veut dire. Je suis si désolée, Rose. Je sais que tu l'aimes et qu'il t'aime. Si cela peut te consoler, ce sera une nouvelle encore plus pénible pour Jamie.

— Mais c'est la meilleure nouvelle du monde pour toi, cependant, n'est-ce pas ?

Leana pouvait difficilement répondre à cela. Elle ne pouvait que la consoler.

— C'est aussi la meilleure nouvelle pour toi, tu es jeune, Rose. Cela veut dire que tu es libre d'épouser l'homme le plus riche de Galloway. De faire ton entrée dans la noblesse, si tu le souhaites. D'aller t'instruire à Dumfries ou de passer l'été avec Suzanne. Ou de…

— Assez!

Rose abattit les cardes sur la table de travail avec fracas.

— Je ne te laisserai pas planifier mon avenir plus longtemps.

— Je voulais seulement…

— *Tout ce que tu voulais, c'était Jamie!*

Rose se leva, le cœur battant à tout rompre, le visage couvert de larmes.

— Tu l'as voulu dès le moment de son arrivée ici. Je ne l'ai peut-être pas aimé aussi rapidement que toi, Leana, mais je l'aime tout autant. Et il m'aime. Il m'aime, *moi!*

— Oui, c'est vrai, ma sœur, admit Leana. Et il sera difficile pour moi de vivre avec cela. Sachant qu'il t'aime davantage.

— Pas *davantage*, Leana! *Exclusivement!*

La voix de Rose devint presque hystérique.

— Il n'aime que moi. Il me l'a dit. Il te l'a dit aussi. Pourquoi ne gardes-tu pas ton bébé, et ne me laisses-tu pas Jamie?

— Rose, Rose.

Leana tendit la main pour la toucher, mais Rose recula, balayant l'air comme si elle chassait une nuée de moucherons.

— Sois raisonnable, Rose, dit-elle. L'enfant doit avoir un père, comme notre propre père l'a dit, et Jamie était d'accord. Tu savais que cela pouvait arriver, chérie.

Elle s'assura que leurs regards se croisent avant d'ajouter :

— Tu le savais, sinon tu ne m'aurais pas offert ce thé de myrte avec de la sève de saule.

Rose fut réduite au silence.

— Oui, dit Leana posément. J'ai compris ce que tu essayais de faire, Rose. Toutes ces herbes dans l'officine ne proviennent-elles pas de mon jardin?

Elle se pencha et put enfin toucher la main de sa sœur.

— J'ai compris pourquoi tu le faisais. Et je comprends ta douleur, maintenant.

Rose repoussa la main de Leana et s'emporta :

— Non, tu ne comprends pas !

— Peut-être que non. Je t'ai causé du tort de tant de manières. Mais les enfants sont un don de la main de Dieu, Rose. Je ne peux refuser ce présent, ni l'homme que Dieu a choisi pour me le donner.

— Mon Jamie, dit Rose en reniflant.

— Oui. Ton Jamie.

Et le mien.

Rose regarda le ventre de Leana, et plissa les yeux.

— Il ne le sait pas encore, ajouta Leana.

— Alors, c'est moi qui lui annoncerai l'horrible nouvelle.

Rose se précipita vers la porte, la claquant derrière elle, criant son nom en courant dans le corridor.

— Jamie ! Jamie !

— Non !

Leana se leva pour se lancer à sa poursuite, mais dut s'agripper à son rouet, étourdie par son mouvement trop brusque.

— Rose, attends ! cria-t-elle.

Lorsqu'elle retrouva finalement l'équilibre, elle courut derrière sa sœur, craignant qu'il soit trop tard.

Et il était trop tard.

Chapitre 67

Les plus grandes douleurs sont celles que nous nous infligeons.
— Sophocle

Jamie répandait du grain pour les poules, quand Rose surgit par la porte de derrière et courut sur le sol gelé de la pelouse, l'appelant d'une voix désespérée, comme si elle avait reçu une flèche en plein cœur.

— Jamie ! Jamie ! Le pire est arrivé ! Le pire de tout !

Elle se jeta sur lui, et le sac de grains se répandit sur le sol. Son visage était chaud de larmes, son corps, inerte. Il la laissa se blottir contre lui et lui passa une main dans les cheveux. Dans le pigeonnier voisin, les colombes s'ébrouèrent et battirent des ailes, apeurées par les cris.

— Rose, s'il te plaît. Calme-toi, mon amour. Dis-moi ce qui s'est passé.

— Leana est… Leana est…

Et il sut.

— Je suis désolé, Rose, murmura-t-il, la poitrine si oppressée qu'il pouvait à peine parler. *La meilleure nouvelle. La pire nouvelle.*

— Je suis si désolé.

— Tu avais dit…

Elle hoqueta, se noyant littéralement dans ses propres larmes.

— Tu avais dit que tu ne serais pas… coopératif.

— J'avais accepté pour la lune de miel, c'était l'entente. Seulement pendant une semaine, seulement à Dumfries. Je n'ai pas été seul avec elle, depuis.

Sa conscience vint lui rafraîchir la mémoire. *Excepté le soir de la Sainte-Brigitte, et seulement durant un court moment.*

Rose se dégagea un peu, essuyant ses larmes du revers de la main. Une moue amère se dessina sur ses lèvres.

— Mais tu la regardais.

Plus souvent que tu ne le crois. Plus que je n'aurais dû le faire.

Sa voix était posée.

— Pas plus qu'il n'était nécessaire, seulement par politesse. Elle est ma femme, selon la loi…

— Et maintenant, par les liens du sang !

Rose s'éloigna de lui en levant les mains.

— Notre amour est terminé, Jamie, dit-elle. Je ne peux supporter l'idée de… de te partager avec elle.

Elle se retourna et s'enfuit, ses jupes bruissant dans l'air froid du matin.

Il la regarda disparaître dans la maison au moment même où sa sœur aînée apparut, marchant sur la pelouse. On aurait dit une pièce de théâtre, les acteurs apparaissant sur scène au moment convenu, dont Jamie aurait tenu le rôle principal.

Leana. Sa femme. Bientôt la mère de son enfant.

Elle semblait glisser vers lui, la tête bien droite, les yeux secs, le menton ferme. Comment avait-il pu la confondre avec Rose ? Rose était une merveilleuse enfant. Leana était une femme. Non pas remarquable, mais gracieuse. Il se dégageait de Leana une impression de pureté, même après tout ce qui s'était passé entre eux.

— Vous êtes au courant.

Elle parvint à sa hauteur et s'arrêta à côté de lui, le visage plus pâle que jamais, mais les yeux brillants.

— Oui, dit-il en se frottant les mains pour chasser les grains. Rose m'a tout dit.

Elle lui toucha les doigts, si doucement qu'il ne sentit presque rien de sa chaleur.

— Je suis désolée, Jamie. Je voulais vous l'annoncer moi-même, mais ma sœur…

Il hocha la tête, et elle l'imita. Les deux connaissaient Rose.

— C'est pour quand ?

Les joues de Leana se colorèrent.

— Début octobre.

Il grinça des dents, sachant qu'elle attendait sa réaction.

— Je suis désolé de l'apprendre, Leana.

Leana redressa subitement la tête.

— Désolé ?

Elle s'étouffa presque en prononçant le mot.

— Jamie, je ne suis pas du tout désolée. Vous savez que je vous aime.

Sa réponse fut immédiate.

— Et vous savez que je ne vous aime pas.

— Comment pourrais-je l'ignorer, puisque vous me l'avez répété si souvent ?

Elle fit un pas vers lui et le bout de sa chaussure toucha la sienne.

— Je me demande si vous essayez de me convaincre, moi, ou plutôt de vous persuader vous-même ? Je vous crois, quand vous l'affirmez. Et vous ?

— Oui, dit-il amèrement. De tout mon cœur.

Les yeux de Leana se fermèrent, comme pour l'éliminer de sa vue. Et pour cause. Cette femme était venue à lui avec la plus heureuse nouvelle de sa vie pour se faire rappeler qu'elle seule le voyait ainsi. Il a dit qu'il était désolé et il était sincère. Il était désolé de ne pas l'aimer. Désolé de ne pouvoir se réjouir de cette nouvelle. Mais plus désolé encore d'avoir réduit à néant les espoirs de sa sœur. Et les siens. *Pardonne-moi, Rose.*

Lorsque Leana rouvrit les yeux, ils étaient plus clairs que jamais, sans une trace de larmes.

— Que ferons-nous, maintenant, Jamie ? Devons-nous vivre ensemble, désormais, comme mari et femme ?

— Vivre, dites-vous ?

Il leva les bras en direction de la basse-cour couverte de frimas, vers les poules gloussant à ses pieds, picorant le grain répandu.

— Ce n'est pas la vie que j'avais imaginée pour un McKie de Glentrool.

— Mais il n'en sera pas toujours ainsi, Jamie. Votre travail ici finira. Peu de temps après, vos responsabilités comme père commenceront.

Elle prit les mains de Jamie, les pressa sur son ventre et ajouta :

— Dieu a béni mon ventre et votre semence, Jamie.

La terre sur laquelle tu dors, à toi, elle sera donnée, et à ta descendance.

Il retira brusquement ses mains. Son contact était trop familier, la bénédiction divine, trop claire.

— Je suppose que Dieu a fait le choix pour nous, et que nous devons l'accepter.

— Comme un présent, Jamie. Pas comme un fardeau.

Mais *c'était* un fardeau, et il n'était pas léger.

Leana se mordit les lèvres, les joues maintenant rouges, à cause du froid ou de la honte, elle n'aurait su le dire.

— Puis-je déménager mes effets du troisième étage… dans votre chambre ?

Elle détourna le regard et l'attarda sur la volière bruyante.

— Si vous le voulez, ajouta-t-elle. Si vous voulez de moi.

S'il veut de moi.

— C'est bon.

Il ne pouvait refuser. Parce qu'elle était sa femme. Et parce qu'il y avait des moments aux petites heures de la nuit où il la voulait, pour toutes les mauvaises raisons. *Pardonne-moi, Rose.*

Un couple de pies atterrirent à leurs pieds, attirées par le grain. Elles sautillaient, la queue noire dressée, leur plumage bigarré formant un saisissant contraste avec le sol morne. Leana leur sourit.

— Vous connaissez cette vieille comptine ? lui demanda-t-elle en hochant la tête en direction des oiseaux, qui prenaient leur envol. *Une pie pour la peine…*

— *Deux pour la joie…*

— Oui, pour la joie, murmura-t-elle en se pinçant les lèvres. *Trois pour un mariage…*

Il s'immobilisa. Craignant ? Espérant ?

— *Quatre pour un garçon.*

— Accueilleriez-vous… un fils, Jamie ?

Il haussa les épaules, comme si cela le laissait indifférent.

— Je n'ai pas encore de fils, répondit-il.

— Mais vous en aurez un. Je le sais, Jamie, comme seule une femme peut le savoir. C'est un garçon que je porte en moi. Sûrement, cela doit vous faire plaisir.

— Vous insistez maintenant pour que je sois heureux de cette nouvelle ? Vous m'en demandez trop, Leana.

Il s'écarta brusquement d'elle, effrayant les poules au passage. Il aurait voulu hurler, saisir quelque chose de résistant qu'il aurait pu broyer entre ses mains.

— J'ai besoin de temps pour y réfléchir, dit-il enfin. De temps pour mettre de l'ordre dans mes idées.

Elle porta la main à ses lèvres, comme pour retenir ce qu'elle aurait voulu dire. Finalement, elle parla d'une voix basse.

— Vous aurez plus de temps qu'il n'en faut. Presque six mois de travail, puis nous devrons nous dépêcher de nous rendre à Glentrool, pendant que je serai encore en état de voyager…

— *Glentrool ?*

Il cracha le mot, tant le goût était amer dans sa bouche. Leana n'avait aucun droit de parler de son foyer, de la maison où il aurait voulu que Rose vive à ses côtés.

— Pensez-vous, demanda-t-il, que mon frère Evan accueillera favorablement notre arrivée dans la vallée, après ce qui s'est passé entre nous ? Sachant que la naissance de cet enfant scellera son destin ?

— Il est déjà scellé, Jamie. Dieu seul connaît le moment et l'endroit.

— L'endroit et l'heure pour la naissance de cet enfant sont ici, à Auchengray, au mois d'octobre, où il sera en sécurité.

Et où je peux être près de votre sœur. Rose, celle auprès de qui il se sentait jeune et libre, sans responsabilités, insouciant, qui ne lui demandait pas d'être père avant d'avoir été un époux. Et n'avait-il pas encore à apprendre à être un homme ? Il grinça des dents, furieux contre lui-même, contre Leana, contre Rose, contre tous ceux qui s'acharnaient à exiger quelque chose de lui, quand il ne lui restait plus rien à donner.

Leana baissa la tête et fit un pas en arrière, se préparant à partir.

— C'est votre enfant. Vous déciderez du lieu de sa naissance.

Elle jeta un coup d'œil derrière elle en partant, laissant son cœur entre ses mains.

— Je vous aimerai toujours, Jamie. C'est mon destin…

Des larmes apparurent dans ses yeux.

— … et ma malédiction.

Elle était partie, comme les pies dans le ciel hivernal.

Que Leana soit maudite, alors.

Il avait prononcé les paroles à voix haute.

Et c'est toi qui es l'artisan de tout ça, Jamie.

— Non !

Jamie saisit le sac et projeta violemment le reste de son contenu au sol, décrivant de grands moulinets, le vidant jusqu'au dernier grain, provoquant la frénésie dans la basse-cour.

— Ce n'est pas *ma* faute, Dieu ! C'est *ta* faute !

Il hurla aux nuages, lança le sac vide vers le ciel.

— « Je ne t'abandonnerai jamais », n'est-ce pas ? C'était *ça* ta promesse ? Alors, c'est moi qui te quitterai ! Rien n'a bien marché dans ma vie. *Rien !*

— Tu penses pas vraiment c'que tu dis, garçon ?

Jamie se retourna vivement, perdant presque pied, et découvrit Duncan, debout derrière lui.

— C'est ce que je pense ! cria-t-il au superviseur, indifférent à la réaction de l'homme devant la violence de ses propos. Tout ce que je possède, tout ce que j'aime m'a été arraché. *Tout !* Mon avenir a été décidé pour moi. Par ma mère, par mon oncle, par ma cousine…

— Et par Dieu. Aurais-tu oublié qu'il t'a béni ?

— N'ai-je donc aucun choix ?

Jamie hurla les mots, assez fort pour que Dieu et tout Galloway puissent les entendre.

— J'en ai assez, m'entendez-vous ? Je suis fatigué de faire tout ce que les autres attendent de moi.

Il s'empara d'une pelle et la planta dans le fumier, pour le pur plaisir de voir le crottin voler.

— Je suis fatigué de n'avoir aucun choix.

— Jamie, Jamie, dit Duncan en retirant prudemment la pelle d'entre ses mains. Si tu résistes à la volonté de Dieu, tu t'condamnes à être misérable. P't-être que tes bras doivent être déchargés, afin d'pouvoir porter quelque chose de mieux.

Jamie leva les mains au ciel.

— Qui ou quoi pourrait être mieux que Rose McBride ?

— Ton premier amour, garçon. Et j'veux pas dire Leana.

Il mit la pelle de côté et baissa la voix.

— J't'ai observé, Jamie. J't'ai observé livrer un combat effrayant, pour essayer d'garder Dieu loin d'ta porte. De garder l'amour loin d'ton cœur.

— C'est faux ! fulmina Jamie. Je suis plus que prêt pour l'amour.

Comment un homme aussi sagace que Duncan Hastings ne pouvait-il pas voir quelque chose d'aussi évident ?

— C'est l'amour de Rose que je veux. Pas celui de Dieu, ni celui de Leana.

— Oh ! Penses-tu qu'c'te p'tite fille possède assez d'amour pour redresser tous les torts dans ta vie ? Aucune femme n'en aurait assez, Jamie. Mais, si j'peux m'permettre, tu serais fou d'pas voir que l'amour d'Leana pour toi est grand et généreux, bien plus que c'que tu mérites. « Trouver une femme, c'est trouver le bonheur », n'est-ce pas ? Eh bien, y en a pas beaucoup d'aussi bonnes qu'Leana.

Jamie détourna le regard de honte, le portant sur le groupe de pies qui tournaient dans le ciel, se préparant à revenir picorer les grains répandus. Il pouvait difficilement argumenter devant la pure vérité. Leana l'aimait sans réserve. Il le voyait dans ses yeux, l'entendait dans ses paroles, le sentait dans ses caresses.

Sa voix, murmurant son nom, le hantait la nuit. *Jamie.* Pendant leur semaine entière à Dumfries, il lui avait donné des miettes, et elle en avait fait un festin.

— J'vois qu't'es dans tes pensées, garçon, dit Duncan en mettant une main sur son épaule. J'suis heureux de l'voir. À partir du peu qu'j'ai entendu, j'vois qu'Dieu a décidé d'faire de toi un père. Mais y t'reste à grandir encore un peu. C't'un jour qui t'changera, Jamie. Pour le mieux, si t'es comme la plupart des hommes. Pour le pire, si t'es comme Lachlan McBride.

Jamie crispa les poings.

— Je ne traiterai jamais mes fils comme Lachlan l'a fait.

— Bien sûr, dit Duncan, s'essuyant les mains sur son pantalon avant de se diriger vers la maison. Y faudrait aussi qu'tu penses à ta façon d'traiter la mère de ton fils, alors. Elle mérite tes soins et d'l'attention, Jamie. Maintenant et dans les mois à venir. *Maris, aimez vos femmes,* c'est c'que la Bible nous commande de faire. Trouve dans ton cœur de l'amour pour elle, garçon. Elle attend qu'tu l'fasses, mais aucune femme ne peut attendre éternellement.

Chapitre 68

La jalousie naît toujours en même temps que l'amour.
— François, duc de La Rochefoucauld

Rose pencha un peu la tête, afin de pouvoir garder un œil sur les autres. Son père rapprocha la bougie de la Bible et contracta la mâchoire, comme si, au prix de cet effort, sa voix ressemblait à celle du révérend Gordon.

— Entendez les paroles du Seigneur : « Il y a un moment pour tout et un temps pour toute chose sous le ciel. »

Elle pinça les lèvres aussi fort qu'elle le put, pour ne pas ouvrir la bouche et crier : « La barbe ! » C'était la pire saison de sa jeune vie, et elle arrivait sans aucune raison. La prière familiale venait à peine de commencer que, déjà, elle était d'une humeur massacrante. Le dîner avait été affreux. Neda avait servi un hochepot, et une soupe aussi épaisse qu'un porridge et encore moins appétissante, peu importe les éloges de leur père à son sujet. Le cou de l'un de ses pauvres agneaux, noyé dans une mer de légumes, faisait un ragoût peu engageant, d'après Rose, du moins.

La voix de son père débitait les paroles des Écritures aussi mécaniquement qu'un boucher hachant de la viande :

— « Un temps pour enfanter, et un temps pour mourir ; un temps pour planter, et un temps pour arracher le plant. »

C'était exactement ça. Jamie McKie avait planté, alors qu'il aurait dû arracher, et maintenant, un bébé allait naître, mais pas *le sien*. Que non ! Celui de sa *sœur*. Rose regarda Leana, dont la tête était penchée au-dessus de ses mains jointes, ses nattes brillant à la lueur des bougies, et ne ressentit pour elle que de la haine. Et que de l'amour, dans la même mesure. Sa Leana, aussi chère à ses yeux que sa mère, qu'elle n'avait jamais connue, avait volé l'homme qu'elle adorait et portait son enfant.

Bien qu'elle eût beaucoup de réticence à l'admettre, Rose craignait être en partie responsable de son malheur. Si seulement elle avait jeté immédiatement son dévolu sur Jamie, au lieu de le pousser dans les bras de Leana. Si seulement elle avait dit à Jamie qu'elle l'aimait avant son départ chez tante Meg. Si seulement elle avait refusé de faire le voyage à Twyneholm en plein mois de décembre, alors que le temps était si imprévisible. Si seulement elle avait exigé que son père dise la vérité au conseil de l'Église. Et si seulement on voulait bien la traiter dans cette maison comme une *femme* et non comme une enfant, combien sa vie serait plus agréable !

Rose prit une décision. Elle hurlerait. Oui, elle le ferait, et alors, on verrait bien ce qu'ils penseraient de leur charmante petite Rose. Cette idée perdit de son attrait quand elle considéra la possibilité de réciter le Petit Catéchisme comme punition. Bien que n'importe quoi eût été mieux que ce qu'elle avait enduré toute la journée, écoutant les domestiques chanter et rire en travaillant, heureux d'apprendre la bonne nouvelle. Maintenant, ils pourraient marcher la tête haute, le jour du marché, sachant que les choses étaient réglées à Auchengray et qu'on ne murmurerait plus dans leur dos, pendant qu'ils choisissaient des os pour la soupe ou du poisson frais.

Lorsque son père lut « un temps pour pleurer et un temps pour rire », Rose faillit faire les deux en même temps, s'étouffant à cause des émotions qui se bousculaient en elle, comme une mer démontée. De quel droit Leana avait-elle osé s'emparer de son Jamie adoré ? Parce qu'elle était l'aînée ? La plus compétente pour gérer un domaine ? Ce n'était sûrement pas parce qu'elle était la plus jolie. Rose regarda sa sœur de nouveau en hochant la tête. Ce bébé invisible devait avoir aspiré la dernière parcelle de couleur des joues de Leana. Jamie se lasserait bien vite d'un visage aussi fade.

Rose appuya le menton sur ses mains croisées, espérant que son père ne remarquerait pas son maintien relâché à table.

Certains jours, elle souhaitait que Jamie ne fût jamais venu à Auchengray. La vie était bien plus simple, avant lui, évidemment. Mais d'autres jours, ce n'était pas Jamie qu'elle désirait voir disparaître, c'était sa sœur, bien que Rose l'eût aimée inconditionnellement au cours des quinze dernières années. Hélas, la décision ne lui appartenait pas ; les deux allaient rester. Jamie et Leana ne partiraient pas pour Glentrool avant le mois d'août, lui avait confié sa sœur avant le dîner. Peut-être même plus tard, si Leana était incapable de se déplacer.

Son père fit une pause dans sa lecture, fronçant les sourcils dans sa direction, comme s'il pouvait entendre ses réflexions égoïstes. Elle se redressa et baissa timidement la tête pendant qu'il poursuivait. « Un temps pour embrasser, et un temps pour s'abstenir des embrassements. » Avait-il dit cela à son intention, alors ? Qu'elle et Jamie ne devraient plus jamais s'embrasser ? Oh ! C'était si injuste. Il l'aimait, sans l'ombre d'un doute. Si seulement elle pouvait placer son nom dans le chapeau pour le tirage de la Saint-Valentin chez Suzanne Elliot ! Le samedi après-midi venu, Rose pigerait le petit bout de papier, ils procéderaient à l'échange des cadeaux et Jamie serait à elle pour toute l'année 1789. Ne serait-ce pas merveilleux ?

Elle sentit sa poitrine se soulever et s'abaisser en un long soupir imaginaire. Il était inutile d'espérer de telles choses.

La voix de Lachlan était maintenant devenue un battement régulier. « Un temps pour chercher, et un temps pour perdre. » *Un temps pour perdre, père.* Et un temps pour mettre ses rêves sous le boisseau.

Lachlan l'avait appelée dans son bureau, quand elle était entrée dans la maison en courant et en criant le nom de Jamie comme une possédée. « Rose, tu ne te conduiras pas ici comme une enfant gâtée », l'avait-il prévenue, son expression encore plus sévère que d'habitude. « Tu es une jeune femme qui possède de nombreuses qualités. Je te trouverai un prétendant convenable, quand le moment sera venu. »

« Quand cela arrivera-t-il, père ? » Elle n'avait pas voulu se montrer impertinente, mais ne pouvait retirer sa question, une fois posée.

« Quand je le jugerai bon » avait été sa seule réponse.

Ce qui voulait dire pas dans un avenir prévisible. Puis, elle avait passé le reste de la journée dans sa chambre, faisant semblant de lire tandis que Leana filait la laine à son rouet et que Jamie piétinait le sol de la basse-cour. D'après ce que Duncan avait raconté, il avait tempêté contre Dieu et toute la création. Rose jeta un coup d'œil vers Jamie, en face d'elle, et remarqua ses cheveux noirs soigneusement attachés sur la nuque, ses sourcils réguliers et son front lisse. Comme il avait l'air sérieux ! Ce n'était plus le jovial Jamie, toujours le sourire aux lèvres. Mais il restait le plus bel Écossais à avoir jamais foulé les collines de Galloway.

Il était assis à côté de Leana. Un peu à l'écart de sa sœur, Rose fut heureuse de le voir, mais bientôt, lui et Leana coucheraient dans le même lit, dans la chambre voisine de la sienne. La description que lui avait faite tante Meg de ce qui l'attendait pendant sa nuit de noces ne lui avait pas appris grand-chose. Peut-être était-il mieux pour elle de ne pas le savoir. Leana le savait, et cette connaissance avait ruiné sa vie.

Non, Rose. Cela a ruiné la tienne.

Elle grinça des dents au moment où son père fermait la Bible en lisant la dernière ligne du passage qu'il avait choisi : « Un temps pour aimer et un temps pour haïr, un temps pour la guerre et un temps pour la paix. » Rose ressentait plus de haine que d'amour, et pas de paix du tout. Ce qui s'annonçait comme les six mois les pires de sa vie l'attendait. Si elle était condamnée à souffrir, alors elle ferait en sorte que toute la maison souffre avec elle.

— J'ai choisi ce passage pour une raison précise, dit Lachlan, dont le regard fit le tour de la pièce. En ce jour, deux vies s'unissent véritablement et une troisième est attendue.

Il fit une pause, regardant Leana et Jamie, car c'était d'eux qu'il parlait. Leana rougissait, Jamie était morose.

— Les McKie resteront sous notre toit jusqu'au 1er août, continua Lachlan. Plus longtemps, si j'arrive à les convaincre de faire d'Auchengray leur foyer pour une autre saison.

Une autre saison d'agnelage, il veut dire. Rose vit les yeux de Jamie se plisser et elle se dit qu'il devait penser la même chose.

— Il y aura une période de paix dans cette maison, dit leur père, et son message était clair. Plaçons-nous entre les mains du Dieu tout-puissant et demandons à son Esprit-Saint de régner sur nous tous.

Lachlan pria, assénant les mots comme des coups de marteau, plantant les vérités acérées si profondément qu'aucun outil ne pût les arracher. Pour un homme qui arrivait toujours à ses fins, et ce, peu importe les moyens employés, son père parlait de la justice et du pardon avec une singulière autorité. Peut-être était-il suffisant pour lui de savoir prononcer les mots.

Rose garda la tête baissée, heureuse d'y parvenir, et pria pour que la paix règne, comme on lui avait demandé de faire. Pourtant, dans son cœur, une guerre faisait rage. Elle aimait sa sœur ; elle haïssait sa sœur ; elle voulait le bonheur de Leana et de Jamie ; elle voulait Jamie McKie pour elle seule.

Chapitre 69

Les plus profondes rivières sont les moins tumultueuses,
Là où veillent toutes les âmes silencieuses.
— William Alexander, comte de Stirling

Leana attendit Jamie dans la chambre obscure, tout comme Jamie l'avait attendue lors de leur nuit de noces. Lui, toutefois, était profondément endormi ; elle, par contre, était plus éveillée que jamais, son cœur dansant une gigue endiablée.

Cela lui était étrange d'être blottie dans ce même lit clos, qui avait changé sa vie à jamais. Elle l'attendait depuis longtemps, mais le pauvre Jamie avait connu une journée bien éprouvante. Duncan avait fait allusion à une scène dans la basse-cour, après qu'elle était partie, et Rose avait été inconsolable au déjeuner, de même qu'au dîner, s'apitoyant sur son sort, rendant la vie de tout le monde misérable. Neda avait fait ce qu'elle avait pu, servant à Rose son sabayon préféré, donnant une petite tape sur l'épaule de Leana en passant, agrémentant l'atmosphère de son humeur gracieuse — tout cela en vain. La prière familiale, heureusement, avait été très brève, car Leana n'avait pas trop bien digéré le hochepot de Neda. Ils s'étaient tous dispersés après le dernier amen, Rose était allée coudre — une tâche à laquelle elle ne s'adonnait que lorsqu'elle était de mauvaise humeur —, Jamie lisait tandis que Leana préparait leur chambre à coucher, tout en priant pour que l'étape suivante de leur mariage démarre sur une note plus gaie.

La literie avait été aérée, de nouvelles bougies, allumées, et elle avait revêtu la chemise de nuit qu'elle portait lors de sa lune de miel, soigneusement repassée par Eliza. Quelques heures auparavant, la discrète servante aux cheveux noirs avait abandonné sa vie à l'arrière-cuisine pour devenir la dame de compagnie de sa maîtresse, en accord avec les termes de la dot de Leana. Le bébé dans son sein avait finalement forcé son père à reconnaître officiellement son mariage.

Maintenant, Leana attendait, retenant presque son souffle, l'arrivée de son mari, passant la main sur le bois du lit clos, plongée dans ses souvenirs.

Jamie, viens à moi !

Finalement, il apparut et pénétra dans la chambre, tenant une bougie dans la main et son livre dans l'autre.

— Leana ? murmura-t-il. Êtes-vous toujours éveillée ?

— Oui, dit-elle, essayant de ne pas rire. Je suis éveillée.

Comme si elle pouvait dormir après des semaines dans le lit mobile, après des semaines sans Jamie !

— Très éveillée, dit-elle.

Alors que Jamie se déshabillait à la lueur de la flamme vacillante, elle le regarda sans honte, laissant le spectacle éveiller en elle un désir qu'elle ne croyait jamais voir se rallumer. Il était son mari, maintenant — pas pour un jour ni pour une semaine, mais pour le restant de ses jours. *Jamie, oh ! mon Jamie !* C'était bon, c'était juste de l'aimer de toutes les manières possibles.

Il se glissa sous les couvertures et ferma les rideaux du lit derrière lui, les enveloppant dans un monde sans ombres ni bruit. Ils restèrent immobiles quelque temps, leurs corps se réchauffant mutuellement.

Elle avait pensé toute la journée à ce qu'elle allait dire lorsqu'elle serait seule avec Jamie, mais les mots s'étaient évanouis. Il n'y avait que des émotions, des émotions si près de la surface de son épiderme qu'il lui semblait qu'elle prendrait feu et se consumerait instantanément, si Jamie la touchait.

— Jamie.

Elle aimait prononcer son nom. Elle allait commencer par là.

— Jamie, mon amour.

Il lui posa un doigt sur les lèvres.

— Leana, ne dites pas ça. Ne m'en demandez pas plus que je ne puis vous donner.

Elle embrassa le bout de son doigt, puis fit glisser la main de Jamie sur sa joue.

— Vous avez déjà mis un enfant dans mon ventre, et pour cela je vous suis reconnaissante. Je promets d'être patiente.

Lorsqu'il reprit sa main, la joue de Leana se refroidit. L'irritation dans sa voix était palpable.

— Jusqu'à quel point ?

— Très patiente, Jamie.

Elle sourit, en dépit de la tension entre eux.

— C'est l'une de mes quelques vertus, l'auriez-vous oublié ?

— Je ne l'ai pas oublié.

Il se tourna, s'étendit sur le dos et croisa les mains derrière la tête, laissant ses coudes bien écartés faire obstacle entre eux.

— Vous avez de nombreuses vertus, Leana.

— J'en suis heureuse, murmura-t-elle, et elle aurait bien voulu savoir quelles étaient ces qualités.

Mais elle n'était pas comme Rose. Elle n'insisterait pas pour qu'il la flatte et qu'il les énumère. Si Jamie trouvait qu'il y avait quelque chose de bon en elle, c'était suffisant.

— Par patiente, voulez-vous dire que nous ne devrions pas…

Il poussa un grand soupir en tournant le visage vers les rideaux du lit.

— Par patiente, je veux dire bonne nuit.

La nuit fut loin d'être bonne. Elle s'agita et se retourna, n'étant pas habituée à la présence de Jamie dans son lit, l'estomac nauséeux, les pensées troublées. Aux heures les plus noires de la nuit, lorsqu'elle fut certaine qu'il s'était endormi, elle se rapprocha, se lovant contre lui comme les cuillères de son tiroir, priant pour qu'il ne se réveille pas et ne la rejette pas. Réchauffée par son corps, elle s'endormit enfin, pour finalement se réveiller toute seule le lendemain matin, Jamie parti, sa place vide et froide.

Ce n'était pas le début qu'elle avait souhaité, mais c'était un début, néanmoins. Elle serait patiente. Et peut-être se montrerait-il charitable.

Jamie passa la journée dehors, à la ferme, travaillant dur, comme toujours. Son oncle lui avait reproché son manque d'ardeur au travail, mais à Auchengray, on avait de lui une tout autre opinion. Lorsqu'il revint à la maison pour le dîner, couvert de boue et de sueur, ses efforts étaient évidents. Leana l'accueillit à la porte de derrière, où il se débarrassa de ses bottes pour les confier aux soins d'Eliza.

— Jamie, j'ai demandé à Willie d'apporter une bassine d'eau chaude dans notre chambre, lui dit-elle. Et il y a une chemise propre qui vous attend dans l'armoire.

Il la regarda sans expression.

— C'est très délicat de votre part, Leana.

— Devrais-je vous envoyer Hugh ? Vous voulez peut-être qu'il vous rase pour le dîner ?

Ou pour après ?

Jamie se dirigea vers l'escalier sans même lui jeter un regard.

— Oui, envoyez-moi l'homme dans quelques minutes. La neige fondante a laissé la bergerie particulièrement boueuse, tout comme moi, d'ailleurs.

Leana ne lui avouerait jamais qu'elle le trouvait aussi séduisant arrivant directement des champs que sortant du bain.

Il se présenta à la table à sept heures, jouant à nouveau le rôle de gentilhomme campagnard, prenant place près d'elle en lui adressant un petit salut de la tête, pour la forme. Son humeur fut sobre pendant tout leur repas, lequel consista en une bécassine rôtie, et il consacra toute son attention à ronger la chair autour des petits os de l'oiseau. Elle eut alors le pressentiment qu'ils passeraient une autre nuit indifférente ensemble, et elle n'avait pas tort. *Patience,* se dit-elle en le regardant dormir, tirant sur les couvertures pour ne pas avoir froid.

Samedi apporta le premier ciel ensoleillé depuis plusieurs jours.

— En l'honneur de la Saint-Valentin, j'imagine, dit Neda au petit-déjeuner. Est-ce que Jessie viendra avec la petite Annie pour recevoir des bonbons ?

Le 14 février, les enfants du voisinage frappaient aux portes pour quémander des bonbons, de l'argent ou des fruits. À la porte de Lachlan McBride, il était assuré qu'ils ne repartaient jamais avec des pièces de monnaie dans leurs poches. Pendant ce temps, Rose était déjà partie chez les Elliot, à Newabbey, où les jeunes gens de la paroisse célébraient ce jour de manière traditionnelle. C'était une fête joyeuse, qui culminait avec l'échange des amoureux. Leana pria pour qu'un jeune homme tirât le nom de Rose du chapeau, et détournât enfin son attention de Jamie. Une prière égoïste, elle le savait, mais prudente.

Leana mangea son porridge, se demandant à quel endroit du cellier elle avait remisé ses meilleures pommes.

— J'ai l'impression que nous aurons beaucoup de visiteurs, par un temps si clément. Garde un œil sur la porte, Neda, pendant que je lave et polis les fruits. Jessie arrive toujours très tôt.

Neda la regarda, un sourire complice sur son visage bienveillant.

— Contrairement à une certaine femme mariée que j'connais, qui dort plus tard qu'd'habitude, depuis que'que temps.

Les joues de Leana rougirent.

— Ce n'est pas ce que tu penses. C'est le bébé qui m'épuise, avant même de se montrer.

Elle regarda son ventre, toujours étonnée à la pensée que le fils de Jamie continuait de croître en elle. Cela ne l'émerveillait-il pas autant qu'elle ? Si tel était le cas, sa joie restait un secret bien gardé, et son visage n'en laissait rien paraître. *Patience, Leana.*

Désireuse d'être prête à accueillir leurs petits visiteurs, elle tâtonna dans le cellier obscur jusqu'à ce qu'elle trouve le panier qu'elle cherchait. Elle remplit ensuite son tablier de deux douzaines de pommes fermes et bien rouges. De l'eau froide, un peu de sel et un frottage vigoureux auraient tôt fait de les faire briller.

— Avons-nous un beau plateau pour les offrir ?

— Bien sûr, dit Neda, qui alla chercher un plateau en chêne, fabriqué par Duncan bien des années auparavant. J'pense qu'j'entends déjà quelqu'un frapper, et la pendule au mur n'indique pas encore neuf heures !

Leana éclata de rire, la perspective de l'arrivée de sa rousse amie lui ayant rendu sa bonne humeur.

— Ce doit être Jessie.

Et Annie, la chère Annie. Les deux femmes se précipitèrent vers la porte d'entrée et l'ouvrirent vivement. Elles y trouvèrent la maîtresse de Troston Hill, debout sur le seuil, portant son bébé sur sa hanche.

Annie poussa un cri joyeux dès qu'elle aperçut Leana, et le sourire de Jessie était plus lumineux que le soleil d'hiver.

— Avez-vous quelque chose pour la petite, en ce jour de la Saint-Valentin ?

Leana leva le plateau de reinettes.

— Oui, et une tasse de thé pour la mère, si tu veux te joindre à nous.

Leurs invitées furent promptement introduites à l'intérieur et installées confortablement près du foyer, où Jessie déposa Annie sur le plancher, baisant ses boucles soyeuses au passage. Leana déposa son plateau et entreprit de libérer Annie de quelques couches de vêtements.

— Je veux voir combien tu as grandi, ma petite, et je ne peux le faire quand tu es emmitouflée comme ça. Voyez-vous ça, tu te tiens debout toute seule, maintenant ! Peux-tu aussi marcher et donner un peu de répit au dos de ta mère ?

Comme si elle avait compris chaque mot, Annie se promena dans la pièce pendant que Leana applaudissait, combattant les larmes. Que les enfants grandissaient vite ! Elle était déjà impatiente de voir les jambes dodues de son fils en mouvement comme celles d'Annie. Serait-il blond, comme elle, ou aurait-il les cheveux foncés de son père ? Les yeux bleus comme le ciel ou vert mousse ? Si Jamie n'était pas prudent, il ne connaîtrait rien des joies qui accompagnaient l'attente de devenir père.

Jessie l'observait avec Annie à ses côtés et souriait de toutes ses dents.

— Tu as un enfant qui grandit en toi, n'est-ce pas, Leana ?

Leana regarda son amie, étonnée.

— Jessie, comment as-tu pu deviner ?

— C'était écrit sur ton visage à l'instant même où tu as vu Annie, dit Jessie en inclinant la tête, la regardant attentivement. Ton bébé, est-ce qu'il t'occasionne des malaises, le matin ?

— Non, dit Leana en se levant, frottant sa jupe de sa main. J'ai bien digéré mon petit-déjeuner.

— Et Jamie, est-il heureux de s'éveiller et de te trouver à ses côtés ?

— Jessie !

Leana secoua la tête vivement, comme pour se rafraîchir les joues.

— Est-ce que ce sont tes cheveux roux qui te rendent si audacieuse ?

— C'est ce que mon Alan me dit tout le temps.

Le visage de Jessie devint plus sérieux.

— Vraiment, Leana, nous sommes heureux pour toi. Tous les voisins qui ont assisté à votre procession à l'église en sont venus à se faire une bonne opinion de cette union. Ils reconnaissent que c'était l'œuvre du Seigneur, peu importe les circonstances, et que cet enfant dont il l'a bénie en est la preuve.

— Que Dieu soit loué, alors.

Leana se pencha pour offrir à Annie une pomme rutilante et regarder les yeux de l'enfant s'ouvrir avec délice, tout en priant en silence. *Et que Dieu comprenne mon chagrin et change le cœur de Jamie.*

Chapitre 70

Endure, mon cœur :
tu as déjà enduré des choses bien plus affreuses.
— Homère

Rose n'était pas rentrée de ses festivités de la Saint-Valentin pour le dîner, et Leana en était heureuse. Avoir Jamie pour elle seule toute une soirée, sans se demander si son regard n'était pas posé ailleurs, était pour elle un grand bonheur. Elle avait porté une attention spéciale à sa toilette et s'était pincé les joues jusqu'à ce qu'elles soient douloureuses. Neda avait enroulé un ruban rouge dans ses cheveux, les épinglant en une seyante torsade sur le dessus de sa tête, laissant pendre les extrémités derrière la nuque.

Jamie le remarqua.

— Vous êtes jolie, ce soir.

Elle leva les yeux de son livre, puis le referma sur son doigt pour ne pas perdre sa page.

— Un peu de couleur pour la Saint-Valentin, dit-elle, puis elle jeta un regard appréciatif sur ses cheveux bien attachés, sa cravate nouée, et les boutons d'argent poli de sa veste.

— Et vous êtes bien élégant, monsieur.

Ils étaient assis près du foyer, la prière familiale terminée, la table débarrassée et déjà prête pour le sabbat. Lachlan s'était retiré tôt, se plaignant d'un mal de tête, les laissant seuls tous les deux, prêts à passer une agréable heure de lecture près du foyer. *Le paradis.*

Jamie inclina la tête pour regarder la couverture du livre.

— Vous lisez toujours *Éveline*, je vois.

Il n'a pas oublié.

— Je n'ai pas eu le temps de le lire, à Dumfries, murmura-t-elle, s'efforçant de maîtriser ses pensées, car elle savait que son visage la trahirait. Bien que j'aie essayé…

— Oui, dit-il avec un petit sourire. Vous avez essayé.

Jamie lui souriait — *il souriait !* Leana lui rendit la pareille, comme une enfant à qui on offre un caramel. Elle s'humecta les lèvres, essayant de penser au commentaire qui pourrait entretenir ce sourire sur son beau visage, lorsque la porte s'ouvrit avec fracas. Rose entra en coup de vent et vint s'installer entre eux.

— Mais regardez-vous ! En train de lire au coin du feu comme deux vieillards.

Quand Jamie dirigea son sourire vers Rose, ce fut comme si le soleil avait disparu derrière un nuage, si subitement que l'air autour de Leana se refroidit. Elle ravala sa déception et retira son doigt d'entre les pages de son livre. L'arrivée de sa sœur avait mis fin à la paisible soirée au coin du feu qu'elle avait projetée.

Jamie déposa aussi son livre, offrant à Rose toute son attention.

— Je suis un très vieil homme de vingt-quatre ans, jeune fille. Après une dure journée de travail, c'est tout ce à quoi ma carcasse usée aspire.

— Je ne le crois pas un seul instant.

Rose lui donna un petit coup avec le foulard qu'elle venait de se détacher du cou.

— Mais vous êtes très vieux, en effet, tellement plus que les jeunes garçons qui se battaient pour piger mon nom dans le chapeau.

Son sourire s'effaça quelque peu.

— Vraiment ?

— Et comment ! Peter Drummond, en particulier, l'héritier de Glensone, était très désireux de prendre mon nom.

Leana fit une brève prière, et demanda :

— La chance lui a-t-elle souri ?

— Non, c'est le frère de Suzanne, Neil, qui l'a fait, et j'ai aussi pigé le sien.

Rose fit une grimace en plissant le nez, ce qui lui donnait l'air d'un petit porcelet.

— Peu importe la coutume, Neil Elliot ne sera pas mon ami de cœur cette année !

Les traits de Jamie exprimèrent une sorte de soulagement. Pour un homme qui se croyait habile à dissimuler ses émotions, Jamie McKie était comme un livre ouvert, aussi aisé à lire qu'*Éveline*. Il tira la natte de Rose.

— Ce Neil n'est donc pas l'élu de votre cœur ?

— Jamais ! Le garçon a les dents mal plantées et il est plus ébouriffé qu'un colley.

Leana prit la main de Rose et la serra légèrement.

— Ne sois pas si cruelle en parlant de notre voisin. Nous ne décidons pas de notre apparence. Dieu nous aime tels que nous sommes, et désire aussi que nous nous regardions les uns les autres avec générosité.

Rose leva les sourcils.

— Allons bon ! Te voilà une sainte, maintenant, parlant du Dieu tout-puissant comme si tu connaissais ses pensées.

— Je ne connais pas ses pensées, murmura Leana, seulement ses paroles.

Rose haussa les épaules et libéra sa main.

— Quoi qu'il en soit, j'ai promis de déjeuner avec les Elliot sur leur banc, demain. Penses-tu que Neda voudra que je prenne sa dernière tourte de mouton ?

Elle tourna les talons et détala vers la cuisine, ayant apparemment déjà oublié le vieux couple au coin du feu.

Jamie regarda Leana, toute familiarité entre eux s'étant envolée.

— Il est tard, dit-il.

Trop tard.

— Pourriez-vous m'aider à gravir l'escalier ? Je me sens un peu plus étourdie que d'habitude, cette semaine.

— Volontiers.

Il se leva et lui offrit la main, l'aidant à se lever avec une élégance toute virile, et il la guida vers les marches. Tante Rowena lui avait donné une parfaite éducation de gentilhomme. Elle ne lui avait pas enseigné à être un mari, toutefois. C'était à elle que cette tâche incomberait, semblait-il.

Ils se déshabillèrent à la lueur d'une seule bougie, sans échanger un mot, puis se glissèrent entre les couvertures pour s'isoler du froid de l'hiver. Leana attendit qu'ils soient tous les deux couchés, puis rassembla assez de courage pour presser doucement son corps contre le sien, plaçant la tête juste sous le menton de Jamie, enlaçant les bras autour de son cou. *Prends-moi, Jamie.*

Leana le sentit se détendre lentement, comme s'il dégelait.

— Ce fut une belle journée, dit-elle timidement. Jessie et Annie nous ont rendu visite, ainsi que les enfants du couple Bell, les jumeaux de Nicholas Copland et les cinq enfants des Tait. Il ne reste qu'une seule pomme.

Elle leva la tête et lui murmura à l'oreille.

— Et je l'ai gardée pour vous, mon cher Valentin.

— C'est très aimable à vous.

C'était une réponse maladroite, trop formelle entre un mari et une femme, dans leurs draps. Lorsqu'il parla à nouveau, sa voix était plus basse et remplie de prévenances.

— Comment vous… sentez-vous ? demanda-t-il.

Il se préoccupait du bébé.

— Je me sens merveilleusement bien, lui assura-t-elle, et c'était la première fois depuis des jours. Ne soyez surtout pas craintif…

— Allons, Leana. Ne parlons pas de ça.

Ce qu'elle perçut dans sa voix n'avait rien du désir. Plutôt un sentiment d'obligation. Il se tourna vers elle, l'attira à lui. La peau de Jamie lui réchauffait le corps, à chaque endroit où elle entrait en contact avec son épiderme.

— Jamie, mon doux Jamie, murmura-t-elle, tout comme elle l'avait fait pendant leur séjour à Dumfries.

Il déplaça lentement les mains sur les monts et vallées de son corps, mais, lorsqu'elle fit de même, il resta insensible à ses caresses. Quelque chose n'allait pas.

Il fallait qu'elle sache.

— Est-ce un plaisir, Jamie ? murmura-t-elle. Ou un devoir ?

Ses mains s'immobilisèrent. Tout comme l'air autour d'eux.

— Certains devoirs sont plus agréables que d'autres, dit-il enfin, mais il n'y avait aucune bonne humeur dans sa voix.

Il mit fin à ses questions en l'embrassant, détournant son attention, mais la question resta en suspens entre eux, en attente d'une réponse.

Lorsque ce fut terminé, elle avait les larmes aux yeux. Ses prières n'avaient pas été exaucées finalement, pas comme elle l'avait souhaité, du moins. Oui, elle portait le nom de Jamie et son enfant. Mais elle n'avait pas son cœur.

Lorsqu'il posa les lèvres sur ses paupières fermées pour lui souhaiter bonne nuit, il dut sentir ses larmes salées.

— Je suis désolé, Leana, dit-il.

Elle perçut la contrainte dans sa voix.

— Je ne peux vous donner que ce que j'ai, ajouta-t-il. Il faudra que cela suffise.

Mais ce n'était pas suffisant.

Jamie remplissait scrupuleusement ses devoirs d'époux, à l'exception d'un seul. Il ne l'aimait pas. C'était trop lui demander, se dit-elle. Il ne l'avait pas choisie. Pourquoi serait-il enclin à l'aimer ? Qu'elle l'aimât sans réserve ne voulait pas dire qu'il partagerait ses sentiments. Dans son regard, dans ses mots, dans ses caresses, Jamie lui faisait très bien voir ce qu'il ressentait et ce qu'il ne ressentait pas pour elle.

Il la tolérait.

C'était pire que pas d'amour du tout.

Chapitre 71

Pas de changement, ni répit, ni espoir !
Pourtant, je persiste.
— Percy Bysshe Shelley

Les semaines d'hiver s'éternisèrent. Jamie travaillait dur à la ferme, de l'aube au crépuscule ; Leana observait son corps qui changeait pour accueillir son bébé. Elle et Neda passaient des journées entières à défaire ses quelques robes et à les recoudre pour qu'elles épousent sa nouvelle taille. Leana ne se préoccupait pas des changements qu'elle voyait et sentait, sachant qu'ils étaient nécessaires, car si Dieu voulait créer un enfant en elle, il avait besoin d'espace pour travailler. Les maux de tête venaient et partaient, elle avait constamment besoin de dormir et passait souvent l'après-midi à sommeiller dans sa chambre, heureuse de pouvoir donner un peu de répit à ses chevilles enflées.

Plus son corps changeait, plus l'attention de Jamie pour sa sœur croissait. Il regardait Rose constamment, trouvait des raisons pour lui effleurer la main, lire à haute voix des extraits de ses livres favoris, lui acheter des rubans du marchand ambulant, qu'elle attachait ensuite dans ses cheveux noirs en lui lançant de petits sourires coquets. Ces petites attentions étaient faites discrètement, pas en public. Personne en dehors de la famille n'était au courant, ou on prétendait l'ignorer. Mais Leana n'avait pas besoin de ses lunettes pour voir que Rose aimait encore Jamie, et que Jamie n'avait pas cessé d'aimer Rose.

Vers la fin avril, par un grisâtre après-midi, sa sœur vint frapper à la porte de sa chambre. Vêtue de sa robe de damas rose, celle qu'elle devait porter à son mariage, elle était aussi jolie que l'une de ces peintures miniatures que Leana avait admirées au King's Arms Inn de Dumfries. C'était la première fois que Leana la voyait la porter depuis la séance d'essayage interrompue avec le tailleur Armstrong, quatre mois auparavant.

Leana ne put dissimuler son étonnement.

— Tu ne t'es sûrement pas vêtue de la sorte pour t'asseoir à mon chevet.

— Bien sûr que non, répondit Rose, la voix aussi froide que l'air humide du printemps. J'ai été invitée à une petite réception à Maxwell Park.

— Je suis enchantée pour toi, chérie, répondit Leana, et elle était sincère.

De tels événements mondains étaient conçus pour de jolies plantes de serre comme Rose, pas pour les fleurs de tapisserie comme elle.

— Le refus de père que tu assistes à leur bal de Hogmanay semble maintenant oublié, dit-elle.

Rose pouffa de rire, puis se pencha pour murmurer.

— Oui, après que j'ai écrit deux fois à Lord Maxwell pour implorer son indulgence.

— *Rose !*

Leana se redressa subitement dans son lit, son mal de tête oublié.

— Tu as écrit à Lord Maxwell ?

Son charmant petit nez pointa en l'air.

— J'ai une jolie écriture. Tu l'as dit toi-même.

— Ce n'est pas ta calligraphie qui me préoccupe, Rose. C'est l'audace d'une jeune femme qui correspond avec un gentilhomme marié. De telles choses ne se font pas.

— Mais je l'ai fait, et avec les résultats désirés.

Rose fit une pause devant le miroir pour ajuster ses manches.

— Je suis de retour dans les bonnes grâces de Lady Maxwell, continua-t-elle, et je dîne là-bas ce soir.

Leana n'avait pas fini de se faire du mauvais sang. L'enfant avait dépassé les bornes et ne semblait pas du tout s'en préoccuper.

— Rose, comment peux-tu envisager de t'y rendre sans être accompagnée ? Le sang des Maxwell est trop noble pour que tu t'y rendes au bras de Peter Drummond ou de Neil Elliot. Mais tu ne peux pas y aller toute seule non plus.

— Oh, je n'y vais pas toute seule, dit-elle évasivement. Je serai au bras d'un beau et jeune berger.

Leana faillit s'évanouir.

— Pas Rab Murray ?

— Mon Dieu, non !

Rose éclata d'un rire guttural et roucoulant, telle une actrice répétant son rôle.

— Un garçon bien plus joli que lui, et un gentilhomme, qui plus est.

Elle se retourna et sourit suavement à Leana.

— C'est Jamie qui m'accompagnera.

Leana sentit toute la chaleur de son corps la quitter, de la tête aux pieds.

— Jamie ?

— Lui-même. Hugh est avec lui, en ce moment. Dans ma chambre, afin que tu ne sois pas dérangée.

— Mais comment peux-tu…

Leana était si estomaquée qu'elle ne put continuer. À quoi Rose pensait-elle ? À quel jeu jouait-elle donc ?

— Jamie est mon cousin. De plus, c'est un membre marié de ma famille, un cavalier tout à fait convenable.

Leana demanda faiblement :

— Et il a accepté ?

Quelle sotte question.

— Naturellement. Lord Maxwell nous enverra son cabriolet pour nous amener. Tu pourras nous regarder partir, si tu le désires.

Rose régnait dans la pièce comme si elle avait été Lady Maxwell en personne, sa robe de damas et son jupon de soie froufroutant sur son passage.

— Jamie ! dit-elle en cognant à la porte voisine. Viens, que nous puissions t'admirer. La voiture peut arriver à tout moment.

Leana glissa les pieds dans ses chaussures et se précipita dans le couloir, au moment même où Jamie émergeait de la chambre, suivi de Hugh, dont le rude visage était rouge d'embarras.

— Jamie, s'écria-t-elle en reculant d'un pas, comme si un membre de la famille royale venait d'apparaître devant elle.

Bien peigné et rasé de frais, il était impeccablement vêtu d'un lourd manteau de satin doublé d'un gilet brodé, d'une culotte terminée par des bas de soie et de chaussures à boucles bien vernies — l'image même du grand noble écossais.

— Je ne vous avais jamais vu ainsi, dit-elle.

Il haussa les épaules, comme si cela n'avait pas d'importance.

— Ma mère m'a envoyé cet habit de Glentrool.

— Lui aviez-vous… demandé de le faire ?

Jamie baissa le regard vers Rose, qui était venue se poster à ses côtés, comme si le couple posait pour un peintre.

— C'est votre sœur qui l'a fait, avoua-t-il. Elle était persuadée que mère disposait d'une tenue appropriée pour une pareille occasion, ce qui était le cas.

Leana fixa Rose du regard et un nœud se mit à croître en elle, près du bébé, près de son cœur.

— Alors, tu as écrit à la mère de Jamie ?

— Bien sûr que je l'ai fait. Il n'y avait rien d'inconvenant à ça, je pense.

Rose jeta un regard d'appréciation à son cavalier.

— Tu peux voir par toi-même quels magnifiques vêtements elle lui a expédiés. Jamie n'est-il pas très beau, ainsi ?

Leana ne pouvait nier un fait aussi évident.

— Vous êtes… magnifiques, confessa-t-elle. Vous l'êtes tous les deux.

Ils semblaient heureux de l'entendre, mais pas surpris, se souriant l'un l'autre, comme deux paons admirant mutuellement leur plumage.

Le bruit des chevaux les attira vers la grande fenêtre, en haut de l'escalier.

— Oh ! Quel bel attelage ! s'exclama Rose en portant la main à sa poitrine. Celui-là, à deux chevaux, est le plus petit. Quand les Maxwell se rendent à Édimbourg, ils préfèrent la calèche à quatre chevaux. D'un noir d'ébène poli avec des rideaux pourpres et des lanternes en laiton. Mais cette voiture est néanmoins charmante, n'est-ce pas ? Partons-nous, maintenant, Jamie ?

Il inclina la tête vers l'escalier.

— Descendez sans moi, Rose. Je vous rejoins dans un instant.

Rose sembla flotter dans l'escalier, fredonnant en descendant les marches. Jamie se retourna et se décida enfin à regarder Leana.

— Leana, peut-être aurais-je dû vous en parler.

Leana essaya de se contenir, mais le ton de sa voix trahissait sa blessure.

— Oui, vous auriez dû le faire.

— Vous y seriez-vous opposée ? demanda-t-il, les yeux plus verts que d'habitude, la mâchoire contractée. Auriez-vous refusé ce plaisir à Rose, en m'interdisant de l'accompagner ?

— Pas du tout. J'aurais simplement aimé le savoir.

Jamie soupira, visiblement mal à l'aise.

— Je m'excuse de ne pas vous avoir informée. Je croyais que Rose l'aurait fait.

— Pourquoi l'aurait-elle fait ?

Il fit la grimace.

— Il est vrai qu'elle agit toujours comme bon lui semble.

Des voix s'élevèrent dans l'escalier – le cocher appelait ses passagers.

– Je dois y aller, dit-il. Ne m'attendez pas, Leana, car je crains que ce ne soit une longue soirée, et vous avez besoin de sommeil. Pour le bébé.

– Oui. Pour votre fils.

Sans ajouter un mot, il la laissa debout en haut de l'escalier, vêtue de sa robe grise et terne, les cheveux décoiffés d'avoir dormi, les yeux mouillés de larmes. Elle les regarda par la fenêtre, un couple splendide qui allait dîner chez les Maxwell. Pendant qu'elle devrait rester à la maison et se contenter d'une soupe à l'oignon.

Leana appuya le front sur la vitre. *Seigneur, pourquoi me hait-il à ce point ?* Cela devait être de la haine, car il ne l'aimait pas. Il le lui avait dit si souvent qu'elle en avait perdu le compte. Elle ne les attendrait pas, car elle ne pourrait supporter d'entendre leur joyeuse narration de cette soirée passée ensemble. *Ma sœur. Mon mari.*

Elle passa la soirée à lire, jusqu'à ce que ses yeux ne puissent plus supporter l'effort, puis se mit au lit à neuf heures, essayant de ne pas penser à ce que Jamie et Rose devaient se dire à ce moment-là. Murmurant des choses à son sujet, peut-être. Hochant la tête de pitié. *Pauvre Leana, peu choyée par la nature et enceinte.* Oui, elle n'était peut-être pas une beauté, mais elle était néanmoins comblée de nombreux bienfaits. Sa santé, sa maison, le bébé dans son ventre, l'amour de ses amis, l'amour de Dieu. C'était suffisant, en vérité ce l'était. Peut-être que, lorsqu'elle lui présenterait son enfant, les sentiments de Jamie changeraient.

– S'il vous plaît, Dieu, murmura-t-elle, sombrant dans le sommeil avec une prière aux lèvres.

Le bruit du loquet de la porte la réveilla abruptement. Un cliquetis sonore. *Jamie.* Elle ouvrit précipitamment les rideaux du lit et le vit en train de se dévêtir rapidement, laissant choir ses beaux vêtements sur le sol. Sans un regard dans sa direction, il ferma complètement les rideaux et éteignit la dernière chandelle, plongeant la chambre dans une complète obscurité.

— Jamie, murmura-t-elle alors qu'il prenait place dans leur lit, tout en jetant négligemment sa chemise sur le tas de vêtements, mais que faites-vous ?

— J'essaie de me rappeler.

Jamie se tourna brusquement vers elle et l'embrassa avec abandon. Son haleine goûtait la nourriture riche, le vin sec et le whisky fort. Et le désir.

— Allez, jeune femme. Je veux que tout soit parfait. Comme lors de notre nuit de noces.

Il l'embrassa à nouveau, plus fougueusement cette fois-là, les repousses rugueuses de sa barbe lui brûlant les joues, les mains plus rudes encore.

Un frisson la traversa. D'excitation, de peur, elle n'aurait su le dire.

— Pourquoi, Jamie ?

Il ne lui répondit pas verbalement, mais lui prouva qu'il pensait ce qu'il lui avait dit. Elle ignora le goût du whisky sur ses lèvres et pleura de joie, si reconnaissante d'être unie au mari dont elle se souvenait — le Jamie aimant, attentif, généreux. Il s'était donc ennuyé d'elle, là-bas, à Maxwell Park. Il regrettait de l'avoir abandonnée, de l'avoir blessée. Elle ne pouvait penser à une meilleure façon de présenter ses excuses que celle-là. Une nuit pareille à leur nuit de noces, sinon meilleure. Parce qu'il connaissait le nom de la femme qu'il tenait dans ses bras. *Leana.* Et parce qu'elle savait qu'il était son mari, le père de son enfant, le seul homme qu'elle aimerait jamais. *Jamie.*

Peu avant l'aube, dans l'ombre mouvante des rideaux, lors d'un moment de passion, il cria son nom :

— Rose !

Leana se détourna de lui, presque malade.

— Oh ! Leana…

Il poussa un gémissement, tendit la main vers elle.

— Je suis… désolé. Je n'avais pas l'intention…

Mais c'était bien son intention. De crier le nom de la femme qu'il aimait. Dans la noirceur impitoyable, la lumière apparut à Leana. Les mots qu'elle prononça étaient sans vie, morts.

— Je vois, Jamie. Quand la chambre est plongée dans les ténèbres, vous pouvez vous imaginer que je suis Rose.

Et je puis m'imaginer que vous m'aimez.

Chapitre 72

Si j'aimais moins,
Je serais plus heureux maintenant.
— Philip James Bailey

Dieu, je vous en supplie, faites que je cesse de l'aimer.

Leana regardait par la fenêtre la sombre nuit de juillet. C'était son seul espoir, la seule manière de mettre fin à sa douleur. Si elle cessait d'offrir son cœur à Jamie, il ne pourrait plus le briser encore et encore. *Dieu, je vous en supplie, faites que je cesse de l'aimer.*

Penser à ces mots, les mettre en prière, qui plus est, l'effrayait. Aimer Jamie faisait tellement partie d'elle-même qu'en renonçant à son amour, elle risquait de tout perdre. *Non.* Leana baissa les yeux vers sa chemise de nuit diaphane, distendue à la taille, et fut réconfortée. Il lui resterait quelque chose de glorieux : leur fils. Elle avait choisi des noms, espérant qu'ils plairaient à Jamie et le rapprocheraient d'elle, ou au moins de l'enfant qu'elle portait.

— Que pensez-vous de Robert ? lui avait-elle demandé par un bel après-midi de mai alors qu'elle rendait visite à son mari dans les champs, qui s'occupait des nouveaux agneaux. Si nous lui donnons le nom d'un roi écossais, notre fils deviendra peut-être célèbre un jour.

Jamie avait répondu d'un vague hochement de tête, trop affairé pour lever les yeux vers elle.

Un après-midi pluvieux de juin, elle l'avait trouvé de bonne humeur au petit-déjeuner et avait fait une autre tentative :

— Un fils nommé Simon indiquerait à nos voisins que Dieu a entendu nos prières. Qu'en pensez-vous, Jamie ?

Il n'en avait pas pensé grand-chose, apparemment, car il avait haussé les épaules et, voyant l'irritation de Rose, avait changé de sujet.

La semaine précédente, elle avait risqué une troisième possibilité, certaine qu'il accueillerait favorablement un nom aussi beau que Lewis.

— Un tel nom conviendrait à un guerrier qui défendrait Glentrool des envahisseurs, dit-elle avec un sourire. Mais peut-être avait-il cru qu'elle faisait allusion à Evan, car le visage de Jamie était resté de marbre et il n'avait pas montré plus d'intérêt pour ce nom que pour les autres.

Cette nuit-là, la veille du jour de Lammas[8], Leana avait choisi un quatrième nom, un nom qu'elle ne révélerait qu'à Dieu, qui l'écoutait toujours.

Puisque la brise du Solway tardait à venir la rafraîchir, elle quitta la fenêtre et se glissa dans le lit, prenant bien soin de ne pas réveiller son mari, qui ronflait doucement. Le bébé s'agita plus vigoureusement, cette nuit-là, lui dérobant son sommeil, mais cela lui donna l'occasion de regarder Jamie sans devoir dissimuler ses sentiments pour lui. Elle tourna une boucle de ses cheveux brun foncé entre ses doigts, appréciant sa texture soyeuse. *Doux Jamie.* Elle l'avait connu pendant quatre saisons et l'avait aimé à chacune d'elles. Mais ce n'était pas assez d'aimer, sans être aimée en retour. Un sentiment d'acceptation, de fatalité, s'était finalement déposé sur elle, cet été-là, aussi légèrement que le voile qu'elle avait porté le jour de leur mariage.

Dieu, je vous en supplie, faites que je cesse de l'aimer.

Elle ferma les yeux et laissa cette simple prière trouver un lieu de repos dans son cœur. Pour devenir la mère qu'elle voulait être pour leur fils, il fallait qu'elle soit en paix avec elle-même et avec Dieu, et non qu'elle lutte, chaque heure de sa vie, désirant quelque chose qu'elle ne pourrait jamais avoir. Si ses prières étaient entendues, elle n'aurait pas Jamie, mais elle

8. N.d.T. : Fête de la moisson célébrée le 1er août.

aurait la paix. Elle s'endormit enfin, les doigts toujours emmêlés dans ses cheveux.

Lorsque Leana s'éveilla, le lendemain matin, Jamie était déjà habillé et parti prendre son petit-déjeuner. En raison de sa taille, qui la gênait, elle préférait s'habiller avec la seule aide d'Eliza, mais la présence de Jamie lui manquait. Sa voix aussi, quand il la régalait d'une anecdote ; son contact, quand il lui prenait le coude pour l'aider à descendre les marches.

Assez, Leana. Dieu ne pourrait éteindre son amour pour Jamie, si elle l'attisait en pensant à lui jour et nuit. Elle aurait voulu étouffer son amour comme la flamme d'une bougie, en pinçant la délicate mèche entre ses doigts, ressentant la douleur un instant, certaine qu'elle s'évanouirait peu après. *S'il vous plaît, Dieu.*

Leana descendit l'escalier, sa résolution s'affermissant à chaque marche, et elle rejoignit finalement la famille à table. Elle regarda Rose, qui était occupée à beurrer ses *bannocks*, et pensa combien il serait plus facile de demander à Dieu que Jamie cessât d'aimer sa sœur. Oui, une pensée bien tentante ! Mais elle ne pouvait pas changer le cœur de Jamie. Ni celui de Rose. Elle ne pouvait que changer le sien.

Dieu, je vous en supplie, faites que je cesse de l'aimer.

Jamie la salua, lorsqu'elle prit place près de lui, le regard dirigé vers son front plutôt que dans ses yeux, un sourire figé sur les lèvres.

— Nous discutions de nos plans concernant les activités de la journée. Vous envisagiez sans doute de rester dans la maison pendant la journée, à l'abri du soleil, afin d'aider Neda dans la cuisine, n'est-ce pas ?

— Oui, avec une si longue journée en perspective, et par cette chaleur.

Le soleil était déjà levé depuis des heures et ne se coucherait pas avant neuf heures.

— J'ai une douzaine de plats à préparer, précisa-t-elle, et une petite gâterie pour ma sœur.

Leana la regarda de l'autre côté de la table, espérant que ses paroles lui paraîtraient sincères, car elles venaient du cœur.

— Joyeux anniversaire, Rose, dit-elle.

— Seize ans, annonça-t-elle, souriant à la ronde, mais à personne en particulier.

Puis, elle plaça la paume de sa main sur les trois petits paquets déposés près de son assiette à tour de rôle.

— Puis-je les ouvrir maintenant, père ?

Lachlan acquiesça en marmonnant, tout en mâchant une tranche de bacon. Il était d'humeur plus sombre que d'habitude, Leana le savait bien, parce qu'il n'aimait pas particulièrement le 1er août. Les bergers et les travailleurs avaient congé, ce jour-là, pour célébrer la fête de la moisson, ce qui signifiait que Lachlan payait pour un travail qui ne s'effectuait pas.

Néanmoins, tant le jour de Lammas que l'anniversaire de Rose étaient honorés, à Auchengray. Les voisins avaient été invités et toute la maisonnée avait été mise à contribution pour épousseter les tablettes, laver les planchers et vider le jardin potager de Leana de son abondante production. Les festivités allaient peut-être empêcher sa sœur de réfléchir à une douloureuse vérité : n'eût été du bébé dans le sein de Leana, le 1er août aurait été le jour du mariage de Rose.

— Allons, dit Leana à Rose. Le présent de père, d'abord. Celui enveloppé dans le papier de couleur crème.

Leana savait ce qu'il y avait à l'intérieur, puisque Lachlan avait insisté pour que ce fût elle qui le choisît. Rose applaudit, quand elle déballa les peignes en écailles de tortue, avant de les placer dans ses cheveux, visiblement ravie.

— Un joli cadeau, dit Leana pour féliciter son père, soulagée d'avoir fait un bon choix. Au mien, maintenant, l'invita-t-elle.

Sa sœur déchira négligemment l'emballage, oubliant qu'à Auchengray, on réutilisait le même papier le plus souvent possible.

— Ah, dit-elle et son visage ne manifesta aucune émotion. Un livre.

— Pas un livre provenant d'un ami, s'empressa d'expliquer Leana. Ton propre exemplaire, tout neuf.

Rose le tint à bout de bras et lut le titre sans grand enthousiasme.

— *Leçons sur l'éducation et les manières féminines.* Veux-tu insinuer par là que mon éducation laisse à désirer ?

— Pas du tout. J'ai simplement pensé qu'une jeune demoiselle régulièrement invitée à Maxwell Park, et qui prévoit étudier à Dumfries cet hiver, pourrait tirer profit de la lecture d'un tel livre.

Leana adoucit le ton.

— Je ne voulais que t'encourager, ajouta-t-elle.

Rose le déposa sans autre commentaire, puis regarda le petit cadeau de Jamie avec une joie évidente.

— Voilà quelque chose qui n'a pas du tout l'air pratique et ennuyeux. Voyons voir ce que c'est.

Elle le déballa précipitamment, chiffonnant le papier dans sa hâte, puis soupira avec délice à la vue du mouchoir bordé de dentelle.

— Je ne me moucherai jamais dans quelque chose d'aussi joli ! s'exclama-t-elle. Jamie, où l'as-tu trouvé ?

Il sourit.

— Cela faisait partie du dernier arrivage de… monsieur Fergusson. De Bruxelles.

Rose l'agita devant tous à la table.

— N'est-il pas mignon ?

Leana concéda que c'était vrai, puis elle termina son petit-déjeuner, ne désirant plus que chercher refuge dans son sanctuaire, la cuisine. Pour son vingt-et-unième anniversaire, en mars, Jamie lui avait aussi offert un mouchoir, mais sans dentelle. Une fois arrivée dans la cuisine, elle avait oublié l'injure et son visage était redevenu serein. Lorsqu'elle ne l'aimerait plus, il ne pourrait plus la blesser autant.

Neda, qui était en train de trancher des carottes d'une main experte, lui souhaita la bienvenue.

— Vous avez l'air sereine, aujourd'hui, jeune fille.

— Oui, répondit Leana, mettant un tablier propre et le plaçant sur son ventre bombé avec un soupir de contentement. J'ai pris une décision importante.

Les yeux de Neda exprimèrent de l'inquiétude.

— V'z'avez parlé à Dieu de c'te décision ?

Leana lui offrit le plus gracieux des sourires.

— Il est le seul à le savoir.

— J'n'aime pas l'ton d'vot' voix, dit Neda en s'essuyant les mains sur son tablier, puis elle se hâta de contourner la table pour lui prendre les mains. Vous n'pensez pas quitter Auchengray, tout d'même ?

— Oh ! Neda, répondit Leana en l'attirant vers elle et en collant la joue contre la sienne. Ce n'est pas demain la veille.

Leana la libéra, après lui avoir légèrement pressé les mains.

— Nous demeurerons ici jusqu'à la naissance du bébé. Le reste dépend de Jamie.

Neda fit la grimace, comme si elle venait de mordre dans un citron.

— J'doute que c'garçon-là soit à même d'prendre la meilleure décision.

— Mais il est mon mari et le père de mon enfant, lui rappela Leana. Une certaine gouvernante ne m'a-t-elle pas enseigné qu'il fallait me soumettre à mon mari, et à Dieu ?

— Oh ! lança Neda en levant les mains au ciel, avant de recommencer à couper les légumes. C'est c'que j'ai dit, et c'est c'que vous devriez faire. Alors, quelle est c'te décision ?

Maintenant qu'elle avait entamé ce sujet, Leana avait du mal à trouver les mots justes.

— C'est que… je prie… pour quelque chose.

Elle se détourna, les joues rouges. Neda la croirait dépourvue de cœur. Mais il fallait qu'elle le dise. Gardant un œil sur la porte de la cuisine, Leana murmura :

— Je prie afin que Dieu retire de mon cœur mon amour pour Jamie.

Les yeux de Neda s'agrandirent comme des soucoupes.

— À quoi pensez-vous donc, jeune fille ? En général, nous prions pour aimer les aut' davantage, pas moins.

Leana fut un peu ébranlée par sa réaction.

— Mon cœur a été brisé et rapiécé tant de fois, Neda. Je crains qu'il ne soit plus jamais en un seul morceau. Que se passera-t-il, s'il ne me reste plus assez d'amour pour mon enfant ?

Neda rit doucement, et s'empara d'un large couteau pour s'attaquer à un monticule de pommes de terre.

— Y a pas à s'inquiéter, jeune fille. Un coup d'œil à vot' p'tit garçon, et vot' cœur s'brisera et s'guérira des milliers d'fois. En c'qui concerne Jamie McKie, le garçon a b'soin d'vot' amour. Vous l'savez, n'est-ce pas ?

Les mains besogneuses de Leana s'immobilisèrent.

— Mais il ne veut pas de mon amour.

— C'que nous voulons et c'dont nous avons besoin sont souvent deux choses très différentes. Vot' sœur aime sa belle taille et son visage, mais v'z'aimez l'homme lui-même, avec tous ses défauts.

— J'aimais l'homme, la corrigea Leana, sans même chercher à se convaincre. Le Tout-Puissant attend-il de moi que j'aime quelqu'un qui ne m'aime pas ?

Neda la regarda à travers une petite mèche de cheveux qui lui tombait sur les yeux.

— Êtes-vous sûre qu'vous v'lez une réponse ?

Leana secoua la tête, regrettant d'avoir révélé sa prière. *Dieu, je vous en supplie, faites que je cesse de l'aimer.* Il pouvait choisir de ne pas l'exaucer, mais elle ne cesserait pas de le demander.

Chapitre 73

Mais je persiste à croire que je trouverai bientôt la paix.
— Alfred, Lord Tennyson

— Voyez qui vient à notre fête de la moisson !

Suzanne Elliot était debout, sur le seuil de la porte de la cuisine, ses cheveux auburn retenus par une tige de thym sauvage, comme il convenait en cette journée.

— Mon frère Neil essaie d'impressionner Rose le jour de sa fête. Vous êtes chanceuses de ne pas voir ce triste spectacle, dit-elle.

Elle jeta un regard circulaire dans la pièce pleine de produits de la saison.

— Est-ce que je peux me rendre utile ?

— Tu es notre invitée, protesta Leana, tout en écartant des radis bien frottés pour tendre la main vers un panier de grosses fèves qu'il fallait couper.

Suzanne éclata de rire.

— Allons, je suis la fille d'un épicier, et c'est moi qui sers votre gouvernante, chaque semaine. C'est mon devoir de me rendre utile dans une cuisine.

Elle s'était déjà pourvue d'un tablier et avait trouvé une place libre près de la table à découper.

— De plus, ajouta-t-elle, je ne peux résister à l'arôme du pain en train de cuire.

— Moi non plus, dit Leana.

Heureuse d'avoir une compagnie aussi agréable, Leana continua son travail. Elles échangèrent des nouvelles du voisinage, tout en préparant des plats de navets, de choux et de carottes dans la sauce brune, de beignets de pommes de terre et d'oignons rôtis dans leurs pelures. Dans l'âtre, des grouses farcies de myrtilles tournaient sur la broche. Neda avait terminé ses pâtisseries avant l'aube, quand la cuisine était plus fraîche. Des tartelettes fourrées d'un mélange de fruits secs et d'épices, dont Rose raffolait, étaient dissimulées sous un linge, tout près du *bannock* de Lammas, suffisamment grand pour toute la famille. Dehors, les domestiques allaient et venaient, étendant des plaids sur le sol pour les invités ou se rendant chercher de l'eau au puits. Vers midi, la maison et la pelouse grouillaient de visiteurs, qui étaient venus prendre part au festin annuel et danser, afin de célébrer l'anniversaire de la jeune fille, au son des airs du violoniste.

Suzanne retira enfin son tablier pour aller rejoindre les autres. Tout en regardant par la porte les couples qui tournoyaient, elle fit un clin d'œil à Leana.

— Ta sœur est bien maline d'avoir choisi de naître un jour de fête.

Leana hocha la tête, mais sourit à peine. Le jour de Lammas était un jour mi-amer, à Auchengray. Quand Rose était née, ce jour-là, sa mère avait trépassé. Leana mit la main sur son ventre en pensant à son bébé, demandant silencieusement à Dieu qu'il le protège, ainsi qu'elle-même. Elle fut réconfortée de sentir dans ses flancs un vif coup de pied.

— Allez, va danser, maintenant. Tu en as fait plus que nécessaire, ici.

La jeune fille fila pour rejoindre la joyeuse assemblée, groupée autour de l'amas de bois que les bergers avaient réuni pendant tout l'été, en prévision du feu de joie qu'on embraserait au coucher du soleil.

Leana resta debout sur le seuil de la porte avec Neda, se contentant de regarder.

— Elle fait un effort louable, aujourd'hui, murmura-t-elle en regardant Rose fleureter avec les garçons qu'elle connaissait depuis l'enfance. Qui sait ? Ma sœur trouvera peut-être un jeune homme qui rêve de l'épouser.

— Oh oui ! J'suis en faveur d'un tel projet, dit Neda en la poussant gentiment dehors. Allez, jeune fille. Y est temps d'agir comme une jeune femme d'votre âge. Faites le tour d'la pelouse en compagnie d'vot' Jamie et assurez-vous qu'vot' sœur danse avec Peter Drummond jusqu'à c'que la lune de Lammas brille dans l'ciel d'été.

Remettant son tablier souillé à la gouvernante, Leana se coiffa de son bonnet et déambula sous le soleil de l'après-midi. Elle rencontra d'abord Rab Murray échangeant des histoires avec d'autres bergers, entourés d'une nuée d'enfants, qui les écoutaient, éblouis.

— M'dame McKie, dit-il poliment, tout en tirant sur son toupet alors qu'elle passait près de lui.

Elle observa un groupe de garçons plus âgés, qui se défiaient les uns les autres, chacun se vantant d'être capable de transporter le plus loin un gros sac de grains de la dernière récolte. Pendant ce temps, tout autour d'elle, les voisins dansaient la gigue au son du violon. Trois musiciens se relayèrent toute la journée, les faisant danser jusqu'à ce qu'ils s'effondrent sur les plaids étendus par terre, épuisés et heureux. Rose ne se fatiguait jamais et choisissait un nouveau partenaire pour chaque danse, torturant le pauvre Neil, qui avait bien du mal à masquer son désarroi.

Sa sœur dansait un quadrille écossais avec Jamie, maintenant, ses jupes et sa natte volant en tous sens, sa peau aussi rose que l'épilobe. Ils formaient un joli couple : les longues jambes de Jamie la guidaient dans des voltes gracieuses ; les yeux noirs de Rose brillaient ; son sourire, plus aussi innocent qu'il l'avait été par le passé, ornait son joli visage. Lorsque la musique se termina sur un trémolo, ils se saluèrent au milieu des applaudissements. Plus d'un se tourna vers Leana, essayant de deviner ce qu'elle pensait des prouesses de son mari sur la pelouse.

Jamie sembla comprendre les reproches silencieux et envoya Rose à la recherche d'un nouveau partenaire.

— Leana ! s'écria-t-il, en tendant les mains vers elle. Dansez avec moi, mon épouse !

Elle voulut protester, mais il passa outre, l'attirant dans le cercle avec les autres. Il posa ses mains couvertes de durillons et rugueuses sur elle, et la chaleur de son corps irradiait comme le soleil. Soudain redevenue timide à son contact, elle appuya la tête sous son menton.

— Jamie, je suis si disgracieuse.

— Vous n'êtes jamais disgracieuse, la taquina-t-il gentiment. Je promets de ne pas vous étourdir.

Il fut fidèle à sa promesse, la faisant tourner seulement lorsque c'était nécessaire, et toujours avec précaution. Une première danse, puis une autre, jusqu'à ce qu'un petit mouvement de tête au violoniste produise un *strathspey*[9] au rythme lent. Jamie se pencha pour lui murmurer à l'oreille alors qu'ils modéraient la cadence.

— Voilà qui est plus approprié pour vous et le bébé, je pense.

— Merci, dit-elle en se passant la main sur le front.

Peu importe ses efforts pour mettre son cœur à l'abri, ils étaient inutiles. Son sourire était trop engageant, son corps trop chaud. Même si elle n'y avait été invitée que pour faire taire les commérages dans la paroisse, danser avec son mari lui procura une immense joie. Lorsque ce fut terminé, il s'inclina profondément, et elle fit une petite révérence. Puis, il la guida vers une table où les attendait un punch rafraîchissant, dont ils avaient tous deux grand besoin.

— C'est un jour festif, dit-il entre deux gorgées. Vous ne trouverez jamais autant de gens réunis pour célébrer ainsi, le 1er août, à Glentrool.

Glentrool. Oserait-elle s'informer de ses projets ?

— Jamie, je sais qu'aujourd'hui se terminent vos obligations envers mon père.

9. N.d.T. : Danse écossaise semblable au quadrille, mais plus populaire.

Il la regarda par-dessus le bord de son gobelet, mais ne dit rien. Elle reprit.

— Pensez-vous que nous pourrions continuer d'habiter à Auchengray, peut-être jusqu'à la fin de l'année ?

— Votre père voudra que je reste aussi jusqu'à la saison de l'agnelage.

Son expression, le ton de sa voix ne lui apprirent rien de ses intentions réelles.

— Est-ce que cette idée vous réjouit ?

Le long soupir qui suivit n'était que trop éloquent.

— Ce qui me réjouit n'est d'aucun intérêt pour votre père. Il m'a offert un bon salaire en contrepartie de ces « obligations », comme vous dites. Puisque nous devons attendre que vous ayez mis au monde cet enfant, nous resterons donc à Auchengray une autre saison.

— Votre mère n'est-elle pas impatiente de vous voir rentrer à Glentrool ?

— Elle a hâte, bien sûr, mais elle n'y tient pas. Sa dernière lettre indiquait que le temps n'était pas encore propice.

Il haussa les épaules, et sa déception était évidente.

— Bientôt, a-t-elle écrit.

Il lança la lie de son punch sur le sol, puis plaqua son gobelet sur les planches de la table de bois.

— Merci d'avoir dansé avec moi, Leana. Veillez à ne pas trop vous fatiguer.

Il lui effleura la main, à peine, en fait, puis marcha vers les bergers, qui l'accueillaient maintenant comme l'un des leurs.

Oh, Jamie.

Ses prières n'avaient pas été exaucées. Son amour pour lui refusait de mourir.

— Le garçon a toujours ton cœur dans sa poche, à ce que je vois.

C'était Lachlan, qui était venu la rejoindre pour partager son punch, mais son regard était tourné vers Jamie.

— Mais tu n'es pas parvenue à conquérir le sien, reprit-il. Seulement son bébé.

— Et c'est suffisant.

Leana déposa son gobelet plus brusquement qu'elle n'en avait l'intention.

— Car, si j'ai son fils, j'ai ce qui lui importe le plus.

Elle s'éloigna sans regarder en arrière, heureuse de n'avoir été ni impolie ni timide. Bien que son père ne l'eût jamais mentionné, elle était une adulte, maintenant, et mariée, de surcroît. Il n'avait plus d'autorité sur elle. Elle ne devait répondre que devant Dieu, son créateur, et Jamie, son mari. Dans un coin secret de son être, généralement tranquille et soumis, une exclamation triomphante s'éleva.

Quelques heures plus tard, lorsque les victuailles avaient presque toutes été consommées, et toutes les anecdotes, racontées, Duncan se dirigea vers le bûcher, qui crépiterait bientôt pour illuminer la nuit. Il éleva dans les airs deux bâtons de bois.

— Le feu ! cria-t-il, et il commença à frotter vigoureusement les bâtons ensemble.

La coutume voulait qu'on n'apporte pas de feu de la maison, car c'est une flamme neuve qui devait chasser les ténèbres. Lorsqu'une étincelle atteignit le petit bois, Duncan activa le feu naissant devant le cercle de spectateurs réunis autour du bûcher, leur regard fixé sur les étincelles s'élevant dans le ciel nocturne.

Un joueur de cornemuse s'était joint à l'assemblée et jouait avec énergie, soufflant sur les flammes, qui montaient toujours plus haut, pendant que les danses reprenaient de plus belle. De l'autre côté de la pelouse, Jamie et Rose dansaient à nouveau ensemble. Jamie semblait ne plus se soucier des regards ou des jugements. Il avait accompli son devoir envers sa femme. Maintenant, il était tout à son plaisir.

Leana s'éloigna du feu de joie et, tout en les regardant, se rappela la nuit où elle avait dansé avec Jamie sous le ciel froid de Hogmanay, certaine qu'il l'aimait, qu'il n'aimait qu'elle. Lorsqu'elle ne put plus supporter le spectacle, Leana se glissa dans la maison, sachant qu'on ne remarquerait pas son absence. L'air chaud de la nuit circulait par les portes ouvertes, les chambres étaient désertes, abandonnées, et les restes des célébrations du jour jonchaient le sol. Elle grimpa au sommet de l'escalier et s'y assit. Elle s'appuya sur la rampe, bien que ce fût d'un autre soutien qu'elle eût besoin, à ce moment-là.

Dieu, je vous en supplie, faites que je cesse de l'aimer.

Le silence répondit à sa demande.

Seule dans la maison vide, Leana enfouit la tête dans ses jupes, et son cœur se brisa. Elle donna libre cours à sa peine. Les larmes montaient des endroits brisés qui ne guériraient plus, car elle souffrait d'un amour qui ne cesserait pas, en dépit de toutes ses prières.

Chapitre 74

La plus grande faute est de n'avoir conscience d'aucune.
— Thomas Carlyle

— C'est votre faute, Jamie McKie!

Rose était debout devant lui, les mains sur les hanches, ses remontrances dignes d'une femme de pêcheur d'Aberdeen.

— Personne à Auchengray n'était au courant de votre anniversaire. Si votre mère n'avait pas écrit, nous ne l'aurions peut-être jamais su.

— Vous auriez pu le demander, la taquina-t-il, pliant la lettre de sa mère et la glissant dans sa poche.

Ils avaient marché jusqu'au village de Newabbey ensemble, pour profiter de la splendide température de septembre. Sur place, ils avaient découvert que monsieur Elliot avait une lettre pour lui, écrite de la main alerte de sa mère. Impatiente comme toujours, Rose avait insisté pour qu'il la lise immédiatement, debout au milieu de la rue.

Dès les premiers mots, « À mon fils, à l'occasion de son vingt-cinquième anniversaire », Rose avait éclaté.

— Fort bien, monsieur! Puisque vous avez voulu vous taire, il n'y aura *aucun* cadeau pour vous près de votre assiette, et n'espérez pas qu'on vous apporte une tarte aux pommes de la cuisine.

— Je n'ai pas besoin de cadeau, Rose. En ce qui concerne la tarte de Leana, vous l'auriez mangée toute seule, de toute façon.

Elle lui montra la langue.

— Oui, je l'aurais fait, dit-elle, pour vous narguer.

Rose. Une année de plus et toujours la même enfant. Charmante, attachante, mais son charme s'évanouissait dangereusement, les jours comme celui-ci, où il avait tant d'autres soucis. La lettre d'anniversaire de sa mère était attendue ; elle lui écrivait toujours à Édimbourg, en septembre, quand il était à l'université. Celle-là était longue, contenant une pléiade de renseignements, que ce soit au sujet des troupeaux de Glentrool ou des dernières nouvelles de la paroisse, accompagnés des préoccupations habituelles au sujet de la santé de son père. C'était ce qu'elle taisait qui l'inquiétait le plus. Rien au sujet de son retour à la maison. Rien au sujet d'Evan. Peut-être attendait-elle une confirmation de la naissance d'un héritier.

Il ne restait que quelques semaines, au maximum. Leana était persuadée que c'était un garçon, mais cela pourrait tout aussi bien être une fille. Il devait s'y préparer, avoir un compliment préparé dans l'éventualité où elle lui donnerait une petite fille. Non pas que l'idée lui déplaisait ; la jeune Annie, de Troston Hill, était charmante. À ce moment-là, toutefois, deux femmes dans sa vie, c'était assez. Trop, en fait.

Rose le tira par la manche, l'attirant sur le chemin en direction d'Auchengray.

— Levez vos pieds, jeune homme, ou nous ne serons jamais à temps pour le dîner. Vous ne connaissez pas la colère de Lachlan McBride avant d'avoir franchi la porte de la salle à manger quand le repas est déjà servi.

— Vous oubliez, Rose, que j'ai dû affronter la colère de l'homme sur des sujets bien plus graves qu'un retard à table.

Il allongea le pas, la devançant rapidement. On entendit ses jupons froufrouter derrière alors qu'elle s'efforçait de ne pas se laisser distancer. Les feuilles n'avaient pas encore commencé à tomber, mais les arbres étaient bordés d'or et de rouge se détachant sur un ciel aux teintes de campanules écossaises. Soudain, il eut une vision. *Les campanules de la chemise de nuit de Leana.* Elle l'avait portée souvent, au printemps et en été. Peut-être espérait-elle que cela évoquerait chez lui d'agréables souvenirs de leur séjour à Dumfries. Tout ce qu'il se rappelait de sa lune de miel était son réveil, matin après matin, aux côtés d'une femme qui n'était pas la bonne.

Non. Cela était injuste envers Leana. Il y avait eu à Dumfries des moments si tendres qu'il en avait été effrayé. Il avait choisi de ne pas y penser, mais ils avaient eu lieu, néanmoins.

Une main chaude se glissa dans le creux de son coude.

— Maintenant, vous marchez trop vite, se plaignit-elle, le forçant à marquer le pas. Parlez-moi donc de ce jour où vous et Evan êtes nés, il y a si longtemps de cela.

— Alors, il faudrait parler *des* jours où nous sommes nés. Mon frère est né le mercredi avant minuit, et moi je suis venu au monde après le douzième coup de minuit, le jeudi.

— Vous êtes né juste après minuit ?

Rose le regarda, bouche bée.

— Oh ! Jamie, mais c'est un excellent présage.

Elle lui serra le bras et baissa la voix.

— On dit qu'un enfant né à cette heure peut voir l'Esprit de Dieu. L'avez-vous... vu ?

Non, mais je l'ai entendu. Il le dit presque à voix haute, mais retint ses paroles. Rose ne comprendrait jamais, mais sa sœur, peut-être. Alors que l'air de l'automne balayait le pays, le souvenir de son rêve devenait de plus en plus clair, comme si le coucher du soleil et la fraîcheur de l'air faisaient revivre en lui quelque chose de cette nuit-là, sur le cairn. *Je ne t'abandonnerai jamais.*

Troublé par cette pensée, il regarda Rose et orienta leur conversation sur un autre sujet.

— Vous savez ce que le dicton dit ?

— *L'enfant du jeudi doit partir au loin*. Et vous avez voyagé, Jamie. Édimbourg, Glasgow et même Londres !

Son lyrisme était attendrissant.

— Je ne suis jamais allée plus loin que Moffat et Dumfries, dit-elle. Ah oui, et Kirkcudbright avec tante Meg, lorsque j'étais enfant.

Il réprima un sourire et lui tapota la main. Si provinciale, sa chère Rose. C'était son innocence qui l'avait attiré, au début. Et aujourd'hui, elle avait l'intention de s'inscrire à une école pour jeunes filles.

— Pour parfaire mes habiletés domestiques et acquérir de belles manières, expliqua-t-elle.

Rose quitterait Auchengray en janvier et emporterait le soleil avec elle, le laissant avec une femme docile, un nouveau bébé, mais sans Rose.

Il jeta un regard sur elle, aussi jolie qu'une poupée de porcelaine, et repensa à l'année qu'il avait passée à aimer une jeune fille à laquelle il ne pouvait prétendre. Quatre saisons de baisers volés, à se tenir la main quand personne ne les voyait. À la Saint-Valentin en février, à la réception de Maxwell Park, à la danse du jour de Lammas. Ses souvenirs des moments passés avec elle étaient aussi lumineux que les feux d'artifice qu'il avait vus autrefois à Londres, illuminant la Tamise. S'évanouiraient-ils aussi rapidement, ne laissant rien d'autre derrière eux qu'un ciel noir ?

Un coude s'enfonça dans ses côtes.

— Jamie McKie, votre visage est plus sévère que celui de mon père.

Rose décrivit des cercles autour de lui, comme les femmes tsiganes qu'il avait vues pendant son voyage vers Auchengray. Elle avait la tête renversée vers l'arrière et sa longue tresse semblait demander qu'on s'en saisisse.

— Souriez, jeune homme ! dit-elle. Vous n'êtes pas père, encore. Il n'est pas nécessaire d'être aussi sérieux.

Il la saisit par les cheveux et la tira vers lui, mettant brusquement un terme à ses pirouettes.

— Vous êtes la seule à pouvoir me réjouir le cœur, Rose. D'un baiser.

À un demi-mille de la maison, en pleine campagne, au milieu des bêlements des moutons, des beuglements des vaches et des jacassements des pies qui les survolaient, Jamie et Rose s'embrassèrent longuement et passionnément, sans se soucier, pour une fois, d'être surpris. Il la libéra enfin et garda en souvenir l'image des étoiles dans ses yeux.

Leana les attendait à la porte. Si elle remarqua leurs mains qui se séparèrent furtivement, cela ne parut pas dans ses yeux.

— Vous avez encore quelques minutes, les avertit-elle, mais il n'y avait pas de reproche dans sa voix. Allez faire votre toilette et présentez-vous à table à sept heures précises. Je n'ai pas besoin de vous expliquer pourquoi.

Alors qu'ils se pressaient dans l'escalier pour faire ce qu'on leur avait dit, Jamie comprit que Leana ferait une excellente mère, capable de tenir sa marmaille en main. *Marmaille*? Y aurait-il plus d'un enfant? Si elle donnait naissance à un premier, il devrait y en avoir d'autres. Peut-être plusieurs. À la pensée qu'autant de vies pussent dépendre de lui, il faillit perdre pied dans l'escalier.

Il n'était pas prêt à être père. Il devait apprendre à être un bon mari. Lorsqu'il atteignit le palier, il se retourna et la vit au pied de l'escalier. *Leana. Ma femme.* Elle lui souriait, le visage levé vers lui, le ventre plein de son enfant, le visage rayonnant d'amour. La puissance inexprimée de cette réalité le frappa à nouveau, le forçant à s'appuyer sur le mur.

C'était l'amour qu'il ne pouvait commencer à comprendre. Un amour qu'il ne pouvait lui offrir en retour. Et un amour sans lequel il ne pouvait vivre.

Chapitre 75

Dans ma chute, je renais.
— Marie, reine d'Écosse

Plus le service du sabbat s'étirait en longueur, plus Leana se sentait mal.

Elle s'adossa au banc de bois inconfortable. Elle avait le dos endolori et les jambes engourdies d'être restée assise dans la même position pendant le chant des psaumes, les prières de confession et la lecture des Écritures. Le bébé avait trouvé une nouvelle cachette, plus bas qu'auparavant, pressant douloureusement contre son abdomen en se retournant. Leana avait compris trop tard qu'elle n'aurait pas dû venir à l'église, ce matin-là. Mais, poussée par le désir de se trouver dans la maison de Dieu, elle avait courageusement affronté le trajet de trois milles dans le cabriolet, grimaçant à chaque cahot de la route.

— Ce n'est pas prudent, avait dit son père au petit-déjeuner, la regardant avec une certaine appréhension, lorsqu'elle lui avait proposé de se joindre à eux, ce matin-là. Bien qu'il lui fût difficile de l'admettre, Lachlan McBride avait sans doute eu raison.

Une température plus fraîche l'avait aussi incitée à sortir de la maison. La journée du 4 octobre avait commencé sous un ciel bleu pâle et une brise fraîche provenant du Solway, ce qui signifiait qu'elle pourrait prier sans devoir s'éponger le front toute la matinée. Jamie s'assit à ses côtés sur le banc, mais pas trop près, lui donnant un peu d'espace pour respirer. Lorsqu'il posa le regard sur elle, ses yeux étaient plus bienveillants que d'habitude, et l'inquiétude qu'elle lisait sur son visage semblait sincère.

— Vous sentez-vous bien? murmura-t-il si doucement qu'elle faillit ne pas l'entendre.

Leana hocha la tête affirmativement, mais quelque chose dans son visage devait communiquer un autre message. Il trouva sa main, repliée près de sa robe, et la prit dans la sienne. Des gestes tout simples, mais qui gonflaient son cœur de joie. *Mon cher mari.* Rien n'avait changé entre eux. Mais porter son enfant l'avait aussi rendue plus compatissante. C'était visiblement un homme tourmenté par une chose qu'il avait faite, ou qu'il lui restait à accomplir. S'il pouvait aimer leur fils, cela serait suffisant, cela serait un commencement.

Il lui serra la main en signe d'appui, et elle ferma les yeux pour savourer son contact. Elle était si émue de l'affection inattendue de Jamie qu'elle manqua l'introduction du sermon du révérend Gordon, n'ouvrant les yeux pour lui accorder son attention que lorsqu'il commença à lire la Bible.

— *Il m'a été mis une écharde dans la chair…*

Oui. Elle en savait long à ce sujet. Les épines de ses roses lui avaient piqué les doigts bien souvent, chaque minuscule coupure saignant bien plus abondamment qu'elle ne l'aurait cru. Leana comprit que l'épine dont il parlait n'était pas celle de la rose. Il évoquait une expérience douloureuse, débilitante, une *chose* non désirée qui refusait de s'en aller, qui faisait mal sans arrêt.

Comme d'aimer un homme qui ne vous aime pas.

Elle retint un petit soupir.

Le ministre ne vit ni ne sut à quel point Leana écoutait attentivement, pendant qu'il continuait sa lecture.

— *Par trois fois, j'ai prié le Seigneur pour qu'il s'éloigne de moi.*

Oui, elle l'avait fait. Mais pas seulement trois fois. Trois cents fois. *Dieu, je vous en supplie, faites que je cesse de l'aimer.* Elle cligna des yeux pour chasser une larme, qui apparut soudain sur ses cils. Elle avait prié Dieu, lui demandant de la soulager, mais Dieu n'avait pas répondu à ses prières. *Jamie, je vous aime toujours.*

La voix basse du révérend Gordon se réverbéra dans tout le sanctuaire.

— *Mais il m'a déclaré : Ma grâce te suffit…*

Elle effleura le coin de son œil avec son mouchoir alors que la vérité faisait son chemin en elle. Sa grâce, sa miséricorde, son amour, sa présence constante, sa fidélité *étaient* suffisants.

Jamie lui avait déjà dit qu'il ne pouvait donner que ce qu'il avait. « Il faudra que cela suffise », avait-il dit. Mais ce n'était pas suffisant. Cela ne serait jamais assez. Même si Jamie l'aimait sans réserve, son amour ne pourrait commencer à combler tous les vides en elle. Des vides que seul le Tout-Puissant pouvait remplir, car lui seul pouvait aimer suffisamment.

Elle saisit la main de Jamie sans le vouloir, trop bouleversée par les paroles du ministre.

— *Car la puissance se déploie dans la faiblesse.*

Oui ! Elle était la faiblesse même, mais dans sa faiblesse, elle avait trouvé la force de Dieu. Les bras de Jamie étaient forts, mais ils ne pourraient la soutenir au cœur de la nuit où tout fait mal et où tout est brisé. Seul Dieu le pouvait. *Seul Dieu.*

Ses larmes ne voulaient pas s'arrêter, maintenant, ni la joie qui montait en elle. Cela devait paraître sur son visage, car le révérend Gordon la regardait directement avec une expression attentive alors qu'il lisait les derniers mots.

— *C'est donc de grand cœur que je me glorifierai surtout de mes faiblesses, afin que repose sur moi la puissance du Christ.*

De grand cœur.

Leana laissa les mots glisser en elle, les goûtant, les avalant avec ses larmes. Pourrait-elle être à la hauteur de cette tâche impossible ? Pourrait-elle aimer Jamie dans la joie, de tout son cœur, en supportant la douleur de son rejet, si c'était ce qu'il fallait pour que l'amour du Christ brille en elle ? Est-ce que sa toute-puissance la soutiendrait dans toute une existence à aimer, sans être aimée en retour ?

Mais la vérité la frappa, et son âme bondit de joie.

Elle n'était pas rejetée. Elle était aimée intégralement. Dieu l'avait aimée à travers tout cela. Il l'aimait maintenant, l'aimait encore, l'aimerait toujours.

Comment avait-elle pu être aveugle aussi longtemps ? Son amour pour Jamie, l'épine dans son cœur, l'amour qui ne voulait pas s'arrêter, était là pour une raison. Pour lui rappeler que ce n'était plus Leana qui aimait Jamie ; c'était Dieu lui-même. Dieu ne cesserait jamais d'aimer Jamie ; elle non plus.

— Jamie !

Elle n'avait pas l'intention de dire son nom au beau milieu du sermon du révérend Gordon, mais, dans l'église, tous les yeux se tournèrent pour voir d'où cet éclat de voix provenait.

Jamie lui prit la main, les yeux inquiets, la voix basse, mais pressante.

— Leana, qu'y a-t-il ? Quelque chose ne va pas ?

Elle se tourna vers lui, elle voulait se lever, crier avec joie et abandon : « Tout est merveilleux ! »

Sa voix était le plus doux des murmures, pourtant elle était forte, et ses paroles, assurées.

— Jamie, je vous aime. Je vous ai toujours aimé.

— Leana, je…

Les premières contractions la saisirent, la pliant en deux. Elle ne pouvait pas respirer ; elle ne pouvait pas parler. Elle ne pouvait que s'accrocher à la main de Jamie et à la force invisible de Dieu alors qu'elle essayait de se lever. *Aidez-moi, Jamie !*

Chapitre 76

Mon Dieu, mon père et mon ami,
Ne m'abandonnez pas.
— Wentworth Dillon

— Dieu, aidez-moi ! cria Jamie, tout en prenant Leana dans ses bras, le cœur battant à tout rompre.

Cela avait commencé.

Neda fut la suivante à bondir sur ses pieds, se dirigeant rapidement à ses côtés, évaluant la situation d'un œil expérimenté.

— Elle s'rendra jamais à la maison.

Neda se tourna et éleva la voix au-dessus des murmures.

— Révérend Gordon ?

Le ministre restait figé à son pupitre, son sermon oublié, la bouche grande ouverte.

— Madame Hastings ?

— Nous avons besoin d'vot' presbytère, m'sieur. Et d'la collaboration d'vot' bonne épouse, aussi.

Neda n'attendit pas la réponse, mais aida plutôt Jamie et Leana à sortir du banc pour se rendre dans l'allée, tout en appelant par leur nom quelques femmes de sa connaissance.

— Venez, mesdames, nous avons besoin d'vous tout d'suite.

La seule préoccupation de Jamie était Leana, qui s'accrochait à ses bras.

— Portez-moi, Jamie, murmura-t-elle d'une voix rauque.

Sans hésiter, il lui glissa une main derrière le dos et l'autre sous les genoux, puis souleva la femme enceinte comme si elle et son enfant ne pesaient rien du tout, comme si le fardeau était porté par des bras invisibles. Leana plaça les bras autour de son cou et appuya sa joue mouillée sur sa poitrine, pendant que Jamie marchait rapidement vers la porte, qui s'ouvrit en grand devant eux.

Dieu, aidez-moi. Aidez-nous tous les deux.

Il porta Leana sur une courte distance jusqu'à la maison du pasteur, à côté de l'église, pratiquement au pas de course, suivi par un groupe de femmes. L'épouse du révérend était déjà sur le pas de la porte et leur faisait signe d'entrer.

— L'eau est déjà sur le feu et j'ai tous les draps qu'il faut. Venez, entrez vite.

Des bougies furent rapidement allumées dans la chambre, et des couvertures propres furent étendues sur le lit du ministre tandis que les femmes s'écartaient pour livrer passage à Jamie et à la femme sans force dans ses bras.

Il déposa Leana sur le matelas avec grand soin, ne voulant pas la faire souffrir davantage, car elle semblait vraiment à l'agonie.

— Jamie, soupira-t-elle en lui posant la main sur la joue, priez pour moi.

— Je le ferai, je le ferai.

Quand elle se tordit de douleur à nouveau, il lui prit la main, attendant que la vague qui l'écrasait se retire, la laissant hors d'haleine.

— Partez, mon mari, dit-elle, réprimant un gémissement, les femmes veilleront sur moi.

Mon mari. Il lui lâcha la main avec réticence.

— En êtes-vous sûre ? J'attendrai tout près de la porte. Je prierai pour vous, comme vous me l'avez demandé.

— Très bien.

Elle hocha la tête en prenant une grande respiration.

— Je vous aime, Jamie.

— Leana, je…

— Assez, jeune homme.

C'était Neda, qui tirait brusquement la manche de son manteau.

— V'z'êtes plus nuisible qu'utile ici, garçon, si vous t'nez à l'savoir.

Deux femmes l'escortèrent hors de la pièce avant qu'il puisse protester. La porte se referma derrière lui, doucement, mais fermement, et il se retrouva dans le couloir mal éclairé. Il dut attendre que ses yeux se fussent habitués à l'obscurité ambiante avant de chercher une chaise.

Il s'installa près de la porte, d'où il pouvait tout entendre et intervenir, le cas échéant. Mais on n'avait pas besoin de lui, maintenant, pas même Leana.

Leana.

Il se pencha en se prenant la tête entre les mains.

Leana McKie — oui, sa femme, bien qu'il ne l'eût jamais traitée comme une épouse — avait porté son enfant neuf longs mois, sans se plaindre, sans jamais rien lui demander, sinon les plus infimes faveurs. « Auriez-vous la gentillesse de me frotter le dos, Jamie ? » Et il faisait comme on lui demandait, mais sans plus. « M'apporteriez-vous du thé, s'il vous plaît ? » demandait-elle d'une voix hésitante, puis elle le remerciait avec effusion d'avoir accompli une tâche aussi insignifiante. Elle suggérait quelques noms pour son fils — Robert, Simon, Lewis —, mais il faisait comme si cela le laissait indifférent.

Tous les jours, Leana lui disait qu'elle l'aimait.

Chaque heure, elle lui montrait qu'elle l'aimait.

Et que faisait-il ? Il aimait Rose. Il le lui disait. Il le manifestait par des cadeaux, des regards embrasés. Il ne trompait pas Leana physiquement, mais il se conduisait de façon désespérément déloyale pour toutes les autres choses qui avaient de l'importance.

Il avait ruiné la vie de Leana et brisé son cœur pour rien.

Et elle le lui avait pardonné, même s'il ne lui avait jamais demandé de le faire.

Oh, Leana !

De l'autre côté de la porte vint un cri qui semblait avoir été arraché du corps de Leana. Jamie gémit aussi, sa propre souffrance commençant à peine.

— Pries-tu, garçon, comme tu l'devrais ?

C'était Duncan, qui était arrivé derrière Jamie et lui avait posé une main rugueuse sur la nuque.

— As-tu réfléchi à c'que ça voulait dire, d'être père ?

Jamie se contenta de hocher la tête, espérant cacher à Duncan les pensées désespérées qui se bousculaient dans sa tête.

Mais Duncan ne les connaissait que trop bien.

— Penses-tu à c'que ça peut vouloir dire, pour la mère de c't'enfant, d'savoir qu'elle est aimée d'son mari ?

— Mais je ne…

— Chut ! dit Duncan en lui abattant lourdement la main dans le dos. Assez d'ces enfantillages, garçon.

Duncan marcha vers une chaise inoccupée et l'approcha de la porte.

— Tu vas écouter c'que j'ai à dire, comme si j'tais ton père venu d'Glentrool.

Il planta la chaise au sol devant lui et s'y assit pesamment.

— Est-ce que j'ai toute ton attention, Jamie ?

Jamie était abasourdi.

— Bien sûr.

Duncan n'avait jamais été aussi ferme avec lui.

— V'là la vérité dans tout ça, mon garçon. Et tu sais que j't'aime bien, ainsi qu'Leana, alors te fâche pas, quand j'te dis c'qui faut que j'te dise.

Le superviseur se pencha vers lui, les yeux bienveillants, mais la mâchoire contractée.

— La vérité, reprit-il, c'est qu't'as jamais su c'que c'était qu'd'aimer quelqu'un, mon garçon. Au lieu d'ça, t'as admiré ta mère, haï ton frère et trompé ton père — oui, j'suis au courant d'tout ça. Tout l'monde est au courant, à Auchengray. Et t'as placé Rose sur un piédestal qu'elle a jamais mérité. Mais c'te femme, dans la chambre, juste là, Leana…

Duncan réprima un sanglot en prononçant son nom, tout en pointant vers la porte pendant qu'elle hurlait de douleur.

— Leana, reprit-il, ta seule femme, celle qu'a aimé ta misérable carcasse pendant une longue et triste année, est dans c'te pièce, couchée, en train d'donner naissance à ton fils. Et qu'est-ce que c't'excellente femme reçoit d'son mari ?

Jamie put à peine articuler le mot.

— Rien.

— Rien d'aut' que des mains froides, un cœur froid et des yeux vagabonds. La pauv' fille t'a rien demandé, à l'exception d'une chose : qu'tu la laisses t'aimer, et qu'tu l'aimes en retour. T'as fait qu'la moitié du chemin, Jamie. T'as pris tout l'amour qu'elle avait à t'donner, mais sans rien lui donner en retour.

Les yeux de l'homme étaient lumineux, baignés de larmes, et sa voix tremblait.

— M'entends-tu, garçon ? L'entends-tu, *elle*, qui hurle à la mort pendant son travail, tout ça pour t'donner ton premier-né ?

Jamie hocha la tête, l'inclinant davantage, et ses larmes tombaient sur le plancher. Aucun mot ne lui venait. Seulement la douleur, qui arrivait par vagues ; comme celle de Leana, le déchirant, réduisant son orgueil en miettes. *Pardonnez-moi. Pardonnez-moi.* Il ne pouvait penser à rien d'autre.

Son cœur était comme un poing fermé dans sa poitrine, la douleur, intolérable.

Pardonnez-moi, mon Dieu. Pardonnez-moi.

Ses péchés défilèrent devant ses yeux, trop nombreux pour qu'il arrive à les compter, trop nombreux pour qu'il puisse les porter. Les mensonges, la tromperie, la cupidité, l'égoïsme. La manière honteuse dont il avait traité son frère, son père, sa femme. *Dieu, pardonnez-moi.*

Comment osait-il demander à Dieu de lui pardonner, quand il ne pouvait se pardonner à lui-même ? Quand ses péchés étaient innombrables ?

— *Ô Dieu de toutes les miséricordes, entendez-moi.*

Duncan lui posa une main sur l'épaule, se taisant pendant quelques minutes, serrant seulement les doigts de temps à autre.

— Ta femme est souffrante, Jamie. N't'y trompe pas. Une femme qui enfante ne vit que d'la souffrance, car elle sait qu'sa dernière heure est p't-être arrivée.

Comme une réponse à ses prières précédentes, Leana poussa un grand gémissement au même moment, et cria son nom.

— Jamie ! Jamie !

Il se leva d'un bond et martela la porte avec ses poings.

— Je suis ici, Leana ! Je suis ici !

— Assois-toi, mon garçon. T'as pas d'affaires là, dit Duncan en le tirant vers sa chaise, un sourire entendu sur son visage ridé. Prie seulement pour qu'ce soit ton nom qu'elle continue d'appeler.

— Mais il faut faire quelque chose, Duncan. Écoutez-la !

Il pressa la main sur son cœur pour essayer d'étouffer la douleur.

— Tu dois attendre, Jamie, comme tous les pères l'ont fait d'puis Adam lui-même. Ce s'ra l'heure où tu s'ras l'plus impuissant dans toute ta vie, parce que tu peux rien faire pour elle. Mais n'aie pas peur. Dès qu'elle aura mis l'enfant au monde, elle pensera plus à la douleur, seulement à la joie d'voir ton fils nouveau-né. *Ton* fils, Jamie. Comprends-tu c'que j'te dis ?

Jamie s'effondra sur sa chaise et se courba vers l'avant, les mains sur les tempes.

— Vous m'avez parlé franchement, Duncan. Je ne sais que dire ni que faire.

Duncan renifla bruyamment, puis éclata de rire, un grand rire qui lui venait du fond de la poitrine.

— Ce s'ra la chose la plus facile qui aura été faite dans c'te maison aujourd'hui. Tu vas demander pardon à Dieu, Jamie. Tu vas prier comme tu l'as jamais fait avant. Aucun jeune homme d'ma connaissance a jamais eu tant besoin d'être pardonné qu'toi, aucun n'l'a jamais mérité moins qu'toi. Mais Dieu t'pardonnera, parce qu'il le peut. Me crois-tu, Jamie ?

Je ne t'abandonnerai jamais, pensa Jamie. Il poussa un grand soupir et répondit :

— Je vous crois, oui.

— Répète les paroles avec moi, garçon, comme tu les as apprises su' les genoux d'ton père : *Aie pitié de moi, Dieu, car je suis faible.*

Jamie hoqueta les paroles.

— *Aie pitié de moi, Dieu, car je suis faible.*

— Oui, c'est cela. Tu es faible, Jamie, y a aucun homme qui l'est pas, s'il est honnête avec lui-même. C'que tu fais est la chose la plus honorable qu'on puisse faire.

Duncan appuya la main sur l'épaule de Jamie.

— Maintenant, tu prieras pour avoir le courage d'aimer et d'respecter ta femme. Peux-tu faire ça, garçon ? Peux-tu prier pour une telle chose, sachant qu'tes mots seront entendus ?

— Oui, répondit Jamie en triturant son mouchoir. Oui, Duncan. Je le peux. Et je le ferai.

— Bien. J't'ai déjà dit ces mots, le jour où t'as appris la nouvelle au sujet du bébé. Maintenant, y faut qu'tu les dises toi-même, Jamie. Les répéteras-tu après moi ? *Maris, aimez vos femmes.*

— *Maris…*

Jamie s'effondra. Seuls des sanglots sortaient de sa bouche.

La voix de Duncan était basse, mais ferme.

— Prends ton temps, garçon.

Comme le granit qu'on arrache à la carrière de Dalbeaty, la vérité sortit enfin de ses lèvres.

— Je ne suis pas… un mari.

— Oui, tu l'es. Selon la loi de Dieu.

Duncan approcha et étendit les bras autour des épaules de Jamie. Sa voix bourrue était sur le point de se briser à son tour.

— Allons, dit-il, nous allons l'dire ensemble. *Maris, aimez vos femmes.*

— *Maris, aimez vos femmes.*

Pardonnez-moi, Leana.

— Oui, c'est bien Jamie. *Comme le Christ a aimé l'Église.*

— *Comme le Christ a aimé l'Église.*

— Et c'est c'qu'il a fait. Maintenant, la dernière partie : *Il s'est livré pour elle.*

Le plus difficile.

— *Il s'est livré pour elle.*

— C'est c't'amour-là qu'Leana mérite, Jamie. Autant qu'tu peux lui en donner.

Duncan se leva en poussant un grognement, puis serra l'épaule de Jamie avec affection.

— Tu sais c'qui faut dire et c'qui faut faire cette nuit. J'serai près du foyer, si t'as besoin d'moi.

Jamie hocha la tête et se moucha. Il avait honte de bien des choses, mais pas de ses larmes. Pas maintenant, pas devant Duncan. L'affection de Duncan pour lui était sincère. C'était clair comme le jour, sur le visage de l'homme. Leana l'aimait aussi, et c'était encore plus facile à voir.

Laissé seul, Jamie pencha la tête, appuyant les avant-bras sur les genoux, et dit la seule chose qu'il lui restait à dire. *Écoutez-moi, mon Dieu. Écoutez-moi.*

De l'autre côté de la porte, sa femme l'appela de nouveau, d'une voix suppliante.

— Jamie ! Jamie !

Leana. Elle l'aimait absolument. Et il avait besoin de son amour. *Désespérément.*

S'il vous plaît, mon Dieu, aidez-moi à l'aimer aussi.

Jamie joignit les mains, déterminé à prier jusqu'à ce que sa prière soit exaucée.

S'il vous plaît, mon Dieu, aidez-moi à l'aimer aussi.

Chapitre 77

Un homme comme moi,
Tu devras l'aimer et être aimée de lui, pour toujours.
Une main comme celle-ci
Ouvrira les portes d'une nouvelle vie pour toi !
— Robert Browning

— Il doit beaucoup vous aimer, jeune fille. Il est collé tout contre la porte.

Leana regarda madame Belle à travers le reflet de larmes non versées.

— Qui ? murmura-t-elle, la gorge brûlante, les lèvres si sèches qu'elles adhéraient ensemble. Qui est à la porte ?

— Votre mari, bien sûr. Celui que vous passez votre temps à appeler.

Jamie.

Leana retomba sur les oreillers, déjà épuisée, en même temps plus forte à la pensée qu'il était si près. Jamie, l'homme qu'elle aimait et qu'elle aimerait toujours, même si lui ne devait jamais l'aimer.

Dans un coin obscur de la chambre, elle aperçut sa sœur, qui semblait malheureuse.

— Rose, l'appela Leana en tendant une main faible. Viens plus près, ma chérie.

Avant que Rose réagît, un autre spasme secoua le corps de Leana. La main de Neda prit la sienne pour la réconforter tandis que Leana supportait la douleur du mieux qu'elle le pouvait. Lorsqu'elle ouvrit les yeux, Rose était là, tout près, les yeux agrandis par la peur.

— Leana, dit-elle, es-tu…

— Elle va bien.

Neda avait parlé trop brusquement, pensa Leana. *Pauvre Neda.* La protégeant toujours, comme la mère qu'elle était pour elle. Leana prit la main de sa sœur.

— Rose est inquiète, parce que…

— Oui, à cause de vot' mère. J'aurais dû comprendre.

Les traits de Neda se radoucirent alors qu'elle passait une main autour de la taille de Rose et l'attirait vers elle.

— Agness McBride s'rait fière de vous, c'soir, dit-elle, vous vous comportez comme des sœurs, vous aidant mutuellement.

Un flot de larmes coula sur les joues de Rose, mais elle ne voulut pas lâcher la main de Leana pour les assécher.

— Leana, je suis si… *désolée.*

Les mots surgirent dans un sanglot.

— Je sais que tu l'es, chère sœur. Et je le suis aussi. Aussi désolée qu'on puisse l'être.

La douleur revint, plus forte, plus insistante. Elle ne pouvait que serrer les mains qu'on lui tendait, et endurer. Cela passa, enfin, suivi par un bref moment de répit.

— Jeune fille, demanda Neda en se penchant vers elle, cherchant son regard. Avez-vous l'fil bleu de vot' mère sur vous ? C'est toujours sage de l'porter sur soi, quand son temps approche. Les fièvres et tout ça.

— Non, je… Non.

Leana cherchait à rassembler ses esprits pour continuer.

— Quand mère est morte, reprit-elle, père était près d'elle. Il a coupé le fil et l'a jeté au feu.

Neda écarquilla les yeux.

— J'avais complètement oublié ! Oh, jeune fille, c'est pas d'bon augure, ça.

La gouvernante se tourna vers les autres femmes de la paroisse. Elles secouèrent la tête, le visage inquiet, murmurant nerveusement.

Leana essaya de se lever, déterminée à dire ce qu'elle devait dire, avant de ne plus pouvoir prononcer un seul mot.

— Neda, vous m'avez dit qu'un enfant était un présent de Dieu ?

— Oh oui ! V'savez bien que j'vous l'ai dit !

— Alors, faites confiance au Tout-Puissant pour qu'il fasse voir la lumière du jour à cet enfant.

Les mots de Leana se perdirent dans un gémissement. Elle sentait le bébé tourner, bouger, lutter. Saisie par un nouvel élancement, elle leva les genoux vers son ventre distendu, en gémissant pendant cette nouvelle contraction, puis elle retomba sur l'oreiller peu après, soulagée d'obtenir un répit pour reprendre son souffle. Ils étaient plus près du but. *Bientôt. Bientôt.*

Neda se pencha au-dessus d'elle pour lui éponger le front avec une serviette humide.

— Êtes-vous en train d'dire qu'vous v'lez vous passer des vieilles coutumes ?

— Oui, c'est ça, soupira Leana, heureuse d'avoir été comprise. Le Tout-Puissant n'a jamais eu besoin de clous rouillés, de bougies de sapin ou de pincées de sel. Demandez aux femmes de tenir leur Bible au-dessus de moi. Et de prier.

Neda hocha la tête, puis retourna leur parler. Leana pouvait entendre leurs babillages, quelque part au-delà du brouillard qui enveloppait son lit. Peu importe. Dieu veillait sur elle.

Le jour passa, puis vint la nuit, et elle était toujours en travail. Elle respirait quand elle le pouvait, criait quand elle le devait, et priait sans cesse. La chambre était une caverne, et elle était prisonnière de son centre ténébreux, s'agrippant aux draps, implorant sa délivrance. *Aidez-moi, Dieu.*

Rose restait tout près, les mains jointes, les yeux suppliants.

— Ne meurs pas, Leana ! murmurait-elle. Ne meurs pas !

— Je ne suis pas en train de mourir, Rose, lui assura-t-elle entre deux hoquets. Prie… prie pour que le bébé arrive.

À un moment donné, un Jamie hébété surgit dans la pièce, jetant la panique chez les pauvres femmes. Dans la pièce sombre — les bougies presque consumées, sa douleur maintenant continue —, Leana pouvait à peine le distinguer dans la lumière vacillante du foyer. Elle dit, ou plutôt elle gémit son nom.

— Jaamiee...

— S'il vous plaît, Neda !

Sa voix était désespérée, suppliante.

— S'il vous plaît, elle m'appelle. Ne l'entendez-vous pas ? Il faut que je voie ma femme. Seulement un instant, de grâce.

Mais Neda ne tolérait aucun visiteur dans la chambre de naissance, et elle le fit rapidement repasser la porte.

— Ce s'ra plus long, maintenant, mon garçon, et vous l'aurez pour vous seul. Patience, m'sieur McKie.

Leana le regarda partir, ses larges épaules affaissées. *Pauvre Jamie*. Elle pria pour qu'il soit fort, et pour que Dieu le soit plus encore. Pour son salut. Pour le salut de leur fils. Elle n'avait aucun doute que ce serait un garçon. *Ian*. Ce serait son nom. *Présent de Dieu*. Oui, le nom idéal.

Toute pensée consciente quitta son esprit.

La fin était arrivée.

— Presque, Leana.

La voix de Neda.

— Vous y êtes presque, jeune fille.

Pousser.

— V'là la tête. J'la vois !

Respirer profondément.

— Attendez, maintenant, attendez... et... poussez !

Les femmes formèrent un cercle autour du lit, tenant toutes bien haut leur Bible familiale, élevant la voix en même temps.

— Délivrez-la, Seigneur !

Lorsque l'enfant apparut finalement, un cri de joie déchira l'atmosphère et toutes se joignirent au chœur. Leana était la plus bruyante de toutes.

— Vot' fils est né ! annonça triomphalement Neda, prenant le bébé gluant dans ses bras tandis que Leana gisait, épuisée et inondée de larmes, tout juste capable d'ouvrir les yeux. Elle entendait Jamie, de l'autre côté, frappant à la porte, anxieux de savoir si elle allait bien, si l'enfant était en bonne santé.

— Qu'on l'annonce à Jamie, murmura Leana d'une voix rauque, tout en observant Neda baigner rapidement l'enfant qui gémissait.

Finalement, son fils fut emmailloté dans un linge propre et placé au creux de ses bras, impatients de l'accueillir. Qu'il s'y lovait bien, que c'était bon de le prendre !

Neda les embrassa tous les deux, les yeux brillants de larmes.

— Très bien, jeune fille. Très bien.

Leana hocha la tête pour la remercier et colla ses lèvres sur la minuscule tête du bébé, encore humide des eaux, imprégné de la chaleur du corps de sa mère. *Ian.* Ses cheveux étaient brun foncé et doux comme du duvet, comme ceux de son père.

— Bienvenue, Ian James McKie, murmura-t-elle. Dieu m'a fait présent de toi, ce soir, et je louangerai son nom éternellement.

— Leana ?

Neda s'approcha et dégagea son front mouillé, un sourire dans la voix.

— Y a un brave père ici, qui tient plus et qui veut vous parler, dit-elle à Leana. V'lez-vous lui donner un peu d'vot' temps ?

Neda fit un pas en arrière et pria Jamie de s'avancer.

— Elle est toute à vous, jeune homme.

Leana regarda par-dessus la tête d'Ian et vit Jamie s'avancer vers le lit tandis que Rose, une main sur la bouche, se retirait pour le laisser passer. Jamie ne regarda ni Rose ni Neda. Il ne regarda pas même son fils nouveau-né. Il la regardait, elle, sa femme. Droit dans les yeux, comme s'il était étonné par cette vision.

— Jamie, dit-elle.

Elle essaya de s'humecter les lèvres, mais en vain.

— Je dois être affreuse à voir.

Il s'agenouilla près du lit.

— Tu ressembles à la mère de mon fils.

Plaçant une main tremblante sur celle de Leana, et l'autre sur la tête de leur fils, il les unit par son contact. Ni l'un ni l'autre ne parlait, car tout se lisait dans leur regard.

Le calme régnait maintenant autour d'eux, et c'est alors que Neda invita toutes les femmes du voisinage à partir, les renvoyant à la maison auprès de leur mari inquiet et de leurs enfants affamés. La gouvernante fut la dernière à sortir, le visage rempli d'espoir, alors qu'elle refermait la porte derrière elle.

On n'entendait plus que le feu crépiter dans le foyer.

— Leana, me pardonneras-tu ?

— Te pardonner ? demanda-t-elle, étonnée.

Elle croyait avoir pleuré toutes ses larmes pendant l'accouchement, mais elle avait tort.

— Je ferai mieux que cela, Jamie McKie, murmura-t-elle. Je t'aimerai toujours. Toujours.

Ému, il s'effondra sur le lit, et elle le réconforta en lui passant une main dans les cheveux.

— Jamie, mon doux Jamie. Mon amour pour toi me donne la force de tout pardonner.

Ses mots étaient étouffés.

— Tu es plus que ce que je mérite, Leana, dit-il, et il leva son visage vers elle. Tu es un présent de Dieu. Je le sais, maintenant.

— Et il y en a un autre.

Elle hocha la tête en direction du bébé et le lui présenta.

— Veux-tu prendre ton fils ?

Jamie se redressa, s'essuya le visage avec sa manche, puis saisit maladroitement son fils et regarda son petit visage, émerveillé.

— On dirait…

— Oui, l'interrompit-elle en riant. Ton jumeau.

Lorsque l'enfant commença à s'agiter, elle tendit les bras.

— Je dois nourrir le garçon. Tu resteras pour me tenir compagnie ? demanda-t-elle.

Jamie lui replaça lentement l'enfant dans les bras, puis se leva pendant qu'elle s'occupait de son nouveau-né affamé. Il eut la délicatesse de détourner le regard pendant qu'elle installait le bébé. Lorsqu'elle leva les yeux avec un air de soulagement, Jamie la regardait, son visage exprimant un désir qu'elle n'avait jamais vu auparavant.

— Leana, me croirais-tu si je te disais que Dieu m'a déjà parlé dans un rêve ?

Elle réfléchit avant de répondre, tout en caressant la tête d'Ian. Il était évident que Jamie y avait longuement réfléchi.

— Oui, je crois que Dieu peut t'avoir parlé dans ton sommeil, Jamie. Je le crois.

— Vraiment ?

— Oui, dit-elle en souriant. Quand tu ronfles près de moi, je peux te dire tout ce que je veux sans être interrompue.

Le bébé dans ses bras se tortilla, et les deux parents s'esclaffèrent.

— Celui-là a déjà trouvé le moyen de s'interposer entre nous, le taquina-t-elle.

— Non.

Jamie retrouva soudainement son sérieux.

— Rien ne viendra plus se mettre entre nous.

Elle secoua la tête, et le sourire avait disparu de sa voix.

— S'il te plaît, ne fais pas de promesses que tu ne pourras pas tenir.

Il écouta sa mise en garde sans broncher.

— Mais j'ai l'intention de les tenir, Leana. M'accorderas-tu une chance de te prouver mon amour ? De prendre un nouveau départ, de repartir à zéro ?

— Tu n'as rien à me prouver. À toi, peut-être, et à Dieu. Mais pas à moi, Jamie. Je t'aime.

Elle tendit la main vers la courbe de sa joue rugueuse et sentit sa chaleur se répandre en elle.

— Oui, nous pouvons tout recommencer. Maintenant, parle-moi de ton rêve.

Il trouva d'abord une chaise et la rapprocha du lit, sans jamais la quitter du regard. Il replaça les couvertures sur elle, effleurant le bébé au passage.

— Le voici. Tu te souviens que je t'ai déjà décrit ma première nuit, après mon départ de Glentrool, celle que j'ai passée à la belle étoile sur un cairn de pierre.

— Je me rappelle, murmura-t-elle. C'est la nuit où tu as dormi parmi les baies écrasées de l'échelle de Jacob, celle où tu aurais pu mourir.

— Mais je ne suis pas mort, madame McKie.

Il se pencha vers elle et l'embrassa doucement, les lèvres toujours humides de larmes.

— J'ai rêvé.

Notes de l'auteur

Je ne peux vous assurer que c'est la vérité ;
Je répète l'histoire comme on me l'a racontée.
— Sir Walter Scott

L'une des peintures les plus célèbres de Robert Burns montre un jeune Walter Scott ravi, assis sur le plancher, tenant un livre ouvert et levant les yeux vers le poète légendaire entrant dans la Sibbald's Library. Après avoir terminé mon premier roman historique, je me sens un peu comme Walter devait se sentir, à la fois intimidée et émerveillée par les auteurs de grand talent qui ont déjà parcouru ce territoire. Lorsque je lis les œuvres de John Buchan, de Neil Munro, de George MacDonald, de Samuel Rutherford Crockett, de Robert Louis Stevenson ou de sir Walter Scott, je m'étonne même d'avoir eu l'audace d'essayer d'écrire un roman historique ayant pour cadre l'Écosse du dix-huitième siècle.

Puis, je me suis rappelé cette notion commode — que ce n'était pas mon idée pour commencer —, et je me suis placée entre les mains de la Providence, qui m'a conduite jusqu'ici, ainsi qu'entre celles des âmes généreuses qui ont marché à mes côtés, tenant leurs bougies allumées bien haut et me murmurant leurs paroles d'encouragement. Des mercis spéciaux à l'équipe éditoriale de WaterBrook Press — Laura Barker, Carol Bartley, Rebecca Price, Lisa Tawn Bergren, Dudley Delffs, Paul Hawley et Danelle McCafferty —, à mes premières lectrices estimées — Sara Fortenberry, Diane Noble et Benny Gillies — et à mes réviseurs aux yeux d'aigle — Susan Richardson et Leesa Gagel. Vos suggestions enthousiastes ont fait toute la différence.

Mon voyage imaginaire à travers Galloway a commencé sept ans avant qu'*Une épine dans le cœur* soit publié. Lorsque l'Écosse m'est apparue comme un décor possible pour mon histoire racontant le destin d'une femme qui n'était ni belle ni aimée, une visite à la jolie Galloway a réglé la question du théâtre de l'action. Des albums de photos ont commencé à se garnir, tout comme les étagères de mon loft d'écriture. Cinq voyages de recherches en Écosse et deux autres en Angleterre ont suivi, au fur et à mesure que l'histoire s'écrivait. Un millier de photographies en couleurs et une bibliographie comptant cinq cents références sur l'Écosse plus tard, *Une épine dans le cœur* voyait finalement la lumière du jour.

À l'exception des personnages historiques mentionnés dans le texte, comme Robert de Bruce, peu d'acteurs du roman ont vécu et respiré l'air de l'Écosse en 1788. Les lieux, par contre, sont réels. Les seuls noms de lieux tirés de mon imagination furent Maxwell Park – bien que Galloway grouille de Maxwell – et la ferme Nethercarse de Kirkbean. Je ne pouvais tout simplement pas souiller une honorable ferme de Galloway en en faisant la demeure d'un personnage aussi haïssable que Fergus McDougal. En ce qui concerne les autres personnages principaux, si leur histoire vous semble quelque peu familière, c'est volontaire. Vous trouverez un récit parallèle dans la Bible, plus précisément dans la Genèse 25 :19-34 et 27-29. Il me semblait que l'histoire touchante de Léa implorait d'être racontée, et je pouvais difficilement refuser de l'exaucer.

Ce roman vous aura sans doute permis de vous familiariser avec quelques délicieux termes écossais. *Pernickitie* (revêche) est mon favori. J'ai consulté le *Concise Scots Dictionnary* (1999) pour leur exactitude et *A Dictionary of Lowland Scotch* (1888), de Charles Mackay, pour mon plaisir. L'orthographe correcte des noms de hameaux et de villages de l'Écosse varie d'une carte à l'autre et d'un livre à l'autre, parfois dans le *même* livre. L'ouvrage *The Antiquities of Scotland* (1797), de Francis Grose, montre le château de Threave épelé *Thrive* dans la légende d'une illustration, puis *Thrieve* et *Thrieff* dans le corps du texte. Vous vous souviendrez que Jamie passe, songeur, devant le château de Threave, dans son périple vers l'est. La photographie de ce même château, qui apparaît sur la quatrième de couverture, a été prise par Allan Wright, un photographe talentueux de Galloway, dont on peut admirer le travail sur le site www.LyricalScotland.co.uk. Par souci de cohérence, j'ai basé l'épellation des mots d'*Une épine dans le cœur* sur l'ouvrage *The Statistical Account of Scotland* (1799), de sir John Sinclair, le plus utile de tous mes volumes de référence.

Deux ministres écossais d'aujourd'hui m'ont été très précieux au cours de mes visites préparatoires. Le révérend William Holland, ministre de New Abbey Parish Church (oui, en deux mots, maintenant), m'a non seulement offert l'hospitalité sous la forme de biscuits sablés et de thé dans son presbytère, mais il a surtout répondu à des douzaines de questions sur la vie paroissiale vers la fin des années 1700. Et le révérend Hugh Steele, ministre de Monigaff Parish Church (qu'on épelle avec un seul « n », aujourd'hui), fut assez gentil pour arpenter le cimetière avec moi, afin de localiser les pierres tombales de plusieurs McKie. Il m'a ensuite fait voir le vitrail au-dessus de la chaire dépeignant Jacob et Ésaü, ainsi que Rachel. Une autre rencontre providentielle.

Puisque l'élevage des moutons à face noire ne fait pas partie des compétences énumérées dans mon curriculum vitae, je suis reconnaissante envers monsieur et madame Dempster, de Castlehill Farm, près de Lockerbie, de m'avoir chaleureusement accueillie dans leur cuisine, et d'avoir confié à mon magnétophone les connaissances et l'expérience acquises au cours de leurs années consacrées à cet élevage. À East Culkae Farm de Sorbie, madame McMuldroch m'a parlé longuement de la vie sur la ferme, tout en me servant le plus savoureux caramel écossais qu'il m'ait été donné de goûter.

L'auberge House o' the Hill était tristement célèbre parmi les contrebandiers, et apparaît sur la plupart des cartes des Lowlands à partir de 1600. Lors de ma dernière visite à

Galloway, j'ai dormi et dîné dans l'établissement du même nom (construit vers 1800), où le sympathique propriétaire, John Allwood, a non seulement partagé ses cartes et ses histoires avec moi, mais m'a aussi gentiment accompagnée au sommet de la colline où l'auberge était sise à l'origine. Les ruines demeurent, entourées de pins. (Je suis presque certaine d'avoir entendu Walloch écrasant les branchages, portant son brave cavalier à la recherche d'un gîte pour la nuit, mais je n'ai pu les apercevoir.) Si cela vous intéresse, vous pouvez vous offrir une visite virtuelle à l'auberge House o' the Hill, sur le site www.houseothehill-hotel.com.

Quand Lachlan suggère que Leana pourrait se rendre à Gretna Green pour s'y marier, il fait allusion à un endroit malfamé, situé tout juste à l'intérieur de la frontière écossaise, où les couples pouvaient être unis sans se soumettre à la période d'attente habituelle. À l'époque de Leana, ce mariage irrégulier aurait été officié par George Gordon, le « grand prêtre » de Gretna Green jusqu'en 1789. À la fois ex-soldat et homme d'Église, Gordon portait, dit-on, un vieil uniforme militaire, un grand tricorne, un manteau écarlate et des bottes de soldats. Un grand sabre pendait à sa ceinture. Son « église » ressemblait plutôt à une grange, et son « autel » était une barrique de bière, rachetée un tant soit peu par la Bible ouverte sur le couvercle.

Leana fait mention de l'ouvrage *La Médecine élémentaire, ou une méthode facile et naturelle pour guérir la plupart des maladies.* Écrit par le révérend John Wesley (1702-1791), ce livre en était à sa vingt-et-unième édition en 1785. Très populaire en Angleterre, quelques copies de ce volume proposant une foule de remèdes utiles ont franchi les frontières de l'Écosse. Le ministre étant généralement l'homme le plus instruit de sa paroisse, il était fréquemment appelé au chevet des malades, et se tournait alors vers *La Médecine élémentaire* pour de l'information.

Pour la majeure partie de ma collection d'ouvrages de référence sur l'Écosse, ainsi que la carte dessinée à la main qui apparaît au début du roman, je suis redevable à l'antiquaire Benny Gillies. Sa coquette boutique située près de Castle Douglas, dans le village de Kirkpatrick Durham – qui regorge de livres, de cartes et d'imprimés écossais –, est un paradis pour bibliophiles. Si vous ne prévoyez pas vous y rendre cette année, ne vous privez pas d'une visite virtuelle à l'adresse www.bennygillies.co.uk.

Mes remerciements les plus sincères vont aux bibliothécaires de Castle Douglas, de Dumfries et de Kirkcudbright, qui m'ont toujours chaleureusement accueillie et guidée à travers leurs rayons. En plus des titres déjà mentionnés, les douze suivants m'ont été les plus utiles.

ANDREWS, William. *Bygone Church Life in Scotland*, 1899.

DARWIN, Tess. *The Scots Herbal : The Plant Lore of Scotland*, 1996.

DICK, Charles Hill. *Highways and Byways in Galloway and Carrick*, 1916.

HARPER, Malcolm. *Rambles in Galloway*, 1896.

LOCHHEAD, Marion. *The Scots Household in the Eighteenth Century*, 1948.

MACKAY, James A. *Burns-Lore of Dumfries & Galloway*, 1988.

MACTAGGART, John. *Scottish Gallovidian Encyclopedia*, 1824.

MAXWELL, Stuart et Robin HUTCHINSON. *Scottish Costume : 1550-1850*, 1958.

McCORMICK, Andrew. *The Tinkler-Gypsies of Galloway*, 1906.

McNEILL, F. Marian. *The Scots Kitchen : Its Traditions and Lore with Old-Time Recipes*, 1932.

MURRAY, Eunice G. *Scottish Women in Bygone Days*, 1930.

PLANT, Marjorie. *The Domestic Life of Scotland in the 18th Century*, 1952.

Pour ceux qui raffolent de ce genre d'information, vous trouverez une bibliographie complète sur mon site internet, www.LizCurtisHiggs.com/Fiction, accompagnée de photographies de lieux où se déroule l'action d'*Une épine dans le cœur*, de notes historiques additionnelles, de journaux de mes voyages en Écosse, de commentaires de lecteurs, de liens vers mes sites écossais favoris, de suggestions de musique écossaise inspirante, qui m'accompagnait pendant que j'écrivais, et de quelques délicieuses recettes de cette région. Si vous voulez utiliser ce roman comme tremplin vers l'étude biblique de Jacob, de Léa et de Rachel, vous trouverez un guide sur mon site également.

Veuillez me joindre directement pour obtenir mon bulletin d'information gratuit, *The Graceful heart*, imprimé et expédié par la poste une fois par an, ou l'un ou l'autre des articles (en anglais seulement) gratuits ci-dessous, qui pourraient vous intéresser :

Thorn in My Heart Reader's Guide
Thorn in My Heart Bible Study Guide
Thorn in My Heart Galloway Guide

Voici comment me joindre :

Liz Curtis Higgs
P.O. Box 43577
Louisville, KY 40253-0577

Et n'hésitez pas à visiter mon site internet en anglais :

www.LizCurtisHiggs.com/Fiction

À la prochaine fois, cher lecteur, chère lectrice, vous êtes ma plus grande récompense !

Une épine dans le cœur

GUIDE DE LECTURE

1. Rowena McKie apparaît seulement au cours des sept premiers chapitres du livre, mais son influence se fait sentir dans tout le roman. De quelle manière façonne-t-elle le passé, le présent et l'avenir de Jamie ? Est-elle, à vos yeux, un personnage sympathique ? En quoi ressemble-t-elle à son frère Lachlan ; en quoi est-elle différente de lui ?

2. Rowena est convaincue que sa ruse est nécessaire. Comment justifie-t-elle ses actions ? Qu'est-ce que son comportement nous révèle de sa relation avec son mari, Alec ? Et qu'en est-il de l'autre fils, Evan ? Comment se convainc-t-elle qu'il mérite un sort aussi injuste ?

3. Jusqu'à quel point un homme comme Jamie McKie — héroïque un moment, poltron l'instant d'après — est-il un personnage crédible ? Quand Jamie agit-il en héros, et en quelles occasions ses faiblesses font-elles surface ? Comment décririez-vous sa personnalité ? Quels changements s'opèrent en Jamie entre la première et la dernière page, et par qui ou quoi ces changements sont-ils produits ?

4. Rowena montre une préférence pour Jamie ; Alec favorise clairement Evan. Pouvez-vous vous souvenir

d'exemples de parti pris parental évident dans le traitement accordé par Lachlan à Leana et à Rose ? Et comment les sœurs réagissent-elles au favoritisme de leur père ?

5. Leana McBride possède plusieurs belles qualités, mais elle est loin d'être parfaite. Quelles sont ses forces et ses faiblesses ? Dans quelle mesure est-elle une héroïne ? Une victime ? Une femme déchue ? En ce qui touche sa relation avec Jamie, la croyez-vous naïve ? Irresponsable ? Obsédée ? Quel destin espériez-vous pour Leana ?

6. Rose et Leana sont très différentes — aussi contraires que le sont Evan et Jamie —, pourtant les sœurs vivent une relation plus saine. En quels mots décririez-vous la jeune Rose, et qu'éprouviez-vous envers elle, au fur et à mesure que l'histoire se développait ? Quelle scène vous a paru la plus vraisemblable pour décrire l'existence de deux sœurs vivant sous un même toit ?

7. Même si Lachlan McBride se plaît à répéter qu'« il ne doit pas y avoir de secrets sous ce toit », Auchengray est miné par les secrets. Quels secrets Leana garde-t-elle pour elle ? Quels sont les secrets de Jamie ? Et ceux de Rose ? En ce qui concerne Lachlan, les secrets, les mensonges et la tromperie sont les moyens habituels qu'il emploie pour manipuler et faire plier les autres. Comment expliqueriez-vous le besoin de Lachlan de dominer la vie de ceux qui l'entourent ?

8. L'épigraphe en tête de chacun des chapitres a été choisie avec soin. Ma préférée est le proverbe écossais, *Une nuit d'hiver, la volonté d'une femme, et les buts du laird changent*

souvent. Pour vous, quelle citation reflète le mieux l'esprit du roman, et pourquoi ?

9. Lors de sa nuit de noces, Leana se persuade qu'elle doit se glisser dans le lit de Jamie. Avez-vous été surpris par cette décision ? Choqué ? Trouvez-vous convaincantes les raisons qu'elle offre au chapitre 48 ? Votre réaction a-t-elle été de la désapprouver… ou de vous ranger de son côté ? Quel est le motif, plus important que tout autre, qui a poussé Leana à entrer sur la pointe des pieds dans la chambre de Jamie pour « chercher sa bénédiction » ?

10. Quand il était un jeune homme de dix-sept ans, Robert Burns a écrit :

    Tel fut ce matin navrant de ma vie,
    Après tous les plaisirs dont j'avais joui !
    Mais bientôt, la tempête sur moi s'est abattue,
    Et toute ma félicité fut détruite.

    Jamie McKie aurait pu exprimer les mêmes sentiments, le premier jour de 1789. Pourquoi Leana est-elle la cible de sa colère ? Comment décririez-vous la conduite de Lachlan envers Jamie, ce matin-là ? Qui est le plus à blâmer pour la tournure tragique des événements — Lachlan, Jamie ou Leana ? Même si elle n'entre en scène que plus tard, comment Rose a-t-elle pu contribuer à cette débâcle ?

11. Neda et Duncan Hastings servent tous les deux de « boussoles morales », dans cette histoire. En particulier dans les chapitres 59 et 67, comment chacun d'eux montre-t-il le chemin à Leana et à Jamie ? Dans quelles

autres scènes l'écoute attentive de Neda et la sagesse simple de Duncan offrent-elles direction et stabilité aux jeunes protagonistes ?

12. À quel moment dans l'histoire le titre *Une épine dans le cœur* prend-il tout son sens, pour vous ? Leana décrit finalement cette épine comme étant son amour pour Jamie — « l'amour qui ne voulait pas cesser » —, mais chaque personnage pourrait aussi affirmer qu'il porte sa propre « épine » dans son cœur. Quelle serait celle de Rose ? De Jamie ? Quelle épine perce le cœur de Lachlan ? De Rowena ?

13. Il y a trois cents ans, Matthew Henry écrivait : *Dieu n'abandonne jamais ceux qu'il aime.* La même vérité, exprimée dans la Genèse 28 :15, transparaît dans tout le roman : je ne t'abandonnerai jamais. Bien que le comportement de Jamie soit loin d'être honorable, ces paroles, entendues dans son rêve, continuent de le hanter. Comment Jamie réagit-il, chaque fois qu'il entend cette assurance ? Comment ces paroles vous soutiennent-elles dans votre propre quête spirituelle ?

14. Leana sombre dans le désespoir avant de retrouver la sérénité. Quel est ce « moment noir », la pire des épreuves que traverse Leana ? Comment entreprend-elle de sortir de la noirceur, pour revenir vers la lumière et l'espoir ? Comment Rose aide-t-elle sa sœur, dans ce processus douloureux d'accès à la maturité ? Et comment Rose entrave-t-elle les efforts de Leana ?

15. Désespéré, Jamie prie : « S'il vous plaît, mon Dieu, aidez-moi à l'aimer aussi. » Quels indices d'un tel amour pour Leana voyez-vous apparaître dans le

chapitre final du roman ? Que dit-il à Leana, qui suggère que son cœur est en train de changer ? Quelle est sa relation avec Rose, à la fin de l'histoire ? Quelles difficultés et quels conflits sont résolus à la dernière page, et quels sont ceux qui demeurent simplement en suspens ? Qu'est-ce que l'avenir réserve à cet épineux triangle ?

16. L'élément constant dans lequel baigne tout le roman, du début à la fin, est l'Écosse elle-même. Quelle scène en particulier évoque le plus pour vous les Lowlands écossais du XVIIIe siècle ? En quels sens le lieu et l'endroit sont-ils importants pour le déroulement du récit ? De quelles manières l'histoire d'*Une épine dans le cœur* transcende-t-elle le temps et le lieu ?

Extrait du Tome 2

Belle est la rose

Chapitre 1

Ne jamais se marier, toujours séduire,
Toujours un cœur en mal d'amour,
Ne lisez-vous pas le mal que vous faites
Dans le pâle reflet de mes joues ?
— Thomas Campbell

Presbytère de Newabbey,
Octobre 1789

Rose McBride était adossée contre le mur lambrissé, le regard fixé sur l'homme agenouillé près du lit de sa sœur. Elle ne pouvait distinguer le visage de Jamie McKie, à cette heure tardive. Seulement ses cheveux bruns, lustrés et noués à la nuque, et sa veste bleue favorite, froissée après une longue journée à attendre la naissance de son fils. Quelques instants après l'entrée de l'enfant dans le monde, Jamie était apparu dans la chambre de naissance, et le cœur de Rose s'était mis à battre très fort.

Il n'était pas venu la voir *elle*, mais le regard de Rose s'abreuverait de sa présence. Oh oui, et sans retenue.

Un feu de tourbe brûlait doucement dans le foyer, réchauffant à peine la pièce glaciale. Le petit salon du ministre lui servait en journée de salle de séjour et, le soir, de chambre à coucher et de bureau. C'était le dernier endroit où sa sœur aurait cru donner naissance à un enfant, mais, lorsque le travail avait commencé au beau milieu du service religieux, Leana avait eu bien peu de choix. Bien que les genoux de Rose fussent ankylosés d'être restée accroupie sans bouger de longues minutes, elle n'osait pas bouger et risquer d'être découverte. Son Jamie adoré aurait du mal à découvrir sa cachette derrière la chaise à haut dossier, dans le coin le plus sombre de la chambre. Elle n'avait pas l'intention de lui faciliter la tâche.

Il était maintenant penché vers sa sœur, Leana. Lui effleurant d'abord la main, puis caressant la petite tête de son fils. La vibration dans sa voix était plus éloquente que ses paroles.

— Leana, me pardonneras-tu ?

Non ! Rose se mordit la lèvre inférieure, combattant les larmes. *C'est la faute de Leana, pas la vôtre, Jamie.*

Elle ne put entendre les mots murmurés qui suivirent, mais ses yeux lui en apprirent plus qu'elle ne tenait à savoir. Leana écarta une mèche de cheveux blonds et plaça le bébé sur sa poitrine, pendant que Jamie, debout, la regardait intensément. Son affection grandissante pour Leana était palpable, même à cette distance. Rose détourna le regard, mais l'image tendre demeura. Pourquoi, oh ! pourquoi donc n'avait-elle pas quitté la pièce avec tous les autres ?

Soudain, ils rirent tous les deux, et la voix de Leana porta jusqu'à elle.

— Quelqu'un est parvenu à s'interposer entre nous.

Rose tendit l'oreille. Leana parlait-elle du bébé… ou d'elle ?

— Rien ne viendra plus s'interposer entre nous, dit Jamie fermement.

Il parle de moi. Rose s'agrippa au dos de la chaise, se sentant faiblir. Comment pouvait-il dire pareille chose ? *Vous m'aimez, Jamie. Vous savez que vous m'aimez.*

Jamie implora ensuite sa sœur, employant les mots auxquels aucune femme ne peut résister.